ACTES NOIRS
série dirigée par Manuel Tricoteaux

UNE FIBRE MEURTRIÈRE

DU MÊME AUTEUR

LA NEUVIÈME PIERRE, Actes Sud, 2010 ; Babel noir n° 63.

Titre original :
The Silver Thread
Editeur original :
Head of Zeus, Londres

ISBN 978-2-330-00982-3

KYLIE FITZPATRICK

Une fibre meurtrière

roman traduit de l'anglais
par Céline Schwaller

ACTES SUD

Pour mes parents,
Philippa et Bryon, avec tout mon amour.

La Voie du Ciel est de favoriser sans nuire.

LAO-TSEU, VIe siècle avant J.-C.

Le 4 avril 1841

Les murs gris de la prison de Millbank s'éloignèrent jusqu'à n'être plus qu'un amas sombre à la lisière du monde. Le soleil se déversait sur l'eau, se réfractant en tessons là où plongeaient leurs rames ; une lumière si blessante qu'elle laisserait des cicatrices.

La Tamise serpentait vers la mer en emportant la procession de barques, avec dans chacune une douzaine de femmes silencieuses. La dernière était remplie de sacs de toile, de paniers d'osier et de malles cabossées, de bagages de taille modeste. Les affaires de certaines se résumaient à si peu de chose qu'elles tenaient aisément dans une vieille boîte à chapeau.

Les plus petites libertés étaient leurs plus grands désirs : se rendre au marché à pied ou rester assise au soleil sans rien faire. Des mois et des années avec peu de lumière et encore moins de liberté transformaient les espoirs en ombres.

Quelques-unes, téméraires, étaient impatientes de découvrir ce qui s'étendait derrière ce maigre horizon gris. Après tout, que pouvait-il y avoir de pire que ce qu'elles avaient quitté ? Certaines, qui avaient laissé des enfants, ne ressentaient que leur absence, en regard de laquelle la culpabilité de n'importe quel crime était accessoire.

A l'embouchure du fleuve, les courants se croisaient, créant sur l'eau de la marée des crêtes bordées d'un volant sale. La Tamise s'ouvrait sur la mer. L'eau vive tourbillonnait alors que leurs estomacs chaviraient.

Derrière, le soleil levant posait un ruban cuivré sur les toits, les coupoles et les cheminées : une illusion de la lumière. Elles eurent le temps de jeter un dernier regard sur la ville brunie ; un moment pour graver dans leur mémoire chaque ombre ;

chaque contour ; chaque souvenir. Londres, jadis le monde entier, ne semblait pas plus grand qu'une page de livre d'images, peinte avec tant de délicatesse qu'on aurait cru voir l'Autre Monde.

La lumière changea en un clin d'œil. Les effluves des cheminées d'usine étaient visibles, semblables à des apparitions, au-dessus de flèches et de ponts lointains. Les nouvelles usines qui bordaient les berges laissaient fuir en secret leurs surplus couleur d'encre dans le fleuve.

Devant s'étendaient un voyage insondable et une terre lointaine par-delà les mers. Cet adieu à l'Angleterre pouvait être définitif. Il n'y avait désormais que la mer et, de plus en plus près, la silhouette ténébreuse d'un navire dans la brume. Bientôt, elles purent lire le nom peint sur la proue gigantesque de leur nouvelle prison.

Rajah.

Première partie

LIN

On m'a dit que, dans votre pays, fumer de l'opium était interdit et passible de lourdes peines. Cela signifie que vous savez à quel point ceci est dangereux. Du moment que vous-mêmes n'en consommez pas, mais continuez d'en produire et d'inciter la population chinoise à en acheter, pareille conduite est répugnante à l'âme humaine et en contradiction avec la Voie du Ciel. Votre pays se trouve à vingt mille lieues ; mais malgré cela, la Voie du Ciel s'applique pour vous comme pour nous, et vos instincts ne sont pas différents des nôtres ; car nulle part les hommes ne sont assez aveugles pour ne pas distinguer entre ce qui est avantageux et ce qui est préjudiciable.

Extrait d'une lettre du commissaire
impérial extraordinaire Lin Zexu
à la reine Victoria, 1839.

1

TOILE DE LIN

Je me lève aujourd'hui,
Par la force du Ciel ;
Lumière du Soleil,
Eclat de la Lune,
Splendeur du Feu,
Vitesse de l'Eclair,
Rapidité du Vent,
Profondeur de la Mer,
Stabilité de la Terre,
Solidité de la Pierre.

SAINT PATRICK, Ve siècle.

Elle ne devait pas penser à William O'Donahue. Elle s'était interdit de penser à William tout l'après-midi et cela se voyait. Rhia plissa les yeux pour regarder le résultat. Le soleil était si bas qu'il filtrait à travers la toile, illuminant les pigments à la manière d'un vitrail. Le motif était tordu. Elle en rejeta la faute sur William.

Ces derniers temps, tout était déformé. *Sinueux*, aurait dit Mamo. *La vie ne bat pas toujours un rythme régulier, Rhiannon. Parfois, elle forme des méandres semblables aux accords d'une harpe...* La sonorité de la voix de la vieille femme sembla agiter l'air. Elle aurait presque pu se trouver dans la pièce. Ce n'était pas bon signe.

Rhia laissa tomber son pinceau dans le plateau. Elle avait tenté de sauver son dessin tout l'après-midi mais celui-ci semblait toujours aussi froissé qu'une moire de soie, et à présent la lumière n'était bonne qu'à capturer les motifs formés par la poussière. Elle en rejetait également la responsabilité sur William.

Avec la pièce qui donnait sur la rue pour elle seule, cela aurait été une *journée idéale* s'il n'était passé lui rendre visite. La question était : devait-elle le dire à son père ? Peut-être comprendrait-il qu'elle avait dû raconter à William ce qui s'était passé toutes ces années plus tôt. C'était peu probable. Selon Connor Mahoney, la vérité était la plus sainte des vertus et le silence ne valait guère mieux qu'un mensonge. C'était le genre de rhétorique que son père brandissait depuis qu'elle était petite. Rhia avait toujours eu le don de le contrarier. Elle en était venue à comprendre que la discrétion surpassait l'honnêteté chrétienne, et qu'elle ne possédait ni l'une ni l'autre.

La cloche d'une voiture tinta à l'extérieur et, non pour la première fois cet après-midi-là, Rhia regretta de ne pas être à Greystones avec sa mère, à marcher pieds nus sur les schistes, à écouter la mer et les mouettes. Mais elle était ici, à Dublin, à attendre la rancœur de son père.

Comme en réponse, les bottes de Connor Mahoney résonnèrent sèchement dans l'escalier.

Rhia retira son sarrau. Elle alla à grands pas jusqu'à la longue fenêtre du salon et lissa ses cheveux dans son reflet, puis retourna près de la cheminée. Il n'était tout simplement pas nécessaire de lui dire qu'elle avait contrarié William. Tout serait vite oublié et ils se marieraient comme prévu l'été suivant. Elle n'avait plus voix au chapitre sur le sujet. La vérité était que personne d'autre ne l'avait demandée en mariage, et elle n'était pas non plus tombée amoureuse. Ou était-ce plutôt qu'elle ne s'était pas laissé prendre au jeu de l'amour ? Elle chercha son châle comme si l'air avait fraîchi à cette idée. Mamo détestait le cynisme.

Elle entendit Connor Mahoney murmurer dans l'entrée, où il parlait à Hannah. Rhia ramassa son châle qui avait glissé sur le sol et se tourna vers la cheminée, dos à la porte. Elle regardait les flammes dansantes, souhaitant que celles-ci puissent lui prêter leur nonchalance. Il était de mauvaise humeur, elle le sentait à travers le mur. Cela ne l'ennuyait pas vraiment ; cela ne l'avait jamais ennuyée, même si elle supposait que ce n'était pas normal. Quoi qu'il en soit, ce n'était peut-être pas le bon moment pour lui dire qu'elle avait offensé son fiancé.

La porte s'ouvrit.

"Rhia." Il avait la voix tendue.

Elle se retourna, calme.
"Père."
Il avait le visage rouge et les lèvres pincées. Il paraissait plus vieux aujourd'hui, même s'il se tenait droit et si ses épais cheveux brillaient encore comme du cuivre. D'un geste brusque, il lui tendit une feuille de lourd papier plié.
"J'ai reçu une lettre de M. O'Donahue."
Rhia ne s'attendait pas à cela.
"De M. O'Donahue ?" Sa voix lui sembla aiguë et affectée. William avait dû l'écrire sitôt après l'avoir quittée.
"Il a annulé sa proposition, dit son père.
— Annulé sa… ! Alors on me traite comme… un bien !" Les flammes lui avaient donné leur langue acérée, pas leur grâce. Rhia serra les poings, prit une inspiration prudente et eut soudain envie de rire. Elle ne devait pas. Elle baissa les yeux et fixa les motifs du tapis persan. Ceux-ci ne firent que lui rappeler son après-midi gâché. Les Perses étaient capables de concevoir des motifs dignes des pieds d'une déesse.
"Jusqu'à ce que tu sois mariée, c'est *comme si* tu étais *mon bien*, et je ne tolérerai pas que tu deviennes un fardeau pour notre famille." Il s'étouffait presque à chaque mot et ceux-ci firent mouche. Son père n'avait jamais dit une chose pareille. Il ne l'avait jamais traitée de fardeau. Il était en colère. Il allait le regretter. Il fallut à Rhia toute sa volonté pour ne pas s'emporter à son tour contre lui, mais elle aurait seulement dit ce qu'il ne fallait pas et il aurait compris qu'elle ne regrettait rien, qu'elle était soulagée plutôt que honteuse.
Il s'avança entre la table de coupe et le mur couvert d'étagères où les tissus étaient rangés, ses cheveux tombant sur ses lunettes, les joues brûlantes d'émotion. Il n'en avait pas terminé.
"Tu aurais dû te marier il y a des années, et maintenant, je me demande si quelqu'un voudra de toi."
Rhia s'était posé la même question.
Il lui tournait le dos, s'adressant aux rouleaux de tissu.
"William O'Donahue est un marchand respectable et prospère. Il aurait été un grand atout pour cette famille – pour les affaires."
Rhia tressaillit. Au diable la mesure.
"C'est donc de ça qu'il s'agit ! Des affaires ? William est un raseur qui n'ose pas épouser une femme capable d'avoir ses

propres idées. Je suis *heureuse* de ne pas avoir à le regarder en face tous les jours !"

Son père fit volte-face et lui lança un regard mauvais, les yeux brûlants.

"Tu es une effrontée ! Je ne t'ai pas élevée pour avoir des opinions, Rhia. Si la... sans la... famille de ta mère, tu serais comme n'importe quelle autre jeune Dublinoise respectable, mais au lieu de cela, tu lis les journaux et tu arpentes la ville comme une fille de laiterie. Je comprends maintenant que tu as délibérément offensé M. O'Donahue afin de le pousser à annuler les fiançailles. Que diable as-tu bien pu lui dire ?

— Je n'ai pas fait ça ! Je n'aurais jamais osé. Je lui ai seulement raconté ce qui s'était passé à Greystones l'hiver où Michael Kelly a été arrêté."

Connor Mahoney resta silencieux un long moment. Lorsqu'il parla, il était presque enroué.

"Tu lui as dit que tu avais aidé ces tisserands ; que tu avais fait passer un propriétaire protestant pour une fripouille ?"

Rhia soutint son regard. Elle n'avait pas mal agi. Elle avait fait ce que toute personne dotée d'une once de compassion aurait fait. Les tisserands se faisaient expulser parce qu'ils ne payaient pas leur loyer. C'était en plein hiver. Ils auraient pu mourir de faim et seraient sûrement morts de froid. Elle les avait emmenés au cottage de Mamo. Peu de temps après, les hommes de Michael Kelly avaient incendié une cargaison de thé appartenant au même propriétaire, un marchand de thé. Celui-ci était venu trouver Michael, qui lui avait cassé le nez. Michael avait été déporté en Australie.

Connor Mahoney garda le silence. Elle ne lui avait pas répondu.

"Oui, je le lui ai dit, répondit-elle doucement.

— Petite sotte. O'Donahue est un associé de l'homme que Michael Kelly a agressé.

— Raison de plus pour ne pas l'épouser.

— Tu es un... diable en jupons !" Il abattit le plat de sa main sur la table.

"Et toi, tu es un sale tyran ! J'aurais dû épouser Thomas Kelly, au moins lui, il m'aime." Il l'avait aimée, autrefois.

"Tu ne fonderas pas une famille avec un tisserand !" Il partit vers la porte à grands pas et s'arrêta, la main sur le bouton, sans la regarder. "Nous rediscuterons de cela quand ta mère sera revenue. Dis à Hannah que je dînerai à mon club."

Il quitta la pièce.

"Je ne suis pas une enfant !" lui cria Rhia. Elle tremblait de rage, les poings serrés. Quand elle entendit la porte d'entrée se refermer, elle s'effondra sur le Chesterfield avec le sentiment d'être au contraire une véritable enfant. Il avait raison ; elle aurait dû être mariée à présent. William O'Donahue était de Belfast ; il ne connaissait pas sa réputation avant de la rencontrer, et voilà qu'elle se l'était mis à dos.

Hannah frappa avant d'entrer. Elle avait sans doute tout entendu, même si elle n'avait pas collé son oreille à la porte. Elle semblait compatissante et s'affairait plus que nécessaire, attisant le feu et allumant les lampes.

"Prendrez-vous votre souper ici, mademoiselle ?

— Je suis un diable en jupons, Hannah."

Hannah s'esclaffa.

"Je ne l'avais jamais entendue, celle-là. Il est vraiment furieux.

— Il est furieux depuis des mois. Les affaires ne vont pas fort. L'an dernier, à cette période, nous n'aurions jamais fermé la boutique une journée entière. Et maintenant, j'ai repoussé le seul homme de Dublin qui aurait peut-être accepté de m'épouser.

— Je vais dire à Tilly de préparer des boulettes de pâte." Hannah se précipita hors de la pièce comme si rien ne pouvait être plus urgent. Rhia sourit malgré elle.

Elle traversa la pièce et prit son pinceau. Le motif, un rameau de calendulas orange et jaunes, était toujours tordu. Si elle parvenait à le remettre d'aplomb, tout le reste s'arrangerait peut-être aussi. Elle resterait éveillée jusqu'au retour de son père et ils se présenteraient des excuses. Elle n'irait pas se coucher sur une querelle.

*

En entendant la voix de Hannah, le cocon protecteur du sommeil se déroula et les yeux de Rhia s'ouvrirent en papillonnant. Elle était encore sur le Chesterfield et Hannah était penchée au-dessus d'elle, sentant à plein nez la poudre dentifrice et la glycérine.

"Il y a le feu !" haleta-t-elle. Dans sa main dodue, le chandelier penchait dangereusement, sa flamme virevoltait et jetait des ombres espiègles sur les murs. D'après ce que voyait Rhia, c'était le seul feu alentour.

Elle se redressa en balançant ses jambes hors du canapé, fauchant Hannah au creux des genoux. La bonne s'agrippa à l'accoudoir du Chesterfield pour ne pas tomber. S'il y avait le feu, ne devait-il pas y avoir de la fumée ? Rhia avançait à tâtons en trébuchant dans le noir tandis que Hannah retrouvait son équilibre. Elle devait se souvenir de quelque chose, de quoi s'agissait-il ? Elle trouva la porte donnant sur l'entrée mais il n'y avait pas de fumée là non plus. Ce devait être un rêve.

"Hannah, où est le feu ?

— Pas dans la maison, haleta Hannah en la suivant. Les hommes qui ramassent le contenu des pots de chambre l'ont vu, à Merchants Quay." *L'entrepôt.* Sans trop savoir pourquoi, Rhia courut dans le couloir sombre en direction de l'escalier. Chaussures ? Dans le noir, elle heurta la rampe, se cogna la tête et lâcha un juron. Elle pouvait se passer de chaussures.

Quand elle se retourna, Hannah était sur ses talons, sa chemise de nuit gonflée comme une voile de bateau.

"J'ai demandé à Tom d'atteler les chevaux, et son frère a pris le coursier pour aller chercher votre maman. N'oubliez pas votre manteau, mademoiselle ! Et où sont vos satanées chaussures ? Grand Dieu, et M. Mahoney qui n'est pas encore rentré…"

Rhia s'arrêta net. Voilà ce dont elle devait se souvenir. Elle était supposée attendre qu'il rentre à la maison.

"Hannah, quelle heure est-il ?"

Hannah n'en savait rien. Elle avait trouvé les chaussures et suivait Rhia dans le couloir en parlant à tort et à travers. Elle ne devait pas s'inquiéter, son père devait encore être à son club, il n'allait tout de même pas être au quai juste après le ramassage des pots de chambre, non ? Et voulait-elle bien mettre ces chaussures parce qu'on était quand même le 1er novembre !

Rhia batailla avec l'agrafe de son vieux manteau rouge accroché près de la porte d'entrée. Elle n'avait pas le temps de boutonner des bottines. Bien sûr, il devait encore être au club. Il disputait sans doute une énième partie de crib, ou bien s'était mis à parler des nouveaux métiers à tisser ; il venait de décider de boire un ou deux autres cognacs parce que sa fille n'allait finalement pas épouser un marchand de thé.

Tom avait attelé le coupé et les chevaux s'agitaient et s'ébrouaient sans cesse, leur souffle formant des panaches semblables à de la brume. Le palefrenier avait l'air endormi, ses cheveux pâles emmêlés sous sa casquette. Il empestait le whisky frelaté. Il hocha la tête quand Rhia grimpa à côté de lui et fit claquer les rênes avant qu'elle soit convenablement installée. Les chevaux démarrèrent brusquement et elle s'agrippa à la couverture du siège pour éviter de basculer en arrière, puis s'y accrocha pour empêcher ses mains de trembler. Elle essaya de se rappeler une prière.

Le cabriolet faillit basculer alors qu'ils traversaient St Auden's Gate et passaient devant Saint-Patrick en ferraillant. Rhia jeta un coup d'œil à la cathédrale. Saint Patrick se soucierait-il un tant soit peu de quelqu'un comme elle ? *Sauvez l'entrepôt et j'arrêterai de jurer.* Etait-ce suffisant ? *Et je prierai.*

Ils avaient atteint une vitesse dangereuse. Rhia jetait des regards en coin à Tom qui, penché en avant, semblait s'amuser. Le palefrenier conduisait comme un fou, même lorsqu'il n'avait pas bu. Elle aurait sans doute dû prendre les rênes, mais elle n'était pas certaine de faire beaucoup mieux. La jument était énervée ; elle avait les oreilles en arrière.

"Ralentissez, Tom ! Epona va s'emballer si elle s'énerve encore."

Tom approuva.

"Oui, on ne s'arrêtera pas avant Kilkenny si votre jument s'emballe. Mais je crois que M. Mahoney est à l'entrepôt.

— Non. Il est à son club.

— Non. Il est plus de deux heures."

Rhia sentit son cœur s'affoler. Le club fermait à minuit.

"Alors il est allé au quai pour surveiller les pompiers." Cela semblait être une hypothèse raisonnable, alors pourquoi cet avant-goût de terreur ?

Arrivés sur le front de mer, le ciel était illuminé comme si tous les saints de Dublin avaient balancé leurs lanternes bénies au-dessus de Merchants Quay. Au moment où ils tournaient le coin de la dernière ruelle, Rhia se prépara à voir tous les quais en flammes.

Mais seul l'entrepôt Mahoney était en feu.

Pour une raison inconnue, ceci lui parut encore plus accablant.

Rhia bondit du cabriolet avant que les roues se soient arrêtées. Si son père était bien là, il devait se trouver à l'avant de la foule, peut-être avec la police. Elle se fraya un chemin à travers les curieux agglutinés, dont le visage avait un éclat rouge irréel dans l'incendie. Un mur de flammes s'élevait des fondations en pierre de l'entrepôt à l'endroit où la veille encore se dressait un mur de brique rouge. L'air était irrespirable à cause des vapeurs, la chaleur suffocante. Le quai était éclairé comme un carnaval ; les gens continuaient d'affluer le long de la berge opposée pour regarder le spectacle.

Elle ne le voyait pas.

Elle se faufila entre des groupes de badauds, tentant de voir derrière le cordon de policiers qui maintenait la foule à distance. Elle scrutait le visage des hommes qui se trouvaient au bord de l'eau. Il devait être de l'autre côté, plus près de l'entrepôt, mais elle devrait contourner la police. Elle longea la foule, aussi près de la fournaise qu'elle le pouvait sans se brûler. Elle se serait peut-être approchée davantage mais quelqu'un lui saisit le poignet, le tordant comme une corde. La laine rêche de la tunique sale d'un policier se retrouva brusquement contre son visage.

"*Tuilli !*" Elle cracha avant de pouvoir se souvenir de son accord avec le saint. Jurer en irlandais ne comptait peut-être pas.

"Qui est-ce que tu traites de salaud, sale petite bohémienne ?" Le policier avait l'air mauvais. Rhia soutint son regard et tenta de dégager son bras, mais les doigts de l'homme s'enfoncèrent dans la chair de son poignet.

"Desserrez votre main ou je vous mords", cracha-t-elle.

L'ombre d'un sourire tordit les lèvres du policier.

"Il ne faut pas s'approcher trop près d'un bâtiment en feu, voyons. Il risque de s'écrouler plus vite que tes jambes pourraient te permettre de fuir." Tel un nœud coulant, sa main se resserra lorsqu'elle se tortilla. Il était fort.

"*Je vous en prie !* C'est le bâtiment de mon père. Je le cherche !

— Tu peux quand même pas être la fille Mahoney ?" Les sourcils levés et le coup d'œil évaluateur parlaient d'eux-mêmes. Elle devait avoir les cheveux en bataille – comme toujours quand elle avait dormi – et son manteau n'était pas à la mode. Elle s'aperçut qu'elle était pieds nus. Sa peau, ses yeux et ses cheveux bruns lui venaient du côté de sa mère. Les Irlandais au teint mat ne valaient guère mieux que les bohémiens aux yeux des catholiques, lesquels les tenaient pour être également sombres de nature. Cela s'avérait parfois utile.

"Un courageux policier est entré à la recherche de ton père. Il y a une heure." *Une heure.* Ces mots lui coupèrent le souffle à la manière d'un corset de plomb. La poigne du policier l'aida à ne pas tomber.

"Vous voulez dire..." Elle se refusait à prononcer le mot.

L'homme eut un hochement de tête sinistre. De toute évidence, il s'attendait au pire.

Elle aurait dû prier. Mais saint Patrick avait chassé la vieille religion hors d'Irlande et volé aux femmes leur souveraineté. C'est ce que Mamo disait. Mamo ne lui conseillerait pas d'adresser des prières aux saints. Elle lui dirait que, étant un élément, le feu relevait du ressort des créatures éthérées de l'Autre Monde. Connor Mahoney prétendait que Mamo n'avait pas de religion, mais pour Rhia, ses histoires étaient tout aussi crédibles qu'une immaculée conception et un charpentier immortel.

Comme si elle l'avait fait sortir du brasier, l'espace d'un instant seulement, les flammes sculptèrent une sylphide de chaleur blanche, tordue comme une vieille femme. *Cailleach.* La mort. C'était une illusion créée par le feu ; l'air déformé par la chaleur. Rhia avait passé l'âge de croire à de telles sornettes. Elle avait, longtemps plus tôt, tourné le dos aux sorcières, aux enchanteresses et aux créatures vaporeuses. Ainsi qu'aux fantômes. Elle ferma les yeux puis les rouvrit. Seulement des flammes.

Elle regarda autour d'elle en cherchant un moyen de s'échapper, mais il n'y en avait qu'un. Elle mordit la main du policier, laquelle avait un goût aussi âcre que l'homme semblait l'être. Il poussa un hurlement et leva l'autre main, mais renonça finalement à la frapper. Après tout, elle était peut-être bien la fille de Connor Mahoney. Il se contenta de lui tordre un peu plus le poignet, la faisant tressaillir.

"Ta mère n'est pas venue ?" Le policier la regardait attentivement. La prenait-il vraiment pour une bohémienne, et si oui, pourquoi ne la laissait-il pas partir ? Parce qu'elle pouvait bien être la fille de Connor Mahoney.

"Elle n'est pas à Dublin." A Greystones, les loyers venaient à échéance, et d'autres tisserands étaient en difficulté. Les mains de Brigit Mahoney, charitables et habiles à manier le fuseau, ne sauveraient peut-être pas les tisserands mais, en dépit de la désapprobation de son mari, elle refusait de voir une autre famille se faire expulser sans intervenir. Le métier à tisser mécanisé faisait la fierté de Belfast mais c'était aussi un ennemi envahissant pour les ouvriers payés à la pièce de Greystones.

Rhia se souvint soudain de Tom. Il l'aiderait, expliquerait qui elle était à son ravisseur. Elle balaya la foule du regard avec espoir, mais son cœur se serra lorsqu'elle l'aperçut. Tom avait rejoint un groupe de curieux qui, non loin de là, se faisaient passer une flasque. L'incendie avait attiré une foule considérable venue des bas quartiers ainsi que de la rive opposée. C'était un divertissement.

"C'est moins cher qu'une place de spectacle", dit le policier en suivant son regard.

L'odeur de l'étoffe calcinée empuantissait l'air. Rhia se souvint que Mamo lui avait dit que, jadis, on utilisait des morceaux de lin en guise d'amadou parce que ce tissu brûlait bien. Elle avait de la fumée dans les yeux et les poumons. Ses os lui semblaient vides, comme s'ils étaient, à l'instar des énormes poutres de l'entrepôt, la proie de quelque dragon. Tout à coup, elle s'aperçut que les hommes de la compagnie d'assurances n'étaient pas là. Elle donna un coup de coude au policier, qui plissa les yeux.

"Où sont les pompiers ? demanda-t-elle.

— Ils sont rentrés chez eux."

Rhia était interloquée.

"Mais *pourquoi* ?

— Le bâtiment n'est pas assuré.

— Mais si, il l'est !"

Il haussa les épaules. Son regard disait que le mordre à nouveau n'était pas conseillé.

C'était impossible ; son père était d'une scrupulosité à toute épreuve, *pointilleux* ; il n'aurait pas oublié de payer les échéances de l'assurance. Rhia secoua la tête, incrédule.

Le temps se consumait. Le policier desserra légèrement son étau de sorte que ses ongles sales ne s'enfonçaient plus dans la peau de Rhia. Elle tenta une fois de plus de dégager son bras, et la main de l'homme se referma aussitôt.

Elle regardait et attendait comme si la vie de son père dépendait du fait qu'elle ne quitte pas les flammes des yeux. Cette fois-ci, elle était certaine d'avoir vu Cailleach. La chevelure de la vieille sorcière était une pèlerine de toile de lin en feu, et sa robe ardente traînait sur les ruines telle une queue de dragon. Elle était terrible et magnifique ; son visage blanc comme la cendre, ses lèvres rouges comme les braises. Etait-elle ici pour emporter Connor Mahoney avec elle ?

"Fais-le sortir ou..." Quoi ? Que pouvait-elle bien promettre pour marchander avec la Mort en personne ? Menacer d'épouser un catholique ? Elle avait bien failli.

Le policier la regarda. Elle avait peut-être parlé à haute voix. La silhouette disparut dans les flammes, laissant Rhia refouler des larmes brûlantes.

La chaleur diminua et les flammes se calmèrent. Le jour se leva tout aussi soudainement, du moins sembla-t-il, révélant une ruine fumante. L'entrepôt, hier encore inébranlable et immuable sur le quai, était une carcasse. Les briques, le bois et des milliers de livres sterling de lin tout neuf s'étaient transformés en une fine poussière blanche, prête à être emportée par la moindre brise.

Brigit Mahoney arriva au moment où l'aube atteignait les ruelles ténébreuses, alors que la plus grande partie de la foule avait reflué. Seuls des vagabonds, quelques marins et la police étaient encore là. Brigit prit Rhia dans ses bras, mais fut incapable de parler. Son visage, en temps normal si soigneusement composé, était creusé par la peur. Elle avait bientôt cinquante ans, mais ses traits délicats semblaient sculptés dans un bois bien conservé. Aujourd'hui, elle paraissait plus petite, et ses épaules étaient crispées.

Brigit fixait les pieds nus de sa fille et Rhia suivit son regard. Dans le demi-jour, ses pieds paraissaient taillés dans le marbre. Elle n'avait pas remarqué à quel point le froid les rendait douloureux jusqu'à maintenant.

"Je n'ai pas senti que j'avais froid aux pieds... marmonna-t-elle.

— Alors c'est qu'ils sont peut-être gelés. Mes pantoufles en veau sont dans la voiture, et il y a une flasque de thé."

Rhia revint de la voiture chaussée et portant une flasque en grès. Sa mère s'entretenait discrètement avec le policier qui l'avait retenue. Il lui jeta un coup d'œil et son expression disait qu'il la croyait enfin. Elles partagèrent la boisson fumante avec les hommes qui restaient. Personne ne prononça le nom de son père.

Elles attendirent. Personne ne voulait être le premier à perdre espoir, mais il n'y avait aucun signe de vie dans la ruine, et à peine une flamme.

Brigit broya les doigts de Rhia dans les siens.

"La pelouse du cottage ressemble à un tapis turc, murmura-t-elle. Il y a des pétales de roses roses et écarlates éparpillés partout." Elle tentait d'évoquer quelque chose de beau ; pour les apaiser. "Et il faut voir les feuilles de l'érable et du hêtre rouge. Je me disais que tu pourrais venir avec ta boîte de peintures…" Sa voix mourut dans un bruit étouffé, et ses doigts voletèrent comme des papillons de nuit jusqu'à ses lèvres. Rhia suivit son regard. Deux policiers sortaient le corps de Connor Mahoney du squelette de l'entrepôt sur une civière de fortune. Il était noir comme un ramoneur et immobile comme la mort.

Sa mère lui serra la main si fort que Rhia eut l'impression qu'elle allait lui broyer les os. Elles s'avancèrent vers la civière que les hommes déposaient à présent sur le sol avec précaution. Les personnes rassemblées reculèrent pour les laisser passer. La jambe gauche de Connor Mahoney était tellement tordue que son pantalon semblait bourré de chiffons, et son visage était un masque noir goudron. Le moment dura une éternité. Brigit se laissa tomber près de son mari et embrassa ses lèvres noircies comme s'ils étaient seuls.

"Leannǎn", murmura-t-elle, mon amour. Ses épaules menues finirent par s'effondrer. Rhia s'agenouilla à côté d'elle.

"Il est vivant, dit le jeune policier, noir de la tête aux pieds, qui avait suivi la procession. Il est vivant."

Rhia rit et sa mère pleura. Le policier eut un large sourire et donna une claque dans le dos du jeune héros, lui tendant la flasque. Le jeune homme leur expliqua comment ils avaient passé la nuit. Le feu s'était déclaré en bas du bâtiment, dit-il, quand M. Mahoney était tombé dans l'escalier, lâchant une chandelle dans un panier de lin huilé. Dans sa chute, il s'était cassé la jambe, et, le temps que son sauveur arrive, la cave était devenue leur unique espoir. De façon providentielle, celle-ci s'avérait être reliée à un tunnel qui s'enfonçait jusqu'à un ancien caveau situé près du fleuve. Une minuscule aération, peut-être un trou de rat, leur avait permis de respirer de l'air pur quand la pièce s'était remplie de fumée.

Le jeune homme repoussa d'un geste leurs remerciements et leurs éloges, et il paraissait mal à l'aise devant leurs larmes. Il ne semblait pas trouver remarquable d'avoir sauvé la vie d'un homme. Il était simplement déçu de voir que la flasque contenait du thé et non du whisky.

On envoya quelqu'un chercher l'ambulance.

Rhia regarda sa mère prendre la couverture rêche qu'on lui tendait et la poser délicatement sur son mari. Elle lui écarta les cheveux des yeux, avec une légèreté et une douceur infinies, et épousseta du lin calciné de ses épaules.

Le policier qui avait retenu Rhia sourit avant de s'en aller. Elle lui rendit son sourire. Maudite soit Cailleach. Ce soir, la grâce était intervenue.

2

FLANELLE

Rhia s'éloigna du quai comme si elle pouvait laisser la nuit derrière elle. Le matin se faufilait sur les quais délabrés, mais la nuit perdurait dans l'odeur de ses cheveux et la laine de sa capuche. L'ambulance s'ébranla, tirée par quatre chevaux de roulage, après que les portes se furent refermées sur Brigit, pâle et lasse, qui agrippait la main de son mari. Rhia renvoya Tom à St Stephen's Green. Il n'avait pas l'air en forme après sa nuit d'émotions passée à boire de l'âpre whisky de pomme de terre, mais elle ne parvint pas à rassembler suffisamment d'énergie pour le réprimander.

Le commerce fluvial avait repris son rythme le long des quais. Rhia se sentait apaisée par l'agitation. Elle rabattit sa capuche sur ses yeux, aspirant à être invisible, mais un jeune pêcheur souleva tout de même son bonnet de laine et lui adressa un sourire idiot, la suivant du regard jusqu'à ce qu'elle soit passée. Difficile d'être invisible dans un manteau rouge.

Elle marchait tout en examinant les décombres de la nuit. Et si le policier n'avait pas trouvé la trappe de la cave ? Et si l'heure était venue pour Connor Mahoney ? Elle s'arrêta net. C'était *Samhain*. Comment avait-elle pu oublier ? La nuit où, disait-on, les vivants et les morts pouvaient se rencontrer. Si Cailleach n'était pas venue pour son père, alors pour qui ? Elle resserra son manteau et reprit sa marche, plus vite à présent.

L'odeur du lin brûlé s'accrochait. Elle tentait de ne pas penser à l'étoffe qui s'était transformée en cendre. Le stock perdu était un désastre, mais il y avait à l'évidence une erreur à propos de la compagnie d'assurances. Son père n'oubliait jamais de payer ses traites. Cela était-il important ? Il était en vie. Leur querelle continuerait de la tourmenter jusqu'à ce qu'ils fassent la paix. Ils se ressemblaient trop ; ils étaient tous les deux obstinés. En temps normal, il lui rapportait un fichu en dentelle ou une longueur de soie et disait qu'il avait été trop dur, qu'il regrettait ses paroles. Rhia s'excusait d'avoir fait telle ou telle remarque acerbe et c'était terminé.

Elle n'avait jamais eu envie d'épouser William. Elle avait senti quel genre d'homme il était derrière sa respectabilité manucurée, ses favoris huilés et ses costumes taillés à Londres. Mais elle n'avait pas saboté ses fiançailles. Peut-être n'aurait-elle pas dû lui confier les événements de cette nuit de janvier glaciale, mais la scène était encore vive dans sa mémoire et dans son cœur, même au bout de sept ans. Elle avait porté le bébé des tisserands jusqu'au cottage de Mamo, intimidée par ses petites mains. Le propriétaire du tisserand était, comme Connor Mahoney, membre des Irlandais unis, une alliance de commerçants protestants et catholiques contre la mainmise anglaise sur les produits irlandais. Elle avait fait passer cet homme pour un sans-cœur (peu importait qu'il l'ait vraiment été) et, en même temps, était parvenue à expliquer le rôle actif qu'elle avait joué et qui seyait peu à une femme. Il y avait une différence, avait dit son père, entre avoir l'esprit rebelle et être une rebelle. Mamo, bien sûr, avait été fière d'elle. William avait trouvé cette histoire particulièrement détestable, et il n'avait pas caché que sa sympathie allait au propriétaire plutôt qu'aux locataires. Après tout, ils n'avaient pas payé leur loyer depuis des mois. Rhia, à son tour, lui avait fait comprendre qu'elle le trouvait aussi cruel que tous les hommes ayant bâti leur fortune sur les ruines d'un labeur honnête. Il avait eu l'air complètement abasourdi de l'entendre exposer son désaccord avec lui. Le souvenir de son expression la fit sourire. Elle aurait sans doute dû éprouver des remords, mais elle n'en éprouvait aucun.

La puanteur âcre de la zone portuaire la rendait nostalgique. Enfant, elle suppliait souvent son père de la laisser l'accompagner quand il allait contrôler une expédition de lin, et elle frémissait à l'idée d'inhaler l'odeur de la toile humide, et de s'approcher suffisamment près d'un marin pour sentir le goudron sur sa culotte et le tabac dans son haleine. Elle adorait entendre craquer les sangles de cuir sur l'osier, tandis qu'on hissait les paniers de lin Mahoney l'un après l'autre sur le pont d'un clipper de thé à destination de Londres. Ce son lui donnait le frisson ; il signalait le début d'un voyage vers un endroit si excitant et mystérieux qu'il aurait aussi bien pu s'agir de l'Autre Monde : Londres. Mais pour aller à Londres, il fallait traverser la mer d'Irlande. Cette mer dangereuse, sournoise.

Chaque fois que Ryan venait à Dublin, Rhia le suppliait de lui raconter des anecdotes sur la capitale. Londres avait cultivé les manières du frère cadet de Connor, lequel avait toujours été élégant mais était désormais également sophistiqué. Dans ses récits, la capitale semblait être la ville la plus enivrante du monde occidental. Ryan ne recevrait aucune cargaison de lin à China Wharf cette saison, et il n'aurait pas à trouver d'acheteurs pour la batiste la plus pure et le lourd damas Mahoney. Le lin Mahoney n'était pas la seule activité de Ryan Mahoney, bien sûr. Il importait de la laine du Continent, du coton des Indes et de la soie de Chine.

Le long du marché portuaire, Rhia trouva refuge dans les scènes familières, saluant d'un signe de tête les marchands des quatre-saisons qui la reconnaissaient, évitait astucieusement les vendeurs ambulants que l'on pouvait sentir de loin, avec leurs seaux remplis de coques, d'anguilles en gelée et de harengs. La pagaille quotidienne des propres à rien qui mendiaient, des vendeurs avisés et des passagers aux yeux troubles de sommeil la calma.

Derrière les pêcheurs qui marchandaient avec les prostituées, Rhia vit quelque chose qui l'arrêta net à nouveau. Une bande de prisonnières attendaient d'être déportées. Les femmes enchaînées formaient une file de flanelle grise informe, encadrée par des policiers. Leurs visages blancs affichaient des regards absents, comme si elles avaient déjà quitté leur pays et leur famille. Quelque chose dans leur désespoir affecta Rhia si profondément que, pendant un moment, elle eut l'impression d'être une des leurs. Un vide douloureux s'installa au creux de son estomac, une sensation si vive qu'elle se crut sur le point de vomir. Elle était trop sensible et cela lui valait habituellement des problèmes. Elle ne pouvait rien pour ces femmes. Elle se détourna, pensant à Michael Kelly, dont la femme et le fils ne l'avaient pas vu depuis bientôt sept ans.

Elle arriva devant le dernier éventaire du marché. Celui de Nell. Nell, qui tenait le stand de friture, avait des écailles de poisson jusqu'aux coudes. Sa peau tremblotait de son double menton à ses fesses chaque fois qu'elle flanquait une grosse truite ou un saumon luisant sur son billot. Sur son feu, il y avait une poêle et, à l'intérieur, un filet de quelque chose qui avait, quelques heures plus tôt, passé sa dernière nuit à remonter la Liffey. Quand elle remarqua Rhia, Nell lui adressa son sourire édenté et essuya ses mains marquées par la variole sur son tablier.

"Rhia ma chérie ! Tu as l'air à moitié morte. Pose ton derrière maigrichon et bois un coup."

Rhia s'exécuta et une assiette de merlan frit fut posée bruyamment devant elle ; Nell inclina sa grosse tête et plissa les yeux.

"Eh bien, que diable Rhia Mahoney vient-elle faire au marché du port au chant du coq ?"

Rhia fondit en larmes. Elle s'était sentie parfaitement bien jusqu'à ce qu'elle voie les femmes enchaînées. Elle fut aussitôt engloutie dans la poitrine titanesque de Nell qui irradiait l'huile de poisson et l'amour.

"Allons, allons, ma petite fleur, allons, allons. C'est à cause d'une fripouille ? Ou à cause de ton père ?"

Rhia prit une longue gorgée de bière brune tiède puis, entre deux sanglots, raconta ses malheurs à Nell. Nell savait toujours comment arranger les choses. Elle était étonnamment bien informée sur le monde pour quelqu'un qui n'avait jamais quitté Dublin. Elle avait aussi survécu à la dernière épidémie de variole, qui avait envahi les bas quartiers autour du port tels des Normands en maraude, lui enlevant toute sa famille. Le monde venait à Nell : elle entendait parler de ses territoires les plus reculés par les marins et les commerçants, les putes et les voleurs. Nell et son stand de friture étaient une légende.

"Je crois que mon père avait besoin d'un gendre prospère, conclut Rhia. Nous avons moins de clientèle chaque saison, mais bien sûr nous devons facturer plus cher que les usines. Les gens semblent se moquer de savoir que l'étoffe tissée main est de meilleure qualité, ils veulent seulement ce qui peut coûter moins cher." Pour une raison inconnue, cela la fit de nouveau éclater en sanglots. Elle ne voulait pas se donner en spectacle devant n'importe qui ; mieux valait passer pour une effrontée que pour une hystérique.

Nell pencha la tête de l'autre côté et soupira.

"Tss-tss. Ces machines marqueront la fin du travail honnête. Courage, petite fleur, les briques et le tissu sont faciles à fabriquer, mais pas l'audace. Sans ça, une femme est aussi molle qu'une truite morte. Une dame telle que toi, qui connaît un métier, peut gagner sa vie – mari ou pas. Même si je doute que ton père le permette. Bon, rentre chez toi avant que ta mère s'aperçoive que tu n'es pas là, cette pauvre femme a assez de problèmes comme ça sans que tu en rajoutes. Mais d'abord, finis-moi ce poisson !"

Rhia obéit, puis elle serra Nell dans ses bras et quitta le marché du port.

Elle prit le chemin le plus court pour rentrer chez elle, passant derrière les bidonvilles où une bande de gamins en guenilles la suivit. Elle s'arrêta et leur dit qu'elle les trouvait courageux de sortir si tôt après la nuit des sorcières.

"Je reviens d'une réunion de sorcières, ajouta-t-elle, et si vous ne me laissez pas tranquille, je vous transforme tous en cafards." Ils s'enfuirent en riant et en couinant.

Au-delà des bidonvilles se trouvait le quartier des teinturiers, sa partie préférée de la ville. Des rouleaux d'étoffe étaient mis à sécher tout le long des ruelles ; safran et souci ; rubis, indigo et émeraude. Enfant, Rhia trouvait que ces rues ressemblaient à une forêt enchantée. Personne ne se retournait sur son manteau rouge, ici. Ici, elle avait autrefois imaginé les jours comme les pièces d'une couverture en patchwork de toutes les couleurs et de toutes les étoffes : certaines brillantes et délicates, d'autres décolorées et abîmées. Cette journée ? Gris colombe, et soie. Une étoffe mélancolique qui murmurait, bruissante de mystère. Qui pouvait dire ce qu'elle annonçait ?

3

FIL

Même à la fin d'une journée de novembre, le large couloir de George Street était ensoleillé et animé. La plupart des devantures étaient à présent fermées, mais des auvents à rayures étaient tendus à toute heure, tous les jours de l'année. A Sydney, les marchands de tissus, pas plus que les confiseurs ou les libraires, ne laissaient jamais leurs articles en vitrine. Les étoffes se décoloraient, les denrées périssables rancissaient, les pages devenaient jaunes et friables.

Michael Kelly baissa le bord de son chapeau pour se protéger du soleil. Il entretenait un rapport difficile avec le rivage lointain qui était son foyer et sa prison. Il aurait fallu être idiot pour ne pas avoir quelque respect pour ce qui était invisible en Australie ; pour les héros ancestraux et les lieux sacrés. Le manque de respect pour l'ancien état sauvage de cette terre avait coûté à plus d'un homme sa pauvre vie. Quand Jarrah lui avait parlé de l'Alcheringa, la religion (si l'on pouvait appeler cela ainsi) des Australiens d'origine, Michael n'avait pas été surpris. Il était convaincu de l'avoir sentie. Cet endroit grouillait d'esprits, certains massacrés récemment et d'autres qui traînaient apparemment ici depuis la nuit des temps. En ceci, et ceci seulement, l'Australie ressemblait à l'Irlande : les dieux étaient inséparables du paysage. Michael avait dû observer Jarrah pendant des années, le seul Originel qu'il connaissait, avant de seulement commencer à s'en rendre compte.

Le mal du pays lui tordait jadis les entrailles chaque fois qu'il apercevait l'horizon liquide. Mais les schistes argentés de Greystones et le mauve mélancolique des collines de Wicklow étaient à présent si lointains, en souvenir comme en kilomètres, qu'il croyait à peine en leur existence. Ici, les plages couvertes de sable pâle rejoignaient des falaises aux cheveux blond filasse, et les montagnes qui se dressaient à l'ouest paraissaient dangereuses. Le ciel était d'un bleu si vif que, par moments, il semblait incroyable que cette couleur puisse exister dans la nature.

Michael ne pouvait pas dire que Sydney allait lui manquer, mais la colonie avait un anarchisme inattendu qu'il approuvait. Il supposait que c'était la condition naturelle d'un endroit dont la population était un assemblage de parias sans foi ni loi venus d'autres sociétés. Ou plutôt un enchaînement, songea-t-il avec ironie. Cet endroit était sacrément joli, aussi, pour une prison.

Il y avait une certaine insouciance chez les vendeuses de George Street qui le doublèrent en jouant des coudes pour se rendre dans les salons de dégustation de cacao de Circular Quay. Leurs bras bronzés étaient entrelacés, leurs cheveux défaits et leur démarche typiquement provocante. Ici, les amoureux étaient plus audacieux, les enfants plus bruyants, et les hommes plus violents. En fait, les colons se comportaient en public d'une façon unique. Sydney ne ressemblait à aucune autre ville que Michael avait connue, et il en avait connu pas mal.

Ces derniers temps, il avait beaucoup réfléchi au passé. Celui-ci semblait le poursuivre d'autant plus que le moment de rentrer chez lui approchait. Dans sa jeunesse, il avait beaucoup voyagé en bateau, acceptant n'importe quelle mission pour rester à distance de l'ennuyeuse industrie du tissage. Il avait vu les ports d'Europe et d'Afrique et était allé jusqu'à Bombay avec du xérès et du tabac de Bristol. La cargaison n'était pas à vendre, mais destinée aux caves et aux pipes des riches messieurs de la Compagnie des Indes orientales. Son père l'avait rappelé à la maison avant qu'il se sente prêt à rentrer, en raison d'un arrangement contractuel avec la firme Mahoney, de Dublin. Ils avaient besoin de mains supplémentaires pour travailler sur le métier à tisser. Là, il avait rencontré Annie. Après cela, Michael n'avait plus pris la mer que dans ses rêves, et à travers les histoires qu'il racontait à Thomas. Lui et la jeune Rhia Mahoney insistaient pour entendre encore et encore les mêmes récits, et au fil des années, ceux-ci avaient grandi et avaient été embellis.

C'est après avoir passé quelques jours à Colaba, le port colonial florissant de Bombay, que Michael avait commencé à réfléchir aux sombres dessous du profit. Ce furent les bidonvilles crasseux derrière les somptueux bureaux de la Compagnie des Indes orientales qui achevèrent de le convaincre. Il ne concevait pas pourquoi, alors que les marchands de Dublin et de Londres investissaient tant de capitaux dans les produits indiens, les enfants de Bombay n'avaient pas assez à manger et seulement des haillons à se mettre sur le dos, pas de livres ni d'écoles, et dormaient dans la rue.

Dans les tavernes du port fréquentées par les négociants britanniques, Michael découvrit que les messieurs dont il avait accompagné le xérès et le tabac à travers l'océan Indien forçaient les fermiers indiens à cultiver du pavot. Les terres arables qui restaient pour les cultures vivrières étaient quantité négligeable, alors que cinq mille caisses, contenant chacune soixante kilos de résine, quittaient les Indes chaque année pour la Chine sur les navires marchands britanniques. La résine enivrante d'opium alimentait à elle seule le commerce grâce auquel régnait l'Empire. Michael avait peine à concevoir combien de pavots, et combien de fermiers et de leurs enfants, étaient nécessaires pour obtenir une telle production, tout cela au nom de l'expansion commerciale de la Grande-Bretagne.

Il comprit la véritable portée de ce crime lorsqu'il tomba sur une fumerie d'opium dans St Giles. C'était la première fois qu'il voyait un homme vidé de l'intérieur ; une carcasse vivante, privée d'esprit. Michael avait vu bien pire depuis, quand il avait pris la mer avec une cargaison d'hommes condamnés. Il avait également vu des industriels prospères commettre des crimes plus graves que ceux reprochés à la prétendue classe criminelle qui peuplait cette ville. Le pire crime que beaucoup avaient commis ici était d'être nés pauvres. Ce n'étaient pas simplement le mal du pays et la privation qui avaient fait de Michael l'ennemi silencieux des spéculateurs. L'homme qui l'avait fait arrêter, censé être un marchand respectable, transportait de l'opium de Calcutta à Canton, puis embarquait son thé de Chine pour le livrer à Londres et à Dublin. C'était après ces profiteurs cruels que Michael en avait depuis son arrestation.

Les voyages lui avaient peut-être ouvert l'esprit et le travail de marin l'avait peut-être endurci autant physiquement que moralement, mais ce n'était rien comparé à la façon dont sa déportation avait affûté sa vivacité d'esprit et ses muscles. Il avait à présent plus de cinquante ans, mais il était toujours aussi en forme. Sa peau était brune comme du cuir, et les rares fois où il apercevait son reflet dans un miroir, il était toujours un peu surpris de voir les rides gravées sur son front. Il avait cessé de compter les fils raides et gris entrelacés dans ses cheveux acajou désormais un peu plus rares.

Dans la rue sablonneuse qui s'assombrissait, des enfants jouaient aux quilles avec des galets et des coquillages, et construisaient des forteresses avec du bois flotté. Contrairement aux prédictions pessimistes concernant les rejetons de félons nés dans une colonie pénitentiaire, ces enfants étaient moins indisciplinés que ceux des bidonvilles de Dublin et de Londres. Michael pensait que c'était parce que leur terrain de jeu s'étendait entre le bord de mer indigo et la brousse vert argenté, où ils pouvaient courir après de petits marsupiaux et des perruches aux couleurs éclatantes et chasser une incroyable variété d'insectes trop gros pour être conservés dans un bocal.

A l'ouest, la colonie était bordée par un vaste lagon d'eau salée qui établissait une frontière naturelle entre la terre revendiquée par la ville et celle que les Originels utilisaient encore pour chasser. Seuls les enfants osaient s'aventurer de l'autre côté du lagon pour aller pêcher des tortues avec les Originels, lesquels étaient de formidables chasseurs.

Jarrah acceptait parfois de servir de traqueur pour la police, même si un forçat échappé était plus souvent retrouvé mort que vif. Sa tribu, les Eora, avait vécu sur les terrains de chasse de la côte jusqu'à ce que le gouverneur Phillip juge opportun de les occuper à titre de locataire. Michael n'était pas vraiment le seul à éprouver de l'empathie pour les indigènes ; à Sydney, de nombreux Irlandais savaient ce que c'était de se faire virer de sa terre par un Anglais. En fait, les Originels lui inspiraient une crainte mêlée de respect. Jarrah était capable de retrouver une piste après une tempête de sable, un déluge ou un feu de brousse. Mais si lui-même ne voulait pas être ennuyé par les hommes blancs, il devenait simplement invisible.

Les détenus placés dans les ranchs et qui cultivaient la terre à peine arable racontaient des histoires parlant de vieillards debout sur une jambe, nus comme des statues et capables de rester immobiles pendant plus d'une heure, leur lance levée, en attendant qu'une créature émerge de son trou. Les hommes secouaient la tête en décrivant de jeunes chasseurs, à peine plus grands que des bébés, en train de ramper dans les broussailles sèches à la poursuite d'un opossum ou d'un reptile, aussi silencieux que leur ombre. Michael n'était pas venu dans ce pays pour le revendiquer comme sien, de sorte que, à ses yeux, il était clair que ce peuple antédiluvien honorait la terre rouge et était ici chez lui d'une façon dont aucun chrétien ne le serait jamais.

Dan, le marchand de laine (qui avait purgé sa peine et décidé de rester), était devant sa boutique.

“Magnifique soirée, monsieur Kelly.

— Sûr, Dan. Comment vont les affaires ?

— Y a pas à se plaindre. Même si je pourrais dire que ce n'est pas la température idéale pour la laine.

— Oui. Vous en exportez déjà ?

— On expédiera à Bristol notre première cargaison de laine filée ici à la fin du mois. Il y a un teinturier près de la caserne maintenant.

— Vous avez pensé à Dublin, n'est-ce pas ?

— Je peux pas dire, non, monsieur Kelly, pourquoi ça ?

— Eh bien, à Dublin, il doit y avoir pas mal de marchands qui seraient heureux d'acheter du fil ou du tissu sans avoir à donner leur argent à la Couronne, si vous voyez ce que je veux dire.

— Je vois. Eh bien, je vais y réfléchir.

— C'est ça, Dan. Mes hommages à votre femme.”

Le marchand de laine souleva sa casquette et acheva de verrouiller ses volets, et Michael continua son chemin en direction du *Harp & Shamrock*.

Le souffle chaud et sec de la journée s'attardait, et Michael avait soif. Ici, les saisons étaient sens dessus dessous, et novembre annonçait déjà l'été brûlant. George Street était propre et neuve, le grès extrait des falaises à proximité encore pâle et sans patine. On y trouvait tous les produits disponibles dans n'importe quelle ville du monde occidental, pourtant, cet endroit était si loin à l'est qu'on ne pouvait l'y rattacher. Qui aurait cru qu'il passait chaque jour devant plus de banques et d'églises que l'on n'en pouvait trouver sur une distance égale à Londres ; qu'il vivait dans un grenier au-dessus d'un professeur de piano et de harpe, à côté d'une écurie de chevaux de louage, et qu'on pouvait acheter des paniers français et des biscuits fantaisie. Ce n'est pas ainsi qu'il s'était imaginé la colonie. Il n'avait entendu parler que de l'anarchie ambiante et du scorbut, deux choses qu'il avait déjà rencontrées et qu'il n'appréciait guère. Certes, le crime et la maladie voire pire sévissaient ici, mais il y avait un point faible dans le vernis de civilité et de respectabilité de n'importe quel endroit prospère.

De temps à autre, les enfants qui jouaient dans George Street se précipitaient d'un côté de la route pour éviter un char à bœufs transportant de hautes piles de gerbes de blé ou de laine de mérinos, ou un carrosse occupé par un des banquiers hébreux de Pitt Street. Ou, plus rarement, par une dame. De telles créatures interrompaient toujours une partie de quilles, que leur voiture passe juste au milieu ou pas. Un bout de mousseline blanche et un chapeau de paille attiraient la plupart des regards, y compris ceux de Michael. La vue d'une dame, s'agissait-il de la femme d'un marchand, était pareille à un baume rafraîchissant dans ce pays surchauffé rempli d'exilés et de prisonniers. La dame était regardée avec envie et curiosité ; avec ressentiment ou paillardise. Ou simplement parce qu'elle était aussi propre et fraîche que du linge tout neuf et offrait un spectacle agréable pour des yeux comme les siens, qui toute la journée voyaient des hommes, des pierres et des copeaux de bois, et la nuit une presse tachée d'encre.

Michael fit un large écart pour éviter une autre partie de quilles. Certains jours, tout lui rappelait que les privilèges des industriels dépendaient de la souffrance d'enfants. Les marchands d'opium ne verraient jamais la potence ni le ventre puant d'un navire de prisonniers. A Sydney, Michael n'aurait jamais cru voir de jeunes loups aux dents longues, mais il y avait ici plus de terre que ce dont pouvait rêver un Irlandais, et cela signifiait des mérinos, du cèdre et du blé, ainsi qu'un commerce avec les Indes et la Chine. Cela signifiait de la monnaie en argent ; la seule devise que l'empereur de Chine acceptait en échange de son thé. Tout le monde courait après l'argent. Le fait que l'Occident ait fonctionné grâce à une boisson stimulante qui finançait l'Orient afin que celui-ci puisse s'abrutir en fumant de l'opium avait-il échappé jusqu'à l'attention des quelques hommes intègres de Whitehall ? Il commençait à penser que la Grande-Bretagne avait l'intention de coloniser la Chine en faisant sombrer sa population dans l'inconscience.

Michael soupira en songeant à ses tristes préoccupations. Annie lui aurait dit de trouver de quoi se réjouir et de garder cela à l'esprit partout où ses jambes le porteraient. Ce soir-là, elles étaient en route pour le *Harp & Shamrock*, et il y avait bien là matière à se réjouir.

4

VIOLET

Le salon du premier offrait la meilleure vue sur St Stephen's Green qui, ce matin, était enveloppé d'un brouillard diaphane. Des messieurs à l'air sérieux portant cannes et queues-de-pie noires apparaissaient et disparaissaient comme des spectres. D'après ce qu'en savait Rhia, ce n'étaient pas des fantômes, mais des hommes confrontés à des problèmes terrestres au sein de leurs bureaux et de leurs chambres. C'était le moment de la journée où la lumière pouvait être d'une incandescence furtive. Si elle plissait les yeux et se concentrait, un motif pouvait très bien émerger des formes mouvantes des arbres et de la brume. Elle n'avait pas eu le goût d'ouvrir sa boîte de peintures depuis l'incendie. Elle n'avait pas l'esprit tranquille et n'arrivait pas à se concentrer. La lettre de Ryan se trouvait là où elle l'avait laissée, sur la banquette située dans l'embrasure de la fenêtre. Rhia la prit et la lut à nouveau, marchant de long en large devant la fenêtre.

China Warf, Londres,
le 7 novembre 1840

Ma chère Brigit,

J'ai été extrêmement affligé par vos nouvelles, et je regrette profondément de ne pouvoir quitter Londres ce mois-ci. J'aimerais que vous puissiez voir sans tarder les bonnes choses : la vie de mon frère ; le cottage de votre mère ; ainsi que votre habileté et votre expérience tout comme celles de Rhia.

J'ai pris la liberté de discuter de votre situation avec une amie, veuve depuis peu. Antonia Blake est une femme honorable avec une connaissance considérable du commerce. Elle est de la frugale foi quaker, mais vous ne rencontrerez jamais âme plus généreuse. Son mari Josiah, mon ami et associé, est mort de façon tragique et prématurée cet été alors qu'il était aux Indes pour affaires.

Mme Blake a invité Rhia à venir loger chez elle dans la City de Londres, un quartier dynamique et excitant de la capitale. Elle dit qu'elle apprécierait la compagnie d'une autre femme. Il est évident que Josiah lui manque terriblement. Je lui aurais bien proposé de l'héberger moi-même, mais j'ai récemment abandonné mon adresse dans la City et emménagé dans mes bureaux de China Warf.

Antonia m'assure qu'il y a pléthore d'emplois pour des jeunes femmes honnêtes proposés chaque jour dans les journaux londoniens. Pourriez-vous envisager de permettre à Rhia de venir dans la capitale ? Une jeune femme aussi brillante qu'elle trouverait facilement une situation de gouvernante ou de dame de compagnie, et je sais que Connor tient à ce qu'elle se marie. Dans une ville moderne telle que Londres, il est encore possible pour une femme de vingt-huit ans pleine d'esprit de trouver un bon parti ! C'est une chose à laquelle vous pourriez réfléchir, tout au moins.

Je dois me rappeler sans cesse que je ne recevrai pas de cargaison de lin de Dublin cet automne, mais le métier change rapidement. Le prix à l'import du coton américain s'est récemment effondré, depuis que les marchands de confection et de tissus stockent les nouvelles fibres mélangées. C'est une période excitante et une activité en perpétuelle expansion. Bien sûr, j'essaie depuis des années de convaincre mon frère qu'il n'y a aucun avenir dans les étoffes tissées main.

Connor m'avait confié l'état du Lin Mahoney cet été, et j'avais espéré être aujourd'hui en mesure de lui fournir des moyens de sauver l'entreprise, mais c'est compliqué. Ce n'est pas seulement parce que je suis convaincu que les méthodes traditionnelles n'ont aucun avenir, mais aussi parce que mes finances sont temporairement indisponibles.

Faites-moi savoir ce que vous décidez concernant la proposition de Mme Blake. J'adorerais avoir Rhia à Londres. Mais la décision doit être prise par vous deux.

Que Dieu vous bénisse et que son infinie mansuétude vous accompagne dans vos malheurs.

RYAN MAHONEY

Rhia se mordit la lèvre et regarda à nouveau le parc. Toujours aucun signe de sa mère. Quel était *l'état du Lin Mahoney* dont son père avait parlé à son frère ? Cela semblait de mauvais augure. Etait-ce la raison pour laquelle sa mère se montrait si économe avec les chandelles et la lampe à gaz, et avait demandé à Tilly de faire bouillir l'os d'un gigot d'agneau pour accommoder les restes ? Comme d'habitude, personne ne lui avait rien dit.

Elle plia la lettre qu'elle n'aurait pas dû lire. Mais sa mère l'avait laissée sur la coiffeuse, sachant que Rhia utilisait ce miroir pour tresser ses cheveux. Elle ne pourrait pas lui reprocher sa fichue curiosité. C'est ainsi que Hannah appelait cela. Son père, lui, qualifiait sa curiosité de peu féminine. Ses sermons réguliers sur ce qui seyait ou pas au cerveau féminin ne lui manquaient pas, mais ce qui lui manquait, c'était de ne pas avoir hérité de ses bonnes manières pour gérer les affaires. Rien ne semblait d'aplomb.

Elle regarda le parc les yeux plissés à la recherche d'un motif, s'efforçant de ne pas penser à la lettre de Ryan. De quoi avait l'air cette maison pour qui passait devant ? Construite à l'époque de George Ier, c'était une demeure élégante, peinte en blanc à la mode londonienne, le logis d'un marchand prospère. Tout cela n'était-il qu'un mensonge ?

Sa mère aurait dû être rentrée de l'hôpital à présent. Rhia était impatiente de l'interroger. Elle voulait savoir dans combien de temps elles rouvriraient la boutique du bas pour reprendre leurs activités. Elle était agitée, désœuvrée et lasse d'être traitée comme une enfant. Elle soupçonnait que ce n'était pas pire que d'être une épouse.

Elle n'avait presque pas sorti Epona, et alors seulement pour échapper à la mine lugubre de Hannah. La jument sentait son agitation et cela la rendait nerveuse, surtout quand elles partaient pour une longue promenade et quittaient les pavés pour les champs. Rhia n'était pas d'humeur à sauter des échaliers. Elle avait cessé d'essayer de redonner le sourire à Hannah après s'être fait réprimander pour sa fichue gaieté. La maison tout entière broyait du noir.

Elle ne parvenait pas à savoir si la proposition de Ryan l'angoissait ou l'excitait. Cela impliquait de traverser la mer. La *mer*. Tout allait très bien quand il s'agissait de se tenir sur la grève et les pieds sur terre. Mais l'illusion qu'un bateau puisse être en sécurité dessus était quelque chose de radicalement différent.

Rhia balaya la pièce du regard à la recherche d'une distraction. Maintenant que les pièces du bas étaient fermées à la clientèle, le poêle à charbon du salon était le seul à être allumé. Les murs tapissés de papier peint ivoire et les meubles rose pâle étaient apaisants, mais dernièrement, elle avait passé trop de temps ici et commençait à avoir l'impression d'être dans une cage. Elle avait fouillé la bibliothèque de son père en quête d'un livre qu'elle n'aurait pas lu et avait trouvé la nouvelle cachette où Tilly rangeait ses revues. Ces dernières s'avérèrent être une perte de temps car Tilly avait arraché toutes les pages les plus intéressantes, de peur que son maître ne les trouve.

Côté positif, depuis l'incendie, Rhia avait pu lire l'*Irish Times* tous les jours sans avoir à le cacher sous les coussins. Les nouvelles maritimes étaient encore dominées par les événements qui se déroulaient dans le port de Canton entre la marine britannique et les jonques de guerre chinoises. C'était une lecture passionnante même si Rhia supposait qu'elle n'aurait pas dû éprouver de tels sentiments à propos d'une autre guerre. Elle espérait que l'empereur parviendrait à interdire l'opium. Elle avait pris du laudanum pendant une semaine et cela l'avait rendue pratiquement inconsciente. La veille, elle avait lu un article traitant d'une nouvelle toquade : le dessin photogénique. Cela nécessitait l'utilisation d'une boîte à lumière, de parchemin, de nitrate d'argent et de sel. Elle n'arrivait pas à imaginer comment un portrait pouvait être effectué à partir d'une recette aussi improbable.

Brigit Mahoney était facile à repérer de loin dans son manteau vert petit pois. Un triangle de couleur apparut brièvement dessous alors qu'elle se rapprochait. Elle portait du violet. Ce n'était pas bon signe. Le violet n'était pas une couleur de tous les jours pour la mère de Rhia. Elle en portait quand elle avait besoin de courage, en général, les jours où elle se rendait à Linen Hall pour prendre le thé avec les épouses des autres marchands catholiques. Brigit marchait d'un pas pressé sur le chemin qui serpentait à travers le parc. Sur son passage, un ou deux messieurs se retournèrent pour regarder une deuxième fois sa petite silhouette vive. Elle ne ressemblait pas à une Dublinoise. Elle portait des robes simples de couleurs franches, et même si elle s'extasiait toujours sur les imprimés d'une nouvelle saison, elle accordait rarement plus qu'un intérêt passager à une manche ou un corsage à la mode. Rhia, en revanche, remarquait la moindre nouvelle coquetterie parisienne.

Elle avait encore la lettre à la main. C'était idiot. Le temps qu'elle monte l'escalier en courant pour la remettre sur la coiffeuse dans la chambre de sa mère, Brigit était dans l'entrée. En général, Rhia devinait immédiatement l'état de l'invalide à la profondeur des rides creusées entre ses sourcils.

"Il ne va pas mieux ?"

Sa mère repoussa une mèche rebelle de ses yeux.

"Un peu." Ce n'était pas vrai : les rides étaient bien nettes.

"Le médecin dit qu'il pourrait se rétablir plus vite dans un endroit où il se sent gai. Il s'agite sans cesse en disant qu'il nous a laissées tomber, qu'il a… elle hésita, provoqué la ruine de l'entreprise.

— L'entreprise est donc vraiment ruinée ?" Rhia ne parvenait pas à quitter des yeux le visage de sa mère tandis que Brigit accrochait son manteau et lissait ses cheveux. Les ridules autour de ses lèvres étaient elles aussi révélatrices. L'air devint froid, comme si toutes les ombres de la maison s'étaient réunies dans l'entrée pour entendre la réponse. "Tu portes du violet, dit Rhia d'une voix qui semblait accusatrice, même à ses propres oreilles.

— Il y a des choses à faire dans la boutique. Veux-tu bien m'aider ?"

La pièce où toutes les transactions publiques du Lin Mahoney étaient traitées était plongée dans l'ombre. Brigit tira les rideaux et laissa entrer la lumière du matin. La longue table de coupe située au centre de la pièce paraissait abandonnée et le Chesterfield rappelait seulement à Rhia la nuit de l'incendie. Elle s'approcha du mur situé en face de la porte, couvert de profondes étagères ployant sous le poids d'une multitude de rouleaux de damas, jacquard, chintz et batiste. Elle fit courir ses mains sur des tissus unis ou à motifs, de différents fils et qualités, tissés et imprimés. Les impressions étaient la signature des Mahoney et Rhia les aimait toutes ; fleuris champêtres, cachemires indiens et motifs abstraits modernes. Ce kaléidoscope de motifs et de couleurs avait toujours décoré sa vie. Elle avait découvert l'art de la composition dans les imprimés, de même qu'elle avait étudié celui du détail dans l'herbier de

Culpepper. Rien ne l'enchantait plus, cependant, que la façon dont la lumière changeait dans la nature ; les étés décolorés par le soleil à Greystones et l'automne doré à St Stephen's Green. Elle avait maintenant une valise entière pleine d'études pour des motifs répétitifs. C'était une distraction, bien sûr ; tout le monde savait que la création de textiles n'était pas un métier de femme.

Plantée au milieu de la pièce, les mains sur les hanches, Brigit regardait les étagères. Rhia se força à s'asseoir sur le Chesterfied, réprimant son envie de faire les cent pas. Elle regarda autour d'elle, examinant la configuration de la pièce comme si elle ne lui avait jamais prêté attention. Des souvenirs défilaient devant elle. Tout l'avant de la maison avait toujours senti le lin, et elle avait toujours passé ses journées ici. Enfant, elle confectionnait de petites couvertures en patchwork pour ses poupées à partir de jolies chutes de tissu pendant que ses parents s'occupaient du commerce. Parfois, elle s'asseyait dans un coin avec sa boîte de peintures et son minuscule chevalet, écoutant cliqueter les ciseaux de sa mère et le stylo à plume de son père griffer le papier. C'était Thomas qui lui avait fabriqué sa boîte de peintures et son chevalet, et ensuite, il s'était montré de plus en plus contrarié quand elle préférait reproduire des croquis du Culpepper au lieu d'aller se promener avec lui au bord de la mer. Il avait fallu des années avant que l'on puisse reconnaître un seul de ses dessins de botanique.

Brigit contemplait encore les étagères comme si elle tentait de prendre une décision. Rhia se leva et fit deux allers et retours de plus dans la pièce. Elle avait envie de l'interroger à propos de la lettre, mais sa mère semblait perdue dans ses réflexions. Finalement, Brigit se retourna. Elle paraissait anéantie.

"Rhiannon..."

Elle l'appelait ainsi uniquement quand quelque chose n'allait pas.

"Je suis au courant pour la lettre. Je l'ai lue, répondit Rhia.

— Je m'en doutais. Tu avais vu juste à propos de ma tenue violette. Aujourd'hui, j'ai demandé à ton père de me dire la vérité. Il a reconnu que le Lin Mahoney était endetté auprès de plusieurs créanciers avant l'incendie, ce qui explique pourquoi la police d'assurance assez coûteuse avait été résiliée. Une fausse économie, en définitive. La perte du stock et de l'entrepôt nous a ruinés. Nous avons bien dû admettre que nous allions devoir vendre cette maison et nous installer de façon permanente à Greystones."

Rhia ne s'attendait pas à cela. Elle s'approcha de la fenêtre. Le brouillard s'était levé et le parc grouillait de marchands des quatre-saisons et de nourrices poussant des landaus noirs à capote. Son calme s'envola comme un vêtement. Elle avait envie de casser quelque chose.

"Pourquoi ne nous l'a-t-il pas dit ?"

Brigit semblait sur le point de fondre en larmes.

"Ne te fâche pas. Il avait honte. Il pensait avoir mal géré les affaires, mais c'est seulement l'époque qui veut ça. Les méthodes traditionnelles deviennent démodées. Ce n'est pas si terrible. Nous avons la chance d'avoir Greystones. Tu as toujours voulu passer plus de temps là-bas."

Rhia tenta de saisir l'entière portée de ces paroles.

"Mais comment allons-nous vivre ?

— Nous nous débrouillerons. Tu as oublié que je filais la laine avant de rencontrer ton père ; j'ai toujours les doigts agiles et il y a les moutons de Mamo. Thomas Kelly est particulièrement doué pour tisser du drap de laine, et Michael aura purgé sa peine l'été prochain."

Rhia s'efforçait de tout assimiler. Elle comprenait maintenant pourquoi son père avait été aussi furieux en apprenant que ses fiançailles avaient été rompues. Elle avait l'impression d'être une criminelle.

"Et j'ai retourné William O'Donahue contre moi."

Brigit secoua fermement la tête.

"Un homme tel que lui aurait sans doute renié son engagement en apprenant l'état de nos affaires. Tu as eu de la chance d'échapper à cela, même si je ne le dirai jamais devant ton père." Elle n'osait jamais dire grand-chose devant son mari. Cette attitude avait toujours dégoûté Mamo.

Sa mère n'avait toujours pas fait allusion à l'offre de Ryan. Elle ne voudrait sûrement pas que Rhia aille à Londres. Elle voudrait qu'elle reste pour filer la laine. Quoi qu'il en soit, cette proposition était gâtée par cette histoire de gouvernante et, de plus, elle était loin d'être assez intelligente. La seule chose qui l'intéressait en latin, c'était le nom des plantes, et son français était médiocre.

"Et Londres ? risqua-t-elle.

— Il faudrait que tu passes trois jours en mer pour atteindre le port de Holyhead. Tu t'en sentirais capable ?"

Rhia frissonna.

"Absolument pas."

C'était donc réglé. Rhia était déçue et soulagée.

Brigit l'embrassa sur le front, puis la laissa seule pour s'envelopper dans l'étoffe que cette journée de changement pourrait bien tisser.

Rhia reprit ses allées et venues, enroulant distraitement un rouleau de beau jacquard qui se trouvait sur la table de coupe et ramassant des morceaux de fils par terre. Elle s'imaginait à Londres. Elle avait toujours rêvé de visiter la capitale avec son mari, les voyages étant l'un des rares avantages au fait d'avoir un mari. Bien sûr, la probabilité d'en trouver un était de plus en plus maigre et, comme par hasard, elle n'avait pas songé qu'il fallait prendre un bateau pour atteindre la ville. Un bateau sur la mer.

Quant à l'amour, c'était de toute évidence une condition née dans l'esprit des poètes, plutôt que dans leur cœur. Tout le monde savait que, dot et rente mises à part, les maris préféraient les caractères dociles et les femmes au verbe agréable. Ou les femmes toujours d'accord. Qu'y avait-il à aimer là-dedans ? Pire, il s'agissait là de qualités que Rhia n'avait jamais possédées, et qu'elle ne pouvait envisager de cultiver. Peut-être était-elle destinée à devenir gouvernante et à loger chez une quaker, finalement ?

5

VELOURS DE COTON

Sur le chemin de Pudding Lane, Antonia Blake se sentit envahie par une émotion malvenue. Elle sortit son mouchoir, contourna soigneusement quelque saleté indéfinissable dans la rue. Marcher les yeux baissés présentait parfois un avantage.

Certains jours, c'était comme si elle venait d'apprendre la mort de Josiah. Aujourd'hui était un de ceux-là. Elle se concentra résolument sur de petits bouts de ruban et de liserés en biais. Le costumier de théâtre avait paru ravi quand elle était allée le trouver. Pas parce qu'il avait entendu parler de la réforme des prisons ou des œuvres caritatives d'Elizabeth Fry, mais parce que cela lui évitait d'avoir à aller jeter le tissu inutilisable. Et c'était encore mieux, bien sûr, avait-il dit, si les chutes étaient destinées à autre chose qu'à finir chez les chiffonniers.

L'atelier de costumes de Pudding Lane était une pièce encombrée dans le coin de laquelle se trouvait une table sur tréteaux et un tas de mannequins de paille et de chiffon. Sur ceux-ci étaient cousus et épinglés des insignes de toutes sortes : les boutons et la tresse d'une tunique napoléonienne, une cascade de volants festonnés destinée à une héroïne shakespearienne et une tête d'âne confectionnée à partir de crin de cheval.

Antonia se sentait toujours excessivement quelconque quand elle se rendait chez le costumier. Celui-ci ne cachait pas sa fascination de voir un tel manque de coquetterie chez une femme aisée, et ses yeux s'attardaient en général effrontément sur la coupe peu flatteuse ou le tissu terne de ses tenues. Elle se disait qu'il devait tenter de rassembler, au fil du temps, le courage de l'interroger sur sa foi. Le quakerisme était à l'évidence une chose assez mystérieuse pour ceux dont le métier avait trait à la décoration et au théâtre. Il devait savoir que ceux de sa religion refusaient de porter des armes, de payer une dîme sur les terres appartenant à l'Eglise ou de communier, et qu'ils étaient donc des sortes d'hérétiques. Il devait aussi savoir, comme tout le monde apparemment, que les membres de la Société des Amis excellaient dans le commerce et comptaient parmi les banquiers et les plus riches marchands de Londres. C'était tout ce qu'Antonia savait elle-même à propos des Amis avant de rencontrer Josiah Blake.

La journée ne s'annonçait guère propice à une conversation de ce genre. Le costumier était désespéré, ce qui n'avait rien d'inhabituel. Il semblait toujours craindre de ne pouvoir terminer telle ou telle tâche avant une répétition générale. Aujourd'hui, un corsage avait été coupé pour une actrice dont la taille s'était épaissie à la suite de son récent succès dans Drury Lane. Elle se nourrissait, expliqua-t-il d'un air lugubre, de tourtes à la viande et de gâteaux à la crème en lieu et place de ses anciens repas constitués de pain et de thé. Le costumier donna à Antonia son sac de tissus avec à peine un coup d'œil superficiel à sa robe de lin gris et à son col blanc amidonné. Ce faisant, il se plaignit des difficultés à insérer un panneau de velours de coton de façon à ne pas gâcher la ligne élégante du décolleté. Antonia ne put s'empêcher de s'approcher de sa table et de regarder les pièces du corsage qui posait problème. Elle était soulagée d'avoir quelque chose pour s'occuper l'esprit ; un baume pour sa douleur.

"Vous pourriez peut-être insérer deux panneaux plus étroits ici et ici à la place, suggéra-t-elle, de cette façon, on croira que vous avez délibérément tiré parti des nouvelles coutures." Le petit homme en sueur la dévisageait, complètement incrédule. Elle ne donnait pas du tout l'impression de s'y connaître sur la façon de tailler un corsage. Antonia rit en voyant son expression. "Mon père est mercier, expliqua-t-elle. Il y a souvent des chemisiers et des couturières dans son magasin, qui posent leurs patrons en papier sur la soie afin de ne pas perdre un centimètre de la précieuse étoffe. Je ne m'intéresse plus à la mode, mais j'espère avoir encore l'œil pour les silhouettes et… les contours.

— Mais vous l'avez, assurément. C'était extrêmement aimable à vous de partager votre œil expert avec moi, madame

Blake. Eh bien, je crois que vous avez résolu notre énigme ! Votre père est-il installé à Londres ?

— Son grand magasin se trouve à Manchester.

— Alors, vous avez dû venir à Londres après votre mariage." C'était une façon habile de lui soutirer des informations sans paraître indiscret.

"Oui. Mon défunt mari était dans le commerce du coton. C'est grâce à notre métier que nous nous sommes rencontrés."

Le costumier parut embarrassé.

"Je suis désolé d'apprendre que vous avez perdu votre mari. Je n'avais pas compris..."

La douleur. Pourquoi avait-il choisi ce jour-là entre tous pour lui rappeler la perte de son mari ?

"Vous ne pouviez pas savoir. Et je dois aller de l'avant. Comme toujours, notre organisation vous est très reconnaissante." Antonia se hâta de partir avant de voir son calme altéré par une conversation avec quelqu'un qu'elle connaissait à peine. Elle était accablée par de petites choses. Elle ne parvenait toujours pas à se convaincre qu'il était mort. Comment pouvait-il être mort ?

Josiah avait soutenu la réputation sans tache des marchands quakers et était un homme de parole. Il avait été parmi les premiers à s'exprimer à propos de l'embargo commercial avec la Chine. C'était un navire quaker qui avait déclenché la bataille navale qui faisait désormais rage au large de Canton. Le capitaine du *Thomas Coutts* avait refusé de reconnaître la légalité du blocage du fleuve Pearl par la marine britannique, qui empêchait le passage des navires marchands chinois. Le Pearl était le seul accès à Canton, le plus important port de l'Orient. A l'instar de tous les quakers, les Blake se considéraient comme extérieurs aux disputes opposant l'empereur de Chine et les marchands de la Compagnie des Indes orientales. Ils apportaient du coton et de la laine à Canton, pas de l'opium.

Lorsqu'elle fut assise dans l'intimité d'un fiacre, entourée de ses sacs de tissus, Antonia se laissa aller en arrière et pleura. Le costumier lui avait procuré une miséricordieuse distraction, mais dans la pénombre solitaire de la voiture, elle n'avait plus besoin de donner le change. Elle devait seulement avoir recouvré son calme quand elle arriverait à la Maison Montgomery, son rendez-vous suivant. Qu'il soit sincère ou pas, le calme, comme la charité, était une armure. En dessous rôdaient la peur et la solitude, qui éprouvaient sans cesse sa foi et sa force.

Quand son mouchoir fut complètement trempé et ses yeux secs, Antonia se sentit apaisée. Elle se redressa. Il y avait des femmes dans une détresse bien plus grande que la sienne, enfermées dans des conditions misérables dans des cellules souterraines humides et froides. Certaines attendaient d'être pendues, d'autres d'être envoyées loin de leurs enfants. L'idée que grâce à son action les souffrances d'un tiers seraient peut-être moindres aurait dû la stimuler.

Antonia fut ravie de trouver M. Montgomery en bras de chemise à l'étage du magasin. En haut d'une échelle, M. Beckwith disposait des rouleaux de soie nacrée et de cachemire fluide. Grace Elliot, leur assistante, était derrière le comptoir, le visage aussi strict que son corset. Antonia avait l'habitude de ses grands airs. Les Londoniens avaient la particularité de se laisser offenser par les apparences à un point préjudiciable. Les gens du Nord portaient des jugements plus fiables, et se laissaient moins facilement duper par un jupon vert myrte ou un bonnet à rayures.

M. Montgomery eut un sourire si chaleureux en la voyant qu'elle sentit son cœur se serrer.

"Madame Blake ! Quelle heureuse coïncidence que je sois là lors de votre visite. J'ai demandé à Mlle Elliot de vous mettre des chutes de côté. Votre voiture se trouve-t-elle dans Regent Street ?" Il se tourna vers M. Beckwith, lequel était descendu de l'échelle et adressait un sourire timide à Antonia. "Francis, voudriez-vous apporter les sacs de la réserve ?"

Ils étaient aussi différents que deux messieurs pouvaient l'être. M. Montgomery était grand et mince avec une abondante chevelure couleur d'étain et un penchant pour les tailleurs chics de Savile Row. Il était rare de le voir sans sa veste et, malgré elle, Antonia admira la carrure de ses épaules. Francis Beckwith était menu et dégarni, et ses costumes couleur de boue toujours mal ajustés. Josiah le considérait comme le plus intelligent des deux ; il pensait que sans lui, Montgomery n'aurait pas été couronné roi des marchands de tissu.

"Dites-moi, madame Blake, quels progrès avez-vous faits avec la mystérieuse potion de M. Talbot ? J'avoue que cela me laisse perplexe, bien qu'elle ait captivé l'imagination des Londoniens avec autant de succès qu'un scandale." Il la regardait comme si son opinion sur de telles choses avait de l'importance.

"Cela semble en effet être la dernière lubie, n'est-ce pas ?" Le dessin photogénique l'avait captivée dès le moment où Laurence, le cousin de Josiah, lui avait montré ses expériences avec le calotype. Après cela, elle l'avait supplié de lui expliquer le processus chaque fois qu'il leur rendait visite. Elle trouvait encore extraordinaire que la lumière puisse passer à travers une petite boîte brune et mystérieusement former une image sur le mur opposé. Mais être à présent capable de transférer la lumière sur du papier, comme le pouvait la célèbre invention de Fox Talbot, relevait tout simplement du miracle. Laurence habitait chez elle depuis la mort de Josiah, et tout le troisième étage était désormais leur laboratoire dédié au calotype.

"A propos de dessin photogénique, où en est notre expérience ?" M. Montgomery souriait. Il n'avait pas idée de ce qu'il lui demandait. Elle était surprise, également, de voir qu'il considérait cette expérience comme la *leur*. Il avait simplement été l'un de ses sujets. M. Montgomery fut opportunément distrait par un client. Comment pouvait-il comprendre ? Au début du printemps, juste avant le départ de Josiah pour Calcutta, Antonia avait décidé de franchir un cap dans ses expériences : de *capturer* une image négative par le biais de son exposition à la lumière. Peu de temps après, par une belle journée, plusieurs collègues de Josiah, dont M. Montgomery, s'étaient réunis à Cloak Lane pour discuter d'un projet commun. Ce jour-là, Antonia avait non seulement demandé aux messieurs assemblés de faire don de leurs chutes de tissu et de leurs fins de série au Comité pour les navires de détenues, mais également de poser pour elle. Dans une volonté de soutenir cette nouvelle science (ou peut-être pour lui être agréable), cinq messieurs, y compris Josiah, s'étaient laissé disposer dans le jardin pour composer un tableau.

Le négatif était maintenant soigneusement conservé dans une pochette de soie, comme le lui avait conseillé Laurence. Le papier ne semblait aucunement différent après son exposition, même si d'après lui ceci était normal. Et maintenant, avec la récente arrivée de sa licence, Antonia avait enfin le droit de transférer l'image sur du papier. Ou, pour utiliser l'expression inventée par M. Talbot, d'en faire une représentation.

Mais comment aurait-elle pu ? Comment pourrait-elle supporter de voir le visage de Josiah lui retourner son regard, comme si un portrait spectral avait été peint *après sa mort*. Un jour, elle aurait assez de courage pour exposer à la lumière le négatif, et le visage de Josiah. Elle exposerait son cœur à la vérité d'une façon plus tangible que sa foi ne l'avait jamais fait. Le chagrin, disait Isaac, finissait par évoluer et passer du refus à l'acceptation. Il était bien placé pour le savoir : il avait perdu sa femme.

M. Beckwith revint de la réserve en traînant deux sacs pleins à craquer. Pendant qu'il les attachait, Antonia remarqua que M. Montgomery avait donné des chutes d'une qualité exceptionnelle. Il se montrait plus généreux depuis la mort de Josiah. Antonia l'en appréciait d'autant plus. Trop, peut-être. Le motif d'un rouleau de jacquard attira son regard et elle s'approcha pour l'examiner. Lorsqu'elle releva les yeux, M. Montgomery l'observait.

“Magnifique, n'est-ce pas ? Français, bien sûr, mais un jour, j'aurai ma propre collection.” Il fut interrompu par un autre client, de sorte qu'Antonia remercia M. Beckwith et se hâta de partir. Elle n'était pas elle-même.

Lorsqu'elle retrouva le calme de sa voiture, elle mit de l'ordre dans ses pensées. Elle aurait peut-être bientôt une autre pensionnaire. D'après la description de Ryan, sa nièce Rhia était une jeune femme directe et peu conventionnelle. Mais avait-elle été trop prompte à inviter une inconnue et une étrangère à loger chez elle ? Antonia soupira en songeant à sa propre appréhension. Elle aurait dû se sentir pleine d'espoirs et non inquiète. Ce serait agréable d'avoir la compagnie d'une femme pour discuter des affaires au lieu de deviser sur la quantité de vinaigre et d'huile de lin nécessaire pour cirer les meubles.

Antonia déposa ses tissus à la maison d'assemblée et but un thé léger avec les sinistres membres de la Société des dames britanniques, comme aimait à se faire appeler le Comité pour les navires des détenues. Au moins, le quakerisme l'avait sauvée de l'impuissance inhérente à son sexe et à son rang. Elle approuvait l'opinion des quakers selon laquelle l'égalité et le respect étaient dus aux femmes. L'intégrité de la parole divine était, récemment, un idéal plus difficile à défendre. Sans Josiah, comment pouvait-elle à présent être certaine de sa réalité ?

Elle leva les yeux et prit conscience du paysage qui défilait. Cette partie de la City bourdonnait toujours d'activité. La maison d'assemblée de Gracechurch était située entre la banque Lloyds et la Banque d'Angleterre, et à seulement deux rues de la bourse de commerce. Lombard Street et Cornhill Street étaient bordées de cafés où banquiers, marchands et courtiers se retrouvaient pour discuter des nouvelles de la marine marchande et du marché international, pour acheter et vendre du sucre jamaïcain, du tabac indien, de la laine australienne et du thé de Chine. Antonia vivait dans la City et traversait le quartier des banques presque tous les jours, mais elle ne s'en lassait jamais. Il y régnait un dynamisme revigorant, peut-être dû autant à la quantité de café consommée qu'à la nature de son industrie.

En passant devant le *Jerusalem Coffee House*, elle eut la certitude de voir Isaac par la fenêtre. Il était difficile de le confondre avec quelqu'un d'autre. Il était grand ; pas corpulent mais de haute taille et de forte carrure. Il était en pleine conversation avec un autre monsieur, en qui elle reconnut l'un des banquiers de chez Garings. Josiah avait coupé les ponts avec cette banque lorsqu'il avait découvert que l'argent provenant de la vente d'opium était entreposé dans ses coffres, à disposition de la Couronne. Antonia était stupéfaite. Pour quelle raison le meilleur ami de son mari, un quaker, pouvait-il avoir rendez-vous avec un tel homme ? Elle détourna les yeux, se reprochant son manque de confiance. Bien sûr, Isaac devait avoir une raison parfaitement sensée et moralement irréprochable pour agir de la sorte. Elle n'était pas elle-même.

6

CALICOT

Juliette s'examina dans le seul miroir de la maison. Ce qu'elle vit ne lui remonta pas le moral. Mme Blake utilisait le miroir de l'entrée uniquement pour attacher son bonnet ou ôter des peluches de ses tenues grises. Il était dommage que quelqu'un comme Mme Blake n'ait aucune vanité. Avoir l'argent pour s'acheter de la soie mais choisir de la laine semblait aller à l'encontre de l'ordre naturel des choses. A n'en point douter, tout l'intérêt d'être riche était de l'afficher. De plus, même si elle n'était pas d'une beauté renversante, sa maîtresse était d'un physique agréable, et elle serait charmante dans du vert sinople ou du bleu lavande.

Juliette se pencha un peu plus près du miroir et lissa ses cheveux bruns indisciplinés. Elle paraissait aussi inquiète qu'elle l'était en réalité, malgré ses efforts pour ne pas se sentir angoissée. Depuis que Beth lui avait dit que l'inquiétude ne vous laissait que la peau sur les os. Si l'inverse était également vrai, cela expliquait les rondeurs satisfaites de la fille de cuisine. Les joues de Beth évoquaient deux pêches roses et, sous ses jupes de calicot noir, elle avait des hanches aussi rondes qu'une lessiveuse. Le calicot noir ne flattait pas Juliette. Aujourd'hui, son visage menu affichait une tache rouge sur chaque pommette et son front ressemblait à du lin froissé. Elle s'examina sous tous les angles et toutes les coutures jusqu'à ce que son regard tombe sur ses mains. Ses jointures étaient aussi blanches qu'un rôti bouilli tant elle serrait l'enveloppe qu'elle tenait.

Elle se détourna du portrait décevant que lui renvoyait le miroir et parcourut la longueur du couloir. Elle recommença trois fois de plus avant d'entendre les chevaux de la voiture tinter et s'ébrouer, puis le cliquetis de bottines robustes dans l'escalier de pierre.

Mme Blake parut inquiète dès que leurs regards se croisèrent, sur quoi Juliette se sentit tout de suite mieux.

"Quelque chose ne va pas, ma chère Juliette ?

— Ce n'est pas ça... pas exactement. Mais le courrier de l'après-midi est arrivé..." Juliette prit la pèlerine grise et les gants en agneau assortis, remarquant qu'un éclat inhabituel brillait dans les yeux de Mme Blake. Elle avait encore pleuré. Rien d'autre ne le laissait transparaître, pourtant ; elle n'était pas du genre à s'apitoyer sur son sort.

"Elle est arrivée !

— Eh bien, le tampon de la poste est celui de Sydney..." La voix de Juliette tremblota. Elle attendait cette lettre depuis longtemps.

"Vous ne l'avez pas ouverte !

— Oh non, c'est à vous qu'elle est adressée, et je ne lis pas mieux que je n'écris.

— Bien, dans ce cas, pourrions-nous nous préparer du thé et nous asseoir à la table de la cuisine. Cela semble cruel, je sais, de vous faire patienter encore, mais je pense qu'il serait sage d'être calmes et d'avoir un remontant à portée de main."

Juliette se précipita pour aller mettre la bouilloire sur le fourneau, incapable de rester tranquille plus longtemps. C'était Mme Blake qui avait eu l'idée d'écrire – elle-même – aux quakers de Sydney pour demander des nouvelles de sa mère, Eliza Green. Si Eliza était toujours en vie, elle était à présent libre depuis cinq ans après avoir purgé une peine de sept années.

Lorsqu'elles furent toutes deux installées dans la cuisine reluisante de Beth, et que celle-ci fut partie balayer le garde-manger, Juliette posa la lettre sur la table. Elles la considérèrent avec nervosité. La lettre reposait innocemment sur le plateau de pin lisse, mais son contenu risquait, à tout moment, d'être profondément bouleversant. Mme Blake s'était montrée si gentille, et était si inquiète, que Juliette redoutait presque autant de la voir déçue que de l'être elle-même. Elle porta les mains à ses joues tandis que Mme Blake brisait le sceau et retirait une liasse de feuilles unies jaunâtres.

Maison d'assemblée des Amis,
Sydney, 4 juillet 1840

Ma chère madame Blake,

A la suite de votre lettre, écrite pour le compte de votre servante Juliette Green, nous avons, ces derniers mois, fait certains progrès dans nos recherches concernant l'endroit où pouvait se trouver sa mère, Eliza Green.

Eliza Green a été affectée au service d'un particulier après avoir passé quatre années à la maison de correction pour femmes de Parramatta. Durant son séjour là-bas, elle a travaillé à la blanchisserie, où elle lavait les draps de l'hôpital et de l'orphelinat. D'après nos informations, Eliza Green ne s'est pas mariée, elle est en bonne santé et travaille maintenant pour un éleveur de moutons dont le ranch se trouve à Rose Hill, à quelques kilomètres à l'ouest de Sydney.

En apprenant que sa fille bien-aimée, Juliette, demandait de ses nouvelles, cette dame a été submergée par l'émotion et a dit à notre sœur quaker (qui est allée au ranch), qu'elle espérait retourner dans sa mère patrie mais ne parvenait pas à rassembler de quoi payer son voyage. Ceci est une triste vérité qui frappe nombre de ceux qui ont purgé leur peine ici et en Terre de Van Diemen, et ceci est encore plus fréquent parmi les femmes, car les hommes peuvent souvent proposer de travailler à bord du navire pour payer leur traversée.

Elle nous a demandé de transmettre à sa fille son amour le plus sincère, et son vœu le plus cher qu'elles puissent se revoir dans cette vie. Elle promet que pas un jour ne passe sans qu'elle ne pense à elle et ne lui dédie une prière. Elle a été particulièrement rassurée d'apprendre que sa fille n'était plus à l'asile des pauvres mais qu'elle avait trouvé un emploi dans un foyer respectable.

Les Amis d'ici sont entièrement à votre service pour transmettre toute future correspondance à ceux qui ont besoin de réconfort.

Avec toute ma sollicitude,
Votre amie,

MARY WARBURTON

Juliette rit puis éclata en sanglots, puis sembla faire les deux en même temps et ne plus pouvoir s'arrêter. Elle plaqua les deux mains sur sa bouche, craignant que Mme Blake ne la pense hystérique. Mme Blake se contenta de lui tendre un carré de lin blanc immaculé et, d'un geste serein, de verser du thé dans leurs deux tasses.

"Allons, allons. Il est parfaitement raisonnable d'être bouleversée, après tout. Votre pauvre mère. Ce sont de merveilleuses nouvelles, et un soulagement, mais c'est aussi frustrant et terriblement triste. Vous ne devez absolument pas vous sentir responsable de sa situation, j'espère que ce n'est pas le cas ? Juliette ?"

Juliette savait qu'elle était responsable. Sa mère avait volé uniquement pour qu'elle n'ait pas faim. Juliette n'était pas aussi sûre d'être également responsable de la mort de son père. C'est le souvenir de ce jour funeste qui eut raison d'elle et, malgré son désir de paraître raisonnable, elle prit sa tête dans ses mains et se mit à sangloter.

7

MÉRINOS

La taverne était aussi bruyante que d'habitude, et les frères Lafferty, attablés dans le coin, avaient déjà sorti leur violon et leur flûte irlandaise. Tous les visages étaient familiers. Comme Michael, nombre des clients étaient affectés au service d'un particulier ; condamnés à passer les dernières années ou mois de leur peine à travailler gratuitement. Ils tondaient des mérinos, travaillaient dans des carrières ou des fabriques de chaussures ou, comme lui, en tant que charpentier sur l'un des nombreux nouveaux bâtiments publics de Macquarie Street. Beaucoup de ceux qui étaient ici ne rentreraient jamais chez eux, même dans le cas improbable où ils seraient en mesure de payer leur voyage. Une fois qu'on était remis en liberté, les salaires étaient meilleurs qu'en Irlande ou en Angleterre, et un forçat libéré possédant un métier ou même simplement un corps valide avait l'assurance d'un bon niveau de vie.

Michael n'avait jamais envisagé de rester. Surtout à cause d'Annie. Il menait une existence d'homme libre depuis presque deux ans, au service de l'entrepreneur en bâtiments du gouverneur, et ce n'était pas une vie désagréable. La peine la plus lourde avait toujours été d'être loin de sa femme et de son fils. Annie avait peut-être les cheveux gris maintenant, comme lui. Et Thomas, qui n'était guère plus qu'un gamin quand Michael avait été arrêté, était maintenant un homme. Son fils, un homme.

Michael recevait chaque semaine des lettres de Thomas avec des nouvelles d'Annie, de Greystones et des Mahoney, et celles-ci représentaient ses biens les plus précieux. Thomas ne parlait jamais ouvertement des activités de ses hommes, c'était trop risqué, mais il parvenait à lui faire comprendre s'ils étaient sains et saufs et s'ils avaient réussi. La plupart des nouvelles officieuses d'Irlande étaient apportées par le flux régulier de nouveaux arrivants, et c'était ce qui alimentait la petite presse secrète de Michael Kelly pour ressortir sous la forme d'un bulletin mensuel.

La bière brun foncé qu'ils appelaient *porter* avait le goût de malt calciné, mais au moins, au *Harp & Shamrock*, on pouvait avoir la certitude de ne jamais rencontrer de colons. Ici, tous les Irlandais, qu'ils aient été des pionniers libres, des prisonniers ou d'anciens condamnés graciés, étaient traités en égaux. Le comptoir était occupé par des hommes qui n'avaient pas eu le choix : les survivants de 1798, le plus gros soulèvement que l'Irlande avait connu. Ils aimaient raconter à qui voulait l'entendre les conditions dans lesquelles ils avaient vécu à leur arrivée. Michael les avait écoutés un bon nombre de fois, d'abord par intérêt puis par compassion. Aujourd'hui, il feignait seulement d'écouter. Il se représentait parfaitement le bidonville stérile qu'avait été Sydney, où les prisonniers avaient toujours faim et où les gens avaient le choix entre tuer les indigènes ou se faire tuer par eux. Michael avait entendu parler, plus qu'il ne l'aurait souhaité, des cellules d'isolement souterraines et des puits dans lesquels les prisonniers n'osaient pas s'endormir de peur de se noyer ; des fers et des fouets et de l'abominable solitude. Tous s'accordaient pour dire que le pire était la solitude.

De nombreux exilés politiques étaient des hommes instruits et ils mobilisaient leurs esprits oisifs pour compliquer la vie de l'armée et de la police du gouverneur. C'est en voyant leur solidarité et leur désir de rébellion que Michael avait eu l'idée de sa presse souterraine, et les vétérans du *Harp & Shamrock* étaient ses plus fidèles lecteurs.

Oscar se tenait derrière le bar avec un pichet, prêt à servir une nouvelle tournée. Son visage rond brillait de bonne humeur et de sueur. Il hocha la tête en voyant approcher Michael.

“Une pinte, Mick ?

— Ouais. De la noire. C'est ce que j'attends toute la journée et quand ce truc touche mes lèvres, je me demande toujours pourquoi.

— C'est l'eau, dit quelqu'un.

— Ouais. Trop de calcaire, renchérit quelqu'un d'autre.

— Devriez être heureux d'avoir de la flotte. On n'avait pas d'eau potable au début.

— Enfin, c'est pas comme si on en avait des tonnes maintenant, hein, Sean ? Entre le forage qui va pas tarder à être à sec et les tuyaux de plomb tout rouillés."

La conversation était toujours la même. Personne ne se souciait vraiment de savoir que la bière brune n'était pas aussi douce qu'elle l'était "chez eux", puisqu'elle parvenait au même résultat, mais il était nécessaire de faire une remarque à ce propos. Cela les unissait. Ça permettait aussi de réfléchir à un sujet de conversation pendant qu'on servait la bière. A la fin d'une longue journée de travail, personne n'avait vraiment envie de parler. Du moins pas avant d'avoir vidé une pinte ou deux, et c'était donc mieux ainsi.

Michael emporta son verre jusqu'à l'un des tonneaux renversés qui tenaient lieu de tables, et il alluma sa pipe. Les Lafferty avaient commencé un quadrille et il tapait distraitement du pied sur la paille qui recouvrait le plancher. Son esprit en perpétuelle effervescence se tourna vers la soirée à venir, mais avant qu'il ait pu rassembler ses idées, Will O'Shea s'approcha d'un pas traînant.

Même quand il était bourré, c'est-à-dire la plupart du temps, c'était agréable de taper la causette avec lui. Dans sa jeunesse, il avait été journaliste à Dublin, jusqu'à ce que son esprit incisif le pousse à écrire un commentaire cinglant de trop sur les Britanniques en Irlande et qu'on se débarrasse sommairement de lui en l'expédiant en Nouvelle-Galles du Sud.

"Tu rentres aux Rocks, Mick ?" Will lorgnait la blague à tabac de Michael, de sorte que celui-ci la poussa vers lui.

"Ouais.

— C'est affreusement calme, là-bas." Will prit une pincée de tabac qu'il bourra dans sa pipe.

"Ouais." Michael approuva d'un signe de tête songeur. Lui aussi l'avait remarqué. Si quelque chose se tramait, il n'allait pas tarder à découvrir le pot aux roses. Il n'était pas du genre à vendre la mèche, mais si les ordres venaient de Londres, il en ferait son affaire. "Tu me diras si tu entends parler de quelque chose, hein, Will ?"

Will éclata de rire et tira sur sa pipe.

"J'ai rien d'autre à faire." Ils parlèrent des nouvelles constructions dans Macquarie Street, et s'accordèrent pour dire que le bois de cèdre acheminé par la rivière Hawkesbury était magnifique. Quand Michael eut vidé son verre et Will à nouveau bourré sa pipe, il partit en direction des Rocks.

Les Rocks, le bidonville qui s'étendait au bas de George Street, était surplombé par des demeures de marchands et d'entrepreneurs. Ces villas couleur miel étaient perchées au sommet de la saillie rocheuse, aussi loin qu'on pouvait physiquement l'être des taudis. Depuis leur perchoir, Michael se disait qu'il suffisait de garder les yeux tournés vers la mer, au lieu de regarder le bidonville en contrebas. Un homme riche pouvait alors opportunément oublier que sa citadelle s'élevait, au sens propre comme au figuré, sur les immeubles des pauvres.

Alors que Michael passait devant les fragiles masures tassées les unes contre les autres, désignées dans la partie basse des Rocks sous le terme approximatif de "cottages", il ressentit la même vague sensation de malaise qui le tourmentait depuis la semaine précédente. Ces cabanes étaient un patchwork de planches mal équarries, de toits de tôles, de coffres de bord et de toile. Elles n'avaient ni gouttières ni tout-à-l'égout et s'ouvraient sur des ruelles non pavées et sans rigoles où s'amassaient toutes sortes de saletés. Dans ce quartier, de nombreuses "activités artisanales" fleurissaient parmi les maisons des Irlandais et Anglais défavorisés. Michael savait exactement où trouver des faux-monnayeurs, des prêteurs sur gages sans licence et autres "financiers". Sydney était un marché compétitif pour les faussaires et les escrocs, et pour les voleurs aux talents et à l'audace variables.

Tout était encore d'un calme suspect dans les Rocks ; les personnages qu'on voyait habituellement flâner la nuit en direction de George et Elizabeth Street, à l'affût d'une montre de gousset ou d'un réticule mal attaché, étaient soit à l'intérieur soit, plus vraisemblablement, occupés. Un gros coup sous-entendait l'implication d'une personne de Londres ou de Calcutta ; les villes entre lesquelles naviguait la plus grande partie de l'argent de l'Empire. S'il s'agissait d'un gros coup, il était orchestré par une personne qui ne laisserait jamais au grand jamais connaître son identité. Une personne qui n'hésiterait pas à faire taire les sales fouineurs tels que lui. Il devrait prendre garde à ne pas montrer sa curiosité. Il trouvait scandaleux de voir dépérir tant de traditions et de métiers. La souffrance et la dégradation le rendaient malade, et quand il voyait les clippers et les trois-mâts de la Compagnie des Indes orientales ou de Jardine Matheson à l'ancre dans le port de Sydney, il avait envie de les pendre tous au gibet par leurs foulards blancs empesés.

Michael arriva devant une rangée d'habitations légèrement moins primitives, dont les fenêtres avaient des volets que l'on pouvait verrouiller par un cadenas et dont les murs étaient formés de larges planches de bois dur local. Lorsqu'elles venaient d'être équarries, elles dégageaient un léger parfum d'eucalyptus, ce qui apportait un répit bienvenu au milieu de l'odeur de pourri qui empuantissait le quartier des Rocks. Ces habitations possédaient des caves en sous-sol, creusées à l'origine pour éviter que la nourriture ne se gâte trop rapidement. C'était dans l'une de ces caves que Michael passait ses soirées.

Le cottage en question appartenait à Maggie, sa plus vieille amie dans la colonie, quelqu'un qu'il ne s'attendait pas à revoir un jour après son départ. Le fait qu'elle ait également été la tenancière d'un bordel bien géré n'avait aucune importance. Il fallait bien gagner sa vie. Comme le commerce de l'étage supérieur était prospère, le loyer de Michael était bon marché et Maggie ne se mêlait pas plus de ses affaires que lui des siennes. Il y avait si peu de femmes dans la colonie qu'acheter la compagnie de l'une d'elles était parfaitement sensé, étant donné que cela apportait à toutes les personnes concernées une récompense d'un genre ou d'un autre.

Dès qu'il retira le loquet de la grille, Michael comprit que quelque chose clochait, car les volets étaient tirés et fermés à clé. La lanterne à gaz qui vacillait habituellement sur la véranda, informant les clients que tout allait pour le mieux, n'était pas éclairée. Il se dit que la police avait dû faire une descente. Ce n'était certainement pas un bordel de petite envergure qu'elle recherchait, alors, que voulait-elle ? Des informations, peut-être. Maggie était la doyenne des prostituées, et la rue était le conduit du monde souterrain de Sydney, un réseau criminel qui avait importé ses praticiens hautement qualifiés des prisons londoniennes les plus sordides. Décidément, il se tramait quelque chose.

8

CACHEMIRE

Le bois de l'escalier craqua. Rhia posa son stylo sans bruit, respirant à peine. Le stylo roula sur la table, puis revint vers elle et s'arrêta contre ses doigts. Le stylo à plume était un cadeau de Mamo, mais jusqu'à présent, Rhia avait eu trop peur pour s'en servir. Elle pensait bêtement qu'utiliser un cadeau de sa grand-mère pourrait faire sortir celle-ci de sa tombe. L'objet était délicat et décoratif, et les entrelacs celtiques gravés dessus brillaient telles des illuminations. Peut-être d'un éclat plus vif qu'ils n'auraient dû à la lueur d'une bougie.

L'escalier craqua à nouveau. Mab était assez gros pour faire gémir les marches, mais Mab ne bougerait pas des pierres devant l'âtre avant qu'il y ait de la crème dans sa gamelle. Encore une fois, il ne pouvait s'agir que de Mamo qui se déplaçait dans la maison, se livrant aux activités qui pouvaient bien occuper les fantômes aux heures lointaines. *Les heures lointaines*. Etrange, qu'elle s'en souvienne. C'était leur expression secrète, longtemps plus tôt, pour désigner le moment où toute la maison dormait. Mamo lui racontait des histoires pour l'aider à s'endormir, et qui la tenaient éveillée. Mamo lui avait aussi appris une petite comptine pour éloigner les fantômes, mais Rhia ne s'en souvenait plus.

Les ombres s'éparpillèrent au moment où la porte s'ouvrit. Les jambes grêles de Mamo étaient vêtues, comme avant, du caleçon long trop grand de son mari. Elle l'avait porté pour dormir depuis la disparition de celui-ci et jusqu'à sa propre mort, insistant pour être enterrée avec. Les sous-vêtements d'un défunt peuvent sembler être un pyjama peu conventionnel aux yeux de certains, mais pour Mamo, c'était un choix parfaitement sensé. Née dans les collines, elle s'était toujours plainte de sentir le froid de la brume marine s'enrouler autour de ses os. Son mari venait de la mer, et avec son teint mat, on supposait qu'il descendait des naufragés de l'Armada espagnole. Mamo aimait le qualifier de *soyeux*. La natte argentée de ses cheveux retombait sur son épaule osseuse à moitié dissimulée par son vieux châle à motif cachemire. Ses pieds étaient, comme à l'ordinaire, nus.

Mamo regarda le cahier à dessin de Rhia ouvert sur la table pendant quelques instants.

"Tu attends de la visite ?" Sa grand-mère ne pouvait jamais dire simplement "Tu dessines ?". Toute entreprise artistique devait être une visitation de Cerridwen, la muse des bardes.

"Pas ce soir. Je pensais écrire. Dire au revoir à Thomas..."

Mamo regarda la page.

"Tu n'as pas grand-chose à dire." Elle ne savait pas lire, mais n'importe qui pouvait voir que le parchemin était vierge. "Ne sois pas une poule mouillée, Rhiannon. Dis-lui au revoir en face."

Rhia soupira. Elle savait que c'était ce qu'il fallait faire.

Mamo fixait toujours la feuille. Son petit visage couleur noyer était plus lisse, comme si la mort l'avait rajeunie. Elle fit courir un doigt crochu sur les entrelacs du stylo, comme s'il s'agissait d'un motif sur une étoffe. C'était un triple nœud, le plus ancien des motifs, le symbole de la déesse. Mamo se détourna et s'agenouilla près du panier à bois, cherchant des fagots.

"Ecris-moi", dit-elle.

Rhia rit.

"Mais tu ne sais pas lire ! Et en plus tu es..." Devait-elle formuler l'évidence ? Mieux valait s'abstenir. Mamo se vexait facilement.

Mamo fit claquer sa langue, agacée.

"Garde ce que tu écris. Tu pourras me le lire quand tu rentreras.

— Je pourrais..." Rhia savait qu'elle ne le ferait sans doute pas et, en outre, elle ne voulait pas que sa grand-mère, pas plus d'ailleurs que n'importe quel autre fantôme, l'attende à son retour chez elle. Elle avait cru s'être débarrassée des fantômes.

"Bien." Mamo s'assit. "Bon, j'ai une histoire."

Les histoires de Mamo étaient tirées d'une réserve ancestrale inépuisable ; des contes qui avaient été racontés et reracontés par des générations de bardes. Certaines n'avaient jamais été écrites, d'autres n'étaient ni totalement irlandaises ni totalement galloises, tout comme Mamo. Elle prétendait être une descendante des Tuatha de Danaan, la tribu de la grande déesse Anu, et la gardienne de ses histoires. Connor Mahoney avait toujours quitté la pièce quand Mamo parlait des Tuatha, quand ses yeux gris perle devenaient aussi noirs que du granit.

"Il y a une histoire à propos de Rhiannon que je ne t'ai pas racontée ; après qu'elle est tombée amoureuse de Pwyll et l'a amené dans l'Autre Monde, et après avoir été accusée à tort. Après ces événements, elle est devenue la femme de Manannan, le dieu de la mer."

Rhia pensait connaître toutes les histoires de Rhiannon, la déesse qui lui avait donné son prénom, et qui voyageait entre le monde des Autres et le monde des hommes. Elle savait qu'elle montait une jument blanche et portait un manteau violet, et que trois oiseaux magiques l'accompagnaient en permanence. Elle savait que Rhiannon était, de façon mystérieuse, à la fois distincte et partie intégrante d'Anu, et que sa vie était jalonnée de problèmes et de trahisons parce qu'elle devait s'endurcir pour pouvoir accomplir son travail de déesse.

Elle écouta l'histoire de Mamo, mais le conte était long, compliqué et plein de noms gaéliques, de sorte que l'esprit de Rhia se mit à vagabonder. Dans quelques heures à peine, elle partirait pour Londres. Mamo n'était venue la voir qu'une seule fois avant cela, la première nuit. Elle avait insisté pour qu'elle parte, et Rhia, tout aussi inflexible, avait affirmé qu'elle ne partirait pas. Elles s'étaient disputées à ce propos la moitié de la nuit. A la fin, Mamo avait dit que c'était sa maison et qu'elle ne voulait pas y voir Rhia. Si celle-ci refusait de partir, elle-même resterait. Cet argument l'emporta. Il était temps, avait ajouté sa grand-mère, qu'elle entreprenne son voyage nocturne en mer.

Brigit avait été abasourdie quand Rhia lui avait annoncé qu'elle irait finalement à Londres, mais elle ne lui avait pas demandé ce qui l'avait fait changer d'avis. Peut-être n'avait-elle pas envie de le savoir.

"Au moins, ta mère était d'accord avec moi à propos de ton prénom", disait Mamo. Son père avait voulu l'appeler Mary. "Dieu sait qu'elle devrait lui tenir tête plus souvent." Mamo secoua la tête. "Je ne l'ai pas élevée pour qu'elle soit stupide.

— Elle n'est pas stupide. Pour elle, c'est seulement du respect.

— Du respect ! cracha Mamo. Il n'y a aucun *respect* dans le fait de céder, ce qui est respectueux, c'est de montrer autant de respect à soi-même qu'à son époux."

Rhia ne voulait pas d'un sermon, ni d'une autre tirade contre son père.

"Raconte-moi la fin de l'histoire de Rhiannon et Manannan", dit-elle.

*

Immobile comme une statue, Epona daigna accepter une pomme pendant que Rhia la sellait dans le demi-jour, dans la cour de l'écurie. Ses douces oreilles grises remuaient comme si la jument sentait le rythme altéré des battements cardiaques de Rhia ; comme si elle savait qu'il y avait quelque chose de différent.

Seule la lampe du boulanger était allumée tandis qu'elles traversaient le village pour descendre vers la mer. Thomas devait être réveillé, pourtant, et devant son métier à tisser. Les schistes miroitaient, la marée descendait. C'était la nouvelle lune : un vague croissant, à peine visible dans le gris perle du ciel. La mer poussait des soupirs réguliers. Rhia enfonça ses talons doucement dans les flancs d'Epona qui secoua la tête et se cabra. Rhia se pencha sur le cou de la jument et elles ne firent plus qu'une jusqu'à ce qu'Epona adopte un petit galop, ses sabots cliquetant sur les schistes telles des castagnettes. La capuche de Rhia retomba en arrière. L'air était vif et salé, et son humidité s'accrochait à ses cheveux. Elle ferma les yeux un instant.

Le voyage nocturne en mer.

Le voyage jusqu'aux plus lointains rivages de ses peurs. C'était la mer elle-même que Rhia redoutait le plus.

Le cottage des Kelly se trouvait aux abords du village, dans la crique suivante, où du sable remplaçait les schistes devant la porte de derrière. Michael Kelly avait dit un jour qu'il avait besoin de voir l'océan pour se souvenir qu'il y avait un monde au-delà de ses rivages. Nul doute qu'il n'aurait plus jamais besoin qu'on le lui rappelle.

Enfants, Rhia et Thomas s'asseyaient sur des tabourets à côté du métier à tisser de Michael et le regardaient. Il leur apprenait à tisser et leur expliquait que le fil de lin était l'une des plus vieilles fibres au monde. Il leur montrait comment faire tremper la tige souple et flexible de la plante afin de pouvoir en séparer les fibres, permettant ainsi d'obtenir un fil beaucoup plus fin. Le lin était une fibre particulière bien plus difficile à filer que la laine et le coton. Le filer à la main garantissait une étoffe de qualité supérieure car un rouet et des mains aussi habiles que celles d'Annie Kelly étaient capables de produire un fil de n'importe quel poids, tandis que les machines ne pouvaient fabriquer que des fils grossiers. Annie Kelly faisait du fil de lin de toutes les épaisseurs : fin pour la dentelle, la batiste et le damas, et rigide pour la corde, le papier et la toile.

Rhia arriva à l'arrière du cottage et attacha Epona au montant de la barrière. Le bâtiment avait la forme d'une grange et était plus grand que la plupart des cottages de tisserands de Greystones. Thomas la vit par la fenêtre et lui fit signe d'entrer. Il était devant son métier à tisser. Les Kelly travaillaient de longues heures. Ils réalisaient des motifs d'une régularité si parfaite qu'il y avait toujours de la demande pour leurs étoffes.

Le loquet de la porte arrière n'était jamais tiré. La longue pièce étroite qui donnait sur la mer d'Irlande était chichement meublée afin de ménager de la place pour deux anciens métiers à tisser, un pour le lin et l'autre pour la laine, tous deux fabriqués dans du bois de chêne tordu et patinés par le passage du temps. Une vaste cheminée trônait au centre de la pièce, et à un crochet situé au-dessus des flammes crachotantes était suspendue une marmite noircie. Une bouilloire en cuivre rutilante brillait telle une lanterne sur son manteau de pierre. La scène était si familière que Rhia eut envie de pleurer à l'idée de partir. Ni Thomas ni Annie ne s'arrêta quand elle entra. Elle ne s'attendait pas à autre chose. Le rythme du métier à tisser et du rouet ne devait pas être interrompu sans une bonne raison.

"Bonjour." Annie sourit. Elle souriait même si son homme lui manquait énormément ou s'il lui restait de longues heures à filer. "Il y a du potage dans la marmite, et tu sais où se trouve le pain."

Thomas ne dit rien pendant que Rhia allait chercher un bol de soupe et un morceau de pain levé au bicarbonate de soude encore chaud dans l'armoire à fromage. Elle s'assit sur un tabouret près du feu à côté du rouet d'Annie et regarda le pied de Thomas descendre et remonter sur la pédale et ses mains voler d'un bout à l'autre des fils de chaîne comme si ceux-ci étaient des extensions de son corps. Il avait le teint de sa mère : des cheveux châtains ondulés et une peau d'un blanc laiteux. Ses mains et ses avant-bras étaient forts et noueux. Il ne disait jamais rien, mais ses silences avaient des humeurs. Rhia devinait qu'il broyait du noir.

Annie les regarda l'un après l'autre puis enroula sa bobine et la laissa tomber dans le panier à ses pieds. Elle toucha l'épaule de Rhia.

"J'ai du lin à faire bouillir. Ne pars pas pour toujours, d'accord ? Tu vas nous manquer." Annie l'embrassa sur chaque joue et la serra brièvement contre elle avant de partir précipitamment.

Rhia ravala ses larmes et s'approcha de la fenêtre à côté du métier à tisser. Elle attendit que Thomas se décide à parler. Il retira enfin son pied de la pédale.

"Eh bien, Rhia.

— Eh bien toi-même.

— Tu crois que tu reviendras ?

— Quelle question ! Tu crois vraiment que je partirais pour toujours ? Je n'ai pas envie de partir, je n'ai pas le choix."

Il eut un rire amer.

"Mon père n'avait pas le choix. Tu rêves d'aller à Londres depuis que tu es petite."

C'était vrai.

"Mais ce n'est pas comme ça que je voyais les choses, pas pour chercher une situation.

— Oui, et je suis désolé pour tes problèmes, mais tu n'as pas idée de la chance que tu as eue. Tu n'as pas eu à te demander comment payer tes pantoufles en chevreau et tes rubans de soie. Ça ne sera pas si terrible, tu as l'esprit vif, tu es pleine d'imagination.

— Mais je ne suis pas polie. Tous les Londoniens que j'ai rencontrés sont polis. Et je ne suis pas assez intelligente pour être gouvernante."

Thomas se contenta de secouer la tête comme si cela ne méritait pas une réponse. Il détourna les yeux pour regarder les vagues qui se brisaient sur la plage. Epona piétinait toujours le sable près du portail.

"Tu vas lui manquer, dit-il en indiquant la jument d'un signe de tête.

— Tu seras prudent, hein, Thomas ?" Il ne répondit pas. Il dirigeait un petit groupe de catholiques qui se réunissaient en secret pour organiser des révoltes, tout comme son père jadis. Lui et ses hommes imposaient leur propre justice aux propriétaires anglais protestants qui se comportaient de façon injuste avec leurs locataires. Leurs actions étaient souvent violentes et toujours illégales, et Rhia ne posait jamais de questions sur le sujet. Elle entendait dire certaines choses, bien sûr, et c'était assez terrible comme ça. Dernièrement, elle avait aussi entendu dire que Thomas avait une petite amie ; la sœur d'un de ses hommes.

"Il paraît que tu fréquentes Fiona Duffy." Il ignora sa remarque.

"Et tes peintures ? Tu as d'autres idées ?"

Rhia sourit.

"Seulement une centaine. Mais je n'ai pas pris mon pinceau depuis des semaines." Ils avaient grimpé aux arbres, s'étaient baignés nus et avaient cherché des ronds de sorcières ensemble. Thomas avait assisté à ses premières expériences avec les pigments, assis dans la forêt en automne ou parmi les longues herbes du cap en été. Il avait admiré avec elle la surface soyeuse d'un coquillage humide, et les veines d'une feuille morte, semblables à des griffonnages. Il lui avait fabriqué le chevalet et le coffret pour ses seize ans. C'était à ce moment-là qu'il lui avait demandé de l'épouser. Connor Mahoney lui avait interdit l'accès au cottage pendant le reste de l'été.

Ils gardèrent le silence jusqu'à ce que le feu craque bruyamment, faisant sursauter Rhia et brisant ce moment de gêne. Thomas alla vers l'armoire à fromage et revint avec un paquet enveloppé de papier brun. Il le lui donna.

"Ne l'ouvre pas maintenant. Pas avant d'être en route. Comme tu as dit que tu reviendrais, je ne te dirai pas au revoir. Tu sais que le feu est toujours allumé ici.

— Je le sais." Elle prit les mains de Thomas jusqu'à ce qu'il les retire et retourne à son métier à tisser. Il ne releva pas les yeux. Il garda la tête baissée, plus bas que d'habitude, sur les fils de chaîne.

*

Epona remonta le cap comme si elle avait été attelée à une voiture, et sembla ralentir au fur et à mesure qu'elles approchaient du cottage. Peut-être savait-elle que c'était leur dernière promenade matinale. Rhia se retourna pour regarder la plage une dernière fois ; les mouettes qui décrivaient des cercles au-dessus des bateaux de pêche rouges, jaunes et bleus. Elle tourna la tête et vit son père. Il était assis dans son fauteuil en osier, regardant la baie comme il le faisait depuis une semaine, quel que soit le temps. Le poids de son échec se voyait à la courbure de ses épaules.

Ils avaient prétendu, jusqu'ici, que la querelle n'avait jamais eu lieu. C'était plus facile. Une fois sa décision prise de quitter Dublin, elle avait eu peu de temps pour méditer là-dessus, et Connor n'était pas retourné à St Stephen's Green pour voir les pièces vides sonores et les larmes de Tilly et Hannah. Il n'était sorti de l'hôpital que la semaine précédente. Rhia et Brigit avaient tout fait elles-mêmes. La vente aux enchères de la maison de Dublin et de son contenu avait permis de rembourser les dettes, mais guère plus.

Rhia ne pouvait retarder le moment plus longtemps. Elle sauta à terre et embrassa Epona sur le museau. Elle lui donna une pomme flétrie sortie de sa poche et une légère tape sur la croupe. La jument savait retourner seule dans la cour, mais elle se montrait réticente, la tête baissée de la même façon que Thomas. Rhia se détourna rapidement.

Son père leva les yeux vers elle, la tête penchée, et tenta un sourire.

"Je regrette que tu doives partir, Rhia.

— Ce n'est pas définitif.

— Quand je pense que tu vas devoir trouver une situation. Et que tu n'as pas de mari pour subvenir à tes besoins. C'est une honte."

Rhia résista à l'envie de rétorquer.

"C'est à la mode, dit-elle comme si elle se rendait seulement à l'opéra. A Londres, il y a des femmes de toutes les classes sociales qui travaillent. Je l'ai lu."

Il secoua la tête.

"Qui voudra t'épouser ?" C'était comme si elle n'avait rien dit. Il ne comprendrait jamais parce qu'il refusait de comprendre.

Les restrictions imposées par la condition sociale et le rôle des hommes et des femmes étaient traditionnels et non négociables ; comme le tissage. Le lin devait être tissé à la main et un point c'est tout. C'était un terrain dangereux. Au prix d'un effort, Rhia garda un ton léger.

"La voiture va bientôt arriver. Tu remontes à la maison ?

— Non, aujourd'hui, elle sent ta grand-mère. Ça me déprime." Rhia fut trop surprise pour répondre. Il paraissait si accablé, si abattu qu'elle faillit sourire. Pour la première fois, elle voyait dans son obstination une faiblesse et non une force. Il refusait de plier, même un peu, et d'accepter que le monde puisse être différent de ce qu'il avait décrété.

"Alors, je vais te dire au revoir." Elle se pencha et l'embrassa sur le front. Il lui prit la main et la tint si fermement qu'elle se demanda s'il allait la lâcher. Quand il finit par le faire, il détourna les yeux, regarda à nouveau la mer, de sorte qu'aucun d'eux ne put voir l'émotion de l'autre. Il la laissait véritablement partir, peut-être seulement parce qu'il n'avait pas la force de l'empêcher. Rhia éprouvait un mélange de chagrin et d'exaltation. Allait-elle vraiment devenir maîtresse de sa propre vie ?

Elle tourna les talons et commença à remonter vers le cottage.

"Rhia !" cria-t-il d'une petite voix. Elle se retourna.

"Tu es courageuse et gentille pour un diable en jupons." L'espace d'un instant, ses yeux faillirent étinceler.

"Je suis désolée pour William.

— Il n'était pas assez bien pour toi."

Rhia revint précipitamment sur ses pas, se jeta au cou de son père, puis remonta la colline en courant.

Sa malle était déjà près de la porte d'entrée. Sa mère et elle l'avaient traînée toutes seules dans l'escalier. Elles étaient beaucoup plus fortes depuis le déménagement de Dublin. Brigit était assise devant l'un des trois rouets installés près de la cheminée. Maintenant que Rhia partait, deux femmes du village viendraient tisser avec elle. Sa mère leva les yeux.

"Il y a une miche toute chaude."

Rhia se dit que Mamo se trouvait peut-être encore dans la maison, mais elle ne semblait pas l'être. Elle était sans doute avec ses moutons.

"J'ai mangé chez les Kelly", dit-elle.

Brigit hocha la tête.

"Dans ce cas, nous devrions boire un verre."

C'était ce qu'elles faisaient le soir quand les femmes se réunissaient pour tisser, mais c'était un jour particulier. Rhia alla chercher le pichet de grès dans le garde-manger et le remplit de bière brune tirée au fût, puis elle le posa sur le rebord de la cheminée pour le mettre à tiédir.

Le salon de Mamo était beaucoup plus douillet que n'importe quelle pièce de St Stephen's Green. Le mobilier était plus simple, les tissus plus anciens et plus doux. Il y avait des livres sur les tables, des tapis défraîchis sur le plancher et le chevalet de Rhia dans un coin. La pièce sentait la lanoline et la lavande que Mamo mettait dans ses cheveux pour les adoucir.

Rhia monta passer sa tenue de voyage et jeta un dernier coup d'œil sur la chambre de son enfance. Elle était bien rangée, ce qui était en soi inhabituel, et, sans son coffret de peintures sur la table et ses livres près de son lit, la pièce lui paraissait vide. Il n'y avait pas de vêtements jetés sur la vieille malle à couvertures. Depuis la fenêtre, elle voyait la mer, mais elle se détourna avant de pouvoir trop y réfléchir.

Lorsqu'elle arriva en bas, Mamo était devant son vieux rouet, mais si Brigit remarquait que la roue tournait, elle ne le dit pas. Elles étaient assises tranquillement. Brigit passa le verre à Rhia et soupira.

"Je ne m'étais pas rendu compte à quel point le contact huileux de la laine entre mes doigts m'avait manqué."

Rhia aimait elle aussi le contact de la laine.

"Tu vas essayer de nouveaux tissages ?"

Mamo éclata de rire.

"Tu peux travailler la laine peignée de façon à la rendre aussi belle que de la soie, dit-elle. Et ça coûte beaucoup moins cher, dis-le à ta mère." Rhia fusilla sa grand-mère du regard.

"J'ai parlé à Thomas, répondit Brigit. Je vais lui demander de tisser des échantillons."

Elles discutèrent jusqu'à ce que les roues de la voiture qui montait la colline se fassent entendre, puis jusqu'à ce qu'elles ne puissent plus ignorer le tintement des rênes et les chevaux qui s'ébrouaient et piétinaient à l'extérieur.

Il n'y eut pas de larmes, elles les avaient versées séparément. Leur émotion n'était palpable que dans sa retenue ; dans la tension de leur voix et la façon dont elles se tenaient les mains.

“N’oublie pas d’écrire, murmura Mamo à son oreille. Souviens-toi, il y a toujours de quoi se réjouir. *Toujours.* Sois dans le monde mais pas de ce monde, Rhiannon.”

Pour Rhia, cela n’avait aucun sens. Comment pouvait-on être *dans* le monde mais pas *de* ce monde ?

Brigit mit une bourse dans la main de Rhia et porta un doigt à ses lèvres avant qu’elle puisse protester.

Elle monta dans la voiture. Un moment plus tard, celle-ci ferraillait dans la descente en direction de la route de Dublin.

9

Le 28 novembre 1840

Mamo stór,

*L'*Irish Mail *est finalement arrivé à Holyhead sans couler. J'ai été tellement nauséeuse jusqu'à ce matin que je n'ai pas songé une seule fois au sort de l'Armada espagnole. Le royaume de Manannan est en perpétuel mouvement et je n'imagine pas comment les marins parviennent seulement à tenir debout.*

Il n'y a pas grand-chose à voir de l'Angleterre par une soirée de novembre, hormis le brouillard et un ou deux marchands des quatre-saisons, mais par bonheur, il y a une taverne sur le quai, d'où je t'écris ceci. Il me semble un peu téméraire de m'aventurer seule dans une taverne, mais j'ai traversé la mer, alors que pourrais-je craindre d'une taverne de port ? Jusqu'ici, personne n'a tenté aucune approche ni ne m'a adressé aucun reproche.

La vitre est salie par la brume marine et la suie, mais j'aperçois une file de fiacres noirs sous un réverbère à gaz, attendant d'emmener des passagers jusqu'au train de nuit à destination d'Euston. Celui-ci part à minuit et il est à peine dix heures du soir. On m'a dit que le chemin de fer n'était pas loin, et comme je n'ai pas envie de rencontrer certains passagers qui se trouvaient à bord du bateau, je me réconforte en buvant un verre de bière brune et en mangeant une part de tourte au pigeon froide assez grasse.

A midi (en dehors de la tourte, le seul repas que j'ai pu avaler en trois jours), j'ai partagé une table avec un groupe de dames *londoniennes qui étaient allées à Dublin pour assister à un mariage protestant. J'étais assise à côté de Mme Spufford, qui m'a informée que voyager sans chaperon était terrible pour la réputation d'une jeune femme, et que je devais m'efforcer d'apprendre certaines convenances si je voulais être bien reçue dans la bonne société. Si* elle *était une envoyée de la ligue des gens-comme-il-faut (comme les appelle Thomas), alors la société anglaise n'est finalement pas si polie que cela. Manannan m'a vengée. Mme Spufford a plongé sa cuillère dans sa soupe de pois à la menthe juste au moment où le bateau penchait, et ces dames et leurs bols ont tous glissé sur le côté. Le contenu de la cuillère a atterri dans son décolleté et j'ai ri avant de pouvoir m'en empêcher. J'étais la seule. Mme Spufford m'a regardée comme si j'étais une saleté collée à la semelle de sa pantoufle. Une jeune Anglaise bien élevée n'aurait sans doute trouvé rien de drôle dans un décolleté vert petit pois. Mme Spufford et moi ne nous sommes plus adressé la parole depuis et les autres dames de Londres en ont profité pour travailler leur sens de la répartie, qui pique encore ma vanité.*

"Vous êtes dans le textile, mademoiselle Mahoney ? Eh bien, ma femme de chambre vient d'une famille de marchands de lin."

"L'Irlande devient vraiment civilisée, je ne me doutais pas qu'on pouvait acheter des bas de soie à Dublin !"

Elles ont continué de lancer leurs jolies méchancetés, et je les ai laissées faire. Je n'avais tout simplement pas envie de gaspiller des traits d'esprit pour ces pauvres femmes, et en plus, je suis encore faible et fatiguée après trois jours passés à être ballottée d'un côté et de l'autre comme dans la cuve d'un brasseur. Je pensais qu'elles m'auraient oubliée au moment du gâteau à la crème, mais la pire insulte restait à venir.

"Comme vous avez de la chance, mademoiselle Mahoney, d'avoir le teint aussi basané. C'est parfois fatigant d'être à la mode ; de devoir toujours prendre garde à protéger une pigmentation délicate."

Je me suis amusée en imaginant que leurs mèches de cheveux laqués étaient des restes de cornes. J'ai commencé à me demander si, à Londres, le fait d'être irlandaise et catholique pouvait être un handicap. Bien sûr, toi, tu sais que je ne suis pas catholique, mais c'est notre secret. J'étais curieuse de voir de quoi aimaient parler les dames anglaises. Maintenant, je le sais. C'est l'éducation et les émoluments des gens qui les intéressent ; des personnes oisives qui passent leur temps à redécorer leur intérieur et se décorer elles-mêmes. Je ne peux imaginer toutes les conventions et les subtilités que j'ignore. J'espère qu'Antonia Blake n'est pas à la botte de la bonne société.

Je vois le contenu des cales du Mail *que l'on transfère sur des wagons ; mais il semble y avoir plus de sacs de céréales que de sacs de courrier. On dirait que je viens de traverser la mer d'Irlande avec tout le blé, l'avoine et l'orge du pays. Il n'y a pas que le lin irlandais que l'on achemine à travers Londres. Je devrais peut-être m'estimer heureuse que la loi britannique n'ait pas réellement interdit aux femmes de lire les journaux ; ceci est simplement considéré comme vulgaire. Je me demande si c'est parce que, en découvrant la cruauté du négoce, les femmes risqueraient de se retourner contre leurs industriels de maris.*

Je suppose que je devrais modérer ma fichue curiosité et monter dans l'un de ces sinistres fiacres noirs. Demain matin, je serai à Londres.

*

Le compartiment couchette faisait la taille des toilettes de St Stephen's Green. Il était près de minuit et Rhia n'avait pas le courage d'attacher et de fixer des crochets. Elle doutait d'arriver à dormir.

Les voitures brinquebalèrent et sifflèrent toute la nuit, faisant halte dans une multitude de gares éclairées par des lanternes. Des caisses, des malles et des sacs en tapisserie pleins à craquer estampillés de l'insigne de la minuscule reine Victoria étaient chargés avant que le train ne reparte dans un sursaut. L'activité rythmée et la nervosité croissante tenaient Rhia éveillée. La brume de l'aube sembla se poser en un rien de temps sur les champs, douce et irréelle dans le demi-jour. Les silhouettes de murs de pierre et d'arbres sinueux lui rappelèrent l'Irlande. Ceci était sans doute bon signe.

Elle devait s'être assoupie, car la lumière fut tout à coup forte et crue, et la scène qu'elle voyait par la fenêtre troublante. Les doux paysages de l'aube auraient pu être un rêve. Les forêts et les champs avaient été remplacés par des terrils et des terrains plats, émaillés par endroits d'une ferme laitière ou d'un moulin. Ensuite, les quelques masures des habitants de la grande banlieue apparurent : murs en clayonnage revêtus de terre avec des cours sordides qui montaient jusqu'à la voie de chemin de fer. Parfois une poule maigrichonne ou deux ; une chèvre efflanquée ; un cochon métis. Cela pouvait-il être Londres ?

Les logis fragiles devinrent plus nombreux et d'autres scènes quotidiennes de bidonvilles bordèrent la voie. Une femme en chemise et bonnet de nuit accrochait sa lessive aux regards de tous ; un homme au torse en forme de barrique se lavait les cheveux dans un seau en fer-blanc. Des enfants étaient assis sur des tas de pierres et de déchets, agitant la main au passage du train. Ils sautèrent et poussèrent des cris ravis quand Rhia leur répondit. Elle sentit le froid l'envahir. Elle n'aurait jamais imaginé que la capitale ait connu une pauvreté pire que Dublin.

Le train avançait si lentement qu'ils devaient approcher d'Euston. Le moral de Rhia remonta à la perspective de voir Ryan. Sa bonne humeur était toujours contagieuse ; ses habitudes aisées rassurantes. Chaque fois que son oncle venait à Dublin, il apportait de la soie de Chine, de la dentelle française et du vin portugais. Et il savait la faire rire, un remontant désormais absent du foyer Mahoney. S'il était possible de ressusciter le Lin Mahoney, alors Ryan saurait comment.

Elle regrettait à présent de ne pas avoir pris le temps de retirer ses vêtements la veille au soir ; elle avait mal aux côtes à cause des baleines de son corset. Elle examina ses cheveux dans le miroir ovale tacheté accroché sous le porte-bagages. Ils étaient encore plus ou moins tressés et n'avaient besoin que d'une épingle ou deux. Elle se lava le visage dans la minuscule bassine et remplaça ses hautes bottes de marche lacées par les bottines à boutons rangées dans son sac en tapisserie. Le paquet de Thomas se trouvait dessous. Elles avaient un bout pointu et un joli talon, et Rhia se sentit aussitôt mieux. Elle était prête.

Elle s'assit et regarda son sac, soupçonnant que le cadeau de Thomas ne ferait que lui donner le mal du pays qu'elle prenait tant de soin d'oublier. Il faudrait bien qu'elle l'ouvre tôt ou tard. Rhia fourragea dans le sac et en sortit le carré de papier brun lié par une ficelle. Elle posa le paquet sur ses genoux et prit une profonde inspiration qu'elle regretta aussitôt ; il flottait une odeur désagréable dans l'air : des effluves de soufre ou de pourri. Quand elle eut retiré le papier d'emballage, elle vit l'envers d'un carré plié d'une étoffe richement tissée. Rhia le déplia, retenant son souffle. Elle savait ce que c'était. Une fois dépliée, l'étoffe recouvrait ses genoux : un carré de chintz de haute qualité d'une soixantaine de centimètres. La tapisserie de lin était impeccablement tissée avec des couleurs aussi vives qu'un jardin botanique sur l'alpaga vert de sa tenue de voyage. Le motif lui était douloureusement familier. C'était *elle* qui l'avait dessiné, longtemps plus tôt ; à une époque où elle croyait encore aux fées et ne craignait pas les fantômes. Elle avait passé des semaines à le perfectionner avant de l'offrir à Thomas. Il l'avait tissé. Elle était bouleversée. Le motif représentait des rameaux ondulés chargés de fruits dorés et d'oiseaux aux couleurs de gemmes. Il était censé, se souvenait-elle, représenter l'Autre Monde, où les oiseaux magiques de Rhiannon réveillaient les morts et endormaient les vivants.

Thomas avait écrit un mot sur un carré du papier rigide qu'on utilisait pour carder le fil.

Anam cara,

N'oublie pas qui tu es.

THOMAS KELLY

Il aimait être mystérieux. Comment pouvait-elle oublier quelque chose qu'elle ignorait ? Rhia rangea le chintz dans son sac de toile. Elle se dit qu'elle avait de la chance d'avoir un tel ami, malgré son caractère difficile. Mais elle n'aurait pas épousé Thomas, en dépit de ce qu'elle avait dit à son père, car lorsqu'ils étaient étendus nus sur le sol épineux de la forêt, elle n'avait pas voulu qu'il la touche. Malheureusement, elle le lui avait dit. Thomas ne lui avait pas adressé la parole de tout l'été après ça. Ce n'était pas seulement parce qu'elle était la fille d'un marchand de tissu et lui un tisserand, ils venaient, comme Rhiannon et Pwyll, de mondes différents à d'autres égards. Ils savaient tous les deux qu'elle n'aurait jamais été heureuse de mener une vie simple, et Thomas ne cachait pas qu'il la prenait pour une enfant gâtée.

Elle songea à William O'Donahue. Avait-elle eu envie qu'il la touche ? Elle se dit que non. Elle avait été séduite par ses manières et sa sophistication, par l'attrait de sa profession. Ce qu'elle pouvait être volage ! Avec Thomas, elle était elle-même ; aussi mal tournée, fantasque ou curieuse qu'il lui plaisait. De toute évidence, William n'avait que faire de sa fichue curiosité. Elle frissonna en pensant qu'elle aurait pu épouser un homme qui ne voulait qu'un sourire immuable sous un bonnet hors de prix.

La locomotive fumait à travers les quartiers nord de Londres, les bidonvilles étaient devenus des maisons jumelles en brique ; des rangées sans fin ; kilomètre après kilomètre. Rhia sentit son estomac chavirer, et ce n'était pas la tourte au pigeon. A quoi ressemblait une maison de quaker ? Le mobilier était-il austère et inconfortable ? Il n'y aurait très certainement aucune commodité moderne, telle qu'une pompe à eau ou une lampe à gaz. Elle s'attendait à ce qu'Antonia Blake désapprouve son goût pour les belles étoffes et son aversion pour les services religieux.

Les souillures de l'industrie dans le ciel lui rappelèrent le lin gâché et à quel point sa vie avait déjà changé. Comme le cœur de la ville approchait, l'odeur d'huile du brouillard ne fit que s'accentuer et Rhia se demanda comment les gens pouvaient se sentir en bonne santé dans un endroit pareil. Elle entendit Mamo lui murmurer à l'oreille. Elle devait trouver de quoi se réjouir, et vite.

Le train ralentit et le ciel disparut entièrement. Au-dessus du quai bondé, un grand panneau annonçait fièrement : *Londres Euston.*

10

TARTAN

Rhia pénétra dans le brouhaha du quai et se fit pratiquement renverser par un porteur en livrée. L'homme était chargé de boîtes à chapeaux et de paquets, et il tenait tellement à garder l'allure d'une dame vêtue d'une pelisse en fourrure qu'il ne s'arrêta même pas. Ensuite, Rhia sentit une main se glisser sous son bras. Elle se retourna, sur la défensive, mais seul le visage souriant de Ryan l'accueillit. Il s'était facilement approché sans qu'elle le remarque. Elle était tellement soulagée de le voir qu'elle se jeta à son cou, ce qui le fit rire.

"Rhia, ma chérie, bienvenue à Londres !" Il désigna d'un geste le porteur qui disparaissait et la pagaille générale. "Je t'assure que la ville n'est pas toute aussi abominable, ni aussi laide que sa banlieue nord." Il la poussa promptement pour lui faire traverser le quai, évitant les gamins des rues et les passagers avec une alacrité qui semblait incroyable en de telles circonstances.

"Ce n'est pas du tout ce que j'imaginais…" fut tout ce que Rhia parvint à dire. Elle n'eut même pas le temps de regarder correctement Ryan avant qu'ils aient atteint le calme relatif du hall de la gare. Elle lui trouva un air hagard inhabituel, mais il était toujours le portrait d'un célibataire prospère. Il arborait de hautes bottes cirées, un foulard jaune moutarde et une redingote portée avec désinvolture. Hormis ses vêtements élégants et le fait qu'il huilait ses cheveux roux, Ryan Mahoney ressemblait beaucoup à son frère, avec le teint pâle constellé de taches de rousseur propres aux Irlandais et un corps noueux. Par nature, pourtant, il était passionné et frivole, tout à fait l'opposé de son père.

"Nous fuirons cette épouvantable agitation dès que tes bagages seront dans le bureau du porteur, assura Ryan. Ma voiture nous attend sur l'avenue." Elle hocha la tête et son regard fut attiré par les voûtes grandioses du plafond. Les champs s'étaient transformés en plaines et en terrils pour cela. Devait-elle admirer les prouesses humaines ou la résistance du monde naturel ? Soudain, elle se sentit minuscule, et complètement accablée. Elle avait besoin de se laver pour ôter le sel de ses cheveux et la suie de sa peau ; de pouvoir bouger sans entendre grincer son corset et dormir dans un endroit immobile, après quoi tout irait bien. Cela faisait des jours qu'elle dormait à peine.

"Les gares ne sont pas toutes aussi grandioses qu'Euston, dit Ryan en l'observant. C'est le nouveau chouchou de la London and North-West Railway, et la compagnie n'a pas lésiné sur les moyens." Il pensait peut-être qu'elle restait bouche bée devant les réalisations des hommes ? Il pouffa. "Si tu trouves qu'il y a du monde maintenant, il faudrait que tu voies les quais au mois d'août, avant le début de la saison de chasse en Ecosse. Ça me paraît toujours incroyable que les proies n'entendent pas le raffut de loin et ne s'enfuient pas pour la saison !"

Rhia avait elle aussi la vague impression d'être une proie. Après ce qui lui sembla une attente interminable, ils aperçurent sa malle et sortirent dans la rue. C'était l'effervescence. Des voitures, des omnibus et des chariots bloquaient l'artère et le trottoir était encombré de vendeurs à la sauvette et de marchands des quatre-saisons. Une petite fille aux cheveux emmêlés portant un panier de châtaignes tira sur le manteau de Rhia tandis que Ryan la traînait jusqu'à son véhicule. Partout où elle regardait, elle voyait des cheminées ondoyantes et de la pierre noircie. Elle eut le courage de sourire de sa propre naïveté. Elle s'attendait à du classicisme, de l'élégance.

Sa valise fut sanglée à l'arrière du landau bordeaux brillant, et un plaid écossais jeté sur ses genoux. Ils démarrèrent. Elle sentait les yeux de Ryan posés sur elle. Elle tenta de cacher sa déception.

"J'ai… hâte de visiter la ville, dit-elle sans conviction.

— Et tu vas le faire, dans quelques instants !" Le landau s'engagea brusquement dans le flot de véhicules et ne ralentit pas avant d'avoir presque heurté un chariot de lait. Rhia jeta un coup d'œil à Ryan. Ses lèvres formaient une ligne fine et il avait les sourcils froncés comme s'il était à cent lieues de là. Son visage paraissait plus maigre, se dit-elle ; sa mâchoire plus anguleuse. Il avait besoin d'un rasage. Il surprit son regard et sourit aussitôt.

"J'ai du mal à croire que tu sois enfin ici, en train de visiter la grande capitale. Il y a tant de choses que je veux te montrer. Nous irons nous promener près de la Serpentine et faire des emplettes à Piccadilly, et nous irons au Royal Opera. Tu vas passer un moment fantastique. Je parie que tu en as besoin. Maintenant, parle-moi de la santé de mon frère et dis-moi comment ta mère s'en sort. Et parle-moi aussi de ton intention de trouver une situation, un projet qui me semble particulièrement admirable."

Avant que Rhia puisse lui rappeler que cela avait été son idée et non la sienne, Ryan avait repris la parole. Il paraissait tourmenté.

"Comme je l'ai expliqué dans ma lettre, je regrette de ne pouvoir t'héberger moi-même, mais je me suis dit que je passais tellement de temps à China Warf qu'il était inutile d'entretenir une deuxième maison. J'ai assez de place pour y loger un bureau, un lit et des rangements, et en général, je prends mes dîners au club, ce qui convient parfaitement à mes habitudes de célibataire !"

Ryan fit passer le landau, plus rapidement qu'il ne semblait nécessaire ou prudent, devant un autre chariot chargé de cagettes et de tonneaux. La façon dont les routes étroites parvenaient à accueillir autant de véhicules était un mystère. Bloomsbury, expliqua-t-il, était une citadelle de mansardes où logeaient plus d'écrivains, d'acteurs de théâtre et d'*artistes* affamés que dans les halls du Trinity College à Dublin. Il montra les pimpantes demeures de marchands et les locaux d'un monsieur qu'il connaissait. Il demanda à nouveau des nouvelles de Connor et Brigit, comme s'il avait oublié l'avoir déjà fait.

Rhia lui en donna, distraite par moments tandis que son regard balayait les toits de Londres. L'industrie marchait sur le centre-ville telle une milice de cheminées. Des bâtiments sombres abritaient des magasins pitoyables en rez-de-chaussée, où l'on voyait parfois une table branlante sur laquelle étaient étalés des bricoles et du bric-à-brac allant de tas de catalogues jaunis à des boîtes en fer-blanc contenant des boutons de bottine récupérés. Ce n'était pas du tout la ville qu'elle s'était imaginée. Elle surprit le regard de Ryan et se demanda si sa déception se voyait.

"Londres est une maîtresse volage, remarqua-t-il d'un air désabusé. Elle te séduit un instant et te rejette l'instant d'après." Cela semblait bien mélodramatique et Rhia se demanda s'il se moquait d'elle. Elle acquiesça d'un air distrait tandis qu'elle suivait des yeux un chariot tiré par un couple de chevaux bais au poil lustré. Il semblait conduit par un chapeau démesuré au plumage tellement extravagant qu'il ressemblait au nid d'un oiseau de mer.

Elle avait à peine eu le temps d'apercevoir la coupe des robes et des manteaux courts qui virevoltaient le long de Hatton Garden que Ryan annonça qu'ils étaient dans Cheapside. A présent, un magasin sur deux semblait être celui d'un tailleur, d'un modiste ou d'un corsetier, comme si l'économie de la ville tournait autour du textile et de l'habillement. Elle avait, jusque-là, dressé un compte rendu réaliste de l'incendie de Merchants Quay et décrit le confort physique et matériel de ses parents.

"Ma mère, conclut-elle, a l'intention de travailler dans la laine. Les Kelly ont un métier à tisser le drap."

Ryan eut l'air songeur.

"Dans ce cas, je dois envoyer un clipper de mérinos à Dublin dès que possible.

— Mais la laine de mérinos est affreusement chère..." Rhia était secrètement soulagée. Elle avait espéré qu'il leur proposerait son aide.

"Les prix ont chuté. Les moutons prospèrent dans les climats chauds, mais pas seulement sur le Continent. Le mérinos est maintenant le premier produit exporté d'Australie, tu sais. On commence à le mélanger avec de la soie et du cachemire. La laine brute est plus chère à l'achat, mais le fil peut se vendre trois fois le prix de la laine anglaise.

— Alors, tu ne penses pas qu'essayer de faire revivre le Lin Mahoney soit une bonne idée ?"

Ryan poussa un profond soupir.

"Je n'ai jamais été aussi sentimental que ton père à propos de l'héritage familial. Je suis soulagé que ce soit lui qui en ait hérité. Si Connor avait été moins... enclin aux désaccords, je serais peut-être resté à Dublin pour être son associé, mais cela ne devait pas se faire. Comme tu le sais, ton père est aussi dévoué à la tradition que je le suis au progrès. Nous sommes en 1840, c'est une nouvelle décennie ! L'industrie du lin – toute l'industrie textile – a progressé rapidement. Mahoney a été désavantagé en refusant de se mécaniser."

Vraie ou pas, son analyse semblait dure.

"Tout comme serait désavantagé tout tailleur lucide de ne pas avoir un lin de bonne qualité à couper, rétorqua-t-elle.

— Il existe d'autres tissus, Rhia. De nouveaux mélanges de fibres sont maintenant tissés à la machine. *Progrès* est le mot que tu entendras le plus à Londres. En outre, les lins faits à la machine ne sont pas d'aussi mauvaise qualité que ton père voudrait nous le faire croire. Le métier change. Le monde change."

Rhia ne voulait pas paraître démodée, mais elle ne pensait pas non plus que la tradition n'avait aucune place dans le monde nouveau des machines. Elle aurait peut-être poussé son argumentation plus loin, mais les rues avaient de nouveau changé. Elle sentit qu'ils traversaient une partie importante de la ville.

"Voici Cornhill." Ryan donna le nom du quartier comme s'il suffisait à expliquer son dynamisme. La rue palpitait au rythme d'employés de bureau pressés, de messieurs en chapeaux de cuir verni et manteaux à cols en fourrure. Quel qu'ait pu être son secteur d'activité, le quartier avait visiblement une fonction essentielle.

Le landau tourna dans une rue étroite et sombre qui portait le nom bien choisi de Cloak Lane, et s'arrêta devant une maison jumelle à la façade plate en brique rouge. Ils n'étaient qu'à quelques rues de Cornhill. Bien sûr ! Mme Blake vivait dans la City. Ils venaient de traverser le secteur des banques. Elle ressentit un léger frisson d'exaltation à l'idée d'habiter si près du cœur de la capitale.

Ils n'avaient pas évoqué le sujet d'Antonia Blake pendant tout le trajet depuis Euston, mais à présent qu'elle était sur le point de faire connaissance avec son hôtesse puritaine, Rhia sentit revenir sa nervosité. Ryan lui tapota la main d'un air distrait.

"Tu ne rencontreras jamais âme plus charitable qu'Antonia. Est-ce que je t'ai dit que le cousin de son mari logeait aussi à Cloak Lane ? C'est un portraitiste professionnel.

— Un peintre !

— Non, pas un peintre. Laurence Blake est à la pointe de la modernité. Il fait des portraits photogéniques."

Avant qu'elle puisse répondre, Ryan souleva le marteau, premier signe que la maison des Blake n'était peut-être pas aussi ascétique que Rhia s'y attendait. Il représentait une tête d'animal mythique en fer forgé, avec un anneau dans le nez.

Elle rassembla son courage quand la porte s'ouvrit.

11

BATISTE

Antonia fronça les sourcils en entendant grincer la porte d'entrée. C'était un bruit dérangeant ; elle devait penser à y mettre un peu d'huile de lin. Elle termina rapidement sa dernière colonne de chiffres soignée tout en guettant l'arrivée des Mahoney.

"Bonjour, Juliette !" lança Ryan d'une voix retentissante avec une gaieté peu ordinaire, sans doute pour compenser l'air austère de la bonne.

"Bonjour monsieur Mahoney. Mademoiselle."

Antonia se leva. Elle lissa ses jupes et tapota ses cheveux, puis s'avança dans l'entrée. Elle attendit quelques instants dans l'ombre, ne voulant pas faire irruption avant le bon moment. Juliette tenait un manteau rouge rubis ; mais Rhia Mahoney était cachée derrière elle. La couleur du manteau en disait long sur sa nouvelle pensionnaire.

"Madame Blake me fait dire que vous devez aller directement dans le petit salon, où il fait bon. Elle vous rejoint dans un instant." Juliette prit le manteau de Ryan et les fit entrer dans la pièce.

Quand Antonia entra dans le petit salon, Ryan se réchauffait devant le feu et Rhia examinait le paysage photogénique accroché au mur, dos tourné à la porte. C'était l'œuvre d'un des collègues de Laurence. Rhia se retourna. Antonia fut surprise. Rhia ne ressemblait pas du tout à son oncle : elle avait des traits volontaires et la peau mate ; elle n'était pas jolie, mais étonnante. Elle était petite. Presque minuscule. Son regard était un peu trop direct pour être totalement respectueux ou bienséant. En fait, Antonia aurait presque été tentée de croire que ces yeux sombres étaient doués de double vue.

Ryan fit les présentations et Rhia lança un dernier regard au paysage avant de s'avancer en tendant la main, qu'Antonia serra.

"Vous aimez le dessin photogénique ? demanda-t-elle, ne sachant pas quoi dire d'autre. La pâleur de ces arbres ne donne-t-elle pas le frisson ? Ne trouvez-vous pas ?

— Oui", admit Rhia, qui semblait pourtant presque soupçonneuse quand elle se retourna pour regarder l'image. Quelle étrange créature ! Elle s'arracha à sa contemplation et regarda autour d'elle d'un air appréciateur. "Cette pièce est charmante, dit-elle. Quelle merveilleuse idée d'avoir tapissé les murs d'une couleur aussi chaude. On dirait un champ de blé au soleil."

Sa remarque plut à Antonia. Elle avait apporté beaucoup de soin à la décoration de cette pièce. Il lui avait semblé nécessaire de la redécorer après la mort de Josiah. Les murs étaient de couleur ambre avec des feuilles d'un jaune citron pâle, et ils étaient ornés non seulement de dessins photogéniques mais aussi de plusieurs madones de sa propre collection. Elle avait accroché celles-ci tout récemment. Josiah n'appréciait pas les icônes. Les fauteuils en chêne français installés devant la cheminée étaient tapissés en jaune safran vif. La table du petit-déjeuner était légèrement en retrait de la fenêtre et dressée avec de la délicate porcelaine blanche. Le petit salon semblait désormais ensoleillé même quand seule une faible lumière hivernale filtrait à travers les rideaux de dentelle.

Antonia embrassa la tenue de voyage de Rhia d'un seul coup d'œil. Elégante mais pas ostentatoire. Elle supposait qu'elle-même paraissait déplacée dans sa jolie pièce. Le gris qu'elle portait habituellement était si sombre qu'il était presque noir, rehaussé seulement par un col blanc. Ses cheveux bruns étaient, comme toujours, séparés par une raie au milieu et attachés en un chignon strict recouvert de tulle. Elle pensa un instant à l'époque où elle portait des vêtements qui froufroutaient et murmuraient, où des perles cliquetaient doucement à son cou. Elle fut surprise de penser ainsi à la personne qu'elle était jadis. Rhia Mahoney allait-elle faire entrer des fantômes dans la maison ?

Antonia se força à afficher un sourire radieux. Elle était l'hôtesse bienveillante.

"Je vous attendais un peu plus tard, mais j'aurais dû me souvenir que votre landau est aussi rapide qu'un char de course,

Ryan." Ryan s'inclina et sourit. Il était aussi débonnaire qu'à l'ordinaire, malgré sa mine terrible. Trop de vin hier soir à son club, sans aucun doute. Contrairement à son habitude, il était silencieux.

Antonia prit Rhia par le bras et l'entraîna jusqu'à la table du petit-déjeuner.

"Venez ! Vous devez être affamée et fatiguée après votre long voyage. Je suis ravie de faire enfin votre connaissance. Je dois avouer que j'ai tellement entendu parler de vous par votre oncle que j'ai l'impression de vous connaître déjà un peu. Je suis enchantée de vous avoir ici, Rhia.

— C'était gentil à vous…" Rhia semblait s'efforcer de trouver quelque chose à dire et Antonia comprit avec soulagement que son invitée devait se sentir aussi maladroite qu'elle.

"Pas du tout. J'ai désespérément besoin de compagnie. C'est une bénédiction d'avoir Laurence, même s'il est souvent à l'étranger pour son travail. Le silence ne renvoie que le silence, et il semble honteux d'avoir des chambres vides quand tant de gens n'ont pas de toit."

Pendant qu'elles discutaient, Juliette, aussi silencieuse qu'une apparition, avait posé des paniers de pain et des pots en verre taillé sur la table. C'était un petit-déjeuner simple composé de confitures, de pain blanc et de café noir à la mode continentale. Tandis que Rhia beurrait ses tartines et sirotait une tasse de café, Antonia réfléchit à un sujet de conversation approprié. Elle devinait que Ryan était préoccupé, ce qui augmentait considérablement son choix.

"Quelle robe ravissante. Vous avez l'air d'une sylphide dans ce vert mousse." Elle soupçonnait que le panneau du corsage en batiste blanche à la mode avait été rajouté, mais à Londres, on ne parlait pas de frugalité. Les yeux de Rhia s'allumèrent d'un éclat malicieux.

"Les sylphides que j'ai vues ne portaient guère plus que des fougères et des toiles d'araignée", dit-elle. Elle prit une autre bouchée de pain et de confiture et se remit à parler avant d'avoir fini de mâcher. "Je n'ai pas suffisamment rétréci les manches, mais c'est de la batiste Mahoney."

Antonia eut envie de rire. Ce manque de décorum était-il dû au fait qu'elle était irlandaise ou à Rhia elle-même ? Elle ne savait presque rien des coutumes celtes ; Ryan était londonien jusqu'à la moelle. Dans quoi s'était-elle donc fourrée ? Si ceci promettait d'être une aventure, alors elle en avait éperdument besoin d'une.

"Je me demandais si c'était de la batiste Mahoney. J'ai été consternée d'apprendre les malheurs de votre famille. J'ai moi-même, par le passé, acheté du lin Mahoney. La qualité était toujours la meilleure du marché. Le tissu proprement dit est ce qui compte le plus dans toute l'industrie de la mode."

Rhia eut l'air satisfaite de cette remarque et acquiesça d'un hochement de tête.

"N'est-ce pas ? Parmi les tenues que j'ai vues ce matin, certaines ne servent sûrement qu'à afficher en public que l'on peut se payer une femme de chambre. Qui pourrait agrafer seule des corsages aussi étroits ?"

Rhia serait une compagne divertissante, mais Antonia se sentait encore vaguement déconcertée par la jeune fille. Sous son élan, elle avait quelque chose d'un peu *sauvage*, et elle ne plaisantait qu'à moitié lorsqu'elle avait fait cette remarque à propos des sylphides. Cependant, elle sourit et poursuivit :

"Malheureusement, on s'est efforcé de faire croire aux personnes de notre sexe qu'une vraie dame était incapable de se débrouiller seule. Oui, il est impossible d'agrafer les sous-vêtements à la mode sans une femme de chambre, et sans ces sous-vêtements à la mode, une dame n'offre pas une silhouette acceptable...

— Sauf si elle se prive de nourriture, s'enthousiasma Rhia. A Dublin, je connais des filles qui refusent de manger une pomme de terre tant qu'on ne peut serrer leur corset à quarante centimètres. Quelqu'un devrait leur dire que les enfants de fermiers n'ont rien d'autre à manger que des pommes de terre et qu'ils sont maigres comme des clous."

De toute évidence, Rhia n'était pas de celles qui s'abstenaient de manger des pommes de terre, elle était bien en chair partout où il le fallait et était en train de beurrer son troisième petit pain. Antonia était soulagée qu'elles aient trouvé un terrain d'entente, même si c'était au détriment de l'intérêt de Ryan. Il les avait écoutées avec de moins en moins de patience et semblait à présent agité. Il se leva.

"Je quitte Londres cet après-midi. Je dois aller inspecter une nouvelle filature de coton dans l'Essex. Je serai absent un jour ou deux. Vous avez beaucoup de choses à vous dire toutes les deux. Je passerai plus tard dans la semaine, Rhia."

Antonia se souvint d'une chose.

"Avant votre départ, je voudrais vous montrer des documents d'expédition qui me laissent dubitative. J'essaie de comprendre la méthodologie de Josiah, Ryan. Voudriez-vous jeter un œil dessus ? Si vous n'avez pas le temps, je peux demander à Isaac…

— Mais bien sûr, certainement. Alors, vous prévoyez de reprendre les affaires ? Vous n'avez tout de même pas l'intention de faire du négoce vous-même, Antonia ?

— A terme, si. Pourquoi pas ?" Elle ne dit pas qu'elle n'avait pas encore trouvé la force et la foi que cela demanderait, elle le savait ; qu'elle priait pour avoir du courage.

Ryan sembla perplexe mais ne répondit pas. Rhia paraissait pleine d'admiration. Antonia se détourna et partit avec un petit sourire.

Depuis le bureau de Josiah, elle entendait des bribes de la conversation qui se déroulait dans l'entrée. Rhia dit quelque chose à voix basse, à quoi Ryan répliqua :

"Il ne faut jamais refuser quand on te propose de l'argent, ma chérie ! Je regrette seulement de ne pouvoir te donner plus, mais je suis un peu en difficulté en ce moment." Antonia était surprise. Elle avait toujours considéré Ryan Mahoney comme un investisseur prudent. Peut-être ne souffrait-il pas d'un excès de bordeaux, après tout. Elle roula le document et l'attacha à l'aide d'un ruban, puis s'affaira dans le couloir afin de ne pas surprendre leur conversation privée. Elle tendit le rouleau à Ryan. "Je suis peut-être stupide, mais d'après ce journal de bord, il apparaît que le *Mathilda* est toujours en cale sèche à Calcutta." Ryan fronça les sourcils puis parut sur le point de dire quelque chose mais se ravisa. Il glissa soigneusement les documents dans la poche de sa veste, puis sourit brièvement, même si ses yeux avaient déjà un regard lointain.

"Bonne journée à toutes les deux. Amuse-toi bien à Londres, Rhia."

Antonia resta près de la porte avec Rhia, qui était appuyée contre le chambranle comme si celui-ci la supportait. Elle avait à l'évidence besoin d'un bain et de sommeil.

Elles agitèrent toutes les deux la main comme le landau de Ryan s'éloignait à vive allure. Ses cheveux étaient éclairés parderrière, comme une de ses madones. Son expression, à laquelle il ne faisait désormais plus attention, était décidément troublée.

12

DÉVORÉ

Le brocart ivoire qui entourait le lit se balançait doucement comme si un courant d'air avait traversé la pièce. Rhia examina le motif en relief d'un œil endormi. Les arabesques dansaient et miroitaient dans la lumière qui passait au travers. Cela lui donna une idée.

La veille, après le petit-déjeuner, Mme Blake avait disparu dans les confins de la maison, la laissant se laver et défaire ses bagages. Une fille plantureuse prénommée Beth, beaucoup plus agréable que la maigrichonne pleurnicharde, lui avait proposé de lui faire couler un bain mais Rhia était trop épuisée pour en prendre un. Elle s'était allongée sur son lit et aussitôt endormie. La première fois qu'elle s'était réveillée, il faisait nuit, et elle avait écouté les bruits de la ville : clochettes de marchands ambulants, sabots sur les pavés et roues de voiture qui grinçaient. Elle avait écrit une ligne ou deux à Mamo, lui décrivant la maison, et elle avait dû se rendormir un peu avant l'aube.

Elle tira les rideaux du lit et tenta d'estimer l'heure à l'angle du soleil qui se reflétait sur les toits. Elle promena son regard dans la chambre, apprécia à nouveau le mobilier oriental sombre devant les murs beige pâle. Le décor lui semblait tout aussi cosmopolite que la veille. Le coffre disposé au pied du lit était gravé de caractères semblables à ceux imprimés sur les emballages de soie de Chine. S'il était dans le commerce du coton, Josiah Blake avait souvent dû se rendre en Orient. Quel genre d'homme avait-il pu être, et comment était-il mort ? Elle avait voulu interroger Ryan à propos du mari d'Antonia, mais elle l'avait trouvé de si étrange humeur qu'elle avait oublié. La chambre, se dit Rhia, possédait les qualités de la maîtresse de maison : simple mais élégante ; sobre et pourtant ouverte sur le monde. Dans la matinée, quelqu'un avait allumé son feu et rempli sa bassine d'eau propre. Son regard se posa sur une horloge installée sur la cheminée. Il était plus de dix heures ! Elle avait sans doute manqué le petit-déjeuner. Elle se lava et s'habilla en hâte puis descendit les marches deux par deux, manquant de renverser un seau et une serpillière abandonnés sur le palier du rez-de-chaussée.

La table du petit salon était dressée pour deux. Peut-être n'était-elle pas si en retard après tout. Dès qu'elle entra, Beth se précipita dans la pièce, s'essuyant les mains sur son tablier.

"Bonjour, mademoiselle. Mme Blake est déjà sortie. Elle et Juliette sont parties faire leurs visites. Elle me fait dire qu'elle sera de retour pour le thé.

— Leurs visites ?

— C'est ça. Elles collectent des tissus pour les navires de détenues, dans les magasins et autres." Beth baissa la voix. "Et elles vont dans les prisons." Elle marqua un temps d'arrêt pour ménager son effet et leva un sourcil. "Ce n'est pas moi qu'on verrait entrer dans Millbank ou Newgate en étant libre. Des endroits funestes." Elle eut un frisson théâtral. "Quoi qu'il en soit, votre petit-déjeuner est sur la table. Il n'y a que du pain, de la marmelade et ce genre de chose, c'est ce que prend M. Blake – le jeune M. Blake, je veux dire, bien sûr, parce qu'il n'y en a pas d'autre, plus maintenant… Mais je peux vous préparer des œufs ou du porridge si vous préférez."

Rhia devinait que Beth n'avait pas envie de préparer des œufs ou du porridge.

"J'imagine que vous avez mieux à faire."

Beth parut surprise, puis contente.

"Eh bien, oui, c'est vrai", admit-elle d'un ton important, et elle s'empressa de disparaître avant que Rhia ait le temps de changer d'avis.

Rhia s'installa à la table du petit-déjeuner. Mme Blake avait laissé un journal, le *London Globe*, ouvert à une page qui selon elle pouvait intéresser Rhia. De toute évidence, ce n'était pas un foyer où l'on désapprouvait que les femmes lisent les journaux. La page était divisée en étroites colonnes de caractères si minuscules qu'ils en étaient presque illisibles. Elle se pencha plus près. Une spacieuse propriété était à louer dans Regent's Park, avec hangar à cabriolet, toilettes et bureau de comptes.

Il en coûtait cent cinquante guinées pour cinq mois. A Limehouse, une paroisse recherchait un boucher pouvant lui fournir du gîte, de l'agnelle et du bœuf désossé ; graisse comprise. Une respectable fille d'officier pouvait enseigner la géographie, la grammaire française et les rudiments du latin. Cette dame était, apparemment, qualifiée par son expérience et son éducation. Rhia soupira. Quelle chance avait-elle face à une respectable fille d'officier ?

Elle sentit un souffle froid sur sa nuque, comme si on avait ouvert la porte derrière elle. Elle se retourna, mais il n'y avait que le dessin photogénique des grands troncs d'arbres pâles, semblables aux colonnes d'un temple classique. Hier, elle avait cru voir une silhouette ténébreuse parmi ces arbres irréels. Elle était épuisée, bien sûr, et de plus, qui avait jamais entendu parler d'une apparition dans un tableau ? Evidemment, il ne s'agissait pas exactement d'un tableau, même si cela y ressemblait fort. Peut-être était-ce toutes ces images de la Vierge sur le mur qui l'avaient désarçonnée. Leur présence la déconcertait presque autant que les arbres. Tournant résolument le dos au dessin photogénique et aux madones, elle vit un homme l'observer depuis le seuil. Un homme en chair et en os, pas une apparition, même si elle commençait à se dire qu'elle n'était peut-être plus capable de faire la différence. Souriant et juvénile, il avait des yeux du même bleu que les vitraux d'une église. Elle ne savait pas depuis combien de temps il était là.

“Vous devez être mademoiselle Mahoney.

— Et vous monsieur Blake.

— Je vous en prie, appelez-moi Laurence. Antonia m'appelle comme ça. Les quakers ne croient pas aux formalités.

— Dans ce cas, je suppose que vous devez m'appeler Rhia.

— Très bien, répondit Laurence avec un sourire radieux.

— Mais je pensais qu'à Londres, il était impoli d'appeler un inconnu par son prénom ?” C'était exactement le genre de conventions déconcertantes qu'elle avait redoutées.

“Alors, il faudra feindre d'être de vieux amis.”

Rhia éclata de rire. Avec son foulard noué de façon désinvolte et son jabot froissé, Laurence Blake lui plut tout de suite. Il tenait un chapeau haut de forme dans une main, comme s'il était sur le point de sortir. De l'autre, il tentait de lisser un épi de cheveux blond foncé.

“J’espère que je ne vous dérange pas, dit-il, soudain gêné.

— Oh, je suis heureuse d’être dérangée. Sinon, je serais peut-être obligée de chercher une situation.

— Je vois, dit-il, même s’il ne paraissait rien voir du tout. Si vous avez besoin d’aide dans ce domaine, alors vous me permettrez peut-être de me joindre à vous pour le petit-déjeuner.

— Mais la table est dressée pour vous.

— C’est parce que Beth est une perle, même si elle rouspète constamment qu’elle n’est ni bonne ni gouvernante. Je me rendais à la papeterie de Cornhill, mais cela peut attendre. En plus, il pleut.” Il s’assit en face d’elle, ses yeux très bleus ne quittant pratiquement pas son visage. “Puis-je vous demander quelle profession aura cette chance ?”

Rhia soupira.

“Je suis censée devenir gouvernante.”

Laurence pouffa en se servant du café dans le samovar.

“Cela ne doit pas être si terrible que ça, non ?

— Non, sans doute.” Elle beurra un autre petit pain, gênée. Elle chercha autre chose à dire. “Mme Blake m’a dit que vous réalisiez des portraits photogéniques. Cela semble beaucoup plus excitant.

— Oh, ça l’est, et je suis un heureux homme d’avoir fait ma carrière d’une activité aussi merveilleusement agréable.

— Votre studio se trouve-t-il près d’ici ?

— Pour le moment, j’utilise une des chambres d’Antonia.

— Alors vous faites des portraits dans cette maison !

— Mais oui.” Il sembla heureux de son enthousiasme. “Je suis arrivé de Bristol il y a peu pour m’installer dans la capitale, voyez-vous, même si j’avais l’habitude de venir régulièrement. En fait, c’est votre oncle qui m’a poussé à venir à Londres quand Josiah est… mort.” Ses lèvres se tordirent un instant et il baissa les yeux, mais il retrouva rapidement sa bonne humeur. “Antonia est tout à fait passionnée par le dessin photogénique. Maintenant dites-moi, mademoiselle Mahoney – Rhia –, que pensez-vous de Londres ?”

Que pensait-elle de Londres ? Elle réfléchit à sa question. Si Londres était une étoffe…

“Ça ressemble à du dévoré, je trouve.” Sa remarque était-elle trop spirituelle ? Et Laurence trouvait-il cela déplaisant chez une femme, lui aussi ?

"Du dévoré ?

— Un tissu dont le poil est…

— Oh, je sais ce qu'est le dévoré, mais seulement parce que les trames qui laissent filtrer la lumière font des sujets de choix. Antonia aime pratiquer des expériences avec de la dentelle, par exemple, c'est très *photogénique*, comme on dit.

— Alors Mme Blake réalise elle aussi des dessins photogéniques ?

— Tout à fait. Mais expliquez-moi pourquoi Londres ressemble à du dévoré.

— Elle est aussi somptueuse que du velours, mais par endroits, on voit la trame.

— Poétique." Il la regardait à présent comme si elle était un spécimen derrière une vitrine.

"Pouvez-vous vraiment réaliser des dessins photogéniques de tissus ? demanda-t-elle.

— Vous voudriez en voir un ?

— Oh, oui !

— Alors je vous en montrerai dès mon retour de la papeterie."

Laurence but son café d'un trait, lui adressa une courbette extravagante et s'en alla.

Rhia enroula une mèche de cheveux autour de son doigt d'un air songeur. Ils étaient rêches et cela lui rappela qu'elle n'avait pas pris de bain depuis des jours. Elle se mit en quête de la cuisine.

Beth sembla fière de l'informer qu'il y avait une "pièce pour le bain", et la conduisit à l'arrière de la maison. Il s'agissait d'un ajout récent à Cloak Lane, expliqua la bonne, l'eau était acheminée par des tuyaux jusque dans la cave de Mme Blake puis montée et chauffée dans des lessiveuses avant d'être transférée dans la baignoire en porcelaine. Pas étonnant que Beth ait voulu que Mme Blake emploie une bonne spécialement pour l'étage du bas. La baignoire était si grande qu'un corps de petite taille pouvait facilement s'y allonger, et la pièce était chauffée par un poêle en fer rond installé dans un coin. Une rampe de cuivre fixée au mur carrelé de vert près du poêle supportait un drap de bain en lin blanc.

Rhia s'assit les genoux remontés contre la poitrine. Elle trouvait étrange d'être dans une pièce qui ne contenait qu'une baignoire. Elle avait fortement conscience de ses membres nus couleur de miel. Se sentait-elle ainsi à cause de Laurence Blake ? Il l'avait regardée comme une chose curieuse. Il la trouvait peu cultivée. Il épouserait une Anglaise pâle au sourire réservé.

La vapeur flottant dans l'air lui rappela le brouillard de l'Atlantique qui s'était enroulé autour de l'*Irish Mail* et l'avait emportée. Elle prit ses genoux dans ses bras comme s'ils pouvaient la protéger du mal du pays. Mais à présent, les carreaux verts lui rappelaient les forêts de Wicklow, et elle sentait leur souffle pur dans ses poumons comme si elles avaient pris racine en elle, habitaient son sang et ses os.

Elle entendit Laurence rentrer, et elle retint sa respiration, l'oreille aux aguets. Avait-il hésité devant la porte ? Certainement pas. Ses bottes résonnèrent vivement dans l'escalier. Elle entendit d'autres pas puis un léger coup à la porte et la voix de Beth.

"M. Blake dit que vous pourrez monter quand vous serez prête. Il est au second, à l'arrière de la maison."

Rhia s'habilla en toute hâte, sécha et natta ses cheveux devant le feu avant de partir à la recherche de Laurence. Le deuxième étage était disposé comme le reste de la maison, avec un palier et un placard à balais au centre et deux grandes chambres de chaque côté. Il se trouvait dans la pièce exposée au sud. La pluie avait tapoté en rythme contre les fenêtres toute la matinée, mais à présent le soleil tombait sur une longue table poussée contre le mur. La pièce était peu meublée, et un grand tapis persan couvrait le plancher sombre.

La haute silhouette de Laurence était penchée sur la table. Il se redressa quand elle entra, les cheveux dans les yeux. Rhia ne parvenait pas à savoir s'il était séduisant ou pas. Elle lui trouvait un regard présomptueux, mais cela ne l'ennuyait pas.

"Ah, mademoiselle Mahoney. Bienvenue dans mon atelier de calotype !

— Ce nom évoque une chambre de torture.

— Bien au contraire, calotype, en grec, signifie «belle image». Venez voir par vous-même."

Il y avait une rangée d'images sur la table, et elles étaient assurément superbes. A un point presque dérangeant. D'une façon ou d'une autre, cette science ou sorcellerie parvenait à évoquer la membrane d'une feuille ; la délicatesse d'un morceau de dentelle et, plus extraordinaire, un certain nombre de portraits miniatures de messieurs à l'air sombre. Ces derniers, expliqua Laurence, étaient de nouvelles réalisations : des cartes de visite, une idée qu'il avait glanée à Paris où, dit-il, les cartes de visite personnalisées étaient *de rigueur**. Le fichu de dentelle sombre, le feston au crochet et la broderie anglaise étaient l'œuvre d'Antonia.

"Mais comment fait-on ?" souffla Rhia. Elle ne parvenait pas à quitter les images des yeux. Elles semblaient avoir été exécutées, avec une extrême délicatesse, par une main particulièrement sûre à l'aide d'une encre noire et brune d'une qualité extraordinaire.

Laurence sembla ravi.

"C'est censé être un secret, murmura-t-il de façon théâtrale, même si elle devinait qu'il n'avait pas l'intention de le garder pour lui. Fox Talbot a breveté son processus de calotype, si bien que l'on doit demander un permis spécial pour pouvoir réaliser un certain type de dessin photogénique. Il a découvert le moyen de tirer plusieurs copies d'une image à partir d'une seule exposition. Je ne m'attends pas à ce que vous sachiez ce que tout cela signifie, mais peut-être aimeriez-vous me voir transférer une image ?"

C'était vrai, Rhia n'avait pas la moindre idée de ce dont il parlait, et elle ne put que hocher la tête et s'asseoir sur un tabouret à côté de la table, fascinée. Elle imaginait à quoi ces motifs pourraient ressembler une fois imprimés sur du lin, mais elle se souvint ensuite qu'elle n'était plus la fille d'un marchand de lin. Qui était-elle, alors ? Elle se concentra sur les motifs. Ils seraient encore plus beaux imprimés sur de la soie, mais elle n'était pas non plus la fille d'un mercier.

Laurence expliquait comment le papier qu'il avait rapporté de Cornhill devait d'abord être traité de façon à le rendre "sensible à la lumière", et que ce processus chimique devait être entrepris de nuit et à la lumière d'une bougie pour plus de chances de succès. Il avait du papier déjà traité.

"Mieux vaut utiliser un parchemin lisse, dit-il comme il prenait une feuille dans un correspondancier, et garder le papier traité à l'abri de la lumière. Vous allez bientôt comprendre pourquoi. Je vais vous montrer une expérience simple. Les transferts plus complexes, tels que les portraits, exigent l'utilisation d'une lentille et d'une boîte à lumière."

* En français dans le texte. *(Toutes les notes sont de la traductrice.)*

Il posa le papier sur la table et plaça un épi de blé séché dessus. En quelques secondes, le papier commença à s'assombrir et devint rapidement noir. Après une minute à peine, Laurence retira l'épi. Le contour duveteux demeurait, dans son moindre détail filigrané, pâle et parfait sur le papier noir d'encre.

Rhia regarda Laurence répéter la même opération avec un petit bouquet de fleurs séchées, puis avec un morceau de rideau en tulle. Elle perdit la notion du temps et fut surprise lorsque Beth entra en haletant dans la pièce avec un plateau de charcuterie, d'œufs durs et de conserves au vinaigre. Ceci était, expliqua-t-elle, la façon dont M. Blake prenait toujours son déjeuner et elle espérait que cela conviendrait. Rhia l'en assura. Elle était trop excitée pour avoir faim.

Lorsqu'elle demanda à Laurence s'il avait d'autres dessins photogéniques à lui montrer, il rit et désigna une grosse commode contre le mur d'en face.

"Faites comme chez vous. J'ai quelques lettres à écrire et des comptes à faire, mais restez aussi longtemps que vous voulez." Il s'assit à un bout de la table avec son correspondancier et un flacon d'encre, et fut bientôt absorbé par son travail, bien que Rhia ait senti son regard se poser sur elle de temps à autre.

Elle ouvrit les tiroirs les uns après les autres. Le premier était rempli de portraits ; des messieurs dans des fauteuils à hauts dossiers, une femme debout derrière eux. Les femmes se tenaient à l'arrière des tableaux de famille, également. Il y avait des enfants en costumes marins, et des portraits de jeunes mariés au sourire figé. Dans un autre tiroir, elle trouva des représentations d'instruments de musique et de tasses à thé ; de samovars et de chandeliers, de vases de roses, de coquillages, et même d'une étagère pleine de livres. Un autre encore contenait des images de Londres, de Paris et de Rome ; des villes que Rhia n'avait vues qu'en peinture.

Quand Antonia revint, Rhia était assise par terre au milieu de la pièce, entourée d'images de ponts, de portails en fer forgé, de paysages et de statues de toutes sortes, des anges aux gargouilles.

"Je vois qu'on vous a présenté l'industrie de la maison, dit Antonia.

— Une industrie de lumière parmi les sombres industries des usines", rétorqua Rhia. Cela sembla emphatique, même à ses propres oreilles.

Antonia se contenta d'acquiescer d'un hochement de tête. Elle traversa la chambre et chaussa ses lunettes pour regarder les derniers travaux de Laurence, et celui-ci leva les yeux de sa lettre comme s'il venait seulement de remarquer sa présence.

"Bonjour Antonia. Etiez-vous en train de sauver des âmes condamnées ?"

Elle sourit mais ne dit toujours rien, et Laurence baissa à nouveau la tête. Rhia se demanda si elle l'avait offensée. Antonia retourna à l'endroit où elle était assise.

"L'industrie est une arme à double tranchant, n'est-ce pas ? Elle en a libéré certains et ruiné d'autres. Votre famille va-t-elle continuer dans le commerce ?

— Ma mère file la laine. Quand mon père sera suffisamment rétabli, nous..." Elle ne savait pas exactement ce qu'ils pourraient faire. Tout était incertain. Elle avait espéré que Ryan serait en mesure de les aider, mais elle soupçonnait à présent qu'il avait ses propres problèmes. En fait, elle se demandait s'il avait emménagé à China Warf seulement pour des raisons pratiques, ou parce qu'il ne pouvait plus assurer l'entretien de sa maison.

Mme Blake la regardait d'un air bienveillant.

"Il n'y a absolument aucune raison pour laquelle vous et votre mère ne pourriez atteindre le même niveau d'excellence, avec ou sans votre père. J'entends bien le faire moi-même."

Rhia soupira.

"Je ne saurais pas comment m'y prendre." Elle aurait bien voulu savoir ; être le genre de femme qui ne reculerait pas devant le fait d'avoir à traverser un désert à dos de chameau, à grimper des montagnes gelées et à explorer l'Afrique sans crinoline.

"On nous apprend à croire le contraire, poursuivit Mme Blake, c'est la demande des femmes qui fait du textile une industrie lucrative. C'est un mensonge de dire que seuls les hommes qui dirigent les affaires en profitent. Nous ne nous habillons pas seulement nous-mêmes, nous habillons aussi nos familles et nos maisons quand nous n'avons guère d'autres occupations. Nous cousons, brodons, reprisons. Nous aspirons à l'harmonie et à la nouveauté au sein du foyer parce que c'est là que la plupart d'entre nous passent leur vie ; celles d'entre nous qui ignorent que nous avons le choix."

Mme Blake avait retiré ses lunettes qu'elle plia et glissa dans un sac usé.

“Malheureusement, je dois sortir ce soir – j’ai une réunion. Serez-vous là, Laurence ?”

Il leva les yeux.

“Hmm ? Ce soir ? Je pense aller à mon club.”

Rhia était soulagée. Elle mourait d’envie de capturer les motifs qui tournaient en rond dans sa tête.

A la porte, Mme Blake se retourna et lui lança un regard perplexe.

“Mon mari disait toujours qu’on pouvait réaliser une chose simplement en la croyant possible.”

Rhia avait envie de poser des questions sur cet homme dont les convictions n’avaient finalement pas réussi à empêcher la mort.

“J’aurais voulu le rencontrer, dit-elle à la place.

— Oui”, répondit Mme Blake avant de partir précipitamment.

13

GAZE

La véritable épreuve pour un nouveau dessin était toujours de voir à quoi il ressemblait le lendemain. S'il paraissait encore intéressant, alors on pouvait commencer à réfléchir à la couleur. Le papier cartouche était posé sur la table près de la fenêtre, à l'endroit où Rhia avait passé la soirée de la veille. Les yeux plissés, elle regarda un motif représentant des feuilles tourbillonnantes. Celui-ci semblait différent. Les feuilles paraissaient se recroqueviller, comme s'il s'agissait de feuilles d'automne et non de jeunes feuilles vertes. Rhia n'était pas certaine que cela lui plaise. Existait-il dans cette maison quelque esprit trompeur qui modifiait les images ? Cela lui rappela son rêve. Ryan était debout devant la table où elle dessinait et ils avaient eu une conversation à propos du mérinos australien. Il disait qu'il avait désormais trop de travail et qu'elle devrait se débrouiller pour en envoyer elle-même à Brigit. Il sortait sa montre comme pour prouver à quel point il était débordé, puis disparaissait dans les flammes de la cheminée.

En bas, la table du petit-déjeuner était dressée mais le petit salon était désert. Rhia coula un bref regard vers les arbres et éprouva un soulagement inexpliqué. Aucune silhouette ténébreuse ne rôdait parmi les troncs pâles. Elle avait voulu demander à Laurence de quel endroit impie il s'agissait.

Le *London Globe* était soigneusement plié sur la table et un filet de vapeur odorante s'enroulait au-dessus du samovar. Rhia s'arma de courage et ouvrit le journal aux pages des petites annonces. Les postes proposés lui paraissaient tout aussi menaçants que la veille. Elle n'avait pas la moindre idée sur la façon dont on cherchait une situation. Comment aurait-elle pu deviner que la nécessité s'imposerait un jour ? Cela signifiait-il que Thomas avait raison : elle était une enfant gâtée élevée dans du coton ? Mamo partageait elle aussi cet avis. Ryan la conseillerait. Il lui avait donné cinq livres, une somme généreuse qui, ajoutée à celle que lui avait donnée sa mère, lui durerait facilement jusqu'au printemps si elle se montrait prudente.

L'attention de Rhia s'égara vers des pages où l'on trouvait de la publicité pour des poudres et des onguents censés sauver, rétablir et vaincre pour seulement quelques pennies. Elle était absorbée par sa lecture quand Antonia la rejoignit avec un sourire radieux ; toute trace de la mélancolie de la veille masquée par le décorum et le dynamisme. Rhia avait rarement vu la quaker autrement qu'en mouvement. Peut-être était-ce ainsi qu'elle parvenait à tenir le coup.

"Bonjour, Rhia. Je ne vous ai pas beaucoup vue pendant votre première journée à Londres. Je suis soudain terriblement occupée à déchiffrer les livres de comptes de Josiah, en plus de mes œuvres caritatives habituelles, et il y a aussi les réunions régulières des Amis auxquelles je dois assister..."

Une autre convention dont elle devrait se souvenir.

"Vous assistez à des réunions régulières avec vos amis ?"

Antonia sourit.

"C'est le nom que les quakers se donnent. Que nous nous donnons."

Cela semblait être une expression étrange.

"Je vous trouve courageuse, de vous lancer dans le commerce sans votre mari."

Antonia soupira.

"J'ai à peine commencé, et je ne suis pas aussi courageuse que je peux le paraître. Il m'a fallu des mois pour trouver le courage de seulement entrer dans son bureau." Elle beurra soigneusement une tranche de pain grillé. "Le chagrin m'a rendue lasse." Sa peine ne semblait pas lui peser, comme si elle cherchait à en protéger les autres, mais son poids était palpable dans la maison. Du moins l'était-il pour Rhia. Elle chercha autre chose à dire.

"Je n'ai jamais vu autant de représentations de la Vierge, dit-elle d'un ton prudent. Elle paraît différente sur chaque portrait, vous ne trouvez pas ? Sur celui-ci, elle a le teint pâle et les cheveux blonds, et sur celui accroché à côté des... arbres, elle est aussi brune qu'un Maure." Antonia regarda les icônes comme si elle n'avait jamais réfléchi à cela.

“Oui. C’est curieux. Je les ai toujours aimées, même si de nombreux quakers considèrent l’iconographie comme de l’idolâtrie. Personnellement, je ne pense pas que des aspects du divin soient incarnés dans les images pieuses. Mais vous avez parfaitement raison, Marie apparaît sous les traits d’une multitude de femmes…”

Rhia avait envie d’ajouter que la Vierge incarnait peut-être toutes les femmes, tout comme Anu.

“Je vous envie, dit-elle à la place.

— Oh, je ne suis pas née quaker. Je viens d’une famille anglicane. Je préfère la simplicité du quakerisme.” Elle fronça les sourcils et Rhia se demanda si elle n’essayait pas de se convaincre de quelque chose. “Le problème, c’est que la lumière intérieure n’est pas toujours assez brillante pour montrer le chemin”, ajouta-t-elle.

Le quakerisme semblait tout sauf simple.

“Alors, c’est comme cela que vous voyez la foi : comme une lumière ?”

Antonia leur servit du café, regardant le liquide parfumé se déverser dans les tasses en porcelaine blanche. Elle chaussa ses lunettes et jeta un œil sur la première page du *London Globe*. Rhia attendit. Antonia finit par retirer ses lunettes.

“Je crois qu’avoir la foi, c’est comme marcher dans le noir : on est guidé uniquement par sa lumière intérieure. Mais la seule chose dont je suis absolument certaine, c’est que tout Dieu compatissant doit assurément vouloir que nous apportions notre amour aux pauvres et à ceux qui souffrent au lieu de le gaspiller en prières adressées à une statue de plâtre.”

Avant que Rhia ait eu le temps de répondre, Laurence entra, l’œil trouble et encore plus échevelé que la veille.

“Bonjour, mesdames”, dit-il, sa voix noyée par le coup retentissant du marteau de la porte d’entrée. Le bruit le fit grogner, et il porta les doigts à ses tempes. Juliette passa en hâte devant la porte pour aller dans l’entrée.

“Il est trop tôt pour le courrier du matin, remarqua Mme Blake en fronçant les sourcils. Qui peut bien venir à cette heure-ci ? D’ailleurs, quelle heure est-il, Laurence ?”

Laurence sortit une montre de gousset ternie de la poche de son gilet.

“Neuf heures passées de quelques minutes. Une heure indue. Je déteste les entrevues matinales.” Il bâilla et s’assit en adressant un hochement de tête reconnaissant comme Mme Blake lui servait du café.

Ils entendirent grincer la porte d'entrée, puis des murmures. Rhia frissonna. Elle ferma les yeux et ressentit un froid glacial. Une très faible odeur de brûlé lui fit rouvrir les yeux et regarder les arbres du dessin photogénique. Comme elle le redoutait, l'ombre était de nouveau là, comme si une silhouette s'était éclipsée entre ces troncs pâles et avait laissé son empreinte.

Cailleach ?

Quand elle rouvrit les yeux, Juliette se tenait à côté de la table, un morceau de papier plié à la main qu'elle tendit à Laurence. Elle se précipita hors de la pièce, comme si elle aussi avait eu peur de son contenu.

Laurence déplia lentement le mot et le lut. Rhia observa son visage. Antonia était penchée sur le journal et sirotait son café, l'air indifférent. Le mot glissa d'entre les doigts de Laurence et tomba sur la table, et il enfouit son visage dans ses mains. Antonia leva les yeux et ôta ses lunettes.

"Laurence ! Qu'y a-t-il ?"

Il poussa le papier dans sa direction. Elle le lut et le reposa avec une infinie lenteur.

Quelqu'un était mort.

Mme Blake tendit la main vers celle de Rhia et l'agrippa avec ardeur.

"Ryan", murmura-t-elle.

C'était un canular. Quelqu'un avait écrit ce mot pour leur jouer un tour ; pour s'amuser. C'était honteux. Laurence était déjà debout.

"Il est mort", lâcha Antonia, abasourdie.

Rhia secoua la tête.

"Non." Avait-elle crié ? Elle ne pouvait plus ni penser ni bouger. Antonia lui tenait toujours la main, si bien qu'elle la retira avant de se lever brusquement, renversant sa chaise. Personne ne bougea pour la redresser. Antonia enfouit son visage dans ses mains.

Laurence paraissait sur le point de s'évanouir.

"De qui vient ce mot ?" demanda Rhia. C'était une question étonnamment sensée.

"D'un ami journaliste au *Globe*. Il dit que la femme de ménage qui s'occupe des chambres à China Wharf a trouvé le corps de Ryan et lui a envoyé un message ce matin.

— Mais pourquoi aurait-elle prévenu un journaliste ? demanda Antonia.

— Oui, pourquoi ?" répéta Rhia. Il s'agissait forcément d'un canular.

Laurence secouait la tête. Il était incapable de répondre. Il était pâle comme la mort et avait le visage luisant de sueur.

Rhia se souvint soudain, soulagée, de la raison pour laquelle le corps de Ryan ne pouvait se trouver à Londres.

"Mais mon oncle est en voyage ; c'est lui-même qui me l'a dit."

La voix de Laurence se brisa.

"Je dois me rendre à China Warf immédiatement. Peut-être que Mme Bribb, la femme de ménage, se trompe."

Rhia agrippait le dossier de sa chaise pour se soutenir.

"Bien sûr qu'elle se trompe." Le ton de sa voix était fragile, comme si elle risquait elle aussi de se briser.

"Mme Bribb a conclu, je ne sais comment, Rhia, j'ose à peine le dire... elle croit qu'il s'est lui-même donné la mort. C'est absurde.

— Je viens avec vous, décréta Rhia.

— Sauf votre respect, je ne vous le conseille pas. Cela va être... perturbant.

— Sauf votre respect, je vais venir avec vous." Laurence parut surpris, ou peut-être choqué. Quoi qu'il en soit, il n'était pas content, mais Rhia se moquait bien de desservir à elle seule l'ensemble de la gent féminine.

"Très bien. Dillon est dans un café, à Cornhill, et il propose de me retrouver dans une taverne à proximité."

Antonia se leva et se rua hors de la pièce. Quand Rhia et Laurence arrivèrent dans l'entrée, elle tenait le manteau de Rhia ainsi que le manteau et le chapeau haut de forme de Laurence.

Ils avaient dû parcourir tout Cloak Lane et marcher un bon moment dans Cornhill même si Rhia n'en gardait aucun souvenir au moment où ils s'installèrent dans un pub, dans un renfoncement près de la fenêtre. La taverne était presque déserte à cette heure-ci, hormis la présence d'un groupe de vieillards en haillons serrés autour d'une table avec une grosse bouteille de vin rouge et un jeu de cartes. Ils se retrouvaient sans doute ici tous les matins ; comme si cette journée était un jour ordinaire.

Laurence alla au comptoir et revint avec deux petits verres d'alcool.

"Cognac", dit-il devant le regard déconcerté de Rhia. Il vida son verre d'un trait. "Dillon sera un atout dans une situation pareille", reprit-il comme si cela pouvait changer quelque chose. Elle hocha la tête.

"Comment est-ce qu'il… mon oncle… ?" commença-t-elle, même si elle n'était pas certaine de vouloir connaître la réponse.

Laurence détourna les yeux pour regarder par la fenêtre.

"Saviez-vous que Ryan collectionnait les armes à feu anciennes ?"

Elle secoua la tête, abasourdie. Peut-être n'était-elle pas, après tout, assise dans une taverne sordide avec un homme qu'elle connaissait à peine et qui l'accompagnerait bientôt jusqu'à l'endroit où gisait le corps de son oncle. Suivant l'exemple de Laurence, elle but son fond de cognac d'un trait. La porte de la taverne s'ouvrit et un homme entra. Laurence agita mollement la main.

Le journaliste traversa la salle, ses bottes martelant le plancher avec détermination. Même les joueurs de cartes le remarquèrent. Ce n'était pas un bohémien, mais il se moquait lui aussi des conventions. Il portait un long manteau de cuir patiné et le bout de ses bottes, en manque de cirage, était trop pointu pour être à la mode. Il portait ses cheveux noirs en catogan et, malgré une allure relativement juvénile, on remarquait des rides de tension sur son visage. Aussi pâle que n'importe quel journaliste, il dégageait un air d'arrogance et d'agacement. Il tendit la main à Laurence et s'inclina légèrement devant Rhia.

"Rhia, voici M. Dillon. Et je te présente la nièce de Ryan, Rhia Mahoney, dit Laurence. Elle a insisté pour venir", ajouta-t-il. Laurence regardait par la fenêtre et il tapota sur la vitre, faisant signe à un garçon aux cheveux couleur paille qui traînait sur le chemin.

"J'ignorais que Ryan avait de la famille à Londres, répondit poliment M. Dillon, bien que sa curiosité ait été trop vive pour passer inaperçue.

— Et j'ignorais qu'il fréquentait des messieurs de la presse, rétorqua-t-elle. Je viens d'arriver", ajouta Rhia en soutenant son regard. La prenait-il pour un imposteur ?

Le garçon de la rue arriva à leur table.

“Oui, monsieur, vous voulez quelqu’un pour s’occuper d’votre cheval ? J’peux aussi cirer vos chaussures, dit-il d’un air espiègle en désignant du menton les bottes de M. Dillon.

— Trouve-nous un fiacre et demande-lui de nous prendre devant la porte, mon gars”, lança Laurence avec désinvolture en lui posant une pièce dans la main. Le garçon hocha la tête, sourit et disparut.

Rhia écouta Dillon expliquer à Laurence, à voix basse, comment il avait fait cette découverte. Il avait récemment rendu visite à Ryan pour discuter d’une affaire (laquelle ?) et, de bonne heure ce matin, Mme Bribb, la femme de ménage, avait trouvé sa carte de visite. Elle n’avait pas su vers qui d’autre se tourner. Il fut interrompu par l’arrivée du fiacre, dont le cocher sifflotait gaiement et époussetait un chapeau de feutre plat cabossé.

Ils se retrouvèrent bientôt au milieu de la foule et de l’agitation d’une rue principale, puis tout à coup, à l’arrêt derrière un fourgon postal. Laurence tendit le cou par la fenêtre et poussa un soupir exaspéré.

“Le cocher change de chevaux, on dirait qu’il y en a un qui boite.”

Rhia hocha la tête, l’entendant à peine. Dillon avait sorti un carnet de la poche de son manteau et le feuilletait comme s’il cherchait quelque chose, et Laurence continuait de regarder par la fenêtre en lâchant de temps en temps un autre soupir exaspéré.

Le bruit et l’agitation de la rue semblèrent refluer. A la limite de son champ de vision, l’air ondoyait aussi doucement qu’une volute de fumée et Rhia en sentait le moindre contact, pareil à la caresse d’une plume sur ses bras et qui lui donnait la chair de poule. S’agissait-il des visitations d’une imagination débordante, ou voyait-elle seulement son ombre à elle ?

“Mademoiselle Mahoney, vous vous sentez bien ?” Rhia ne s’était pas rendu compte qu’elle était affalée dans un coin du fiacre. Elle avait envie de vomir. La vision se dissipa rapidement et les odeurs de cheval humide et de vieux tabac qui planaient à l’intérieur lui semblèrent tout à coup effroyables. Elle se redressa lentement. Laurence avait rentré la tête à l’intérieur de la voiture et les deux hommes la dévisageaient. Elle hocha la tête et détourna les yeux, feignant de regarder quelque chose d’intéressant par la fenêtre alors qu’ils repartaient. Elle sentait le regard de M. Dillon et savait qu'il allait lui parler alors qu'elle n'en avait pas envie.

"Vous sentez-vous capable de répondre à quelques questions, mademoiselle Mahoney ?" Il s'exprima d'une voix assez douce mais n'attendit pas sa réponse. "Il est crucial de ne pas perdre un instant, parce qu'une fois que Scotland Yard aura été informé, nous n'aurons peut-être plus accès à la chambre de votre oncle, à ses affaires ou, et je suis navré d'avoir à le dire de façon aussi crue, à son corps."

Sa façon de parler avait quelque chose de vaguement familier, mais il lui fallut un moment pour l'identifier. Il avait le même accent chantant que Mamo. Il était gallois. Elle n'aurait pas dû être surprise, car elle avait entendu dire que, à Londres, tout Celte qui n'était pas mendiant, cordonnier ou tailleur était presque à tous coups journaliste.

"Vous connaissiez bien mon oncle ?"

Il ignora sa question.

"Dites-moi, je vous prie, ce dont vous avez parlé avec Ryan la dernière fois que vous l'avez vu."

Rhia se sentit sur ses gardes.

"Et vous, que lui avez-vous dit la dernière fois que vous l'avez vu ?"

Il lui décocha un regard surpris mais ne répondit pas. Avait-il quelque chose à cacher ?

"En outre, reprit-elle avec un haussement d'épaules, je ne vois pas en quoi ce dont je parle avec mon oncle vous concerne.

— Vous avez parfaitement raison, mademoiselle Mahoney. Peut-être devrais-je reformuler ma question. Avez-vous remarqué quelque chose d'étrange à propos de votre oncle la dernière fois que vous l'avez vu ?"

Rhia croisa le regard de Laurence. Il parut sur le point d'intervenir mais se ravisa. Elle se mordit la lèvre, se rappelant la façon dont Ryan avait pris congé.

"Oui. Il était... Il semblait troublé. Et même..." Elle s'interrompit. Elle s'adressait à un journaliste, après tout. Peut-être écrivait-il seulement des articles payés à la ligne. Elle devait protéger l'intimité de son oncle, pas se confier à un homme qu'elle connaissait à peine et dont les affaires lui semblaient déjà louches.

Les deux hommes la regardaient, attendant qu'elle poursuive. Rhia resserra son manteau autour d'elle et regarda ses mains, silencieuse.

Laurence prit la parole, d'une voix douce.

"Vous pouvez vous fier à Dillon, mademoiselle Mahoney. Il est ici pour nous aider. Je vous en prie, dites-nous à quoi vous pensez."

Elle croyait, tout au moins, pouvoir se fier à Laurence, et s'il pensait qu'elle devait parler au journaliste, elle était prête à le faire.

"Je me suis dit qu'il paraissait inquiet." Elle ne lui parlerait pas des difficultés financières de Ryan, cela ne le regardait tout simplement pas.

Dillon hocha la tête d'un air songeur.

"Et qu'en est-il de cette lettre, Blake ?" demanda-t-il en se tournant vers son ami. Laurence jeta à Rhia un regard presque penaud.

"Il avait reçu une lettre de Josiah. Antonia n'est pas au courant – cela ne ferait que la mettre dans tous ses états. Cette lettre avait été envoyée de Bombay et écrite seulement quelques jours avant qu'il se noie. Ryan n'a pas voulu m'en dire plus, à part que son contenu était extrêmement inquiétant."

Dillon hocha à nouveau la tête.

"Nous devrions essayer de la trouver, avant que le Yard la découvre."

Rhia regarda par la fenêtre. Ils traversaient un pont. Elle regrettait de ne pas pouvoir se réjouir du ballet des bateaux naviguant sur la Tamise ou de l'élégance des flèches et des tourelles de pierre de Londres. Elle sentait encore le regard de Dillon sur elle alors qu'ils traversaient le fleuve. Elle ne lui avait pas fait bonne impression et elle s'en moquait.

14

IVOIRE

Dans une ruelle qui courait entre deux entrepôts en brique, une bande de filles des rues se réajustèrent avec espoir. Il y eut des poitrines remontées et des déhanchements, mais lorsqu'il devint évident que le fiacre était venu à China Wharf dans un autre but, elles reprirent leurs postures avachies et leurs commérages.

Ils firent halte devant une porte noire anonyme et Rhia descendit rapidement, soulagée d'être libérée du silence oppressant du fiacre.

Mme Bribb, une femme débordée au teint jaunâtre, vint leur ouvrir la porte entourée d'une horde d'enfants. Elle fut clairement soulagée quand M. Dillon se présenta ainsi que ses compagnons. Ils la suivirent dans un escalier en colimaçon de fer noirci jusqu'au premier étage où l'odeur végétale de la soie sauvage était bien reconnaissable.

Devant la seule porte du palier, Mme Bribb agita un trousseau de clés en cherchant celle qui ouvrirait la porte de Ryan. Elle chassa les enfants qui, Rhia s'en aperçut, leur tournaient autour dans l'espoir d'apercevoir le cadavre.

"Pourriez-vous nous dire comment vous l'avez découvert, madame Bribb ?" l'encouragea doucement Dillon pendant qu'elle hésitait la clé à la main, et que Rhia s'armait de courage pour affronter ce qu'elle s'apprêtait à voir.

"Il avait dit qu'il partait mardi soir, mais ce qui est étrange, c'est que je suis certaine d'avoir entendu la porte du bas. Je suis venue ce matin pour faire le ménage, comme toujours quand M. Mahoney s'absente, et je l'ai trouvé..., elle se signa, par terre, avec une de ses vieilles armes bizarres *à la main.* Dieu du ciel ! J'en suis encore toute retournée. Je n'ai touché à rien, je n'oserais pas, pas en présence du défunt." Elle tourna la clé dans la serrure et la lourde porte s'ouvrit en grinçant.

Ils pénétrèrent dans une forêt bigarrée d'immenses rouleaux d'étoffe debout, de tous les tissages, qualités et motifs imaginables : indiens, chinois, français et américains ; dévoré et brocart, laine peignée, linon et damas. Près de la porte, plusieurs rouleaux couchés étaient encore enveloppés à l'aide de toile de jute et de corde, comme s'ils venaient d'arriver. Rhia se pencha impulsivement sur l'un d'eux et écarta légèrement la toile de jute. C'était de la soie, brodée d'un motif de feuilles d'automne tourbillonnantes. Des feuilles *recroquevillées*. Le motif était presque identique à celui qu'elle avait dessiné la veille au soir. Elle se rappela son rêve à propos de Ryan et frissonna. Elle s'écarta vivement, suivant les autres à travers les rouleaux de tissu debout qu'elle regardait à peine. Elle ne parvenait pas à y prendre du plaisir.

M. Dillon navigua d'un pas assuré vers la source de lumière située dans le mur du fond. Rhia se demanda à quand remontait sa dernière visite et quelle était la nature de ses affaires avec Ryan. Il était désormais évident que la pièce englobait, en fait, la totalité du deuxième étage de l'entrepôt.

Le corps de Ryan Mahoney gisait au pied d'un gigantesque bureau en acajou. Il était couché sur le ventre, les bras perpendiculaires à son corps, comme s'il les avait levés pour amortir sa chute. Dans sa main droite se trouvait un révolver à barillet d'argent et crosse en ivoire sculptée. L'argent semblait d'une beauté perverse, comme s'il avait pu tenter un homme affaibli par le désespoir. Une tache noire s'étalait sur le sol, sous le bras gauche de Ryan et sous sa tête. Rhia mit un moment à comprendre que c'était du sang. Elle sentit ses jambes flageoler. Le visage exsangue de Ryan était tourné vers le pistolet et paraissait modelé dans du suif à l'exception d'un cercle rouge sombre à l'endroit où il était appuyé. Heureusement, il avait les yeux fermés.

C'était vrai. Il était mort.

Elle avait eu besoin de le voir, mais la réalité l'envahit d'un froid si intense qu'elle dut serrer les dents pour les empêcher de claquer.

Mme Bribb frissonna et se signa à nouveau.

"J'ai jamais aimé les pistolets et les trucs comme ça." Elle jeta un regard circonspect en direction d'une vitrine dont les étagères du haut abritaient les trophées de la collection de Ryan. “Personne n’a entendu le coup de feu, alors ça a dû se passer à l’arrivée d’un navire. Il règne une sacrée pagaille à ce moment-là, et tout le monde est au bord de l’eau.” Mme Bribb battait en retraite près de la porte. “Je ferais mieux d’y aller. Appelez-moi quand vous aurez fini et je viendrai fermer à clé.”

M. Dillon lui adressa une courbette aussi gracieuse que s’il s’était agi d’une douairière.

“Merci du fond du cœur, madame Bribb. Peut-être auriez-vous la gentillesse, quand vous avertirez la police, de ne pas lui dire que vous avez reçu de la visite ?

— Ne vous inquiétez pas pour ça, monsieur. Je n’en soufflerai pas un mot, pas plus que mes rejetons. Par ici, on n’est pas du genre à faire des fleurs aux flics. Bonne journée à vous tous et Dieu vous bénisse dans votre peine, mademoiselle. Je vais préparer un thé bien fort en bas, si jamais vous en avez besoin.”

Mme Bribb disparut. Dillon tournait lentement en rond autour du corps, comme s’il mesurait quelque chose, et Laurence était assis, le visage blême, sur une caisse d’expédition. Rhia cherchait quelque chose capable de fixer son attention en dehors du corps. La partie avant de l’entrepôt était spacieuse, d’un confort sommaire, et elle contenait l’équipement de base d’un logis. A un bout trônait un fauteuil en cuir d’apparence coûteuse, à côté duquel se dressait le placard contenant les pistolets. A l’autre extrémité se trouvaient un petit poêle et une table en pin. Le bureau et une méridienne française étaient installés entre les deux, sous la rangée de longues fenêtres. De là, on dominait China Wharf et la Tamise.

Rhia se souvint du moment où Ryan était parti, deux jours plus tôt. La lumière avait effleuré ses cheveux d’une façon particulière, comme s’il avait attiré quelque ange gardien. Il avait dit qu’il la verrait à la fin de la semaine et elle n’avait décelé aucune ambiguïté ; aucun indice annonçant ce qui allait arriver. Cela avait dû être un acte désespéré. Comment ne l’avait-elle pas vu venir ? Et si elle avait pu faire quelque chose pour empêcher ce drame ? Elle se sentait mal.

Elle erra parmi les affaires de son oncle. Son regard s’attarda sur un manteau impeccablement taillé sur mesure et un chapeau haut de forme verni accrochés à des patères ; sur des jabots blancs et des cols que Ryan ne porterait plus jamais.

Elle se força à regarder dans l'armoire contenant sa funeste collection. La qualité de l'ouvrage était évidente même pour quelqu'un ignorant tout des armes à feu. Il s'agissait d'objets d'une beauté inattendue, dont les parties étaient constituées de bois poli, d'ivoire, d'argent, d'or et de nickel travaillés.

De façon fugace, Rhia crut sentir une odeur de lanoline et de lavande, et la familiarité de ce parfum la réconforta. Un léger courant d'air souleva quelque chose de blanc qui traînait par terre sous les patères : une carte de visite. Etait-elle là quelques instants plus tôt ? Rhia la ramassa. Il y était imprimé l'adresse du *Jerusalem Coffee House* dans Lombard Street, à Cornhill. Au dos étaient écrits une série de chiffres et un caractère oriental. Elle rangea distraitement la carte dans son réticule et, quand elle jeta un coup d'œil à l'autre bout de la pièce, elle surprit M. Dillon en train de la regarder. Il détourna les yeux.

Elle fut attirée par les hautes fenêtres qui s'ouvraient sur toute la longueur de la pièce. S'étendait en contrebas un paysage d'entrepôts, de toits et un réseau de mâts et de gréements à l'arrière-plan. Ryan regardait-il par la fenêtre pendant que l'on déchargeait une cargaison d'étoffes, songeant à sa propre mort ? Cette idée était terrible. Quel niveau de désespoir précédait le désir de mourir ? Les mâts se balançaient doucement au gré de la marée du fleuve et Rhia eut une autre pensée écœurante. Comment son père allait-il supporter cela ?

Elle ferma les yeux et se laissa glisser au sol, le dos contre le mur de brique sous la fenêtre. Elle aurait voulu que le voile se lève, comme il l'avait fait la nuit de l'incendie. Peut-être les Autres pourraient-ils l'aider, qu'il s'agisse de fantômes, d'esprits ou de tout autre créature habitant l'Autre Monde. A quoi pouvaient-ils donc servir sinon, à part à ennuyer les personnes comme elle ? Mais il n'y eut aucune altération de l'air ; aucun filet de fumée à la limite de son champ de vision ; seulement le monde cruel des vivants. Elle se rendit compte que des voix murmuraient à l'autre bout de la pièce et, quand elle se retourna, elle vit que les deux hommes la regardaient. Ils la croyaient sans doute perturbée par le chagrin. Peut-être l'était-elle. Elle se releva lentement, et sentit ses épaules se voûter. Elle les redressa au prix d'un effort et s'avança vers eux, le regard fixé droit devant elle, évitant le corps de Ryan.

“Y a-t-il quelque chose… ?” demanda-t-elle, espérant qu'il n'y avait rien ; qu'ils avaient finalement conclu à un accident.

C'est M. Dillon qui répondit.

"Une recherche superficielle n'a rien révélé, mais comme vous pouvez le voir vous-même, c'est une tâche d'envergure." Il fit un geste en direction des tours de documents, de grands livres et de correspondances qui s'élevaient sur le bureau. "Je suis curieux de trouver des détails plus précis concernant la mort de M. Mahoney. J'aimerais passer un peu plus de temps ici, si vous n'y voyez pas d'inconvénient."

Comment aurait-elle pu y voir un inconvénient ? Elle n'avait personne d'autre vers qui se tourner.

"Bien sûr. Je vous en remercie. Je suis désemparée…" Sa voix était à nouveau fragile, de sorte qu'elle laissa sa phrase inachevée.

Laurence lui prit la main et son geste lui parut parfaitement naturel.

"Mademoiselle Mahoney, puis-je vous donner un conseil ?" En dépit de sa pâleur, Rhia crut entrevoir un aperçu de son caractère obstiné. De toute évidence, il se rappelait sa première tentative de lui donner un conseil.

"Ce serait un soulagement." Elle sourit de son mieux.

"Il y a des dispositions à prendre et il est crucial que nous nous en occupions rapidement. Vous devez rester active. Aucun prêtre ne remettra en question le droit de Ryan à avoir un enterrement décent si nous gardons les circonstances de sa mort pour nous. Et nous devons nous renseigner auprès des pompes funèbres. Nous allons profiter de la gentillesse de Mme Bribb et de son thé. Elle saura quelle église fréquentait votre oncle."

Rhia approuva, en partie parce qu'elle voulait demander quelque chose à la bonne Mme Bribb. Elle se tourna vers M. Dillon.

"Je vous en prie, ne me cachez rien, même si vous pensez que cela peut être perturbant. Je suis capable de supporter la vérité.

— Oui, je vois cela." Il marqua un temps d'arrêt. "Puis-je vous demander ce qui vous a amenée à Londres ?"

La question était directe et, comme dans le fiacre, Rhia eut l'impression que c'était elle que l'on interrogeait.

"J'avais espéré trouver une situation, mais maintenant…" Elle regarda par la fenêtre et se mordit les lèvres, incapable de poursuivre. Maintenant, elle ne savait pas du tout.

"Si vous avez parcouru tout ce chemin, mademoiselle Mahoney, peut-être devriez-vous voir jusqu'où vous êtes capable d'aller ?" Ce conseil indu de la part d'un inconnu l'irrita. Elle aurait pu rétorquer, mais elle n'en avait pas le courage. L'expression de M. Dillon était indéchiffrable, et Rhia se demanda s'il savait quelque chose qu'il ne voulait pas révéler. Il s'inclina poliment et se détourna pour examiner quelques papiers sur le bureau de Ryan.

Le logis de Mme Bribb était une annexe étroite située à l'arrière du bâtiment, qui donnait sur une minuscule ruelle où jouaient une bande de gamins dépenaillés. Elle fit un peu de rangement dans sa petite cuisine encombrée, puis, les mains sur les hanches, elle examina Rhia.

"Avez-vous besoin de quelque chose contre les crises de nerfs, mademoiselle ?"

Rhia ne put retenir un petit sourire.

"Ai-je l'air d'en avoir besoin ?

— Apparemment pas, mais les dames bien élevées ne le montrent pas toujours. J'ai un sirop que je prends moi-même quand ils…, elle fit un geste en direction de la ruelle où une violente empoignade semblait avoir lieu, … me poussent à bout. Ce n'est que de l'hysope, du chou frisé et de la racine de sceau-de-Salomon avec un peu de gingembre."

La potion semblait infecte.

"Du thé, je crois…

— Et vous aurez besoin de victuailles." Mme Bribb se mit à préparer un plateau de confiture de pommes et de fromage, accompagné d'un gâteau légèrement rassis. Rhia en mangea une bouchée ou deux, seulement parce qu'elle se savait observée, et quand elle eut feint d'avoir été revigorée par la confiture et le thé, elle se souvint de sa question.

"Madame Bribb, vous avez dit que vous pensiez que mon oncle avait peut-être… fait usage de son arme à l'arrivée d'un bateau ?

— Eh bien, ça me semble être le moment idéal, si vous voyez ce que je veux dire.

— A cause du bruit ?

— C'est ça."

Rhia fronça les sourcils, tentant de saisir quelque chose qui ne cessait de lui échapper.

"Et à quel moment est arrivé le dernier bateau ?

— Mardi soir.

— D'où venait-il ?

— De Bombay, je crois.
— Et lui a-t-on livré du tissu ?
— Je crois, mais je ne saurais le dire, mademoiselle. En général, je ne m'y intéresse pas tellement. Des marchands ont leur réserve à l'étage au-dessus et au-dessous de celui de M. Mahoney, alors il y a toujours des allées et venues."

Rhia sentait que Laurence la regardait.

"A quoi pensez-vous, mademoiselle Mahoney ?
— Franchement, je n'en sais rien. Mon oncle aurait-il pris la peine de recevoir une cargaison de tissus pour ensuite se... ?
— Je vois." Laurence hocha la tête mais Rhia devinait qu'il la pensait anéantie par la douleur. Elle ne pouvait se défaire de l'idée qu'il avait peut-être reçu une nouvelle qui l'avait accablé et avait peut-être fait pencher la balance. Quand Mme Bribb leur eut indiqué comment se rendre à la chapelle Saint-Andrews, à trois rues de là, ils la remercièrent et prirent congé.

Le vieux prêtre de Saint-Andrews vint leur ouvrir la porte du prieuré, ébouriffé, bâillant et sentant le vin de messe. Il les regarda en plissant les yeux comme s'il n'avait pas vu la lumière du jour depuis une semaine, mais il leur assura qu'il y avait une place dans le petit cimetière, tout comme il y avait une place dans l'au-delà, pour tous les membres de sa congrégation. Il s'avéra que Ryan Mahoney avait été un mécène généreux, et qu'il avait donc acheté sa place au paradis ainsi qu'un enterrement respectable.

Avant de retourner à sa méditation, le prêtre leur conseilla de poursuivre le long du fleuve jusqu'à Spice Quay où ils trouveraient un ébéniste. Rhia ne posa aucune question sur la singularité de sa remarque jusqu'à ce qu'elle et Laurence soient en chemin.

"D'après vous, ce prêtre pensait-il que nous voulions faire fabriquer des meubles ?"

Laurence eut un pâle sourire.

"A Londres, les ébénistes sont une fois sur deux aussi directeurs de pompes funèbres."

L'atelier de l'ébéniste résonnait de bruits de marteaux et de scies, et il sentait la sciure et l'huile de lin. Pour trois livres, un enterrement décent mais bas de gamme fut organisé pour le mardi suivant. Rhia se dit qu'il se déroulerait une semaine jour pour jour après son arrivée. Les trois livres serviraient à payer un corbillard tiré par un cheval, un robuste cercueil en orme, ainsi que des cochers et des porteurs avec ruban de chapeau et gants.

Laurence paya l'ébéniste si rapidement que Rhia n'eut pas le temps de protester. Il lui assura que c'était un privilège de pouvoir dépenser quelques livres pour un ami. Il la prit par le bras et l'entraîna jusqu'à leur voiture. Le chauffeur au chapeau plat fumait et sifflotait toujours d'un air joyeux. Il s'était trouvé une sacrée bonne course aujourd'hui.

Rhia regarda le soleil planer au-dessus du fleuve tandis qu'ils traversaient Blackfriars Bridge, répandant son agonie sur l'eau sombre. Il lui fallut rassembler toutes ses forces pour ne pas s'affaler dans le coin du fiacre.

Lorsqu'ils arrivèrent à Cloak Lane, un crachin éclairé par les réverbères à gaz faisait briller les rues sombres. Quand Juliette ouvrit la porte, Rhia passa devant elle sans retirer son manteau. Elle se sentait en état d'apesanteur. Elle atteignit le bas de l'escalier au moment où Antonia sortait du bureau de son mari. Tout à coup, elle se laissa tomber sur la marche du bas, reprenant conscience de son poids, bien qu'elle ait été soulagée de s'asseoir.

"Juliette ! Allez me chercher mes sels !" Antonia et Laurence furent auprès d'elle étonnamment vite, et Rhia se demanda pourquoi ils se pressaient autant alors qu'elle s'était simplement assise dans l'escalier. Plus portée que soutenue par Antonia d'un côté et Laurence de l'autre, elle monta l'escalier et se laissa guider jusqu'à sa chambre. Laurence murmura quelque chose avant de partir, mais elle ne comprit pas ce qu'il avait dit et ne chercha pas à comprendre.

Juliette passa habilement un crochet à boutons sur le côté de son corsage et Antonia ôta les épingles de ses cheveux. La présence des deux femmes était apaisante, mais Rhia ne s'était jamais sentie aussi loin des bras de sa mère. Elle voulait rentrer chez elle. En l'espace d'une journée, Londres était passé d'un endroit débordant de vie et d'espérances à un endroit où la mort rendait visite aux imprudents.

Elle se laissa emporter par le sommeil, sentant une présence à côté d'elle ; Antonia ? Non. Les cheveux de cette femme ressemblaient à des filets de brume marine et elle portait une ceinture tissée d'algues et de coraux d'où pendaient des morceaux de coquillages. Rhia se dit qu'elle devait dormir, car il était peu probable qu'elle soit morte. Ryan était mort. L'un des coquillages ressemblait à une clé nacrée en forme de triple nœud celte ; les mêmes entrelacs que sur son stylo en argent. La clé de Rhiannon pour accéder à l'Autre Monde.

15

CHINÉ

Comme souvent, Michael se réveilla dans le sous-sol du bordel de Maggie. La première chose sur laquelle ses yeux se posèrent fut les pignons poussiéreux de la Stanhope, avec ses rouleaux noircis d'encre et ses leviers en bois. Il resta allongé un moment, songeant qu'il n'avait vu aucun des frères Smith dans les parages depuis des semaines et se remémorant quelques petits travaux à réaliser. Il avait remarqué, par exemple, que la lettre R était un peu ébréchée et qu'elle ressemblait désormais à un K. Les seuls caractères que l'on trouvait dans George Street étaient en bois et taillés à la main, pas en plomb, et son papier venait d'une boucherie du Quay. Il aimait composer, encrer et imprimer le texte tout autant qu'il aimait l'écrire. Cela lui procurait une grande satisfaction et l'avait sauvé du désespoir les nombreuses nuits où il avait le mal du pays.

La presse en fer forgé Stanhope était peut-être le plus gros objet jamais volé par un pickpocket. Avant son arrivée dans le sous-sol de Maggie, elle avait amassé des toiles d'araignée dans les bureaux abandonnés du *Defender* pendant un an avant d'attirer l'attention de Michael. Etant une publication exposant ses sympathies pour les Irlandais et ses opinions libérales, le *Defender* avait été une entreprise de courte durée. Peu d'entre ceux qui s'intéressaient à son contenu pouvaient se permettre de dépenser un penny pour acheter un journal hebdomadaire. Michael aimait à croire que la Stanhope avait été sauvée plutôt que récupérée, et rappelée à sa véritable vocation.

Le pickpocket en question répondait au nom de Joey Smith. Smith et ses deux frères avaient tous échoué à Sydney, même si aucun d'entre eux n'en avait eu l'intention, et ils étaient tous venus de Londres à bord de navires différents. Leur nom de famille avait été inventé car les frères Smith ignoraient qui était leur père, ou s'ils avaient seulement le même. Ils s'étaient habitués à ce nom car celui-ci seyait à leur profession. S'ils avaient utilisé le nom complet de leur activité professionnelle, *fingersmith**, alors ils auraient eu encore plus de problèmes avec la loi qu'ils n'en avaient déjà.

Le bulletin comprenait toujours deux pages imprimées recto verso, et était distribué, mensuellement et en secret, par deux jeunes vendeurs de journaux qui travaillaient pour le *Sydney Herald*. Ces garçons étaient des fils d'Irlandais qui avaient été déportés pour leur intelligence et leur idéologie plutôt que pour quelque autre crime à l'encontre des Anglais. Ironique paradoxe, puisque le *Herald* était un journal destiné à la bourgeoisie, dont les rédacteurs étaient des ministres de la foi qui avaient persécuté (et poursuivi) les pères de ces garçons. Michael l'avait fait remarquer à Will un soir qu'ils étaient au *Shamrock*, et Will avait eu un reniflement méprisant en rétorquant que l'idéologie transformait les hommes intelligents en alcooliques. C'était une bonne remarque, vu qu'ils étaient entourés d'alcooliques intelligents.

La cave de Maggie était en briques d'argile, et l'air souterrain musqué y était d'un froid idéal. Alors qu'il se levait, s'étirait et attachait ses bretelles, Michael accorda une rare pensée au fourneau dans lequel ces briques avaient été cuites. Il avait été affecté au four à briques avec les autres prisonniers qui n'étaient pas à moitié morts après le voyage. Ils l'avaient surnommé Hadès. Les journées harassantes passées auprès d'Hadès avaient rapidement acclimaté Michael aux températures élevées qui cuisaient la terre pendant l'été austral. Cependant, il ne s'était toujours pas habitué au Noël australien qui approchait.

Alors qu'il gravissait l'escalier qui montait jusqu'à la cuisine de Maggie, il s'immobilisa un moment pour apprécier le silence. Le dimanche était un jour de tranquillité bienvenue au bordel. D'habitude, le matin, il y avait toujours cinq ou six filles en corset et robe d'intérieur légère qui buvaient du thé en parlant des clients de la nuit. La discussion était toujours très crue ; les mots de certaines auraient fait rougir de honte un marin de Bristol. Michael plaignait parfois les pauvres

* En argot, ce mot désigne un voleur habile de ses mains.

bougres qui n'arrivaient pas à bander ou qui étaient assez gringalets pour faire rire une pièce pleine de prostituées.

Ce matin, Maggie était seule dans sa cuisine et, apparemment, elle venait de se laver dans la bassine en cuivre qui se trouvait dehors car ses cheveux châtains ondulés trempés dégoulinaient sur le fin tissu de sa robe qui collait aux courbes de ses épaules et de sa poitrine. C'était de la soie de Chine, il pouvait repérer ce truc à un kilomètre. Il en avait acheté pour Annie une fois, lors de ses voyages. Maggie aimait les choses de prix, et ce qu'elle portait était toujours taillé de façon à mettre en valeur ses meilleurs atouts. La modestie n'était pas une vertu quand on gagnait sa vie en baisant.

"Bonjour, Michael.

— C'est bien tranquille.

— Oui. Les filles, c'est comme la famille : ça fait du bien de s'en débarrasser de temps en temps." Maggie regarda Michael avec une expression qu'elle réservait aux rares moments qu'ils passaient seuls. "Bien sûr, pas pendant aussi longtemps que, toi, tu es séparé de la tienne, chéri." Elle posa la bouilloire en fer sur son petit poêle noir. "Tu restes déjeuner avec moi ? J'ai une surprise." D'un signe de tête, elle indiqua la porte ouverte qui donnait sur la galerie de derrière et Michael s'approcha pour voir de quoi il s'agissait. Ficelée par les pattes, une dinde sauvage déjà plumée était accrochée à une traverse. Il siffla doucement.

"Et ce n'est pas tout, ajouta Maggie avec un grand sourire. J'ai mis une bouteille de côté et, Noël étant dans quelques semaines seulement, je me suis dit que j'avais envie de commencer les festivités de bonne heure.

— C'est gentil à toi, Maggie." C'était assez tentant.

"Eh bien, Michael Kelly, si seulement tu me laissais faire, je te montrerais des plaisirs plus grands que de la dinde et du whisky de Rio."

Michael poussa un soupir jovial.

"Nous savons tous les deux comment cette conversation se termine."

Maggie pouffa.

"Elle pourrait se terminer de la façon dont tu le souhaites." Elle décroisa lentement les jambes, l'observant pour voir s'il pourrait garder les yeux sur son visage tandis que la soie de Chine glissait et révélait ses cuisses. Il soutint son regard avec difficulté.

Maggie haussa les épaules comme pour signifier qu'il finirait un jour par revenir à la raison, et elle se leva pour lui préparer du thé. Son fourneau faisait l'envie de toutes les femmes au foyer des Rocks qui devaient cuisiner dehors sur un feu de bois. Il n'y en avait probablement pas d'autres à des kilomètres à la ronde. Elle se déplaçait lentement, ses hanches rondes et lisses sous la soie. Elle savait qu'il regardait. Ce n'était pas comme s'il n'avait jamais été tenté de s'abandonner dans son lit, et, à Sydney, il n'avait pas été un saint. La solitude finissait toujours par avoir raison d'eux, mais c'était des années plus tôt et il l'avait regretté. Il n'avait jamais couché avec une des filles de Maggie, cependant ; cela n'aurait pas été correct. Pour Michael, il n'y avait qu'une seule femme, même à l'autre bout de la planète. C'est à peine s'il se souvenait du visage d'Annie à présent, mais il savait que le cœur de sa femme battait toujours avec le sien. Il en avait toujours été ainsi. Ce n'était pas comme si son corps ne voulait plus explorer les îlets cachés et les cavernes sombres d'une femme, mais il était maintenant assez vieux pour maîtriser plus ou moins ses envies. Annie était la seule à laquelle aspirait son cœur.

Il s'assit et but le thé parfumé de Maggie pendant qu'elle mettait la dinde dans le four. A Sydney, le thé était un luxe, mais Maggie en avait une bonne provision. Elle connaissait des gens. Elle pouvait obtenir à peu près n'importe quelle denrée, qu'elle soit de contrebande, rare ou importée des côtes les plus lointaines d'Afrique. Elle était également au courant des rumeurs de la rue. Les filles avaient une prime pour la tenir informée de tout ce qu'elles pouvaient apprendre d'intéressant par un client qui se laissait momentanément aller.

La matinée passa de façon agréable pendant que Maggie vaquait à ses corvées et que Michael relisait le brouillon de son prochain bulletin en prenant des notes. Il y aurait plus de nouvelles d'Irlande à l'arrivée du prochain bateau. Maggie finit par s'asseoir et se servit une autre tasse de thé. Cela faisait longtemps qu'ils n'avaient pas passé un moment tranquille ensemble, et Michael se demanda si elle avait des informations pour lui.

“Pas d'autres ennuis, depuis la descente de police ?

— Rien. Comme tu le sais, les flics ne savaient pas du tout ce qu'ils cherchaient – c'est rarement le cas avec ces jeunes policiers qui, parce qu'ils sont dans les forces de l'ordre, se croient forcément malins.

— Une chance pour moi, sinon ils m'auraient arrêté pour la Stanhope."

Maggie rit.

"Ils ne savaient même pas ce que c'était, les pauvres. J'leur ai dit qu'un cordonnier avait habité ici autrefois et que c'était un engin pour réparer les chaussures qu'il avait abandonné en partant."

Michael sourit, savourant l'idée d'avoir roulé les policiers de Sydney qui, à part son copain Calvin et ses gars triés sur le volet, étaient pour la plupart des brutes en uniforme.

"C'est toujours affreusement calme aux Rocks.

— J'vois ce que tu veux dire. Il y a quelque chose qui empêche les loulous d'être dans la rue et ça sent le pognon, mais tu ferais mieux de ne pas fourrer ton nez dans les gros coups, Michael. Pense à ta libération.

— Je ne pense qu'à ça. Mais je suis curieux. Et puis si des types comme les frères Smith sont mêlés à quelque chose de trop malin pour leurs petits cerveaux, je tiens à savoir qui paie."

Maggie soupira et alla chercher la bouteille de whisky dans l'armoire à fromage. Elle leur en servit une mesure à chacun, et, à la moue qu'elle affichait, il savait qu'elle lui cachait quelque chose.

"Très bien Maggie, accouche.

— Tu me promets de ne pas t'en mêler si je te le dis ?

— Tu peux toujours compter là-dessus.

— Doux Jésus, t'es un pauvre abruti." Elle soupira. "Mais tu es un adorable abruti et je n'ai pas envie de te mettre dans le pétrin.

— Tu sais quoi ? Si je prends sept ans de plus, je te construirai un petit appentis derrière la maison, comme tu as toujours voulu – un endroit où échapper à tout le remue-ménage du boulot."

Maggie rit.

"Je vais te le dire. Pas en échange d'un appentis, mais parce que je sais que tu vas aller demander à quelqu'un d'autre et que c'est dangereux. Tout ce que je sais, c'est que des caisses affreusement lourdes ont été transportées en pleine nuit chez Mick, près du carrefour, et je n'ai jamais vu de la laine de mérinos qui pesait aussi lourd.

— Mick le Receleur ?"

Elle acquiesça.

“Alors Mick est dans le coup. C’est du vol haut de gamme, dans ce cas.
— Oui.”
Michael fronça les sourcils.
“Dès qu’il y a des allées et venues, c’est qu’il y a des chances pour que ça bouge au port.
— Tu es seul, n’oublie pas ça quand tu sens monter ta bile contre les *industriels*, comme tu les appelles. C’est très bien d’écrire un bulletin et d’encourager l’esprit de révolte, ou je ne sais plus comment tu appelles ça, mais si tu contraries les affaires frauduleuses d’un homme puissant, tu vas te faire crucifier.
— Si c’était assez bien pour Jésus…
— Ne plaisante pas avec ça !”
Michael vit qu’elle était sérieuse et éprouva un certain remords.
“Tu ne dois pas t’en faire pour moi, Maggie. Je ne peux pas me changer, et s’il y a une injustice que je peux encore réparer, alors je le ferai. Tu ne pourras pas m’en empêcher.”
Elle lui lança un regard aussi dur qu’une poignée de clous, et ils partagèrent un moment de complicité.
“Je vois.” Elle leur servit un autre verre. “Alors buvons à ta satanée croisade, et puisses-tu vivre longtemps et retrouver l’heureuse femme que tu aimes.
— Et à toi, Maggie, la femme la plus admirable à avoir jamais tenu un bordel, et puisses-tu toi-même trouver l’amour.”
Elle renversa la tête en arrière et rit comme si c’était la chose la plus drôle qu’elle ait jamais entendue.

16

CRÊPE

Le 7 décembre

Je me suis réveillée aux heures lointaines et j'ai à nouveau cru sentir ton odeur. Comme je n'arrivais pas à dormir, j'ai regardé la flamme de la chandelle jusqu'à ce que ses motifs dansants se posent sur mon papier. Encore des feuilles, comme si toutes devaient tomber jusqu'à la dernière.

La lumière de l'aube a comblé les ombres. Il sera bientôt l'heure d'aller à l'enterrement de Ryan. Quatre jours se sont écoulés et, chaque jour, j'ai eu l'impression que j'aurais dû être avec lui. Et s'il avait eu autre chose à me dire ? Antonia n'a rien voulu entendre et m'a sans doute crue dérangée, même quand je lui ai expliqué que, en Irlande, on accompagne toujours un membre de la famille jusqu'à son enterrement. Même si elle a tenté de le cacher, elle a été choquée quand je lui ai dit que les corps devaient être protégés des voleurs et des étudiants en médecine. Et des fées, ajouterais-tu. Elle m'a assuré que, en Angleterre, la médecine anatomique était respectée du public, et qu'il y avait une réserve de corps suffisante.

J'ai l'impression qu'une vie tout entière s'est écoulée, bien que je sois arrivée à Londres il y a seulement une semaine. Vendredi, Mme Blake et moi avons passé l'après-midi dans le petit salon à tremper notre plume à tour de rôle dans son encrier. Elle a composé un avis de décès à publier dans le Times *et ensuite, pendant que j'écrivais et récrivais la lettre pour ma mère, elle a écrit aux amis et associés de Ryan sur du papier à liseré noir. La veillée aura lieu ce matin après la cérémonie.*

Samedi, je suis allée au marché de Petticoat Lane pour acheter du crêpe noir et des rubans de velours verts pour confectionner un tabard, et j'ai passé ma matinée à coudre en compagnie de Mme Blake et de Juliette. Juliette a tout le temps l'air malheureux. Elle parle rarement et se tient voûtée, comme si elle portait à elle seule les péchés de tous les catholiques sur ses épaules. A présent que je suis moi-même si triste, sa mélancolie m'agace. J'ai confectionné un tabard orné d'un ruban vert pour le cercueil et une pèlerine pour moi. J'ai du mal à me résoudre à porter une robe noire, mais il le faut bien. Seulement pour l'enterrement, cependant, car Ryan m'avait dit qu'il trouvait les vêtements de deuil des Anglais extrêmement ternes. Je préférerais porter le tissu que j'ai vu dans sa chambre, avec des feuilles dorées tournoyant sur un fond vert émeraude. Celui-ci symbolise mieux la mort que le crêpe noir ; il rappelle que les feuilles d'automne tombées alimentent l'arbre qui portera de nouvelles feuilles au printemps.

Un monsieur du nom de Dillon s'est proposé de traiter avec les autorités même si l'intérêt qu'il porte aux affaires de Ryan m'inquiète. Laurence a confiance en lui, cependant. J'espère seulement ne pas avoir été idiote en lui racontant tout ça. Les deux hommes sont à la recherche d'une lettre que le mari de Mme Blake aurait envoyée à Ryan avant de mourir, et maintenant je me demande sans cesse ce qu'elle pouvait bien contenir. Elle expliquera peut-être l'étrange humeur de Ryan à la veille de sa mort. Je crois qu'il connaissait quelques difficultés financières.

Il y a quelqu'un dans l'escalier. Je te récrirai bientôt.

*

Rhia referma son cahier à dessin et passa la main sur sa couverture de tissu rouge. Il contenait des motifs et des esquisses. A présent, les “lettres” adressées à Mamo étaient parsemées de dessins représentant du lierre sur des pierres et des roses d'hiver. Au début, écrire lui avait paru étrange, mais maintenant, cela lui semblait parfaitement naturel. Elle se demandait même si Mamo n'avait pas toujours voulu que le joli stylo orné de ses entrelacs brillants soit utilisé à cet effet.

On frappa doucement à la porte et Antonia entra avec un petit-déjeuner servi sur un plateau.

“Vous êtes déjà habillée, dit-elle, surprise.

— Je n'arrivais pas à dormir.

— Moi non plus. Laurence est parti pour China Wharf il y a une heure. Isaac a proposé de venir nous chercher avec sa voiture. Je voulais m'assurer que vous ayez le temps de vous habiller, mais je vois que je n'aurais pas dû m'inquiéter." Elle posa le plateau sur la table et s'arrêta en voyant les peintures de Rhia.

"Est-ce votre œuvre ?"

Rhia hocha la tête.

"Mais c'est vraiment très réussi ! Je ne savais pas… Je suis sidérée. C'est si délicat, si créatif. Vous avez l'œil, ma chère."

Rhia était heureuse de recevoir des compliments de quelqu'un comme Antonia, qui elle-même s'y connaissait en art. Elle rejoignit la quaker devant la table et plissa les yeux pour juger de la qualité de ce qu'elle avait peint. Les feuilles avaient différentes nuances de bleu, plus semblables à des arabesques qui s'enroulaient sur le papier, évoquant des flammes de bougie dans la brise.

Antonia était penchée au-dessus de la table, où elle examinait le motif plus en détail.

"C'est extraordinaire de voir qu'une couleur puisse avoir autant d'humeurs."

Rhia acquiesça d'un hochement de tête.

"Une fois, j'ai harcelé un teinturier jusqu'à ce qu'il me donne le nom de tous les bleus qu'il avait dans son atelier, espérant sans doute que j'allais partir." Elle désigna les différents pots rangés dans son coffret. "Ici, c'est du bleu perle, là, du cobalt et là de l'outremer. Ces noms ont été donnés à différents tons d'indigo par les teinturiers du siècle dernier. Avant, il n'y avait que la guède."

Antonia écoutait avec attention.

"N'était-ce pas ce que les Irlandais utilisaient pour se peindre le corps avant d'aller au combat ?

— Tout à fait. Pour effrayer les Romains. Peut-être devrait-on essayer avec les Anglais…" Rhia laissa sa phrase en suspens, se souvenant qu'elle s'adressait à une Anglaise, mais Antonia souriait.

"Vous êtes cultivée, dit-elle seulement, mais elle ne paraissait pas mécontente.

— Un peu trop, d'après mon père. Quand il est en colère, il dit qu'aucun homme ne voudra de moi. Et je l'ai souvent mis en colère…

— Certains hommes sont désemparés devant une femme capable d'avoir ses propres idées. C'est plus fort qu'eux. Ils ont été élevés dans la conviction qu'ils nous étaient intellectuellement supérieurs, et leur prouver le contraire ferait basculer leur monde de son perchoir. Mais nous devons le faire ! J'espère que vous n'envisagerez jamais d'épouser un homme qui refuse que vous ayez vos propres opinions." Antonia garda le silence un moment, observant les arabesques bleues. "Vous en avez d'autres ?" Rhia hocha la tête et exhuma son classeur. Elle n'avait pu se résoudre à abandonner toutes ses peintures, elles étaient comme un journal intime : chacune lui rappelait le jour où elle l'avait créée. Antonia examina les dessins l'un après l'autre, s'exclamant à la vue de racines entrelacées, de vignes aux couleurs vives et de rubans de lys tourbillonnants. Elle dit qu'elle les aimait tous, si bien que Rhia lui montra le chintz de Thomas. Antonia parut presque intimidée en laissant courir son doigt le long de la plume dorée d'un oiseau, puis d'une branche chargée de fruits aux allures de pierres précieuses.

"C'est magnifique ! souffla-t-elle enfin. Ma chère, ceci est un trésor. Vous ne devez jamais vous en séparer !"

Elles mangèrent un peu de pain, même si ni l'une ni l'autre n'avait d'appétit, puis elles attendirent dans l'entrée jusqu'à ce qu'elles entendent cliqueter les brides des chevaux devant la maison.

Dès qu'elle entra dans la voiture, Rhia fut intriguée par Isaac Fisher. Il portait un chapeau à bord plat et la cravate blanche qui donnait aux quakers des airs d'hommes d'Eglise. Il était imposant sans être corpulent et, sous son chapeau, ses cheveux tombant aux épaules étaient d'un brun grisonnant. Il avait un regard distant mais une poignée de main ferme. Il ne parla que pour demander où était Laurence, et quand Mme Blake lui eut expliqué qu'il était parti de bonne heure pour encadrer les porteurs, ils traversèrent le pont de Londres en silence.

Dans le petit cimetière envahi par la végétation de Saint-Andrews, il y avait peut-être une douzaine de messieurs arborant chapeaux et manteaux noirs, mais Rhia ne reconnut que M. Dillon. Il se tenait un peu à l'écart des autres, assemblés autour de la tombe. Elle soupçonna que sa présence était surtout une marque de respect pour un homme qu'il avait à peine connu. Espérait-il trouver ici quelque indice, parmi le cortège funèbre de son oncle, ou savait-il déjà pourquoi Ryan s'était ôté la vie ? Il croisa son regard et s'inclina avec déférence.

Les porteurs arrivèrent et s'acquittèrent impeccablement de leur sombre tâche. Rhia était heureuse de ne pas avoir voulu être là quand ils avaient refermé le cercueil sur le corps de Ryan. Laurence avait été gentil de s'occuper des formalités, d'autant qu'il paraissait un peu nerveux à cette idée. Rhia aurait seulement craint pour le confort de son oncle et se serait inquiétée du manque d'air à l'intérieur du cercueil. C'était idiot, mais c'était plus fort qu'elle.

Laurence marchait en tête des porteurs, sa main reposant sous le cercueil de Ryan aussi délicatement que s'il transportait un objet précieux. Le prêtre semblait un peu ailleurs et laissait souvent ses phrases en suspens, comme s'il avait oublié où il se trouvait ou ce qu'il faisait. La cérémonie fut brève. Avant que le cercueil soit descendu dans la fosse, Rhia s'avança et posa le tabard de crêpe noir dessus. Tandis que les fossoyeurs lançaient des pelletées de terre dans la tombe avec désinvolture, Laurence vint se poster à côté d'elle. Ils les regardèrent jusqu'au moment où seul un coin de ruban dépassait encore de la terre brune. C'est en voyant le ruban de velours vert disparaître dans la terre béante que Rhia s'effondra. Une telle irrévocabilité. Ses genoux lui semblèrent soudain se transformer en gelée. Antonia la prit par le bras et elles se soutinrent mutuellement.

Il y eut un mouvement parmi les personnes endeuillées quand les dernières mottes de terre furent en place, et deux hommes s'approchèrent. Le plus grand affichait cet air d'assurance propre aux hommes ayant réussi et une allure aristocratique. Son compagnon était mince et légèrement voûté, vêtu avec plus de modestie. Rhia pensa qu'il s'agissait d'un employé de bureau.

"Bonjour, madame Blake, dit le plus grand. Et ce doit être mademoiselle Mahoney ?"

Rhia vit la main d'Antonia voler jusqu'à ses cheveux avant qu'elle puisse se reprendre. Qui était cet homme qui mettait la quaker mal à l'aise ? Antonia se reprit rapidement et le gratifia de son sourire charmant.

"Oui, voici Mlle Mahoney, la nièce de Ryan, et voilà le cousin de mon mari, M. Blake." Antonia présenta l'homme sous le nom de M. Montgomery, un marchand de tissu de Regent Street, et son associé sous celui de M. Beckwith. Rhia n'avait jamais entendu Antonia Blake utiliser les titres formels. Faisait-elle cela pour M. Montgomery ? Et si oui, qu'en était-il des valeurs des quakers ? Rhia tendit la main, que M. Montgomery serra. Ses yeux clairs couleur noisette croisèrent son regard un bref instant seulement, mais elle ressentit un léger frisson devant leur intensité. Il devait être utile de produire un tel effet sur les femmes, la clientèle des marchands de drap étant en majorité féminine. Il se tourna vers Laurence.

"Ah, monsieur Blake, j'ai appris que vous aviez emménagé à Londres. Votre réputation vous précède. D'après ce que j'ai compris, vous réalisez d'énormes progrès dans le domaine photogénique.

— Tout à fait, répondit Laurence. Si vous souhaitez un portrait ou une carte de visite personnalisée, je suis à votre disposition." Même Laurence semblait un peu intimidé devant le marchand de drap, se dit Rhia.

"Mais Mme Blake a déjà fait mon portrait ! Ou plutôt, un portrait de groupe dans son jardin, au printemps." M. Montgomery tourna son beau visage vers Antonia. Proche de la cinquantaine, il avait une abondante chevelure couleur d'étain et un teint caramel. Des rides s'étoilaient aux coins de ses yeux, comme s'il souriait souvent. M. Beckwith leva à peine les yeux. Il était soit d'une timidité maladive, soit anéanti par l'émotion. Peut-être appréciait-il beaucoup Ryan.

"Je n'ai encore rien fait du négatif, répondit enfin Mme Blake d'une voix douce, il n'est pas encore transféré." Il était clair qu'elle n'avait pas envie de parler du portrait, ce qui accrut encore l'intérêt de Rhia.

"Mes plus sincères condoléances, mademoiselle Mahoney. Votre oncle était quelqu'un de très apprécié. Il sera regretté. Malheureusement, M. Beckwith et moi-même avons un rendez-vous urgent et ne pourrons venir à Cloak Lane, mais je serais très heureux de faire plus ample connaissance. Je sais que le délai est affreusement court, mais vous devez, tous les trois, accepter d'être mes hôtes samedi soir.

— C'est aimable à vous", répondit Antonia. Elle regarda Rhia en rougissant. Laurence était de toute évidence ravi, de sorte que Rhia accepta d'un signe de tête.

"Fantastique ! Disons, huit heures ?" M. Montgomery s'éloigna à grands pas dans le cimetière, M. Beckwith sur ses talons. Avec son haut-de-forme verni et son manteau de deuil noir, il avait de la prestance. Cela devait être de la popeline anglaise. La qualité était, Rhia devait le reconnaître, encore supérieure à celle tissée à Wicklow. Ses bottes vernies et le pommeau en argent de sa canne étincelaient dans le soleil, confirmant qu'il avait de l'argent et qu'il aimait le dépenser. Cela avait quelque chose de rassurant.

L'image du ruban dans la terre brune ne quitta pas Rhia tandis qu'ils retournaient vers la voiture d'Isaac. C'était un symbole de renouveau, décida-t-elle, et d'espoir. Si cette journée avait été une étoffe, il n'aurait pu s'agir que de velours vert.

A Cloak Lane, Beth et Juliette, en coiffe et tablier blancs amidonnés, accueillirent les invités avec une révérence et les débarrassèrent de leurs manteaux et de leurs chapeaux avant de les conduire dans le couloir.

Le feu était allumé dans le salon, au centre de la maison. Rhia n'avait encore jamais vu cette pièce occupée. Comme tous les salons, celui-ci affichait la prospérité du foyer, mais chez les Blake, il semblait déplacé. Le tapis était d'un rose profond et les rideaux en damas aux motifs chargés. Les meubles en teck et en acajou étaient tapissés de velours rouge, et les murs couverts de papier peint vert foncé. La pièce avait une allure conventionnelle et ne possédait pas la touche légère de Mme Blake. D'instinct, Rhia sentit que cette pièce avait été celle de Josiah et qu'elle n'avait pas été utilisée depuis sa mort.

Plusieurs messieurs, dont Rhia oublia aussitôt les noms, s'approchèrent d'elle pour lui offrir leur soutien et leurs condoléances, et murmurer quelques mots gentils à propos de Ryan. Ils s'éloignèrent pour converser discrètement en groupes devant le feu, sur l'ottomane ou près des fenêtres.

Antonia lui apporta du thé dans une tasse et une soucoupe en porcelaine rose, si délicate qu'on l'aurait crue sculptée dans un coquillage. Elles gardèrent le silence un moment. Rhia s'interrogeait à propos du salon et du quakerisme. En dépit de la simplicité due à leur foi, les Blake avaient adopté sans scrupules tous les accessoires de la richesse.

"Vous devez penser à Ryan", lui dit Antonia d'un ton cajoleur.

Rhia se sentit presque coupable de songer à autre chose.

"Non. Est-il vrai que la Lloyds et la Barclays sont des banques quakers ?"

Antonia parut perplexe.

"Oui." Elle hocha lentement la tête. "Mais l'abondance peut être le résultat d'un commerce équitable tout autant que d'une production à grande échelle. La véritable erreur consiste à ne pas faire preuve de charité, ce qui est, après tout, le dessein que Dieu avait pour nous.

— Comment pouvez-vous connaître les desseins de Dieu ? Il n'a pas eu de conversation directe avec quiconque depuis presque deux mille ans !"

Antonia eut l'amabilité de sourire avant de dire qu'elle devait retourner chercher des tartes à l'épine-vinette et du gâteau au gingembre que Beth avait préparés. Rhia eut brusquement envie de lui ressembler ; de croire en quelque chose de façon entière et indiscutable ; d'embrasser une foi qui donnait du sens à la vie et à la mort, au lieu d'hésiter entre le monde des vivants et celui des morts. Mais porter du gris et du marron pendant le reste de sa vie semblait cher payé pour une foi inébranlable.

Laurence et Dillon entrèrent et restèrent un moment en grande conversation avec Isaac Fisher. Quand Antonia partit à la cuisine, Dillon s'approcha de Rhia. Il était respectueusement vêtu de noir, mais ses bottes étaient aussi étroites et pointues qu'à l'ordinaire.

"Puis-je vous parler un instant, mademoiselle Mahoney ?

— Naturellement." Comme son ton le sous-entendait sans doute, elle aurait préféré qu'il s'abstienne. Elle surprit Laurence en train de l'observer depuis l'autre bout de la pièce, les sourcils froncés, même s'il lui adressa un bref sourire quand leurs regards se croisèrent. Elle se sentait peu sûre d'elle et aurait aimé que quelqu'un sorte un violon ou raconte une plaisanterie à propos de Ryan. Elle ne pouvait s'empêcher d'éprouver de l'admiration pour le mépris apparent dans lequel M. Dillon tenait les conventions sociales.

"Il est intéressant de constater que votre arrivée à Londres a coïncidé avec la mort de votre oncle", commença-t-il. Elle s'arma de courage. "Est-il possible que les circonstances qui vous ont amenée ici aient un rapport avec sa... situation ?"

Rhia ressentit un élan de colère qui sembla la revigorer.

"Si vous pensez que mon arrivée à Londres a d'une façon ou d'une autre contribué à ce que mon oncle..." Elle ne parvint pas à terminer sa phrase avant que M. Dillon l'interrompe.

"Ce n'est pas ce que j'ai dit. Je me demandais seulement si vous pouviez m'en dire plus sur les circonstances qui vous ont amenée ici."

Rhia se mordit les lèvres et se sentit ridicule.

“Si vous tenez à le savoir, le commerce familial installé à Dublin a fait faillite et je suis venue à Londres pour trouver un poste de gouvernante.

— De gouvernante ?”

Il était clair qu’il ne la trouvait pas qualifiée pour exercer une telle profession. Peut-être la trouvait-il trop superficielle ou pas assez cultivée ? Elle serra les dents.

“Oui, de gouvernante.

— Je vois.”

Elle crut voir passer l’ombre d’un sourire sur ses lèvres et cela la fit sortir de ses gonds.

“J’ai moi aussi des questions. Dites-moi, je vous prie, ce que vous faisiez avec mon oncle et pourquoi ses affaires vous intéressent tellement ?

— C’est une question légitime, reconnut-il. Je regrette seulement de ne pouvoir vous être d’un plus grand secours. Quant à la succession de votre oncle, la loi veut que les biens d’une personne ayant commis un suicide soient immédiatement saisis par la Couronne. Les messieurs de Scotland Yard qui sont allés à China Wharf ont maintenant transmis un rapport au médecin légiste. Il y a, cependant, une période pendant laquelle les circonstances de la mort peuvent être prouvées.” Il avait soigneusement évité sa question.

“Qu’y a-t-il à prouver ?

— C’est ce que j’ai l’intention de découvrir. Votre oncle pensait peut-être n’avoir d’autre choix que le suicide. Pendant ce temps-là, ni vous ni votre famille n’aura accès au testament ni au patrimoine de votre oncle, et son avocat n’aura pas le droit de dévoiler les documents concernant ses biens.

— Je n’avais pas réfléchi à ce genre de chose…”

M. Dillon parut surpris. Avait-il des doutes ?

“Il y a une dernière chose, reprit-il. Je crois que M. Blake vous a dit que nous n’avions pas réussi à trouver la lettre… Je m’en veux un peu d’avoir à vous demander une telle chose, mais pourriez-vous faire appel à vos souvenirs de la semaine dernière, quand nous sommes allés chez votre oncle. J’aurais dû vous dire à ce moment-là de ne rien toucher ou déplacer. Y a-t-il quoi que ce soit que vous ayez remarqué, mademoiselle Mahoney ; qui vous a semblé sortir de l’ordinaire ou ne pas lui correspondre ?”

Rhia ne trouva rien et le lui dit.

“Je vois. Merci. Je vous souhaite bonne chance pour votre nouvelle profession.” Il s’inclina et alla présenter ses hommages à Antonia. Lorsqu’il partit, sans un regard en arrière, Rhia poussa un soupir de soulagement.

Qu’avait-il voulu dire sur les “circonstances de la mort” ? Il avait sans doute espéré, d’une façon ou d’une autre, découvrir ce qui était allé de travers dans la vie privée ou professionnelle de Ryan. N’avait-elle vraiment rien remarqué à China Wharf ? Elle se souvint de la carte de visite qu’elle avait trouvée sur le sol. Même si ce n’était sans doute rien, elle pourrait elle-même mener quelques recherches ; au moins découvrir la signification des chiffres et du caractère oriental. Cela lui donnerait peut-être le sentiment d’être moins impuissante. L’intérêt de Dillon pour les affaires de Ryan la mettait mal à l’aise, et elle regrettait à présent de lui avoir seulement parlé.

17

ARMOISIN

Antonia sentit les doigts gelés de Juliette lui effleurer le cou. La femme de chambre acheva de fixer le fichu de dentelle et recula pour inspecter son travail. Elle paraissait satisfaite, ainsi qu'elle l'était toujours les rares fois où Antonia portait un joli col ou des manchettes élégantes. Le fichu était un ornement mais Antonia se dit qu'elle ne voulait pas offenser ses hôtes par une mise trop sobre. Elle se moquait de savoir que toutes les autres femmes présentes à la réception des Montgomery porteraient des tenues aux couleurs de l'arc-en-ciel. Vraiment ? Elle frissonna.

"Je suis vraiment désolée, madame, j'ai bien essayé de les frotter l'une contre l'autre pour les réchauffer, mais j'ai les mains froides et je n'y peux absolument rien." Le repentir de Juliette était parfois agaçant, mais c'était ce qui avait attiré Antonia chez cette fille. En se rendant à l'hospice des pauvres de Manchester pour ses visites de charité, elle n'avait pas eu l'intention d'employer une femme de chambre. Avait-elle cru pouvoir sauver Juliette ? Cette idée lui paraissait désormais présomptueuse.

"C'est sans importance. Nul doute que cela m'empêche de me relâcher. C'est une bénédiction de vous avoir. Bon, le col est-il droit ? Et mes cheveux ? Vous savez que je compte sur vous pour être mon miroir.

— Vous êtes très élégante, madame, sans être *trop* élégante, bien sûr !"

Antonia sourit. Juliette semblait avoir démêlé une partie de l'émotion éprouvée à la lecture de la lettre de sa mère, mais il restait ce *quelque chose.* Antonia ne parvenait pas à se résoudre à lui poser des questions sur la mort de son père, même si elle en avait souvent envie. Elle devait faire montre de respect, et avancer avec prudence. Etait-ce ce que Dieu voulait : qu'aucune créature ne soit blessée par une autre ? Elle était un peu troublée d'éprouver une telle lassitude vis-à-vis de la droiture.

Les autres attendaient dans l'entrée. Rhia portait une robe à crinoline couleur paille ; une soie si travaillée qu'elle ressemblait à de la broderie. Son châle était d'une teinte maïs vive et profonde. Ces tons faisaient ressortir sa chevelure aile de corbeau et sa peau bistre comme si elle avait été une déesse de la moisson, et Laurence avait du mal à la lâcher des yeux. Antonia se souvint vaguement d'un conte sur les survivants de l'Armada espagnole qui avaient laissé des traces de leurs beaux traits méditerranéens en Irlande. A côté d'elle, elle avait l'impression d'être un épi de blé desséché. Pendant un instant, elle aspira au plaisir éphémère de la vanité.

"Vous êtes ravissante", dit Rhia. Elle la regardait d'un air interrogateur, et Antonia se sentit rosir avec un sentiment de culpabilité. La simplicité des vêtements était à l'origine censée être une protestation contre la mode et ses exigences dispendieuses et versatiles. Mais cela avait été une réaction aux parures extravagantes du siècle précédent. Antonia s'aperçut brusquement que, sans Josiah, ces vertus avaient peut-être perdu leur signification. Elle afficha un sourire aussi sincère que possible.

"M. Montgomery nous envoie sa voiture..." Un tintement de sabots sur les pavés l'interrompit. "Et la voilà. D'une ponctualité remarquable." Elle s'affaira avec ses gants et son bonnet pour cacher sa confusion.

Rhia regardait par la fenêtre de la voiture tandis qu'ils empruntaient Holborn et Oxford Street, même s'il n'y avait pas grand-chose à voir hormis du crachin et des lampes de fiacres. Elle avait à présent rédigé deux brouillons de lettre à l'intention de potentiels employeurs : la première destinée à un vicaire qui vivait à Finsbury avec ses deux filles en bas âge et la deuxième à une veuve âgée de Kensington qui cherchait une jeune dame de compagnie. Ce dernier poste, pensait Antonia, était peut-être trop sérieux pour une fille aussi agitée que Rhia. Au moins, le quakerisme encourageait activement les femmes à entrer sur le marché du travail. Les Amis ne désapprouveraient pas qu'elle se lance seule dans le commerce.

“Quel genre d’établissement est le *Jerusalem Coffee House*? demanda soudain Rhia.

— C’est un genre de lieu de rendez-vous…” commença Laurence en appelant du regard Antonia à la rescousse. Le monde du commerce ne l’intéressait guère ; sauf s’il s’agissait d’une étude en clair-obscur.

“C’est l’endroit où les banquiers, les investisseurs, les marchands et les personnes qui travaillent à la Bourse de Londres se retrouvent pour acheter et vendre des actions et des obligations”, expliqua Antonia. Elle envia Laurence. Elle aurait aimé, elle aussi, pouvoir se concentrer sur la lumière et les ombres à l’exclusion de tout le reste. L’ironie de la métaphore ne lui échappa pas. Se concentrer sur la lumière seule semblait aussi problématique que se perdre dans les ombres. Ils se turent à nouveau. Aucun d’eux n’était d’humeur à assister à une soirée.

La résidence Montgomery comptait parmi un certain nombre d’hôtels particuliers construits dans Belgrave Square, à proximité des jardins du palais de Buckingham. Ils passèrent d’imposantes grilles en fer forgé gardées par un valet de pied, et s’arrêtèrent au bas d’une volée de larges marches de marbre. Celles-ci menaient à un portique à colonnes et à une double porte en chêne ciré.

Les portes furent ouvertes par une bonne en uniforme amidonné aussi jolie qu’une poupée de porcelaine, et ils pénétrèrent dans une entrée austère au sol carrelé et aux murs tapissés d’un papier peint à motifs vert jade et bleu paon. Très théâtral, se dit Antonia, avec l’impression d’être une domestique dans son armoisin côtelé uni.

On les mena jusqu’à une vaste salle de réception avec des tapisseries françaises sur tous les murs. Là, les convives étaient réunis pour écouter le piano à queue dont jouait une créature diaphane vêtue de tulle vaporeux rose bonbon. Isabella Montgomery allait bientôt atteindre sa majorité mais, avec ses anglaises pâles et ses yeux limpides couleur de bleuet, elle semblait tout juste sortir de la nurserie. Elle se retourna pour regarder les nouveaux arrivants annoncés, fit une fausse note et eut un rire nerveux.

Près d’elle, dans des fauteuils majestueux, étaient assis M. Montgomery et sa femme Prunella, affublée d’une tenue magenta et d’un diadème. Elle détourna les yeux ostensiblement lorsque son regard effleura les jupes d'Antonia. Elle avait le même nuage de cheveux couleur tournesol que sa fille, mais ses yeux étaient rendus vitreux par la boisson qu'elle sirotait avec tant de hâte. M. Montgomery semblait tendu.

Les convives étaient assis sur une rangée de fauteuils en tapisserie et Antonia reconnut le couple décharné comme étant Lord et Lady Basset ; lui faisait partie des représentants de la Compagnie des Indes orientales à Canton. Les Basset appartenaient à la haute société, et Antonia ne manqua pas de remarquer les yeux écarquillés de Lady Basset lorsqu'elle vit une quaker et une inconnue prendre place à côté de M. Beckwith et d'Isaac. Au moins, Laurence avait huilé ses cheveux, mais son jabot était aussi froissé qu'à l'accoutumée. Elle ne comprenait pas comment il parvenait à avoir éternellement l'air aussi chiffonné ; Beth déployait d'énormes efforts pour repasser et amidonner ses chemises.

Isabella martelait les touches du piano et Antonia surprit Isaac en train de la regarder à la dérobée. Sa bouche se tordit quand un nouvel accord discordant lui échappa. Elle détourna rapidement les yeux, de peur de ricaner. Etait-ce seulement l'impression de ne pas être à sa place, ou la tension était-elle palpable dans la pièce ? C'était une assemblée particulière, et elle se dit que M. Montgomery était courageux d'avoir réuni toutes ces personnes.

Isaac s'était montré attentif le jour de l'enterrement, craignant qu'un autre décès ne l'ait blessée à vif. Elle-même n'avait pas encore assimilé la réalité du suicide de Ryan : elle n'éprouvait que de l'incrédulité. Il avait bien dû y avoir des signes ? Avaient-ils tous été négligents ? Elle avait remarqué l'étrange humeur de Ryan mais avait seulement présumé qu'il accusait la pression du commerce. Il était évident qu'Isaac éprouvait les mêmes remords. Il avait été le collègue et l'ami de Ryan et de Josiah. Et il vivait également dans le chagrin, ayant perdu sa femme de la typhoïde deux étés plus tôt.

Isabella finit de jouer et M. Montgomery prit les choses en main, car sa femme était déjà dans les nuages. Il prit Antonia par le bras pour la guider jusqu'à la salle à manger, et elle éprouva des picotements en sentant son contact à travers l'épais tissu de sa manche. Estimer cet homme n'était pas un crime, mais elle devait redoubler de prudence pour rester convenable. Pas parce qu'elle se souciait particulièrement de ce que pensaient les gens, mais parce qu'elle avait conscience de sa propre vulnérabilité.

M. Montgomery l'installa à côté d'elle.

"Je suis ravi de vous voir en société, madame Blake. Dois-je croire à ce que M. Fisher m'a dit : que vous comptiez reprendre les affaires de Josiah ?

— Bien sûr. J'ai été plus impliquée dans le métier que vous ne l'avez peut-être réalisé." Pourquoi Isaac discutait-il de ses affaires avec Jonathan Montgomery ?

"Je ne devrais pas être surpris, votre foi est tellement en faveur des réformes…

— Je suis déçue d'entendre que vous considériez cela comme une réforme ! Le fait qu'une femme s'intéresse à de telles choses est simplement une marque de respect mutuel de la part des époux.

— C'est juste, pardonnez-moi. Vous avez raison." Il poussa un profond soupir et Antonia sentit son cœur se serrer. Si sa femme avait été plus souvent sobre, elle se serait peut-être intéressée à ses affaires.

"Nous devrons reparler du commerce, très bientôt, ajouta-t-il en tirant sa propre chaise. Peut-être votre mari vous avait-il parlé de notre dernier projet ?

— Je ne suis pas au courant. Nul doute qu'il avait l'intention de le faire à… son retour des Indes."

Son hôte regarda son assiette, secouant la tête. Lui aussi devait regretter Josiah. Malgré ses prises de positions directes au sujet de l'éthique, son mari avait été très apprécié. Il aurait refusé de s'associer avec quelqu'un qui ne partageait pas ses principes. Antonia eut envie de dire quelque chose d'apaisant.

"J'ai repensé au portrait dans le jardin. Vous en voudriez peut-être une représentation… ?" Sa voix mourut lorsqu'elle croisa le regard d'Isaac. Il paraissait désapprobateur, et elle se demanda s'il la trouvait trop familière. Isaac détourna rapidement les yeux et dit quelque chose à Rhia, une expression sérieuse sur le visage et les mouvements de ses grandes mains lents et délibérés. Elle l'avait vu au *Jerusalem* avec le banquier de Barings ! Elle avait complètement oublié cet incident, il s'était passé tant de choses depuis. Isaac écoutait Rhia parler de ses impressions sur Londres, tout comme Isabella Montgomery avec ses yeux de biche. Antonia n'entendait pas grand-chose avec les tintements des couverts et du cristal, mais elle l'entendit dire, de sa voix lente et sonore :

"Etant importé, le lin irlandais ne peut guère rivaliser avec celui d'Angleterre, mais il est très apprécié en Allemagne ; un pays qui apprécie autant les étoffes bien tissées préfère la qualité dans tous les domaines. La Grande-Bretagne recherche plus à réduire le coût et à augmenter la production et le profit que la qualité."

Comme on leur servait leur premier plat extravagant, une soupe de châtaignes accompagnée de ris de veau au four, M. Montgomery se pencha vers Antonia.

"Je serais ravi d'avoir une représentation du portrait, madame Blake. Avez-vous avancé dans votre dessin photogénique depuis la dernière fois que nous nous sommes parlé ?"

Antonia vit Laurence tourner la tête en entendant ces mots.

"Pas du tout, monsieur Montgomery, même si le sujet m'intéresse toujours autant. J'ai simplement fait... une pause. Quant au portrait, le négatif en est toujours au même point. Je ne suis pas certaine d'avoir réussi parce que je n'ai pas encore trouvé le courage de le découvrir." Elle se tourna vers Laurence, qui n'était pas au courant pour le portrait. "Peut-être est-il trop tard ?"

Il haussa les épaules.

"Si le papier iodé est conservé avec soin, on doit encore pouvoir exposer l'image latente plusieurs mois plus tard, lui assura-t-il.

— C'est une chance, vraiment. Vous comprenez, il y avait Josiah sur ce portrait..." Elle contempla sa soupe. Elle n'avait pas discuté du portrait avec Laurence car, chaque fois qu'elle envisageait la possibilité que l'image de Josiah lui soit rendue, elle était prise de terreur. Il ne reviendrait jamais, et cette image fantôme de lui ne pourrait que le lui rappeler. Quand elle leva les yeux, l'expression de M. Montgomery était si tendre qu'elle put difficilement se résoudre à croiser son regard.

"Je suis encore déconcerté par cette méthode de dessin grâce à l'utilisation de la lumière et des sels d'argent, dit-il. Expliquez-moi en quoi la méthode de M. Talbot diffère de celle du Français."

Antonia était soulagée. Ceci était un terrain neutre.

"Daguerre préfère employer une plaque de cuivre recouverte d'argent, qui s'assombrit lorsqu'elle est exposée à la lumière.

Cela ressemble plus à une gravure à l'eau-forte sur du métal. La méthode de M. Talbot fixe une image négative sur un patron de papier qui peut générer n'importe quel nombre d'exemplaires. Est-ce exact, Laurence ?

— Tout à fait. Avec la méthode Talbot, une image peut être diffusée aussi largement qu'une gravure sur bois moulée dans du plâtre. En fait, une fois que M. Talbot ne détiendra plus le brevet du procédé de calotype, le dessin photogénique sera sans nul doute utilisé par les journaux et les revues de Londres.

— Fascinant", dit M. Montgomery qui regardait toujours Antonia, comme si elle était l'objet de sa fascination. Elle était impatiente de détourner son attention, même si elle l'avait recherchée au départ. Elle baissa la voix quand Laurence se détourna.

"Envisagez-vous toujours de créer une ligne exclusive pour la Maison Montgomery ?"

M. Montgomery leva un sourcil.

"En effet. Les dessins parisiens sont toujours très modernes, mais je suis fatigué d'être sous la coupe des Français.

— Peut-être envisageriez-vous d'embaucher une femme ?"

M. Montgomery parut choqué.

"Madame Blake, cherchez-vous à me solliciter ?"

Elle rit.

"Oh, pas pour moi, non. Pour Rhia Mahoney." Elle se réjouit de son étonnement. L'aurait-elle voulu, elle n'aurait pu imaginer meilleure façon de mettre son caractère à l'épreuve. Avait-il le cran d'envisager d'employer une femme à un pareil poste ? Elle ne pouvait qu'attendre et se demander quelle serait sa réaction.

18

CRINOLINE

Le plat principal venait d'être servi et Rhia avait déjà trop mangé pour son corsage à baleines. Elle balaya la table du regard. Le diadème de Mme Montgomery penchait de façon comique, ou tragique, et elle expliquait d'une voix trop forte quelque obscure règle du whist à Lady Basset. M. Beckwith et Isaac Fisher entretenaient une discussion animée sur le commerce de l'opium. Rhia avait renoncé à intervenir. Son opinion était sans importance et les regards réprobateurs de Lady Basset devenaient irritants. En fait, elle était certaine que celle-ci avait glissé quelque commentaire désagréable à son sujet à Mme Montgomery, car son hôtesse ne cessait de lui lancer des coups d'œil soupçonneux.

Ils se régalaient à présent de canard sauvage, de lièvre rôti et d'un plat que la servante avait appelé "une pintade à l'indienne". Les viandes étaient servies avec des fèves, des oignons espagnols au four et des truffes au champagne. Ces dernières, leur dit-on, étaient un mets que les Montgomery avaient récemment goûté à Paris, et ils espéraient que leurs hôtes apprécieraient. Ce n'était pas le cas de Rhia. Les truffes avaient un fort goût de terre et le champagne lui faisait tourner la tête. Le vin rouge avait suffisamment amélioré son endurance à la compagnie d'Isabella. La jeune fille semblait s'être entichée d'elle et la trouvait *émancipée.* Elle murmura ce mot comme si celui-ci la terrifiait et l'excitait tout à la fois. Rhia trouvait amusant de passer pour une créature libérale et exotique, mais une fille de laiterie aurait eu le même effet sur Isabella. Elle était choyée comme une petite princesse et ne semblait aller nulle part sans chaperon. Isabella lui posait des questions sans fin sur le voyage depuis Dublin, les yeux écarquillés et la voix haletante.

"Quelle *aventure* ! Papa ne l'autoriserait jamais. Comme je vous *envie* !"

Rhia n'écoutait qu'à moitié pendant qu'Isabella faisait grand cas d'un goûter organisé bientôt à l'occasion de son anniversaire, car la conversation voisine entre Isaac et Beckwith était beaucoup plus intéressante. Isaac avait élevé la voix.

"Le fait demeure, Francis, qu'il n'est pas plus déontologique de tenter d'acheter de la soie de Chine sous le nez de l'empereur que d'exporter notre coton en Chine. Pour moi, l'embargo commercial a force de loi."

M. Beckwith considéra le quaker avec une expression qui ne semblait avoir du sens que pour eux seuls. Rhia présuma qu'ils avaient déjà eu cette conversation.

"Les trésors de la Chine et de la Grande Bretagne sont inextricablement liés, nous le savons, dit-il d'un ton prudent. La déontologie est une chose compliquée bien sûr, mais les hommes de votre... confession n'ont-ils pas jadis investi dans du coton ramassé par des esclaves nègres ?" M. Beckwith semblait presque embarrassé d'avancer cet argument. "Je défends simplement la cause du commerce", s'empressa-t-il d'ajouter.

Isaac se tut comme s'il avait brusquement révisé son argumentation. Rhia surprit l'expression consternée d'Antonia et resta perplexe. Il y avait des tensions sous-jacentes qui lui échappaient.

M. Beckwith baissa les yeux vers son assiette comme s'il regrettait d'avoir attiré l'attention sur lui. Elle avait déduit que l'associé de M. Montgomery était un expert des marchés financiers. Il était curieux que Beckwith et Montgomery soient aussi amis, car ils semblaient dotés de talents sociaux radicalement différents.

Antonia semblait peinée. Elle s'adressa à Lord Basset d'un ton presque brusque.

"La Compagnie des Indes orientales, bien sûr, souhaiterait que le gouvernement protège le commerce de l'opium, qui représente pour elle un énorme avantage.

— Ainsi que pour la nation britannique, bredouilla-t-il, le visage virant à la même couleur que les veines courant sur son nez fin.

— Sauf votre respect, insista-t-elle, je connais des banquiers qui voient dans la Chine le nouveau Raj britannique.

— Mais le Raj est un énorme succès, persista Lord Basset. Les peuples païens de Chine et des Indes devraient nous remercier pour notre influence, elle les civilise."

Rhia eut un reniflement méprisant avant de pouvoir le retenir. "Alors vous devez ignorer que c'est une délégation chinoise qui a lancé la Renaissance en Italie." Elle se faisait à nouveau des ennemis, mais quel intérêt d'avoir lu en cachette la bibliothèque entière de son père si elle ne pouvait se servir de ses connaissances de temps à autre ? "Le fait que l'opium soit un poison à long terme doit assurément signifier quelque chose pour la Compagnie des Indes orientales." Le silence tomba.

Lady Basset lui lança un regard assassin et, malgré son envie de lui tirer la langue, Rhia se contenta de lui retourner un regard noir et de boire une grande et inélégante gorgée de vin.

Ce fut Isaac qui brisa le silence de sa voix grave et posée.

"Bien sûr, sans le besoin de vendre de l'opium pour acheter du thé, la crise de l'argent pourrait être évitée, n'est-ce pas Francis ?" M. Beckwith leva les yeux de son assiette et répondit avec son accent du Nord chantant.

"C'est exact. Toute la réserve de la Banque d'Angleterre est dédiée à ce commerce."

Prunella Montgomery posa ses couverts avec un bruit métallique et se tourna vers son mari.

"L'Union Jack est devenu un drapeau pirate", dit-elle avant de lever son verre sans porter de toast particulier. Il y eut un silence embarrassé pendant un moment avant que M. Montgomery n'éclate de rire.

"Oui, ma chère, c'est du moins ce qu'affirme M. Gladstone."

Rhia leva son verre à son tour, mais personne d'autre ne l'imita. Comme elle s'était déjà donnée en spectacle, ce qu'elle pouvait faire ne changerait pas grand-chose.

"Dans ce cas, M. Gladstone semble être le seul membre du Parlement qui soit plus concerné par l'humanité de cette affaire que par ses bénéfices économiques", dit-elle. Elle-même se rendit compte que son ton avait quelque chose de cassant et d'accusateur, mais, d'après ce qu'elle en savait, les Britanniques se conduisaient bel et bien comme des pirates. Lady Basset fut prise d'une soudaine quinte de toux et Rhia crut l'entendre dire "impudence" ou "impertinence" entre deux hoquets.

"C'est également, remarqua Antonia, une question de conscience, une qualité rare chez un homme politique." Un regard d'affinité passa entre elles. Si Antonia ne lui en voulait pas d'exprimer ses opinions, alors Rhia se moquait de savoir ce que les autres pensaient, y compris Laurence, qui avait vidé nerveusement son verre deux fois depuis le début du débat.

M. Montgomery la regardait maintenant comme s'il tentait de prendre une décision. Peut-être se disait-il qu'il devait se souvenir de ne plus jamais l'inviter. Un gâteau au citron et une tarte aux prunes de Damas furent servis en silence. Rhia fut ensuite soulagée de passer au salon avec les autres femmes. Lady Basset s'ingéniait désormais à l'ignorer, ce qui lui convenait parfaitement. Elle était heureuse de ne montrer aucun repentir.

Elles burent du café noir trop sucré et de la liqueur tandis qu'Isabella parlait sans cesse du mariage royal, disant combien la reine Victoria paraissait *minuscule* à côté du prince Albert sur tous les dessins, et n'était-ce pas incroyable que quelqu'un d'aussi petit, et d'encore plus jeune qu'elle, soit la reine d'un empire ? Tout le monde approuva mais personne ne semblait écouter. A présent complètement ivre, Mme Montgomery affichait un regard lointain et un sourire inaltérable. De toute évidence, elle avait l'habitude d'être dans cet état, car la seule chose qui la trahissait était un léger balancement du buste de temps à autre. Lady Basset semblait éprouver plus d'ennui que d'irritation et Antonia était visiblement épuisée. Rhia espérait qu'elle aurait bientôt envie de rentrer. Leurs regards se croisèrent. Antonia se pencha vers elle d'un air complice.

"M. Montgomery voudrait voir votre carton à dessin."

Rhia se réveilla brusquement.

"Mon carton à dessin ? A-t-il besoin d'un dessinateur ? Mais comment a-t-il su... ?" Sa voix mourut, et elle resta perplexe un instant avant de comprendre. "Vous !

— Il m'avait dit il y a quelque temps qu'il recherchait un créateur de motifs sur textile."

Rhia en resta sans voix. Comment était-il possible qu'un marchand de drap de Regent Street envisage seulement d'embaucher un créateur sans expérience, qui plus est de caresser l'idée d'employer une femme ? Antonia semblait contente d'elle.

"M. Montgomery veut quelque chose d'un peu spécial, quelque chose qui ne soit pas importé de Paris. N'oubliez pas, Rhia, que certains des plus célèbres et des plus délicats motifs créés pour la soie sont d'Anna Maria Garthwaite.

— C'est vrai…" Elle avait entendu parler de cette célèbre créatrice, une favorite des régents du siècle précédent.

"Cela vous intéresse-t-il ?

— Oh, *oui* ! Mais je ne peux pas prétendre être une professionnelle…

— Mais si. Peut-être pas confrontée à l'expérience, mais l'expérience ne fait pas tout, et j'ai vu votre travail. Je me réjouis toujours de voir une femme employer son talent et son esprit. Je suis certaine que Dieu n'a jamais voulu que la réalisation artistique soit entièrement destinée à gratifier les hommes."

Rhia était folle de joie. Cette soirée avait été éprouvante et maintenant, pour une raison inexpliquée, elle était au bord des larmes.

"Je ne savais pas quoi faire, quoi attendre de Londres, et maintenant ça…

— Il faut s'attendre à tout. Londres offre tout ou rien, cela dépend de son propre destin."

Cela ressemblait tellement à une phrase que Ryan avait prononcée. Comme si les espoirs et les désirs de tant de gens n'étaient que des ruses dans une partie de whist.

"Alors, vous croyez au destin ?"

Mme Blake soupira.

"Jusqu'à un certain point. On doit trouver l'équilibre fragile entre diriger ses propres énergies et accepter ce que l'on nous donne. Ou ce que l'on nous prend."

Isabella, qui tentait de suivre leur conversation, fronça les sourcils avec pétulance.

"Vous êtes toutes les deux trop sérieuses ! Mademoiselle Mahoney, vous devez *absolument* revenir et voir la jolie collection de maman. Ce sont des étoffes que papa rapporte d'Orient. Elles valent une fortune, apparemment. Maman a dit que je pourrais en choisir une longueur pour ma robe d'anniversaire." Tout à coup, Isabella battit des mains, ravie. "Vous devez venir à mon goûter d'anniversaire !

— Quand aura-t-il lieu ? demanda Rhia en tentant de paraître intéressée.

— Oh, pas avant février, mais il faut bien avoir quelque chose à attendre."

Rhia afficha un sourire las et Antonia étouffa un bâillement. Il devait bien être enfin une heure respectable pour se retirer ? Antonia se leva et Rhia poussa un soupir de soulagement.

Dans l'obscurité de la voiture, le silence parut enfin naturel. M. Montgomery les avait raccompagnés dehors et avait demandé à Rhia d'apporter bientôt son carton à dessin à Regent Street. Cette idée l'emplissait d'une terreur exquise.

Laurence était assis à côté d'elle et elle sentait qu'il était mal à l'aise. Il lui en voulait sans doute de s'être montrée aussi dogmatique pendant le dîner. Depuis l'enterrement, il avait passé les journées dans son studio et ne semblait pas savoir quoi lui dire, même s'il était d'une bonne humeur indéfectible au petit-déjeuner. Il déjeunait à l'étage et dînait à son club.

"Vous êtes très bien informée à propos du commerce avec la Chine, ma chère, dit Antonia d'une voix douce comme si elle pouvait lire dans ses pensées. Cela me plaît, ajouta-t-elle. Peut-être devriez-vous lire la colonne que M. Dillon, l'ami de Laurence, écrit dans le *Globe*. Il traite du commerce et des affaires de la City, vous savez, et il a des opinions… inhabituelles.

— Oui, plutôt, confirma Laurence avec un sourire désabusé. Trop compliqué pour moi, cependant."

Le silence retomba.

Alors qu'ils passaient près d'une lampe de fiacre, Rhia remarqua l'expression d'Antonia. Elle semblait avoir besoin de sommeil ; peut-être d'être seule avec ses souvenirs intimes de son mari. Elle paraissait souvent formidablement maîtresse d'elle-même, mais à présent, elle semblait fragile et peu sûre d'elle. Après tout, elle était seulement humaine.

19

Le 15 décembre

La lune vient de se lever aux heures lointaines, alors je suis descendue t'écrire dans le petit salon, d'où je peux la voir par la fenêtre. La maison est calme et silencieuse, mais parfois, les ombres bougent comme si elles tentaient d'attirer mon attention. Quoi qu'elles essaient de me montrer, cela reste toujours hors de ma portée. Je devrais comprendre ces choses, et tu dirais sans doute que je pourrais si je le voulais, alors c'est peut-être que je ne le veux pas. Tout ce que je sais, c'est que je n'ai pas trouvé ma place dans ce monde, et pourtant, je sens l'appel sous-jacent d'un autre.

Il y a dans cette pièce un tableau qui me perturbe. C'est comme si un fantôme s'était fait piéger à l'intérieur. Il est noir, et il me fait signe, comme s'il voulait qu'on le trouve. Cela n'a pour moi aucun sens. Je l'ai vu il y a quelques instants, si bien que j'ai essayé ton sortilège pour éloigner les esprits importuns. Comme je ne suis pas très douée en gaélique, j'espère ne pas l'avoir invité à rester par erreur ! Juste au moment où je terminais, Juliette, la bonne morose, est entrée. J'ignore ce qu'elle faisait debout au milieu de la nuit, mais je sais qu'elle m'a entendue parce qu'elle m'a regardée comme si j'avais eu des cornes et s'est enfuie. Je l'ai effrayée, mais cela n'a rien d'une prouesse.

J'ai passé des journées à marcher. Il y a un dédale de ruelles qui mène de Threadneedle Street au marché de Petticoat Lane, à l'est, en passant devant des tavernes et des cafés. Chaque ruelle est peuplée d'odeurs différentes : bière fraîchement brassée, harengs frits et gâteaux à la levure, arômes persistants de la bière forte et du vin aigre de la veille au soir. Je suis passée devant des ateliers bruyants et animés de carrossiers, de charrons et de fabricants de cabriolets. Hier, je me suis arrêtée pour regarder un fabricant d'éventails et je suis restée fascinée par les mouvements rapides de ses mains. C'est un travail si délicat que de fixer de la soie sur du bois ! Il n'y aura sûrement jamais de machines capables de fabriquer des éventails, non ?

Au marché, on entend toujours des vendeurs vanter la qualité supérieure de leurs plats cuisinés, de leurs fleurs, de leurs fromages, saucisses et rubans. Une vieille femme vêtue de noir et assise sur un tabouret devant une table branlante fabrique de la dentelle. Je m'arrête toujours pour la regarder parce que ses mains ridées bougent tellement vite qu'on a du mal à la voir enrouler le fil autour des bobines. Sa dentelle semble aussi fragile et soyeuse qu'une toile d'araignée.

On voit beaucoup de doigts agiles à une lieue autour de Threadneedle Street, qui cousent des revers et des cols, des poches et des manches, des ourlets, des boutonnières et des gants. Ils accrochent des gilets et des jabots dans leurs devantures ou sur des mannequins de chiffon dans la rue. Tant de gens dépendent des besoins des tailleurs pour gagner leur vie ! J'imagine qu'il est logique qu'un quartier entier de la ville soit dédié à un seul métier. Je me rappelle une discussion au Dublin Linen Hall à propos du futur commerce des chemises et des manteaux en prêt-à-porter. Je pense que les robes suivront, mais je ne parviens pas à imaginer comment quelqu'un pourra trouver un vêtement qui lui va si celui-ci n'a pas été confectionné sur mesure.

Le marchand de drap, M. Montgomery, a demandé à voir mes créations, et j'ai passé des jours à choisir les dessins et les peintures à lui montrer ; j'ai aussi quelques nouveaux motifs. La ville recèle des beautés inattendues. Dans le jardin derrière la maison, il y a un manteau de lierre qui s'accroche à la pierre pâle comme une gravure en relief. J'ai également été séduite par la silhouette bien nette du fer forgé devant un mur peint. Au marché de Petticoat Lane, les brouettes débordant de lavande, de géraniums et de roses d'hiver sèment leurs pétales telles des larmes brillantes sur les pavés sombres.

Je ne prétends pas ne pas regretter le bruit des sabots d'Epona sur les schistes, et même tes histoires. Parfois, j'ai une envie terrible de rentrer à la maison, mais je ne pourrais pas partir maintenant, pas sans savoir ce qui a poussé Ryan à s'ôter la vie. Cela me retient à Londres. Je n'ai pas eu de nouvelles du journaliste, M. Dillon, depuis la veillée funèbre, mais Laurence m'assure qu'il n'a pas oublié. Je suppose qu'il est occupé, et j'ai toujours l'intention de mener ma propre enquête. Je me sens si lasse ces derniers temps.

Et il y a autre chose que je veux de Londres, même si je ne m'en étais pas rendu compte avant de commencer à penser à la véritable possibilité de créer des motifs pour le textile. Cela te ferait sourire car c'est toi qui m'as donné le prénom de la déesse qui incite les femmes à revendiquer leur souveraineté. Quand je rentrerai en Irlande, je tiens à avoir une profession, et je ne veux pas dire par là que j'entends être gouvernante.

20

SOIE

Sur le papier, comme en personne, M. Dillon était discourtois mais perspicace. Il prenait des libertés avec la politesse qui devaient lui valoir des ennemis dans la City. Rhia leva les yeux du journal pour réfléchir à ses mots. Des milliers de métiers à tisser tournaient au ralenti ou n'étaient plus du tout utilisés car les lois sur le libre-échange autorisaient déjà des imports illimités de soie d'Orient et, à présent, les producteurs français revendiquaient également une part du marché anglais. Un tel traité signerait la fin de la production de soie londonienne et, avec elle, d'une autre vaste communauté de tisserands. C'était exactement ce qui s'était passé en Irlande. Le rapport d'aujourd'hui avait une fin inattendue.

S'il y a eu un seul effet positif à l'attitude honteuse de la marine britannique sur le Pearl, c'est que la soie de Chine n'est plus aussi facile à se procurer à Londres. Par conséquent, les tisserands opprimés de Spitalfields pourraient avoir une chance de réparer leurs métiers à tisser cassés et de nourrir leurs enfants. Il est évident que l'appétit des industriels pour le capital et l'Empire empoisonnera l'économie de ce pays tout comme il a empoisonné la Tamise, ruinant l'industrie londonienne de la pêche. Nous devrions prendre un moment pour réfléchir au fait que nombre des pirates qui sévissent sur le fleuve étaient autrefois des pêcheurs, et que nombre des forçats qui se retrouvent en Australie étaient jadis des tisserands.

Rhia se demanda si M. Dillon avait des raisons personnelles d'être scandalisé par les iniquités du commerce, ou s'il était seulement désagréable en général. Elle termina son café et se souvint qu'elle avait laissé son carton à dessin à l'étage.

Elle croisa Laurence qui descendait l'escalier. Il semblait avoir dormi dans ses vêtements de la veille, et ses cheveux étaient plus ou moins ébouriffés. Il était difficile de ne pas sourire devant son insouciance, et elle aimait voir en lui une âme sœur tant il était préoccupé par l'illusoire. Il était tour à tour plein d'une bonne humeur enfantine ou perdu dans une autre dimension.

"Vous allez encore marcher ?" Laurence haussa un sourcil et parcourut du regard sa tenue de lin indigo avant de se rappeler ses bonnes manières. Rhia avait apporté un soin particulier à ses vêtements, et son lit gisait sous un tas de robes mises au rebut. Elle avait eu besoin de toutes les essayer au moins deux fois avant de savoir exactement laquelle porter pour se rendre à la Maison Montgomery. Elle était plus nerveuse que de raison.

"Oui. Regent Street, aujourd'hui.

— Ah." Laurence hocha la tête. "La tanière du dragon.

— Ce n'est pas très encourageant, Laurence. Pourquoi dites-vous cela ?

— C'est plein de choses qui brillent, de magasins de tissu. Je dois dire que travailler pour Montgomery vous irait mieux qu'être gouvernante, cependant. Je ne crois pas avoir déjà vu une gouvernante porter un manteau rouge rubis." Il la détailla un moment d'un œil soupçonneux. "Dillon m'a dit qu'il y avait une déesse irlandaise à cheval prénommée Rhiannon."

Laurence la soupçonnait-il de se faire passer pour une mortelle ?

"C'est exact, confirma-t-elle, mais elle était surprise d'apprendre que M. Dillon ait trouvé une raison de le mentionner.

— Dans ce cas, ne devriez-vous pas chevaucher à travers Londres dans votre manteau rouge !

— J'aurais peur de monter un cheval dans Cornhill. Je risquerais de me faire renverser par une charrette ou un omnibus.

— Je crois, mademoiselle Mahoney, dit Laurence avec un faux sérieux, que votre apparition aurait plus de chances de provoquer une collision entre la charrette et l'omnibus." La sonnette retentit dans le couloir au moment où Rhia s'apprêtait à demander d'où venait l'intérêt de M. Dillon pour les déesses. Beth passa d'un air affairé, marmonnant qu'elle n'était pas femme de chambre.

Laurence sortit sa montre.

"Sapristi ! C'est mon rendez-vous de dix heures. Bonne chance ! J'espère que nous pourrons discuter des mérites, ou des désavantages, de votre future profession."

Alors qu'elle approchait de Fleet Street, les pensées de Rhia se tournèrent à nouveau vers Dillon. Elle supposait que les presses du *London Globe* haletaient quelque part par là avec celles des autres journaux de la ville. Si Threadneedle Street était le quartier du tissu, elle se trouvait ici au cœur du monde de l'imprimerie : le domaine des journalistes. Elle se demanda si le rendez-vous entre M. Dillon et Ryan avait un rapport avec sa croisade contre le libre-échange.

Avec sa pierre noircie et sa rue grouillante, Fleet Street avait la même vitalité que le quartier des banques, malgré la crasse de l'East End. Aujourd'hui, Rhia avait l'impression d'en faire partie. Tout le monde semblait en route pour un rendez-vous urgent, ou inquiet de ne pas avoir le temps de terminer telle ou telle tâche. Elle-même avait un rendez-vous urgent, le soleil de décembre brillait et le violoniste qui jouait devant la boutique de l'imprimeur portait un couvre-théière en guise de chapeau.

Quand elle arriva dans Regent Street, elle se dit que ne pas avoir pris rendez-vous révélait un manque de savoir-vivre, même si M. Montgomery lui avait dit de passer n'importe quand. Elle se dit qu'il ne devait finalement pas être aussi intéressé que cela puisqu'il n'avait pas voulu lui fixer de rendez-vous. Pour finir, elle s'efforça d'oublier M. Montgomery et son grand magasin pour se concentrer sur les vitrines.

Tous les produits imaginables, des encres et parchemins de couleur aux boutons et boucles, étaient exposés derrière des fenêtres en vitraux. Elle avait atteint le lieu où terminaient toutes les marchandises de Threadneedle et Fleet Street. Il y avait des *dames* partout. Elles portaient des bonnets assortis à leurs crinolines et leurs réticules, et marchaient bras dessus bras dessous, contemplaient les vitrines de joailliers et de couturiers, ou la rue depuis les salons de dégustation de cacao. Ces femmes, qui observaient clandestinement les tenues des autres, étaient la *raison d'être** de l'Empire. Rhia resta un moment perplexe en songeant que les Anglais aimaient employer des expressions françaises alors qu'ils n'aimaient pas particulièrement les Français. Elle remonta la capuche de son manteau et pressa le pas, regrettant de ne pouvoir se moquer du fait qu'elle ne s'était pas acheté de robe de toute la saison.

Quand elle arriva au grand magasin, Rhia avait recouvré sa nervosité. Avec sa vitrine arrondie à facettes et ses lettres dorées, la Maison Montgomery était de loin le magasin le plus luxueux de Regent Street. M. Montgomery, si sophistiqué, la trouverait trop inexpérimentée ; ou trop jeune, ou trop vieille, ou encore trop femme. Il la prendrait seulement pour une de ces idiotes qui nourrissaient un rêve impossible. Puis elle songea à Nell, qui faisait frire le poisson. Elle, au moins, n'était pas une truite molle. Elle serra un peu plus son carton à dessin et pénétra dans la tanière.

Le grand magasin chatoyait comme si les murs, couverts d'étagères encombrées par d'innombrables rouleaux de soie, avaient été tissés de lumière. Le lin et la laine avaient une beauté terrestre simple, mais la soie, avec sa mystique indéfinissable, l'emplissait à nouveau de désir. Pas étonnant que les reines et les nobles byzantines aient convoité cette fibre miracle qui, disait-on, était assez résistante pour être portée en guise d'armure.

Une assistante maigrichonne était debout derrière un comptoir à l'autre bout du magasin, la tête penchée comme si elle lisait un livre invisible. Elle leva les yeux comme Rhia s'approchait et demanda : "Puis-je vous aider ?" avec un désintérêt à peine voilé. Elle était encore plus maigre que Juliette.

D'après Beth, Juliette mangeait plus de gâteaux que Rhia, mais cette fille au corps fuselé avait la peau diaphane de celles qui se privaient de nourriture pour être à la mode. Ses manches étaient si étroites que c'était un miracle qu'elle puisse seulement bouger. La fille examina le manteau de Rhia comme si elle en avait tous les droits, étant donné qu'elle avait des bras semblables à des écouvillons. Rhia se sentit mal attifée et démodée.

"Je suis venue voir M. Montgomery", dit-elle en espérant ardemment qu'il ne soit pas là. La fille baissa la tête comme une

* En français dans le texte.

fleur fanée retombe sur une tige frêle et agita une sonnette de cuivre. Un moment plus tard, M. Montgomery arriva, aussi séduisant et impeccable qu'à l'accoutumée.

"Ah, mademoiselle Mahoney ! Quel plaisir de vous revoir. Désirez-vous un rafraîchissement ? Mlle Elliot peut nous préparer du thé sur le poêle à pétrole." Il regarda Mlle Elliot, qui ne parut guère heureuse de préparer du thé pour Rhia, mais elle disparut docilement par la porte d'où il était sorti. "Ah, je vois que vous avez apporté vos dessins. Allons nous asseoir là-bas, voulez-vous ?" Il désigna un coin où se trouvait un canapé destiné aux clientes fatiguées.

Rhia se percha plus qu'elle ne s'assit, et elle posa son carton sur la table. Elle avait mal au cœur. M. Montgomery s'assit en face d'elle et la regarda d'un air impatient. Elle ne trouva rien d'autre à dire que : "Bien." Elle dénoua donc les rubans qui fermaient son carton à dessin et disposa autant de feuilles de papier cartouche que la table pouvait en accueillir.

Sans un mot, M. Montgomery prenait les dessins tour à tour et en examinait les harmonies, les couleurs et le motif avec attention avant de passer au suivant. Mlle Elliot arriva et posa une tasse et une soucoupe sur une desserte à l'intention de Rhia, puis traîna un moment avant de retourner au comptoir.

M. Montgomery continua d'évaluer chaque dessin en silence. De temps à autre, il hochait la tête et poussait de petits grognements qu'elle n'arrivait pas à interpréter, de sorte qu'elle sortit d'autres feuilles, jusqu'à ce qu'il ait vu tout ce qui se trouvait dans son carton à dessin. Lorsqu'elle eut à nouveau noué les rubans, elle osa le regarder. Son cœur se serra. Il consultait sa montre de gousset. Elle avait essayé. Au moins, elle n'était pas une truite molle !

"Mademoiselle Mahoney..." Il hésita et Rhia rassembla son courage. Pourquoi diable l'embaucherait-il alors qu'il n'avait qu'à choisir parmi des créateurs parisiens ? Elle le regarda dans les yeux et étira ses lèvres en sourire.

"Mademoiselle Mahoney, ces dessins révèlent une maîtrise... inattendue. Je ne me doutais pas... Je ne m'attendais pas à trouver un tel talent chez une femme. Je dois y réfléchir." Il se leva. "Les affaires sont d'un calme exceptionnel dans Regent Street depuis ce malheureux incident à Canton, mais je vous assure que je vais y réfléchir. Bien, je suis en retard à un rendez-vous. Merci encore d'être passée."

Il adressa un signe de tête à Grace en traversant la pièce puis prit son haut-de-forme et sa canne accrochés au portemanteau près de la porte et partit à grands pas.

Rhia resta assise un moment et but une gorgée de thé. La fille, Mlle Elliot, la lorgnait avec un peu plus d'intérêt et une once de suspicion. Mais quelque chose attira ensuite son attention sur le seuil de la porte et son visage se transforma. Un jeune homme en bras de chemise et casquette plate était entré, un sourire jusqu'aux oreilles. Lorsqu'il arriva au comptoir, il se pencha et embrassa Mlle Elliot sur les lèvres. Rhia se leva pour prendre congé. Quand l'homme la remarqua, il s'écarta vivement du comptoir, regardant Rhia d'un air penaud.

"Vous n'avez pas à vous en faire pour moi, dit-elle. Je ne suis pas une cliente et, de toute façon, je m'en allais."

Il lui adressa un grand sourire, soulagé de ne pas avoir mis sa petite amie dans l'embarras. Ses dents étaient dans un sale état. Il hocha la tête comme s'il avait compris quelque chose.

"J'imagine que vous êtes venue pour le poste, n'est-ce pas ?

— C'est exact."

Il hocha à nouveau la tête.

"Quand Grace et moi serons mariés, elle n'aura plus à travailler au magasin."

Rhia fronça les sourcils.

"M. Montgomery cherche une vendeuse ?"

Mlle Elliot la regardait d'un air encore plus soupçonneux.

"Je croyais que vous aviez dit que vous étiez là pour ça ?

— Non, j'ai appris qu'il cherchait une créatrice textile."

Mlle Elliot eut un reniflement méprisant.

"Alors, c'était ça, toutes ces images. Je n'ai jamais entendu une chose pareille. Une femme qui dessine ! De toute façon, les deux prochaines saisons ont déjà été commandées à M. Bertrand." Elle eut un haussement d'épaules moqueur, s'affairant sous le comptoir à quelque tâche imaginaire. Peut-être était-elle simplement d'un naturel peu aimable. La faim, sans doute.

"Vous êtes irlandaise", dit Sid comme s'il se prenait pour un génie.

Rhia opina et, ne sachant pas quoi faire d'autre, elle tendit la main.

"Rhia Mahoney.

— Je m'appelle Sid. Vous venez d'arriver à Londres, mademoiselle Mahoney ?

— C'est juste.

— J'ai entendu dire qu'il y avait de bonnes tavernes à Dublin.

— J'en connais une ou deux."

Le visage de Sid s'illumina lorsqu'une idée lui vint.

"Je sais, Gracey !

— Quoi donc ?" Elle paraissait dubitative.

"Mlle Mahoney devrait venir boire un *negus* au *Red Lion* samedi soir." Mlle Elliot haussa à nouveau les épaules. De toute évidence, cette idée ne lui plaisait pas plus que Rhia, mais peut-être rentrerait-elle ses griffes si elle comprenait qu'elle n'en avait pas après son travail.

"J'en serais ravie, même si je n'ai pas la moindre idée de ce qu'est un *negus*.

— Vraiment ?" Sid eut l'air abasourdi et Mlle Elliot lâcha un soupir patient.

"Tu oublies qu'elle est étrangère." Elle se tourna vers Rhia. "C'est du vin chaud, bien sûr.

— Dans ce cas, ça a l'air meilleur qu'il n'y paraît."

Sid rit mais Mlle Elliot fronça les sourcils avant de se remettre à fourrager sous son comptoir.

Il inclina sa casquette en arrière et se pencha au-dessus du comptoir pour embrasser Mlle Elliot, la faisant rougir.

"Bon, je vous vois toutes les deux samedi, alors. Tchao !" Il s'éloigna en se pavanant de façon comique, et Mlle Elliot le regarda jusqu'à ce qu'il ait disparu, transie d'amour.

Rhia chercha quelque chose à dire.

"Hum, où se trouve le *Red Lion* ?

— A Covent Garden", répondit l'autre d'un ton boudeur. Elle baissa les yeux, et fit courir un fin doigt blanc sur la réglette de cuivre posée au bord du comptoir. A côté d'elle, Rhia se sentait énorme, mais elle n'imaginait pas se priver du pain d'épice de Beth. Elle dit au revoir à Mlle Elliot.

Une fois dans la rue, elle s'autorisa à sourire. M. Montgomery avait aimé ses dessins. C'était un début. Un petit cireur de chaussures croisa son regard et souleva sa casquette en lui adressant un clin d'œil.

"Bonne journée, mademoiselle."

Elle lui décocha un clin d'œil à son tour.

"C'est déjà une bonne journée."

21

SERGE

Sur un coup de tête, Michael Kelly prit le chemin qui passait entre le chantier naval et le tas de bungalows mal construits qui abritait les autorités portuaires. Tout le quartier était désert, mais il connaissait quelqu'un qui travaillait le dimanche comme s'il s'agissait d'un jour de semaine ordinaire.

Ainsi qu'il s'y attendait, Calvin Hughes était assis sur la galerie du dernier bungalow avant l'étendue de sable qui descendait jusqu'à l'eau vert bouteille. Il fumait une pipe en os de baleine, ses bottes posées sur la barrière et sa chaise inclinée en arrière dans un équilibre précaire. Sa tunique officielle en serge bleu marine était déboutonnée et sa casquette noire de policier posée par terre à côté de sa chaise.

"Bonsoir, Cal." La chaise oscilla un moment tandis que le policier, effrayé, posait ses bottes sur le plancher avec un bruit sourd.

"Putain, Michael ! Tu m'as fichu une sacrée trouille !

— Ça t'ennuie si je me joins à toi ?

— Bien sûr que non. Une petite bière ?

— Non merci l'ami. On dirait bien que j'ai pris l'habitude de fêter le sabbat avec le whisky d'importation de Maggie ; ça serait dommage de dessaouler trop vite."

Calvin éclata de rire et tira sur sa pipe. Il regarda la plage déserte avec un soupir de satisfaction.

"Y a pas un chat. Y avait deux Noirs qui se faisaient rôtir un goanna dans le sable tout à l'heure. J'en vois pas beaucoup sur la plage ces derniers temps. Et y m'en ont donné un morceau. Ça a le goût de poisson un moment et de volaille juste après. J'ai trouvé ça sacrément sympa de leur part, vu les salopards qu'on est.

— Ils savent qui tu es.

— Ils savent que ce bout de plage est sans danger, tout au moins, et que, tant que je serai en vie, personne ne descendra des Noirs. Alors, qu'est-ce qui t'amène dans mon secteur, Michael ?" Le "secteur" de Calvin était la zone portuaire, ce qui incluait les douanes et les détenus – lesquels représentaient la plus grande partie des nouveaux arrivants dans la colonie. Il avait sous ses ordres cinq ou six agents triés sur le volet qui étaient, comme lui, le plus souvent honnêtes. Le secteur de Calvin était une oasis d'humanité dans un désert de souffrances. En dépit de son esprit de modernité, Sydney demeurait une prison pour la plupart de ses habitants. Le ressentiment sous-jacent était présent partout.

Calvin avait à peu près le même âge que Michael et était à Sydney depuis presque trente ans. Sa mutation dans la colonie devait être temporaire et il avait accepté le poste à contrecœur. Mais ensuite, il était tombé amoureux de la beauté sauvage du pays et, n'ayant ni famille ni petite amie à Londres, il avait choisi de rester. Il avait tout vu : les massacres, la famine et les évadés qui partaient pour la "Chine". Les premiers temps, une série d'évasions avaient eu lieu, inspirées par l'idée saugrenue que, au nord-ouest de la ville, un fleuve séparait l'Australie de la Chine. Dans l'imagination des Irlandais désespérés, le grand pays situé de l'autre côté du fleuve contenait tout ce qu'ils désiraient : la liberté, la gentillesse, du thé et la civilisation. A l'origine, pourtant, c'étaient des femmes qu'ils recherchaient. Parmi les centaines qui entreprirent le trajet jusqu'en Chine, peu survécurent, et une piste d'os humains s'étendait encore sur la route qu'ils avaient empruntée, rappelant aux autres que les terres australiennes étaient encore plus hostiles que les lois britanniques.

"C'est la curiosité qui m'amène, comme d'habitude, répondit Michael.

— Ah ?" Calvin retira sa pipe d'entre ses dents et pencha la tête sur le côté. "Tu as quelque chose pour moi ?"

Les deux hommes avaient un arrangement. Calvin fermait les yeux sur les petites choses illégales auxquelles Michael pouvait être mêlé et, en retour, l'Irlandais tenait les autorités portuaires informées de toute activité criminelle qui n'avait plus rien de bénin.

"Pas sûr. C'est archicalme ces temps-ci aux Rocks." Michael avait décidé de ne pas dévoiler tout de suite ce que Maggie lui avait dit, car il y avait une limite entre ce que Calvin pouvait et ne pouvait pas ignorer. Mick le Receleur était bien connu de la police de Sydney, mais il était également réputé pour son professionnalisme et sa prudence infaillible. S'il dirigeait une opération, on pouvait avoir la certitude que celle-ci était intelligente et pleine d'imagination, et qu'il ne se salirait pas les mains. Il serait plus intéressant de surveiller le port et de découvrir ce qui allait être expédié si tel était, ainsi que Michael le soupçonnait, ce qu'impliquait cette entreprise.

Calvin hocha la tête d'un air songeur.

"J'aime pas beaucoup le calme – c'est que c'est pas très naturel par ici."

Michael pensait la même chose.

"C'est juste une impression que j'ai en ce moment, rien de plus." Il marqua un temps de silence écourté par la prudence avant d'exposer ses raisons. "J'imagine que t'as rien qui soit susceptible de m'intéresser, moi ?

— Pas grand-chose, non. J'ai bien un petit truc de mon côté, mais c'est pas un type du coin.

— C'est vrai ?

— Un marin de Man que j'ai pris en train de passer de l'or noir en contrebande il y a quelques années de ça. Je lui avais dit que si jamais je revoyais son fond de culotte crasseux dans mon secteur, je le ferais danser sans plancher en dessous.

— Alors il est revenu pour se faire pendre ?

— Je crois qu'il est en cavale. Comme je n'ai rien contre lui, je l'ai juste coffré pour une nuit le temps qu'il cuve son rhum. Un de mes hommes a eu une discussion amicale avec lui et m'a dit qu'il avait la frousse et jurait qu'il n'avait rien à voir avec la mort du quaker, à Bombay.

— C'est vrai ? Et il parlait d'un quaker qui serait pas mort de mort naturelle ?

— C'est ça. Un quaker qui n'est pas mort de mort naturelle et qui à l'évidence savait quelque chose qu'il n'aurait pas dû savoir.

— Un marchand ?

— Coton.

— T'as un nom ?

— Je bosse dessus.

— T'as des hommes qui gardent un œil sur les criques du Sud, Cal ?

— J'ai déjà pas assez d'hommes pour surveiller le port, Michael. Pourquoi ?

— Il se pourrait que ton homme se cache dans l'une d'elles…

— C'est la seule raison ?

— Je sais pas. Mais quand je le saurai, j'oublierai pas de te le dire.

— J'espère bien. Bon, puisque Maggie Long a jugé bon de gaspiller son bon whisky avec toi, et dans l'esprit des fêtes à venir, j'imagine que je devrais continuer dans la lignée.

— Ça serait pas de refus, Calvin."

Le soleil incandescent sombra enfin, et les deux hommes restèrent assis sur la galerie à regarder la mer virer du vert clair au bleu-noir, et les festons de la marée, d'une blancheur spectrale, chatoyer en retombant sur le sable. Au sud du port, les falaises pâlirent dans le crépuscule et les silhouettes hérissées des arbustes qui bordaient la grève résonnaient du chant des cigales. Un vol de chauves-souris frugivores s'abattit sur des papayers, se chamaillant et agitant les frondes des palmiers comme si celles-ci avaient été balayées par un grand vent.

Les jours où Michael avait le moral, il se sentait privilégié, tout autant que puni, d'avoir pu voir un pays si sauvage et si épargné par les industries polluantes des hommes. Il se demanda s'il le regretterait quand il rentrerait chez lui.

22

GUI

De la neige fraîche était tombée dans la nuit sur Covent Garden, lui conférant une blancheur irréelle sous les lampes de fiacre. Le pudding aux raisins, le pain d'épice et les dragées paraissaient tous plus appétissants à la lumière du gaz. Ils scintillaient dans leurs petits cornets de papier. Rhia acheta du pain d'épice et s'arrêta pour regarder les allées et venues de couples d'amoureux et de jeunes gens qui chantaient des odes à la bière. Les arbres étaient parés de dentelle de neige et la lumière des réverbères adoucie par le brouillard. Tout semblait un peu magique jusqu'à ce qu'une bande de gamins des rues débouche devant elle en jouant avec une carcasse de rat.

Quand Laurence lui avait indiqué comment se rendre au *Red Lion*, Rhia avait failli lui demander s'il aimerait l'accompagner. Mais il était déjà habillé pour aller passer une soirée en ville, ou plutôt, il s'était huilé les cheveux et semblait vaguement moins échevelé.

Située dans une des ruelles qui débouchaient sur la place, la taverne sentait le feu de bois et le vin chaud. Rhia s'arrêta un moment après avoir franchi la porte basse pour permettre à ses yeux de s'accommoder à la lumière des bougies. Une branche de gui était suspendue par une ficelle à une poutre basse du plafond, et un énorme pudding trônait sur un lit de houx derrière le bar. Un feu ardent jetait des ombres espiègles, mais la salle était bruyante et joyeuse. A en juger au bruit, le *Red Lion* était une taverne d'ouvriers. C'était la deuxième fois que Rhia entrait seule dans une taverne. Son père aurait désespéré s'il l'avait su.

Sid lui fit signe de le rejoindre dans un renfoncement près du feu. A voir l'angle de son chapeau et l'éclat de ses yeux, il avait un côté un peu libertin, mais il avait un sourire gentil. Malgré ses dents.

“Asseyez-vous, mademoiselle Mahoney, et laissez-moi vous apporter une boisson. Voulez-vous du xérès ou un *negus* ?

— Je préférerais un verre de brune, si cela ne vous ennuie pas.

— Si ça m'ennuie ? Mais non, je suis ravi de voir une dame capable de boire un bon coup.”

Grace eut un petit rire nerveux quand il les laissa seules.

“Ne faites pas attention à Sid, il est juste effronté. Mais il a bon cœur.

— Ça se voit.” L'humeur de la fille semblait avoir été grandement améliorée par les verres vides qui se trouvaient sur la table, mais elle détaillait encore Rhia d'un air circonspect.

“Si je puis me permettre, vous ne pensez pas... qu'il est peu probable que M. Montgomery veuille employer... quelqu'un comme vous.

— Quelqu'un comme moi ?” Rhia se demanda où allait cette conversation.

“Je veux dire, pour une femme... enfin, comment allez-vous trouver un mari, si vous avez un métier ?

— Je n'en trouverai peut-être pas. Ça ne m'ennuierait pas.” Rhia eut un haussement d'épaules aussi nonchalant que possible. “Je n'y pense pas tellement.” Ce n'était qu'en partie vrai, en ceci qu'elle n'y avait pas pensé récemment. Elle devait seulement s'habituer à l'idée qu'elle n'était pas le genre de femme que les hommes appréciaient. Et de toute façon, elle n'était pas convaincue que le mariage ait été véritablement avantageux pour une femme.

“Mais vous ne pouvez pas fonder une famille si vous n'êtes pas mariée !

— Physiquement, c'est possible.” Mlle Elliot rougit. Rhia n'était pas experte dans le domaine de la conception pas tout à fait immaculée. Thomas et elle en avaient discuté enfants, rassemblant le peu que chacun d'eux savait ou soupçonnait. Ils en avaient conclu que toute cette affaire était infaisable et n'avaient pas, ce jour-là dans la forêt, été capables de le prouver ou de l'infirmer. Elle parvenait difficilement à imaginer le genre d'amour qui pouvait conduire à un acte d'une intimité aussi incroyable. Tout cela la ramenait à l'amour, bien sûr, le plus grand problème de tous.

Avant que Rhia ait pu trouver quelque chose à dire pour rafraîchir les joues brûlantes de Mlle Elliot, Sid revint avec un verre de brune et une part de pudding pour chacune d'elles.

"Joyeux Noël à nous tous, dit-il en levant son verre.

— Joyeux Noël, répondirent-elles en chœur.

— Et ce sera le premier Noël que je ne passe pas à Change Alley depuis un bon nombre d'années.

— Où se trouve Change Alley ? demanda Rhia.

— Eh bien à vrai dire, mademoiselle Mahoney, cet endroit n'existe pas, n'existe plus. Un incendie a ravagé la plus grande partie de la ruelle il y a cinq ans, mais mon père en garde des souvenirs de jeunesse. Mon grand-père était courtier en Bourse, comme moi. Maintenant, tout se passe au Royal Exchange.

— Qu'est-ce qui s'y passe ? Et qu'est-ce qu'un courtier en Bourse ?

— Vous posez beaucoup de questions, pour une dame." Sid eut un large sourire et Rhia devina qu'il était fier d'être l'expert de la tablée. "Un courtier travaille à la Bourse et les types comme moi donnent des conseils aux agents de change, aux financiers et aux banquiers qui ne savent plus quoi faire de leur argent. Un courtier sait ce qui se passe sur le marché – quelles actions ou obligations il faut acheter, et ce qu'il faut vendre pour en tirer un bénéfice. Vous devez connaître un peu le marché si vous venez du commerce du lin, mademoiselle Mahoney.

— Pas beaucoup. Je sais que les actions sur le lin irlandais ont chuté de façon vertigineuse.

— C'est parce que le lin anglais est meilleur marché.

— Mais seulement parce que l'Angleterre peut s'offrir des usines plus grandes et de meilleures machines !"

Sid haussa les épaules.

"C'est ça le problème : il y a toujours quelqu'un qui va faire les choses mieux et pour moins cher.

— Peut-être pour moins cher, mais pas mieux.

— Comme vous dites, je ne suis pas capable de reconnaître la qualité du tissu, je n'en ai pas besoin, vous comprenez, puisque j'ai ma Gracey pour me conseiller dans ce domaine." Il adressa à sa fiancée un sourire suggestif et, l'espace d'un instant fugace, Rhia aspira à quelque chose qu'elle ne connaissait pas. Les hommes aimaient les femmes comme Grace Elliot, avec une peau assez pâle pour pouvoir rougir et une fragilité qui les faisait se sentir forts.

“Ce que les gens veulent, c’est des produits bon marché, disait Sid. Avant l’incendie, Change Alley était l’endroit où se trouvaient tous les cafés, et c’était là que se passaient toutes les transactions. Il ne reste plus qu’un ou deux cafés dans le quartier des banques – vers Cornhill et Lombard Street. Le plus grand, c’est le *Jerusalem*.” Rhia fut soudain en alerte. La carte de visite qu’elle avait trouvée sur le plancher de Ryan venait du *Jerusalem Coffee House*.

Comme si elle les avait invoqués grâce au simple souvenir de cette journée, elle leva les yeux et vit Laurence et M. Dillon. Laurence affichait un sourire radieux. Il savait qu’il la trouverait ici. Quand ils atteignirent leur table, elle eut une surprise plus grande encore en voyant M. Dillon donner une claque dans le dos de Sid. Il salua poliment Rhia et Grace avant de disparaître vers le bar. Laurence se tassa à côté de Rhia tandis que Sid et Grace se murmuraient des mots doux.

“Vous êtes éblouissante.

— Vous aussi”, répondit-elle d’un ton léger. Il était plus facile de répondre aux compliments innocents de Laurence que de leur résister. De plus, elle l’aimait bien, et même si elle n’aurait pas été pour lui une bonne épouse, elle ne voyait aucun inconvénient à être admirée.

“Et je ne vous ai même pas demandé comment vous vous en êtes sortie avec le dragon”, ajouta-t-il. Rhia coula un regard éloquent en direction de Grace et regarda Laurence en fronçant les sourcils. Il hocha la tête, lui adressa un clin d’œil et porta son index à ses lèvres d’un air complice. Préoccupée par Sid, Grace n’avait cependant rien entendu.

“Mlle Elliot travaille au grand magasin, murmura Rhia.

— Oh, je vois, murmura-t-il à son tour.

— M. Montgomery a semblé aimer mes dessins, il a dit qu’il y réfléchirait et, ensuite, il s’est précipité quelque part.

— Ces dragons sont des créatures extrêmement occupées, vous savez.

— En parlant de dragons, je voulais vous demander : est-ce que M. Dillon est toujours aussi hautain, ou est-ce seulement l’effet que j’ai sur lui ?”

Laurence parut pris de court.

“Je n’avais pas remarqué qu’il était hautain !”

Rhia rit.

“Vous ne remarqueriez pas si les boutons de vos propres bottes étaient défaits. Mais vous avez répondu à ma question.

Ça doit venir de moi.” Laurence regarda en direction du bar.

“Je suppose qu’il broie du noir. Vous auriez dû le voir à l’époque où nous étions étudiants, cependant. Certains matins, je me demandais si je ne devais pas passer le voir pour m’assurer qu’il n’était pas mort d’une mort poétique pendant la nuit. Mais c’est un type très pondéré. Il n’est pas à prendre avec des pincettes quand il se sent personnellement scandalisé par quelque chose, comme cette histoire sur le Pearl...

— Mais *pourquoi* serait-il personnellement scandalisé par cette histoire ?

— Son frère cadet était étudiant, et il vivait à Canton...” Laurence laissa sa phrase en suspens quand Dillon arriva et posa un pichet de bière brune sur la table, ainsi qu’un verre de xérès pour Grace qui n’avait pas touché à son pudding.

“Oh, c’est sympa, dit Laurence. Rhia me posait à l’instant des questions à propos de ton article sur la guerre.”

Dillon lui décocha un regard surpris.

“L’économie de la guerre vous intéresse-t-elle, mademoiselle Mahoney ?”

Le ton de sa voix la hérissa.

“Nous sommes tous affectés par l’économie. Mon père paie des charges excessives à la Couronne pour avoir le privilège d’exporter son lin, de sorte que je suis simplement curieuse de savoir comment la Couronne dépense ses impôts.”

Les yeux de M. Dillon se ridèrent, et Rhia manqua tomber de sa chaise. Il avait le sens de l’humour.

“Vous avez raison, mademoiselle Mahoney. En fait, c’est une chose que l’on appelle désormais le capitalisme qui m’intéresse à présent. C’est un mode de fonctionnement relativement moderne, et celui-ci tue des gens.”

Capitalisme. Ce mot semblait de mauvais augure.

“Pourrions-nous parler de choses un petit peu moins sérieuses, s’il vous plaît, dit Laurence. Je n’ai aucune affinité avec les chiffres.

— Ça, c’est sûr, Blake – comme en témoigne ton récent voyage à Paris.” M. Dillon regarda Rhia avec un sourcil levé et un sourire désabusé. “M. Blake a acheté une collection de daguerréotypes à un revendeur parisien qui, j’en suis convaincu, est un voleur.”

Laurence rit.

“Allons, Dillon, tu as déjà suffisamment ennuyé Mlle Mahoney avec des histoires sur la City…

— Mais ça ne m’ennuie pas du tout !” lui assura Rhia. Elle commençait à comprendre qu’il y avait toute une facette du métier qu’elle connaissait à peine. En effet, les gens achetaient et vendaient des marchandises sans même avoir posé les yeux dessus, et ce n’était même pas parce qu’ils tenaient particulièrement à les avoir, mais parce qu’ils voulaient se construire leur propre petit empire. Comme si un seul ne suffisait pas. “En fait, monsieur Dillon, j’apprécierais que vous me disiez pourquoi je devrais me méfier des billets de banque.”

Il retrouva aussitôt son sérieux.

“Il s’agit plus du véritable capital représenté par le papier-monnaie, mademoiselle Mahoney. La Banque d’Angleterre n’est en fait qu’une société de gestion pour une quantité limitée de pièces et de lingots, et quand une voie commerciale importante telle que la mer de Chine du Sud cesse d’être opérationnelle, il y a un effet domino. L’équilibre entre le capital et le solde débiteur s’effondre et les coffres se retrouvent vidés très rapidement.

— Vous voulez dire que si je dépose mon argent dans une banque et que je remplis ensuite un bordereau de crédit, cela ne représente pas une véritable transaction ?

— Précisément. Votre argent cesse d’exister une fois déposé à la banque.

— Mais alors, les banques sont une mascarade !

— Bien sûr, répondit Dillon d’un ton froid, comme si c’était une chose que tout le monde savait. Je vous suggère d’effectuer vos règlements en espèces plutôt qu’avec des bordereaux de crédit jusqu’à ce que les réserves d’argent soient réapprovisionnées. Les coffres ne sont pas tous entièrement vides, ne vous inquiétez pas, ajouta-t-il en voyant Rhia écarquiller les yeux. Des quantités d’argent arrivent à Londres tous les jours depuis la Bourse de Calcutta ; principalement de l’argent issu de l’opium, mais il n’est ici que pour être blanchi afin que la Couronne puisse honnêtement affirmer que les revenus de l’opium ne sont pas utilisés directement pour acheter du thé.

— Mais une partie de l’argent vient aussi des colonies, intervint Sid. La terre atteint un bon prix sur la côte est de l’Australie, et les marchés du blé et de la laine attirent les investisseurs. La Bourse de Calcutta voit passer beaucoup d’argent en provenance de Sydney, mais peut-être qu'un type vole simplement les riches pionniers de Nouvelle-Galles du Sud !"

Rhia rassemblait toutes ces informations.

"Mais je croyais que l'empereur de Chine avait déclaré illégal le commerce de l'opium."

Dillon secoua la tête, dégoûté.

"Cela ne change rien. Les transactions se déroulent seulement à l'étranger. L'or noir, comme on l'appelle, est chargé à bord d'un cargo de marchandises amarré à l'île de Lingding, dans la baie de Canton. Les navires sont énormes, avec des équipages d'hommes entraînés à se battre. L'argent chinois qui paie l'opium est déposé à bord d'un navire armé, puis transféré sur un trois-mâts ou un clipper et emporté à Calcutta."

Rhia secoua la tête.

"Et qu'arrive-t-il à l'argent une fois à Calcutta ?

— En général, des lettres de change sont délivrées ; du papier-monnaie qui peut être endossé en Angleterre ou en Inde.

— Mais s'il n'y a pas assez d'argent pour honorer une lettre de change ?"

Dillon haussa les épaules.

"Alors il y aura une ruée sur les banques. Comme vous le savez, il y a un embargo sur tout le commerce traditionnel avec la Chine, de sorte que l'Angleterre ne peut exporter ni coton ni laine ni objets manufacturés, et que nous ne pouvons pas plus importer du thé, de la soie, du riz, de la porcelaine et autres. L'argent venant de la vente de l'opium est toujours utilisé pour acheter du thé, car l'argent est la seule devise dans laquelle l'empereur de Chine accepte de traiter."

Rhia fronça les sourcils.

"Alors la Chine nous fournit la substance dont nous ne pouvons nous passer et nous la leur. J'imagine que le marché noir est florissant autour de Lingding.

— Oh, ça oui, renchérit Dillon en la regardant attentivement. Alors vous lisez les journaux, mademoiselle Mahoney.

— Je m'adonne à cette vulgaire activité, oui." A présent, elle l'avait fait sourire deux fois en une soirée. Il but une longue gorgée de bière brune.

"Tout ceci est assommant, se plaignit Grace avec l'air de s'ennuyer.

— Et pourtant, ça ne l'est pas, mon amour, lui assura Sid. C'est exactement la même chose que de regarder des gamins jouer aux billes dans la rue. Ils échangent celles qu'ils ont en trop contre celles qu'ils désirent le plus."

M. Dillon posa son verre vide.

"Mais c'est un jeu plus dangereux que les billes, Sid. Un pays est en train de se faire empoisonner par un autre et les gouvernements britannique et indien ont sanctionné ce commerce."

Sid se pencha au-dessus de Grace et baissa la voix pour dire quelque chose à Dillon que Rhia s'efforça d'entendre.

"A propos de l'Inde, je viens d'apprendre quelque chose qui pourrait être intéressant.

— Vraiment ?" Dillon retrouva aussitôt sa sobriété. Il se leva, s'excusa et fit signe à Sid de le suivre. Ils allèrent se poster un peu à l'écart près du feu. Ni Laurence ni Grace ne le remarquèrent. Laurence se resservit et se renfonça dans la banquette d'un air satisfait tandis que Grace semblait absorbée par ses ongles.

Rhia tendit l'oreille pour entendre la discussion de Sid et Dillon, mais ils lui tournaient le dos et la taverne était bruyante. Elle se rapprocha du feu jusqu'à ce qu'elle parvienne à les entendre.

"Bien sûr que je me souviens de l'accident de Josiah Blake, disait Dillon.

— Un des agents de change a un client quaker et il pense qu'il ne s'agissait pas d'un accident, répondit Sid.

— Qui ça ?" Dillon posa la question d'un ton tranchant et Rhia retint sa respiration.

"Le... client. Et la rumeur court selon laquelle Blake aurait été pris en train de se livrer à des activités assez peu en accord avec sa foi... quelque chose comme de l'opium, et qu'il n'avait pas supporté la honte." Sid marqua une pause et baissa la voix. "Il y en a qui disent qu'il s'est ôté la vie.

— Est-ce que ton quaker a un nom ?

— L'agent de change n'a pas voulu me le dire, donc il a peur, ou il a été payé, parce que je ne l'ai jamais vu se taire.

— Si tu trouves de qui il s'agit, Sid, je ferai en sorte que tu deviennes l'informateur préféré du journal.

— Marché conclu, monsieur." Sid vida son verre.

Rhia avait de la peine à croire ce qu'elle venait d'entendre. Si Ryan et Josiah s'étaient tous les deux suicidés, cela voulait-il dire qu'ils étaient tous deux impliqués dans le commerce de l'opium ? Etait-ce la raison pour laquelle le journaliste s'intéressait autant aux affaires de Ryan ? Elle ne supportait pas de penser que son oncle ait pu tomber aussi bas. Et qu'en était-il de Josiah Blake et de sa réputation sans tache. Il était effroyable de penser que, lui aussi, aurait pu tirer profit d'un commerce aussi sale. Comment Antonia le supporterait-elle ? Elle ne devait jamais l'apprendre.

M. Dillon se retourna et leurs regards se croisèrent. Il leva un sourcil, elle l'imita, et ils en restèrent là.

Sid retrouva Grace et Laurence s'enquit poliment de leurs projets de mariage. M. Dillon se tourna vers Rhia et baissa la voix.

"Concernant la mort de votre oncle, mademoiselle Mahoney. Scotland Yard a interrogé son avocat et j'ai appris que ses actifs avaient été gelés jusqu'à ce que la thèse du suicide ait été invalidée.

— Invalidée ?

— Il reste encore une petite chance pour que sa mort ait été accidentelle. Mais ce n'est ni le moment ni l'endroit pour en discuter. Nous devons tout au moins comprendre ce qui l'a poussé à le faire. Vous en convenez ?

— Bien sûr." Rhia faillit lui demander pourquoi il s'en souciait ; et ce qu'il pensait vraiment de Ryan, mais elle avait trop peur de ne pas aimer sa réponse.

Il s'inclina avec raideur.

"Dans ce cas, je vous souhaite une bonne soirée et un joyeux Noël.

— A vous aussi. Merci pour…" Mais il s'éloignait déjà ; aussi mal élevé que d'habitude.

Sid et Grace leur souhaitèrent bonne nuit et Rhia se retrouva sous le gui en compagnie de Laurence. Il le lorgna d'un regard explicite avant de se tourner vers Rhia. Elle rit, mais l'expression de Laurence devint alors si sombre qu'elle dut détourner les yeux. Quand il lui offrit son bras à la place, elle ne savait pas si elle se sentait déçue ou soulagée.

23

MÛRE

Rhia examina l'adresse inscrite sur la carte de visite. Le *Jerusalem* se trouvait dans Lombard Street. Ce n'était pas loin. L'écriture au verso était soignée et élégante ; assurément pas celle de son oncle, laquelle était penchée et précipitée. Le caractère oriental pouvait signifier tout et n'importe quoi, et les chiffres notés à côté étaient toujours aussi déconcertants. Elle devait s'occuper pour éviter de penser au fait que M. Montgomery ne l'avait toujours pas contactée.

Les rues étaient aussi mouillées et maussades qu'elles semblaient l'être depuis le petit salon de Cloak Lane. Lorsqu'il se mit à pleuvoir pour de bon, Rhia se laissa facilement attirer dans le magasin le plus proche, lequel se trouvait être le *Cutbush's Curios.* L'enseigne était presque dissimulée par du lierre, ce qui expliquait sans doute pourquoi elle ne l'avait pas remarquée avant. A l'intérieur, la boutique sentait le tabac de pipe et l'humidité, et des tas de tambours en fer-blanc et de chapeaux de marin, de casseroles en cuivre et de vieux numéros de *Pears* s'élevaient jusqu'aux chevrons. M. Cutbush arborait une moustache démesurée jaunie par le tabac, et une corpulence tout aussi remarquable. Il était incroyable qu'il ait pu se déplacer sans renverser aucune de ses babioles empilées de façon précaire.

L'étage du dessus abritait des marchandises plus spécialisées : un royaume de collectionneur. Il y avait ici des dés à coudre, des timbres, des insignes militaires et des coupes marquées d'initiales, et dans un coin qui sentait le renfermé, une étagère remplie d'armes à feu antiques. Rhia sentit son cœur se serrer. Combien de vendeurs de pistolets anciens pouvait-il y avoir à Londres ?

M. Cutbush ne se souvenait pas s'il avait ou pas vendu des pistolets à un Irlandais du nom de Ryan Mahoney, mais il trouva sa requête singulière car un monsieur celte était venu lui poser toutes sortes de questions.

"Et certaines étaient assez macabres", ajouta-t-il avec un hochement de tête qui fit trembloter ses joues comme de la gelée.

Rhia inclina la tête.

"Que voulez-vous dire par «macabres» ?

— Eh bien, comme : quelle sorte de blessure causerait telle ou telle arme si on tirait à bout portant, par opposition à celle qu'elle causerait si on tirait de loin.

— Et vous avez pu répondre ?

— Bien sûr, madame. Je ne possède aucun objet qui me soit totalement inconnu et il est important de respecter la nature dangereuse de la poudre à canon.

— Ce monsieur vous a-t-il donné son nom ?

— Non. Mais je le reconnaîtrais ; il avait une véritable crinière et était vêtu comme un acteur de théâtre.

— C'était il y a combien de temps ?"

M. Cutbush eut l'air perplexe, puis hésitant.

"Eh bien là, vous me posez une colle. Ça pourrait être la semaine dernière ou en juillet dernier, je n'ai pas une très bonne mémoire…"

Apparemment, M. Dillon avait mené une enquête sur les armes à feu, mais quand, et pourquoi ?

Elle quitta le magasin de bibelots et était plongée dans ses réflexions quand une charrette passa dans une flaque et l'éclaboussa d'eau boueuse. Aujourd'hui, elle avait envie de galoper sur le cap avec Epona, où il n'y avait ni véhicules ni cheminées, et où l'on ne vidait pas les pots de chambre par les fenêtres des étages supérieurs. Elle tourna dans une ruelle minable bordée de cottages de tisserands qui d'après elle devait déboucher près de Lombard Street. La ruelle était déserte et sinistre. Par une fenêtre sans rideaux, elle aperçut une pièce à peine meublée. Une femme et ses enfants chétifs étaient blottis les uns contre les autres pour se tenir chaud, tous penchés sur leurs travaux de couture. A Greystones, les tisserands étaient pauvres, mais il y avait toujours des fagots pour le feu et une cocotte de *coddle** en train de cuire. Il y avait toujours quelqu'un, comme sa mère, pour prendre soin de vous.

* Plat irlandais à base de saucisses et de pommes de terre.

Le tissage avait jadis été un métier respectable et une profession qui rapportait un salaire honnête. Si les machines étaient assez intelligentes pour fabriquer du tissu, combien d'autres métiers allaient-elles s'approprier ? Rhia tenta de se représenter Spitalfields avant l'apparition des usines, quand les protestants français dirigeaient le commerce de la soie à Londres. C'était difficile à imaginer. Elle avait lu que les huguenots cultivaient des mûriers car c'était la seule chose que ces fines bouches de vers à soie voulaient bien manger. Il n'y avait presque plus d'arbres à Spitalfields. Ni les mûriers ni les vers ne s'étaient adaptés au climat. Rhia compatit avec les vers à soie. L'humidité pénétrante avait gagné ses orteils, même à travers ses bottines lacées et ses bas de laine.

Lorsqu'elle arriva à un carrefour, elle n'était plus qu'à un ou deux pas de Lombard Street et elle avait hâte de boire une tasse de café serré. D'après le peu qu'elle apercevait de l'intérieur à travers les vitres embuées, le *Jerusalem* paraissait animé mais elle n'était pas préparée à l'atmosphère qui l'accueillit à son entrée. Ce n'était pas du tout ce à quoi elle s'attendait. L'air était chargé de fumée de cigare et d'une odeur masculine. Le brouhaha de voix fortes lui rappela le marché aux poneys de Dublin. Il y avait à peine la place de se tenir debout, encore moins de s'asseoir, et elle s'aperçut que son entrée faisait lentement son effet. Il n'y avait pas une seule autre femme dans la salle. Le *Jerusalem* était un lieu de rendez-vous d'affaires, pas un endroit chaud et sec où savourer tranquillement une boisson.

Un mur entier était occupé par le genre de casiers en bois que l'on aurait pu trouver chez un imprimeur ou un papetier, remplis de piles de classeurs. Sur une longue table étroite disposée en dessous se trouvaient des tas de journaux, de cendriers, de cafetières en fer-blanc et un nombre incalculable de carnets et de stylos. Plusieurs feuilles de papier quadrillé étaient épinglées sur un tableau de liège à côté. Rhia n'était pas assez près pour voir quel genre de données étaient inscrites dans les colonnes, mais elle devinait que cela avait un rapport avec le commerce maritime, car un bon nombre des hommes présents dans la salle avaient le teint patiné par le sel des capitaines de la marine marchande. Elle en avait vu assez pour comprendre qu'elle n'avait pas sa place ici et commençait à se sentir embarrassée. Elle s'apprêtait à partir quand elle entendit une voix familière.

"Je me doutais que c'était vous, mademoiselle Mahoney !" Sid affichait un large sourire devant son air abasourdi. "Je vois que vous vous intéressez désormais à la Bourse !

— Pas le moins du monde. Je voulais seulement boire un café.

— Un café ! Eh bien, vous feriez mieux de chercher ailleurs. Vous ne ferez que distraire ces messieurs de leurs affaires." Sid semblait énormément amusé par le fait que Rhia soit entrée dans un café pour boire un café.

"Je vais vous dire, mademoiselle Mahoney, j'ai presque terminé ce que j'avais à faire ici, et après, je vais voir Gracey. Pourquoi ne pas m'accompagner ?" Une bonne distance séparait Cornhill et Regent Street, mais Rhia accepta. Pourquoi pas ? Elle n'avait rien de mieux à faire. Ils partirent et elle fut soulagée de retrouver l'air humide.

"Y a-t-il toujours autant de monde au *Jerusalem* ?" demanda-t-elle alors qu'ils rebroussaient chemin dans Cornhill. Sid secoua la tête.

"Le thé et la soie de Chine se vendent à prime – ce qui veut dire qu'ils sont rares et recherchés, donc au-dessus du prix habituel du marché. Il s'effectue beaucoup de petites transactions, pour assurer les produits de base.

— Les produits de base ?

— Ce sont des marchandises pour lesquelles il y a toujours un marché, quel que soit le prix qu'elles atteignent.

— Alors c'est comme aux échecs : on sacrifie les pièces de moindre importance pour assurer la sécurité des plus puissantes.

— Je n'ai jamais joué aux échecs ; c'est trop compliqué pour moi, mais c'est à peu près ça, oui.

— Et qu'y a-t-il dans tous ces livres et classeurs rangés dans les casiers ?

— Des dossiers. Des documents maritimes de Bombay, Calcutta, Canton, Sydney, Hobart Town… et tous les intermédiaires : Rio, Sainte-Hélène et les autres. Ces dossiers contiennent les dates d'arrivée et de départ de chaque bateau, ce qu'il transporte, ainsi que les prix courants. Mon boulot, c'est de savoir ce qui se trouve à l'intérieur. Je suis obligé de rester vigilant.

— Je veux bien vous croire." Rhia se souvint de la carte de visite. "J'ai une autre question à vous poser." Elle fourragea dans son réticule et en sortit la carte, la retournant afin de montrer les caractères inscrits au dos. “Savez-vous ce que ces chiffres ou ces caractères peuvent vouloir dire ?”

Sid prit la carte et la regarda en plissant les yeux.

“Je n’ai pas la moindre idée de ce que signifie ce gribouillage, dit-il en pointant un doigt sur le caractère. Chinois, j’imagine. Mais pour moi, les chiffres ressemblent à des coordonnées ; c’est-à-dire un endroit précis au milieu de l’océan, mais je ne suis pas marin, mademoiselle Mahoney. Je ne pourrais vous dire de quelle partie d’océan il s’agit. On dirait une écriture de femme, cependant, tant elle est soignée.”

Rhia rangea la carte dans son réticule. Elle n’avait pas songé qu’il pouvait s’agir d’une écriture féminine. Elle savait seulement que ce n’était pas l’écriture de son oncle. Peut-être avait-il une petite amie ? Mais pourquoi quelqu’un, à plus forte raison une femme, écrirait-il des coordonnées maritimes et un caractère chinois au dos d’une carte de visite ?

Les cheminées des usines en brique rouge dominaient des immeubles délabrés le long de Threadneedle Street. Les cheminées lui rappelaient les cigares des clients du *Jerusalem*. En un rien de temps, ils avaient traversé Cheapside, et Sid lui avait montré le Mercer’s Hall dans Ironmonger’s Lane, où tous les marchands de tissus “embourgeoisés” se retrouvaient. En fait, poursuivit-il, M. Montgomery était connu comme le “roi des marchands de tissu”. La City de Londres, expliqua-t-il, était depuis longtemps occupée par des financiers et des négociants en tissus, un partenariat qui avait fait naître les banques d’affaires.

“Si seulement Gracey et moi pouvions réunir ce que nous savons sur la banque et le tissu et faire la même chose”, plaisanta-t-il.

Le trajet était incroyablement court jusqu’à Regent Street lorsqu’on avait quelqu’un à qui parler. En voyant Sid dans l’entrée, Grace rougit de plaisir. Puis elle vit Rhia. Son expression changea aussitôt. Comme d’habitude, Sid semblait joyeusement éviter de remarquer les sautes d’humeur de sa fiancée. Peut-être était-ce mieux ainsi. Rhia traîna sur le pas de la porte un moment avant de décider de ne pas entrer dans le grand magasin. Elle fit signe à Grace et se hâta de repartir, comme si elle devait se rendre quelque part.

Elle lambina devant la vitrine d’un marchand de drap près de Spitalfields, imaginant une nouvelle robe taillée dans une longueur de cachemire indien vert. Elle n'aurait pas eu les moyens de s'acheter le tissu, bien sûr, même si elle l'avait confectionnée elle-même. Si elle ne trouvait pas rapidement un emploi, elle devrait dépenser ses dernières pièces pour payer son voyage retour, et son idéal consistant à retourner en Irlande victorieuse resterait un rêve.

Quand elle passa à nouveau dans la rue désertée où elle avait aperçu la famille de tisserands par la fenêtre, Rhia eut honte d'avoir eu envie d'acheter du cachemire. Nul doute que toutes ces familles d'ouvriers travaillant à domicile dans ces clapiers insalubres et qui cousaient, filaient ou tissaient à toute heure du jour et de la nuit gagnaient à peine de quoi acheter du pain et du thé. Leur activité était au cœur de la prospérité de la ville ; dans la capitale, il y avait plus d'usines dédiées à la fabrication du tissu qu'à n'importe quelle autre industrie. Les propriétaires des filatures vivaient à Hampstead ou à Ealing et devaient être en train de déguster de la pintade et du bordeaux, tout comme Rhia l'avait fait chez les Montgomery. Elle eut presque honte en songeant qu'elle, une amie des Kelly, avait pu oublier que l'étoffe au fini le plus ouvragé avait souvent l'envers le plus grossier.

24

ORGANZA

A compter de la Toussaint, les Londoniens affichaient une gaieté qui ne trouvait sa pareille qu'avant un grand spectacle ou une pendaison. Antonia elle-même avait le cœur léger alors qu'elle se hâtait avec Rhia et Juliette, même si elle ne célébrait plus les fêtes chrétiennes. Les cérémonies et les rituels étaient des obstacles entre le dévot et le divin. Pourtant, comme il était agréable qu'il neige en ce soir de Noël, les doux flocons se déposant sur le châle noir de Juliette et la capuche rouge de Rhia ! Quel dommage que les dessins photogéniques aient exigé l'immobilité : Regent Street avait rarement l'air aussi malicieuse.

Rhia n'avait pas envie d'aller au grand magasin, mais Antonia l'avait pressée de faire preuve d'audace. Elle souligna que M. Montgomery était peut-être encore intéressé par ses dessins et que les hommes occupés avaient souvent besoin qu'on leur rappelle leurs engagements.

A leur arrivée, elles trouvèrent M. Montgomery (à nouveau en bras de chemise) et M. Beckwith derrière le comptoir. Une carafe de porto et quelques verres à bord doré étaient posés sur le comptoir, lequel était décoré de branches de houx liées par des rubans blancs et dorés. Tout était très à la mode et donnait à Antonia l'impression d'être excessivement simple et un peu fatiguée. Des femmes aux tenues d'apparence coûteuse glissaient parmi les étalages dans des crinolines difficiles à manier. L'une d'elles consultait Grace Elliot à propos d'un tissu chatoyant couleur vert myrte.

"Joyeux Noël, madame Blake, mademoiselle Mahoney." Le sourire de M. Montgomery était éblouissant et il égaya aussitôt Antonia. "Désirez-vous un apéritif ?

— Un petit", accepta-t-elle. Pourquoi pas ? La saison se prêtait à un peu de gaieté. Elle jeta un coup d'œil à Rhia qui aurait apparemment préféré partir mais qui hocha la tête. Elle s'était arrêtée devant un étalage près du comptoir, où se dressait une haute pile de rouleaux d'organza de soie aux nouvelles teintes pastel. Juliette aussi traînait, tête baissée, ne sachant où regarder. Elle devait être gênée de se trouver parmi des gens qu'elle considérait comme ses supérieurs, et c'était précisément la raison pour laquelle Antonia voulait qu'elle se joigne à eux. Si le Seigneur estimait tous ses enfants à la même valeur, il n'y avait absolument aucune raison pour qu'une bonne ne puisse pas boire un verre avec un marchand de tissu.

"Venez, Juliette. C'est Noël."

Juliette avança d'un pas sans lever les yeux. Ce faisant, elle heurta les rouleaux d'organza, lesquels étaient empilés si haut que la simple vue d'un coude aurait suffi à les faire tomber.

"Miséricorde ! Je suis vraiment désolée, monsieur Montgomery !" Juliette se mit à genoux pour tenter de redresser l'un des rouleaux, mais celui-ci était trop encombrant. Rhia et Antonia se baissèrent pour l'aider.

M. Montgomery se précipita à leur rescousse.

"Ce n'est pas grave du tout. Je vous en prie, ne prenez pas cette peine, mesdames." Il retroussa ses manches de chemise et ramassa deux ou trois rouleaux tandis que Juliette était encore à quatre pattes. Antonia tendit la main pour l'aider à se relever.

"Venez Juliette, ils sont trop lourds."

Quand Juliette se releva, elle était blanche et ébranlée, et elle paraissait terrifiée. Cette fille était vraiment un boulet, parfois. Antonia soupira. L'indulgence semblait l'avoir abandonnée, en même temps que l'humilité et la modestie. Elle espérait que ce n'était que le chagrin ; que l'allégeance à sa foi pourrait, un jour, redevenir sienne.

M. Montgomery réarrangea l'étalage puis baissa à nouveau ses manches de chemise. M. Beckwith leur servit un verre à chacun, un sourire timide aux lèvres. Rhia s'entretenait à voix basse avec Juliette, lui assurant que si l'organza semblait délicat, il était aussi résistant que de la toile à voile. Rhia se montrait d'une patience louable, étant donné la froideur et les soupçons de la bonne à son égard. Juliette n'avait jamais dû rencontrer quelqu'un qui ressemblait autant à une enfant des fées et avec un rire aussi enfantin.

Antonia accepta le verre que lui tendit M. Beckwith, mais celui-ci retourna à son livre et à ses données parfaitement calligraphiées avant qu'elle parvienne à trouver un sujet de conversation. Elle présumait qu'il avait jadis été une sorte d'employé de bureau. Elle présumait aussi que les talents fiscaux de M. Beckwith aidaient à maintenir les portes de la Maison Montgomery ouvertes pendant la crise de l'argent. M. Montgomery devait percevoir une annuité, bien sûr, de sorte qu'il se souciait sans doute peu de vendre à perte. Elle ne savait rien de sa famille et demander ne se faisait pas, mais il descendait à l'évidence d'une lignée aristocratique. Son éducation était visible dans son élocution et son maintien, ainsi que dans son discours. Lorsqu'il vint se poster à côté d'elle, son bras effleura le sien et elle sentit son cœur s'accélérer. Tout à coup, elle fut incapable de trouver quelque chose à dire, de sorte qu'elle feignit de s'intéresser à un étalage. Puis elle surprit Rhia en train de regarder le marchand de tissu avec une froide détermination et s'armer de courage.

"Je me demandais si vous aviez eu l'occasion de réfléchir à mes dessins, monsieur Montgomery ?" Le ton de Rhia était calme et détendu, et Antonia éprouva de l'admiration malgré elle.

Il n'hésita pas.

"J'en ai l'intention, dès que la période de Noël sera passée." Il fit une pause et jeta un coup d'œil dans la direction où se trouvait Grace. "Mlle Elliot part en février, et je serai alors à la recherche d'une assistante. Envisageriez-vous de vous joindre à nous en janvier dans la perspective de la remplacer ?"

S'il avait simplement oublié ses dessins, alors il avait éludé la question de façon habile, et Antonia ne put lui en tenir rigueur. Son compromis semblait raisonnable.

"Comme vendeuse ?

— Comme assistante, oui. Ce serait un point de départ, me suis-je dit, et quand ce sera calme, vous aurez l'arrière-boutique à votre disposition pour continuer à travailler sur notre nouvelle collection !

— Je vais très certainement y réfléchir." Rhia eut un sourire assez gracieux, mais Antonia vit qu'elle était déçue. Grace traînait à proximité, s'affairant autour de l'étalage d'organza. Elle paraissait tout aussi mécontente que Rhia à propos de cette offre, et Juliette se rongeait les ongles. Il était temps de partir.

Elles prirent leur sac de chutes de tissu et firent la queue à la station de taxis de Piccadilly. Partout où regardait Antonia, les gens semblaient revigorés par la perspective du seul jour de l'année où même les commerçants baissaient leurs volets. Elle était jalouse, ce qui la surprit. Si Josiah avait été là, elle aurait à peine remarqué les festivités. Ce qui expliquait pourquoi elle avait invité Isaac au repas de Noël puis, après coup, avait également demandé si Laurence et son ami M. Dillon accepteraient de se joindre à eux.

Elles arrivèrent enfin en tête de la queue et, quand elles grimpèrent à l'intérieur du fiacre, elles se laissèrent toutes aller sur le cuir craquelé avec reconnaissance. Rhia semblait préoccupée. Juliette, quoique un peu moins tendue, se rongeait toujours les ongles. Il fallait une diversion.

"Je me disais tout à l'heure que je pourrais faire un dessin photogénique d'une scène de rue, dit Antonia.

— C'est une merveilleuse idée !" Les yeux de Rhia s'éclairèrent. "Est-ce possible ?"

Le regard de Juliette passait de l'une à l'autre, soupçonneux.

"Pas à moins que toutes les personnes de la rue ne se tiennent parfaitement immobiles, j'en ai peur. Dommage. Vous souvenez-vous du portrait que j'ai pris de ces messieurs dans le jardin, Juliette ?"

La bonne acquiesça d'un signe de tête.

"Celui qui ressemble à du simple papier, vous voulez dire ?" marmonna-t-elle d'un ton maussade. Rien ne semblait pouvoir la faire sortir de sa tristesse et de son pessimisme. Antonia persista malgré tout. Elle avait tenté un jour d'expliquer le procédé photogénique à sa bonne, espérant que cela l'intéresserait ; que cela pourrait l'élever, mais Juliette avait seulement semblé superstitieuse.

"Oui, mais quand je l'aurai exposé, les messieurs qui sont restés parfaitement immobiles dans le jardin ce jour-là apparaîtront sur le papier.

— Comme sous le pinceau d'un peintre fantôme !" ajouta Rhia. Juliette lui décocha un regard noir, puis haussa les épaules comme si elle s'en moquait éperdument. "Ma mère a toujours aimé les portraits, mais nous n'avons jamais eu les moyens d'en faire faire un.

— Le dessin photogénique est déjà arrivé dans les colonies, alors il est possible que votre mère en ait déjà vu un. Laurence a un collègue à Sydney, et cette technique connaît un immense succès auprès des naturalistes qui répertorient la flore locale, poursuivit Antonia. D'ailleurs, M. Fox Talbot est lui-même botaniste…"

Juliette parut brièvement intéressée, puis tourna son regard vers la fenêtre.

25

LINON

Elle fut soulagée de rentrer et d'échapper au discours de Mme Blake à propos de ses portraits étranges, sans parler des réjouissances de Noël. La saison des fêtes était encore plus prisée depuis l'interdiction des combats de rats et des montreurs d'ours. Pour une fois, Juliette était heureuse d'avoir autant de travail. Si elle ne s'occupait pas rapidement les mains, sa maudite tête se mettrait sans doute à gonfler sous l'effet de toutes ses pensées, comme un monstre de foire. Il y avait tant à faire avant qu'elle et Beth puissent prendre leurs trois jours de congé. Mme Blake avait tenu à ce qu'elles partent trois jours, ce qui était gentil car un seul était d'ordinaire accordé. Et elle allait préparer elle-même le repas de Noël ! Juliette n'avait jamais vu Mme Blake préparer plus qu'une tranche de pain grillé.

Elles récurèrent la graisse sur le dessus du poêle et rincèrent le four à l'eau vinaigrée, éparpillant des feuilles de thé humides sur les cendres pour que la poussière ne se dépose pas sur le fourneau tout propre. Elles passèrent de la mine de plomb sur les cuivres avant de l'ôter avec un chiffon de cuir sec. Quand les grilles, les pare-feux et les ferrures brillèrent, Beth plongea ses bras dodus jusqu'aux coudes dans une bassine de farine afin de préparer le pudding traditionnel à la graisse de bœuf et Juliette partit dans la buanderie.

Elle alluma le feu sous la bassine de cuivre et mit le linge à bouillir, puis passa du noir d'ivoire sur les trois paires de bottes confortables qui attendaient en rang.

L'idée refusait de la quitter.

Ce serait un geste effronté – en avait-elle l'audace ? Cette idée l'envahit alors qu'elle travaillait, sale comme un nuage de cendres, jusqu'à ce qu'elle finisse par presque l'étouffer. Elle tenta de la vaincre en frottant les bottes de Mme Blake de plus en plus fort, mais ne parvint qu'à se couper le souffle. Pour finir, elle posa la brosse puis la botte avant de se plier en deux sur son tabouret, suffoquant presque à force de retenir ses larmes. Elle prit un carré de linon dans la poche de son tablier puis le fourra dans sa bouche pour tenter de dédramatiser la situation. Beth et Mme Blake la trouvaient déjà dérangée. Quant à la sorcière irlandaise, eh bien, qui pouvait deviner ce qu'elle pensait ? Avec des yeux pareils, elle pouvait manigancer n'importe quoi. Aussi noirs et profonds que deux puits de l'enfer, ils étaient. Pouvait-elle *savoir* ? Et ce qu'elle avait dit dans le fiacre à propos du *peintre fantôme* était trop affreux. Elle *devait* savoir.

Pourtant, elles ne devaient *à aucun prix* savoir quelle idée avait germé dans sa tête. Elles la trouveraient méchante et folle, et elle l'était peut-être. Comment aurait-elle pu envisager une chose pareille, sinon ? Juliette prit une profonde inspiration et ramassa la brosse et la botte sur le sol en pierre, puis réfléchit encore à son idée. Comment une telle chose avait-elle pu lui entrer dans la tête ? C'était peut-être l'œuvre de cette maudite lumière dont parlait tout le temps Mme Blake. La lumière, c'était seulement de la lumière : une lampe à gaz, la flamme d'une bougie ou la lumière de l'aube qui filtrait par la fenêtre.

Elle se remit à cirer sans cesser de réfléchir. Cela semblait audacieux, et difficile, mais c'était le seul moyen de savoir, d'une façon ou d'une autre.

Juliette aligna les bottes, aussi brillantes qu'une rangée de scarabées, et elle poussa un soupir satisfait. A compter de demain, elle aurait trois jours entiers à ne rien faire qu'à écouter les bavardages de Beth et ses sœurs, et elle irait se promener au bord de la Serpentine pour regarder les patineurs. Elle aurait besoin de dire quelques prières supplémentaires à l'église, cependant.

26

Veille de Noël 1840

Ce soir, Londres est aussi blanc qu'une chouette des neiges. Je devrais être heureuse car on m'a proposé une situation, mais je ne ressens que de la déception.

Passer la matinée avec Juliette, qui est perpétuellement maussade, ne m'a pas aidée. Mme Blake dit que c'est parce qu'elle n'a pas de famille : son père est mort quand elle était jeune et sa mère a été déportée pour simple vol. Moi, je parierais que Juliette est elle-même coupable de quelque chose. Elle se conduit comme si elle l'était. Elle ne m'aime pas, mais je ne peux pas dire que je l'apprécie tellement non plus.

Sans Laurence, je serais peut-être devenue folle d'ennui. Je ne le vois pas beaucoup, mais quand il est ici, l'ambiance est toujours plus légère. Pourtant, il me regarde d'une façon qui me laisse penser qu'il a peut-être un peu le béguin pour moi. Je ressens peut-être la même chose, mais je n'en suis pas certaine. Comme tu le sais, je suis sensible à la flatterie, et je me sens probablement un peu seule. Je ne sais pas du tout comment faire la part entre l'affection et l'attachement. Je ne suis même pas certaine de savoir dans quelle partie du corps on doit ressentir le désir. Est-ce le territoire du cœur ou de la tête ? Ou complètement ailleurs ?

27

BORDEAUX

Antonia était assise à la table où elle appréciait le silence et la sérénité d'une cuisine propre. Une lumière blanche se reflétait sur les cuivres du fourneau et le sol, tellement ciré qu'il ressemblait à une étendue d'eau calme. Il n'était pas surprenant que l'on associe propreté et piété.

La bouilloire cliquetait sur le fourneau, l'eau proche du point d'ébullition. D'abord le thé, et un des petits pains aux épices de Beth, puis elle se mettrait à préparer le repas de Noël. L'oie était pendue dans le garde-manger depuis trois jours, ce qui d'après Beth améliorait sa saveur. C'était elle qui avait fait le plus gros du travail sur la volaille la veille au soir : elle l'avait plumée, avait coupé le cou et les pattes avant de l'embrocher. Sa première tâche consisterait à préparer la farce aux oignons et à la sauge, après quoi elle s'occuperait des légumes et des sauces, puis du beurre parfumé au cognac pour le pudding.

Rhia arriva discrètement. Elle était douée pour entrer dans une pièce sans se faire remarquer. Elle n'était pas habillée et ses cheveux n'étaient pas nattés. Ils retombaient lourdement sur ses épaules et sa chemise de nuit en laine. Elle parut surprise de voir Antonia.

"Bonjour Antonia. Je croyais être la première debout. J'aurais dû m'habiller.

— Bonjour. Je me suis levée pour allumer le feu dans les cheminées, et je voulais être sûre d'avoir tout le temps de préparer le repas de Noël ; cela fait des années que je n'ai pas été seule dans la cuisine.

— Eh bien, vous n'avez pas à être entièrement seule, répondit Rhia avec ce sourire rebelle. Je ne suis pas très douée comme cuisinière, plutôt maladroite d'après ma mère."

Antonia rit et se leva pour aller chercher la bouilloire sur le fourneau. Elle versa de l'eau dans la théière, sentant Rhia l'observer. Elle voulait lui demander quelque chose, soupçonnait Antonia, mais n'était pas certaine que ce soit opportun.

"Je pensais au portrait..." commença-t-elle. Antonia retint son souffle. Rhia la regarda dans les yeux. "Vous avez dit avoir pris un portrait de plusieurs messieurs dans votre jardin – des collègues de votre mari. Mon oncle se trouvait-il parmi eux ?"

Antonia fit tourner la théière. Elle doutait que Rhia ait peur de regarder le visage des morts.

"Oui, répondit-elle.

— Quelle était la nature des affaires qu'il entretenait avec votre mari ?"

Antonia hésita. Elle en était encore au stade des déductions, d'après les livres de comptes et les rapports maritimes.

"Les messieurs rassemblés sur le portrait prévoyaient de travailler en partenariat. Des tissus en fibre mixte, je crois, même si le partenariat n'est en général pas très bien vu dans la City. Ils avaient investi dans l'achat de deux clippers : le *Mathilda* et le *Sea Witch*..." Rhia regardait son thé sans vraiment l'écouter.

"Le portrait... allez-vous... ?

— Bientôt", dit Antonia.

Rhia acquiesça.

"Quand j'ai regardé les représentations prendre vie, à l'étage, ça m'a un peu... donné le frisson.

— C'est une expérience étrange, convint Antonia. Bien sûr, révéler une image latente en l'exposant à la lumière est plus délicat..." Elle avait le souffle court à la simple idée d'exposer cette image. Pourquoi une telle peur ?

Rhia l'observait attentivement et avec empathie.

"Quand le moment sera venu, vous le saurez", dit-elle. Elle tendit le bras au-dessus de la table et toucha légèrement Antonia.

Avec de la compagnie dans la cuisine, la matinée passa agréablement, même si Rhia ne plaisantait pas en disant qu'elle était une piètre cuisinière. Antonia l'envoya dresser la table après qu'elle se fut coupée avec un couteau à désosser et eut renversé la sauce aux pommes.

Laurence descendit en quête d'un petit-déjeuner à dix heures et demie. Il souffrait visiblement des réjouissances de la veille au soir, mais sa bonne humeur naturelle prit le dessus.

“Joyeux Noël Antonia ! Je suppose qu’il n’y a pas de café parmi cette collection de casseroles ?

— Mais si, en revanche je crois que vous devriez vous servir vous-même. Comme vous le voyez, j’en ai littéralement jusqu’aux coudes.” Antonia souffla sur une mèche de cheveux qui lui tombait dans les yeux et continua de rouler la pâte pour les boulettes au jus. “Et pourriez-vous aller vérifier le feu dans le salon et la salle à manger pour moi, Laurence ? Rhia se trouve dans la salle à manger, et je suis sûre qu’elle garde un œil dessus, mais vous pourriez tout de même aller vérifier.” Laurence la salua puis sortit avec un bol de café au lait, une habitude parisienne, apparemment. Il était visiblement épris de Rhia, mais quant à savoir si son affection était partagée, ou bien où pourrait mener une telle attirance, elle n’aurait pu le dire.

Quand l’oie fut dans le four et la cuisine en ordre, Antonia se sentit plus satisfaite que de raison. Elle se demanda comment Rhia s’en sortait dans la salle à manger. La table était dressée avec la belle porcelaine rose et les couverts en argent indien, et la décoration centrale était une couronne de gui ornée de bougies. Un peu païen à son goût, mais joli tout de même. Elle jeta un coup d’œil sur l’horloge de la cheminée. Il était presque midi, plus tard qu’elle ne le croyait. Elle avait à peine le temps de se changer et de mettre de l’ordre dans ses cheveux.

La sonnette retentit pendant qu’Antonia s’habillait, et Laurence cria qu’il ferait office de maître d’hôtel pour Noël. Quand elle arriva dans le salon, Isaac et M. Dillon discutaient près de la fenêtre tandis que Laurence et Rhia étaient assis sur le divan où ils regardaient des dessins photogéniques. Laurence était un excellent maître d’hôtel : le feu dansait et une carafe de vin rouge débouchée était posée sur la cheminée.

Etait-ce son imagination ou Isaac et M. Dillon avaient-ils interrompu leur conversation trop brusquement quand elle était entrée ? Antonia avait la désagréable impression qu’on lui cachait quelque chose. Quelque chose à propos de Josiah ? Elle chassa cette idée. Une femme de foi devait sentir la présence aimante de son mari plutôt que son ombre. Il était en son pouvoir, grâce au sel et au nitrate d’argent, de voir son visage. Le négatif se trouvait dans le tiroir du bas du bureau de Josiah, en sécurité dans son épaisse pochette de soie. Si elle la gardait ainsi protégée, l’image latente serait préservée. Comme l’avait dit Rhia, elle saurait quand ce serait le bon moment.

Isaac et M. Dillon étaient debout. Elle n'avait pas revu le journaliste depuis la veillée funèbre et il n'était toujours pas allé chez le barbier. Mais il avait du nez pour les vêtements décontractés. Le tissu de son gilet paraissait être une véritable antiquité.

"C'est très aimable à vous de m'avoir invité, madame Blake, dit-il. Sans cela, j'aurais sans doute passé la journée dans le sous-sol du *Globe* avec les imprimeurs. J'ai soulagé ma conscience en leur faisant livrer plusieurs bouteilles de bordeaux et un pudding de Noël.

— Vous n'avez pas de famille, monsieur Dillon ?" Rhia se montrait à nouveau mal élevée. Ou peut-être ne l'appréciait-elle pas ? Elle était tout bonnement ensorcelante dans cette robe de velours bordeaux. M. Dillon eut le mérite de ne pas tressaillir.

"Mon frère est mort récemment et mes parents habitent à Snowdonia, ce qui est assez loin en voiture. J'imagine qu'il n'y aura pas de train dans le Nord du pays de Galles avant encore plusieurs années."

Antonia but une gorgée de vin et demanda à Isaac si leur cargaison de coton pour Calcutta était prête. Il était impatient de prendre la mer dès que le *Mathilda* serait revenu de New York. Pour ce qu'il en savait, le *Sea Witch* se trouvait toujours quelque part dans les eaux indiennes.

M. Dillon avait tourné le dos à la pièce et regardait les deux madones qu'elle avait récemment accrochées au-dessus de la cheminée.

"Je croyais que l'iconographie n'était pas très bien considérée par les fois aussi pures que la vôtre, madame Blake."

Isaac rit.

"Tant qu'Antonia ne voue pas un culte à ces icônes, elle ne commet aucune entorse à sa foi."

Antonia sourit de son mieux.

"Ce sont des antiquités, monsieur Dillon, je les admire pour leurs qualités artistiques." Au fond d'elle, elle était surprise qu'il remette sa foi en question, et elle ne pouvait expliquer quelque chose qu'elle-même ne comprenait pas tout à fait. Tout ce qu'elle savait, c'était que ces images symbolisaient ce qui manquait au christianisme : que ce soit une divinité féminine ou seulement l'égalité. Elle regarda l'horloge. Ce n'était pas encore le moment de mettre les pommes de terre dans la graisse d'oie. Assise sur le divan, Rhia regardait encore les dessins photogéniques.

“Puis-je voir vos nouvelles images, Laurence ?

— Ce ne sont pas les miennes. Elles viennent de Sydney. Du même type qui m’a envoyé les arbres.” Laurence choisit plusieurs images et les aligna sur la table basse. D’autres arbres dont les feuilles et les branches paraissaient trop pâles pour être vivantes. La lumière qui tombait entre les troncs droits et minces était crue et vive, comme s’ils étaient les colonnes en ruine d’un temple classique. L’intensité de la lumière enthousiasma Antonia.

Rhia eut un frisson involontaire, comme si l’image avait eu sur elle exactement l’effet inverse.

“Cet endroit semble bien mystérieux.

— Une terre sauvage, au dire de tous.” Laurence paraissait captivé. “J’espère y aller un jour.”

La conversation se tourna vers les voyages puis vers le commerce, et il fut bientôt temps de faire cuire les pommes de terre. A deux heures, l’oie était rôtie, glacée et trônait au centre d’un lit d’oignons verts caramélisés. Laurence la découpa, et Rhia apporta les pommes de terre légèrement brûlées ainsi que les carottes au miel et les condiments. Antonia servit le bordeaux qu’elle avait trouvé dans la cave. Elle n’y connaissait pas grand-chose en vins et en alcools, et espéra qu’il n’avait pas madérisé.

Elle prit place à côté de M. Dillon, qui avait entrepris de servir les légumes.

“J’ai entendu dire que vous alliez vous lancer dans le commerce au printemps, madame Blake ?

— C’est vrai.

— Etes-vous déjà allée en Orient ?

— Non. J’ai toujours gardé l’âtre du foyer allumé. Josiah passait autant de temps en mer ainsi qu’à Calcutta et Bombay qu’à Londres.

— Dois-je comprendre que votre mari a été enterré à Bombay, madame ?” C’était une question directe, presque cruelle, mais au moins, elle avait devant elle quelqu’un qui n’avait pas peur de parler des morts. Il fallait plus d’énergie pour conserver le silence ; les non-dits.

“Je ne voulais pas vous blesser… ajouta-t-il pendant qu’elle rassemblait ses esprits.

— Vous ne m’avez pas blessée. Josiah n’a pas été enterré. Son corps n’a jamais été retrouvé.” Elle sentit qu’il le savait déjà, alors pourquoi avait-il posé cette question ?

“Personne n’a tenté de le retrouver ?
— Personne n’a vu l’accident, monsieur Dillon”, intervint Isaac. Il semblait tendu.
M. Dillon fronça les sourcils.
“Si personne n’a vu l’accident, comment se fait-il que tout le monde soit aussi certain qu’il s’agissait bien d’un accident ?” L’espace d’un instant, le silence autour de la table fut impénétrable.
“C’est ce qu’on en a conclu… Le bout de vergue était cassé…” Isaac but une grande gorgée de vin. Sa main tremblait.
Antonia était incapable de dire un mot.
Isaac recouvra son calme et posa son verre.
“Il n’était pas lui-même, dit-il doucement, tout le monde l’avait remarqué. Il devait se tenir trop près du gréement arrière, qui pivote brusquement quand les voiles sont hissées. Il aurait dû faire attention. Un des matelots l’a entendu crier et l’a vu…” Il jeta un coup d’œil à Antonia. Elle pencha la tête. “… l’a vu tomber”, termina Isaac.
Quand elle releva les yeux, Laurence avait l’air plus sobre que jamais.
“Isaac, saviez-vous que Josiah avait écrit une lettre à Ryan Mahoney ?” demanda-t-il.
Antonia laissa tomber sa fourchette dans son assiette avec un grand bruit.
“Quelle lettre ?” Sa voix semblait d’une assurance surnaturelle.
Celle de Laurence, en revanche, faillit se briser sous le coup de l’émotion.
“Je suis vraiment désolé, Antonia. Je pensais que vous en parler ne ferait que rendre les choses plus difficiles… Tout ce que je sais, c’est qu’il y avait dans cette lettre quelque chose qui a affligé Ryan.” Laurence poussa un grand soupir. “Il est mort avant d’avoir pu m’en dire plus, et nous n’avons rien trouvé à China Wharf.”
Isaac vida son verre d’un trait. Il était d’ordinaire un buveur parcimonieux et prudent.
M. Dillon l’observait.
“Vous n’étiez pas au courant, monsieur Fisher ?
— Non.”
M. Dillon fronça les sourcils.
“Josiah Blake était, au dire de tout le monde, aussi à l’aise sur un bateau qu’un marin averti, et Ryan connaissait ses armes

aussi bien qu'un armurier, et pourtant, ces deux messieurs sont morts dans des accidents qui auraient pu tuer des hommes infiniment moins expérimentés."

Rhia, qui n'avait rien dit, fit soudain tinter sa fourchette sur son verre. Le son se répercuta sur les hauts plafonds et elle eut bientôt l'attention de tous.

"C'est Noël. Il y a suffisamment de temps les autres jours de l'année pour faire de sombres conjectures.

— Bien dit !" Laurence leva son verre. "Joyeux Noël à tous."

Antonia leva son verre au prix d'un effort et, comme le cristal tintait, elle croisa le regard de Rhia. Elle aussi était au courant pour la lettre. Ce n'était qu'une petite trahison, mais elle la ressentait néanmoins comme telle.

La conversation se tourna vers les affaires de la City, mais Antonia ne parvint pas à se concentrer dessus. Elle pensait bien connaître Isaac Fisher, et jamais auparavant elle ne l'avait soupçonné de ne pas dire la vérité.

28

Le 31 décembre 1840

Ce soir, une couche de givre étincelle sur les tuiles du toit d'en face. Je prendrai cela comme le signe que la nouvelle année sera elle aussi étincelante. J'ai écrit à M. Montgomery pour lui dire que j'acceptais le poste, car c'est au moins un métier que je connais. Je suis capable de sourire aux dames maniérées qui ne méritent pas mon attention, comme Mme Spufford et son décolleté vert petit pois. Ayant eu l'expérience de St Stephen's Green, je suppose que, à certains égards, ce poste me convient. J'imagine que j'ai vu trop grand, que les femmes n'entrent pas dans une profession avec si peu d'efforts.

Je dois donc passer les mois de janvier et février au grand magasin avec Grace, qui partira à la fin de ce deuxième mois, quand je devrais savoir tout ce qu'il y a à savoir sur les différences entre la soie Montgomery et le lin Mahoney.

Ton stylo est mon meilleur compagnon, Mamo. Parfois, j'ai même l'impression que tu es là. Etais-tu dans la chambre de Ryan ce jour-là ? J'ai cru sentir ton odeur, ou du moins la lanoline que tu mettais dans tes cheveux. Tu m'as dit une fois que tu préférerais mourir qu'aller à Londres, mais comme tu es déjà morte, tu as peut-être changé d'avis. J'ai rangé la carte de visite ici, dans mon livre rouge, au cas où elle serait importante. Je le saurai peut-être un jour.

Je marche sur une corde raide entre deux mondes, et je ne sais pas du tout quoi faire de moi. Tout semble si incertain, et je suis parfois gelée jusqu'aux os, comme si quelque chose de terrible allait encore arriver. C'est sans doute seulement une réaction aux tragédies de l'an dernier. Ou alors, je vais peut-être me marier, finalement !

29

TIRETAINE

La prison de Millbank était considérée comme une grande réussite par ceux qui n'y étaient pas incarcérés. Antonia trouvait l'endroit malsain, car il était construit sur des marécages au bord de la Tamise, mais elle devait reconnaître qu'il était mieux conçu que les bâtiments sombres de Newgate.

Les différentes ailes de Millbank rayonnaient autour d'un poste de garde central à la manière d'une grande étoile, et chaque longue branche étroite comportait des fenêtres, de sorte que l'on pouvait y distinguer le jour de la nuit. Dans beaucoup d'autres prisons où s'était rendue Antonia, les cellules étaient si sombres qu'il était difficile de faire la différence. Même maintenant, à la mi-février, un peu de lumière devait apporter un certain soulagement à ceux qui avaient été transférés à Millbank en attendant leur déportation vers l'Australie.

Chaque fois qu'elle franchissait les hautes grilles noires, Antonia se rappelait la compassion et la dévotion de l'indomptable Elizabeth Fry. Celle-ci restait le phare de la Société des dames britanniques, alors même qu'elle était désormais invalide et venait rarement à Londres. Grâce à Elizabeth, non seulement Newgate et Millbank, mais également Bridewell, Whitecross Street et Coldbath Fields étaient en excellent état. Elle avait sacrifié sa santé pour s'assurer que les prisonnières n'étaient plus enchaînées comme des animaux pendant les longs voyages jusqu'aux colonies. C'étaient ses œuvres de charité quakers qui récoltaient le tissu pour que les femmes puissent confectionner des couvertures pendant les mois qu'elles passaient en mer.

Antonia et Juliette furent accompagnées par une gardienne aux bras musclés dans un couloir de brique glacial qui menait au pavillon nord. Leurs pas résonnaient comme si une foule de spectres avaient marché avec elles. Antonia coula un regard vers Juliette qui pour une fois arborait un air résolu. Le fait que Juliette ait seulement accepté de venir à Millbank était déjà un progrès. Elle n'avait accompagné Antonia dans cette prison qu'une seule fois, à la suite de quoi elle avait passé des jours à se morfondre et à pleurnicher. Elle avait voulu voir l'endroit où sa mère avait passé ses derniers mois avant d'être transférée sur un ponton. *Ponton* était un drôle de nom pour désigner le grand bâtiment de guerre rouillé amarré dans l'estuaire de la Tamise et qui, s'il était impropre à l'usage de la marine, ne l'était apparemment pas pour y entasser le trop-plein de criminels. Eliza Green avait eu de la chance d'y échapper et d'être déportée à la place.

Antonia et Juliette apportaient toutes les deux des objets que les prisonnières avaient demandé à emporter dans leur sac. Mary Gardner voulait des mitaines pour ses doigts gercés. Elle disait que les interminables heures passées à coudre les rendaient si gourds qu'elle avait failli les perdre. Pendant la journée, les femmes de Millbank exerçaient toutes sortes d'activités, allant des simples travaux d'aiguille à la confection de balais, de brosses, de tapis et de nattes. Nelly Williams voulait un exemplaire du catalogue *Moses and Son*, même si elle ne savait pas lire. Elle disait qu'elle aimait les images de chapeaux, de gants et de cols originaux. Même si elle ne devait jamais porter d'accessoires aussi fantaisie, au moins aurait-elle eu le plaisir de les imaginer. Margaret Dickson avait demandé des épingles à cheveux, après avoir assuré à Mme Blake que ce n'était pas pour forcer une serrure mais pour se coiffer. Antonia se retint de lui demander pourquoi elle avait envie de se coiffer alors qu'elle passait son temps seule dans une cellule.

Il y avait d'autres objets dans les sacs en tapisserie : un peigne en bois, un écheveau de laine, un sachet en papier contenant toutes sortes de boutons de bottine, des châles en laine tricotés par l'une des Amies, du joli papier à lettres pour des mots d'amour et, bien sûr, des bibles. Antonia prenait soin de garder le dos droit et le menton relevé tandis que ses bottes résonnaient dans les couloirs sombres et tortueux, et sous les lourdes portes gris ardoise. Elle était là pour apporter du réconfort, pas pour se sentir intimidée. Les portes se refermaient derrière elles avec un bruit métallique, faisant sursauter Juliette chaque fois. Le plan au sol était d'une simplicité trompeuse. En fait, la géométrie du bâtiment formait un dédale impénétrable, même pour ceux qui avaient déjà parcouru ses couloirs.

Elles arrivèrent dans le pavillon nord, une structure munie d'un escalier en acier et d'un quadrillage de grilles qui reliaient ses trois étages. Chaque niveau était visible depuis n'importe quel endroit du long corridor étroit du bâtiment et bordé d'une multitude de rangées de portes grises identiques. L'effet général était celui d'une énorme volière dont les oiseaux captifs auraient été enfermés dans de minuscules boîtes.

Elles montèrent au deuxième étage, chaque pas tintant sur les marches métalliques de l'escalier. Ce bruit fit apparaître plusieurs perches de bois à travers les meurtrières des portes des cellules ; c'était le seul moyen que les femmes avaient le droit d'utiliser pour attirer l'attention de la gardienne. Celle-ci ne sembla pas les remarquer. Antonia ne put s'empêcher de voir Millbank comme des limbes fortifiés. Ses mille détenus avaient été transférés ici depuis tout le pays, ainsi que des autres prisons londoniennes.

Margaret Dickson, dont la cellule était la première qu'elles visitèrent, venait de Manchester et avait été condamnée à sept ans de prison pour avoir volé une malle de thé à l'arrière d'une voiture. C'était là un délit plus grave que la plupart des simples vols sanctionnés par la déportation. La gardienne détacha un encombrant porte-clés de son tablier et, avec un clic sonore, la porte de la cellule de Margaret s'ouvrit en grinçant.

"Remuez-vous, Dickson, vous avez la visite d'une dame." Juliette affichait un air de servitude tel qu'il était évident qu'elle était une subordonnée, même si les deux femmes étaient aussi simplement vêtues l'une que l'autre. La cellule était chichement meublée. Une cuvette en porcelaine pour se laver était équipée d'un couvercle en bois afin de pouvoir servir de siège ; un grand pot en terre était posé dans un coin et, nettement pliés dans un autre, un hamac brun et des couvertures. Sur une table rabattable fixée au mur était posés un quart et une assiette en métal, une cuillère en bois, une ardoise et un crayon. Margaret était assise sur un petit tabouret installé sous une haute lucarne, où elle cousait un jupon en tiretaine qui, avec un tablier de serge brune, composait l'uniforme que portaient toutes les détenues. La tiretaine, mélange de lin et de laine, était si rêche que même une quaker n'aurait pas envisagé d'en porter comme sous-vêtement.

Quand Margaret vit ses visiteuses, son visage s'éclaira. Elle se leva pour laisser sa place à Mme Blake, et Antonia ne refusa pas. Une prisonnière n'avait guère autre chose à offrir que son tabouret pour les accueillir. Juliette se percha sur la planche de bois qui couvrait la bassine. La porte se referma brutalement derrière elles.

"Comment allez-vous, Margaret ?" C'était toujours la première chose qu'Antonia demandait, même si elle n'ignorait pas l'ironie de sa question. Comment pouvait-on bien aller dans un endroit pareil ?

"Aussi bien que possible en ne mangeant que du cacao et du gruau, madame Blake." Margaret semblait moins robuste, mais elle était de bonne humeur. Un lien s'était créé entre les trois femmes la dernière fois que Juliette était venue à Millbank, car elles avaient toutes trois quitté le Nord pour venir à Londres, même si c'étaient dans des circonstances assez différentes.

Margaret bavardait comme si elle partait en vacances sur le Continent. On ne lui avait pas encore dit exactement *où* accosterait son bateau, et elle aurait *préféré* être envoyée dans les colonies des Bermudes ou de Gibraltar car Sydney était *affreusement* loin ; trois mois de mer, au moins.

Antonia écouta et lança un bref regard à Juliette quand Margaret lui dit qu'elle avait peu d'espoir de revoir sa famille à Manchester après son départ. Juliette ne semblait pas écouter, cependant, elle tripotait un fil de son châle et ne cessait de lancer des regards dans la pièce comme s'il y avait quelque chose à voir. Elle paraissait à cran, même si cela n'avait rien de nouveau.

Au bout d'un moment, Antonia fourragea dans son sac pour trouver les épingles à cheveux que Margaret avait demandées puis se leva pour partir. Elle s'attendait à ce que Juliette la suive, mais la bonne resta assise, l'air nerveux.

"J'aimerais rester avec Margaret, si vous n'y voyez pas d'inconvénient, madame Blake. Je ne suis pas sûre que nous nous revoyions un jour, et j'aimerais lui parler de ma mère, au cas où on l'enverrait à Sydney.

— Bien sûr, Juliette ! Quelle bonne idée. Je viendrai vous chercher après avoir vu Nelly, d'accord ?

— Oui, merci, j'espère que ça n'est pas un problème…

— Ne soyez pas stupide." Antonia partit en se demandant ce que Juliette pouvait bien manigancer avec Margaret. Elle n'aurait pas dû avoir de soupçons, elle aurait dû avoir de l'espoir. Cette fille finissait peut-être par s'ouvrir, prenait confiance en elle, et cela ne pouvait être qu'une bonne chose.

Nelly Williams avait un visage doux et des cheveux blond de lin, ce qui n'était pas un avantage dans une prison pour femmes. Elle aurait tout aussi bien pu délibérément tenter de donner aux autres l'impression d'être laides. Même ici, les apparences comptaient. Nelly était aussi excitée qu'une enfant de recevoir son catalogue, et Antonia resta avec elle pour regarder des pèlerines en fourrure et des pantoufles en satin. Elle tenta de se rappeler les teintes à la mode dans Oxford et Regent Street car Nelly semblait tenir à le savoir. Elle se sentit obligée de souligner que les femmes choyées et corsetées étaient en général malheureuses, et qu'une envie luxueuse était rapidement remplacée par une autre. Nelly dit qu'elle ne verrait aucun inconvénient à être malheureuse de la sorte.

Antonia laissa Nelly avec son catalogue de rêves, se souvenant de l'invitation parfumée qu'elle avait reçue de la part d'Isabella Montgomery. La cage d'Isabella était dorée et luxueuse, mais elle était tout de même prisonnière. Car en dépit de son charme et de sa bienveillance, son père se comportait en bon bourgeois. Isabella n'avait pas droit à une once de liberté, alors même qu'elle en mourait d'envie. L'invitation, qui s'adressait à la fois à elle et à Rhia, concernait le goûter d'anniversaire d'Isabella qui devait avoir lieu bientôt, mais Antonia se dit qu'elle n'aurait certainement pas le courage d'y assister. Elle aurait seulement le sentiment d'être un vieux pigeon dans une volière pleine d'oiseaux colorés qui se pavanaient et se prenaient le bec.

Juliette sembla de meilleure humeur dès qu'elles eurent quitté Millbank, et Antonia se demanda si elle n'avait pas vu ses lèvres se tordre en un sourire discret avant qu'elles soient toutes les deux forcées de se couvrir le nez et la bouche avec leur mouchoir. La puanteur était véritablement terrible.

"Peut-être que si les hommes chargés de ramasser les ordures n'exigeaient pas un shilling pour une fosse d'aisances, observa-t-elle d'un ton sec, les égouts ne déborderaient pas aussi souvent." Les eaux usées étaient comme les émotions : on pouvait seulement les contenir jusqu'à un certain point avant qu'elles ne crèvent ce qui les retenait.

30

DAMAS

Greystones, comté de Wicklow,
le 16 février 1841

Ma chère Rhia,

Tu dois maintenant avoir commencé ton travail à la Maison Montgomery. Je t'imagine entourée de toute une palette de soie.

Ma réponse tardive est due, comme tu le sais, à un manque non d'envie mais de temps. Annie Kelly et moi filons toute la journée et, la nuit, ton père a besoin de ma compagnie. Il n'a guère progressé ; le médecin dit que les os se sont ressoudés et il ne comprend pas pourquoi il ne pourrait pas marcher à l'aide d'une canne, mais son mal affecte surtout son moral. Il ne se pardonne pas d'avoir laissé l'entreprise courir à la faillite, ni de t'avoir laissée partir. Il semble même penser qu'il aurait dû faire quelque chose pour empêcher la mort de Ryan. Quand il dort enfin, je suis trop lasse pour écrire et, maintenant, je pense toujours à ce que coûte de laisser les lampes à gaz allumées. Je pourrais écrire à la chandelle, mais ce n'est pas de la vraie lumière. Ne te méprends pas, je ne prends pas cela comme une difficulté, cela me rappelle d'estimer chaque chose à sa juste valeur, comme Mamo me le recommandait toujours. Parfois, j'ai l'impression d'entendre sa voix, qui me rappelle que j'ai eu de la chance en épousant un homme riche, et bien sûr elle a raison.

Quant à Thomas Kelly, oui, il va bien et il tisse toujours avec autant d'habileté. S'il travaille de l'aube au coucher du soleil, il est capable de produire quatre mètres de tissu par jour.

Thomas et moi avons fait des expériences avec de la laine peignée, et un marchand ambulant italien m'a donné un échantillon de mérinos. C'est un fil délicat et presque aussi doux que la laine des chèvres du Tibet. J'en ai déjà vendu plusieurs mètres à un marchand de Dublin, si bien que nous arrivons à subvenir à nos besoins.

Nous sommes tous excités à l'idée que la peine de Michael Kelly prenne fin cet été, et qu'il soit parvenu à réunir l'argent pour son voyage jusqu'à Dublin. Ce sera merveilleux de l'avoir ici et, bien sûr, les Kelly s'en sortiront beaucoup mieux si leurs deux métiers à tisser fonctionnent.

Il est hors de question que tu nous envoies de l'argent par la poste, Rhia, tu auras besoin de ton salaire à Londres et tu trouveras des tas de choses à acheter avec. Nous vivons assez confortablement. Comme je sais à quel point tu es têtue, laisse-moi te faire une suggestion. Si tu as de l'argent à économiser, mets-le dans un endroit sûr, pas à la banque, et réfléchis à la façon dont tu pourrais l'investir sagement dans quelque chose d'utile avant de le dépenser.

Par la fenêtre, je vois le bout des schistes où tu allais faire du cheval sans chaussures ni bonnet, avec tes cheveux emmêlés par le sel et le vent. Tu manques à Epona, mais j'essaie de la sortir de temps en temps. Prends bien soin de toi et n'oublie pas de te nourrir correctement et de bien te couvrir.

Ta mère qui t'aime,

BRIGIT MAHONEY

Rhia rangea la lettre dans la poche de son tablier. C'était toujours excitant de recevoir des nouvelles de chez elle, et elle avait attendu d'être devant son thé de l'après-midi pour lire la lettre de sa mère. Elle promena sur la réserve un regard satisfait. Celle-ci contenait un mur entier de casiers, remplis jusqu'au plafond de rouleaux et de coupons de tissu pliés. La réorganiser de façon plus logique lui avait pris presque un mois entier et elle n'avait pas encore terminé. Ceci était en partie dû au simple volume de tissus, et en partie aux interruptions régulières de Grace, laquelle appréciait visiblement d'être la maîtresse de la boutique. Elle trouvait une liste interminable de tâches ingrates à lui confier, aller chercher ceci ou cela, ou tenir le magasin pendant qu'elle prenait sa pause de onze heures ou allait faire une course. Elle trouvait déjà assez irritant d'être une subordonnée sans que Grace profite autant de son ancienneté.

Cependant, Rhia aimait bien la réserve. Elle ne se lassait jamais de voir du satin noir lustré à côté d'un dévoré doré ou un brocart prune devant un taffetas vert scarabée. Cela lui rappelait un peu la boutique de St Stephen's Green. Par une belle journée comme aujourd'hui, la lumière de la fenêtre de derrière tombait sur les rayons et faisait scintiller les velours de soie comme des joyaux.

La fenêtre donnait sur une petite cour envahie par la végétation et, contre le mur du fond, il y avait une coiffeuse au miroir moucheté possédant plusieurs tiroirs. Dans ceux-ci, Rhia avait commencé à ranger des pots et des bocaux de poudres colorées, ainsi que des pinceaux en zibeline de toutes les épaisseurs. Une longue table sur tréteaux se dressait au centre de la cour, en partie couverte par des coupons de tissu. Mais dans un coin, il y avait son livre rouge, et quelques carrés de carton peints dans les tons roses veloutés et rouges rubis éclatants de la rose de Damas. Ces dessins n'étaient qu'une occupation secondaire pendant les heures d'ouverture du magasin, mais Rhia avait la ferme intention d'avoir bientôt une collection à présenter à M. Montgomery ; quelque chose capable de rivaliser avec n'importe quel travail venant de Paris. En général, elle arrivait de bonne heure ou restait tard le soir de façon à pouvoir travailler sans être interrompue. Aujourd'hui, pourtant, elle devait partir tôt. C'était le goûter d'anniversaire d'Isabella Montgomery. Rhia n'avait pas particulièrement envie d'y aller, et Grace n'avait pas été conviée. Ses relations avec elle continuaient comme elles avaient commencé, même si Grace lui reprochait aussi son amitié facile avec Sid et le fait qu'elle lui prenne sa place au magasin. Le goûter d'Isabella semblait n'être qu'une raison de plus au ressentiment de Grace. Rhia regarda la vieille horloge carrée posée sur la coiffeuse. Il était bientôt l'heure de partir.

Elle dénoua son tablier et mit de l'ordre dans ses cheveux devant le miroir, songeant à l'avertissement de sa mère concernant les banques. Elle avait déjà commencé à ranger des guinées dans un porte-monnaie au fond de sa valise. Après la conversation qu'elle avait eue avec Dillon au *Red Lion*, elle n'allait pas confier son précieux argent à quiconque. Avoir un revenu lui procurait une satisfaction inattendue. Soudain, tout était possible.

Elle était de plus en plus convaincue que l'argent était vaguement à l'origine de la mort de Ryan, que celui-ci ait été malhonnête ou pas. Mais comment aurait-il pu perdre de l'argent s'il faisait commerce d'opium ? Ryan aimait prendre des risques, certes, mais on n'aurait jamais pu le qualifier d'irréfléchi. Il était sans doute allé trop loin en investissant dans le projet commun. M. Dillon savait sûrement quelque chose là-dessus, vu qu'il semblait savoir quelque chose sur à peu près tout. Rhia ne l'avait pas revu et n'avait pas eu de ses nouvelles depuis Noël. Il n'avait aucune raison de passer, à part pour rendre visite à Laurence, et celui-ci était à New York depuis plus de quinze jours. Sans lui, la maison était calme, et Antonia était plus occupée que jamais avec son imminente cargaison à destination des Indes.

Quand Rhia traversa la boutique, seule façon de quitter le magasin, Grace se limait les ongles en lisant le *Sylvia's Home Journal*. Elles échangèrent des adieux polis. La fin du mois était dans moins d'une semaine et, ensuite, Rhia serait seule. Elle avait déjà sa propre clé.

La calèche des Montgomery dans laquelle, à sa grande surprise, se trouvait Isabella, s'arrêta juste au moment où Rhia arrivait sur le trottoir. Avec sa chapka et sa pelisse en zibeline, une couverture en fourrure sur les genoux, Isabella ressemblait à une parodie de reine des neiges. Elle était presque hors d'haleine tant elle était excitée quand Rhia monta à côté d'elle.

"Bonjour, mademoiselle Mahoney, j'ai l'impression qu'il y a un siècle que nous ne nous sommes pas vues, et je suis venue en cachette ! Père devait se rendre à la maison des marchands de drap et maman a dit que je pouvais venir si je me dépêchais, et qu'elle accueillerait nos invitées, mais vous ne devez pas en parler. Il serait *extrêmement* fâché s'il apprenait que je suis sortie sans chaperon. Mais c'est mon anniversaire et je serai bientôt une femme mariée, alors j'ai le droit d'être libre au moins aujourd'hui !"

En traversant Hyde Park, Rhia sentit le regard pointu des cavalières en amazone et des promeneuses portant des ombrelles en dentelle. Comme c'était un après-midi gris de février, elle supposa que les ombrelles servaient à l'espionnage. Rechercher les défauts des autres était une activité essentielle de la vie londonienne. Cela donnait à Rhia l'impression d'avoir oublié quelque chose de crucial, et elle n'avait aucun moyen de savoir quoi. Isabella en revanche s'intégrait parfaitement dans le tableau de Hyde Park. Tout en elle était coûteux et moderne, et elle pouvait avancer la tête haute, ce que d'ailleurs elle faisait.

Rhia n'eut pas l'occasion de s'enquérir à propos du futur mari d'Isabella car sa compagne s'interrompait à peine pour reprendre son souffle. Elle s'attachait à lui dresser l'inventaire des invités. La liste incluait des filles de directeurs de la Banque d'Angleterre, une baronne prussienne, un vicomte italien et divers comtes, lords et ducs. Et bien sûr, son futur mari serait présent, même s'il resterait dans le salon avec son père et d'autres messieurs pour parler "affaires". Il était, dit-elle, un *magnet* de la marine marchande.

"Peut-être est-il un magnat ?" suggéra Rhia, et Isabella convint que c'était peut-être cela.

Alors qu'elles tournaient dans Belgrave Square, Isabella agrippa la main de Rhia, la prenant par surprise.

"Oh, mademoiselle Mahoney, j'aimerais tant être aussi audacieuse que vous ! Je *m'ennuie* tellement. Le soir. Papa est toujours à son club et maman vit pratiquement dans son boudoir. Maman dit que les domestiques me surveillent et qu'ils rendent compte de ma conduite à papa, mais elle a l'esprit assez confus alors je ne sais pas si c'est vrai. Si j'avais le choix, j'irais tous les soirs à Drury Lane ! Je sais que c'est osé, mais j'ai toujours rêvé de prendre des cours de danse classique. Papa ne me le permettra jamais ; il dit que la danse classique est vulgaire et pas du tout raffinée."

Rhia retira sa main le plus doucement possible. Elle ne pouvait s'empêcher d'aimer Isabella malgré son existence dorée.

"Mais vous serez bientôt mariée, et vous aurez sans doute des enfants. D'après ce que je sais des enfants, vous n'aurez plus jamais le temps de vous ennuyer !"

Isabella soupira.

"Oui, bien sûr. J'espère que mon mari est gentil.

— Vous pensez qu'il l'est ?"

Isabella haussa les épaules.

"Je ne sais pas. Je ne l'ai vu qu'une fois."

Rhia tenta de ne pas montrer à quel point cela la surprenait. Cela n'aurait pas dû. Les mariages arrangés étaient chose courante dans la bourgeoisie, et M. Montgomery n'avait certainement que l'intérêt de sa fille à cœur.

"Oh, sapristi ! s'exclama Isabella. La voiture de papa est là. Je vais devoir passer par l'entrée de service et prétendre que j'étais en haut." Elle sauta à terre avant que Rhia ait eu le temps de protester et disparut.

La longue allée circulaire de la résidence Montgomery était bordée de voitures en livrée, de landaus effilés, de berlines et de valets de pied. Rhia sentit son estomac se nouer. Elle s'était imaginé un goûter intime, pas cela. Partout où elle regardait, il y avait des dômes de chiffon jaune pâle, des ramilles de broderie sur de l'organdi blanc et du tulle couleur fraise. Une confiserie de mode. Dans son coutil de taffetas violet, elle avait l'impression d'être une tarte aux prunes. Le tissu était un mélange de soie et de coton, son seul achat depuis ses débuts au magasin. Elle avait choisi du violet pour se donner du courage. En outre, la déesse Rhiannon portait un manteau violet.

Elle resta un moment dans la voiture pour observer la scène et se préparer. On aurait dit une page du *Sylvia's Home Journal* ; Grace aurait adoré ça. Les tailles et les pantoufles étaient fines ; les corsages à armatures et en forme de cœur ; les crinolines énormes et festonnées ; les manches, quand il y en avait, étaient courtes et serrées avec une manchette en dentelle à partir du coude.

Rhia descendit et gravit l'imposant escalier aussi nonchalamment que possible. Elle sentait les regards des jeunes filles pâles et minces, et se voyait à travers leurs yeux : un teint de fermière ; un manteau irlandais (pas de bordure en fourrure) ; pas d'anglaises. Elle boirait une gorgée de thé et mangerait une bouchée de gâteau, après quoi elle prendrait mal à la tête et partirait.

La salle de séjour était encombrée de crinolines, et Isabella n'était nulle part. Prunella Montgomery lui adressa un vague sourire puis tapota le divan sur lequel elle était perchée. Rhia s'assit à côté d'elle et Prunella lui offrit un verre du xérès qui se trouvait dans la carafe posée à côté d'elle ; sans doute sa réserve personnelle. Rhia accepta. Le xérès lui sembla tout à coup être une bien meilleure idée que le thé.

"Comment trouvez-vous ce goûter, ma chère ?" demanda Prunella en hésitant avant de dire "ma chère" comme si elle avait oublié le prénom de Rhia. Celle-ci répondit poliment qu'elle le trouvait à son goût et ajouta qu'elle aimait aussi le magasin.

Mme Montgomery parut perplexe un moment puis hocha la tête d'un air distrait. Rhia comprit qu'elle devrait entretenir la conversation, si bien qu'elle poursuivit en disant à quel point elle aimait travailler dans la réserve, qu'elle avait l'impression d'être dans la caverne d'Ali Baba.

Mme Montgomery leva les sourcils. Ses yeux bleu pâle avaient un cercle laiteux autour de la pupille et on apercevait des ombres creuses bleuâtres en dessous, qu'aucune quantité de poudre ne pouvait dissimuler. On devinait les vestiges de sa beauté, mais Prunella Montgomery avait visiblement cessé de s'en soucier.

"Ma chère, dit-elle, si vous pensez que les soies du magasin sont des trésors, vous devriez demander à Isabella de vous montrer ma collection à l'étage."

Etant donné les circonstances, le xérès descendit facilement et Mme Montgomery ne tarda pas à remplir à nouveau le verre de Rhia quand elle-même se resservit. Sa main tremblait et le liquide fauve coula à l'extérieur du verre.

Quand Rhia eut éclusé son troisième xérès, elle discutait ouvertement du sort du Lin Mahoney, certaine de se montrer gauche et peu sophistiquée en voyant les sourcils de son hôtesse levés en permanence. Puis elle remarqua qu'ils étaient dessinés au crayon.

Quand Isabella apparut, sa mère l'appela.

"Tu devrais emmener… ton amie là-haut pour lui montrer la collection, Isabella.

— Oh, oui ! Vous devez absolument la voir, mademoiselle Mahoney."

Mme Montgomery saisit Isabella par le poignet et l'attira près d'elle.

"Mais fais attention à ce que ton père ne te voie pas – tu sais qu'il n'aime pas que tu négliges tes invités." Elle prit une clé dans son réticule et la mit dans la main d'Isabella.

"Nous prendrons l'escalier de service", assura Isabella en échangeant avec sa mère un regard complice.

Isabella prit Rhia par la main et l'entraîna dans un petit couloir qui donnait sur la salle de réception où d'autres poupées bouclées étaient attroupées, dardant des regards tous azimuts derrière leurs éventails en moire.

Elles gravirent rapidement un escalier sombre et étroit pour atteindre le deuxième étage. Isabella prit un chandelier sur un buffet et le posa par terre devant une des portes du palier pour pouvoir l'ouvrir.

"C'est là que se trouvent les étoffes de maman, murmura Isabella.

— Pourquoi murmurez-vous ? Vous n'avez pas le droit de venir ici ?

— Oh, si, mais pas les domestiques. Maman est très éprise de sa collection." Isabella eut un rire nerveux.

"Votre père serait-il vraiment en colère s'il découvrait que vous avez abandonné vos invités ?

— Sans doute, même si, comme je vous l'ai dit, maman a tendance à exagérer dès qu'il s'agit de lui. Il entend annoncer mon mariage aujourd'hui, vous comprenez..." La voix d'Isabella mourut et elle haussa les épaules d'un air aussi désinvolte que possible. "Comme vous dites, cela me soulagera de mon ennui. Et puis, si jamais je n'aime pas mon mari, je m'enfuirai et je trouverai un emploi, comme vous !"

Rhia n'imaginait pas Isabella survivre un seul instant dans un monde qui n'aurait pas été doublé de fourrure et drapé de tulle. Elle devait tout de même bien comprendre que c'étaient l'argent et l'influence de son père qui tapissaient son confortable voyage dans la vie.

Isabella ouvrit la porte sur une antichambre qui avait jadis dû être un dressing. La pièce ne contenait que des malles sculptées en cerisier. Isabella en ouvrit une, puis une autre, et la petite pièce sombre se transforma soudain. Prunella Montgomery avait raison : il s'agissait de véritables trésors. Isabella sortait des longueurs et des longueurs de soie brodée de points complexes ou ornée de minuscules perles. Certaines étaient littéralement alourdies par des pierres précieuses. Les étoffes exhalaient des parfums de pays étrangers, que Rhia trouvait aussi sensuels que les textiles eux-mêmes. Elle s'exclamait à la vue de chaque nouvelle pièce jusqu'à ce qu'elle sente la tête lui tourner. Cela la submergea bientôt. Un seul de ces tissus aurait suffi à l'étourdir, mais toute une pièce était par trop imposante. Elle ne parvenait pas à imaginer leur valeur. Isabella s'était amusée de sa stupeur, mais elle était soudain pressée de retourner en bas avant que l'on remarque son absence.

Rhia regarda autour d'elle une dernière fois. Elle n'avait pas remarqué les tentures accrochées au mur, et l'une d'elles en particulier qui étincelait comme une galaxie à la lumière des bougies. C'était un patchwork de soies aux couleurs marines, orné de saphirs, d'émeraudes et de péridots. La tenture mit Rhia légèrement mal à l'aise, lui donnant la chair de poule comme les arbres dans le petit salon de Cloak Lane. Elle avait désormais autant hâte de partir qu'Isabella.

Sur le palier, elles croisèrent une bonne à laquelle Isabella lança un regard soupçonneux. Elle murmura à Rhia :

"C'est Hatty la commère. Nous ferions mieux de descendre par l'escalier principal, car si elle nous voit passer par l'escalier de service, elle va deviner que j'ai désobéi."

Rhia n'avait jamais vu une maison avec autant de personnel : il y avait des bonnes partout, plus un maître d'hôtel, un commis aux vivres et un valet, et qui sait combien d'autres dans les cuisines et les étables. Cela l'impressionnait. Et faire impression était, sans aucun doute, le but escompté.

Depuis l'entresol, elles apercevaient la salle de réception du rez-de-chaussée. M. Montgomery se tenait au beau milieu de la pièce, silhouette voyante en tenue de chasse rouge et bottes cavalières. Il surveillait leur approche tout en devisant avec Isaac Fisher et un monsieur bien nourri aux cheveux grisonnants. La main d'Isabella chercha celle de Rhia.

"Oh, ils ont terminé plus tôt que prévu, nous aurions dû passer par l'escalier de service, finalement." Elle poussa un soupir stoïque. "Enfin..." Sa voix devint un murmure au fur et à mesure qu'elles descendaient. "Le monsieur qui se trouve avec mon père est mon futur mari, mademoiselle Mahoney. Qu'est-ce qu'il est *vieux*!" L'homme n'était pas vraiment vieux, mais il avait facilement le double de son âge.

M. Montgomery sourit lorsqu'elles arrivèrent en bas de l'escalier, mais ses lèvres serrées en une ligne fine trahissaient son mécontentement, et, derrière ses paroles, l'agacement était à peine contenu.

"Je t'ai cherchée partout, Isabella.

— Je montrais la collection de maman à Mlle Mahoney."

L'homme posté à côté de son père affichait un large sourire. Il avait un visage rond et agréable, mais ne paraissait pas plus sympathique vu de près. Rhia éprouva un élan de pitié lorsqu'il offrit son bras à Isabella. Lorsqu'ils s'éloignèrent, il semblait avoir du mal à croire à la chance qu'il avait eue de pouvoir s'offrir un accessoire aussi joli.

M. Montgomery sourit à Rhia, sa mauvaise humeur vite oubliée. Hatty la commère déambulait avec un plateau de flûtes dans lesquelles pétillait un liquide rose, et M. Montgomery en saisit une par le pied pour la tendre à Rhia.

“Vous vous amusez, mademoiselle Mahoney ?

— Oh, énormément !” mentit-elle. Elle avait incroyablement soif et vida la moitié de la flûte avant de remarquer que c'était de l'alcool. Elle sentit qu'Isaac la regardait d'un air désapprobateur. Il se tenait poliment à l'écart, à portée de voix sans en avoir l'air.

“Merveilleux, dit M. Montgomery. Je suis ravi de vos nouveaux dessins – vous l'ai-je dit ?” Avant qu'elle puisse lui répondre qu'il n'en avait rien fait, il poursuivit : “Nous devons en imprimer un bientôt. Vous avez un talent très prometteur.

— Je suis heureuse de l'entendre, répondit Rhia. J'avais peur que vous me pensiez plus faite pour la boutique.” Il leva les sourcils et Rhia faillit éclater de rire. Pas étonnant que Mme Montgomery ait été toujours éméchée ; l'alcool rendait la vie beaucoup plus amusante.

M. Montgomery sourit pour dissimuler sa surprise.

“Je pensais que le magasin pourrait vous distraire de la tragédie de la mort de votre oncle.”

Lui avait-il proposé cet emploi uniquement par charité ? Pensait-il sincèrement que ses dessins révélaient un talent prometteur, ou était-ce juste de l'altruisme bourgeois ? Elle était touchée par ces gentillesses inattendues, même si elle ne se souvenait pas qu'il en ait été question quelques minutes plus tôt. Elle ressentait également un besoin urgent de se décharger de ses peurs. Après tout, M. Montgomery avait été un collègue de son oncle.

“Je suppose que vous avez entendu les rumeurs”, risqua-t-elle.

Il leva un sourcil.

“Les rumeurs ?

— Que la mort de Josiah Blake n'était pas un accident. Vous ne pensez pas… vous ne supposez pas que mon oncle et M. Blake aient pu être tous les deux poussés à s'ôter la vie par la même cause extérieure… ?”

M. Montgomery parut choqué et, quand elle croisa son regard, Isaac affichait une mine renfrognée. Rhia regretta aussitôt ses paroles. Elle se sentit soudain sobre.

“Mais je n'aurais pas dû en parler, sans preuve…”

M. Montgomery retrouva son sourire.

"Vous devez exprimer vos craintes, bien sûr, dit-il d'un ton apaisant. C'est dans la nature du chagrin. Il est parfaitement naturel de se sentir méfiant, même si je prie pour que vos soupçons soient infondés." Elle lui trouva un air hésitant, et elle se demanda si tout le monde en savait plus qu'elle sur les affaires de son oncle.

M. Montgomery s'excusa et, comme Isaac avait brusquement disparu, Rhia alla chercher son manteau et demanda au valet de pied d'appeler une voiture pour la reconduire chez elle. Elle ne se sentait pas capable de dire au revoir de façon conventionnelle, et elle était certaine de ne manquer à personne. Elle n'avait jamais été très douée pour les fêtes et ressentait soudain l'envie pressante de manger un morceau du pain d'épice de Beth.

31

BRODERIE

Rhia alluma la lampe à alcool et déplaça les feuilles de papier cartouche éparpillées sur la table de la réserve. Elle avait presque deux heures devant elle avant l'ouverture des portes du magasin, mais le rose de Damas n'aboutissait à rien et elle ne savait pas non plus quoi faire de l'indigo. Les deux motifs manquaient de vert.

Elle avait presque recouvert toute la table d'échantillons lorsqu'elle entendit Grace arriver. Elle n'avait presque pas vu passer le temps, et il était pourtant dix heures. Elle n'avait pas encore trouvé la teinte de vert insaisissable qui ne jurerait pas avec le rose ou l'indigo, et elle prenait garde à ne pas utiliser trop de ses précieuses poudres – elles coûtaient un shilling le petit pot.

Rhia rangeait ses pinceaux quand elle entendit frapper à la porte entrouverte et vit Isaac Fisher entrer dans le magasin. Elle avait complètement oublié qu'il venait chercher les chutes de tissu pour le Comité pour les navires de détenues. Antonia était encore occupée à préparer le voyage du *Mathilda* à Calcutta. Isaac portait un gros sac en tapisserie et sembla un peu tendu lorsqu'ils se saluèrent. Peut-être que, comme elle, il se sentait un peu gêné par ses indiscrétions à Belgravia.

"Mlle Elliot dit qu'elle voudrait vous voir à la boutique", annonça Isaac en posant son sac sur la table à tréteaux. Pourquoi Grace ne pouvait-elle pas monter le lui dire elle-même ?

Quand elle la vit à la boutique, Grace affichait un petit air suffisant.

"Je viens de me souvenir que M. Montgomery a dit que, si c'était calme, nous devions épousseter les étagères, et je ne trouve pas le chiffon à poussière. Est-ce qu'il est dans la réserve ?" Elle espérait sans doute que Rhia lui propose de s'en occuper.

"Je suis désolée, non, je ne l'ai pas vu", répondit Rhia, agacée d'être interrompue sans une raison valable. Grace n'était pas censée laisser la boutique sans surveillance, mais si elle appelait, Rhia l'entendait vaguement depuis la réserve. Parfois, elle se disait que Grace aimait juste avoir de la compagnie de temps à autre, et que même la sienne était mieux que rien. Regent Street, comme St Stephen's Green, était calme en février.

Irritée, Rhia retourna à la réserve et trouva Isaac en train d'examiner son travail.

"Ma défunte épouse était peintre, dit-il. Elle adorait mélanger les pigments. Je la revois distinctement en train de dire que le vert était la couleur qui avait le plus inspiré les artistes." Isaac parut un instant nostalgique. "C'est idiot de se souvenir d'une chose pareille." Il semblait parler tout seul.

"Cette couleur est présente dans chaque aspect de la nature..." avança Rhia, mais Isaac semblait perdu dans ses pensées et elle n'était pas certaine qu'il l'ait entendue. Elle n'avait pas encore pris l'entière mesure d'Isaac Fisher. Il était agréable mais réservé. Antonia l'avait qualifié de quaker libéral, même si Rhia ne savait pas exactement ce que cela signifiait. Il ne devait pas aimer les règles.

"Apparemment, c'était la recette la plus recherchée, ajouta-t-elle en se rappelant ce que lui avait dit le teinturier. La teinture verte élaborée à partir de métaux corrodait le parchemin, et les autres se désintégraient à la lumière. Les teinturiers trempaient d'abord leur tissu dans une cuve de teinture jaune faite à partir de réséda ou de nerprun, et ensuite dans une de bleu de guède..." Pourquoi Isaac baissait-il les yeux quand elle croisait son regard ? Cela la poussa à se méfier de lui un instant.

"Savez-vous d'où vient votre vert, maintenant ? demanda-t-il.

— En fait, non.

— Je crois qu'il vient de Chine.

— Est-ce pour cela qu'il est aussi cher ?

— Il est cher parce qu'il est extrait de l'écorce d'un arbre oriental." Il poussa un grand soupir. "Nous empoisonnons la race la plus inventive de la planète." Il secoua la tête comme s'il en était personnellement responsable. "Je suis heureux de voir que Jonathan Montgomery a une bonne raison de vous employer."

Rhia sentit le rouge lui monter aux joues.

“Alors, vous pensiez qu’il m’avait embauchée par pure charité ?”

Le quaker ignora sa remarque. Il paraissait sombre.

“Même si vous avez entendu des rumeurs sur la mort de Josiah, il serait idiot et dangereux d’en parler. Je vous en prie, n’en faites rien.”

Il prit le sac en tapisserie, à présent rempli de chutes de tissu, et souleva son chapeau.

“Bonne journée, mademoiselle Mahoney.” Il était parti avant qu’elle ait eu le temps de répondre. Que voulait-il dire par dangereux ? Dangereux pour sa réputation ? Il était trop tard pour cela et, de plus, les quakers n’étaient-ils pas supposés défendre la liberté d’expression ? Isaac devait savoir quelque chose. Il se trouvait à bord du *Mathilda* le jour où Josiah Blake était mort. Cette idée la fit presque frissonner. Pouvait-il savoir quelque chose sur la mort de Josiah ?

La matinée passa lentement. Après la visite d’Isaac, Rhia se sentait agitée et troublée. Elle se surprit finalement à épousseter les étagères quand Grace partit déjeuner. Puis elle resta derrière le comptoir en noyer ciré, guettant une certaine légèreté dans le pas des femmes qui passaient ; une certaine intention, en cette froide matinée de février, de dépenser l’argent du foyer pour acheter quelque chose susceptible d’adoucir la solitude et l’ennui. Deux femmes entrèrent, l’une arborant une tenue à carreaux, l’autre une à fines rayures. Leurs manteaux étaient garnis de desman et leurs yeux dardaient des regards en tous sens. Elles empestaient l’eau de Cologne comme si elles venaient de déboucher une parfumerie tout entière.

Elles demandèrent à Rhia de descendre les rouleaux de nouveaux brocarts de soie les uns après les autres, si fluides qu’ils glissaient sur le comptoir comme de l’eau. Ses ciseaux étincelèrent et cliquetèrent jusqu’à ce qu’elles aient presque commandé une centaine de mètres à elles deux. C’était suffisant pour couvrir quatre crinolines à un prix qui ne fit tressaillir ni l’une ni l’autre.

Pendant que Rhia enveloppait les étoffes dans du papier brun qu’elle attachait avec du ruban, les femmes discutèrent d’une invitation à aller passer le mois de mars dans une villa italienne. Après leur départ, Rhia se sentit abattue. Jalousie ? Avait-elle envie d’un mari avec un compte en banque plus grand que sa propre capacité à dépenser ? Cela aurait pu lui paraître jadis parfaitement raisonnable, mais elle avait pris goût, à présent, à être maîtresse de ses propres affaires, et elle n'y renoncerait pas facilement. Quel homme voudrait d'une femme qui n'avait pas besoin de son argent ?

Quand Grace revint de sa pause déjeuner, Rhia alla acheter une part de tourte à un marchand des quatre-saisons et s'assit dans la réserve avec une tasse de thé, regardant ses verts. Aucun ne convenait. Elle avait besoin d'une teinte plus mousse, moins olive. Elle écarta les échantillons et évalua le désordre des étagères. Elle aurait un après-midi chargé si elle voulait finir de trier tous les velours.

Alors qu'elle se levait, elle entendit frapper sèchement à la porte. Deux messieurs entrèrent avant qu'elle puisse répondre, portant les chapeaux noirs carrés et les uniformes de serge foncé de la police métropolitaine. Elle resta muette de stupeur. Un moment plus tard, Grace apparut derrière eux, semblant avoir mangé quelque chose qu'elle avait mal digéré.

"Bonjour, mademoiselle, dit le plus vieux des deux, lequel n'avait pourtant même pas son âge. Mon collègue et moi-même enquêtons sur le vol d'une quantité de..." Là, il sortit un bloc de papier brun de sa poche intérieure et s'y référa : "... *une longueur de soie brodée* à la résidence Montgomery dans Belgrave Square. J'ai ici un mandat me permettant de perquisitionner les lieux en quête dudit tissu."

Rhia était choquée. D'une certaine façon, il lui semblait pire qu'il y ait eu un vol chez les Montgomery alors qu'elle s'était rendue chez eux. Mais n'était-il pas impossible qu'un objet volé à Belgrave Square puisse se retrouver ici, au magasin ? Sous-entendaient-ils qu'elle ait pu cacher des biens volés ?

"Je vous en prie, fouillez la pièce, répondit-elle d'un ton brusque, mais, *s'il vous plaît*, procédez avec soin et méthode. Il m'a fallu des semaines pour tout mettre en ordre."

Le plus vieux des deux policiers hocha la tête et demanda à Grace de commencer à chercher. Grace était de toute évidence extrêmement mal à l'aise. Elle ne parvenait pas à croiser le regard de Rhia.

Grace retira des rouleaux et des coupons pliés de chaque casier. L'horloge carrée semblait tictaquer deux fois plus fort pour combler le silence de la pièce.

C'est sur l'une des étagères du haut, que Grace ne pouvait atteindre qu'en montant sur un petit escabeau de bois, que la broderie fut découverte. Rhia la reconnut aussitôt. C'était la tenture qui l'avait troublée. Grace la posa sur la table où la lampe refléta les couleurs marines sur les murs, scintillant comme le soleil sur l'eau.

Rhia était éberluée. Elle se laissa choir lourdement. Elle ne comprenait pas. En fait, jusqu'à ce que les deux policiers s'avancent pour se poster de chaque côté d'elle, elle n'avait même pas compris qu'on l'accusait. C'était impensable.

"Rhia Mahoney, vous êtes dès à présent prisonnière de Sa Majesté la reine Victoria, et vous resterez en détention préventive à Newgate, la prison de Sa Majesté, jusqu'à ce que votre affaire soit jugée."

32

MAÏS

Londres disparut. Peut-être la ville n'avait-elle toujours été qu'un dessin photogénique ; le fantôme de quelque chose de réel. Bien que Rhia l'ait parfois entendue passer en sifflotant, joviale et indifférente au sombre Autre Monde situé derrière les murs de la prison de Newgate.

Elle avait compté cinq nuits, mais elle perdrait bientôt le compte si elle ne sortait pas de cet endroit. On ne lui avait autorisé aucune visite et elle n'en savait pas plus qu'au moment de son arrestation. Les nuits étaient une éternité passée sur une natte dure dans une cellule collective, parmi des femmes qui se chamaillaient, ronflaient et reluquaient sa robe. Elles la lui auraient volée sur elle pendant son sommeil si elles avaient été sûres de pouvoir s'en sortir. L'éclat couleur de maïs pâle de sa robe à crinoline la rendait aussi voyante qu'une pépite dans un tamis plein de terre.

Quelqu'un avait dit à Rhia qu'on ne lui donnerait pas d'uniforme avant qu'elle ait été accusée, mais cette personne ne semblait pas comprendre qu'elle était innocente et qu'il y avait eu une erreur judiciaire. Antonia devait maintenant savoir qu'elle se trouvait à Newgate. Etait-il possible qu'elle et M. Montgomery l'aient crue coupable ? Pouvaient-ils vraiment penser une chose pareille ? Pourquoi ne l'avaient-ils pas fait relâcher ? Chaque fois qu'elle pensait à cela, Rhia sentait monter une vague de nausée, après quoi toutes les questions restées sans réponse revenaient la hanter. C'était ainsi qu'on rendait les gens fous ; elle le voyait bien.

Outre les siens, il régnait entre les murs de la prison de Newgate une solitude et un désespoir intenses. La nuit, quand les vivants étaient silencieux, les morts, eux, ne l'étaient pas. Elle avait tenté de se rassurer en songeant qu'elle serait bientôt libre. Elle avait essayé, en l'absence de papier et d'encre, d'écrire à Mamo dans sa tête. Elle avait même tenté de sourire, mais cela avait été mal pris. On avait menacé de la fouetter. Elle n'était pas en sécurité. C'était la pauvreté, la violence ou la ruse qui avait valu aux autres prisonnières leur séjour à Newgate.

Seul un mur de pierre séparait les condamnées des potences d'Old Bailey ; un mur de pierre, seulement, entre la vie et la mort. Les condamnées se tassaient dans un coin de la cour chaque matin comme si elles réduisaient déjà l'espace qu'elles occupaient sur la terre. Le simple fait de les regarder terrifiait Rhia. Elle gardait les yeux fixés sur le ciel de la cour. C'était le seul moment de la journée où elle le voyait. Elle tentait de retrouver le nom de la couleur bleue du ciel mais l'avait oublié.

*

Dire qu'elle était innocente était risible. Il ne lui avait pas fallu longtemps pour le comprendre. A en croire ce qu'elle avait entendu dans son pavillon, il y avait ici beaucoup d'innocentes. Il y avait toujours de la couture à faire pendant la journée, et c'était à ce moment-là que circulaient les histoires. Il n'y avait pas de livres dans le pavillon, si bien que raconter sa propre histoire était ce qu'il y avait de mieux. Au-dessus de la cheminée, sur une feuille de carton, étaient épinglés des textes des Ecritures :

Un faux témoin ne restera pas impuni.
Celui qui répand des mensonges périra.

Ces messages semblaient d'autant plus futiles que Rhia y réfléchissait, et, en outre, qui donc ici était seulement capable de les lire ?

Mary Reardon, qui avait passé plus de temps à Newgate qu'à l'extérieur, était une des rares à lui avoir véritablement parlé. Mary lui avait dit que le pavillon des femmes avait jadis été lugubre. Il était difficile d'imaginer que le pavillon actuel ait pu être une amélioration mais avant, d'après Mary, les murs n'étaient pas blanchis à la chaux, il n'y avait pas de feu et de nattes pour dormir, et pas de bols en étain pour manger. A l'époque, il y avait rarement du ragoût de bœuf, seulement du gruau et du pain bis. Mary n'avait presque plus de dents, et Rhia avait mis un certain temps à comprendre son zézaiement, mais elle avait persévéré parce qu'il y avait peu d'autres occupations. Mary ne méritait pas la corde et elle était trop vieille pour être déportée. Elle purgeait à présent plusieurs années pour avoir volé des boucles de chaussures à un monsieur. Apparemment, il ne les portait même pas à ce moment-là. Ceci, supposait Rhia, signifiait que Mary avait été en compagnie d'un monsieur en chaussettes. Elle ne demanda pas de détails.

Rhia frissonna et resserra la couverture de laine rêche autour de ses épaules. Il faisait froid, l'aube devait approcher. D'après Mary, elle avait de la chance que son audience ait lieu si rapidement, car le tribunal criminel central ne tenait qu'une séance par mois et son arrestation avait coïncidé avec la suivante. Mais si le véritable voleur n'avait pas encore été découvert ? Et comment la police avait-elle su qu'il fallait venir fouiller le magasin ? Et avant tout, pourquoi l'étoffe avait-elle été cachée là ? Toutes ces questions recevraient une réponse, et elle serait bientôt libre. Elle demanderait ensuite à Beth de lui faire couler un bain avec de la lavande pour apaiser les piqûres de puces qui lui couvraient les jambes.

Après le gruau du matin pris dans le réfectoire gris et glacial, les femmes étaient conduites dans la cour, mais Rhia fut entraînée à l'écart par une gardienne qui lui agrippa le bras comme si elle risquait de s'échapper. Quelques autres furent aussi escortées à la sortie du réfectoire. La vue du ciel fit pleurer Rhia. Elle était presque libre. Même la fourgonnette sombre et exiguë de la prison ne parvint pas à faire chuter son moral, pas plus que la foule assemblée devant le tribunal pour regarder les prisonniers qu'on conduisait à l'intérieur.

Les bancs qui bordaient les murs de la cellule sombre étaient déjà pleins quand la grille métallique se referma bruyamment derrière elle. Quand ses yeux se furent accoutumés à la pénombre, les habituelles expressions d'hostilité et d'amertume l'accueillirent. Elle échapperait bientôt à la compagnie de ceux qui la considéraient comme privilégiée parce qu'elle n'avait pas de trous dans ses bottes. Jusque-là, elle n'avait jamais pensé que ce seul détail la séparait de tant de gens.

Les noms de ses compagnons furent appelés l'un après l'autre, accompagnés des délits reprochés quand leur tour venait de quitter la cellule. Patricia O'Leary, tenancière d'une maison de passe. Tom Black, faussaire. Peter Thurn, maître chanteur. Harold Jordan, bigame. La plupart étaient des voleurs de différents calibres ; la plupart étaient des jeunes femmes. Certaines paraissaient désespérées ou effrayées, d'autres simplement désœuvrées. "Rhiannon Mahoney, vol." Le cri du geôlier se répercuta dans le couloir, répétant son délit alors qu'elle marchait, lui rappelant que pour le moment elle n'était rien ni personne. Sa robe était tachée et froissée, et une partie de l'ourlet était déchirée à l'endroit où quelqu'un avait "accidentellement" marché dessus. Le seul bien qui la réconfortait était le châle qu'on lui avait rendu quand elle avait quitté Newgate. Il était en barège, un mélange translucide de laine et de soie. Il lui paraissait important de se souvenir du nom des tissus, cela signifiait qu'elle était restée la même, qu'elle se souciait encore des frivolités de la vie. Elle le drapa sur ses cheveux emmêlés et le croisa sur ses épaules.

Elle s'installa dans le box et chercha un signe lui disant qu'elle n'était pas seule. Le banc des accusés était appelé le *dock** ; peut-être était-ce parce que nombre des personnes qui s'y trouvaient quitteraient bientôt la terre, soit définitivement, soit pour prendre la mer ? Collé à l'intérieur devant elle, elle vit un autre psaume, écrit sur du papier jauni :

Tu n'invoqueras point le nom de l'Eternel en vain,
et tu ne profaneras pas le nom de ton Dieu.

Au balcon, une mer de visages regardaient en contrebas. Rhia fut choquée de voir l'accusation qui se lisait dans les yeux de gens qu'elle ne connaissait pas et auxquels elle n'avait causé aucun tort. Elle baissa aussitôt les siens. Elle sortirait libre aujourd'hui et ils seraient pris de remords. Les larmes menaçaient tout de même. Elle ne supportait pas cela ; comment pouvait-on le supporter ? Etait-elle la seule personne dans la salle à savoir qu'elle n'était pas une voleuse ?

Rhia se força à relever la tête et regarda la tribune d'un air de défi. Elle croisa le regard de M. Dillon et en eut le souffle coupé. Son cœur se serra. Il était assis au bout de la tribune, un carnet et un crayon à la main. Il lui adressa un signe de tête. Elle se moqua de savoir, à ce moment-là, s'il était là pour

* "Le quai."

écrire quelque chose de méchant à son sujet ; elle était seulement soulagée de voir un visage connu.

La misérable profession du procureur avait à l'évidence marqué les traits de son visage. Ses lèvres étaient fines et sévères et, à en juger aux rides qu'il avait entre les sourcils, il devait rarement avoir l'occasion de sourire. Il attendait sans doute le pire de la vie, tout comme les pauvres âmes qui se trouvaient sur le banc des accusés. Il se racla bruyamment la gorge et le silence s'abattit sur la salle. Il leva à peine les yeux de ses pages de notes en parlant.

Rhia maîtrisa sa terreur en imaginant que le tribunal était un théâtre et le magistrat un narrateur qui présentait, critiquait et, sans doute, conclurait la pièce. Le rôle du procureur était de poser un certain nombre de questions mesurées. Comme dans un théâtre, le public criait ou applaudissait et, en général, faisait connaître son opinion. Le seul personnage qui n'avait aucun rôle à jouer – dont les mots n'avaient aucune conséquence notoire sur le dénouement – était l'accusé.

"Rhiannon Mahoney, vous êtes accusée par la Couronne et aucun plaidoyer n'a été préparé pour votre défense." Un greffier s'avança et chuchota quelque chose à l'oreille du procureur. Un murmure interrogateur parcourut la tribune. Le procureur hocha brièvement la tête et le greffier recula. "On m'informe que l'avocat de la défense a négligé de se présenter au tribunal." Le murmure s'amplifia, et Rhia leva les yeux vers Dillon. Que signifiait cela ? Il secoua la tête, le regard sombre. Le procureur frappa sur son bureau à l'aide d'un petit marteau en bois. "Vous êtes accusée d'avoir volé deux mètres de soie indienne brodée de pierres précieuses." Un hoquet ostentatoire s'éleva de la tribune, mais celui-ci fut aussitôt interrompu par le marteau du procureur. Il se tourna vers Rhia. "Que plaidez-vous ?

— Je ne suis pas coupable, bien sûr, mais je voudrais…" Des rires tonitruants noyèrent ce qu'elle aurait pu dire pour sa propre défense. Le marteau du procureur s'abattit à nouveau pour imposer le silence. Rhia fut choquée par ces rires. Les larmes débordèrent et elle ne prit pas la peine de les essuyer ; ce geste n'aurait fait que la trahir. Le procureur ne sembla pas remarquer qu'elle avait parlé.

"J'ai ici la déposition d'une domestique nommée Hatty Franklin qui déclare, sans le moindre doute, vous avoir vue visiter la pièce dans laquelle sont entreposés une grande quantité de textiles précieux, à la résidence Montgomery de Belgrave Square, le soir du 25 février 1841. Est-ce exact ?

— Oui, mais..." La main la fit taire à nouveau.

"Est-il vrai que vous portiez une crinoline à la date susmentionnée ?

— Oui, bien que je doive...

— Veuillez cesser d'imposer votre volonté devant la cour, mademoiselle Mahoney. Vous êtes ici uniquement pour répondre aux questions que je vous pose. Est-il vrai que votre famille irlandaise a récemment souffert de la perte de ses moyens de subsistance ?"

Rhia trouva qu'il avait accentué le mot *irlandaise* de façon peu opportune, mais elle ne pouvait en avoir la certitude. Elle acquiesça. Ses mains s'étaient mises à trembler. Elle les croisa fermement.

"Oui, c'est vrai." Elle baissa la tête. Elle n'essuyait pas ses larmes. Son cœur battait si fort qu'elle n'entendait plus les reproches du procureur. Quand la voix monotone cessa, elle leva les yeux en se demandant si elle avait été jugée. C'était ce qu'il attendait.

"Mademoiselle Mahoney, vous avez été reconnue coupable par ce tribunal du vol de deux mètres de soie indienne brodée, propriété de Mme Prunella Montgomery. En conséquence de quoi vous serez transférée à la prison de Millgate avant d'être, à une date encore à définir, déportée pour sept ans dans la colonie de Sa Majesté en Nouvelle-Galles du Sud."

Elle allait se réveiller et s'apercevoir qu'elle était encore à Newgate, ou à Cloak Lane, ou à St Stephen's Green. La mort de Ryan avait peut-être été elle aussi un rêve, tout comme l'incendie. Rhia sentit céder son corps tout entier et elle s'agrippa au bord du banc. Elle gardait juste assez de bon sens pour savoir que le moment serait mal choisi pour s'évanouir.

On l'emmena presque aussitôt, avant qu'elle puisse croire que le procès était terminé, avant qu'elle comprenne qu'elle n'avait pas été innocentée.

Une autre fourgonnette de police attendait – cette fois-ci une voiture noire sinistre sans fenêtre qui ressemblait à un véhicule funéraire. En posant le pied sur la marche, Rhia entendit son nom et, en se retournant, elle vit Dillon discuter avec l'un des gardes. Il se présenta comme un homme de presse et expliqua qu'il couvrait le procès. Il espérait pouvoir avoir une brève discussion, en privé, avec la prisonnière. Les gardes semblèrent le reconnaître, hésitèrent, puis l'autorisèrent à la voir.

Dillon la prit doucement par le bras, beaucoup plus doucement, sembla-t-il, qu'on ne l'avait jamais touchée. Elle aurait voulu qu'il ne la lâche jamais. Il baissa la voix pour murmurer.

"Je dois être bref. Mme Blake m'avait dit qu'elle avait organisé votre défense. Je ne comprends pas ce qui s'est passé, mais vous pouvez être certaine que ni Mme Blake ni moi ne vous prenons pour une voleuse. Je ne m'attendais pas à un dénouement pareil… personne ne s'y attendait. Je vais aller rendre personnellement visite à M. Montgomery et lancer immédiatement la procédure d'appel contre votre peine, mais celle-ci est lente. Ne perdez pas espoir." Il jeta un bref regard aux gardes, qui commençaient à s'impatienter. "Nous n'avons plus de temps."

Rhia hocha la tête. Elle espérait pouvoir parler.

"Monsieur Dillon, pourriez-vous s'il vous plaît écrire à…"

Il fit un signe d'assentiment avant qu'elle ait terminé sa phrase.

"J'écrirai à Laurence, dit-il d'un ton brusque.

— Non, pas à Laurence, à ma mère.

— Oui, bien sûr." Il sortit son carnet et un bout de crayon pour inscrire l'adresse qu'elle lui donna. Elle ne parvenait pas à quitter le papier des yeux ; qu'aurait-elle donné juste pour avoir de quoi écrire ! Son désir se lisait peut-être sur son visage, ou alors M. Dillon pouvait lire ses pensées. Il coula un bref regard en direction des gardes puis déchira quelques pages de son carnet. Quand il lui serra la main, il pressa le papier et le crayon dans sa paume. Elle les repoussa habilement dans sa manche et ils échangèrent un petit sourire. Le paradoxe de ce geste ne leur échappa pas. Elle se conduisait comme une criminelle. Rhia murmura un "merci" avant qu'il s'en aille à grandes enjambées déterminées. Il se retourna et croisa son regard avant qu'on la pousse sans ménagement dans l'intérieur sombre du fourgon. La détermination qu'elle vit sur son visage la réconforta. Peu importait si elle s'était méfiée de lui, aujourd'hui il était le roi de l'Autre Monde. Elle n'avait d'autre choix que de lui faire confiance ; il était son seul espoir.

Comme la portière de la fourgonnette de la prison se refermait, Rhia eut un dernier aperçu de l'endroit qui lui avait jadis semblé détenir tant de promesses. Déjà, des touffes vives de jonquilles précoces s'inclinaient dans les jardinières aux fenêtres de Newgate Street, messagères du printemps. Autour de Greystones, les forêts seraient bientôt tapissées de jacinthes sauvages, et des lapereaux bondiraient hors de leurs terriers d'hiver. Les gens se prépareraient à fêter l'équinoxe de printemps et un tissu spécial laissé brut serait confectionné pour l'occasion. Rhia sentait presque le sel dans l'air en imaginant la plage, et Thomas Kelly assis devant son métier à tisser qui regardait la mer ombrageuse. Elle aspirait à retourner dans le passé, à l'abri du futur. Michael Kelly serait chez lui auprès de sa famille avant son arrivée à Sydney. Cela la frappa comme un coup. Elle tira son châle sur son visage et baissa la tête. Si la journée avait été une étoffe, ç'aurait forcément été du barège. Elle regarda à travers ses fibres semblables à de la gaze et la paille répandue sur le plancher lui parut un peu moins glissante de crasse, la curiosité des autres prisonniers un peu moins intrusive. Cela adoucissait le regard hostile de la femme en haillons assise en face d'elle, qui siffla :

"Tu te prends pour un morceau de choix, hein ? Une fois qu'on t'aura rasé tes belles petites boucles et retiré tes beaux habits, tu vaudras pas mieux que les autres."

33

TOILE DE JUTE

Le 14 mars 1841

Tout est gris. Les bandes de ciel à travers la petite fenêtre haute ; les vêtements en tiretaine des prisonnières ; les murs ; le tissu que nous cousons. Même la nourriture est grise. Le monde est exsangue de couleur. Si je pouvais me voir dans un miroir, je sais que mon visage serait gris. Je me sens décolorée. J'ai faim d'émeraude, d'indigo et de maïs tout autant que de pâtisserie au beurre et de confiture. Le temps se mesure au son des bottes des gardiennes dans l'escalier d'acier et au tintement des clés.

Je suis seule. Une fois par jour, on nous laisse aller dans la cour pour prendre de l'exercice, pavillon après pavillon. A Millbank, tout le monde va quitter l'Angleterre ; c'est pour cela que nous sommes ici, mais je ne peux pas partir ; je ne peux traverser une autre mer. Certaines femmes sont ici depuis des mois et des mois, attendant d'être affectées à un navire de détenues. Je prie pour que M. Dillon se souvienne de moi. Même si je ne prie pas, malgré ma promesse ; même maintenant. Au lieu de cela, j'écoute les ombres des prières des oubliés, mais ils refusent de se montrer. Je n'aurais jamais cru espérer la compagnie des fantômes. J'étais si heureuse quand ils m'ont laissée tranquille. Je me souviens que tu avais dit que je les chassais ; que les esprits, comme les gens, savaient quand ils n'étaient pas les bienvenus.

Je n'ai plus de cheveux. On me les a rasés et j'ai cessé de pleurer sur ma chevelure perdue comme si c'était quelque chose d'important. On me les a coupés dans le réfectoire (qui, soit dit en passant, est gris) avec de gros ciseaux en fer qui semblaient plus destinés à couper de la toile à voile. Je les ai regardés tomber sur les dalles où ils gisaient en boucles noires ;

aussi morts que mon âme. On les a balayés et incinérés. La gardienne a dit que c'était une précaution contre les poux, mais j'ai eu l'impression que cela faisait partie de ma punition, comme l'étoffe grossière de ma tenue brune ; comme mon tablier en calicot. Je peux, si je le souhaite, recouvrir ma tête hérissée d'une coiffe, comme une femme de chambre. J'ai toujours froid au cou. Qui aurait cru que les cheveux tenaient aussi chaud ?

Il va bientôt être l'heure d'aller dans la cour, où je regarde toujours le ciel et prends de grandes et profondes inspirations pour emmagasiner de l'air et de la lumière, même si cela ne suffit jamais pour toutes les heures passées dans la pénombre. Ce n'est qu'une énième journée de plus que je me sens capable de supporter. Puis une autre. Et encore une autre. J'essaie de penser aux couleurs, aux tissus et aux pots de teinture ; aux textures et aux motifs, mais je suis incapable d'évoquer une palette qui ne soit pas terne. Je n'ai pas pu écrire jusqu'à présent, et j'ai seulement le papier que m'a donné Dillon. Dans la cour, le ciel est à peu près la seule chose que l'on peut regarder sans risque, ce que j'ai découvert après avoir jeté un regard à cette brute de Nora Beck. Elle a dit que si je la dévisageais encore comme ça, elle me flanquerait une correction que je n'oublierais jamais. Cela aurait dû m'effrayer mais si ça se produisait, cela me permettrait au moins de ressentir quelque chose. Nora est méchante, et Agnes, son acolyte, malveillante. Nora est grande ; immense, en fait, et elle est d'une nature dominatrice qui transforme toutes les autres en lâches. Seule une prisonnière, Margaret, ose la contrarier, et elle ne fait pas le poids devant le physique de Nora.

J'entends des bottes dans l'escalier. Je conserve mon matériel d'écriture à l'intérieur de mes sous-vêtements et, jusqu'ici, personne ne l'a trouvé.

A plus tard.

*

Margaret Dickson s'approcha de Rhia à son insu. Rhia cherchait des chevaux ailés, des dragons et des anges dans les nuages, comme elle le faisait jadis avec Thomas. Elle ne voyait que des navires.

"Tu f'rais mieux d'oublier tes malheurs, Mahoney." Les bras croisés sur la poitrine, Margaret affichait une expression qui parvenait à être à la fois sévère et taquine. Ses cheveux étaient une masse de boucles rousses crépues, ce qui signifiait qu'elle était à Millbank depuis assez longtemps pour qu'ils aient repoussé de quelques centimètres. Elle avait tellement de taches de rousseur que l'on voyait à peine la vraie couleur de sa peau. Elle était rondelette avec des yeux petits mais étincelants. Margaret indiqua le groupe de Nora d'un signe de tête : une bonne dizaine de femmes regroupées en tas, qui cancanaient et se frottaient les mains ensemble pour se réchauffer. "Tu voudrais quand même pas qu'*elles*, elles pensent que tu t'abaisserais si tu leur donnais l'heure ?

— Je n'ai pas de montre", rétorqua Rhia. Margaret eut un rire qui lui monta du ventre.

"Je savais bien qu'il y avait de l'esprit derrière cette grimace sinistre !" Elle haussa les épaules. "C'est pas que j'en ai grand-chose à faire, mais je parie que tu ne te crois pas tant que ça supérieure. C'est le cas de la plupart des femmes qui travaillent dans le commerce." Elle fit un geste en direction des autres et baissa la voix. "Elles sont incapables de voir la différence.

— C'est ce qu'elles pensent, que je me crois supérieure ?

— Quoi d'autre ?

— Comment as-tu su que je travaillais dans le commerce ?

— Les bruits courent dans une prison, Mahoney. Tu verras. Et puis, j'ai vu des dames de toutes sortes et je peux dire qui est qui et qui fait quoi." Margaret prit une expression plus sérieuse. "Pour être honnête, j'ai discuté avec Mme Blake et elle m'a demandé de veiller sur toi. C'est grâce à elle si tu es dans ce pavillon, tu vois. Elle connaît des gens. Toutes les filles de notre pavillon seront sur le même bateau. C'est comme ça que ça marche.

— Mme Blake est venue ici ? Quand ?

— Deux jours après ton arrivée, mais les nouvelles n'ont pas le droit de recevoir de visites ou des lettres jusqu'à ce qu'elles se soient calmées un peu. Leurs lamentations donnent la chair de poule à tout le monde."

Rhia avait envie de pleurer. Antonia était venue à Millbank. Margaret semblait compatir prudemment. Elle secoua la tête en guise d'avertissement.

"Rappelle-toi, pas de sanglots dans la voix, Mahoney." Elle désigna du menton Nora et compagnie. "Elles te trouvent déjà tendre, alors tu vas devoir t'endurcir, ou du moins faire semblant. Demain, c'est un jour de visite, et tu en auras peut-être."

Rhia refoula son émotion. Celle-ci menaçait de déborder.

“Comment connais-tu Mme Blake ?

— Les quakers viennent souvent. Tous des saints. Mme Blake, surtout, avec ses propres ennuis et tout. Elle m'a dit que sa bonne était souffrante, même si je ne peux pas dire que ça m'étonne. Elle a pas toute sa tête de toute façon.

— Juliette ?

— Cinglée. Complètement. Elle m'a dit... mais je ne dois pas le répéter – j'ai promis de ne rien dire.” Margaret eut l'air déçu. Gardait-elle un genre de secret confié par Juliette ?

Un ragot était soudain d'un énorme intérêt.

“C'était quelque chose d'idiot ? demanda-t-elle pour tenter de l'amadouer.

— Oh, oui. Je vais te dire : Juliette m'a donné quelque chose à emporter à Sydney, qui est l'endroit où je vais aller, et si tu le voyais, tu saurais qu'elle est toquée.”

Avant que Rhia ait pu poser d'autres questions sur l'étrange secret de Margaret, ou sur Sydney, le bruit de la cloche en fer de la grille qui menait à la cour les interrompit et on les rassembla avant de les reconduire à leurs cellules et à leurs travaux d'aiguille.

*

Quand il n'y eut plus assez de lumière pour coudre, le souhait le plus ardent de Rhia était de dormir pour toujours. En fait, le sommeil n'était pas un ami dans cet endroit et elle avait souvent du mal à dormir. Au moins, elle savait désormais pourquoi elle n'avait reçu aucune lettre de chez elle. Sa mère devait avoir eu des nouvelles de Dillon, maintenant. Et si Brigit avait honte et ne pouvait se résoudre à lui écrire ? Rhia écarta fermement cette idée de son esprit. Si rien d'autre au monde n'était vrai, elle pouvait au moins être sûre de la constance de l'amour de sa mère.

Ses pensées se tournèrent vers Laurence. Même si ses avances n'avaient été que du flirt, il lui manquait tout de même. Peut-être ne le reverrait-elle jamais. Il ne la trouverait sûrement plus aussi désirable à présent. Sa vanité était en lambeaux, comme une belle image qu'on aurait laissée se décolorer et se déchirer dehors.

La lune devait être presque pleine, car un rayon pâle tombait sur le couvercle en bois de la bassine et l'étagère au-dessus. Dans certains contes de Mamo, la lune était la lanterne de la Reine de la Nuit, dont le nom changeait, d'histoire en histoire, passant d'Anu à Cerridwen, Rhiannon et Cailleach. Rhia songea aux icônes d'Antonia. Elle supposait que Marie pouvait elle aussi être la Reine de la Nuit. Le rayon éclairait l'étagère et le seul livre que Rhia voyait depuis des semaines : une bible. Elle l'avait à peine remarquée et ne l'avait pas touchée. Si les ombres qui soupiraient ne se montraient pas, alors ce soir, décida-t-elle soudain, elle deviendrait catholique. Elle tendit la main vers le Livre saint éclairé par la lune avant de pouvoir changer d'avis et l'ouvrit au hasard. Le psaume faillit lui faire refermer le livre aussitôt :

> *Détourne mes yeux qu'ils ne regardent la vanité*
> *et fais-moi vivre dans ta voie.* (Ps 119, 37.)

Il était inutile de chercher les signes de la présence d'un esprit quand on vous les mettait sous le nez. Elle ne savait pas si elle devait se sentir réconfortée ou réprimandée mais, pour l'instant, elle se sentait moins seule. Elle dormit jusqu'à la cloche du matin.

La gardienne du pavillon, Mlle Hayter, entra dans la cellule de Rhia le lendemain matin. Mlle Hayter lui avait témoigné une gentillesse inoubliable en restant avec elle le premier soir, alors que Rhia était effrayée et complètement anéantie par la solitude et le mal du pays. Elle n'avait pas parlé mais s'était installée près de la porte avec son ouvrage pendant que Rhia sanglotait dans son hamac.

Mlle Hayter avait un visage aquilin et un physique quelconque, elle parlait doucement mais, plus que n'importe quelle autre gardienne, elle engendrait le respect parmi les femmes. Peut-être était-ce parce qu'elle était minuscule, et donc moins menaçante physiquement, ou parce qu'elle paraissait sincèrement soucieuse de leur bien-être, ou encore parce qu'elle semblait capable de lire en vous comme dans un livre ouvert quand elle vous parlait. Tout le monde l'aimait et voulait être aimé d'elle, y compris Rhia.

"Vous avez de la visite, Mahoney."

Antonia ! Rhia avait presque le cœur léger en enfilant son bonnet et en nouant son tablier. Mlle Hayter attendait calmement, la regardant avec sérieux.

“J’ai entendu dire que vous étiez dessinatrice, Mahoney ? dit-elle.

— Presque.

— Votre talent nous sera peut-être utile, quand nous serons en mer.

— Quand nous serons en mer ?

— Eh bien oui, on ne vous l’a pas dit ?

— Dit quoi ?” Un frisson lui remonta le long de l’échine.

“Le pavillon a été affecté au prochain bateau, le *Rajah*. Il doit partir le 4 avril. C’est moi qui en serai la surveillante générale.”

Rhia ouvrit la bouche mais ne parvint pas à parler. Mlle Hayter l’observait.

“Ça doit vous paraître soudain, mais ça arrive quelquefois. Ils ont besoin de femmes qui savent lire et écrire en Australie, et en particulier de femmes qui ont un métier.

— Londres a besoin de femmes qui ont un métier, mademoiselle Hayter, et de femmes qui savent lire et écrire.”

La gardienne eut la grâce de rester interdite.

“Quelle est la date d’aujourd’hui ? murmura Rhia.

— Le 26 mars.

— Alors, il me reste moins de deux semaines.”

Mlle Hayter acquiesça.

“Sydney offre de grandes perspectives, et pour quelqu’un comme vous…” Rhia n’entendit pas la suite ; elle ne voulait pas entendre d’éloges sur la colonie, elle pensait seulement que deux semaines ne suffiraient pas pour faire appel de son jugement. Elle n’allait pas être sauvée.

Elle suivit Mlle Hayter au réfectoire où les visiteurs avaient été conduits. Elle chercha Antonia parmi les gens libres. Les personnes de l’extérieur ressemblaient à des traits de couleur : une écharpe rouge ; un chapeau vert ; une culotte bleue.

Antonia n’était pas là.

Elle vit ensuite M. Dillon. Elle supposa qu’il était déjà entré dans une prison car il semblait parfaitement à l’aise. Il eut la gentillesse de ne pas laisser son regard s’attarder sur son uniforme de prisonnière, ni de commenter son apparence. Elle se souvint de la leçon de la veille au soir avec quelques difficultés. Il soutenait son regard.

“Bonjour, mademoiselle Mahoney.

— Bonjour, monsieur Dillon.” Son visage paraissait différent. Même si peut-être elle ne l’avait jamais vraiment examiné avant. Il devait avoir entre trente et trente-cinq ans, et un léger voile de taches de rousseur couvrait la peau pâle de son nez, ses joues et son front. Ses cheveux étaient aussi noirs que les siens et attachés par un ruban. Ses yeux étaient mouchetés de noisette et de mousse, comme le sol d'une forêt. Il lui retourna son regard, les sourcils levés, et sortit son carnet d'un recoin caché à l'intérieur de son long manteau.

"J'ai des nouvelles de votre mère. Je lui ai conseillé d'envoyer toute sa correspondance à mon adresse. J'ai promis d'en respecter le caractère privé et de vous la remettre en main propre. J'ai respecté les deux promesses." Il lui fit passer la lettre, cachée sous sa main, en la faisant glisser sur la table tandis que Rhia ne quittait pas son visage des yeux.

"Est-ce que quelqu'un regarde ?" murmura-t-elle comme sa main touchait la sienne. Il jeta un regard dans la salle et secoua la tête. Il retira sa main et Rhia glissa la lettre de sa mère dans la poche de son tablier. Ils échangèrent un regard complice. "Nous sommes doués pour ça", dit-elle. Il hocha la tête mais son sourire s'évanouit rapidement.

"Je vais en venir au fait. J'ai lancé la procédure d'appel à la Couronne, mais cela pourrait prendre des mois. A mon avis, on a fait en sorte que vous paraissiez coupable de ce crime, et je tente désespérément de convaincre M. Montgomery de cela. Il dit que sa femme est certaine que vous avez volé cette étoffe ; que vous avez pris la clé de la pièce où elles sont entreposées.

— Mais c'est faux ! Mme Montgomery a donné cette clé à Isabella.

— Prunella Montgomery n'est pas un témoin fiable, admit Dillon, mais la Couronne s'en moque. Votre avocat n'est pas venu au tribunal, ce qui est une abomination et quelque chose que je ne suis toujours pas parvenu à expliquer. Mme Blake a engagé l'un des meilleurs avocats de Londres, mais il refuse de me recevoir et ne répond pas à mes lettres. Mme Blake voulait venir vous voir aujourd'hui, car nous n'avons pas eu l'autorisation de venir avant, mais apparemment, sa bonne a pris une espèce de crise." Il secoua la tête. "On dirait presque que la bonne ne veut pas que Mme Blake vous voie… Quoi qu'il en soit, elle viendra la prochaine fois."

Rhia secoua la tête.

"Alors Juliette a obtenu ce qu'elle voulait et je ne la verrai pas. J'ai été affectée à un bateau qui met les voiles pour la

Nouvelle-Galles du Sud le 4 avril. Vous voyez, il n'y a aucun espoir…"

Dillon parut sous le choc, puis, crut-elle, en colère. Mais quand il parla, ce fut d'une voix basse et calme.

"C'est effectivement très bientôt, mademoiselle Mahoney, mais il y a toujours de l'espoir."

Rhia baissa la tête et contempla ses mains, remarqua que le bout de ses doigts était rougi par les travaux d'aiguille et le froid.

"Il y a autre chose, ajouta-t-il doucement. Je regrette d'être celui qui doive vous l'annoncer."

Que pouvait-il y avoir de pire ?

"Cela concerne la mort de votre oncle."

Rhia se tendit.

"Je vous en prie, soyez direct, monsieur Dillon.

— Très bien. Je ne crois pas que la mort de Ryan Mahoney ait été accidentelle.

— Alors vous pensez finalement qu'il s'est ôté la vie ?

— Non. Je crois qu'il a été assassiné."

La cloche tinta mais Rhia ne se leva pas.

M. Dillon, lui, se leva et s'inclina comme s'ils se trouvaient dans un salon et s'il était son invité. Il dit que Laurence Blake serait certainement de retour à Londres avant le départ du *Rajah*, et que ses affaires seraient apportées à Millbank, puis il s'en alla.

Elle était seule.

Deuxième partie

ARGENT

SOUVIENS-TOI

Souviens-toi de moi quand je serai partie,
Partie dans le pays du silence, très loin ;
Quand tu ne pourras plus me tenir par la main,
Ni moi partir et pourtant rester me tournant à demi.
Souviens-toi de moi quand jour après jour tu ne pourras plus
Me parler de ce futur dont pour nous tu avais rêvé ;
Souviens-toi de moi seulement ; tu comprends,
Il sera trop tard alors pour les conseils et les prières.
Mais si pourtant tu devais m'oublier un instant
Et te souvenir ensuite, ne me pleure pas :
Car, si les ténèbres et le fait de pourrir
Me laissent un vestige de mes pensées d'autrefois,
L'oubli et le sourire vaudront bien mieux pour toi
Que la tristesse et le souvenir.

CHRISTINA ROSSETTI

4 avril 1841

Un murmure parcourut la procession de barques. Le *Rajah* était à peine plus qu'un triangle sombre dans la brume, mais c'était une vue aussi glaçante qu'un fourgon de prisonniers émergeant du brouillard londonien. Chaque grincement des rames le rapprochait.

La forme d'un trois-mâts se dessina.

Le rythme des rames qui plongeaient céda la place au choc des vagues d'acier contre le bois. Au-dessus s'élevait le cri lugubre des mouettes. Le silence tomba tandis que les barques approchaient de la coque gigantesque du navire.

Plus loin, à travers la brume salée, se dressait quelque chose d'encore pire ; quelque chose en regard de quoi le navire ressemblait à un bateau de papier. Un sombre bataillon de monstres était amarré à une lieue de là, par des chaînes si grosses que chaque maillon devait faire la taille d'une roue de voiture.

Des pontons : les bateaux-prisons.

Finalement, Rhia avait trouvé une raison de se réjouir. Mieux valait être envoyé vers l'inconnu que finir dans un bateau-prison. Un chœur d'Ave Maria fut balayé par le vent.

Une par une, les barques s'arrêtèrent dans l'ombre du *Rajah*, et une échelle de corde fut descendue pour permettre aux gardiennes et aux prisonnières d'escalader la coque grinçante jusqu'au pont. Une par une, les femmes grimpèrent le treillis de corde qui se balançait tandis que, d'en haut, on leur criait de ne pas regarder en bas.

Elles ne pouvaient s'empêcher de regarder d'un œil circonspect l'océan qui caracolait. Il pouvait très bien se soulever et enrouler une vague autour d'une cheville imprudente. Une femme se figea à mi-chemin et, après des encouragements puis l'ordre de continuer de grimper, elle finit par se hisser, en larmes, jusqu'en haut et enjamber le bastingage.

Les barques furent enfin vides, et toutes les femmes, de gré ou de force, avaient atteint le pont.

34

CHANVRE

Nelly s'acharnait encore à murmurer des Ave Maria tandis que les dernières femmes se rassemblaient sur le pont principal. Rhia comptait chaque prière comme s'il s'agissait d'une perle de rosaire, jusqu'à ce qu'elle perde le compte. Il n'y avait désormais plus aucune chance de liberté. Elle regarda le ciel, ce même ciel qui s'étirait au-dessus de Cloak Lane et de Greystones, et pourtant si différent. Ce ciel bas et plombé était le plafond d'une autre prison.

Trois mâts se découpaient devant celui-ci. Rhia compta les voiles. Cela lui faisait une occupation. Elle en dénombra six, même si elle ne pouvait en être sûre car elles étaient pliées. Elle n'avait pas encore envie d'inspecter le reste du vaisseau qui allait l'emporter vers un autre monde. Vers l'Autre Monde. Des hommes étaient accrochés au gréement de chaque mât tels des singes dans un arbre. Elle baissa rapidement les yeux ; ils lui donnaient le vertige.

Il y avait trop de marins pour en garder le compte, qui se précipitaient en tous sens comme des employés de bureau pieds nus. A première vue, ils paraissaient trop occupés pour remarquer qu'il y avait cent cinquante femmes debout sur le pont incliné, mais en les regardant de plus près, on s'apercevait que ce n'était pas le cas. Les femmes étaient évaluées d'un œil expert et rusé. Chaque fois que Rhia surprenait le regard d'un marin, celui-ci se détournait vivement comme s'il s'était posé sur elle par accident plutôt que par dessein. Les marins formaient un groupe hétéroclite : élancés ou musculeux, visages jeunes et lisses ou trognes patinées.

Rhia compta huit agents pénitentiaires et gardiennes, toutes des femmes, regroupées pour écouter quelqu'un qui devait être un officier de navire, même s'il était en tenue de ville. Il ne ressemblait pas à un passager. Mlle Hayter leur avait dit que, à bord du *Rajah*, un petit nombre de couchettes étaient réservées à des passagers. L'homme dégageait une autorité naturelle aussi rigide que son sobre manteau brun. Mlle Hayter l'écoutait d'un air servile, comme s'il était son supérieur.

Rhia avait envie de se plier en deux pour lutter contre l'inquiétude qui la rongeait, mais elle enfonça les mains au fond des poches de son tablier et se concentra pour garder les jambes raides malgré le pont incliné du bateau. Elle tenta de repérer Margaret parmi les femmes. Ses frisottis orange étaient en général faciles à voir. Elle se tenait derrière Agnes et son teint basané, presque cachée par l'envergure de Nora. Avant que Rhia ait pu croiser son regard, le groupe d'agents et de gardiennes se dispersa et les prisonnières furent mises en file indienne avant de traverser le pont principal et d'être dirigées en haut d'une courte volée de marches jusqu'à un pont surélevé plus petit que quelqu'un appela le gaillard d'arrière.

Le gaillard d'arrière dominait le reste du navire ; c'était l'endroit idéal pour observer le pont en contrebas. Rhia n'avait plus rien à compter. Elle enregistrait des détails, se concentrant sur les infimes particularités des boiseries et des cuivres, depuis les rampes, les balustrades et les instruments jusqu'aux larges planches en chêne du pont. Tout brillait et sentait l'huile de lin et la cire. Il était difficile de croire que ce vaisseau étincelant était entretenu par des hommes ; le navire était aussi propre et ciré que si une armée de bonnes y avait vécu.

Les agents pénitentiaires et Mlle Hayter encadraient les rangées de femmes. L'une des gardiennes lisait ce qui semblait être une liste et ne cessait de lever les yeux pour scruter leurs visages. A l'autre bout du pont se trouvait un petit groupe d'hommes, dont quelques-uns arboraient un costume marin. Le plus vieux était un homme d'Eglise au visage rébarbatif. Il s'entretenait avec l'homme au manteau brun. Peut-être ce dernier était-il un genre de représentant des tribunaux ? Il avait l'air austère du procureur qui avait condamné Rhia. Le capitaine était facilement reconnaissable à son tricorne démodé et cabossé, et aux épaulettes tressées ornant son manteau. Il avait le même teint rubicond et les mêmes boucles grisonnantes que le boulanger de Greystones, et Rhia le trouva aussitôt sympathique. Le grand homme à l'allure sévère qui se trouvait à côté de lui devait être le chirurgien du navire, avec ses mains pâles et son aura d'autorité tranquille. Deux jeunes garçons vêtus de pourpoints en serge bleue et de culottes déchirées se tenaient à une courte distance de là, et jetaient des coups d'œil furtifs aux femmes. Sans doute les domestiques de l'officier.

Plusieurs marins pieds nus commencèrent à monter des sacs de chanvre en haut des marches. Une grande partie semblait étrangers, la couleur de leur peau allant du noir de poix à l'olive pâle. Quelques-uns avaient le crâne rasé et beaucoup avaient des tatouages sur les bras, et ils ne portaient que des culottes de toile attachées par un bout de corde. Rhia n'était pas la seule à s'intéresser à eux. De nombreuses femmes avaient tourné la tête pour les observer, et les murmures devenaient animés et paillards. La situation s'améliorait : il y avait des hommes à moitié nus sur le *Rajah*.

Leurs commentaires moururent tandis que leur petite surveillante générale passait dans les rangs, s'arrêtant pour glisser un mot en aparté à Nelly, laquelle était plus angoissée que d'habitude. Agée de seulement dix-sept ans, elle était la plus jeune des femmes et, Rhia l'avait appris récemment, elle était enceinte. Mlle Hayter lui tenait la main et lui murmurait des paroles rassurantes. La surveillante générale était tout aussi stricte et intraitable que les autres gardiennes, mais elle se montrait rarement dure. Elle avait l'air solitaire et vaguement déçu des vieilles filles, même si son âge était difficile à déterminer. Plus de trente ans mais moins de cinquante, pensait Rhia. Elle était quelconque, d'une sobriété terne, mais elle n'était pas laide, contrairement à la plupart des gardiennes. Rhia se demanda si les gardiennes de prison devaient obligatoirement être masculines et brusques, ou si c'était leur profession qui les rendait ainsi. Les gardiennes qui voyageaient à bord du *Rajah* devaient sans doute émigrer en Australie. Aucune d'elles, à l'exception de Mlle Hayter, ne semblait familière à Rhia. Peut-être pensaient-elles avoir plus de chances de trouver un mari dans les colonies où, au dire de tous, on manquait cruellement de femmes.

Mlle Hayter s'arrêta à côté de Rhia.

“Venez me voir quand on vous aura donné vos affaires, Mahoney.”

Pouvait-il y avoir une lueur d'espoir ? Rhia regretta aussitôt d'avoir succombé à la tentation de l'optimisme. Il était trop tard pour le salut. Elle fit un signe d'assentiment et tourna la tête pour regarder le tas de sacs de chanvre de plus en plus haut. Aucun doute qu'ils contenaient quelque nouvel uniforme en grosse toile. Elle ne prit pas la peine de s'interroger sur les autres provisions que les quakers jugeaient nécessaires à un voyage en mer pouvant durer entre trois et six mois.

Dès que tous les sacs eurent été posés sur le pont, Mlle Hayter frappa dans ses mains.

"Prenez un sac quand je vous appellerai et on vous conduira en bas."

Rhia attendit. Les femmes de son rang allèrent chercher leurs nouvelles affaires et disparurent en bas de l'escalier arrière, chacune traînant son sac derrière elle. Elle supposait que l'escalier menait aux ponts inférieurs. Nora lui lança un regard noir en passant, suivit de près par Agnes qui fronçait les sourcils. Agnes était toujours sur les talons de Nora et approuvait de façon servile tout ce qu'elle disait, depuis la consistance idéale du gruau au nombre maximum de points par mètre de tiretaine. Rhia baissa la tête. Ne pas regarder Nora dans les yeux était pour le moment le meilleur moyen de se protéger. Quelqu'un passa devant elle en lui donnant un coup de coude. Rhia leva rapidement les yeux. C'était Margaret, qui lui adressa un clin d'œil. C'était un geste infime, mais un signe de solidarité bienvenu.

Rhia s'approcha de Mlle Hayter. Elle se força à ne pas espérer ; à ne penser à rien ; à ne s'attendre à rien.

"Ah, Mahoney." Mlle Hayter semblait heureuse de quelque chose. "Vous allez être affectée au service d'un particulier pendant le voyage. Un botaniste qui se rend à Sydney a demandé une servante. Votre nom a été proposé."

Rhia ne savait pas quoi dire. Elle ne s'attendait pas à cela.

"Vous devez voir cela comme une bénédiction, Mahoney, lui assura Mlle Hayter. Vous aurez une cabine de domestique au lieu de dormir dans l'entrepont avec les autres femmes." La surveillante générale baissa la voix. "Il n'a pas échappé à notre attention que vous n'étiez pas… appréciée. Le confinement fait souvent ressurgir le ressentiment. Il vaudra mieux pour tout le monde que vous ayez des quartiers séparés."

Rhia n'en était pas convaincue. Elle soupçonnait que ce n'était qu'une demi-bénédiction, mais pour l'instant, elle était soulagée. Mais quelle sorte de servante pouvait bien vouloir un botaniste ? Devrait-elle lui servir de bonne ? Etait-ce Mlle Hayter qui avait proposé son nom ?

"Vous pouvez aller chercher vos affaires, maintenant, dit la surveillante d'un ton brusque. Votre sac a votre nom dessus. Au fait, j'y ai ajouté quelque chose avant de quitter Millbank, un paquet qui nous a été remis avec votre valise. Le monsieur a dit que Mme Blake pensait que vous aimeriez l'avoir pendant votre voyage." Mlle Hayter la dévisagea d'un air sévère un instant. "En général, je n'autorise pas ce genre de chose, Mahoney, mais puisque vous aurez des quartiers privés, je n'y vois pas d'inconvénient." Elle regarda à l'autre bout du gaillard d'arrière où les deux domestiques de l'officier traînassaient. "L'un des garçons va vous montrer le chemin."

Rhia alla chercher son sac, comme on le lui avait ordonné, et le plus jeune des deux garçons s'approcha d'elle d'un air culotté. Agé de dix ou onze ans, il avait une peau brune et lisse et des boucles châtains aux mèches décolorées par le soleil.

"Je suis l'aspirant de ce rafiot, mais vous pouvez m'appeler Albert si vous voulez", dit-il avec une courbette moqueuse.

Albert était d'une bonne humeur irritante et elle ne voyait pas ce qui pouvait le rendre aussi joyeux.

"Heureuse de faire ta connaissance, dit-elle d'un ton prudent.

— Vous n'avez pas l'air très heureuse. Z'êtes une dame, hein ?"

Le rire de Rhia sembla amer, même à ses propres oreilles.

"Serais-je ici si j'étais une dame ?"

Il haussa les épaules.

"Vous parlez pas pareil que le reste de la cargaison." Il pointa son pouce vers le bas. "Z'avez un nom ?

— J'en ai un.

— Alors dites-le.

— Mahoney.

— Mahoney ? Hmm."

Rhia regarda Albert d'un air soupçonneux. Il semblait un peu trop malin pour son âge.

"J'imagine que tu as déjà été sur des navires de prisonniers ?

— Ouais, mais pas çui-ci. Il était en cale sèche, à Aberdeen. Il est propre comme un sou neuf, maintenant. Le dernier convoi sur lequel j'ai été, la cale puait à réveiller les morts. Enfin, avant, c'était pire – je veux dire, les navires de détenus.

Vous autres, vous aviez pas le droit de monter sur le pont, il y avait des chaînes et des tas de prisonniers mouraient."

Rhia frissonna en entendant le ton insipide de sa voix, comme si la mort de détenus était à peine digne d'être mentionnée.

"Alors, nous aurons le droit de monter sur le pont ?

— J'pense, oui. C'est qu'il y a des lois, maintenant. Les hommes aiment pas ça, mais moi je m'en fiche.

— Les marins, tu veux dire ?

— Les *navigateurs*. Ça les dérange pas de vous reluquer, ou de vous avoir dans leur hamac, mais ils veulent pas vous avoir dans les pattes sur le pont.

— Qu'est-ce que le fond de cale ? demanda-t-elle, comme si ça l'intéressait.

— Peu importe, vous verrez bien. Apparemment, vous devez rester dans votre cabine jusqu'à ce qu'on vous appelle pour aller au mess.

— Au mess ?" Cela allait-il être sa première tâche ? Et quel rapport cette chose-là pouvait-elle avoir avec un botaniste ?

"Ouais, c'est là que les autres dorment et c'est là que vous prendrez vos repas et tout. Par groupes de dix ou douze, c'est ce qui se fait d'habitude. Les passagers montent à bord plus tard et le capitaine n'aime pas qu'ils voient des prisonniers, alors on vous met à l'abri des regards."

Ils avaient descendu deux volées de marches glissantes et se trouvaient à présent sur un pont inférieur où un couloir étroit contournait une partie fermée du navire. Le pont passager, devina Rhia.

"Voici la vôtre", dit Albert. Ils se trouvaient devant une porte basse et étroite située à l'arrière du pont. Rhia retint sa respiration et agrippa son sac en pénétrant à l'intérieur. La "cabine" était à peine plus qu'un placard, plus petite que sa cellule à Millbank. Elle n'avait pas de fenêtre et il lui fallut un moment pour s'accoutumer à la pénombre. Il y avait suffisamment d'espace pour un hamac et une étagère, et deux crochets en fer sur la seule et étroite bande de mur. Il flottait une odeur de cordage humide.

Albert souriait toujours quand elle croisa son regard, mais sous sa bonne humeur affectée, elle vit quelque chose qui aurait pu être de la pitié. Dans cette existence virtuellement sans ami, même la compassion d'un garçon à l'esprit libre était la bienvenue. Rhia tenta de lui retourner son sourire mais les muscles de son visage étaient figés par l'émotion.

"Vous avez qu'un pas ou deux à faire pour voir la mer et le ciel, dit-il, et ça, c'est quelque chose que vous trouverez pas à Londres !" Albert pensait sans doute que cela pouvait la réconforter. Comment aurait-il pu savoir que la mer était la dernière chose qu'elle aurait regardée pour trouver du réconfort ? Après son départ, elle s'adossa au bois brut de la cloison et abandonna tout faux-semblant.

Elle retira sa coiffe de tissu et la posa sur l'étagère avec autant de soin que si elle y avait posé un petit napperon de dentelle. L'émotion monta sans prévenir. Elle s'empara d'abord de ses jambes, lui ramollissant les genoux. Rhia glissa contre le mur jusqu'à se retrouver accroupie et prit sa tête dans ses mains. Elle tenta de trouver des raisons de se réjouir ; elle n'était pas dans un ponton ; elle n'était pas condamnée à mort ; elle n'était pas malade ; elle n'était pas enceinte. Mais la marée refusait de s'arrêter. Elle la submergea et Rhia sanglota jusqu'à ce qu'elle n'ait plus de larmes et que son corps s'affaisse.

Quand l'émotion fut retombée, la seule chose à regarder, à part ses larmes versées sur le plancher, était le sac en tapisserie bosselé posé à côté d'elle. Rhia s'essuya les yeux sur son tablier et défit la longueur de corde qui le fermait. Elle se pencha pour lire ce qui était brodé sur l'ourlet du sac près de l'ouverture. Un rappel qu'il s'agissait d'un don bénévole de la part du Comité pour les navires de détenues de la Société des dames britanniques. Elle aurait bien pleuré encore mais elle n'avait plus de larmes.

Sur le dessus du sac était posé un paquet plat et carré emballé dans du papier brun. Ce devait être ce qui lui avait été apporté à Millbank, sans doute par Dillon. Elle l'ouvrit, en sortit son livre rouge et, attaché à son dos par un ruban, le stylo de Mamo ainsi qu'une petite clé en argent. Il lui fallut un moment pour comprendre que c'était la clé de sa valise. Elle posa doucement le livre sur l'étagère. Elle n'était pas seule, finalement. L'objet suivant était, comme elle s'y attendait, une bible. Elle la mit de côté. Elle n'oserait peut-être plus jamais en ouvrir une autre. Elle sortit un tablier de chanvre et un autre de coton noir ; une coiffe, également en coton noir ; un peigne ; deux lacets de corset ; un couteau et une fourchette ; une pelote de ficelle. Il y avait aussi un sac de chanvre pour le linge et un plus petit contenant des épingles, des aiguilles et du coton à coudre noir, blanc, rouge et bleu. Il y avait deux pelotes de laine peignée et de multiples écheveaux de fil coloré ; des aiguilles à repriser, un passe-lacet ; un dé à coudre et une paire de ciseaux.

Le reste du sac était rempli de morceaux de patchwork. C'étaient les chutes de tissu et les restes qu'Antonia et ses Amis étaient allés chercher chez les tailleurs et les marchands de drap, y compris au magasin Montgomery. Rhia parvint à afficher un petit sourire pince-sans-rire. Qui aurait cru qu'elle bénéficierait un jour de la réforme des prisons initiée par les quakers ?

Elle plia ses tabliers et sa coiffe sur l'étagère, et posa les autres objets à côté. Elle garderait le plaisir d'examiner les tissages et les motifs pour plus tard ; il n'y avait rien d'autre à attendre. Ses membres lui semblaient lourds, et son cœur vide, mais elle était calme. Elle avait essuyé la première tempête.

Finalement, Rhia se dit qu'elle n'avait aucune raison de rester assise par terre quand elle disposait d'un hamac tout à fait convenable pour s'allonger. Elle y grimpa avec quelques difficultés et remonta la couverture sur elle. Celle-ci sentait le moisi et était rêche sur sa peau, mais si elle fermait les yeux, elle parvenait à imaginer le contact de draps en batiste et d'édredons en plumes moelleux.

Si cette journée avait été une étoffe, elle aurait été de la toile qu'on utilise pour fabriquer les voiles.

35

GABARDINE

Les coups retentirent dans son rêve où un croissant de lune se balançait tel un hamac au-dessus d'une fosse pleine de serpents de mer ornés de pierres précieuses. Même s'il s'agissait d'un rêve à demi éveillé, Rhia fut tout de même soulagée de poser les pieds sur le plancher solide. Mais le sol bougeait. Elle garda les jambes tendues et se pencha en avant pour ouvrir la porte. C'était l'autre garçon, le cambusier. Dégingandé et voûté, il semblait timide et peu sûr de lui. Il devait avoir deux ou trois ans de plus qu'Albert, mais il n'avait pas le cran de l'aspirant. Il tenait son bonnet de laine crasseux dans ses mains et l'agitait en parlant.

"On vous demande dans le salon passager."

Rhia suivit le cambusier le long des rampes de bois en direction de la proue sur presque l'entière longueur du pont passager inférieur, puis en haut d'une courte volée de marches, émerveillée par sa démarche assurée. La lumière était plus vive, et on apercevait les pontons. Leur visibilité les rendait seulement plus sinistres, et ils donnaient une raison très réelle de se réjouir. Au-delà, on voyait la côte de Woolwich où des vaisseaux étaient amarrés pêle-mêle, depuis les navires marchands reconnaissables à leurs grands mâts jusqu'aux petits sloops aux proues peintes de couleurs vives. Rhia détourna rapidement les yeux de la terre et de la liberté.

Le salon passager était une pièce spacieuse et aérée, avec des fenêtres sur tout un côté et des boiseries vernies récemment. Il y avait des peintures à l'huile représentant des navires et des îles bordées de palmiers accrochées aux murs ainsi qu'un divan tapissé à chaque bout, flanqué d'une table d'appoint en acajou boulonnée au sol. On aurait dit un salon combiné avec une salle à manger. Un homme frêle aux cheveux blonds lui tournait le dos, examinant l'un des tableaux. Sans doute le botaniste. Le cambusier avait déjà disparu.

L'homme se retourna. Il avait une peau aussi délicate que de la porcelaine et un visage dénué de caractère mais pas déplaisant. Il devait avoir à peu près le même âge qu'elle, ce qui la surprit. Elle s'attendait à quelqu'un de plus âgé. Il dégageait un air de respectabilité opprimée qui seyait à sa vocation. Sa queue-de-pie était en twill de bonne qualité, mais usée et démodée. Un naturaliste avait besoin d'un mécène si sa vocation devait devenir une profession. Même si, peut-être, M. Reeve en avait déjà trouvé un pour entreprendre un si long voyage ? Il l'examinait aussi. Il prit une profonde inspiration avant de parler, comme pour calmer ses nerfs.

"Mademoiselle Mahoney ?

— Monsieur Reeve ?" Il acquiesça. Il cherchait désespérément quelque chose à dire, et Rhia n'avait pas envie de l'aider. Elle aurait pu, jadis. Elle attendit. Elle avait tout le temps qu'on pouvait avoir sur terre. Sauf qu'elle n'était plus sur la terre, se souvint-elle, elle était désormais dans le royaume de Manannan.

"J'espère que nous ferons du bon travail ensemble", finit-il par dire d'un ton embarrassé.

Rhia faillit éclater de rire devant l'absurdité de la situation. Elle se dit qu'elle allait devoir voler à son secours, finalement.

"Quel genre de travail faites-vous, monsieur Reeve ?"

Il eut un rire nerveux.

"Bien sûr. C'est idiot de ma part. J'ai une... importante collection de spécimens de flore bien préservés : des herbes, des graines, *et cetera, et cetera*, que je répertorie. J'ai l'intention d'établir une base de recherches à Sydney – d'étudier la vie végétale des Antipodes et de la comparer avec celle du Continent."

Quand il parlait de son travail et de son ambition, il était presque engageant, et Rhia n'eut pas à feindre son intérêt.

"Ce doit être excitant, de faire des découvertes botaniques. Mais je ne comprends toujours pas pourquoi vous avez besoin de mon aide.

— Vous m'avez été recommandée." Il toussa d'un air gêné, comme pour minimiser l'importance de son aveu. Antonia avait-elle pu être la personne qui avait demandé à ce qu'elle soit affectée au service d'un particulier à bord du *Rajah* ? Peut-être cela n'avait-il aucune importance.

M. Reeve se pressa de reprendre.

“On m’a dit que vous devrez effectuer des travaux de couture avec les autres femmes. Pourrions-nous établir un emploi du temps ? Si cela vous convient… ?”

Rhia eut un reniflement méprisant avant de pouvoir se retenir.

“Vous oubliez que je suis une prisonnière, monsieur Reeve. Je dois faire ce qu’on me dit.”

Il parut perplexe, mais hocha la tête.

“Très bien. J’en parlerai avec Mlle Hayter. Hum, vous pouvez… vous retirer.”

Rhia enfonça ses ongles dans ses paumes en suivant le passage incliné jusqu’à sa cabine. Elle l’avait bien cherché. Elle était une prisonnière et une servante, et son amour-propre lui avait déjà fait défaut. Cela s’était produit de façon si naturelle. Si elle n’y prenait pas garde, son esprit serait complètement étouffé. Quelle ironie de se dire que, si récemment encore, elle pensait ne plus savoir qui elle était. Le savait-elle à présent ? Tout au moins, elle avait prouvé que M. Reeve ne comprenait pas l’ironie. Elle se montrerait plus prudente à l’avenir.

Elle expérimenta une démarche ample jusqu’à ce qu’elle arrive à sa cabine. Chaque pas touchait le pont avant le moment escompté. Songer que l’Autre Monde se soulevait pour venir à sa rencontre la rendait malade, et à plus d’un titre. Elle jeta un coup d’œil furtif sur la mer. Celle-ci était gris colombe et lisse comme de la soie. La couleur et le tissu auxquels elle avait pensé le lendemain de l’incendie. Etait-ce la raison pour laquelle Mamo l’avait envoyée loin de chez elle ? Cela lui apprendrait à écouter un fantôme.

Les voiles avaient été hissées. Rhia les compta. Il y en avait cinq carrées fixées au grand-mât et au mât de misaine, plus une petite triangulaire montée à l’arrière. Elle remarqua à peine deux marins pressés qui la frôlèrent, malgré l’odeur de sueur et de toile humide qui les suivait. Elle sentit le gréement trembler puis le balancement rythmé de l’énorme coque. Ils levaient l’ancre.

Elle se hâta de son mieux pour retourner à sa cabine. Lorsqu’elle fut en sécurité dans son hamac, elle fixa son regard au plafond. Elle ne regarderait pas ; ne pourrait pas regarder la côte disparaître, et avec elle tous ses espoirs. Rien ni personne ne pouvait à présent la sauver.

Maintenant, tu dois te sauver toi-même.

Comment pouvait-elle se sauver ? Elle ferma les yeux et vit sa misérable forme recroquevillée qui se balançait dans le hamac ; elle vit le navire tout entier ; les voiles levées, et les mâts dressés aussi hauts que des tours de garde.

Les tours de garde sont des endroits situés entre le monde des hommes et l'Autre Monde. Du miel sauvage dégouline des arbres de la forêt ; et il y a une réserve inépuisable d'hydromel et de vin ; aucune maladie ne vient de l'autre bout des mers ; ni mort, ni douleur, ni triste déclin.

Rhia se redressa, le cœur battant. Le hamac se balançait frénétiquement. Elle regarda autour d'elle. Ce n'était pas la voix de Mamo, c'était la sienne, sa voix d'enfant. Etait-ce la petite Rhia qu'elle ne cessait de sentir, avec quelque message venu du passé ?

Rhia mit la main dans la poche de son tablier et la referma sur le papier plié qui s'y trouvait. Elle avait lu la lettre que Dillon lui avait remise de nombreuses fois à présent, et elle la gardait toujours dans sa poche. Elle la déplia soigneusement.

Greystones, le 20 mars 1841

Ma chérie,

Je dois me dépêcher si je veux avoir la dernière levée de la poste, alors je serai brève. J'ai voulu venir te voir, mais ton père est très fragile. Ces derniers temps, il croit voir Mamo la nuit dans son caleçon long et son vieux châle. Il dit qu'elle n'est pas contente de l'avoir dans le cottage. Je lui ai dit et répété que Mamo est morte depuis des années, et que si elle devait venir rendre visite à quelqu'un, alors ce serait à toi. Quand tu étais petite, tu croyais être une fée capable de voyager entre l'Autre Monde et le monde des hommes, tout comme Rhiannon dans les histoires. Mamo disait tout le temps que c'était parce que tu avais peur de la mer ; que tu voyais ton ombre dedans.

La seule chose qui me réconforte est la certitude de ton innocence et la conviction qu'elle sera prouvée. M. Dillon m'a expliqué les circonstances de ton arrestation. Il semble sincèrement soucieux de ton bien-être, et ceci est également un réconfort. J'espère le rencontrer un jour.

Le monde répand sans cesse ses chagrins. Mamo disait aussi que c'est en nous-mêmes, pas à l'église, que l'on trouvera ce qui est Saint. A ce sujet, nous n'avons pas toujours été d'accord, mais tu es une femme à présent, et tu es capable de faire ton propre choix. Tu es toujours dans mon cœur. Je resterai toujours,

Ta mère qui t'aime,

BRIGIT MAHONEY

Rhia plia soigneusement la lettre et la rangea dans sa poche. Elle prit son livre sur l'étagère, qu'elle pouvait atteindre sans quitter son hamac, et dénoua le ruban autour de son joli stylo. La petite clé y était encore accrochée par un nœud serré. Le ruban était assez long pour la suspendre à son cou de façon qu'elle soit cachée par ses sous-vêtements. La cartouche du stylo était pleine, elle le devinait à son poids. Elle regarda les gravures délicates qui ornaient le fût du stylo ; le motif de boucles entrecroisées du triple nœud. Si l'on en croyait les vieilles histoires, ce symbole représentait tout ce qui était sacré. Le nœud représentait les trois parques : présent, passé et avenir. Il symbolisait la trinité de l'âme, de l'esprit et du corps longtemps avant la trinité du Père, du Fils et du Saint-Esprit. C'étaient les trois phases de la lune, grâce auxquelles on mesurait à la fois les marées des océans et celles des femmes. C'était, disaient certains, la triple déesse.

Le livre rouge paraissait plus épais que la normale. Un morceau d'étoffe s'était logé entre ses pages. Rhia retira le carré de tissu plié et l'ouvrit, le contemplant d'un regard perplexe. C'était son chintz ; le modèle de broderie que Thomas avait tissé pour elle. Le carré de lin à motif ressemblait à une fenêtre ouverte sur un endroit où il y avait des oiseaux et des fleurs aux couleurs vives, des branches sinueuses chargées de baies éclatantes.

36

NŒUDS

Le 19 avril 1841

Albert m'assure qu'il n'a jamais connu quelqu'un qui soit mort du mal de mer, ce qui me surprend. Le système simple de cordes nouées et enroulées qui servent à suspendre le hamac compense l'inclinaison de la quille, de sorte que lorsque le bateau roule sur les vagues le hamac reste stable. Plus ou moins. Contrairement à l'estomac. Albert prétend que le mal de mer a un rapport avec l'équilibre entre mon ventre et le ventre du bateau. Il m'apporte ma ration de trois pintes d'eau fraîche chaque matin (sans en renverser une goutte, dit-il), et c'est quasiment le seul visage que j'ai vu jusqu'ici, en dehors de Mlle Hayter, qui vient me voir tous les jours avec des biscuits à la marante et du sirop au gingembre, les remèdes que le chirurgien du bateau donne pour la nausée. Mlle Hayter me dit que la moitié des femmes qui dorment en bas et la plupart des gardiennes sont incapables de travailler, si bien qu'il n'a été possible de fixer aucune sorte d'emploi du temps. Elle semble déçue. S'il y a une chose que j'ai fini par comprendre à propos de son caractère, c'est son amour pour l'ordre et la routine. Elle paraît parfaitement adaptée à sa profession.

Quant à ma ration d'eau quotidienne, je peux soit la boire soit m'en servir pour me laver. Albert me conseille de la boire, vu qu'il y a plein d'eau de mer pour se laver. Il dit que la nausée devrait *passer avant notre arrivée au Brésil, même s'il en a connu qui avaient passé tout le trajet entre Woolwich et Rio pliés en deux par-dessus la rambarde. Pas du tout le pied marin, apparemment. D'après lui, il faut compter quatre semaines pour arriver à Rio, ce qui signifie que nous devons déjà être à la moitié du trajet. Je vais mieux aujourd'hui, mais il m'a fallu presque une heure pour écrire ceci, mes lettres sont tordues et l'encre a coulé. Je ferais mieux de l'économiser, je ne sais pas du tout comment ou quand je pourrai m'en procurer à nouveau.*

*

Albert frappa à sa porte tandis que Rhia posait un pied devant l'autre avec précaution et en se tenant au mur.

“Si vous êtes sur pied, Mahoney, votre surveillante générale dit que vous devez monter sur le pont. Je vais vous attendre, si vous voulez.”

La maladie lui avait au moins permis d'échapper aux autres, et à M. Reeve. Rhia gémit en mettant une coiffe de calicot noir et rêche sur ses cheveux courts, et attacha l'austère tablier noir sur son uniforme. Le mélange grossier de laine et de lin lui irritait la peau plus que d'habitude, mais au moins, cela lui tenait chaud. Bien sûr, pas de la même façon que le doux frottement de jupons en cachemire contre des bas de soie. Elle avait l'impression d'avoir toujours eu froid. A Millbank, l'humidité des pierres du fleuve s'insinuait partout : dans l'air, les vêtements et les os. A présent, ses vêtements étaient alourdis par l'éternelle humidité du royaume de Manannan. Ils allaient vers le sud, si bien que la température devait au moins s'améliorer, faute de mieux.

Albert était aussi gai qu'à l'ordinaire. Il l'avait régalée de ragots pour la distraire de ses malheurs. Elle avait entendu parler du premier rendez-vous amoureux entre un aide-cuisinier et une prisonnière, et savait que le pasteur, le révérend Boswell, souffrait de flatulences. Ou, selon l'expression d'Albert, “sonnait le tocsin”. Albert disait qu'il n'avait jamais rien entendu de pareil, et qu'il avait eu la malchance de se retrouver sous le vent plus d'une fois. Il y avait, toujours d'après Albert, un passager qui allait sur le pont de bonne heure le matin pour poser des bouts de parchemin au soleil.

“Il n'est pas d'aplomb dans sa tête, voilà ce que je crois”, dit Albert en montrant un rouleau de corde sur le pont pour éviter à Rhia de trébucher dessus. Puis il s'immobilisa, contempla la mer. “Regardez ça, Mahoney”, dit-il en pointant un doigt vers les vagues. Elle suivit la direction indiquée et vit un anneau d'argent, puis un autre, et une rangée de grandes nageoires qui fendaient les vagues. “Ce doit être des marsouins, dit Albert. En principe, on n’en voit pas sous cette latitude ; en temps normal, ils sont plus près de l’Amérique du Sud. Ils sont venus exprès pour dire bonjour, j’imagine.”

Cette remarque fit sourire Rhia.

“Eh bien après tout, dit-elle, Rhiannon était l’épouse de Manannan, et la reine de la mer.”

Albert la regarda comme si elle avait parlé grec.

“Mana-qui ?

— Le roi de la mer.

— Vous voulez dire Triton.

— Celui-là même.”

Albert lui lança un regard soupçonneux.

“Alors qui est Rena… ?

— Rhiannon. C’est une déesse, et on m’a donné son prénom.”

Albert fronça les sourcils.

“Qu’est-ce qu’elle fait ?

— Elle pouvait redonner vie aux morts et bercer les vivants jusque dans la mort.”

Albert laissa échapper un sifflement grave et regarda Rhia d’un air méfiant. Puis, comme s’il avait soudain peur de se tenir si près de la lisse du pont avec elle, il reprit vivement son chemin le long du flanc du navire qu’il qualifiait de sous le vent. Rhia le suivit, avec précaution, gardant un pas ample et les yeux loin des vagues qui cabriolaient.

L’assemblée pour la prière du matin était réduite : moins de cinquante prisonnières et aucun passager. Albert s’arrêta avant d’atteindre le haut de la dernière petite volée de marches qui menait au gaillard d’arrière.

“Le révérend Tocsin dit qu’il retourne voir ses brebis de la colonie, alors j’imagine qu’il a des mérinos.” Rhia éclata de rire. Albert parut surpris, soit parce qu’il ne l’avait jamais entendue rire, soit parce qu’il ne plaisantait pas. Il secoua la tête. “Jamais entendu parler d’un pasteur à bord d’un navire de prisonniers.” Il ajouta : “Le capitaine dit que c’est de bon augure.” De bon augure parce que les prisonnières pouvaient s’améliorer grâce aux prières quotidiennes ?

Albert laissa Rhia monter seule les quelques dernières marches, et elle ressentit vivement son absence. Il avait réussi à alléger son cœur de plomb. Elle prit place à l’arrière de cette assemblée déguenillée. Une odeur âcre de vomi flottait dans l'air ; elle devait dégager la même. Le révérend Boswell débitait son sermon d'un ton monocorde ; un sermon sur la délivrance du péché et de la damnation. Le fait de livrer une cargaison entière de pécheresses dans les colonies comptait-il comme un acte de rédemption ?

Rhia perdit bientôt tout intérêt pour le sermon et se rapprocha un peu des rampes de cuivre du gaillard d'arrière de façon à pouvoir voir une plus grande partie du pont principal. Il y régnait une activité incessante. Un ordre fut passé depuis le bossoir du navire à l'officier ou au maître d'équipage – elle ne savait pas trop – puis à un mousse qui escalada le gréement à toute vitesse pour ajuster une voile. Le maître d'équipage gardait les yeux sur les voiles, afin d'estimer le moindre changement dans la direction du vent. Rhia leva les yeux pour suivre son regard. Il était étonnant de voir que ces hommes étaient capables de lire le vent et la mer de façon qu'un bateau puisse atteindre, rapidement, les coins les plus reculés de la terre. Pendant un moment, elle ressentit un certain émerveillement, et non de l'horreur, en songeant à ce qu'elle entreprenait.

Quand le sermon fut terminé, Rhia fit de son mieux pour s'intégrer aux autres tandis que celles-ci se rangeaient en file indienne derrière une gardienne pour retourner au mess. Elles descendirent quatre courtes volées de marches, franchirent deux ponts inférieurs et passèrent devant de sombres recoins confinés entre les ponts. Leur destination était une écoutille située dans le plancher du pont passager inférieur, d'où dépassait le haut d'une échelle.

Avant même de poser le pied sur le barreau du haut, Rhia sentit l'air rance qui planait en dessous. Sur un vaisseau de passagers, l'entrepont était destiné à ceux qui voyageaient au tarif le plus bas, avec le bétail, les bagages et les vivres. Sur un navire marchand tel que le *Rajah*, c'était également la partie du bateau dont on se servait pour transporter la cargaison. Cette fois-ci, la cargaison était humaine.

Rhia descendit dans l'espace sombre et privé d'air qui se trouvait en dessous, appréciant de plus en plus la chance d'avoir sa propre cabine. Une autre raison de se réjouir. Ses yeux s'accoutumèrent lentement à la pénombre qui régnait dans la coque. Elle finit par voir que la longueur de la partie inférieure du navire était divisée par de la toile à voile. Elle aperçut deux autres mess et distinguait à présent deux rangées de six hamacs accrochés aux énormes étais de chêne qui supportaient le pont au-dessus. Une longue table, avec des bancs de chaque côté, était boulonnée au sol entre eux.

Parmi les hamacs, certains ressemblaient à de gros cocons bruns qui laissaient échapper un gémissement de temps à autre. Dans cet espace confiné et mal ventilé, l'odeur âcre du vomi était presque suffocante. Sur la table, il y avait des bols en étain, une casserole en fonte et une assiette de biscuits durs et secs. L'odeur rance et la vue de la nourriture n'arrangea pas l'équilibre délicat entre le ventre de Rhia et celui du navire.

La plupart des femmes qui avaient assisté à la prière traversèrent le premier mess pour rejoindre l'une des chambres identiques qui occupaient la longueur de l'entrepont. Quelques-unes restèrent et s'assirent à la table du premier mess. Rhia ne savait pas quoi faire, si bien qu'elle s'écarta de l'échelle pour se blottir contre un petit bout de la coque en bois resté brut et attendre la suite des événements.

"Vous n'avez qu'à rester dans ce mess, Mahoney", déclara la gardienne d'un ton irrité quand elle remarqua Rhia. Maigre et dotée d'un nez crochu, la femme semblait aimer donner des ordres. Parmi la demi-douzaine de femmes désormais assises autour de la table, Rhia reconnut Nell, Agnes et Jane. Elle s'assit à côté de Jane, une fille grande et anguleuse un peu voûtée. Habituellement maussade et silencieuse, elle pouvait, si on la provoquait, piquer des colères impressionnantes.

"Mahoney, aboya Nez Crochu, ses bras noueux croisés sur sa poitrine plate, asseyez-vous à table. Vous prendrez vos repas ici, au mess n° 1, et vous recevrez toutes des instructions de la part de votre capitaine de mess ce matin." Au moins, elle n'aurait pas à s'aventurer plus loin dans le ventre du navire. C'était déjà assez terrible ici, même avec l'écoutille ouverte.

A table, personne ne lui parla, sans doute à cause d'Agnes. Agnes était la seule prisonnière à avoir la peau plus mate que celle de Rhia, du moins à sa connaissance. Elle pria pour que Nora ne se trouve pas dans l'un des cocons bruns.

L'estomac de Rhia protesta à la simple vue du gruau gluant. Elle glissa quelques-uns des biscuits durs dans la poche de son tablier. Ensuite, deux femmes mirent les ustensiles en étain dans un seau et joignirent leurs efforts pour le hisser en haut de l'échelle jusque sur le pont. Les autres sortirent leurs travaux de couture. Nez Crochu alluma une lanterne, qui éclaira les recoins sombres du mess sans toutefois parvenir à l'égayer. Rhia n'avait jamais bien aimé l'odeur écœurante des lampes à huile et de l'amadou, mais à présent elle l'inhalait comme si ç'avait été de la rose thé.

Elle promena un regard prudent autour d'elle. La chambre était propre, avec un crochet à côté de chaque hamac et une étagère basse où plier ses affaires. Elle observa les hamacs pour tenter de deviner qui se trouvait à l'intérieur, et crut voir des frisottis orange dépasser de l'un d'eux. Cela pouvait être Margaret.

Les femmes discutaient entre elles avec la facilité de qui passe chaque heure du jour ensemble. Rhia écoutait sans rien dire. Comme d'habitude, elle avait l'impression d'être une intruse parmi celles qui devaient leur peine à la pauvreté ou à la ruse. Elle espérait être aussi transparente qu'elle avait le sentiment de l'être. De toute évidente, ce n'était pas le cas, car elle devinait par moments le regard de Jane. Assise là sans rien à faire et sans personne à qui parler, elle se sentait empruntée et pitoyable.

Elle sursauta en sentant un des doigts osseux de Jane s'enfoncer brutalement dans ses côtes. Celle-ci lui glissa un morceau de patchwork sur les genoux et posa une aiguille et du fil sur la table devant elle. Quand Rhia coula un regard dans sa direction, Jane était innocemment absorbée dans son propre ouvrage.

Agrès racontait encore une fois l'histoire de son arrestation. Tout le monde l'avait déjà entendue, mais elle devenait plus palpitante chaque fois. Aujourd'hui, le policier qui l'avait poursuivie jusqu'au bordel de St Giles, où il l'avait trouvée vêtue de ses seuls corset et culotte, était beaucoup plus séduisant, et elle plus effrontée, que la dernière fois.

“… alors j'ai caché les billets – ceux que je lui avais dérobés, à elle, et je les ai mis dans ma jarretière”, dit-elle. Rhia était certaine que, la dernière fois, Agnes avait caché les billets volés dans son corsage et non dans ses bas, mais personne ne sembla relever. Avec ses ancêtres bohémiens, elle avait des talents naturels de conteuse, et elle les faisait rire. Le mess avait déjà formé une sororité. Rhia se sentait moins seule dans sa cabine.

Les robustes bottes noires et les bas de laine brune de Mlle Hayter apparurent par l'écoutille et descendirent l'échelle. Quand elle eut retrouvé son équilibre après un mouvement du plancher, elle regarda autour d'elle et ses yeux s'arrêtèrent sur Rhia.

"Allez chercher votre nécessaire de couture, Mahoney, ordonna-t-elle d'un ton brusque. Maintenant que vous êtes assez nombreuses à être sur pied, nous allons commencer à travailler ensemble sur une couverture."

Rhia eut le cœur léger à l'idée de passer quelques instants seule à l'air et la lumière. Elle grimpa sur le pont en se demandant comment elle allait pouvoir survivre à des semaines et des mois semblables. En prison au moins, *l'idée* de la liberté avait toujours été présente, dans le bruit des sabots des chevaux sur les pavés de Newgate Street, ou ceux de la circulation fluviale qui dérivait sur l'eau à Millbank. Ici il n'y avait que l'océan et le ciel.

Et M. Reeve.

Le botaniste se tenait devant la lisse non loin de la porte de sa cabine, contemplant les ondulations de l'eau couleur d'acier. Rhia s'approcha aussi près qu'elle l'osa de la lisse et remarqua qu'il tenait un carnet. Il était tout à son esquisse ; d'un oiseau marin, peut-être, mais il paraissait frustré. Quand il la vit, il referma promptement son carnet.

"Mademoiselle Mahoney. Je suis heureux de voir que vous allez mieux.

— Vous n'avez pas été malade ?"

Il secoua la tête.

"Je ne suis pas sujet au mal de mer. Au début, je l'étais. J'ai passé la plupart d'un voyage aux îles grecques dans ma cabine."

Rhia montra son carnet.

"Vous dessiniez ?"

Il secoua la tête et eut l'air embarrassé.

"Je griffonnais, seulement. Je suis un piètre illustrateur ; une calamité dans ma profession.

— J'imagine, oui, admit-elle. On m'attend dans l'entrepont... Je dois...

— Bien sûr. Oui. Ah, Mlle Hayter a accepté de vous libérer tous les jours après le déjeuner. Je serai dans le salon passager à treize heures.

— Est-ce là-bas que nous travaillerons ?" Elle était soulagée. Elle avait craint de devoir rester seule avec lui dans sa cabine.

“Le capitaine a accepté de me fournir une cabine inoccupée. Je voyage avec un nombre d’échantillons assez important, voyez-vous…”

Rhia sentit son cœur se serrer, mais elle n’allait pas commettre l’erreur de se faire congédier à nouveau.

“Je vous verrai à treize heures.” Elle partit précipitamment.

Dans sa cabine, elle prit son sac de couture et autant de pièces de tissu qu’en contenait la poche de son tablier. Elle se demanda quelle moitié de la journée elle en viendrait à redouter le plus : les matinées dans l’entrepont ou les après-midi avec M. Reeve. Elle espérait, au moins, apercevoir Margaret bientôt.

En bas, deux autres femmes avaient rejoint le groupe de couture. L’une d’elles était Nora. Rhia se prépara à l’affronter mais Nora était encore trop malade pour lui jeter ne serait-ce qu’un regard foudroyant. En fait, elle devait se faire aider pour simplement aller jusqu’à la table.

Mlle Hayter s’éclaircit la gorge et se redressa comme si elle s’adressait à un régiment plutôt qu’à quelques femmes assises à seulement un mètre d’elle.

“Grâce à la bonté et au travail acharné des dames du Comité pour les navires de détenues, nous aurons la chance de ne pas rester désœuvrées pendant ce voyage. Dans deux semaines, si le vent reste derrière nous, le *Rajah* entrera dans le port de Rio de Janeiro, dans le royaume portugais du Brésil.” Elle annonça cela comme si visiter un autre royaume à bord d’un bateau de prisonniers était un grand privilège.

“Toutes les couvertures terminées à temps seront vendues au marché de Saint-Sébastien à Rio, et les bénéfices seront reversés au mess qui les a confectionnées. Je m’empresse d’ajouter que ces recettes seront conservées en fidéicommis afin d’éviter… d’être égarées pendant le voyage. Vous serez accompagnées, quotidiennement, par groupes sur le gaillard d’arrière afin d’avoir de l’air frais et assez de lumière pour coudre.”

Resta ensuite à déterminer qui parmi elles étaient les plus habiles à tirer l’aiguille. Sur les huit femmes maintenant assises autour de la table, Jane et Nell avaient toutes les deux été couturières, Nora, de façon assez surprenante, corsetière, Agnes bonnetière et une autre couturière spécialisée dans la mousseline.

Mlle Hayter entreprit ensuite de lire une liste de règles : aucune femme n'avait le droit de monter sur le pont sans autorisation ; les jeux d'argent ainsi que les ventes de vêtements ou autres objets personnels étaient interdits ; chaque semaine, des femmes de chaque mess seraient désignées pour aller chercher des provisions dans les cuisines et, chaque jour, elles feraient à tour de rôle le lavage des plats et des ustensiles. Chaque femme devait s'occuper de sa propre lessive et, sous aucune circonstance, ne devait pour cela utiliser de l'eau potable. L'eau de mer était disponible en quantité (comme si elles avaient besoin qu'on le leur rappelle). Finalement, il était attendu que chaque femme se comporte de façon calme, disciplinée et respectueuse, et une liste des contrevenantes serait tenue par le chirurgien-surintendant pour être remise au bureau du gouverneur à leur arrivée à Sydney.

La routine quotidienne donna lieu à une autre série d'instructions. A l'aube, roulage et rangement des hamacs et couvertures. A six heures et demie, nettoyage des toilettes, des ponts et des mess. C'est seulement après que serait distribuée la ration d'eau quotidienne, ainsi que la ration de biscuits. Ensuite, le chirurgien viendrait examiner les malades. Le petit-déjeuner serait pris à huit heures, suivi par d'autres corvées de nettoyage. Viendrait ensuite le moment de coudre. Par beau temps seulement la couture se déroulerait sur le gaillard d'arrière. Il y aurait un moment de la journée réservé à la prise de jus de citron contre le scorbut et un moment pour boire une dose de vin bienfaisante. "Allé-connerie-de-luia", souffla Agnes à voix basse. Les mardis et vendredis seraient les jours de lessive ; le mercredi celui de la toilette. A l'eau de mer. Après vingt heures trente, aucun bavardage ni bruit ne serait toléré.

La matinée se passa à faire des ourlets bien nets autour de chaque morceau de tissu sous une lumière avare. Le déjeuner se composa de ragoût de bœuf salé accompagné de quignons de pain grossier. Nora n'avait toujours pas dit un mot. Elle cousait, les sourcils froncés, un fin voile de sueur sur le visage et le cou. Par bonheur, elle était trop mal en point pour montrer son caractère tyrannique.

L'après-midi que Rhia devait passer avec M. Reeve se rapprochait à chaque point. En tant que servante, elle supposait qu'elle n'était pas censée avoir d'opinion sur quoi que ce soit. Elle n'était pas certaine d'être capable de ne pas en avoir. En outre, si elle devait être invisible parmi les femmes, pourquoi devrait-elle le rester avec quelqu'un comme M. Reeve ? La seule chose qui la réconfortait était de savoir que lui, comme elle, ne savait absolument pas quoi faire de cet arrangement.

Après le repas, Rhia parvint presque à emprunter le chemin jusqu'au salon passager sans se perdre. Elle se retrouva à l'entrée d'un étroit passage sombre alors qu'elle pensait être à une volée de marches de l'entrepont. Le passage sentait le chou bouilli, et elle en conclut qu'elle devait se trouver près des cuisines. Elle se sentit excessivement fière d'elle quand elle finit par tomber sur la petite porte blanche du salon passager. Devait-elle frapper ou seulement entrer ? Tandis qu'elle hésitait, la porte d'une cabine s'ouvrit un peu plus loin sur le pont et un homme se mit à marcher dans sa direction. Elle reconnut l'homme au manteau brun devant lequel Mlle Hayter avait montré tant de déférence. Son apparence n'avait rien de remarquable, à part son teint de cire et son expression neutre. Il s'intéressait à elle tout autant qu'elle à lui, et il semblait mécontent.

"Avez-vous l'autorisation d'être sur un pont supérieur ? demanda-t-il avec un peu trop de zèle.

— Etes-vous un officier de navire ? rétorqua-t-elle sans réfléchir.

— Je suis l'agent du gouvernement de Sa Majesté à bord de ce navire. Je me nomme M. Wardell.

— Cela ne suffit pas que nous soyons subordonnées à des gardiennes de prison et des officiers de navire ? Devons-nous aussi être sous les ordres du Parlement ?" Il aurait pu être sage de montrer au moins une certaine humilité. A ce rythme-là, elle ne tarderait pas à être sur la liste noire du gouverneur. Hormis un haussement de sourcils, l'expression de M. Wardell changea à peine.

"Votre nom ?

— Mahoney. Je suis affectée au service d'un particulier. J'ai rendez-vous avec M. Reeve dans le salon.

— Très bien. Faites." Wardell ouvrit la porte du salon et entra, ne prenant pas la peine de la laisser passer devant lui ni même de lui tenir la porte.

Deux dames étaient assises sur un canapé en train de siroter des tasses fumantes. Elles portaient de jolies tenues de voyage et des gants de dentelle blanche. Rhia sentit l'odeur du chocolat chaud et des pâtisseries sucrées et cela lui mit l'eau à la bouche. Elle devait se rétablir. Elle aurait donné n'importe quoi pour une tranche du pain d'épice de Beth. Les dames l'ignorèrent. Elle était bel et bien invisible.

Rhia passa en revue les petits groupes de messieurs debout ou assis autour des tables qui discutaient en fumant le cigare avant d'apercevoir M. Reeve. Il lui tournait le dos et était penché sur une table installée dans l'angle de la pièce. A côté de lui, et lui tournant également le dos, se trouvait un homme de grande taille au costume froissé et aux cheveux blond foncé en bataille. Son cœur se serra douloureusement. Il lui rappelait Laurence Blake.

L'homme se retourna.

Le monde se figea.

C'était Laurence. Rhia ouvrit la bouche puis la referma rapidement. Elle se força à poursuivre son chemin, à travers une volute de fumée de cigare, passant devant un plat en argent rempli de sandwiches raffinés. Elle ne savait pas quoi faire d'autre. Laurence l'attendait. Son expression disait qu'elle devait agir comme si de rien n'était. Tant bien que mal, elle parvint à traverser la salle, évitant soigneusement de le regarder.

M. Reeve lui adressa un signe de tête indifférent, comme s'il expérimentait son autorité.

"Bonjour, mademoiselle Mahoney. M. Blake et moi-même discutions des différences très subtiles entre ces spécimens. M. Blake est un professionnel du dessin photogénique." M. Reeve était un peu empourpré et semblait excité d'être en compagnie de Laurence. Peut-être sa passion pour son travail rivalisait-elle avec son enthousiasme pour le statut et la respectabilité que celui-ci pourrait lui apporter.

Rhia tenta de se concentrer sur les feuilles sèches soigneusement alignées sur la table. Derrière elles se dressait une petite tour de récipients en bois, aussi peu profonds que des boîtes à cigares. Elle n'était qu'à quelques centimètres de Laurence et elle sentait son regard sur elle. Elle ne pouvait imaginer de quoi elle avait l'air à ses yeux ; elle ne s'était pas vue dans un miroir depuis si longtemps qu'elle avait oublié à quoi elle ressemblait avec des cheveux, et à plus forte raison sans.

Laurence finit par prendre la parole.

"Remarquez-vous quelque différence entre ces feuilles, mademoiselle Mahoney ? Pour ma part, j'en serai bien incapable, ma vie dût-elle en dépendre." Elle sentit une légère note de taquinerie dans sa voix, mais M. Reeve n'aurait pu la remarquer. Elle examina la rangée de spécimens gris-brun en se forçant à se concentrer.

"Il y a une différence dans le dessin formé par les veines", murmura-t-elle, osant à peine se fier à sa voix.

M. Reeve gloussa, de toute évidence ravi.

"Je vois que ce poste vous convient parfaitement. Il faut une grande faculté d'observation pour voir une chose pareille." Quel baratin. Il ne fallait pas être si malin que cela pour remarquer des différences communes dans l'infrastructure des feuilles.

Rhia s'autorisa l'ombre d'un sourire, pas parce qu'elle avait satisfait le botaniste grâce à sa faculté d'observation, mais parce que, finalement, elle n'était pas seule.

37

OUTREMER

Le 24 avril 1841

Il est tôt, il fait à peine jour. L'air est moite ; trop chaud pour la tiretaine, mais aucun autre uniforme n'est fourni. Je dors en chemise. Hier soir, j'ai failli l'enlever, mais je ne peux pas verrouiller la porte de ma cabine. Mlle Hayter dit qu'elle achètera du coton à Rio pour que nous puissions confectionner des robes d'été. Elle a sans doute un crédit de Whitehall pour ce genre de chose.

Je suppose que j'ai été bête d'imaginer que Laurence pourrait découvrir où je me trouve. Comment le pourrait-il sans attirer l'attention sur lui ? En outre, il doit penser que je suis dans l'entrepont avec les autres. Je n'ose pas tenter de trouver sa cabine. J'ai appris que M. Wardell faisait des rondes parce que Agnes s'était fait surprendre en compagnie de l'aide de cuisine, son amoureux, avant-hier soir. Elle n'a reçu qu'un avertissement, mais si cela se reproduit, elle sera fouettée et tout le monde devra regarder.

Le capitaine a mis une petite cabine inoccupée à disposition de M. Reeve. Elle est équipée d'un secrétaire de bonne dimension sur lequel il étale ses carnets et ses dessins de débutant. Je n'aime pas beaucoup me retrouver dans une cabine confinée avec M. Reeve, qui me reluque quand il me croit occupée, mais le salon passager me rappelle trop la liberté. Les passagers ne se rendent absolument pas compte de leurs privilèges, tout comme moi jadis. Moi qui méprisais les vanités mesquines de la société, je ne désire rien autant aujourd'hui.

Cette journée passera à ce rythme monotone, ainsi que celle d'après et la suivante. J'essaie de ne pas regarder la mer mais, comme tu peux le deviner, cela frôle l'impossible. Jusqu'ici,

Manannan a été gentil ; il n'y a pas eu de véritables tempêtes, même si le temps est parfois agité et si des objets tombent régulièrement de l'étagère de ma cabine et de la table du mess. Aujourd'hui, je verrai peut-être mon amie Margaret sur pied. C'est une chance de l'avoir dans le même mess que moi, mais c'est la dernière à se rétablir et elle n'a pas encore quitté son hamac.

*

Dehors, le ciel était d'un bleu profond derrière les voiles blanches.

Comment s'appelle cette couleur ?

Rhia fit volte-face, mais le pont était désert. C'était encore cette maudite voix, comme si elle n'avait pas suffisamment de problèmes comme ça.

"Outremer", soupira-t-elle. Elle savait ce que faisait la voix : elle l'obligeait à remarquer les choses qu'elle avait jadis aimées et chéries. "Outremer, un bleu rare, autrefois aussi cher que l'or", ajouta-t-elle en espérant que personne ne l'entendait parler toute seule. Elle se souvint d'autre chose. En latin, *ultramarinus* signifiait par-delà les mers ; une référence à l'origine du lapis-lazuli dont était tiré l'outremer. Quand ils avaient emmené Michael Kelly, c'était dans *un endroit par-delà les mers.* Thomas et elle en avaient discuté, car, lorsqu'ils étaient enfants, ils croyaient que l'Autre Monde se trouvait par-delà les mers. Et voilà qu'elle se rendait dans un endroit planté d'arbres blancs irréels et habité par des criminels et autres créatures dangereuses. Et pire, Michael aurait quitté Sydney quand elle y arriverait.

Lorsqu'elle atteignit l'écoutille de l'entrepont, Rhia accomplit son rituel du matin, tout comme jadis dans la cour de Millbank. Elle se remplit les yeux de ciel et les poumons d'air frais avant de poser le pied sur le dernier barreau de l'échelle.

Elle avait, jusqu'ici, évité une véritable bagarre avec Nora et Agnes parce qu'il y avait toujours une gardienne à proximité, mais elle sentait grandir leur animosité. La dernière fois que Nora était de vaisselle, elle lui avait renversé sur les genoux le gruau que Rhia avait laissé intact. Un accident, avait-elle insisté avec un sourire mauvais. Rhia n'avait pas réagi immédiatement. Elle voyait que Nora était déçue qu'elle préfère rester calme et silencieuse, tandis que la bouillie gluante traversait ses vêtements. Quand Nora eut disparu en haut de l'échelle avec le seau de vaisselle, et pendant que personne ne regardait, Rhia retira son tablier et renversa le gruau dans le hamac de Nora. Elle attendait encore une contre-attaque.

Ce matin, Agnes était au milieu d'une de ses histoires de bordel quand Rhia s'assit. Nora et Agnes échangèrent un regard, et Rhia devina à la façon dont Agnes plissa les yeux qu'elle était de mauvaise humeur. Elle boudait sans doute parce qu'elle n'avait pas pu voir son amoureux. Elle jeta à Rhia un regard venimeux mais hésita à peine dans sa narration.

"La propriétaire de cet établissement, Mme *Mahoney*, s'imaginait qu'elle avait de la classe, et qu'elle était un cran au-dessus des sales prostituées, mais c'était une salope qui l'aurait fait avec un âne s'il lui avait donné un demi-penny." Cela provoqua des rires et Rhia garda la tête penchée sur son petit-déjeuner.

"Ne sois pas garce, Agnes." C'était Margaret. "Elle ne t'a rien fait." Margaret était encore dans son hamac, mais son visage pâle dépassait au-dessus du bord et, quand elle croisa le regard de Rhia, elle lui adressa un clin d'œil avant de gémir et de se tourner de l'autre côté. Un moment plus tard, cependant, elle était assise au bord du hamac, les jambes pendantes, regardant le sol comme si elle se demandait si elle était capable d'aller aussi loin.

Tout le monde la regarda se lever, agrippant l'étagère à côté de son lit pour se soutenir.

"Doux Jésus, j'ai les jambes en coton.

— Pas de blasphème, Dickson", aboya Jane qui était récemment devenue d'une piété irritante.

Margaret mit plusieurs minutes à atteindre la table du petit-déjeuner. Elle chancela par deux fois, mais elle repoussa Nelly quand celle-ci tenta de l'aider.

Margaret ne mangea rien, mais elle fit mine de paraître gaie. On ne pouvait plus vraiment la qualifier de dodue, et ses lèvres avaient une teinte blanchâtre. Dormir dans le ventre sans air du navire était déjà suffisamment malsain sans être malade par-dessus le marché. Le chirurgien, M. Donovan, disait que Margaret avait autre chose que le simple mal de mer, mais il ne disait pas quoi exactement. Peut-être ne le savait-il pas.

La température et la puanteur augmentaient au même rythme. Cent cinquante personnes à un bout de l'entrepont, du bétail à l'autre, et le *fond de cale*, jadis une notion mystérieuse, y veillaient. Fond de cale était un terme approprié pour désigner la partie interne la plus basse de la coque, et Rhia eut tôt fait de découvrir sa fonction. Tout, des déchets des cuisines au trop-plein des toilettes en passant par les pommades et les cosmétiques, clapotait en dessous de l'entrepont.

Une fois les corvées du matin achevées, Rhia attendait avec Margaret jusqu'à ce que tout le monde ait monté l'échelle. Margaret adoptait une démarche hésitante et prudente, tandis qu'elle s'habituait à se tenir debout dans un monde en mouvement. Lorsqu'elles arrivaient en haut de l'échelle, Margaret restait un moment immobile, les yeux plissés dans la lumière blanche qui se reflétait sur la mer. Elle agrippait fermement le bras de Rhia.

"J'ai toujours dit que les riches dépensaient leur argent n'importe comment, et en voilà la preuve. Imagine aller en mer pour le plaisir ou pour se remettre d'une maladie !"

Rhia rit.

"Tu m'as manqué, Margaret.

— Oh, je sais, rétorqua celle-ci. J'ai des oreilles. Je sais ce qu'elles manigancent et ça fait des semaines que je cherche la force de donner une claque à Agnes. Il faut bien que quelqu'un le fasse. Mais elle a ses ragnagnas, et ça la rend encore pire. Je vais attendre un jour ou deux." Les filles se plaignaient en permanence des effets de l'eau de mer sur le linge. Le tissu raidi par le sel provoquait des irritations. Presque toutes les femmes à présent, y compris Rhia, avaient eu leurs règles et avaient dû laver leurs vêtements, et elles avaient souffert des conséquences. Dans l'entrepont, il était rare qu'on prenne la peine d'épargner aux autres ses sources d'inconfort. Tout était un sujet de conversation. Cela passait le temps.

Sur le gaillard d'arrière, chaque mess était assis en cercle sous un auvent en toile à voile. Des petits tas de morceaux de tissu étaient éparpillés à portée de main. Plusieurs couvertures étaient à présent en cours de confection. Le soleil de la fin avril semblait trop vif. Au début, certaines filles s'étaient plaintes du soleil. La lumière leur faisait mal aux yeux après être restées aussi longtemps dans le noir.

Rhia était heureuse d'avoir quelqu'un à qui parler. Jusqu'à présent, ses échanges avec les autres prisonnières s'étaient limités à un sourire occasionnel ou un "salut" prudent de la part de Jane. Elle aimait surtout la regarder en levant les yeux au ciel quand Georgina, son ennemie jurée, disait quelque chose d'idiot. Cela se produisait assez souvent car Georgina, une fille trapue originaire de Liverpool, n'avait pas inventé l'eau chaude.

Margaret passa la matinée à étudier soigneusement les morceaux de tissu, et glissa dans sa poche un délicat carré de mousseline qui lui rappelait une de ses anciennes robes adorées. Elle n'était pas la première à le faire. Lorsqu'un morceau de tissu était particulièrement beau ou susceptible d'avoir de la valeur, il était discrètement plié dans une poche de tablier et personne ne disait rien. Nelly pleura en voyant de la gabardine blanche qui, disait-elle, semblait provenir d'une robe de mariée, et elle-même ne se marierait jamais. Qui aurait voulu d'elle ?

La matinée traînait en longueur et Rhia écoutait les conversations, comme d'habitude. Elle assemblait les pièces des vies que ses compagnes avaient menées avant d'être prisonnières. Jane avait été amoureuse, Georgina avait perdu un enfant et Agnes avait laissé derrière elle deux petits garçons à l'asile des pauvres. La seule véritable différence entre elles et Rhia était qu'elle avait eu de la chance à la naissance. Cela faisait d'elle une étrangère de la même façon que n'importe laquelle de ces femmes l'aurait été si elle était venue à St Stephen's Green ou était entrée au grand magasin Montgomery. Qu'était la faillite du Lin Mahoney par rapport au fait de perdre un bébé, ou de recevoir une correction tous les soirs, ce qui avait été le cas de Nelly jusqu'à ce qu'elle tue son petit ami. La seule chose qui lui avait évité la corde était sa grossesse. Nelly semblait à peine capable de tuer une mouche, et encore moins un homme. Il avait agité le couteau de cuisine devant elle, si bien qu'elle l'avait frappé à la tête avec le couvercle de la cocotte. Et terminé.

Le vol n'était pas toujours le résultat d'avoir perdu la grâce du Seigneur, comme aimait à le croire le révérend Tocsin, mais de la faim et du désespoir. Ou de la vanité. Georgina avait volé une paire de bottes à sa maîtresse ; Jane avait caché dans son tablier une longueur de ruban prise au marché ; Susan avait subtilisé un voile et une paire de gants chez un marchand de confection ; Agnes et Nora étaient toutes deux devenues des voleuses professionnelles parce qu'elles ne parvenaient pas à gagner suffisamment leur vie avec leurs travaux de couture. Sarah avait chapardé un châle à sa maîtresse. Il semblait parfaitement concevable qu'une femme qui passait ses journées à fabriquer des jolies choses qu'elle ne pouvait s'offrir ait facilement pu être tentée de voler quelqu'un ayant des accessoires à revendre.

Des histoires de perte et de violence, aussi bien que d'amour, étaient racontées pendant que les carrés et les triangles de tissu devenaient de longues bandes de patchwork. On aurait dit qu'elles assemblaient des lambeaux de leurs anciennes vies pour en faire quelque chose de neuf. Les conversations étaient tantôt pleines d'espoirs, tantôt désespérées. Georgina expliqua qu'elle avait entendu dire qu'ils manquaient de tavernes à Sydney, qu'elle aimait bien le métier parce que sa grand-mère avait été brasseuse et que cultiver du malt était facile. Jane lui rétorqua qu'elle n'était pas assez maligne pour se lancer dans la bière. Agnes prévoyait de tenir un bordel. Rhia se demanda si elle était la seule à laisser la meilleure partie de sa vie derrière elle.

La conversation se tourna vers l'un des jeunes mousses qui avait escaladé le grand mât comme si celui-ci avait été un simple tronc de pommier. Pendant que les autres riaient à cause d'une remarque que Nora avait faite sur le renflement de sa culotte, Margaret baissa la voix et se pencha vers Rhia.

"Tu te souviens, je t'ai dit que je transportais quelque chose pour la bonne zinzin de Mme Blake ?" Le ton de connivence de Margaret mit aussitôt Rhia en alerte.

"Bien sûr que je m'en souviens." En fait, elle avait presque oublié. Margaret avait sans doute changé d'avis et décidé de ne plus garder le secret de Juliette.

"Qu'est-ce que tu dirais si je te disais que ce n'est rien qu'une feuille de parchemin vierge ? murmura-t-elle.

— C'est ça ?"

Margaret haussa les épaules.

"Pas d'après Juliette, même si je ne vois pas comment elle peut croire qu'une feuille de parchemin vierge peut dissimuler un portrait ! J'ai réfléchi à la promesse que j'avais faite de garder cette baliverne pour moi, mais maintenant, je crois que je ne perds pas seulement mon temps avec ça. C'est vrai quoi, que vont penser les dames quakers de Sydney quand je vais leur donner une chose pareille ?"

Rhia fronça les sourcils. Le parchemin ne pouvait être qu'un négatif photogénique. Appartenait-il à Laurence ?

“Mais pourquoi Juliette veut-elle que tu le donnes aux quakers ?

— Pour qu’elles le fassent passer à sa mère.

— Alors, la mère de Juliette est à Sydney ?

— Oui, répondit Margaret. Elle y est depuis plus de dix ans. Tu imagines envoyer un truc pareil à ta mère ? Ça lui briserait le cœur de recevoir une feuille sans rien dessus.”

Rhia essayait encore de rassembler les pièces du puzzle.

“Alors elle ne lui a pas écrit une lettre ?

— Elle ne sait pas écrire. Elle a grandi à l’asile des pauvres, cette pauvre folle. Mais je n’aurais jamais dû le prendre, je suis aussi folle qu’elle.”

Que diable pouvait manigancer Juliette ?

“Puis-je le voir ?” demanda Rhia.

Margaret haussa les épaules.

“Je ne vois pas pourquoi tu ne pourrais pas. Au moins comme ça, je n’aurai pas à prendre la décision toute seule. Je te montrerai après le repas.” Elle leva les yeux vers le soleil. “C’est bientôt l’heure du déjeuner, et après tu vas partir voir le patron. Tu crois que Botany Bay est pleine de botanistes ?”

L’idée fit sourire Rhia.

“Franchement, je n’espère pas. Il est difficile d’imaginer qu’il y ait grand-chose là-bas dans le domaine de la botanique. Je ne sais pas ce que M. Reeve espère trouver – j’ai vu une image de l’Australie – l’endroit n’a pas l’air très coloré.”

Margaret haussa les épaules à nouveau.

“Ça m’est égal.” Elle montra les bandes de patchwork qui s’enroulaient autour d’elle. “C’est le truc le plus coloré que je vois depuis deux ans et ça me fait mal aux yeux.”

Quand elles descendirent manger, Margaret alla directement à son hamac en disant qu’elle était épuisée par le soleil. Rhia fit de son mieux pour manger la viande en conserve que le cuisinier avait jugé bon de leur servir en ragoût, et partit le plus rapidement possible.

La salle de travail de M. Reeve se trouvait sur le pont supérieur, près de sa cabine. Lorsqu’elle entra, il était penché sur son bureau, ses petites lunettes en fil de fer tordues sur son nez. La cabine, qui selon lui était trop petite, possédait une couchette et était quatre fois plus grande que celle de Rhia. Elle contenait aussi considérablement plus d’étagères. La couchette comme les étagères étaient couvertes de piles de ses petites boîtes en bois.

"Bonjour, Mahoney." Il avait pris l'habitude de l'appeler comme Mlle Hayter et semblait s'en délecter. Il ne leva pas les yeux de l'énorme livre de botanique en latin qu'il étudiait. "Reprenez où nous en sommes restés hier."

Ils avaient rarement besoin de parler, sauf à propos de choses superficielles, et cela convenait parfaitement à Rhia. Son travail consistait à se reporter aux dessins annotés de M. Reeve, lesquels lui indiquaient dans quelle famille ou catégorie entrait un spécimen, puis d'étiqueter un compartiment dans une boîte pour celui-ci. Le fait qu'elle sache reconnaître une bonne partie des plantes et herbes les plus courantes grâce au Culpepper se révélait extrêmement utile. Elle ne parvenait que rarement à relier les herbes médicinales étrangères aux terribles croquis de M. Reeve. Elle devait parfois lui demander de confirmer que le spécimen qu'elle avait sous les yeux était bien la même plante que celle qu'il avait illustrée.

Elle accomplissait la plus grande partie de son travail agenouillée sur le plancher grossier, penchée sur des graines hérissées et des brindilles de feuilles duveteuses fines comme du papier. Aujourd'hui, c'étaient des asters d'Amérique et des frangipaniers de Tahiti, ainsi que de la jusquiame, de la bardane et de la grande camomille. Elle trouvait plus facile de travailler sur le sol, maintenant, et de sentir les vagues enfler et retomber sous elle. Elle ne faisait pas confiance aux meubles ; elle s'était fait éjecter de son banc dans l'entrepont trop de fois. Comme tout le monde. A la fin d'un après-midi passé avec M. Reeve, elle avait toujours des crampes dans les genoux et mal au dos.

Au bout d'une heure environ, elle se redressa et s'étira. Elle le surprit à nouveau en train de l'observer. Il baissa les yeux sur son livre, rapidement. Il devait s'interroger sur son crime et son passé, mais elle doutait qu'il ait un jour le cran de lui poser directement la question.

"Vous semblez savoir énormément de choses en botanique, Mahoney."

Elle haussa les épaules.

"J'aime trouver des modèles dans la nature, et j'aime savoir le nom de ce que je regarde.

— Mais dans quel but ? Quelle utilité ces connaissances pourraient-elles avoir pour…

— Pour une femme ?

— Eh bien, oui. Exactement !

— Je ne voudrais pas vous choquer, monsieur Reeve, mais l'esprit féminin est capable d'autre chose que de compter des points et nourrir des bébés.

— Je ne pense pas que vous soyez une… femme conventionnelle, Mahoney.

— Dieu merci !" En fait, c'était Mamo qu'elle devait remercier. M. Reeve parut choqué, ce qu'elle trouva gratifiant. Cela le fit taire pour le reste de l'après-midi.

Rhia avait en général quelques minutes de libres avant de devoir retourner au mess pour le dîner. Il y avait un endroit retiré, dans un recoin entre deux ponts où, à travers une aération également appelée écoutille, elle apercevait une partie du pont principal et une étroite bande d'océan. Cette quantité de mer était supportable. Tandis qu'ils poursuivaient leur route vers le sud, les jours s'allongeaient, et elle avait commencé à remarquer que l'apparente monotonie du paysage marin était, en fait, constamment en changement. Parfois, il semblait aussi sale et dépourvu de vie que la Liffey par une journée d'hiver ; et à d'autres moments, il ressemblait à un miroir géant, reflétant le ciel et les nuages. Certains jours, ses courbes et ses festons étaient séduisants, et d'autres, l'eau formait des crêtes menaçantes en dents de scie. La mer avait aujourd'hui un éclat mauvais, si bien qu'après l'avoir aperçue Rhia ne la regarda plus. Dans les histoires de Manannan, les navires qui disparaissaient dans des tempêtes dérivaient jusqu'aux îles enchantées ou hantées de l'Autre Monde.

Rhia tourna le dos à Manannan et vit les culottes effilochées d'Albert à travers une écoutille qui accédait au pont supérieur. Elle l'appela aussi fort qu'elle l'osa. Il sauta légèrement de l'escalier sur le pont et arriva devant elle, rayonnant, un instant plus tard.

"Je vois que vous avez trouvé ma cachette, Mahoney.

— Ta cachette ! Je croyais que c'était la mienne.

— Vous verrez qu'il y a ma boîte à tabac ici." Albert passa la main dans un nœud sombre des planches et la retira. "Une petite clope ?

— Une autre fois. Je vais être en retard." Elle hésita, même si elle avait déjà pris sa décision. "Albert… j'ai un service à te demander."

Il haussa les épaules.

"Dites toujours.

— Connais-tu le passager Laurence Blake ?

— Avec la meule de foin ?” Il montra ses cheveux. “Celui qui met du parchemin au soleil sur le pont ?

— Ça ne peut être que lui. Pourrais-tu lui transmettre un message de ma part ?”

Le sourire d'Albert s'élargit. Elle savait ce qu'il se disait.

“Dis à M. Blake où se trouve ma cabine.” Les yeux d'Albert se remplirent de malice.

“Inutile de croire qu'il y a quelque chose… Il n'y a rien… M. Blake est un ami. En fait, je le connaissais avant d'être… Je l'ai connu à Londres. J'ai besoin de lui parler – c'est important.

— J'en doute pas”, répondit Albert avec un sourire jusqu'aux oreilles. Rhia se moquait de ce qu'il pouvait penser. Albert lui adressa une courbette théâtrale et s'éloigna en sifflant.

38

VELOUTINE

Jane et Georgina dressaient la table d'un air maussade, le claquement des bols en étain posés brutalement signalant que tout n'allait pas pour le mieux entre elles. Georgina avait les sourcils froncés et se grattait la tête sous sa coiffe de temps à autre. Les deux femmes en étaient pratiquement venues aux mains sur le gaillard d'arrière à propos des poux, parasites qui se multipliaient sous les latitudes plus chaudes.

"Il suffit d'une tête qui gratte pour que ces sales bestioles sautent sur tous les crânes, disait Jane, alors si tu ne les noies pas dans du vinaigre, je t'en renverserai une bouteille dessus avec plaisir. Sinon, je demanderai à la surveillante générale de te raser la tête." Georgina éclata en sanglots et se jeta dans son hamac.

Le dîner fut composé de biscuits secs, de soupe de pois et de pudding à la graisse de bœuf. La nourriture fraîche était déjà servie avec parcimonie, et il leur restait encore dix jours avant d'arriver à Rio. Albert dit qu'ils embarqueraient de l'eau douce, des fruits et de la viande, du rhum, du tabac et du vin portugais ; tous les vivres essentiels.

La meilleure chose dans le dîner n'était pas le pudding granuleux à la graisse de bœuf dans lequel il y avait parfois un peu de mélasse, mais la ration de vin. C'était l'alcool le moins cher et le plus âpre qu'on pouvait imaginer, et il était servi dans un pot en étain ébréché, mais il était aussi bon que le meilleur bordeaux rouge. Il atténuait les ombres et adoucissait les tempéraments.

Après le repas, deux lanternes étaient allumées et posées sur la table pour lire les Ecritures. Personne n'avait le droit d'allumer une lanterne ou une bougie sans la présence d'une gardienne. Il n'y avait encore aucun moyen de savoir ce qu'encouraient les contrevenantes, même si tout le monde pensait qu'Agnes n'était qu'à un cheveu du fouet. Il y avait des fers fixés aux parois du navire dans un coin sombre où l'eau du fond de cale fuyait dans une cellule grande comme un placard, juste suffisante pour qu'une personne puisse s'y tenir accroupie. La liste du chirurgien-surintendant était la menace préférée des gardiennes, mais personne ne savait qui se trouvait sur cette liste, ni quelles offenses étaient jugées assez graves pour y figurer. Comment serait estimé le vol de deux bougies, d'une pierre à briquet et de quelques allumettes ? Profitant d'une bagarre, Rhia les avait glissées dans la poche de son tablier. On la considérait déjà comme une voleuse, alors quelle différence cela pouvait-il faire ?

Margaret fit signe à Rhia depuis son hamac pendant que les autres reprisaient, lisaient la Bible ou s'épouillaient. Elle donna à Rhia une pochette de soie plate que celle-ci glissa également dans la poche de son tablier. Ensuite, Margaret avait fait grand cas d'un morceau de veloutine, une soie bleue à motif, qu'elle avait découvert dans son sac ; il mesurait peut-être cinquante centimètres carrés, mais il était assez joli et toutes deux étaient d'avis qu'il était trop beau pour une couverture et devait être mis de côté pour "plus tard" ; pour fabriquer une bourse ou un réticule.

Lorsqu'il fut l'heure de retourner à sa cabine, Rhia emprunta le passage sous le vent d'un pas timide. La mer se soulevait en hautes vagues qui retombaient lourdement, et le pont semblait gras sous ses bottes. La lune était pleine et lumineuse comme une perle géante derrière les mâts. Elle n'avait pas remarqué sa croissance. Elle avait cessé de se dire que la Reine de la Nuit s'intéressait un tant soit peu à son sort. Le mieux qu'elle et sa lanterne de lune puissent maintenant faire pour Rhia était de l'aider à regagner sa cabine sans encombre. La lune jetait des ombres argentées sur la crête de chaque vague. Alors qu'elle se détournait, l'une d'elles se cabra tel un cheval sur ses jambes arrière et l'aspergea d'eau glacée. Elle ne l'avait pas vue venir et cela l'ébranla profondément. Maudit soit Manannan.

Rhia retira ses bottes et se mit presque à ramper pour retourner à sa cabine. Lorsqu'elle eut refermé la porte, elle s'adossa contre celle-ci et ferma les yeux. Quand elle les rouvrit, elle vit un petit carré blanc sur le sol. Elle le ramassa et alluma une bougie. *Laurence Blake, Dessin photogénique, 64, Cloak Lane, City de Londres.* Au dos, on pouvait lire : *Ce soir, dix heures.*

Rhia s'allongea dans son hamac et fixa l'obscurité profonde, bien résolue à rester éveillée. Elle devait garder son esprit là où se trouvaient ses bottes, comme aimait à le dire Annie Kelly. Si on laissait son esprit vagabonder sur le chemin des regrets, on tombait en arrière, et si on laissait libre cours à son imagination, il avançait sans vous. Que lui offrait le présent ? Seulement le sentiment insidieux d'avoir échoué. Pour quoi d'autre serait-elle ici ?

Tu es Rhiannon.

Rhia se redressa en entendant un coup discret frappé à sa porte, désorientée. Etait-il déjà dix heures ? Elle se releva péniblement du hamac, trouva sa coiffe. Ses cheveux avaient un peu repoussé, mais les laver dans un seau d'eau de mer ne pouvait les embellir. Elle ouvrit la porte. C'était Laurence.

Ils se regardèrent sans bouger. Il entra dans sa cabine et Rhia ferma la porte. Dans le noir, il la prit dans ses bras comme si c'était la chose la plus naturelle au monde. Ses lèvres effleurèrent les siennes de façon si légère qu'elle n'était pas certaine qu'il l'ait véritablement embrassée. Il lui semblait à peine possible d'être dans les bras de quelqu'un qui se souciait de son sort.

Rhia se détourna pour cacher son trouble et essuyer ses larmes sur son tablier. Elle fouilla dans sa poche à la recherche d'une bougie et d'allumettes. Une fois la bougie allumée, elle se sentit gauche et embarrassée. Il n'y avait qu'un mètre entre eux.

"Nous sommes bien loin de Cloak Lane, dit Laurence.

— C'est sûr, reconnut-elle.

— Antonia approuverait les couleurs quakers que vous portez maintenant, mais vous avez maigri…

— La nourriture est infecte. Quelqu'un devrait se plaindre. Le pain d'épice de Beth me manque terriblement."

Laurence la regardait avec une expression qu'elle ne pouvait déchiffrer.

"Votre visite de ce soir tombe à pic, dit-elle rapidement. J'ai quelque chose à vous montrer." Elle sortit le parchemin de sa pochette.

Laurence n'eut qu'un pas à faire pour l'examiner de plus près. Elle tint la chandelle au-dessus. Pour elle, cela ressemblait à un morceau de papier cartouche avec un éclat ressemblant à celui du coton glacé.

Laurence parut perplexe.

“Où diable avez-vous eu un négatif photogénique ?

— J'étais presque certaine que c'en était un.

— On dirait qu'il a déjà été exposé, même si c'est difficile à affirmer avec cette lumière.

— Je ne me souviens pas de ce que cela veut dire…

— Quand une image négative a été «brûlée» dans les produits chimiques avec lesquels le parchemin est traité, celui-ci laisse apparaître le spectre d'une image, un peu comme une auréole.

— Je n'avais pas remarqué.

— Vous n'avez pas l'œil exercé. Où avez-vous eu ça ?”

Rhia lui raconta ce que Margaret lui avait dit, et il secoua la tête. Son visage paraissait irréel à la lumière vacillante de la bougie.

“Ceci est extrêmement curieux, Rhia.” Elle aimait entendre son prénom. Elle était Mahoney depuis si longtemps. “Votre amie Margaret n'a rien dit d'autre ? demanda-t-il.

— Elle sait quelque chose mais refuse de me dire de quoi il s'agit. Elle est censée garder le secret de Juliette.”

Le grincement d'une planche du pont les fit se figer tous les deux. Rhia retint sa respiration. Un instant plus tard, ils entendirent un bruit semblable à des pas, en direction de l'escalier arrière.

Elle murmura :

“Vous croyez que quelqu'un vous a vu ?”

Laurence secoua la tête.

“J'ai fait attention. Mais je ne veux pas aggraver votre situation.”

Elle haussa les épaules.

“Comment pourrait-elle être pire ? Racontez-moi, brièvement, comment vous vous êtes retrouvé à bord.

— C'est Dillon qui m'a donné le nom de votre navire, bien sûr. J'ai eu de la chance qu'il reste une couchette disponible – même si cela faisait peu de doutes ; les navires de prisonniers ne sont pas très prisés par les passagers. De plus, je vous ai dit que je voulais voir l'Australie, la lumière m'a toujours attiré. Mais j'avais une raison bien plus importante pour entreprendre ce voyage aussi vite.” Laurence lui prit la main. Elle voulait qu'il la réconforte, mais elle ne savait pas jusqu'à quel point. Comment aurait-elle pu le savoir ? Elle avait cru vouloir Thomas, toutes ces années plus tôt. Le désir venait-il seulement avec le véritable amour ? Cela semblait peu probable, étant donné les rendez-vous nocturnes entre les prisonnières et les matelots.

Laurence lui pressa la main puis la lâcha.

"Puis-je garder le négatif jusqu'à demain ? J'aimerais bien le voir à la lumière du jour. Je demanderai à Albert de vous le rapporter.

— Bien sûr."

Il l'embrassa à nouveau et partit.

Rhia resta éveillée dans son hamac un long moment. Son incertitude la troublait. Elle avait beaucoup d'affection pour Laurence. Il la faisait rire et elle se sentait en sécurité avec lui. Peut-être cela était-il suffisant ?

39

BALZARINE

Antonia regarda dans le renfoncement sombre où du sobre linge gris et brun était accroché. Aussi ramolli que sa propre humilité, se dit-elle. Autrefois, des rangées de taffetas et d'organza de soie murmuraient à son oreille ; des étoffes portant des noms : *andalouse* et *Ariel*. Jadis, ses châles étaient aussi fins que des toiles d'araignée, pas ternes et épais. Elle choisit sa tenue la plus récente, se souvenant du nom que le marchand de tissu avait donné à la couleur : *Fumée londonienne*. Parfaitement adapté.

Tout en s'habillant, elle se força à réfléchir sur le but de la simplicité. Une tenue sans artifice se moquait de la mode et de la classe sociale. Sans atours, chacun était l'égal de l'autre, quelle que soit sa richesse. Josiah employait même le "tu" traditionnel au lieu du "vous", ce que de nombreux Londoniens trouvaient pittoresque et excentrique. Il disait que le vouvoiement était un signe de flatterie car on l'utilisait pour s'adresser à un supérieur, afin de marquer le titre et la hiérarchie. Antonia trouvait cela un peu démodé, et ne pouvait se résoudre à changer sa façon de parler. Elle avait déjà suffisamment changé comme ça.

Elle lissa ses cheveux avec un peigne en bois et les noua sur sa nuque, puis elle descendit l'escalier distraitement, la main glissant sur la rampe polie. Comment l'attente de la visite de M. Montgomery pouvait-elle se mêler aussi facilement à ses souvenirs de Josiah ? Et si son idéologie n'était pas plus forte que ses élans ? Josiah l'avait guidée vers l'intérieur. Sans lui, son courage était mis chaque jour à l'épreuve ; sans lui, pas de douces paroles pour la guider, pas de regards remplis de gentillesse, pas d'étreintes aimantes.

Il régnait dans la cuisine une chaleur rassurante. Beth allumait toujours le fourneau à l'aube. Le porridge était déjà cuit et fumait sur la table dans sa casserole en fonte. C'était le meilleur porridge qu'Antonia avait jamais mangé. Une fois, elle avait regardé Beth le préparer : une noix de beurre, une pincée de sel et une mesure de crème faisaient toute la différence. Josiah assurait préférer la nourriture simple, si bien que, lorsqu'il avait félicité Beth pour son porridge, Antonia s'était contentée de sourire.

La maison était si calme sans Laurence et Rhia. Elle avait désormais pris l'habitude de partager le premier repas de la journée avec Beth et Juliette, se disant qu'elle voulait se sentir leur égale. En fait, elle se sentait seule. Elle ne savait tout simplement pas comment réconcilier l'idée d'égalité avec le fait qu'elle était une maîtresse avec des domestiques. Bien sûr, elle leur procurait un emploi, et la maison était pour Juliette ce qui s'apparentait le plus à une famille. Les sentiments mêlés de protection et d'irritation étaient, à n'en pas douter, maternels. Antonia n'avait eu personne d'autre sur qui veiller.

Ce matin, comme d'habitude, elles discutaient des corvées domestiques qui requéraient une attention particulière, la première étant le mobilier. La table du repas et les chaises au dossier sculpté paraissaient friables et avait besoin de pâte à bois. Beth sembla perplexe.

"Vous voulez dire d'huile de lin et de vinaigre, madame Blake ?

— Non. Ma mère avait une recette pour préserver le noyer anglais : cire d'abeille, cire blanche, savon dur et térébenthine. Cela adoucit le bois et le protège."

Beth soupira et mit une deuxième grosse portion de porridge dans son bol.

"Très bien."

Antonia sourit. Beth aimait bien avoir des tâches qui requéraient de la patience.

"Le petit salon a besoin d'être épousseté avant l'arrivée de notre invité, Juliette, poursuivit-elle. Il faudrait passer une tête-de-loup dans les coins les plus hauts, et la panne de velours a besoin d'être frottée à la brosse dure." Juliette hocha la tête mais resta silencieuse et voûtée. Au moins, elle semblait moins mélancolique depuis que le soleil de printemps, et non le crachin, se reflétait sur les carreaux. L'exercice lui ferait du bien.

Antonia soupçonnait que son infirmité chronique était simplement de la tristesse. Le médecin l'avait décrit pratiquement de la même façon que la plupart des médecins décrivaient la plupart des maux féminins : "Désordre nerveux, madame Blake. Donnez-lui du laudanum et gardez les rideaux tirés pour empêcher la sur-stimulation." Sitôt après son départ, Antonia avait ouvert les rideaux et les fenêtres en grand. Le véritable mal de Juliette était son secret. Vu la crise qu'elle avait prise quand Antonia avait annoncé qu'elle voulait aller rendre visite à Rhia, cela devait avoir un rapport avec sa mère, laquelle avait séjourné à Millbank avant d'être déportée à Sydney. L'incarcération de Rhia avait simplement fait pencher la balance. Ou alors Juliette savait quelque chose à propos de l'arrestation de Rhia.

Après le petit-déjeuner, Antonia se rendit dans le bureau de Josiah. Elle n'avait plus besoin de prendre de profondes inspirations régulières avant d'entrer. Elle remerciait Josiah, en silence et souvent, pour son scrupuleux sens des affaires. Elle était maintenant à l'aise avec les expéditions et les comptes de la saison dernière ; et elle pouvait calquer cette saison-ci dessus. Ne restait plus que la question de la rémunération de l'équipage du *Mathilda* à aborder avec M. Montgomery, car la raison pour laquelle certains marins de Man étaient mieux payés que d'autres n'était pas claire. Elle supposait qu'il y avait une question de hiérarchie dans l'expérience ou les compétences dont elle n'était pas au courant. Quant à la raison mystérieuse pour laquelle le *Mathilda* n'avait pas été enregistré en quittant la cale sèche de Calcutta, elle n'en saurait désormais jamais rien. Le document qu'elle avait confié à Ryan ne lui avait jamais été retourné. Mais elle ne devait pas penser à cela.

Elle avait correspondu avec M. Montgomery, ainsi qu'avec M. Dillon, à propos de l'abrogation de la peine de Rhia, ce qui était une des raisons pour lesquelles Jonathan Montgomery venait ce matin. Le partenariat était une raison secondaire. Il avait de bonnes relations, et il semblait avoir des associés dans le domaine du droit ; peut-être même au tribunal. Il n'était pas convaincu, cependant, qu'il y ait eu une erreur judiciaire.

Le marteau de la porte fit battre le cœur d'Antonia. Elle se leva et lissa ses jupes. Le lin se froissait bien trop facilement quand il n'était pas mélangé à de la soie ou de la laine. Elle parcourut la longueur du couloir plus lentement qu'elle n'en avait envie, le cœur toujours battant. Elle porta la main à son crucifix accroché sous son corsage.

“S'il vous plaît, apportez-nous du café, ma chère Juliette”, cria-t-elle en passant devant la salle à manger où les deux filles frottaient la surface de la table avec un chiffon de flanelle.

M. Montgomery était aussi impeccable qu'à son habitude. Sa redingote était en laine délicatement peignée ; italienne, sans aucun doute, et son foulard de soie jaune citron. Il était aussi frais qu'un soleil de printemps, et parfaitement à l'aise. Antonia se sentit s'adoucir en s'écartant pour le laisser entrer. Cela s'était encore produit : sans y penser ni même prévenir, son corps cédait devant lui.

“Bonjour, monsieur Montgomery. Vous allez bien ?

— Très bien, madame Blake.

— Permettez-moi de prendre votre chapeau et votre canne.”

Le petit salon sentait l'huile de lin et les roses. Juliette avait pris soin d'en disposer quelques-unes dans une coupe bleue sur la table. En dépit de ses préoccupations, c'était une fille prévenante.

“Installez-vous confortablement sur le Chesterfield, dit-elle. Prendrez-vous du café ?”

Il accepta et releva les pans de sa veste avant de s'asseoir. Son sourire était chaleureux et naturel, ses longues jambes croisées gracieusement. Antonia se percha au bord d'une chaise à dossier droit et lissa à nouveau sa jupe. Elle s'éclaircit la gorge.

“Dites-moi, pensez-vous que Rhia Mahoney est innocente ?”

Il passa ses doigts dans ses cheveux gris acier d'un air songeur.

“J'ai à nouveau parlé avec ma bonne, Hatty, et elle persiste à dire qu'elle a vu Mlle Mahoney avec le carré de soie. Ma femme dit qu'elle s'était méfiée de Mlle Mahoney depuis le début. C'est une situation impossible. J'ai parlé au procureur, qui affirme que les charges semblent irréfutables.

— Mais Hatty doit se tromper – peut-être a-t-elle menti – pour couvrir quelqu'un d'autre ? Et puis il reste le mystère de l'avocat absent…”

Il sembla vexé.

“Je peux vous assurer que tous les membres de mon personnel sont honnêtes.” Il fronça les sourcils. “Quant à l'avocat, je ne sais tout simplement pas quoi en penser. Je lui ai moi-même écrit mais il a passé tout l'hiver sur le Continent.

— Mais l'honnêteté de Rhia et la réputation de sa famille doivent bien prouver quelque chose !

— C'est ce qu'on pourrait croire. Mais la famille traverse une période difficile, et cela a joué en sa défaveur. Soyez certaine que je vais faire tout ce qui est en mon pouvoir pour que sa peine soit abrogée au motif de son honnêteté. Ne vous inquiétez pas sans raison, Antonia."

Il ne l'avait encore jamais appelée par son prénom. Il le fit de façon naturelle, comme s'il était établi qu'ils étaient désormais intimes. Il eut un sourire aimable mais elle crut voir un soupçon de doute. Peut-être se demandait-il si elle était parfaitement sensée en croyant Rhia Mahoney innocente.

"Dites-m'en plus à propos de votre dessin photogénique, reprit-il. J'avoue être un peu fasciné par cela. Je comprends qu'il est encore trop tôt pour tenter l'expérience avec..." Il secoua la tête. "Il semble encore incroyable que nous ayons perdu deux personnes de notre entourage."

Antonia baissa la tête. Il y avait des plis dans ses jupes en lin, malgré le soin qu'elle y apportait. Elle se souvint de la conversation de Noël, concernant la lettre que Josiah aurait écrite à Ryan Mahoney. Celle-ci devait sans doute concerner les affaires. Elle détendit ses épaules et redressa le dos.

"Je ne cesse de penser au portrait", avoua-t-elle.

Il était penché vers elle comme si chaque mot qu'elle prononçait lui importait.

Elle sentit son souffle s'altérer sous l'effet de son attention.

"Il suffit de le faire tremper dans une solution saline et de le frotter avec du nitrate d'argent pour le rendre sensible à la lumière. Je peux vous montrer le négatif, si vous voulez...

— Oui, pourquoi pas !"

Antonia se précipita dans le bureau de Josiah, soulagée d'échapper au magnétisme de Jonathan Montgomery et excitée à l'idée de discuter de dessin photogénique avec quelqu'un d'autre que Juliette. Laurence lui manquait beaucoup, mais Rhia avait besoin de lui. Elle espérait seulement que ses sentiments pour elle n'étaient pas mal inspirés.

Elle ouvrit le tiroir du bas du bureau. Il était vide. La pochette s'y trouvait la dernière fois qu'elle avait regardé, mais quand était-ce ? Cela devait faire des mois. Avait-elle pu la changer de place et oublier ? Certainement pas. Elle regarda dans les autres tiroirs. Rien. Elle avait dû la laisser ailleurs, ou alors Juliette l'avait rangée quelque part.

Elle regarda dans la salle à manger où Beth astiquait désormais seule les meubles, les joues écarlates.

"Où est Juliette, Beth ?

— Elle a piqué une de ses crises bizarres. Mais j'ai préparé le café. Il est en train de passer. Voulez-vous que j'aille le chercher ?

— Ne prenez pas cette peine, Beth, je peux y aller moi-même." Beth parut soulagée ; elle n'aimait pas servir des bourgeois, cela la rendait nerveuse.

M. Montgomery était assis là où elle l'avait laissé. Antonia lui expliqua qu'elle ne savait plus où elle avait rangé le négatif, et il sourit avec un haussement d'épaules. Elle versa du café fumant dans deux de ses jolis verres marocains.

"Le *Mathilda* a-t-il déjà mis les voiles ?" demanda-t-elle.

Il acquiesça.

"Isaac et Francis sont partis hier avec la cargaison. Le coton restant est en route pour Manchester.

— Ainsi donc nous sommes d'accord pour essayer le mélange laine et coton en premier ? Je sais que Ryan était impressionné par la qualité du mérinos australien.

— Le fil est d'une grande qualité, mais le bombasin tissé dans la colonie reste médiocre."

La conversation se tourna vers les affaires. M. Montgomery suggéra d'essayer la balzarine, un mélange mi-coton mi-laine peignée. La laine pouvait être du mérinos australien. Qu'en pensait-elle ? Antonia admit que c'était envisageable. L'Australie n'était plus une simple idée. En été, Rhia et Laurence seraient tous les deux là-bas, et le *Mathilda* serait à Calcutta. Sans Josiah.

Quand son hôte prit congé, Antonia partit à la recherche de Juliette. Elle la trouva dans sa chambre en haut de la maison.

"Quelque chose ne va pas, Juliette ?"

Juliette se retourna sur son lit étroit pour se mettre face au mur. Elle ne répondit pas. Au moins cette tristesse silencieuse était-elle préférable à la tristesse larmoyante. Antonia referma doucement la porte. Elle l'interrogerait à propos du négatif plus tard.

40

Le 28 avril 1841

Rhia,

Le négatif contient une image latente, mais il est impossible de savoir si elle est intacte sans l'exposer. J'ai le matériel nécessaire, mais le procédé exige une lumière puissante. Je ferais mieux de l'exposer sur le pont comme je le fais pour mes autres images ! Il y a néanmoins assez de lumière dans ma cabine en milieu d'après-midi. Bien sûr, nous devons avoir la permission de Margaret avant de tenter une représentation. Lui assurer que le procédé n'affectera pas le négatif, qui peut être utilisé plusieurs fois. Prenons notre temps. Je vais élaborer un plan.

J'ai vu M. Wardell patrouiller sur le pont inférieur la nuit dernière. C'est peut-être lui qui est passé devant votre cabine ?

Affectueusement,

LAURENCE

41

ÉGLANTINE

Le 30 avril 1841

D'après les dessins de M. Reeve, on ne dirait pas que Matricaria recutita *et* Chicorium intybus *sont des variétés de camomille et de chicorée. Je commence à me dire que je devrais lui proposer de faire les dessins moi-même. Se sentirait-il insulté ? Cela m'importe-t-il ? Il s'est montré étrangement silencieux ces derniers temps, et je sens qu'il m'observe de plus en plus. Il devient effronté et me pose parfois une question sans rapport avec notre travail ; sur Dublin ou le métier. Toute marque de courtoisie ou de respect qui pouvait lui rester envers moi a disparu depuis longtemps mais maintenant, je prends moi aussi plus de libertés avec la politesse. Je lui ai demandé quelque chose à propos d'une feuille de tabac jamaïcain et j'ai été sidérée lorsqu'il m'a répondu que la mort de mon oncle avait dû être traumatisante. Que sait-il au juste à mon sujet ? J'ai rangé lentement la feuille de tabac jamaïcain, prenant le plus de temps possible. J'ai concentré mon attention sur les motifs de la feuille pour tenter de rassembler mes esprits. Je me suis dit que* Nicotiana tobacum *était un nom plus mélodieux que* tabac. *M. Reeve espère découvrir du tabac sauvage, vois-tu, ou une plante approchante, en Australie. Si cette plante était adaptée au sol et au climat de la colonie, cela serait une découverte capitale. Ce serait également lucratif. Il voue le même enthousiasme aux aspects mercenaires qu'aux aspects botaniques de sa profession. Ce n'est pas exactement ce que j'attendais de la part d'un naturaliste, mais M. Reeve entend aussi grimper les échelons de la société. Je le vois à sa façon de se vanter à propos des gens importants qu'il connaît à Londres. Cela ne signifie rien pour moi, je n'ai jamais entendu parler d'aucun d'eux. Il est idiot et impressionnable. Quant aux mérites commerciaux du tabac, je me souviens que tu utilisais une solution à base de feuilles de tabac trempées dans de l'eau comme répulsif pour les insectes, lors d'un été particulièrement humide où les moustiques étaient insatiables. D'après les histoires qui circulent dans l'entrepont, il y a en Australie des insectes plus gros et plus venimeux que ceux des jungles d'Amérique du Sud. Cet endroit semble plus dangereux à chaque nouveau détail que j'apprends.*

Comme je devais répondre à M. Reeve, j'ai dit que oui, la mort de mon oncle était bel et bien traumatisante. J'avais envie d'ajouter que l'églantine qu'il avait dessinée était pratiquement impossible à reconnaître. Une chose si simple à croquer, et il parvient pourtant à la rendre laide et gauche.

Il a dit que ce devait être douloureux d'en parler, qu'il avait lui aussi perdu un membre de sa famille récemment, et qu'il s'agissait d'une mort inattendue, comme celle de mon oncle. Je n'ai pu continuer de faire semblant. Je lui ai demandé comment il était au courant pour Ryan. "Je ne suis pas libre de le dire", a-t-il répondu avec désinvolture, mais il a continué de me regarder comme si je pouvais lui divulguer quelque secret. Il veut que je lui fasse confiance et que je l'apprécie, mais il ne sait pas comment s'y prendre pour être agréable.

J'ai décidé que je n'étais pas tenue de répondre à ses questions et je lui ai dit que les feuilles d'églantine étaient mal dessinées. Il a poussé un grand soupir, comme si je l'avais déçu, et il a remis ses lunettes en disant qu'il était à ma disposition si j'avais besoin de parler ! C'est la dernière personne à qui je me confierais. Il devient audacieux et curieux, mais j'aime le travail de catalogage : c'est intéressant et c'est le seul contact que j'ai avec le domaine artistique. Ça ressemble à une gorgée d'eau fraîche quand j'ai la bouche desséchée par la soif.

Je n'ai plus déplié le chintz, ni repris le précieux crayon que M. Dillon m'a donné après mon procès. Je n'ai pas le cœur à dessiner et je n'ai plus beaucoup d'encre.

Je vois à présent de la lumière sous ma porte. Une autre journée.

*

Albert attendait dans le petit recoin qui donnait sur le pont principal par l'écoutille. C'était son poste d'observation.

"B'jour Mahoney. J'ai un message de votre jules. Il dit qu'il a un plan pour vous éloigner de l'Herbe demain." C'était le surnom qu'Albert donnait au botaniste. "Vous croyez que l'un d'eux va vous épouser ?"

Rhia leva les yeux au ciel.

"Je ne suis pas le genre de femme que les hommes épousent. Je ne l'étais déjà pas avant, alors ça m'étonnerait que je le sois maintenant, tu ne crois pas ?

— J'en serais pas si sûr. En Australie, c'est le chemin le plus rapide vers la liberté. Vous verrez, dit Albert. En plus, vous êtes loin d'être moche."

Rhia éclata de rire et lui ébouriffa les cheveux, un geste qui les surprit tous les deux.

En bas, Margaret était assise au bord de son hamac, les pieds dans le vide. Elle avait une mine terrible, mais elle sourit en voyant entrer Rhia. Elle en était arrivée là deux fois dans la semaine, mais dès qu'elle posait le pied par terre et se levait, tout allait mal. Tout le monde regardait. Le mess n'était pas uni pour grand-chose, mais tout le monde voulait voir Margaret sur pied. Elle maintenait la paix et était d'une bonne humeur indéfectible.

Comme d'habitude, Jane et Georgina ne se parlaient pas. D'après leur échange musclé du petit-déjeuner, il était désormais clair qu'elles avaient toutes les deux couché avec le marin à propos duquel elles s'étaient disputées. A peu près la moitié des femmes avaient maintenant des liaisons avec des matelots. Le danger et la désobéissance brisaient la monotonie et c'était ce à quoi elles étaient habituées. M. Wardell ne pouvait pas être partout à la fois, si bien que les chances de s'en tirer n'étaient pas mauvaises.

Margaret posa un pied par terre et gémit. Personne ne souffla mot.

"Par pitié, arrêtez de me regarder comme ça, je ne suis pas un spectacle ! Mahoney, aide-moi à sortir de cette saleté."

Margaret parvint jusqu'à la table sous un tonnerre d'applaudissements. Elle ne fut pas la seule à refuser le gruau. Celui-ci était de plus en plus clair chaque matin, de même que la soupe de pois avait de moins en moins de pois flottant à la surface du bouillon salé. Le sol s'inclina brusquement et tout le monde posa les mains sur son bol. Un seul n'était pas surveillé, mais Jane s'écarta de son trajet juste à temps. Leurs réflexes s'amélioraient ; personne n'avait reçu le contenu d'un bol depuis des jours. Margaret rit.

“Regardez-nous, assises toutes en rond à agripper notre repas minable. Quel tableau ! Le paradis doit être un endroit où la terre est aussi immobile que la queue d'un pasteur.”

Jane fit claquer sa langue.

Nora prit son bol entre ses mains robustes et le porta à ses lèvres. Elle en avala une gorgée à grand bruit puis s'essuya la bouche du revers de la main.

“Le paradis est plein de mouton aux boulettes de pâte, dit-elle.

— De pudding à la graisse de bœuf avec du lapin au jus, renchérit Agnes.

— Et de grosses fraises avec de la crème jaune, ajouta Sarah avec un regard gourmand, et du cidre fait avec des pommes rouges.

— Des pommes de Manchester, précisa Margaret avant d'avoir la nausée. Je préférerais être dans n'importe quelle autre prison au lieu de ce satané bateau – y compris à Bridewell.

— Est-ce que Bridewell est pire que Newgate ?” demanda Rhia d'un ton hésitant.

Margaret ouvrit la bouche pour répondre, mais Jane secoua la tête énergiquement.

“C'est Coventry, le pire, dit-elle. J'y suis restée un an, la première fois. Y a des rongeurs plus gros que les rats du fleuve à Millbank.” Elle regarda Rhia d'un air étrange. “Je suis allée dans quelques prisons, et j'ai rencontré plein de filles qui prétendaient ne pas avoir commis le crime dont on les accusait. Mais je vois bien que tu n'es pas une voleuse, Mahoney.”

Il y eut une minute de silence ébahi. Rhia ne pensait qu'aux allumettes et à la bougie qu'elle avait volées. Finalement, Nora grogna :

“Conneries. Oxford Street grouille de dames qui volent. Mahoney est aussi coupable que nous toutes.

— Du calme, Nora”, aboya Margaret.

Quelques-unes se mirent à boire leur soupe à la cuillère et en silence tandis que d'autres quittèrent la table pour aller s'allonger dans leur hamac ou coudre. Nora lança une insulte à voix basse à Margaret mais en resta là. Rhia repoussa son bol et croisa le regard de Margaret, qui lui adressa un clin d'œil. Cela ressemblait à une petite victoire.

La température semblait grimper un peu plus chaque jour. L'auvent installé sur le gaillard d'arrière n'y changeait pas grand-chose ; il ne pouvait les protéger de l'air immobile. Même soulever une aiguille de cuivre demandait un effort, et la langueur irritait tout le monde. Leurs vêtements étaient étouffants. Les esprits s'échauffaient. Personne ne portait plus de bottes à présent ; il faisait trop chaud et, de plus, le contact des planches sous leurs pieds les aidait à tenir debout quand la mer était agitée.

Le mess de Rhia ourlait sa deuxième couverture pour le marché de Rio. Ils arriveraient là-bas d'un jour à l'autre. Rhia trouvait douloureux de penser à la terre. A Greystones, il devait y avoir des bourgeons sur l'aubépine et l'œillet de poète, et l'odeur de la rose thé au crépuscule devait s'accrocher à la charmille du potager. Sa mère était peut-être penchée sur ses petits buissons de thym ou de sauge, ses jupes s'accrochant aux branches épineuses du romarin. Si Mamo était là, elle serait avec ses précieux moutons. Les moutons voyaient-ils les morts ?

Margaret interrompit les visions pastorales de Rhia.

"Les dames en gris nous ont joué un sacré tour ! La plupart de ces filles, dit-elle en indiquant du menton le cercle de couturières, n'ont jamais gagné un sou de façon honnête, et voilà qu'on travaille toutes ensemble paisiblement.

— Plus ou moins paisiblement", consentit Rhia en voyant Jane et Georgina se fusiller du regard de part et d'autre de l'auvent. Ce matin, personne n'était particulièrement gai, ce qui pouvait être dû à la chaleur ou aux règles, avec leur don pour se décaler de façon que toutes les femmes soient hargneuses en même temps.

Il était inutile d'essayer de parler en aparté avec Margaret jusqu'à ce que les commérages commencent, ou qu'un matelot à moitié nu passe à proximité. Rhia baissa à nouveau les yeux sur son ouvrage. Le tissu rouge et noir à motifs géométriques devait venir de chez un costumier de théâtre ; il avait une audace qu'elle n'avait jamais vue auparavant. Chaque côté du tissu était imprimé de motifs qui lui paraissaient tellement familiers qu'il aurait pu s'agir d'anciens motifs de chez Mahoney. Elle avait jadis passé des heures à regarder la rotative de la fabrique de Dublin tatouer des longueurs de lin vierge avec de nouvelles teintures minérales. Les couleurs grand teint étaient utilisées depuis des années maintenant mais, à l'époque, les machines rutilantes avaient exalté Rhia ; comme tout le monde, elle s'était laissé gagner par l'excitation de la modernité. A présent, il était difficile de ne pas mettre le sort de ces femmes sur le compte de cette modernité.

Elles riaient à cause d'une remarque de Nora sur la nouvelle coiffure de Mlle Hayter. Il était vrai que leur surveillante générale prenait particulièrement soin de son apparence ces derniers temps. Etait-il possible qu'elle aussi ait fréquenté un matelot ? C'était le bon moment pour parler de Laurence et du négatif à Margaret.

Les yeux de Margaret s'agrandirent.

"Ton ami peut faire ce qu'il veut de ce truc, tant que je le récupère en arrivant à Sydney. Le diable m'emporte, je ne sais pas de quoi je dois être le plus surprise !" Margaret porta soudain une main à sa bouche. On aurait dit qu'elle venait de se rappeler quelque chose de désagréable.

"Quoi donc, Margaret ?

— Maintenant, je ne peux plus garder le reste du secret, non ? dit-elle tout bas. Bien sûr, c'est sûrement d'autres bêtises." Elle parut hésiter, puis soupira. "Juliette m'a dit pourquoi elle voulait envoyer ce truc à sa mère."

Rhia attendit, respirant à peine, pendant que Margaret se mordillait la lèvre et se débattait avec sa conscience. Finalement, elle secoua la tête et retourna à sa couture. Elle avait renoncé à se confier.

Après le repas, alors que Rhia s'apprêtait à partir, Margaret l'attira à l'écart.

"Si je te le dis, j'aurai brisé ma promesse, et j'essaie de bien me conduire. Je l'ai promis à Mme Blake... Mais bon, je suis une voleuse et une pécheresse, alors quelle différence ça peut faire ? Je vais y réfléchir."

42

COBALT

M. Reeve était en bras de chemise, la moitié de ses boutons défaits. Il avait retiré son gilet et tenait le pont de ses lunettes d'un doigt pour les empêcher de glisser de son nez tandis qu'il lisait une revue de botanique. Ses cheveux lui collaient au front.

"Ça alors, voilà qui est intéressant, Mahoney !"

Rhia leva les yeux de sa contemplation perplexe de dessins dont elle ne pouvait même pas se risquer à deviner l'identité. La sueur dégoulinait sous ses habits et ses sous-vêtements étaient humides. Elle ne supportait pas de mettre sa coiffe et avait finalement cessé de se soucier de l'état de ses cheveux.

"Mm, dit-elle sans vraiment prendre la peine de paraître intéressée.

— Il est dit ici qu'ils ont trouvé *Phormium tenax* en Nouvelle-Galles du Sud ! Je suppose que vous ignorez ce que c'est…

— Du lin, dit Rhia avec une certaine satisfaction lorsqu'elle vit sa déception.

— Vous me surprenez sans cesse, Mahoney. Mais voilà quelque chose qui risque de vous étonner. Le naturaliste Henry Watson dit ici qu'il a vu de nombreux spécimens – ce qui fit doucement rire M. Reeve – à Sydney, y compris, et je cite : «A cette occasion, j'ai eu la chance de voir un spécimen de la meilleure société de la colonie, et j'ai cherché en vain quelque signe me permettant de le distinguer de n'importe quelle compagnie raffinée ou bourgeoise d'Angleterre. Les équipages étaient à la mode ; les dames en général jolies et élégamment vêtues ; et les messieurs tout aussi normaux dans leur tenue. Ici, dans un jardin très agréable, j'ai vu le lys géant qui, dit-on, est le principal ornement floral des étendues sauvages australiennes.»"

M. Reeve paraissait satisfait, mais Rhia ne pouvait dire si c'était la perspective de trouver des dames en général jolies et élégamment vêtues ou le lys géant qui l'excitait autant.

On frappa à la porte.

C'était Albert. Il tendit un morceau de papier à M. Reeve, adressant un clin d'œil à Rhia tandis que le botaniste lisait, les sourcils froncés. Albert s'écarta de la porte ouverte, mais Rhia devinait qu'il pouvait les entendre.

Lorsqu'il replia le mot, M. Reeve semblait irrité, et il le froissa brusquement d'un geste délibéré.

"M. Blake a reçu la permission de M. Wardell d'avoir votre aide cet après-midi, Mahoney. Il avait évoqué son intention au petit-déjeuner hier matin, mais je pensais qu'il aurait la courtoisie de m'en informer avant. Apparemment, vous êtes la seule personne sur ce navire à avoir la compétence requise. J'ignorais que vous étiez également versée dans le domaine du dessin photogénique, Mahoney. Vous êtes décidément pleine de surprises."

Rhia tenta de ne pas montrer qu'elle non plus n'était pas au courant de ses compétences.

"Juste un peu. J'ai... habité avec... quelqu'un à Londres qui avait un studio de calotype..." M. Reeve eut l'air perplexe, ses yeux pâles clignant rapidement. Il s'essuya le visage à l'aide d'un mouchoir. Il ne savait pas s'il devait se montrer soupçonneux ou pas.

"Il est étrange que M. Blake ait été au courant alors que je ne l'étais pas, dit-il d'un ton presque boudeur. J'ai l'intention d'utiliser un jour le dessin photogénique dans le cadre de mon propre travail, vous savez." Ils savaient tous les deux que le dessin photogénique était un projet d'homme riche, ce qui expliquait l'expression abattue du botaniste.

"Je suppose que je dois vous libérer." Il poussa un profond soupir pour exprimer à quel point cela allait l'ennuyer. "Je pensais que vous deviez être mon assistante." Sa pétulance aurait pu être risible si elle n'avait pas été aussi irritante.

"Je n'ai pas toujours été une prisonnière, monsieur Reeve. Il n'y a pas si longtemps, j'étais la fille d'un marchand catholique et je vivais à Dublin dans une grande maison avec des domestiques. Il n'y a pas si longtemps, il aurait été scandaleux qu'on me laisse seule dans une cabine avec vous ou M. Blake." Elle se leva pour partir et s'aperçut qu'elle ne portait pas sa coiffe.

Elle ne voulait pas que Laurence voie ses cheveux. En se baissant pour la ramasser, la lettre de sa mère tomba de la poche de son tablier et atterrit à ses pieds. Sans hésiter, M. Reeve la ramassa et commença à la déplier. Il était allé trop loin. Rhia la lui arracha des mains.

"Vous n'avez pas le droit !"

Il eut l'air abasourdi, puis son visage s'empourpra. Il haussa les épaules et se détourna.

"Nous gardons tous des souvenirs de ceux qui nous sont chers", marmonna-t-il, penché sur sa table et lui tournant le dos. Elle espérait qu'il avait honte. Quelle raison avait bien pu le pousser à agir de la sorte ? Peut-être pensait-il qu'il s'agissait d'une lettre d'amour, mais quand bien même, cela ne le regardait pas.

Dehors, Albert fumait. Il lui jeta un regard curieux. Il avait probablement tout entendu. Elle le suivit le long d'un couloir étroit et bas de plafond qui passait derrière leur petite cachette. Albert chantonnait : *"Dans la belle ville de Dublin, où les filles sont si jolies, j'ai vu pour la première fois Rhiannon Mahoney..."*

Elle sentit les larmes s'accumuler aux coins de ses yeux.

"Je te remercie, Albert. Je trouverai un moyen de te récompenser.

— Pas besoin. M. Blake l'a déjà fait." Il fit tinter quelques pièces dans sa poche et sourit. "Regardez bien, ajouta-t-il, voici le passage secret qui accède au pont passager, gloussa-t-il, au cas où vous auriez besoin de vous y rendre en douce." Il la mena dans un passage sombre qui lui semblait vaguement familier. Elle avait failli passer par là une fois quand elle était perdue.

La seule partie de l'étroit passage sinueux qui abritait des signes de vie était une porte ouverte, d'où provenait une vague lumière de lampe à gaz et une odeur de volaille rôtie. Les cuisines. Ce n'était pas le repas des prisonnières que l'on préparait. La seule viande que Rhia avait mangée depuis des semaines était du ragoût de bœuf, filandreux et insipide. Jetant un coup d'œil dans la cuisine au passage, elle aperçut l'homme décharné affublé d'un immense tablier sale qui faisait presque deux fois le tour de sa taille. Il portait une calotte chinoise ajustée et sa longue natte fine lui tombait à la taille. Rhia n'eut pas le temps d'en voir plus, à part que les cuisines étaient sombres, embuées et pas particulièrement propres. Le dos maigre et voûté du cuisinier lui donnait l'air d'être malade.

Ils arrivèrent au bout du passage et gravirent une courte volée de marches qui menait au pont passager. Albert l'accompagna jusqu'à la porte de la cabine de Laurence, eut un sourire effronté et disparut.

Laurence ouvrit la porte comme s'il avait attendu de l'autre côté. Rhia entra. La cabine lui sembla spacieuse, même si elle n'était guère plus grande que celle de M. Reeve. De la lumière filtrait par une fenêtre étroite et tombait sur un secrétaire. La fenêtre était remplie de mer et de ciel. Sur la table était posé un coffret laqué contenant un nécessaire d'écriture et quelque chose qui ressemblait à un petit presse-livre, même s'il y avait un morceau de verre entre ses deux plaques de bois. A côté se trouvait la pochette dans laquelle le négatif était conservé.

Rhia se retourna. Il y avait un lit encastré avec des boiseries et un fauteuil en tapisserie. Un tapis à motifs couvrait le sol, doux sous ses pieds nus. Le fauteuil paraissait luxueux ; le linge propre. C'étaient des choses qui lui avaient jadis paru ordinaires, auxquelles elle n'aurait peut-être même pas prêté attention. Elle n'était plus à sa place dans une pièce pareille et se sentait mal à l'aise.

Laurence ne sembla pas le remarquer. Il fit un pas vers elle et lui prit les deux mains.

"Rhia..."

Elle retint sa respiration.

"Vous voir comme ça..."

Elle détourna les yeux et tenta une boutade désinvolte.

"J'ai l'air si affreuse ?

— Non ! Enfin, je vous ai vue mieux", dit-il. Rhia fut soulagée de voir qu'il avait retrouvé son sens de l'humour. Elle ne reconnaissait pas ce Laurence sombre qui semblait sur le point de lui déclarer son amour à tout instant. "Je mettrais ma vie entre les mains de Dillon, poursuivit-il, mais j'espère qu'il se trompe.

— Qu'il se trompe ?

— J'espère que votre présence ici n'a rien à voir avec la mort de Ryan."

Elle avait depuis longtemps cessé d'essayer de comprendre quel lien il pouvait y avoir.

"Oh."

Laurence eut l'air de regretter aussitôt.

"Dillon ne vous a rien dit ?" Elle secoua la tête. Il fronça les sourcils.

"Je n'aurais pas dû vous en parler. Dieu sait que vous avez assez de problèmes comme ça."

Comment son arrestation pouvait-elle avoir un rapport avec la mort de Ryan ? Cela n'avait aucun sens. M. Dillon était-il à la recherche d'un scandale ? Avait-elle mis trop de hâte à lui faire confiance ?

Laurence sortit le négatif de la pochette. Il ouvrit le coffret contenant le papier à lettres et prit une feuille qui semblait presque identique. Il posa le papier vierge sur le négatif et les fixa ensuite sous le morceau de verre. Il retira la plaque de bois du haut de la presse pour permettre à la lumière du soleil de tomber directement sur le verre.

"Cela va prendre à peu près quinze minutes. Pour l'amour du ciel, asseyez-vous Rhia, vous semblez sur le point de tomber. J'ai une lampe à alcool et du café dans mon cabinet de toilette, en voulez-vous un verre ?"

Elle sourit. Un verre de café. Rien que l'idée la requinqua.

"Je vais prendre ça pour un «oui»", dit-il. Il disparut par une porte lambrissée derrière elle.

Rhia se percha sur le fauteuil, se laissant apaiser par la tapisserie douce et les plans inclinés bleus et verts qu'elle apercevait par la fenêtre. Elle souriait encore. Du café, un ami et un fauteuil confortable. Cela semblait être le plus extraordinaire des luxes.

Sous la presse, le papier changeait de couleur.

Laurence revint et lui mit un verre fumant dans la main. Ses doigts effleurèrent les siens mais cela ne lui donna pas le frisson. Elle le regrettait. Elle inhala l'arôme puissant qui montait du verre. Laurence se retourna pour voir où en était le transfert et lui fit signe d'approcher.

Sous la plaque de verre, un contour sombre se formait dans des tons de brun. Certains étaient presque violets, d'autres avaient une nuance rougeâtre. L'image devenait plus nette à chaque instant. Un groupe d'hommes se trouvait sur une pelouse, un mur en pierre couvert de lierre derrière eux. C'était le jardin de Cloak Lane. Rhia se tenait parfaitement immobile de peur de perturber le miracle que la lumière accomplissait sur le sel et l'argent. D'autres détails apparurent : l'éclat d'une chaussure pointue ; le grain de l'étoffe ; le poil des moustaches. Rhia se pencha plus près, totalement fascinée. Le tableau était presque complet. Elle reconnut quatre hommes sur les cinq : Ryan, M. Montgomery, M. Beckwith et Isaac Fisher. Le cinquième homme, un autre quaker, reconnaissable à son chapeau plat à large bord et son manteau sans col, ne pouvait être que Josiah Blake. Il avait un visage rond et doux et, contrairement aux autres, il fixait l'objectif avec une intensité qui donna à Rhia l'impression de se mêler de ce qui ne la regardait pas. Sur les cinq hommes, deux étaient morts.

Laurence hochait la tête comme s'il comprenait quelque chose.

"C'est le portrait qu'Antonia a pris l'été dernier, dit-il. Elle ne pouvait se résoudre à transférer l'image, à voir Josiah..." Laurence hésita. C'était étrange pour lui aussi de regarder Josiah. Tout comme cela l'était pour elle de voir son oncle.

Elle ne parvenait pas à ôter ses yeux de Ryan. Il souriait, les yeux plissés et son foulard noué de façon désinvolte. M. Montgomery avait fière allure, avec sa pose élégante et droite, ses traits détendus. M. Beckwith était voûté et mal à l'aise mais il avait redressé son nœud papillon et lissé ses cheveux. Isaac Fisher était aussi impénétrable que d'habitude.

"Je suis stupéfaite, lâcha-t-elle enfin. Je suppose que je devrais donner cela à Margaret pour qu'elle puisse le conserver avec le négatif. J'imagine que Juliette voulait que sa mère voie le portrait pour une raison quelconque. Pensez-vous qu'Antonia ait pu le donner à Juliette, cependant ?"

Laurence secoua la tête.

"Je ne peux pas croire qu'elle l'ait fait, même si elle a pu se dire qu'elle ne supporterait jamais de voir Josiah. Il est impossible de le savoir.

— Cela n'a aucun sens", admit Rhia.

Laurence haussa les épaules.

"La bonne a toujours été... imprévisible. Je serais tout de même curieux d'entendre son raisonnement, s'il y en a un. Gardez le négatif pour le moment, et quand j'aurai fixé l'image, je demanderai à Albert de vous apporter le portrait."

Rhia hocha la tête.

"Il est déjà quatre heures ?" Laurence sortit sa montre de gousset de la poche de son gilet.

"Presque." Il souleva la plaque de verre et retira doucement le négatif. Il le rangea dans sa pochette et la donna à Rhia.

Quand celle-ci fut à l'abri dans la poche de son tablier, il lui prit à nouveau la main.

"Rhia… commença-t-il d'un ton hésitant, vous savez, il existe une façon dont je peux vous aider…" Elle savait ce qu'il allait dire. Pouvait-elle épouser Laurence ? Serait-il idiot de ne pas le faire ? Cela semblait, à bien des égards, être la seule solution. Elle aimait beaucoup Laurence ; ils étaient amis. Peut-être le reste viendrait-il. Elle devait réfléchir.

"Je dois y aller. Je vais avoir des problèmes." Elle partit avant qu'il puisse ajouter autre chose.

Dans le mess, Margaret était assise à table, en train de réconforter une Nelly en pleurs, dont le ventre était maintenant rond comme une baratte. Mlle Hayter réglait une dispute pour savoir à qui était le tour de monter le seau sur le pont. Rhia fit signe à Margaret de la rejoindre quand Nelly alla dans son hamac pour continuer de pleurer. Margaret l'écouta décrire le portrait sans rien dire, mais sembla de plus en plus angoissée.

"Qu'on me jette du haut de la falaise, dit-elle enfin. Et si la bonne était sincère !" Margaret ferma les yeux un moment puis les rouvrit et regarda Rhia bien en face. "Je ne devrais pas te le dire, mais je ne peux plus garder ce secret, maintenant, hein ? Juliette pense que l'un des hommes figurant sur cette image est un meurtrier."

43

POINT DE CROIX

Allongée dans son hamac, Rhia poussait contre le mur avec sa main pour se balancer. Cela l'aidait à réfléchir. Si son arrestation était liée à la mort de Ryan, alors quelqu'un voulait sans doute la voir quitter Londres. Pourquoi ? Et pourquoi Juliette pensait-elle que l'un des hommes figurant sur le portrait était un assassin, et quelle place sa mère déportée à Sydney avait-elle dans cette histoire ? Quel était l'homme qu'elle soupçonnait d'être un meurtrier, et qui avait-il tué ? Etait-il seulement possible que l'un des morts ait été l'assassin et que sa propre mort ait été un acte de vengeance ? Plus elle réfléchissait, plus elle était perplexe. Elle devait parler à Laurence. Mais que ferait-elle s'il lui demandait de l'épouser ? C'était un risque à courir.

Elle se glissa hors de sa cabine. Le pont était silencieux et la lune énorme. L'océan était d'un noir de poix et elle frissonna en se souvenant d'une autre partie de l'histoire de Manannan et Rhiannon. Manannan n'autorisait le monde perdu à se soulever au-delà de la mer qu'une fois tous les sept ans. Sept ans était la durée de sa peine.

Elle ne rencontra personne en se faufilant dans le couloir de service qu'Albert lui avait montré, mais en approchant des cuisines, l'ombre d'un homme s'allongea dans le passage. Le cuisinier l'avait presque bousculée avant qu'elle ait eu le temps de s'écarter. Il marmonna quelque chose dans sa propre langue avant de lever sa lanterne et de regarder Rhia.

“Z'êtes une prisonnière, hein ?”

Elle hocha la tête, se demandant s'il allait la dénoncer. Le visage illuminé par la lanterne était décharné et sans joie ; les yeux étrangement vides. Dans le port de Dublin, elle avait vu des marins qui ressemblaient à cela, arrivés sur des jonques venues de Hong Kong ou de Canton. Nell, qui faisait frire le poisson, appelait la Chine "le royaume des morts vivants". Le sombre enchantement de l'opium les empêchait d'habiter le monde des vivants ou celui des morts. Comme lorsqu'on était prisonnier.

Rhia attendit que le cuisinier dise autre chose, mais il n'ajouta rien. Il portait une tunique passée, décolorée, un pantalon blanc et pas de chaussures. Sur l'un de ses avant-bras maigres, il y avait un petit tatouage représentant un caractère chinois. Pour une raison inexpliquée, le caractère lui parut familier. A sa taille, une ceinture trop grande maintenait plusieurs fourreaux de toile dont dépassaient les manches en bois lisse de ses couteaux de cuisine ; trop précieux pour être laissés sans surveillance. Après l'avoir examinée un moment, il lui tourna le dos et disparut.

Au moment où Rhia se félicitait en silence d'avoir trouvé son chemin jusqu'au pont passager, une silhouette se dressa sur le pont devant elle. Une autre lanterne se leva, illuminant cette fois-ci le visage de M. Wardell. Il n'avait pas l'air content. Il la dévisagea un moment puis la reconnut.

"Mahoney. Vous savez que les prisonnières n'ont pas le droit de quitter leurs quartiers sans autorisation."

Rhia réfléchit rapidement.

"Oui, je sais, mais Margaret Dickson est tombée malade et a besoin du chirurgien. Je cherchais l'infirmerie."

Les yeux de M. Wardell s'étrécirent.

"L'infirmerie est à tribord. Je vais aller chercher le chirurgien moi-même. Retournez dans votre cabine, je vous prie." Rhia s'exécuta. Elle ne pourrait pas voir Laurence, et Margaret nierait probablement avoir envoyé chercher de l'aide, mais il n'y avait rien à faire.

Rhia retourna dans son hamac, mais dormir était impossible. Elle se redressa et alluma une bougie, puis prit son livre. Elle trouva la carte de visite ramassée chez Ryan et examina le symbole chinois. Elle savait pourtant, avant même de le regarder de près, que le caractère qu'elle avait vu sur le bras du cuisinier était le même que celui qui figurait au dos de la carte. Elle la rangea dans le livre et sortit son stylo.

Le 1er mai

Je me souviens que, dans tes histoires, Manannan était capable de provoquer des tempêtes assez puissantes pour faire couler des navires, et qu'il pouvait transporter des mortels sans danger jusqu'à son île. Si c'est Manannan qui m'effraie, alors pourquoi m'a-t-on donné le prénom de son épouse ? Y a-t-il quelque enseignement à tirer de ces contes de fées ? Je suis épuisée.

*

La porte s'ouvrit, inondant la cabine de la lumière rosée du petit matin. Laurence lui souriait. Il devait savoir qu'elle chercherait à le voir. Rhia se redressa.

"Je voulais vous parler, dit-elle.

— C'est ce que je pensais.

— L'un des hommes figurant sur le portrait est un assassin.

— Ah !

— C'est tout ce que vous trouvez à dire !

— Rhia… je voulais vous aider, mais je ne sais plus comment faire, maintenant.

— Alors, vous ne voulez pas m'épouser ?

— Je suis vraiment désolé…

— Ça ne fait rien. Je ne suis pas sûre de vous aimer de toute façon.

— Je m'étais posé la question…" Il disparut et la porte se referma. Rhia se rallongea. Au moins, elle n'avait pas à prendre de décision tout de suite.

*

Margaret n'était pas dans son hamac. Elle avait donc coopéré avec son histoire d'infirmerie. Rhia fut désignée avec Nora pour emporter toutes les couvertures sur la dunette, au-dessus du gaillard d'arrière, où celles-ci étaient secouées et aérées une fois par semaine. Nora fit la moue en comprenant qu'elle allait devoir travailler avec Rhia. Elle lui balança un sac plein de couvertures, manquant presque de la renverser, puis hissa son propre ballot sur sa large épaule comme si c'était un sac de plumes. Elles gravirent l'échelle sans un mot.

Sur le gaillard d'arrière, une demi-douzaine de très jeunes mousses étaient alignés à genoux, en train de goudronner et calfater les planches en chantant doucement une chanson de marin, alternant les solos et les chœurs. La langue présentait des similarités avec l'irlandais, de sorte que le chant devait être gallois ou de l'île de Man. Un chaudron de poix fumait sur un énorme braséro. La poix, avait expliqué Albert, servait à boucher les fissures entre les planches du pont. Le lavage sans fin du sol, que Rhia avait tout d'abord trouvé d'une propreté surprenante et scrupuleuse, avait également un but. Il empêchait le bois de se rétracter sous la chaleur équatoriale. Quand la mer était calme, des "ventilations", tour à tour appelées écoutilles et sabords, étaient ouvertes dans la coque pour permettre à l'air chaud de circuler partout et de sécher les parties humides et moisies. Qualifier les parties inférieures d'humides et moisies était un euphémisme. Au mieux, elles sentaient le pourri.

Plusieurs matelots de pont s'interrompirent pour regarder passer les deux femmes, les yeux rivés sur l'imposante poitrine de Nora. Le chant s'arrêta pour permettre une remarque à propos d'obus. Un rire discret parcourut la rangée de garçons. Mais ils avaient choisi la mauvaise personne. Nora posa son sac sur le pont et mit ses grosses mains sur ses larges hanches.

"Je suppose qu'aucun de vous, bande de pauvres andouilles, n'a jamais vu les merveilles cachées sous les jupons d'une femme, mais si vous n'avez pas le cran de la regarder dans les yeux, vous n'approcherez jamais de sa culotte." Ce n'était pas entièrement vrai, mais cela restait un sermon impressionnant. Nora rejeta la tête en arrière et ramassa son paquet, traversant tout droit le pont qu'ils calfataient, de sorte que les garçons durent s'écarter de son chemin.

Lorsqu'elles arrivèrent devant l'échelle de la dunette, Rhia riait. Elle coula un regard vers Nora qui riait aussi. Leurs yeux se croisèrent et, pour la première fois, Nora ne lui jeta pas un regard menaçant. En arrivant au sommet de l'échelle, où le pont supérieur était à hauteur de leurs yeux, elles entendirent parler à voix basse. Le capitaine Fergusson et Mlle Hayter s'enlaçaient. Quelqu'un toussa non loin d'eux, et ils s'écartèrent brusquement avant de s'en aller.

Albert sortit la tête de derrière un rouleau de cordage. Nora soupira.

“Ces putains de matelots ne nous laisseront donc jamais en paix ? Vas-y, Mahoney, va voir ce que veut ce petit fouineur.”

Albert était assis, adossé contre le cordage, en train de sculpter un morceau de bois à l'aide d'une dague à lame courte.

“B'jour, Mahoney.” Albert semblait content de lui. “J'imagine que vous attendez un message de votre amoureux ?

— J'ai vraiment besoin de lui parler, à vrai dire. Tu pourrais lui demander s'il peut venir me voir ? Peut-être ce soir…”

Albert afficha un large sourire mais continua sa sculpture.

“Je pourrais.

— Albert, sais-tu si Margaret Dickson est à l'infirmerie ?

— Ouais. Ils l'ont emmenée hier soir. Elle arrêtait pas de gémir.” Albert secoua la tête. “J'ai entendu M. Donovan dire qu'elle avait une forme aiguë de ça ou autre chose, et il a essayé l'huile de castor, un mélange de craie et de sulfate de je ne sais quoi…

— C'est très précis.”

Albert sourit.

“Je vais aller voir votre jules maintenant. Il aime bien se lever tôt – une histoire de lumière.” Il souleva sa casquette et disparut par l'écoutille.

Avant même d'avoir secoué la moitié des couvertures, elles entendirent un cri, comme si un grain approchait. Elles se penchèrent par-dessus la lisse pour regarder le gaillard d'arrière en contrebas où les matelots qui calfataient étaient massés pour écouter ce que leur racontait James, le garçon de bord dégingandé. Un moment plus tard, James apparut sur la dunette. Il paraissait effrayé.

“Vous devez retourner au mess immédiatement, ordre du capitaine.

— Alors le capitaine lui aussi nous donne des ordres”, marmonna Nora d'un ton maussade. Elles fourrèrent les couvertures dans leurs sacs et les redescendirent jusqu'à l'entrepont par les échelles et les escaliers.

Un bourdonnement d'agitation enflait au fur et à mesure que les femmes revenaient dans l'entrepont après avoir dû abandonner leurs diverses corvées matinales. Selon la rumeur qui se propageait, il n'y aurait pas de service de prière, ce qui ressemblait pour elles à des vacances, jusqu'à ce que Mlle Hayter arrive et qu'on ferme l'écoutille depuis le haut.

“C’est quoi, tout ce cirque, mademoiselle la surveillante générale ?” demanda Agnes alors qu’elles se regroupaient autour de la table. Personne ne semblait rien savoir, pas même celle qui se trouvait en compagnie du capitaine.

“Vous êtes toutes confinées ici pour la journée, déclara Mlle Hayter d’un ton calme. Tout ce que je peux vous dire, c’est qu’un crime a été commis. M. Wardell, M. Donovan et le capitaine Fergusson mènent l’enquête.”

Un moment plus tard, l’écoutille s’ouvrit à nouveau et une paire de pieds nus apparurent, descendant lentement l’échelle, suivis par un ourlet crasseux. Margaret eut un pâle sourire en arrivant au bas de l’échelle, mais elle refusa de regarder Rhia dans les yeux.

“Tu fais partie des suspects, Dickson ? demanda Jane.

— Je suppose que oui. Je suis seulement heureuse d’échapper aux potions puantes de M. Donovan.”

Malgré la faible lumière, elles sortirent leurs quelques dernières bandes de patchwork. Elles n’étaient plus qu’à quelques jours de Rio, et la dernière couverture était presque achevée.

Margaret semblait avoir envie de retourner dans son hamac mais elle resta à table avec les autres.

“J’ai eu une idée, annonça-t-elle d’un ton mystérieux avant de marquer une pause alléchante pour ménager son effet.

— Vas-y Dickson, aboya Nora, accouche.

— J’y viens, à mon rythme. Ce que je me suis dit, c’est que, puisque nous avons toutes bénéficié de la charité des dames en gris, nous pourrions peut-être faire quelque chose pour leur montrer notre reconnaissance ?

— Oh oui, souffla Nelly. Mais quoi ?

— Une couverture, mais pas un dessus-de-lit comme ceux qu’on fait pour Rio, une jolie tenture qu’elles pourraient accrocher quelque part, avec quelque chose écrit dessus, disant à quel point nous avons apprécié leurs efforts.”

Il y eut un chœur d’approbations.

“C’est une belle idée, Dickson, dit Mlle Hayter. Je pourrais même demander à la femme du gouverneur de la mettre à bord du prochain bateau pour Londres.

— Demandez-lui de la faire livrer à Mme Blake, dit Margaret. C’est elle qui dirige le Comité pour les navires de détenues. Elle a rendu visite à beaucoup d’entre nous à Millbank.”

Mlle Hayter approuva d'un signe de tête.

"Je connais Mme Blake. Nous commencerons aujourd'hui. Ça nous changera les idées des… événements.

— Je pourrais commencer le point de croix, proposa Margaret, si on nous donnait une lampe ou deux, mademoiselle la surveillante générale." La réserve d'huile pour les lampes était presque épuisée si bien qu'il était maintenant contre le règlement d'allumer des lanternes en plein jour, mais avec l'écoutille fermée, on se serait cru la nuit.

"Oui, Dickson, vous avez raison. On ne peut pas vous demander de rester ici toute la journée dans le noir."

Quelques femmes se mirent à fouiller dans leurs pièces de tissu à la recherche des jolies chutes qu'elles avaient mises de côté. Agnes demeura assise les bras croisés, l'air renfrogné, tandis que Georgina et Sarah étaient toutes deux retournées dans leur hamac.

"Alors cette couverture ne sera pas à vendre ? demanda Agnes d'un ton cassant.

— C'est ça, rétorqua Margaret. Ce sera un cadeau.

— Eh bien, c'est l'idée la plus idiote que j'aie jamais entendue, grommela Agnes. Quel intérêt de faire ça ?"

Mlle Hayter dit que cela pourrait être une bonne idée de confectionner une bordure fantaisie en broderie perse pour la dédicace, un genre d'appliqué fait en découpant un motif dans une tapisserie en chintz que l'on coud ensuite.

"Quelqu'un a-t-il du chintz ?" demanda-t-elle. Si quelqu'un en avait, alors il ne le disait pas. C'était un tissu onéreux qui un jour pourrait servir à merveille pour confectionner un jeté de fauteuil ou rehausser un coussin.

Rhia ne supportait pas l'idée que l'on puisse découper son chintz pour qu'on le couse sur une couverture destinée à être renvoyée en Angleterre.

"Nous devons réfléchir soigneusement au motif avant de commencer, dit Mlle Hayter.

— Et si on faisait un motif en médaillon ? suggéra Rhia d'un ton hésitant. Des rangées concentriques…"

Agnes leva les yeux au ciel.

"Oh, ferme ton clapet, Mahoney." Elle fronça les sourcils. "Ça veut dire quoi, concentrique, d'abord.

— Des bandes en cercle, espèce d'imbécile", siffla Nora.

Mlle Hayter hochait la tête.

“Bien, Mahoney. Magnifique. Si chacune d’entre vous confectionne une bande, alors nous en aurons dix.”

Elles passèrent le temps à choisir des imprimés et des couleurs jusqu’à l’heure du déjeuner, et quoi qu’il ait pu se passer sur les ponts au-dessus, ce fut momentanément oublié. Cette nouvelle couverture retournait chez elles ; elle avait une signification.

Il fut décidé que les bandes de patchwork formeraient des carrés à partir du panneau central qui porterait la dédicace de Margaret, comme un médaillon. Deux des bandes seraient beaucoup plus larges que les autres et renforcées par du lin uni sur lequel on appliquerait un motif floral simple : chaque pétale serait découpé dans un tissu imprimé. L’un de ces panneaux plus larges entourerait la pièce centrale et les autres formeraient la bordure extérieure de la couverture.

Rhia prit son patchwork et s’assit en bout de table à côté de Margaret. De près, celle-ci semblait plus tendue. Elle cousait si vite qu’elle avait presque brodé une lettre entière avant que Rhia ne se souvienne qu’elle avait le négatif dans la poche de son tablier. Elle donna un coup de coude à Margaret et le lui fit passer sous la table.

“Au fait, murmura-t-elle, merci pour le service, Margaret, j’espérais que tu comprendrais.

— Quel service. Comprendrais quoi ?

— J’avais besoin d’une raison pour être sur le pont, alors j’ai dit que je cherchais l’infirmerie et que tu étais malade.

— Je n’avais aucune idée de ce que tu manigançais. J’étais vraiment malade. Je suis allée à l’infirmerie juste après ton départ du mess hier soir.”

Si Margaret était déjà à l’infirmerie quand Rhia avait croisé M. Wardell, alors il devait savoir qu’elle avait menti.

Margaret pencha la tête sur son ouvrage et murmura.

“Albert est venu me chercher à l’infirmerie pour me dire que je devais descendre. Il était dans tous ses états.” Elle aspira de l’air. “Quelqu’un s’est fait tailler un costard en planches.

— Quoi ?

— Est *mort*.”

Rhia la dévisagea.

Margaret lui retourna son regard, les yeux écarquillés.

“Qui ?” murmura Rhia.

Margaret baissa les yeux vers son ouvrage, puis elle le posa sur la table et mit les mains devant ses yeux.

“Qui ça, Margaret !
— C’est ton ami, dit-elle. Albert l’a trouvé dans sa cabine ce matin, un couteau planté dans le cou.”

44

CÈDRE

Michael regarda autour de lui. La petite location qu'il avait prise quand Frank avait calanché dans le four à briques paraissait différente. La lettre changeait tout.

Le jeune garde qui avait traîné Frank par ses bottes avait levé les yeux au ciel et poussé un soupir exaspéré, comme si le pauvre bougre était mort pour faire de l'obstruction. Michael se souvenait qu'il avait serré le poing, à deux doigts de le lui coller dans la figure. Mais le garçon ne faisait qu'imiter ses supérieurs, et la mort d'un détenu était considérée comme un désagrément. Avant cela, Frank était resté cinq ans dans les mines de charbon humides de Newcastle, au nord de Sydney, si bien que ses poumons ressemblaient déjà à des soufflets grinçants avant qu'il descende dans le four à briques.

Newcastle se trouvait sur le Hunter, et Michael avait écrit un article sur le fait que Newcastle s'appelait à l'origine Coal Harbour, le port du Charbon, en raison d'un filon noir prolifique découvert là-bas. Après une rébellion irlandaise mal préparée (et malheureuse) qui avait débuté à Castle Hill, près de Parramatta, de nombreux Irlandais avaient été envoyés dans les mines de charbon, et le nom de Newcastle était resté. Plus récemment, les richesses de la vallée du Hunter étaient les cèdres ; les cèdres du gouverneur. D'après ce qu'avait entendu dire Michael, les forêts de cèdres disparaissaient rapidement, afin que tous les bâtiments officiels puissent être lambrissés, parquetés et meublés avec ce bois. Cela semblait être une fin bien indigne pour un arbre aussi majestueux et ancien qu'un cèdre que de se faire marcher dessus par des hommes en chaussures de cuir à bout pointu.

Frank savait qu'il n'allait jamais rentrer chez lui. Il avait dit à Michael où il rangeait la clé de cet endroit quelques jours avant de mourir. C'était un grenier au-dessus de la quincaillerie à l'extrémité nord de George Street. Un luxe tel qu'un logement privé était rare, même parmi les détenus affectés au service d'un particulier. La plupart partageaient des meublés dans les bidonvilles de Glebe, dans la partie ouest de la ville. Glebe était un trou crasseux : pas d'égout, pas d'eau potable et plus de personnes dans une pièce que dans un asile de nuit des bas quartiers de Londres. Ce n'était pas le genre d'endroit où un homme pouvait prendre conscience de son humanité.

La pièce était chichement meublée : un lit de camp en toile contre un mur, une caisse en guise de table devant la fenêtre. Sur la caisse se trouvaient une lampe à alcool et une pile de bulletins. Près de la fenêtre, il y avait quelques crochets sur les murs de lattes. C'était tout ce dont avait besoin Michael et tout ce qu'il voulait. Cela n'avait jamais été un foyer mais c'était un refuge. Il pouvait quitter cet endroit avec ses affaires réunies dans un sac de blé et partir sans se retourner.

Michael regarda à nouveau le morceau de papier qu'il tenait à la main et qui changeait tout. Il était encore là. Il était réel. C'était un objet d'une beauté incroyable. Il portait un tampon écarlate qui disait : *Gouverneur de Son Altesse Royale la reine Victoria pour la Nouvelle-Galles du Sud.* Sa lettre de libération. Beaucoup considéraient ce bout de papier comme une transition entre l'esclavage et la pauvreté, mais Michael n'avait pas l'intention de devenir un laquais pour la bourgeoisie autoproclamée de Nouvelle-Galles du Sud. Il rentrait chez lui et n'avait même pas à travailler à bord du bateau pour payer sa traversée. Il avait mis de côté les cinquante livres nécessaires à payer son voyage et même plus. Toutes ces années à faire travailler sa presse en solitaire dans la cave de Maggie lui paieraient la seule devise à laquelle il accordait de la valeur : la liberté.

Il sourit et boutonna sa culotte, s'aspergea le visage au-dessus du seau posé dans le coin. Il laça ses bottes et, pendant tout ce temps, songea à Annie. Le soleil qui détournait son regard brûlant des colons devait réchauffer le sable au bas de son jardin, chez lui.

Chez lui.

Il descendit George Street comme si un vent arrière lui fouettait les talons, l'enjoignant à danser la gigue. Il sourit à Dan le marchand de drap qui souleva son chapeau et lui retourna son sourire.

“Je suppose que vous ne connaissez personne qui cherche un logement, monsieur Kelly ? J’ai deux jolies chambres propres à l’étage, si jamais. Deux pence par lit et par nuit.

— Pas pour moi, Dan. Je rentre chez moi. Mais je vais faire passer le mot.

— Vous rentrez chez vous, hein ? Eh ben ça alors, ce n’est pas quelque chose qu’on entend tous les jours ! J’ai fait rentrer du beau mérinos. Doux comme de la soie. Vous devriez venir jeter un œil.

— Je le ferai. Je vais à Dublin et il paraît qu’il y a plus de demande pour la laine que pour le lin ces temps-ci.

— Vous avez de la chance, Michael Kelly.

— Ouais.” Le sourire de Michael s’élargit comme il poursuivait son chemin, savourant le sentiment inhabituel d’avoir de la chance.

Oscar était assis du mauvais côté du comptoir avec son déjeuner, une pinte de brune, encadré de part et d’autre par les canailles habituelles. Michael éprouva un sursaut d’émotion inattendu. La compagnie de ces dissidents et gros buveurs allait lui manquer.

“Bonjour, Mick”, dit Oscar. Un chœur de salutations plus ou moins pâteuses noya l’accent traînant d’Oscar Kilkenny.

“Bonjour, messieurs. Comme d’habitude, quand tu auras terminé, Oscar.”

Quand le rituel de remarques sur le goût de la bière fut achevé et que quelqu’un l’eut attribué au calcaire, Michael posa son pot de brune sur un tonneau et bourra sa pipe.

“Un penny pour savoir c’que t’as dans la tête.” Will O’Shea s’était rapproché d’un pas traînant pour inspecter le contenu de la blague à tabac de Michael.

“Ça le vaut pas, Will.

— Des nouvelles de ton garçon ?

— Pas depuis quelques semaines – devrait y en avoir sur le prochain bateau.

— Y se passe quelque chose ?” Will ne s’intéressait pas trop aux événements quotidiens. Il demandait des nouvelles d’Irlande.

“Comme d’habitude. Des types affamés contre le poids de la Couronne.”

Will haussa les épaules.

“Ça fait un siècle que ça dure. Avant, moi aussi je pensais pouvoir changer ça, c’est mon côté idiot.

— Si les idiots sont les seuls hommes à croire que ça vaut la peine de se battre, alors les idiots sont des héros.

— Et les héros sont des idiots. Les colons aussi, d'ailleurs. N'importe quel homme qui construirait une ville sans trésorerie l'est forcément." Même quand il était éméché, c'était agréable de tailler la bavette avec Will. Dans sa jeunesse, à Dublin, il avait été un journaliste à l'esprit acerbe, jusqu'à ce qu'il écrive un article de trop sur les Britanniques en Irlande. Il avait été viré et envoyé en Nouvelle-Galles du Sud.

Michael fronça les sourcils. C'était une remarque étrange à faire de but en blanc.

"C'est quelque chose qui m'a toujours laissé perplexe. Comment se faisait le commerce ?

— Tout était utilisé comme devise, non ? Le tabac, les chaussures, le rhum. Si tu savais écrire une lettre ou faire des additions, alors tu pouvais faire du commerce. Bien sûr, une fois que les marchands étrangers et les militaires ont commencé à faire halte dans le port, on a utilisé toutes sortes de monnaies : ducats, roupies, dollars espagnols, florins hollandais, *et cetera*. Tout a été retiré de la circulation il y a des années." Les yeux de Will s'étrécirent un moment, comme s'il tentait de prendre une décision. "Quelle coïncidence que nous ayons cette conversation..." Mais, avec Will, il n'y avait jamais de coïncidence et, en outre, c'était lui qui parlait.

Michael tenta de ne pas paraître trop intéressé.

"Pourquoi ça ?

— Eh bien, j'ai entendu une rumeur..." Il n'en dit pas plus. Ce qu'il voulait ne faisait aucun doute.

"Est-ce que ça vaut une pinte ? demanda Michael.

— Oh, ouais." Will afficha un large sourire. Une fois un pichet de brune posé devant lui, il reprit du tabac et se pencha au-dessus du tonneau puis baissa la voix.

"Un des garçons qui travaillent au *Sydney Herald* est impliqué dans une affaire... *personnelle* avec la femme du secrétaire du gouverneur.

— C'est pas vrai ?" Michael tira une bouffée sur sa pipe en observant Will attentivement.

"Si. Et elle lui a dit, dans le plus grand secret, *bien sûr...*" Will marqua un temps d'arrêt pour afficher un sourire narquois, les secrets n'étant qu'une autre forme de devise.

"Bien sûr, admit Michael.

— Elle lui a dit que la chambre forte de la résidence officielle du gouverneur, où ils stockaient la vieille monnaie, avait été fracturée. Tout cet argent étranger a disparu.

— C'est vrai ? Quand ça ?

— Oh, il y a quelque temps."

Michael hocha lentement la tête.

"Alors, il pourrait y avoir des faux-monnayeurs très occupés, aux Rocks.

— C'est ce que je me suis dit, reconnut Will.

— Tu l'as dit à quelqu'un d'autre ?

— J'avais aucune raison de le faire.

— Eh bien, si tu en trouves une, tu me le feras savoir ?" Will l'en assura et Michael se leva avant de terminer sa bière. Il avait besoin de marcher.

Au bout de George Street, l'éclat dur du Pacifique s'étendait jusqu'à ce qu'il touche le mur de l'horizon. Il rentrait chez lui, il pouvait se permettre d'être songeur ; d'être impressionné par la réussite de cette jeune ville qui comptait maintenant plus de trente mille âmes. Le dédale des rues qui s'étendait sur les hauteurs de grès lui avait jadis paru d'une étrangeté insoutenable, mais à présent ce réseau était aussi familier que les lignes hachurées dans la paume de sa main.

Il écrirait un article là-dessus ce soir, dans son dernier bulletin, pour dire à quel point, ici, rien ne rappelait l'Angleterre ou l'Irlande, y compris les promesses de réforme. Les prétentions des classes sociales étaient mises au rebut comme un vêtement mité, indigne d'habiller un Australien. Trois générations pouvaient désormais se prétendre *australiennes*, mais qu'en pensaient les Originels ? Cela lui rappela qu'il n'avait pas vu Jarrah depuis un moment. Comme tous ceux de son peuple, si Jarrah ne voulait pas qu'on le voie, il devenait simplement invisible.

Jarrah et son peuple étaient des prisonniers d'un autre genre : ils étaient consignés chez eux. Les bidonvilles de Sydney laissaient leur crasse s'infiltrer dans leur terre sainte, ce qui devait revenir à vider des pots de chambre dans la cathédrale Saint-Patrick. Ce continent entier était le temple de son peuple, tout comme l'Irlande l'avait jadis été.

45

CHINTZ

Le 5 mai 1841

Nous sommes restées enfermées dans l'entrepont pendant deux jours, ce qui veut dire que trois jours se sont écoulés depuis la mort de Laurence. Comment peut-il être mort quand je peux encore entendre sa voix et sentir la chaleur de sa main ? Et comment Antonia va-t-elle supporter cela ? Nous avons jeté l'ancre dans le port de Saint-Sébastien, à Rio, et je dois trouver un moyen d'envoyer une lettre. J'attends que quelqu'un dise qu'il s'agit d'une terrible erreur ; de recevoir un mot de Laurence.

On a accroché un hamac supplémentaire pour moi dans le mess, ce qui a provoqué une petite émeute car Agnes ne voulait pas dormir à côté de moi, et Jane ne voulait pas changer de place avec elle parce qu'elle se serait retrouvée à côté de Georgina. Et pour compliquer encore les choses, aucune n'est assez courageuse pour admettre qu'elles ne veulent pas être trop près de Nora, parce qu'elle ronfle à vous crever les tympans et empêche sans doute de dormir les cochons et les poulets cantonnés à l'autre bout de l'entrepont. Hier, au petit-déjeuner, Agnes a menacé Jane de lui flanquer une correction parce qu'elle avait ronflé, même si tout le monde savait que c'était Nora. Jane s'en est prise à Georgina, bien sûr. Elle l'a traitée de grosse andouille parce qu'elle croyait que l'Australie se trouvait sur la côte ouest du pays de Galles. Le silence de Margaret m'inquiète. Elle a travaillé sur son point de croix tout le temps que nous sommes restées dans l'entrepont, la tête penchée pour que personne ne puisse voir son visage. Je crois qu'elle se sent plus mal qu'elle ne veut bien l'admettre. Et bien sûr, elle sait ce qui est arrivé à Laurence. D'après ce que je sais, aucune fille de l'entrepont n'est au courant. Mlle Hayter doit l'être, surtout si c'est la petite amie du capitaine. Je me demande si elle partage son lit ?

Nelly agace tout le monde à force de pleurer, et la puanteur et la chaleur la rendent malade. Je ne sais pas du tout à combien de mois elle en est maintenant, mais son ventre gonfle comme de la pâte à pain.

Ce matin, au moment où Georgina donnait un coup de poing à Jane, nous avons entendu crier au-dessus, et puis ces mots doux à l'oreille : Terre droit devant.

Mlle Hayter est descendue avec les autres gardiennes. La petite surveillante générale était rouge d'excitation de savoir que nous étions à l'entrée du port de Rio de Janeiro. Nora a poussé un de ses grognements et dit : "En voilà un nom pour un pays !", mais on devinait qu'elle était aussi contente que les autres. Mlle Hayter a dû élever la voix pour se faire entendre parmi les cris de joie, et quand elle nous a dit que nous avions le droit de monter sur le pont, tout le monde s'est précipité vers l'échelle.

Sur le pont, après deux jours passés dans le noir, la lumière était aussi tranchante qu'un couteau et l'air si pur qu'il était comme un élixir. Tout le monde s'est pressé contre les lisses du gaillard d'arrière. A première vue, les bâtiments, les arbres et les mâts des vaisseaux qu'on apercevait au loin semblaient si parfaits qu'on aurait dit un tableau. Un relief au bout de l'eau ressemble à une bête à la porte d'un pays de cocagne. Je comprends pourquoi les marins du Moyen Age croyaient que le Brésil était la Terre perdue de Manannan. Mais ils ne sont jamais allés aussi loin que l'Australie. Au bout d'un mois passé en mer, j'ai presque oublié les odeurs de la terre, et je remarque encore les changements dans l'air. Cela ressemble à une parfumerie : agrumes et une légère odeur boisée doublée d'une fleur au parfum de miel que je ne connais pas.

L'émotion de mouiller dans un port animé ne masque pas le fait que l'humeur de l'équipage a changé ; pour le peu de matelots qui restent à bord. J'ai remarqué deux hommes à la peau sombre que je ne connais pas. Costauds, ils ne sont pas bâtis pour grimper aux mâts, et je doute que ce soient des marins. Je pense que ce sont des gardes de Rio. Je ne sais absolument pas comment les officiers de navire et M. Wardell gèrent la mort de Laurence. Je n'ai pas encore vu Albert. Il doit être à terre.

Il est sacrément injuste que le monde libre soit d'une beauté à vous couper le souffle quand nous sommes retenues sur cette taule flottante. C'est comme cela que Margaret appelle ce bateau, même si je n'ai aucune idée de ce que cela signifie. Les tortues ressemblent à de petites îles endormies flottant sur l'eau verte, et elles ne semblent même pas perturbées par les quelques marsouins exubérants. Les marsouins paraissent particulièrement contents d'eux et de leurs acrobaties, et ce sont eux surtout qui me donnent une folle envie de liberté.

J'ai donc vu la côte du Brésil, mais pas de la façon dont j'avais jadis imaginé visiter un pays étranger. Aux abords de l'îlot, il y a un croissant de sable pâle, qui s'étend autour d'une plage festonnée. Des flèches d'église et de jolis bungalows blancs évoquent le confort et la sécurité. Des enfants aux yeux noirs nous tournent autour à bord de barques peintes et l'aspirant leur crie sans cesse de ne pas monter sur le navire pour vendre leurs bananes et leurs citrons. Il flotte sur l'eau des sons de cloches d'église, des rires et une espèce de chant d'oiseau nocturne.

De nouvelles règles ont été instaurées, bien sûr, pendant que nous sommes dans le port. Toute prisonnière montant sur le pont doit être surveillée, que ce soit pour aérer les couvertures, coudre ou vider les toilettes. On m'a dit que M. Reeve n'aurait pas besoin de moi avant que l'on reprenne la mer. D'après ce que je sais, aucune des femmes n'a été interrogée à propos de la mort de Laurence. Pourtant, nous devrions être les premières soupçonnées, non ? De plus, M. Wardell m'a vue devant la cabine de Laurence la nuit de sa mort. Cela signifie-t-il qu'il y a un autre suspect ?

Cet après-midi, Mlle Hayter est revenue du marché de Rio avec un chapeau de paille neuf et des centaines de mètres d'horrible coton dans lequel nous sommes censées nous tailler de nouveaux vêtements. Elle a dit au repas qu'il y avait une pièce d'argent pour chacune d'entre nous. Toutes les couvertures ont été vendues. L'argent, apparemment, sera gardé en fidéicommis. Elle semble croire que cela ne ferait qu'encourager les jeux d'argent. Ayant passé deux journées complètes dans l'entrepont, j'ai remarqué qu'une gorgée de rhum valait le prix d'un peigne, et une orange celui d'un dé en argent.

La tenture destinée aux quakers prend tournure. Nous n'avons rien eu d'autre à faire à part coudre pendant nos deux jours passés dans l'entrepont. Les fleurs et les oiseaux de mon chintz seraient parfaits pour être appliqués sur la pièce centrale. Si je veux contribuer d'une façon significative à la couverture, alors je devrais le proposer pour la broderie perse. J'ai profité de la gentillesse d'Antonia plus que n'importe qui.

Je me demande parfois si tu es là, mais je ne le pense pas. On dirait que tu es trop occupée à tourmenter mon père. C'était folie d'imaginer que tu étais responsable de ce qui m'arrive, mais même quand je le pensais, et que je t'en voulais, je me sentais moins seule. Tu ne pourrais plus dire, maintenant, que je suis gâtée et oisive !

*

Dans la matinée, Albert était penché par-dessus la lisse arrière avec une raclette à bernacles, décollant les coquillages gris accrochés au navire et qui le faisaient ressembler à un crustacé géant.

"Bonjour, Mahoney." Il lui adressa son sourire en coin, mais celui-ci manquait de substance. Ses cheveux formaient des crêtes comme s'il était allé se baigner dans la mer, et il avait du sable sur les pieds. Ils restèrent un moment à se dévisager. Cela devait être dit, mais aucun d'eux n'en avait envie.

"Je ne t'ai pas vu depuis… commença Rhia.

— Non, pas depuis." Les épaules d'Albert s'affaissèrent. Il jeta un regard discret autour de lui. Il lui fit signe d'approcher et se glissa dans une soute où était rangé un tas de toile à voile. "J'ai écouté les conversations, dit-il. On dirait que la dunette est l'endroit où se retrouvent tous ceux qui veulent se parler en privé. Wardell a dit au capitaine qu'il vous avait vue sur le pont cette nuit-là."

Rhia hocha la tête. Elle s'y attendait.

"On va peut-être m'accuser.

— Ils ne pensent pas que ce soit vous. Wardell a aperçu quelqu'un d'autre rôder dans les parages mais il ne l'a pas bien vu. Trop sombre." Il la regarda bien en face. "Moi aussi j'ai vu quelqu'un.

— Qui ?!"

Albert regarda ses pieds.

"J'en sais rien. Trop sombre.

— Mais moi, j'ai vu Laurence ! Il est venu dans ma cabine de bonne heure le matin…"

Albert secoua la tête.

"Il n'a pas pu venir. Le chirurgien a dit qu'il était mort vers minuit – il peut le dire en voyant le corps ou quelque chose comme ça."

Elle semblait avoir perdu le don de distinguer les vivants des morts. Albert la regardait d'un air étrange.

"Je suis vraiment désolée, Albert, c'est moi qui t'ai envoyé dans la cabine de Laurence ce matin-là..."

Il haussa les épaules.

"J'y serais allé de toute façon. Je lui portais parfois son seau d'eau. Je l'aimais bien.

— Que s'est-il passé ? Comment... ?" Rhia tentait encore de se rappeler ce que Laurence avait dit, hormis le fait qu'il ne pouvait pas l'épouser. Au moins maintenant, elle comprenait pourquoi.

"Un coupe-papier, répondit Albert. Le chirurgien pense qu'il a été réveillé par quelqu'un qui s'était introduit dans sa cabine – à moins qu'il n'ait attendu quelqu'un et ne l'ait fait entrer. Il était en chemise de nuit... Il y avait du sang..." Albert s'efforçait de ne pas pleurer ; elle aussi. Rhia se souvint du portrait.

"As-tu remarqué... Y avait-il un dessin photogénique sur la table ?

— Un quoi ?

— Un dessin photogénique – comme un tableau représentant un groupe d'hommes.

— Oh, ça. Je l'ai vu quand je lui ai apporté le sel.

— Le sel ?

— La veille. Je ne comprenais pas pourquoi il voulait un bol de sel, alors il m'a montré l'image. Elle n'était pas là quand je l'ai trouvé. Je le sais parce que j'ai regardé un peu partout, pour essayer de comprendre comment ça s'était produit..." Il bataillait encore pour se montrer courageux ; un garçon menant une vie d'homme. Il regarda à nouveau ses pieds et fit courir son gros orteil le long d'une fissure du pont, mais Rhia avait déjà vu ses larmes. "Je n'ai jamais compris, dit-il, il appelait ça peindre avec de la lumière. Trop compliqué pour moi."

Rhia l'entendit à peine.

"Peut-être que celui qui l'a tué a pris le portrait.

— Qui le voudrait ?"

Elle secoua la tête. Qui, à bord du *Rajah*, en dehors de Margaret, était seulement au courant de l'existence du portrait, et à plus forte raison aurait eu envie de le prendre ?

"Albert, peux-tu aller dans la cabine de Laurence ?"

Il haussa les épaules.

"Si je le voulais." Il était clair qu'il ne le voulait pas.

“Si le portrait n’a pas été volé, alors il doit se trouver quelque part dans la cabine. Si tu le trouvais, il…

— Si je le trouve, il est à vous.

— Il y a autre chose.

— Vous n’êtes pas facilement satisfaite, hein Mahoney ?

— Si je l’étais, je ne serais pas sur ce maudit bateau, tu ne crois pas ? J’ai besoin d’envoyer une lettre. Est-ce possible avant qu’on parte ?

— On lève l’ancre demain. Ce soir, j’ai la permission d’aller à terre. Elle est déjà écrite, cette lettre ?

— Elle l’est.” Elle avait utilisé du papier de son livre rouge et l’enveloppe que Laurence avait glissée sous sa porte. Son précieux stylo-plume n’avait presque plus d’encre, mais la lettre était dans la poche de son tablier. Elle la donna à Albert. “Assure-toi que le postier utilise de la cire à cacheter, dit-elle. Albert, je te paierai dès que… bientôt.”

Albert leva les yeux au ciel.

“Je me suis déjà acheté un sabre d’abordage et il me reste une pièce.

— Combien de temps faudra-t-il pour qu’elle arrive à Londres ?

— Ça dépend. En général, trois semaines en clipper.” Il tourna les talons pour s’en aller, mais Rhia avait besoin de savoir une dernière chose. “Albert, est-ce qu’il est… ?

— Il est dans la glacière, à l’infirmerie. Le chirurgien veut l’examiner de plus près, pour savoir comment ça s’est passé. Ils voulaient le descendre à terre, mais les autorités portuaires ont refusé.

— Mais qu’est-ce qui va se passer ?

— Il sera inhumé en mer, dès que nous aurons quitté le port.”

46

TOILE À VOILE

Agnes lança le sujet en affirmant qu'un fou choisissait les passagers un par un. Elle disait qu'il y avait déjà eu trois morts, que c'était pour cela qu'elles avaient toutes été confinées en bas, et elle pensait qu'il s'en prendrait à l'une d'elles la prochaine fois. Georgina avait entendu dire qu'un monsieur s'était fait trancher la gorge pour une bourse pleine d'argent, mais ils avaient arrêté le meurtrier et l'avait jeté dans un donjon à Rio. Quelqu'un d'autre estimait que le cuisinier était bien du genre à planter ses couteaux dans les gens. Rhia s'était fait la même réflexion. En outre, le cuisinier possédait la plus belle collection de couteaux. Tout le monde s'accordait pour dire qu'au moins une personne s'était fait planter un couteau dans le cou par un fou, mais il y avait des débats sans fin sur les détails, et sur la question de savoir si l'assassin était encore à bord du bateau.

Le troisième matin après le départ de Saint-Sébastien, l'air était chargé d'humidité et d'appréhension. Il n'y avait pas de gardiennes dans le mess, si bien que Margaret était assise dans son hamac avec son gruau qu'elle ne mangeait pas. Rhia avait mis le chintz dans la poche de son tablier pour le montrer à Margaret avant de prendre une décision. Avant d'en avoir eu l'occasion, la conversation à bâtons rompus s'interrompit autour de la table, ce qui signifiait que les choses allaient se gâter.

Georgina mangeait son gruau aussi bruyamment que possible parce qu'elle savait que cela irritait Jane plus que tout le reste. Jane la fusilla dangereusement du regard. Nora eut un sourire ravi, amusée par la tension, et les autres mangeaient prudemment, dans l'expectative. Pour finir, Jane jeta sa cuillère au visage de Georgina, qui la reçut sur l'arête du nez.

“Garce !” hurla Georgina. Elle se leva, se pencha au-dessus de la table et renversa son bol sur la tête de Jane. La bouillie gluante coula sur ses cheveux courts. Elle jura, tout faux-semblant de piété oublié, et lança son bol en direction de Georgina mais atteignit Agnes qui se jeta sur elle et la fit tomber de son banc. Elles roulèrent sur le sol, se déchirant leurs vêtements et se tirant les cheveux en hurlant. Personne ne tenta de les séparer.

Quand Mlle Hayter arriva, Nora les encourageait en poussant des acclamations et Nelly pleurait. Les autres, y compris Rhia et Margaret, regardaient. Il n’y avait rien d’autre à faire. Mlle Hayter aboya des ordres comme un commandant de l’armée et les deux femmes furent enfin séparées.

Lorsqu’elles furent à nouveau toutes autour de la table, Jane avait une longue égratignure sur la joue et Agnes rangeait sa poitrine dans ses sous-vêtements. Mlle Hayter s’éclaircit la gorge.

“Sortez vos ouvrages, les filles, dit-elle d’un ton calme, comme s’il ne s’était rien passé. Quelqu’un a-t-il pensé à notre pièce centrale ?”

Ceci décida Rhia. Elle sortit le chintz de sa poche et, sans un mot, le déplia et l’étala sur la table.

Mlle Hayter parut surprise.

“Un magnifique tissu, Mahoney. Etait-il dans votre sac ?

— Non. Il est à moi.”

Jane était penchée sur le chintz, suivant de son long doigt l’aile d’un oiseau.

“C’est vraiment magnifique, souffla-t-elle. Le tissage le plus régulier que j’aie jamais vu.

— A vous, Mahoney ? demanda Mlle Hayter en fronçant les sourcils. Alors vous l’avez apporté avec vous ?”

Rhia acquiesça.

“C’est moi qui ai créé le motif.

— Ne mens pas, Mahoney, rétorqua Agnes d’un ton moqueur.

— C’est de la belle qualité, vraiment”, souffla Nelly.

Mlle Hayter intervint d’un ton ferme.

“Saviez-vous, Agnes, que Mahoney travaillait dans le commerce et qu’elle est créatrice de tissus ?” Elle se tourna vers Rhia. “S’agit-il d’un dessin créé pour la Maison Montgomery ?

— Non. Je n’étais pas vraiment créatrice… J’espérais seulement le devenir. C’est une image de… ça vient des histoires de ma grand-mère…" Sa voix mourut sous le coup de l'émotion qu'elle ressentait. Elle ne devait pas pleurer.

Un silence respectueux se fit tandis que les femmes s'assemblaient autour d'elle. Rhia croisa le regard de Margaret, qui souriait comme une mère pleine d'orgueil. Tout le monde était à présent penché sur le chintz, en examinait le moindre centimètre.

"Ces oiseaux sont adorables, roucoula Nelly. J'en ai vu des comme ça une fois à Covent Garden, dans une cage en fil de fer." Tout le monde s'accorda pour dire que c'était une véritable œuvre d'art et que Rhia était douée.

"C'est absolument parfait pour la broderie perse, Mahoney, parfait." Mlle Hayter secouait la tête. "Mais ça semble dommage de le découper. Vous êtes sûre… ?"

Rhia hocha la tête.

"Ça ne fait rien. Je ne le veux pas." Elle ne s'attendait pas à avoir l'impression d'appartenir à ce groupe de femmes. Elle ne s'était même pas rendu compte qu'elle y aspirait.

*

Tous les matelots qui passaient près de l'auvent du gaillard d'arrière étaient examinés à la recherche d'un signe d'infamie en plus de ses attributs ordinaires. Il avait été établi que le meurtrier devait avoir l'air dangereux et agir de façon suspecte, mais il y avait des désaccords sans fin sur la manière dont ces caractéristiques devaient se manifester. Agnes penchait actuellement pour un Espagnol à l'œil capricieux et à la démarche bancale.

"Il doit être fou, murmura-t-elle.

— Tous les assassins ne sont pas fous, tempéra Sarah. Nelly n'est pas folle. Mon Harry ne l'était pas lorsqu'il a donné un coup de pelle au collecteur des impôts.

— Mais seul un fou tuerait sans raison, insista Agnes d'un ton autoritaire.

— Je croyais que tu avais dit que l'assassin avait volé une bourse pleine d'argent, rétorqua Nora d'un ton brusque.

— Je n'ai jamais dit ça. C'est Jane qui l'a dit.

— J'ai pas dit ça non plus, protesta Jane.

— Mais, reprit Agnes, s'il y avait bel et bien une bourse pleine d'argent parce que l'homme à qui elle appartenait avait reçu un coup de couteau dans le cou, alors je l'aurais prise, et toi aussi." Nora jeta son ouvrage, dégoûtée.

"Ne sois pas stupide, Agnes. Tu crois qu'il est entré dans la cabine de cet homme, qu'il l'a tué et qu'il a vu l'argent après ? Ça n'a aucun sens."

Rhia se piqua le doigt avec une aiguille et se mordit la lèvre pour retenir un cri. Margaret lui lança un regard. Si l'assassin de Laurence était bien sur le bateau, et s'il voulait le portrait au point de tuer pour l'avoir, alors, ne risquait-il pas de venir la tuer aussi ? Peut-être était-ce encore possible. A présent, le cuisinier semblait le coupable le plus vraisemblable ; peut-être était-il un tueur à gages ? Il était difficile d'imaginer quelle raison personnelle il pouvait avoir. L'argent ?

La controverse se poursuivit toute la matinée pendant qu'elles cousaient avec autant de soin que si elles avaient raccommodé leurs rêves. Ce projet les avait soudées plus que tout le reste, en dépit de leurs prises de bec, et Rhia se sentait acceptée.

Plus tard, elle trouva M. Reeve en train de jubiler à propos de papier cartouche et d'encre brune achetés à Rio.

"Une couleur de qualité supérieure, vous ne trouvez pas, Mahoney ?" Il la regardait par-dessus ses lunettes, lui montrant à quel point il avait gaspillé sa nouvelle encre pour tracer un énième croquis médiocre. L'illustration représentait une plante qu'il avait vue à terre, mais elle ressemblait plus à un balai. "Je dois dire que je suis séduit par la couleur de cette encre. Je me demande de quelle plante elle est extraite.

— La sépia est faite à partir des sécrétions de la seiche, expliqua Rhia en se réjouissant de lui voir froncer les sourcils. Quand elles ont peur", ajouta-t-elle pour faire bonne mesure. Si les humains avaient sécrété de l'encre lorsqu'ils étaient effrayés, ce navire baignerait dedans à présent.

"Quel puits de science, Mahoney. Pas étonnant que vous ne soyez pas mariée." Il rit comme s'il s'agissait d'une plaisanterie des plus amusantes. Elle se retourna vers les spécimens alignés sur le sol et ils travaillèrent en silence. Au bout d'un moment, le botaniste jeta son crayon, dégoûté.

"Je n'arrive pas à dessiner ce satané feuillage", se plaignit-il. Sa frustration devant son manque de talent se manifestait d'habitude par de profonds soupirs ou quelques pages froissées, mais il voulait avoir terminé son catalogue avant leur arrivée à Sydney et il commençait à prendre du retard. Il dessinait aussi lentement qu'il dessinait mal.

Rhia tenta de ne pas sourire.

"Je pourrais peut-être vous aider… ?"

Il eut l'air soupçonneux.

"Vous savez aussi *dessiner*, Mahoney ?

— C'est ce qu'on m'a dit."

Il soupira.

"Très bien. Montrez-moi ce que vous savez faire."

Elle prit une feuille de son nouveau papier cartouche, passa la main sur sa surface lisse avant de l'évaluer. Il aurait été plus utile pour envelopper de la poudre à canon qu'à M. Reeve. Elle trempa lentement la plume d'acier de son antique stylo-plume dans l'encrier, savourant la sensation de son poids entre ses doigts. Elle traça le contour de la feuille luisante qui se trouvait sur la table, puis les veines, presque sans effort. On aurait dit une feuille de camélia mais elle était quatre fois plus grosse. Lorsqu'elle leva les yeux, M. Reeve l'observait avec une jalousie non dissimulée.

"Vous avez la main sûre, vu les circonstances.

— Les circonstances ?

— Eh bien, étant donné la situation, vous savez, les nouvelles de notre ami M. Blake." Il la regardait d'un air soupçonneux. Il pensait sans doute qu'elle avait quelque chose à voir là-dedans. Après tout, elle avait rendu visite à Laurence juste avant son assassinat. Et aux yeux de M. Reeve, elle était une criminelle notoire. Elle avait envie de lui crier que Laurence Blake n'était pas son ami à lui, mais son ami à elle ; il était sur ce bateau à cause d'elle et maintenant il était mort. Mais elle ne devait pas crier et ne devait pas se confier, même si une espèce de camaraderie rancunière semblait se développer entre eux.

"C'est dommage que les officiers de navire n'aient pas daigné nous informer de leurs progrès dans l'enquête, fut tout ce qu'elle répondit, espérant ne pas avoir l'air trop concernée.

— Mais ils nous ont informés. Il y a eu une réunion des passagers dans le salon le soir précédant notre départ de Saint-Sébastien."

Rhia fit la grimace.

"Bien sûr. Ils n'ont pas jugé nécessaire d'informer ceux d'entre nous qui n'avons pas payé la traversée", dit-elle d'un ton sardonique. Tout comme elles n'avaient pas été invitées aux funérailles de Laurence. Albert lui en avait parlé. Comme d'habitude, M. Reeve ne saisit pas l'ironie. Il la regarda simplement en clignant des yeux et parut un peu perplexe.

"On a découvert que M. Blake fuyait Londres après la faillite d'un projet commercial, dit-il, et qu'il avait tellement de dettes que ses créanciers l'ont poursuivi et tué. J'ai entendu dire qu'il avait réservé sa traversée à la hâte…" Rhia eut envie de le gifler.

"Et comment ces créanciers ont-ils su où le trouver ?"

Le botaniste haussa les épaules comme si cela n'avait pas d'importance. Il regardait ce qu'elle avait dessiné sur son précieux papier cartouche. A l'intérieur de la feuille, où il y aurait dû y avoir les croisillons des veines, se trouvait un triple nœud. Elle était aussi surprise que M. Reeve, mais aimait bien la façon dont il remplissait la feuille.

Ne m'oublie pas, je suis Cerridwen, gardienne du chaudron de l'inspiration.

Comment pouvait-elle oublier la muse qui l'avait aussi cruellement abandonnée, et qui persistait à lui rappeler tout ce qu'elle avait perdu ?

47

FILS

Aujourd'hui, tous les docks de Circular Quay étaient occupés par un vaisseau étranger. L'esplanade pavée qui bordait le sable était, comme d'habitude, bondée de poissonniers et d'étrangers. A Sydney, tout le monde était étranger, bien sûr, mais un ordre d'ascendance prévalait ; le résultat de la notion absurde de la supériorité britannique. Circular Quay enthousiasmait Michael plus que n'importe quelle autre partie de la ville. La bande de plage lui rappelait les voyages de sa jeunesse et contenait maintenant la promesse de son retour chez lui. C'était son passé et son avenir. C'était aussi l'endroit où se trouvait le bureau de poste.

Il y avait une lettre de Thomas en deux parties. La page du dessus était griffonnée, et portait une date ultérieure à la seconde ; elle était brève et, à en juger à l'écriture, rédigée à la hâte.

Le 18 mars

Nous venons d'apprendre que Rhia Mahoney est en prison. On l'accuse d'être une voleuse mais personne ici ne le croit et je sais que tu ne le croiras pas non plus. Elle va être envoyée en Nouvelle-Galles du Sud. Cette lettre te parviendra peut-être à temps ; ou peut-être seras-tu déjà sur le chemin du retour.

Michael relut le post-scriptum, incrédule. Il ne se trompait pas, et pourtant cela paraissait impossible. Rhia Mahoney, une voleuse ? Elle avait toujours été espiègle, et il ne l'avait pas revue depuis plus de sept ans, mais tout de même. Il se roula une cigarette, perdu dans ses pensées, avant de lire la lettre proprement dite. Il y était question de laine, surtout. Thomas disait qu'il avait demandé à Brigit Mahoney, et oui, elle était intéressée par du mérinos de Sydney. Les autres nouvelles, pourtant, le dégrisèrent.

Sean O'Leary est tombé sous les coups de feu d'un propriétaire dimanche dernier, laissant sa femme Mary veuve et deux petits garçons.

Maman te transmet son amour et regrette tous les jours de ne pas avoir appris à lire et à écrire.

Liberté,

THOMAS

Michael plia lentement et délibérément l'épais papier grossier et jeta son mégot dans le sable, l'écrasant sous le talon de sa botte. Calvin saurait quels bateaux de prisonniers devaient arriver.

Le bureau des autorités portuaires était encombré de tours de livres noirs et de rouleaux de parchemin. Il semblait impossible qu'un esprit aussi vif que celui de Calvin ait pu fonctionner dans un endroit pareil. Assis à une table, le dos tourné à la porte, un jeune sergent griffonnait avec acharnement. Calvin était à son bureau où, les sourcils froncés, il lisait une pile de documents. Il leva les yeux.

"Bonjour, Michael." Le ton de sa voix disait que Michael avait peu de chance de retenir son attention.

"Cal." Michael hocha la tête. "Ça t'ennuie si je vais fumer dans la cour ?" Michael lui coula un regard et Calvin lui répondit par un hochement de tête.

"Donne-moi une minute."

Michael sortit du bungalow par la galerie située à l'arrière. Derrière, il y avait un rondin et un carré de sable. Tout autour, les plantes vivaces épineuses grouillaient d'animaux, d'oiseaux assez gros pour faire bouger un arbuste et de reptiles de la taille d'un chien.

Il s'assit sur le rondin et roula deux cigarettes. Cela l'aidait à réfléchir. Dans la précédente lettre de Thomas, celui-ci disait que Rhia logeait à Londres chez une veuve quaker qui travaillait dans le commerce du textile. Une *veuve* quaker. Il secoua la tête. Il se faisait des idées.

Calvin arriva et Michael lui tendit une roulée. Le policier tira une longue bouffée et ferma les yeux un instant, avant de couler un regard en coin vers Michael.

"Qu'est-ce qui se passe ?

— J'ai eu un tuyau à propos d'un vol dans la baraque officielle du gouverneur. Tu sais quelque chose là-dessus ?

— Nan. Quand ça ?

— Il y a quelque temps." Michael fronça les sourcils. "Alors, ils ont gardé la police en dehors de ça. C'est d'autant plus intéressant."

Calvin haussa les épaules.

"Des petits cachottiers. De toute évidence, un gouverneur quelconque a un intérêt personnel là-dedans. Qu'est-ce qu'on a piqué ?

— De l'argent. De la monnaie étrangère.

— Tiens, tiens. On dirait que ça commence à vouloir dire quelque chose.

— Ah bon ?" Michael n'avait pas cette impression. Il se souvint de la lettre de Thomas. "Au fait, tu n'as pas dit que le quaker mort à Bombay était dans le commerce du textile ?

— C'est exact.

— Tu as appris autre chose sur lui ?"

Calvin secoua la tête.

"Ce putain de marin a disparu. Il doit se planquer dans la brousse. On devrait peut-être envoyer Jarrah à ses trousses. Tu crois qu'il y a un rapport ?

— Non. Peut-être. Je ne sais pas.

— Eh bien, voilà qui est précis."

Michael haussa les épaules.

"C'est juste une impression. Mais s'il y a une histoire de fausse monnaie, alors j'aurais peut-être autre chose pour toi. Je ferais bien de mener ma propre enquête. Ce n'est pas les faux-monnayeurs à la petite semaine qui m'intéressent, c'est leur chef. Au fait, est-ce que tu as vu des bateaux du Cap et d'Orient dans le port ? Le *Medusa*, le *Raven*, l'*Empress*... Je n'ai pas d'autres noms qui me viennent à l'esprit pour le moment.

— Une raison particulière ?

— La compagnie maritime appartient aux banquiers de la Couronne.

— Et… ?

— Ils prennent livraison de tout l'argent venant du commerce de l'opium – une fois qu'il a été blanchi à la Bourse de Calcutta.

— Je ne te suis pas, Michael. Qu'est-ce que l'opium a à voir avec une opération de fausse monnaie ?

— Il n'y a encore rien de certain, mais la banque n'est pas claire. Elle ne l'a jamais été. Son dernier domaine d'activité, c'était le commerce des esclaves. Elle loue sa flotte du Cap et d'Orient à n'importe quel pirate qui veut bien payer. Je te parierais qu'il y a des clippers du Cap et d'Orient qui arrivent à Sydney avec de l'argent qui est directement déposé chez Garings, sans qu'on leur pose la moindre question.

— Je crois que tu vas un peu loin, l'ami."

Michael haussa les épaules.

"Est-ce que tu attends un bateau de prisonniers ?"

Calvin acquiesça.

"Le *Rajah*. D'un jour à l'autre maintenant.

— Tu me dirais s'il y avait une Rhia Mahoney à bord ?

— Passagère ou prisonnière ?

— Prisonnière.

— Une amie ?

— Une amie de mon fils. Je commence à avoir des soupçons… il y a un rapport, mais sur ma putain de vie, je n'arrive pas à trouver lequel."

Calvin jeta son mégot dans un seau rouillé et se leva.

"S'il y a une chose pour laquelle tu es doué, c'est pour dénouer les nœuds.

— Je suis tisserand.

— Tisserand, rédacteur, marin, zélote. Quoi d'autre ?

— Un putain de génie, si j'ai raison sur ce coup-là."

Les Rocks étaient calmes depuis si longtemps maintenant que Michael commençait à se demander s'il n'avait pas raté le coche. Il y avait toujours des histoires qui se tramaient dans les Rocks, toujours quelqu'un qui cherchait à s'enrichir, alors pourquoi ses tripes lui disaient-elles que cette fois-ci, c'était différent ?

Il contempla l'arrière du bungalow. Les planches étaient d'un gris délavé et la tôle du toit rouillait. Il y avait une perruche posée sur la gouttière, tel un joyau dans la poussière. Peut-être n'allait-il pas rentrer tout de suite. Il n'irait nulle part tant que le *Rajah* ne serait pas à quai.

48

AMBRE

Antonia parcourut les colonnes du livre de comptes de juin, se concentrant de son mieux sur les chiffres. Les centaines de mètres de balzarine avaient été expédiées à New York, Milan, Amsterdam et Berlin. Il n'y avait pas encore d'acheteur français, mais M. Montgomery lui avait assuré qu'au printemps une robe de jour taillée dans leur nouvelle étoffe serait à la mode à Paris. Ce parfait mélange de laine et de coton figurerait au catalogue de tous les marchands de drap, dans *Pears* et dans le *Sylvia's Home Journal* : *assez chaud pour mars, assez léger pour juillet.* Antonia prit une profonde inspiration. Elle l'avait fait. Elle en avait parlé, avait étudié la méthode de Josiah, n'avait pensé presque qu'à cela, et finalement, elle avait mis de côté ses doutes et son chagrin. Et maintenant, la mort à nouveau, qui se glissait auprès d'elle, emportant son cœur morceau par morceau. Au moins, Josiah n'avait pas vécu assez longtemps pour perdre son Laurence bien-aimé ainsi que Ryan Mahoney. La lettre de Rhia était arrivée trois jours plus tôt, et il avait fallu tout ce temps à Antonia pour simplement parvenir à y croire. Personne n'était encore au courant.

M. Dillon devait venir à onze heures. Antonia regarda la vieille horloge carrée au-dessus des boiseries. Bientôt. Pourrait-elle lui dire ? De quoi parleraient-ils si elle n'y parvenait pas ? Elle pouvait engager la conversation à propos de son éditorial et défendre les industriels, les *capitalistes*, qu'il avait tellement tendance à calomnier. Ce simple mot était une insulte pour tous ceux qui se démenaient afin de protéger la tradition dans l'industrie ; de donner du travail aux mains oisives. Elle pourrait lui faire remarquer qu'il n'y avait rien à gagner à regretter l'époque où les fibres étaient filées et tissées à la main.

M. Dillon comprenait-il seulement que la plupart des étoffes tissées à la machine étaient de qualité supérieure ? Lui qui écrivait des articles économiques devait bien comprendre qu'un métier à tisser mécanique produisait un tissage plus uniforme. Seul le lin gagnait à être filé à la main. Bien sûr, le Lin Mahoney n'avait pas survécu à la révolution de la machine, ce qui était, indirectement, la raison pour laquelle Rhia se trouvait sur ce maudit bateau. Et la raison pour laquelle Laurence était mort. Mais qui était-elle pour tenter de dévider le fuseau des Parques ?

Antonia se força à reporter son attention sur le livre de comptes. Cela la réconfortait un peu de savoir que tout était en ordre côté professionnel, et que ses collègues étaient des hommes de principes et d'expérience. Josiah ne se serait jamais associé avec eux dans le cas contraire. Le vieil Isaac luttait pour reprendre le dessus. Après la mort de sa femme, il avait simplement cessé de s'intéresser aux affaires, et Antonia comprenait désormais au fond d'elle ce que c'était de n'avoir presque plus aucune raison de vivre. Isaac gardait ses problèmes pour lui, mais Josiah et elle étaient au courant. La congrégation quaker ne se montrait pas tendre avec un Ami incapable de gérer ses finances. Ce qui était mauvais pour les affaires de l'un rejaillissait sur la réputation de tous. Isaac avait organisé la location de clippers et la livraison de cargaisons de coton en Inde. C'était un expert en logistique et en mécanique des expéditions. Avec les talents financiers de M. Beckwith, l'aptitude de M. Montgomery pour la vente au détail et l'habileté commerciale de Ryan et Josiah, leur partenariat avait dû apparaître comme l'équipe idéale. L'équipe représentée sur son portrait. Rhia avait vu le portrait.

Laurence avait transféré le négatif à bord du *Rajah*. Comment ? Comment était-il arrivé sur ce bateau et entre ses mains ? L'avait-il pris par erreur, pensant qu'il était à lui ? Il n'aurait pas pu… La corde de la cloche qui courait le long des boiseries fut actionnée. Antonia posa son stylo. Elle se leva, redressa son col sans fioriture et lissa ses cheveux, comme si cela pouvait la préparer à annoncer à un homme que son meilleur ami était mort.

Juliette arriva à la porte d'entrée avant elle. Lorsqu'elle s'ouvrit, le hall fut inondé de soleil. Antonia ne distinguait pas les traits de M. Dillon, seulement sa silhouette, comme un photogramme.

Cela paraissait tout à fait approprié, car elle n'avait pas encore pris la mesure de cet homme qui semblait présenter une parfaite symétrie entre esprit et idées noires. Elle en avait plus appris sur lui par ses articles dans le *London Globe* qu'en sa compagnie. Elle sourit le plus naturellement possible.

"Merci d'être venu aussi vite, monsieur Dillon. Je sais que vous êtes très occupé..."

Juliette s'éclipsa.

"Pourriez-vous nous apporter du thé, je vous prie, Juliette", lui cria Antonia.

M. Dillon entra dans le hall et s'écarta, de sorte que la lumière tomba sur son visage. Il avait quelque chose d'étonnant, un style légèrement négligé. Ses cheveux noirs étaient, comme d'habitude, attachés sur sa nuque, avec une ou deux mèches rebelles. Il portait ses vêtements avec insouciance, même si son gilet était brodé de points colorés. Ses bottes à talons étaient couvertes de poussière.

"Je suis fréquemment dans la City", dit-il.

Il la suivit dans le petit salon mais ignora son invitation à prendre un siège. Elle était heureuse d'être entourée de murs couleur ambre, aujourd'hui. Elle avait besoin de lumière. Il se posta près de la fenêtre et elle, à l'autre bout de la pièce près du Chesterfield. Il semblait préoccupé, mais cela n'avait rien d'inhabituel.

"J'ai de graves nouvelles..." commença-t-elle, et il lui lança un regard perçant. Il le sentait. Il se retourna vers la fenêtre et tapota des doigts sur le rebord. Antonia sentit sa main trembler en lissant ses cheveux. "Laurence a... est... il a été..." Elle s'assit maladroitement. "Il est mort. Assassiné..."

Juliette se tenait sur le seuil. Elle avait dû entendre parce qu'elle était appuyée contre l'encadrement, blanche comme de la craie. M. Dillon garda le silence si longtemps qu'Antonia se demanda s'il l'avait entendue. Il ne se retourna pas pour parler.

"Comment pouvez-vous le savoir ?" Il y avait une note accusatrice dans sa voix.

"J'ai reçu une lettre. De Rhia. De Saint-Sébastien."

M. Dillon se retourna. Il avait baissé sa garde ; il était à nu. Il était anéanti.

"Vous êtes sûr de ne pas vouloir vous asseoir, monsieur Dillon ?" dit Antonia. Sa voix semblait se répercuter dans la pièce comme s'ils se trouvaient dans un mausolée. Il s'assit en face d'elle.

"Peut-être voulez-vous aller nous chercher ce thé, Juliette ?" reprit Antonia. La bonne ne sembla pas l'avoir entendue. "Juliette !"

Juliette partit discrètement.

M. Dillon se pencha vers elle, et son regard était aussi aiguisé que des couteaux.

"Dites-moi ce que vous savez.

— Presque rien. Le jour de sa mort, il a transféré une image photogénique. C'était un portrait que j'avais exposé dans mon jardin l'été dernier. J'avais égaré le négatif. Je ne vois pas comment..." Elle secoua la tête. "Est-il possible que celui qui l'a tué m'ait volé le négatif et soit maintenant en possession du portrait ?

— Qui figure sur ce portrait ?

— Josiah, Ryan, M. Beckwith, M. Montgomery et Isaac."

Dillon secouait la tête. Il semblait déconcerté.

"Qu'est-ce que cela signifie ?" murmura-t-elle. Elle avait perdu sa voix.

"Qui a le négatif maintenant ?" demanda-t-il.

Elle secoua la tête.

"Rhia ne l'a pas dit. Elle a écrit cette lettre à la hâte."

Juliette entra avec un plateau. Les tasses cliquetèrent dans les soucoupes de façon dangereuse quand elle posa le plateau entre eux sur la table. Antonia craignait que sa bonne ne soit sur le point de piquer une autre crise et elle n'avait pas la patience pour cela. Et si elle n'avait ni amour ni patience, alors sa foi ne lui était d'aucune utilité. Tout semblait bien inutile, ces derniers temps.

49

JAIS

Juliette posa le plateau sur la table, les mains si tremblantes que ce fut un miracle qu'il n'y ait pas de casse. Elle supposait que Mme Blake n'était toujours pas au courant, car elle ne lui accordait aucune attention. Le fait que le négatif soit devenu un portrait devait être l'œuvre de la sorcière irlandaise. Cela n'était pas censé se produire, pas avant qu'il soit arrivé à Sydney. C'était seulement son manque de chance, et maintenant sa mère ne le verrait jamais et elle ne saurait jamais si c'était lui. Mais comment M. Blake avait-il pu être assassiné ? Elle supposait que c'était sa faute, puisqu'elle avait sur elle une malédiction qui provoquait la mort des gens.

"Juliette !"

Juliette n'avait même pas remarqué que le thé lui coulait sur la main, ni qu'il était brûlant. Il n'y en avait pas beaucoup dans la tasse, mais la soucoupe était pleine. Elle posa la théière. C'était désormais une question de temps avant que Mme Blake découvre ce qu'elle avait fait. Peut-être M. Dillon le savait-il déjà : il semblait du genre à tout savoir. Et qui avait jamais entendu parler d'un journaliste capable de garder un secret ?

"Juliette...

— Oui, madame Blake ?

— Quelque chose ne va pas ?"

Elle hocha la tête. Autant que M. Dillon l'entende aussi, il pourrait alors juger par lui-même si elle était mauvaise. Elle avait le vertige. Qu'ils la jugent. Elle en avait terminé avec les secrets.

"Juliette ? l'encouragea Mme Blake. Cela a-t-il un rapport avec Rhia ?

— Non. Oui. Oh, je ne sais pas !" Son calicot noir bouffa autour d'elle et ses genoux heurtèrent le plancher avec un bruit mat. L'homme se matérialisa à ses côtés comme s'il avait volé jusqu'à elle, glissant une main sous son bras. Elle fut surprise par la légèreté de son contact. Peut-être était-il lui aussi un sorcier. Il était gallois, après tout. Leurs regards se croisèrent et elle se demanda s'il était au courant.

Elle se laissa entraîner jusqu'au Chesterfield mais refusa une tasse de thé. Elle ne pouvait pas tout leur dire : que c'était elle qui avait volé le négatif, qu'elle voulait que sa mère voie cet homme, qu'elle l'identifie et dise au monde que c'était un homme mauvais.

"Ça a un rapport avec mon père.

— Il est mort, n'est-ce pas, dans un genre de dispute ?" Mme Blake semblait si lasse que Juliette se sentit encore plus mal.

"J'étais petite, j'avais sept ou huit ans. Un jeune homme qui se faisait appeler John Hannam est venu faire son apprentissage sur notre métier à tisser. Il était du genre taciturne, il ne disait jamais grand-chose, mais il savait bien parler. Il apprenait vite, papa disait qu'il était malin. Il dormait dans la grange la nuit et travaillait toute la journée, et il allait en ville dès qu'il avait un jour de repos, à manigancer des choses louches."

Ils écoutaient tous les deux en silence. M. Dillon avait les yeux plissés, comme si elle disait quelque chose d'important.

"Papa a trouvé un tas de billets de banque cachés dans la grange et a interrogé John Hannam à leur sujet. Papa disait qu'il ne voulait pas qu'un voleur franchisse le pas de sa porte. John Hannam est devenu agressif, disant que c'étaient ses affaires." Ce souvenir lui donnait encore le frisson et la rendait inquiète. C'était comme si elle était de retour dans leur petit cottage le jour où tout avait mal tourné. "Il a pris le tisonnier et a frappé papa à la tête avant de le jeter, furieux. Il a atterri à moitié dans le feu. J'étais là, derrière le métier à tisser, mais ils ne m'avaient pas vue. John Hannam s'est en allé, comme ça. J'ai couru à la fenêtre pour m'assurer qu'il était bien parti. Il est allé dans la grange et il est ressorti avec un pistolet. Papa n'arrivait pas à se relever. J'ai pris le tisonnier et j'ai attendu à la porte. Quand John Hannam est entré, je l'ai frappé deux fois sur l'avant-bras. Je lui ai laissé une brûlure noire, comme une marque, en forme de V. Ça a dû laisser une cicatrice. Il a tiré sur papa et après il m'a regardée, et je crois qu'il se demandait s'il devait me tuer aussi. Je regrette qu'il ne l'ait pas fait."

Mme Blake avait les doigts posés sur ses lèvres. Le Gallois l'observait attentivement.

"John Hannam n'a jamais été arrêté ? demanda-t-il.

— Non, monsieur. Il venait d'un autre pays. La police a cessé de le rechercher au bout de quelques jours, comme c'est le cas en général. Ma mère, elle, n'a jamais cessé. Elle est allée dans toutes les tavernes de tisserands et a découvert que John Hannam avait un compagnon de boisson qui savait bien écrire. Nous avons appris que les deux hommes avaient monté une escroquerie avec des billets de banque. Je ne sais pas exactement quel genre de magouilles ils faisaient. Le policier nous a dit que les voyous de leur espèce utilisaient des noms différents chaque jour de la semaine et que Hannam n'était sans doute pas sa véritable identité.

— Et pourquoi pensait-il qu'un homme tel que John Hannam voulait être apprenti tisserand ?

— Ils – la police – ont dit qu'il voulait peut-être apprendre le métier pour des raisons personnelles, ou peut-être qu'il voulait simplement paraître respectable."

M. Dillon hocha la tête comme si cela était parfaitement logique.

"Votre mère a été déportée en Australie, n'est-ce pas ?" Juliette fit oui de la tête. Il pensait qu'elle mentait parce que sa mère était une voleuse.

Mme Blake se leva.

"Le thé doit être infusé", dit-elle comme si rien ne pouvait être plus important.

Juliette se releva d'un bond mais faillit tomber. Mme Blake la repoussa fermement dans le fauteuil.

"Je vais le chercher moi-même. J'ai besoin de réfléchir."

Quand elle fut partie, M. Dillon la regardait toujours avec ses yeux noir de poix.

"Y a-t-il autre chose, que vous préféreriez ne pas dire à Mme Blake ?

— Oui, monsieur. Mais c'est seulement une idée. Je ne peux pas en être certaine, alors je ne peux pas le dire.

— Que… ?

— Que l'un d'eux a tué mon père.

— L'un de qui ?"

Il allait le lui faire dire !

"L'un des hommes qui figurent sur l'image, sur le négatif. Ma mère le reconnaîtrait, si elle pouvait le voir à nouveau. Elle le reconnaîtrait. J'étais trop jeune pour m'en souvenir avec précision."

Il acquiesçait.

"Alors, vous avez pris le négatif ? Parce que vous pensiez qu'un des hommes figurant sur le portrait était Hannam ? Mais comment a-t-il atterri sur le bateau ?

— Margaret.

— Margaret ?

— Je vais dans les prisons avec Mme Blake. Margaret était à Millgate.

— Et êtes-vous prête à me dire lequel de ces commerçants respectables figurant sur ce portrait pourrait être John Hannam ?

— Cela ne serait pas bien. C'était il y a longtemps… J'étais petite. Je ne pourrais pas. A moins d'être certaine."

Mme Blake entra avec la théière. Elle semblait elle aussi capable de renverser le thé si elle tentait de le servir.

Juliette se leva. Elle n'avait rien à faire ici, assise avec eux comme si elle faisait partie de leur entourage. Et elle ne pouvait plus répondre à d'autres questions. Dans l'entrée, elle s'arrêta pour écouter leur conversation à voix basse. M. Dillon disait que la nouvelle de la mort de Laurence était un coup dur et qu'il n'arrivait pas à réfléchir correctement. Il dit qu'ils devaient parler de Rhia et Mme Blake en convint. Elle répondit que la lettre qu'elle avait reçue de Rio ne faisait que renouveler sa détermination à prouver l'innocence de la petite sorcière. Bien sûr, Mme Blake n'aurait jamais appelé Rhia comme ça. Mais pour autant que Juliette ait détesté cette petite catin irlandaise, elle ne pensait pas que Rhia Mahoney ait mérité d'être envoyée pour toujours à l'autre bout du monde.

M. Dillon demanda à Mme Blake de venir le voir rapidement à son bureau, et elle lui répondit qu'elle viendrait.

50

CHEVRONS

Le 27 juin 1841

L'air est trop étouffant pour faire autre chose que rester assis à l'ombre de la bâche sur le gaillard d'arrière. Aujourd'hui, une petite brise s'est frayé un chemin à travers l'air suffocant et m'a éclairci les idées pour écrire. J'ai épuisé ma réserve d'encre peu de temps après avoir quitté Saint-Sébastien, et j'ai donc rechargé mon stylo avec la sépia de M. Reeve. Je suis devenue une assez bonne voleuse, en l'occurrence. J'ai décidé que je devais écrire une lettre à Michael Kelly, au cas où il serait encore à Sydney.

Notre seul répit depuis Rio a été lorsque nous avons jeté l'ancre au cap de Bonne-Espérance, mais c'était il y a des semaines. Nous avons chargé à bord de l'eau fraîche et de nouvelles provisions, y compris un petit troupeau de chèvres, mais nous n'avons pas pu voir grand-chose depuis le pont à part une côte rocheuse et une rangée de buttes.

L'ambiance de l'entrepont est délétère et Nora est d'une humeur si noire que personne n'ose l'approcher. Agnes dit que c'est le bébé de Nelly qui la rend irritable. Irritable ! Agnes nous a confié que Nora avait perdu trois bébés en cinq ans, avant qu'ils soient sevrés : deux du choléra et un de la variole. Cela explique en partie pourquoi elle se conduit comme une harpie. La petite fille de Nelly est née dans la nuit il y a plus de deux semaines. Nelly ne voulait pas l'aide de M. Donovan et, d'après ce que j'ai compris, tout le mess a participé à l'accouchement. Je ne regrette pas d'avoir été absente. Margaret dit qu'elle a hurlé comme un ours en cage. Mais quand je suis descendue le lendemain matin pour le petit-déjeuner, Nelly était fière comme un paon, avec une minuscule petite bonne femme rose à côté d'elle dans son hamac. Cela m'a fait pleurer. Je ne sais pas pourquoi. Elle s'appelle Pearl.

Margaret est retournée à l'infirmerie, ce qui semble à présent devenu une habitude. Elle ne va ni mieux ni plus mal. Elle dit qu'elle a seulement besoin de sortir de cette poubelle et de marcher sur la terre ferme. Elle a réussi à échapper aux potions de M. Donovan assez longtemps pour venir me voir la nuit dernière, cependant.

M. Reeve feint d'être mon ami et je fais de même juste pour avoir quelqu'un à qui parler. Hier, pourtant, j'en ai trop dit et je le regrette. Je suis maintenant l'illustratrice de ses archives botaniques, lesquelles sont devenues considérablement plus précises depuis qu'il a posé son crayon. Il a évoqué le fait que je pourrais lui d'être utile comme assistante quand nous arriverions à Sydney, mais si je devais continuer de travailler pour lui, il faudrait qu'il subvienne à mes besoins, et je devine que cela ne lui plaît guère. Je parierais qu'il ne peut pas se le permettre, et je me demande encore comment il a trouvé les moyens de payer son voyage. J'ai compris que son père était mort et que sa mère reprisait des vêtements à domicile, si bien que l'argent ne peut lui venir de sa famille.

Hier je me suis réveillée après avoir fait un rêve terrible dans lequel M. Dillon me reprochait la mort de Laurence. Je me suis sentie mal toute la journée et ce n'est toujours pas passé. Quand j'ai ôté le bouchon du flacon de sépia, quelques gouttes sont tombées sur le papier cartouche immaculé. Ce n'était qu'une petite catastrophe mais j'ai tout de même pleuré. M. Reeve ne savait pas quoi faire devant une telle attitude inconvenante. Il m'a offert un mouchoir et m'a demandé si je voulais qu'on parle de quelque chose. Je ne sais pas ce qui m'a pris, mais je lui ai tout raconté : que je connaissais Laurence, à propos du dessin photogénique, et que celui-ci avait disparu. Il m'a demandé, à juste titre, ce que ce portrait pouvait avoir de si important pour que quelqu'un soit prêt à tuer pour lui ?

"Cette idée est complètement insensée", a-t-il dit. Il est parvenu à dire cela d'une telle façon qu'il semblait parler de la mort d'un bousier.

Bien sûr, je ne lui ai pas révélé la dernière pièce du puzzle : que le portrait est censé identifier un assassin. Et si quelqu'un pensait qu'il s'agissait de Ryan ? Plus j'y réfléchis, pourtant, plus je me demande si Juliette ne se fait pas du mauvais sang pour rien. M. Reeve semble fasciné par l'idée de ce portrait ; il suggère que ces hommes ont peut-être un ennemi commun, et il m'a demandé si je pouvais imaginer une autre raison pour laquelle quelqu'un pourrait voler une chose pareille. J'ai fini par perdre patience et je lui ai dit que je ne pensais presque qu'à cela depuis des semaines, et que non, je ne voyais toujours pas d'autre raison. Il espère sans doute résoudre le mystère tout seul, mais il n'est tout simplement pas assez intelligent.

Albert dit que nous faisons désormais cap au nord, le long de la côte est australienne, et que nous sommes à une semaine de Sydney Cove si le vent reste derrière nous. Parfois j'aperçois l'ombre de la terre à l'horizon, mais maintenant l'idée de quitter le navire est aussi intimidante que l'était celle de monter à bord. Je suis dégoûtée de la couture. A présent, nous confectionnons des chemises. Et avant cela, nous nous sommes fait des robes d'été. Elles sont informes et hideuses, taillées dans du coton brun bon marché, mais moins chaud que la tiretaine. La couverture pour les quakers est terminée. Elle est plus large que les couvre-lits vendus à Rio, et mesure plus de trois mètres de long. Au centre, il y a un carré de broderie perse que j'ai découpé, avec un soin infini, dans mon précieux morceau de chintz, et que j'ai disposé de façon à former une gerbe d'oiseaux et de fleurs colorées. Mon point d'épine est maintenant aussi rapide et précis que celui des autres. Il ne fait aucun doute que je pourrai trouver un travail de couturière quand je serai libre, même si ce n'est pas ce que je souhaite.

Quand je serai libre.

La liberté ne hante plus mes rêves ; je suis une prisonnière jour et nuit. Je suis si apathique que même Manannan a cessé de me provoquer. Ma plus grande peur à présent est d'être malheureuse au point de ne plus du tout voir les couleurs et les motifs.

La couverture doit être remise à la femme du gouverneur de Nouvelle-Galles du Sud, qui est une fervente admiratrice d'Elizabeth Fry et de la réforme des prisons. Nous espérons qu'elle prendra la responsabilité de la renvoyer à Londres où elle sera offerte aux dames du Comité pour les navires de détenues. Mlle Hayter a reconnu qu'elle devait être remise à Antonia Blake, en tant que représentante de cette œuvre de charité, de la part de toutes les femmes du Rajah. *La dédicace est terminée ; Margaret a travaillé dessus depuis l'infirmerie. Son point de croix orne la bordure au bas de la couverture. La nuit dernière, elle a échappé à M. Donovan assez longtemps pour venir me dire qu'elle avait trouvé la cachette idéale pour le négatif, et que je ne devais pas m'inquiéter parce qu'il était en sécurité. Ce qui est étrange, c'est qu'elle ait ressenti le besoin de venir me dire cela, et, comme je le lui ai fait remarquer, je regrette qu'elle ne soit pas venue plus tôt dans ma cabine. Mais nous savons toutes les deux que c'est trop risqué, avec Wardell qui monte la garde. L'air avait semblé lui faire du bien et je crois qu'elle va peut-être enfin commencer à reprendre des forces.*

Je suppose que je dois faire l'effort de me lever. Il y a eu plus de bruit que d'habitude sur le pont inférieur ce matin ; peut-être qu'une tempête se prépare. Une tempête serait la bienvenue, pour interrompre l'ennui et la léthargie de ces longues journées immobiles.

*

Un vaisseau étranger, visible au loin en direction du nord, était la cause de l'agitation qui régnait sur le pont. Il était étrange de voir une interruption dans ces kilomètres d'océan vides et infinis. Rhia n'y pensa plus jusqu'à ce qu'elle l'aperçoive à nouveau depuis le gaillard d'arrière après le petit-déjeuner. Au cours de la matinée, le navire se rapprocha jusqu'à ce que l'on distingue ses contours. C'était une jonque.

"Chinois, dit Agnes d'un ton docte. J'en ai vu une sur la Tamise."

Le vent tomba et le vaisseau ne s'approcha presque plus de toute la journée.

L'après-midi, tandis que Rhia s'apprêtait à quitter M. Reeve, ils entendirent un cri et des martèlements de pas à l'extérieur. Un moment plus tard, James, le cambusier, ouvrit la porte.

"Le capitaine dit que tout le monde doit rester dans sa cabine."

M. Reeve sursauta comme un lapin effrayé et se cogna la tête contre une étagère.

"Mais que se passe-t-il ?

— Des Chinois, répondit James. Peut-être des pirates. Ils pensent sans doute qu'on transporte de l'opium ou des livres sterling.

— Des pirates ! Mais pourquoi penseraient-ils une chose pareille ?" demanda M. Reeve d'une voix qui ressemblait presque à un couinement.

Le steward regarda M. Reeve comme s'il ne connaissait rien à rien, ce qui était un jugement assez juste.

"Eh bien, nous sommes de ce côté-ci des Indes et nous sommes un trois-mâts, monsieur, et nous faisons cap au nord. Nous pourrions être en route pour l'île de Lingding."

M. Reeve avait pâli.

"Alors, ils se rendront bientôt compte qu'ils se trompent", avança-t-il sans beaucoup d'assurance. Rhia ne pouvait s'empêcher de ressentir un léger frisson d'excitation. Peut-être n'atteindraient-ils pas Sydney Cove, finalement ! Pouvait-il être pire d'être prisonnière d'un pirate que de la Couronne ?

"Il sera peut-être trop tard à ce moment-là", répondit le steward d'un ton dramatique avant de partir précipitamment pour faire ce que doit faire le subordonné d'un officier afin de défendre son navire contre des pirates chinois.

Etre confinée pour un temps indéterminé avec le botaniste était hors de question.

"Je crois que je ferais mieux de descendre avec les autres, dit Rhia sitôt après le départ du steward.

— Je crois que vous devriez rester. Cela pourrait être dangereux, Mahoney." Il boutonna son gilet de tweed effiloché en dépit de la chaleur, comme si celui-ci pouvait lui fournir quelque protection. Il ne voulait pas rester seul.

"Je pense que ce serait mieux si j'y allais", répéta-t-elle déjà à moitié dehors. Elle n'avait aucune intention de descendre dans l'entrepont. Elle se glissa dans le passage sombre qu'Albert lui avait montré, jusqu'à ce qu'elle se retrouve dans le petit recoin entre les ponts. De là, elle pouvait voir la proue du pont principal par l'écoutille qui s'ouvrait dans les planches. Des ordres circulaient, du capitaine aux mousses. Sur la batterie de la proue, une demi-douzaine de fûts d'acier noirs furent pointés vers le navire à l'approche dont les voiles rouges étaient maintenant facilement reconnaissables. Rhia avait vu nombre de ces bateaux avec des mâts en bambou dans le port de Dublin, vendant de la porcelaine et de la soie ouvragée. Des ordres continuaient d'arriver jusqu'aux marins pieds nus. Des sabres et des pistolets avaient fait leur apparition, coincés dans des ceinturons et des ceintures de smoking. Apparemment, l'équipage s'attendait à ce qu'il y ait du grabuge.

"Eh bien, mais c'est Mahoney, devenue vigie !" Rhia sursauta. C'était Albert. "Tu ne devrais pas être sur le pont ?" murmura-t-elle.

Il haussa les épaules.

"Je suis myope, alors ce n'est pas la peine que j'essaie de viser avec un pistolet. Je me battrai s'ils montent à bord." Albert tapota sa ceinture et elle vit scintiller son nouveau sabre. "Laissez-moi jeter un œil par l'écoutille", dit-il.

Rhia s'écarta pour lui permettre de voir le pont.

"Qu'en penses-tu ? demanda-t-elle, soudain moins certaine de vouloir être prisonnière des pirates. Que peuvent-ils vouloir à un navire de détenues ?

— Ils ne peuvent pas savoir que c'est un bateau de prisonniers. Ils doivent chercher des récompenses. Il y a une route maritime très fréquentée entre Calcutta, Canton et Sydney. Parfois, l'argent passe par Sydney avant d'aller à Calcutta, si c'est un clipper ou un trois-mâts qui transporte du riz, du thé ou je ne sais quoi. Il y a toutes sortes d'affaires qui se traitent en pleine mer.

— Tu veux dire, des affaires criminelles ?"

Albert sourit. Il faisait de son mieux pour paraître courageux, mais elle voyait qu'il était inquiet.

"La plupart des marchands organisent des escroqueries d'un genre ou d'un autre – même si ça se résume à ne pas payer toutes leurs taxes portuaires." Il se retourna vers l'écoutille.

"Qu'est-ce qui se passe ?

— Vous n'avez pas besoin de chuchoter – personne ne peut nous entendre. Le cuisinier est sur le pont et il est en train de parler avec l'un des Chinois venus en barque jusqu'au navire.

— Qu'est-ce qu'il dit ?

— J'en sais rien, il parle chinetoque." Albert resta silencieux un long moment.

Rhia se souvint qu'elle voulait lui demander quelque chose.

"Albert ?

— Mm ?

— Tu sais ce que veut dire le tatouage du cuisinier ?

— Je lui ai moi-même demandé", répondit Albert après un autre long silence. Il ne quittait pas l'écoutille des yeux.

"Et ?

— Avant, il était orfèvre et il dit que c'est pour se souvenir qu'il y a autre chose dans la vie qu'une cuisine puante.

— Mais que signifie ce symbole ?

— L'argent.

— Qu'est-ce qui se passe maintenant ?

— Si vous arrêtiez de me poser des questions je pourrais peut-être… ah.

— Quoi ?" Rhia eut envie de le pousser pour pouvoir voir par elle-même.

"Ils ont apporté le corps sur le pont. C'est la seule chose qui les tiendra à distance ; c'est un mauvais signe pour n'importe quel marin, anglais ou chinois, quand une femme meurt sur un bateau. Maintenant il y a deux Chinois sur le pont et le maître d'équipage a la main sur son pistolet. Ils regardent le corps. Ouais, ça a marché, ils sont pressés de descendre du pont maintenant !"

Cailleach avait été occupée.

"Une femme ? Qui est morte ?"

Albert la regarda d'une façon étrange, et Rhia sut la réponse avant qu'il ne la lui dise.

"Dickson, dit-il. Il y a deux jours."

Margaret.

*

L'après-midi traîna en longueur, ainsi que le dîner dans l'entrepont. Désormais, tout le monde était au courant, et l'humeur était sombre. Au moment où Rhia se demandait si on les autoriserait à être présentes aux funérailles de Margaret, une gardienne descendit pour les conduire en haut de l'échelle afin d'assister à un "office du soir".

La mer était lisse comme de la soie et il y avait à peine un souffle de vent. Il faisait encore une chaleur terrible, alors même que le soleil s'enfonçait dans l'eau sombre. Le révérend Boswell se tenait à la proue, les cheveux humides sous son chapeau plat de pasteur. Sa congrégation était divisée en trois. Les femmes, pieds nus avec leurs tabliers noirs et leurs coiffes de tissu, se tenaient à l'arrière, tête baissée. Cette déférence était due autant aux derniers rayons perçants du soleil qu'à la solennité de l'occasion. Les passagers étaient aussi loin d'elles que possible ; une demi-douzaine de femmes et le même nombre de maris en sueur dans leur popeline du dimanche. Un autre groupe était formé par l'équipage, agité et amer. Le Seigneur empiétait sur leur territoire. Derrière lui, sur le pont, se trouvait un long cylindre de toile à voile en forme de corps.

Boswell s'épongea le front.

"Seigneur, aie pitié de l'âme de la pécheresse Margaret Dickson..." Un coup de vent souleva son chapeau et l'envoya tournoyer dans la mer soyeuse. Pendant un instant, le pasteur sembla trop effrayé pour parler, mais il finit par se reprendre et jeta un regard foudroyant aux femmes assemblées. Le rire était contagieux et personne ne tentait de le cacher. De toute évidence, Margaret n'appréciait pas d'être qualifiée de pécheresse.

On avait cousu son corps dans de la toile à voile, et quatre marins le soulevaient à présent sur leurs épaules. Une planche de bois avait été posée sur la lisse du pont, maintenue par quatre autres matelots. Margaret fut déposée dessus. Sa bière fut inclinée jusqu'à ce qu'elle bascule dans la mer en tournoyant tel un cocon qu'on déroule. Elle disparut aussitôt dans le caveau de Manannan.

Troisième partie

LAINE

Le Gommier n'a pas d'ombre,
Et l'Acacia pas de fruit ;
Le Perroquet ne gazouille pas
En trilles comme la flûte ;
Le Cacatoès ne roucoule
Guère comme une colombe,
Pourtant n'aie crainte de chevaucher
Jusqu'à mon ranch mon amour.
A deux cent cinquante lieues
Se trouve le but de notre voyage,
En une semaine cela se parcourt,
A raison de trente-cinq lieues par jour.
Les plaines sont poussiéreuses,
Les ruisseaux tous à sec,
Il fait un temps rêvé
Pour porter ma fiancée jusqu'à notre foyer.
La voûte bleue du ciel
Drapera leur silhouette,
Un *côté du Gommier*
Le rayon de lune doit *réchauffer ;*
Le moustique bourdonnant
Dansera au-dessus de ta tête,
Et le Goanna dormira
Au pied de ton lit ;
Le courageux martin-chasseur
Chantera pour t'endormir,
Et du serpent dans son sommeil
Continuera de se méfier !
Alors dors, ma mie, dors
Sans rêver de chagrin,
Jusqu'à ce que le givre du matin
Vienne à nouveau te réveiller.

ROBERT LOWE

51

MAZARIN

La mer froide tourbillonnait autour des chevilles de Rhia. Le poids de sa robe trempée était tout ce qui l'ancrait au sol tandis qu'elles se dandinaient jusqu'à la rive en descendant des canots du *Rajah*. Elle avait l'impression que ses jambes allaient céder à tout moment. Elles étaient maintenant habituées à la mer.

Le coucher du soleil était une traînée de poudre derrière ces arbres étranges ; les arbres les plus hauts et les plus blancs qu'elle ait jamais vus. Des branches lisses et des troncs pâles luisaient dans la pénombre. L'air était un chœur de soupirs et de cris, et les longues herbes qui bordaient le sable étaient agitées par des créatures invisibles.

Rhia entendait Nelly prier derrière elle, la petite Pearl attachée dans un châle sur sa poitrine. Nelly pensait que des indigènes les attendaient dans les arbres, prêts à les transpercer de leurs lances et à les faire cuire dans un chaudron. Devant, Jane, qui avait marché sur quelque chose de coupant dans l'eau, boitait douloureusement. Plus de la moitié des femmes, dont Nora et Agnes, avaient atteint la grève. Quelque chose ici alourdissait l'air ; quelque chose qu'elles ne connaissaient pas. Cette chose avait enveloppé Rhia dès que ses pieds nus avaient été aspirés par le doux sable brun. Cet endroit semblait ancien ; *ancien*. Les collines de Wicklow, par comparaison, donnaient l'impression d'être sorties de terre au printemps précédent.

Aux confins du royaume de Manannan se trouve la terre où toutes les âmes terrestres cherchent à entrer. Chaque fois qu'une vague déferle sur son rivage, un autre esprit est admis.

Rhia concentra son attention sur ce qu'elle pouvait voir. Le port se trouvait à une centaine de mètres au nord, éclairé par des lampes à gaz et des braséros. Deux clippers étaient amarrés au quai et au moins trois autres avaient jeté l'ancre à un peu plus d'un kilomètre de la côte. Les voix des hommes étaient ballottées par les vagues, se mêlant aux bribes d'un chant de marins et au grincement du bois de saule tandis que les caisses étaient déchargées sur le sable. Il y avait des bâtiments bas en bois, des *bungalows*, comme Albert les avait appelés à Rio, le long de la plage. Au sud se dressaient de hautes falaises et de sombres rochers en dents de scie et, présuma-t-elle, une centaine d'autres criques semblables à celle-ci. Les odeurs du feu de bois et du bétail se mélangeaient au parfum de la flore non répertoriée de M. Reeve.

Rien ici ne lui rappelait son pays.

On les conduisit vers une portion de plage déserte à l'exception d'une bande de soldats vêtus de manteaux poussiéreux. Les soldats les reluquaient tandis qu'elles sortaient de la mer en titubant. S'attendaient-ils à ce que l'une d'elles tente de s'enfuir dans les fourrés sombres qui bordaient le sable ? Comme si une seule de ces femmes effrayées et épuisées en avait été capable ! Mieux valait affronter une autre prison que ces arbres spectraux et les animaux qui y vivaient.

A la lueur des lanternes des soldats, elles empruntèrent un chemin qui passait à travers les herbes et le sous-bois puis entre les arbres pour rejoindre une route poussiéreuse. La forêt n'était pas aussi épaisse qu'elle l'avait semblé depuis la plage, mais les arbres étaient toujours aussi irréels. Ils avaient un feuillage rare et argenté, et l'écorce pendait à leurs troncs en formant des bandes, comme s'ils muaient. Comme des serpents. Quelque chose produisit un bruit sourd à côté d'elles, faisant trembler le sous-bois et vibrer le sol. Y avait-il des ours en Australie ? Nelly avait sorti son rosaire.

Les soldats ne semblèrent accorder aucun intérêt à l'ours ; ils jaugeaient le troupeau de femmes sans prétendre faire autre chose. Pourquoi se seraient-ils donné cette peine ? Elles étaient du bétail humain qui aurait tout aussi bien pu être enchaîné, et elles n'étaient plus la seule propriété de la Couronne. Alors qu'elles marchaient, les hommes les évaluaient, sans doute pour voir qui était assez forte pour labourer le sol et qui pouvait encore porter des enfants.

Rhia gardait les yeux sur la route, se concentrant pour ne pas trébucher sur le sol immobile, remarquant vaguement que la poussière pâle collait à ses pieds mouillés. Elle ravala l'amertume qui lui monta à la gorge en se rappelant ses rêves de souveraineté. Quel moment pour penser à cela ! Au diable la souveraineté. Agnes avait dit que la meilleure façon pour sortir de l'usine des femmes était de trouver un mari. Elle le savait parce que son amant à bord du *Rajah* avait eu deux épouses semblables. Personne n'avait jugé opportun de demander ce qui leur était arrivé. Les marins, les soldats et les pionniers libres pouvaient tous prendre des détenues pour femme.

Rhia sentit qu'on lui enfonçait quelque chose dans les côtes. Elle leva les yeux et vit le visage sale d'un garçon à peine en âge de se raser. Il tenait une espèce de bâton qu'il frappait dans sa main. Il l'examina de la tête aux pieds, imitant sans doute la façon de faire d'un de ses supérieurs. Ses yeux s'attardèrent sur sa poitrine, sur laquelle elle avait croisé les bras. Quand il regarda enfin son visage, elle était prête. Elle lui cracha une des meilleures malédictions de Mamo, comme si elle connaissait le genre de sorcellerie dont Juliette la soupçonnait. Il détourna les yeux. Il n'était pas si courageux que cela après tout. Elle remarqua que Nelly avait attiré l'attention d'un jeune soldat au visage plus aimable. Celui-ci lui offrit à boire dans une petite flasque accrochée à sa ceinture. Il lui dit quelque chose et, pour toute réponse, Nelly écarta son châle avec fierté pour lui permettre de voir Pearl.

Après environ deux kilomètres de marche sur la route poussiéreuse, les arbres s'espacèrent tout à coup, les rues s'élargirent et des bungalows en planches mal équarries apparurent. Plus loin encore, elles virent de la brique rouge et des murs de pierre tout neufs, et même une ou deux lampes à gaz. Elles étaient observées avec une curiosité désœuvrée par des enfants qui jouaient au bord de la route, des hommes qui fumaient sur des marches et des femmes debout sur des galeries avec des bébés sur les hanches. Leurs expressions disaient qu'ils avaient vu bon nombre de processions semblables. Rhia évitait de croiser leur regard ; elle ne voulait y voir ni compassion ni indifférence.

Elles passèrent devant des murs inachevés et des charpentes en bois puis, comme la rue s'élargissait, devant d'élégants bâtiments de pierre couleur miel. Elles longèrent un vaste parc où poussait une herbe toute neuve, avec des rosiers plantés tout autour et un chemin pavé qui le traversait, bordé de jeunes arbres. C'était une nation qui venait de naître et Rhia regretta presque de s'en moquer éperdument.

Elles se rendaient dans un endroit appelé la Caserne, c'est tout ce qu'elles savaient. Dans la matinée, la plupart d'entre elles seraient emmenées à l'usine des femmes dans un lieu nommé Parramatta. Rhia n'avait de toute évidence pas été affectée au service d'un particulier, bien que M. Reeve ait assuré l'avoir demandée comme servante. Elle savait qu'il ne pouvait s'offrir les services d'une domestique. Il n'aurait même pas songé à lui témoigner suffisamment de respect pour la qualifier d'assistante.

La Caserne se trouvait en face du parc. Elle dominait de hauts murs extérieurs et possédait une cour pavée ; sa géométrie était austère mais élégante. A l'intérieur, pourtant, c'était une prison dont l'aspect négligé rivalisait avec Newgate. Les cloisons étaient des plaques de pin inachevées et le sol était couvert de terre battue et de paille moisie. C'était un endroit qui aurait convenu à abriter du bétail. Rhia voulait seulement s'allonger dans un hamac ou sur une natte, ou même seulement sur une palette de bois. Si elle fermait les yeux, le bourdonnement dans ses oreilles cesserait peut-être et la terre resterait immobile.

Les soldats les répartirent dans deux grandes cellules communes. Il n'y avait ni hamacs ni nattes, seulement plus de paille, et pas assez de place pour permettre à soixante femmes de s'allonger sur le sol. Il y eut une échauffourée pour trouver un bout de mur contre lequel s'appuyer, mais seulement une empoignade sans enthousiasme. Personne n'avait d'énergie. Elles s'assirent et écoutèrent quelqu'un vomir dans une autre cellule.

"Ce n'est pas bon signe, dit Jane.

— Tu crois que c'est la nourriture ? murmura Georgina.

— Ferme ta sale gueule", siffla Jane.

Une fois qu'elles furent installées, un geôlier bien en chair, doté d'une barbe semblable à celle d'un juif, jeta un coup d'œil entre les barreaux de fer.

"Je crois pas que celles-ci nous causeront beaucoup de problèmes", cria-t-il par-dessus son épaule à quelqu'un que Rhia ne voyait pas. Il déverrouilla la grille puis entra en traînant une cuve et un sac plein à craquer. La cuve était remplie d'un bouillon clair et salé, et le sac bourré de pain sans levain et de bols en métal. Elles mangèrent gloutonnement malgré l'avertissement. C'était une occupation.

Rhia ferma les yeux. Il commençait à faire froid. Elle refusait de penser à son foyer et à sa famille ; pas maintenant ; ni à la salle de bains de Cloak Lane. Ni aux morts. Elle ne penserait plus jamais à la liberté, décida-t-elle. Elle resta assise, le dos contre le mur plein d'échardes, sentant le froid s'insinuer en elle, et ne pensa à rien.

Elle ne fut tirée de sa somnolence que par les démangeaisons et les ronflements sonores de Nora. Avant l'aube, toutes les femmes de la cellule semblaient réveillées, et le moral était au plus bas. Jane pleurait à nouveau et, chaque fois qu'elle reniflait, Nora lui donnait un coup de pied, ce qui faisait seulement redoubler ses sanglots. La paille était infestée de punaises, si petites qu'elles ne les voyaient pas, mais qui laissaient des plaies prurigineuses sur les parties les plus chaudes et les plus tendres de leurs corps.

Au lever du soleil, Agnes distribua quelques biscuits à la marante, cassés en morceaux, qu'elle avait dérobés sur le bateau et cachés dans son tablier. Ils étaient rassis et insipides, mais c'était un geste de solidarité. Elles étaient arrivées jusqu'ici ensemble, et elles avaient survécu.

"Et si tu nous racontais une histoire, Agnes, dit quelqu'un.

— Des clous. Je n'en ai aucune." Elle soupira. "C'est cet endroit, son calme inquiétant." C'était vrai. Mais ce n'était pas la prison ; c'était le calme qui s'élevait de la terre tel un requiem silencieux.

Lorsqu'un fin rai de lumière se glissa à travers une petite lucarne haute, le geôlier vint les chercher ; ensommeillé et revêche, celui-ci les conduisit dehors vers une rangée de chariots bâchés. Celui de Rhia était complet avant qu'elle y monte, et trois autres femmes furent poussées à l'intérieur derrière elle avant que la toile soit attachée à l'aide de cordes et de boucles. Le chariot se mit en branle cahin-caha, ne leur laissant rien à regarder à part le visage pitoyable des autres. Rhia supposa qu'elle ressemblait aux autres filles, avec des cernes noirs sous les yeux, de la paille dans les cheveux et les omoplates visibles sous le tissu crasseux de sa robe.

Après un court trajet, on les fit sortir sur une berge couverte d'herbe. Même l'herbe leur était étrangère : épaisse et souple, elle semblait un peu coupante sous leurs pieds. Et puis il y avait le fleuve, qui ne ressemblait à rien de ce que Rhia avait pu voir. Il éclipsait les rangées lointaines de pierre pâle et de bois peint. Il se jetait dans le port depuis l'ouest, coupant à travers le paysage comme s'il se hâtait d'aller à un rendez-vous important. Attachée à une jetée branlante, la barge qui les attendait ressemblait à un bateau de fret à fond plat avec une unique grande voile. Fret, bétail, c'était du pareil au même. A la barre, il y avait un marin flétri affublé d'un manteau militaire trop grand et d'un foulard sale noué autour de la tête.

Personne ne pipait mot. Avec l'immensité du ciel au-dessus, l'eau lisse et sombre sur laquelle planait une brume fumante et la jungle d'eucalyptus argentés sur chaque rive, le paysage semblait plus sanctifié qu'une église. Des arbres s'envolaient de temps à autre des nichées de perruches aux couleurs vives et d'énormes oiseaux blancs à crête jaune.

Des oiseaux couleur de pierres précieuses.

Rhia était engourdie par le froid mais, même ainsi, elle ressentait une vague peur viscérale de l'eau vert brunâtre et de la forêt qui la flanquait. Cela ne pouvait être réel. Elle avait, finalement, atteint l'Autre Monde.

Le soleil de juillet, fort et vif, finit par les réchauffer un peu. Rhia estima qu'au moins une centaine des femmes du *Rajah* se trouvaient sur la barge, assises sur les longs bancs latéraux ou par terre, ébahies par le ciel bleu azur. Elle voyait son propre malaise reflété dans tout ce qu'elle regardait. Y avait-il des bêtes dans la forêt, ou dans l'eau ? Quels étaient ces bruits qu'elles entendaient sans cesse ; le même que la nuit précédente ; les coups sourds dans les arbres, ce cri aigu qui ressemblait de façon si inquiétante à un rire ? "Des indigènes", dit Nelly entre ses dents serrées et deux Ave Maria. Elle était certaine de terminer dans une marmite avant d'arriver à Parramatta. Son soldat était sur la barge, cependant.

Le soleil se leva et on leur donna d'autres morceaux de pain sans levain pour apaiser la faim qui leur tenaillait l'estomac. Une autre heure s'écoula, ou plus, avant que quelqu'un pousse un cri. C'était un son si aigu qu'un grand manteau d'oiseaux roses s'envola des arbres, hurlant en chœur. Il y avait un homme sur la berge, debout entre deux arbres au tronc blanc, mais lui n'était pas blanc. Il était aussi noir que du cuir verni. Il portait un manteau en patchwork de fourrure et, apparemment, pas grand-chose d'autre. Il ne bougeait pas d'un cil. Il les regarda passer avec un désintérêt solennel. Sa posture raide et les traits stoïques de son visage poussèrent Rhia à se demander, l'espace d'un instant, s'il pouvait s'agir d'une sculpture. Son visage était le masque du temps en personne, et pourtant, il y avait chez lui quelque chose de familier qui l'obsédait. Peut-être était-ce la présence du peuple de cet homme qu'elle avait sentie au moment où elle avait posé le pied sur sa terre. La barge passa lentement devant lui mais il ne bougea pas et ne les suivit pas du regard.

Quand le soleil fut haut dans le ciel, ils avancèrent doucement jusqu'à une partie dégagée de la berge où se trouvait une sorte d'auberge. C'était un bungalow de bois brut doté d'une galerie qui penchait dangereusement. Il s'agissait en fait d'un genre de rhumerie, et la seule denrée disponible à part le rhum était quelque chose que l'aubergiste bien éméché appelait une tourte au kangourou. C'était un ragoût servi dans une part du même pain insipide qu'elles mangeaient depuis leur arrivée. L'aubergiste appelait cela du *damper**, même s'il était aussi sec que les cendres dans lesquelles il était cuit. Elles s'assirent sur les rondins autour du feu qui brûlait dans un trou, et mangèrent leur tourte au kangourou. La viande, apparemment, était "sauvage et locale". L'aubergiste lui-même aurait pu répondre à ces deux qualificatifs.

Elles ne s'attardèrent pas après manger. Elles retournèrent à la barge, au moment où des coups sourds s'élevaient à nouveau ; plus près qu'auparavant. Puis quelque chose qui ne ressemblait pas du tout à un ours bondit devant les femmes qui avançaient péniblement en file indienne. L'animal disparut pour devenir une tache floue grise et bondissante qui fit pousser un cri à plusieurs femmes et, à nouveau, aux oiseaux qui vivaient dans les feuillages. Quand la créature et son bruit eurent disparu, Rhia entendait encore le rire légèrement dément de l'aubergiste.

"Voilà, c'est ça un kangourou, cria-t-il entre deux éclats de rire.

— Eh bien, cracha Nora en rejetant la tête en arrière. C'est rien d'autre qu'un lièvre monstrueux avec une queue de rat géant."

Rhia pouffa ; de soulagement et de nervosité, et parce que l'animal était soit le plus gros rat ou l'ours le plus étrange qu'elle ait jamais vu. Elle devinait que Nora avait été aussi secouée que

* *Damp* signifie "humide" en anglais.

les autres, mais elle n'avait pas perdu son courage. Cela était aussi un soulagement. Rhia ne savait pas ce qu'elle ferait si Nora perdait sa malice. Tant qu'il en restait une parmi elles impossible à briser, elles pourraient survivre à n'importe quoi. Le rire se propagea rapidement et, quand elles arrivèrent à la barge, elles étaient aussi joyeuses que si elles avaient bu du rhum.

Le vent les poussa tout l'après-midi et elles surent qu'elles avaient atteint leur destination lorsqu'un haut mur de pierre se dressa à la place de la cime des arbres. Il semblait longer la rivière indéfiniment. Gris et sinistre, le mur fit presque regretter à Rhia de ne pouvoir se rappeler une prière.

Cela ne pouvait être qu'une prison.

Des voix désincarnées flottèrent au-dessus de l'eau, sans doute venues de la commune invisible de Parramatta. Elles s'arrêtèrent à une jetée près d'immenses grilles en fer noircies, et Rhia croisa le regard de Nora. A son grand étonnement, Nora lui adressa un clin d'œil et se pencha vers elle.

"C'est pas pour toujours, dit-elle. Et quoi que tu fasses, Mahoney, leur montre pas que t'as peur."

52

PARRAMATTA

Le 26 juillet 1841,
Parramatta

Je perds le compte des semaines, mais je n'oublierai jamais le premier soir. On nous a rassemblées sur la pelouse piquante au crépuscule, entourées par les silhouettes des eucalyptus. C'est le nom des arbres étranges que l'on trouve ici. Ils ressemblent à des sentinelles postées en bordure du monde. Ce soir-là, la surveillante nous a expliqué qu'il y avait trois catégories de détenues à la maison de correction pour femmes, autrement connue sous le nom de l'usine des femmes. Ces catégories sont Crime, Général et Mérite. Les prisonnières du Rajah *appartiennent clairement à la catégorie Crime, et on nous a une nouvelle fois rasé la tête pour nous démarquer. Ce n'était pas aussi terrible que la première fois à Millbank, mais je commençais juste à moins avoir l'impression d'être un hérisson. Je n'arrive pas à comprendre comment les hommes peuvent supporter ces poils raides sur leur menton, c'est comme dormir sur une pelote d'épingles.*

Quant au système de classes, les détenues appartenant à la catégorie Général sont les filles revenues enceintes après avoir été affectées au service d'un particulier. Il y en a un bon nombre. Celles de la classe Mérite ont réussi à cumuler six mois de bonne conduite et ont l'autorisation de sortir de l'enceinte, mais doivent être rentrées à la tombée de la nuit. Si vous êtes dans la catégorie Crime, vous travaillez à toute heure du jour et de la nuit. Nous sommes les machines de l'usine et les servantes de la classe dirigeante formée par les geôlières et les gardiennes. La surveillante est une harpie à la mâchoire carrée, comme nombre de ses homologues à Newgate et Millbank. Je comprends maintenant à quel point nous avons eu de la chance d'avoir Mlle Hayter à bord du Rajah *(d'ailleurs, Albert m'a dit qu'elle et le capitaine Fergusson étaient fiancés et allaient se marier !). Je suppose que la surveillante a un nom et une mère, mais c'est difficile à imaginer. Elle gère un certain nombre de dépendances, y compris des entrepôts de laine et de lin, ainsi que des ateliers où l'on blanchit le tissu. Il m'a fallu un moment pour le remarquer, mais l'usine des femmes n'est pas si désagréable à regarder pour un endroit aussi pitoyable. C'est un bâtiment en grès de trois étages avec une tour d'horloge, une coupole et un toit avec un pignon en chêne. Les fenêtres du haut ont des vitraux sertis au plomb et celles du bas des barreaux, bien sûr, mais elles sont en verre coloré. Il y a une cuisine et une boulangerie, une filature et des cabinets semblables à un donjon. C'est dans les cabinets qu'il se trame toutes sortes d'activités illicites, de la contrebande de rhum aux rendez-vous amoureux avec les soldats et, d'après ce que j'ai entendu dire, entre femmes aussi.*

A l'intérieur du bâtiment principal, tout le rez-de-chaussée est un réfectoire où sont alignés de longues tables étroites et des bancs, et le sol est pavé de dalles de bois pâle appelé stringybark, *littéralement écorce filandreuse. Les dortoirs, où je me trouve à présent, n'ont rien d'extraordinaire. A la lumière d'une bougie (la première que j'ai réussi à voler), on peut tout juste distinguer que le sol est couvert de corps endormis. Nous dormons sur de fins matelas que nous roulons le matin, et nous sommes si près les unes des autres que si l'on ose sortir une jambe imprudente pendant la nuit, on peut facilement déclencher une bagarre. Certaines femmes ont récupéré des morceaux de toisons qu'elles empilent les uns sur les autres pour dormir, mais ils sont sales et infestés de puces et je préfère dormir sur le sol dur et les couvertures, même si elles sont taillées dans la laine la plus rêche qu'on puisse imaginer. Elle est filée ici, à l'usine, et c'est un tweed grossier que l'on appelle bombasin ou, de façon moins surprenante, tissu de Parramatta. J'ai entendu dire qu'on l'exportait en Angleterre, mais je ne vois pas comment il pourrait rencontrer beaucoup de succès là-bas ; par comparaison, le tissu de Wicklow semble aussi doux que de la soie, Mamo.*

La gardienne responsable de la filature n'est pas inamicale et maintenant qu'elle voit que je suis capable de filer aussi vite quand elle me parle discrètement, elle finit par répondre à mes questions. J'ai appris que le seul marché pour le bombasin en Australie était les vêtements de prisonniers. Dans ce cas, je suppose qu'une grande partie de la population de Sydney en porte. C'est un tissu lourd, brun et peu élégant, bien sûr, mais il est chaud. C'est l'hiver en Australie, alors que c'est l'été en Irlande, ce qui me trouble encore. J'ai tout le temps froid.

Nous nous sommes mises au travail le lendemain de notre arrivée, pour filer la laine qui vient des élevages de moutons au nord de Sydney. Les colons sont payés en étoffe, et environ quatre livres de laine donnent un mètre de tissu, si bien qu'il ne leur reste pas grand-chose une fois payé au gouvernement le surplus d'une livre pour le coût de la manufacture. La Couronne tire de l'argent de notre travail ! Et cela s'appelle le libre-échange…

D'autres officiers ne sont pas aussi sympathiques que la gardienne de la filature. Nora s'est vue obligée d'effectuer des travaux de force dans l'enceinte de l'usine à trois reprises maintenant, pour avoir seulement osé jeter un regard en coin et grommeler. Il n'y a aucune satisfaction à grommeler quand on vous oblige à casser des pierres et creuser de la terre dure en guise de pénitence. On nous supprime le thé et le sucre pour les petites infractions, et j'ai dû m'en passer pour m'être montrée trop curieuse, autrement dit pour avoir posé des questions à la mauvaise gardienne.

L'atelier de filature est sombre et mal ventilé, avec un feu fumant à un bout. Plusieurs femmes que je connais y travaillent : Jane, Nelly, Agnes, et Nora quand elle n'est pas punie. Pearl reste près de Nelly dans un berceau en saule que quelqu'un lui a donné, et la petite fille devient grassouillette et mignonne malgré le malheur qui l'entoure. Le soldat de Nelly a fait une demande pour qu'elle devienne sa femme. J'espère qu'elle pourra partir avant que Pearl sorte de son berceau.

Les femmes qui ne savent pas filer ôtent les fougères et les crottes des toisons ou cardent la laine filée. Le fil est tissé ailleurs, à Parramatta, par des hommes détenus, sur des métiers à tisser manuels. Le tissage est considéré comme un métier d'homme, même ici, comme si le simple mécanisme d'un métier était hors de portée de l'esprit féminin.

Il n'y a pas de moulins pour permettre de faire fonctionner des métiers à tisser mécaniques ici. Il semble qu'il y en ait seulement quelques-uns dans toute la colonie. De temps en temps, je pense à ce que Ryan m'a dit la nuit de sa mort, quand il est venu dans ma chambre. Je pensais alors qu'il s'agissait d'un rêve. Il a dit que c'était à moi d'envoyer une cargaison de laine australienne à ma mère. Eh bien, même si je file cette laine, je ne vois pas comment ceci peut me conduire à en expédier. Le contact huileux de la laine et le fait d'entortiller le fil entre mes doigts sur le fuseau me sont si familiers que je ne peux m'empêcher de penser à Greystones. J'ai abandonné l'idée de ne plus penser à chez moi car c'est seulement dans ma tête et dans mes souvenirs que je me sens vivante. Mon corps est toujours glacé, fatigué ou affamé. Je suis capable d'évoquer toutes sortes de choses maintenant : un repas composé de bière brune, de coddle, *de pain levé tartiné avec le beurre jaune d'Annie Kelly, et de mûres servies avec de la crème épaisse. Parfois j'arrive presque à sentir les tissus que je portais jadis et, très rarement, j'entrevois l'ébauche d'un nouveau motif dans ma tête, comme s'il dansait juste hors de ma portée.*

Une dernière chose avant de devoir dormir, car la cloche sonne à l'aube et nous n'avons que quelques minutes pour nous préparer et aller prendre le petit-déjeuner dans le réfectoire. Devoir aller dans l'atelier de filature en ayant faim en plus d'avoir froid est trop terrible. L'usine des femmes a d'autres fonctions hormis celle de filer de la laine grossière. C'est un marché aux épouses, également, parce que les hommes libres peuvent choisir une femme parmi les détenues. Aucune n'est obligée de partir avec son prétendant, Dieu merci, mais d'après ce que j'ai entendu dire, la plupart le font, juste pour quitter cet endroit.

Agnes a découvert que de nombreuses prostituées arnaquaient leurs clients en leur dérobant leur argent pendant qu'un prétendu mari les faisait fuir, et comme elle entend tenir sa propre maison de passe quand elle sera libre, elle a hâte d'acquérir de l'expérience dans un bordel australien. La prostitution est le seul moyen de gagner sa vie en dehors de l'usine si l'on n'a pas d'autre savoir-faire, et c'est ce qui explique le nombre de détenues qui reviennent enceintes. Bon nombre des femmes autorisées à quitter les lieux utilisent leur temps libre pour gagner un peu d'argent en exerçant ce second métier. J'ai entendu dire qu'il y avait plusieurs bordels établis à Parramatta. J'ai moi-même envisagé cette possibilité, mais je manque trop d'expérience.

53

Le 28 juillet 1841,
Parramatta

J'ai maintenant rencontré un véritable Australien, même si je ne l'avouerais à personne d'autre qu'à toi. Je suis certaine qu'il s'agissait du même monsieur que nous avons vu depuis le fleuve Parramatta le jour de notre arrivée, et maintenant je sais pourquoi il m'a paru familier. Je l'avais déjà vu. Je jure que c'était lui. La première fois que je l'ai vu, c'était sur le dessin photogénique de Cloak Lane ; c'était lui, la silhouette sombre parmi les arbres. Je ne confierais cela à personne d'autre qu'à toi.

Il se tenait derrière un vieil arbre énorme lorsque nous sommes allées chercher du bois pour le feu après le repas. S'il n'avait pas bougé, je l'aurais pris pour une partie de l'arbre, car, dans le crépuscule, ses membres et sa cape de fourrure se fondaient parfaitement avec l'écorce. On aurait dit qu'il m'attendait, ce qui est idiot, je le sais. J'ai failli pousser un cri mais il a posé un doigt sur ses lèvres. Il m'a saluée dans un anglais approximatif et m'a demandé mon nom et celui de mon bateau. S'il était bel et bien réel, et non une ombre, alors je me demande bien comment il a pu pénétrer dans l'enceinte de la maison d'arrêt ; je suppose donc qu'il s'agit d'un genre d'esprit. Cet endroit en fourmille.

Nos affaires sont enfermées dans l'un des entrepôts, et on nous les rendra lorsque nous recevrons notre lettre de remise en liberté ou une demande en mariage. Il a été plus facile que prévu d'accéder à ma malle. Il n'y a aucune règle stricte interdisant d'aller inspecter ses propres affaires, et j'ai surveillé le soldat qui garde l'entrepôt tout en m'assurant que lui aussi me surveillait. Les entrepôts sont de vastes remises en planches de bois brut et couvertes d'un toit de tôle ondulée. Le garde n'est qu'un jeune garçon boutonneux qui arbore sa tunique de serge avec tant de fierté qu'il n'a pas encore dû avoir l'occasion de penser du mal de sa profession. La dernière fois que je suis allée chercher du bois je lui ai souri et, ensuite, j'ai décidé de tenter quelque chose. Je suis allée le trouver et je lui ai demandé si je pouvais m'assurer que ma malle était en sécurité. Ça a été presque aussi facile que ça. Il a voulu un baiser, bien sûr. Je l'ai embrassé fermement sur les lèvres, mais il a dû croire qu'il pouvait avoir plus car sa main s'est baladée sur moi jusqu'à ce que je lui donne une claque dessus. Il était déçu mais, heureusement, il a honoré sa part du marché. Le bâtiment, de la taille d'une grange, est rempli du sol au plafond de la collection de bagages la plus pitoyable qu'on puisse imaginer. Il y a des fissures entre et dans les planches de l'entrepôt, et un réseau poussiéreux de soleil tombait sur les murs couverts des affaires des déplacées, semblable à un filet de lumière.

Il existe une espèce de classement par ordre alphabétique, si bien que nous savions où regarder, et nous n'avons eu qu'à chercher une étiquette de carton brun avec mon nom inscrit dessus. Ma vieille malle semblait scandaleusement belle au milieu des bagages usés jusqu'à la corde, des sacs en tapisserie rapiécés et des paniers d'osier. Le soldat l'a traînée vers moi, et j'ai eu peur de l'ouvrir, comme s'il s'agissait d'une boîte de Pandore. Elle me rappelle trop le passé.

Le garçon a eu la délicatesse de s'en aller et d'attendre à la porte pendant que je prenais la petite clé pendue à mon cou pour la glisser dans le cadenas. Au début, celui-ci a refusé de s'ouvrir parce qu'il était rouillé après la traversée en mer. Mais après l'avoir trituré un peu, il a fini par s'ouvrir. A l'intérieur se trouvaient les restes d'une vie oubliée. J'osais à peine toucher les jolies robes et les châles, les corsets, jupons, chapeaux, bottes et bas. Ils appartenaient à une femme féminine et raffinée, pas à moi, avec mes mains rouges et gercées, et mes chevilles couvertes de piqûres de puces. Qui avait fait mes bagages avec tant de soin et d'amour ? Cela ne pouvait être qu'Antonia. J'ai touché mes peintures et mon encre comme s'il s'était agi de trésors, et j'ai vu ensuite quelque chose que j'avais oublié : la bourse où je gardais les quelques guinées que j'avais économisées. Elle semblait plus lourde. Le garde fumait et ne faisait pas attention à moi, alors j'ai ouvert le fermoir. J'ai compté au moins soixante-dix souverains en argent. Plus que je n'avais jamais gagné.

54

SÉPIA

Jarrah se tenait juste en dehors du cercle de lumière projeté par le réverbère de George Street, l'air content de lui. Michael secoua la tête.

"Tu l'as vraiment trouvée ?"

Jarrah haussa les épaules et sourit, ses dents aussi blanches que des lampes.

"C'est elle qui m'a trouvé, patron, derrière un arbre grand-père, et ensuite la femme wombat lui a crié après.

— Alors elle a eu des problèmes ?"

Jarrah hocha la tête.

"C'est un horrible endroit.

— C'est sacrément vrai. Je ne sais pas comment tu fais pour retrouver aussi bien les gens. C'est un véritable talent."

Jarrah haussa les épaules.

"Trop de bruit ici, dit-il en pointant son doigt osseux vers la tête de Michael, alors vous n'entendez pas ceci, poursuivit-il en lui enfonçant un doigt dans le ventre. Dangereux. Vous avez encore le couteau ?

— Bien sûr", répondit Michael. Le couteau était dans sa botte et Michael n'allait nulle part sans lui. C'était Jarrah qui le lui avait fabriqué. Il avait déjà vu un ou deux gros requins dans sa jeunesse, mais il n'avait aucune idée sur la façon dont Jarrah s'y était pris pour s'en procurer une dent. Et vu la taille de la dent, ce devait être un monstre. Michael se demandait jadis ce que les hommes blancs avaient de si intéressant aux yeux de Jarrah pour que celui-ci travaille pour la police, mais Calvin lui avait ensuite raconté comment ils s'étaient rencontrés. Jarrah n'était encore qu'un jeune garçon quand ses parents avaient été pourchassés et tués par de jeunes policiers pour qui la vie d'un homme noir avait aussi peu de valeur que leurs propres âmes. Quand Calvin avait découvert ce qui s'était passé, il avait fait juger les assassins pour un autre meurtre irrésolu et ils étaient retournés à Londres croupir à Newgate ou affronter la potence. Une justice brutale était ce à quoi la plupart des gens avaient droit ici.

Jarrah s'apprêtait à partir. En un clin d'œil, il se fondrait dans les ombres.

"Alors, je te retrouve à l'aube près du lagon ? cria Michael dans le noir.

— Oui, patron. J'y serai." Le sourire de Jarrah étincela avant qu'il disparaisse complètement, et Michael poursuivit son chemin en direction des Rocks. Jarrah et lui avaient une petite mission à remplir pour Calvin, à savoir traquer le marin disparu qui savait quelque chose à propos du quaker mort.

Maggie semblait ravie qu'il ait décidé de "rester un moment" même si elle ne le croyait pas lorsqu'il disait que c'était seulement pour imprimer un dernier bulletin. Elle le connaissait trop pour poser des questions, cependant. Moins elle en savait, mieux ça valait pour tout le monde, et elle ne perdrait même pas son loyer quand Michael finirait par partir. La Stanhope devait être reprise par un journaliste payé à la ligne originaire de Belfast qui avait eu brièvement un bureau au *Sydney Herald* avant d'écrire un article cynique sur le gouverneur et le commerce du cèdre.

"Bonsoir, Michael." Maggie avait les pieds posés sur la table de la cuisine et fumait un cigarillo en lisant un numéro de *Pears.* Elle importait le magazine pour se divertir et adorait faire claquer sa langue et secouer la tête en voyant la frivolité londonienne. Mais en même temps, elle examinait chaque détail avec une profonde curiosité ; plus qu'il n'était nécessaire pour une femme utilisant si peu de vêtements. Le tissu fluide de sa robe de chambre pendait de chaque côté de ses jambes, révélant ses bas roses et ses cuisses blanches. Michael ne pouvait pas toujours détourner le regard ; ses yeux avaient leurs propres centres d'intérêt.

"Bonsoir Maggie. Quoi de neuf ?

— Oh, j'ai quelque chose qui va te plaire.

— C'est vrai ?"

Une des filles entra, vêtue uniquement d'un corset et d'une culotte bouffante à volants. Elle se servit une tasse du thé qui infusait dans la bouilloire en fer et lança à Michael un clin d'œil suggestif avant de sortir. Il poussa un profond soupir.

"Je ne suis pas un putain de saint !" lui cria-t-il, mais elle se contenta de ricaner et de lui agiter son cul sous le nez.

"Les affaires ont fini par reprendre au carrefour, dit Maggie. Un des frères Smith était ici pour voir Fran, plein de rhum et de choses à raconter, et il a dit qu'il avait besoin d'un petit extra parce qu'ils allaient bientôt travailler toutes les nuits que Dieu faisait et qu'il ne reverrait pas une chatte pendant un bout de temps.

— Combien de temps ?

— Eh bien, Michael, pour un garçon de cet âge, une semaine peut lui donner l'impression d'être un saint, alors que toi, ça t'a pris des années.

— C'est amusant, Maggie. Et merci pour le tuyau.

— Ça n'est pas tout. Quelqu'un demandait des renseignements sur toi à Circular Quay."

Michael fut aussitôt sur le qui-vive.

"Qui ça ?

— Un matelot, d'après mon homme. Il s'appelle Albert et il est arrivé à bord d'un bateau de prisonniers appelé le *Rajah*."

Michael se leva.

"C'est quelque chose dont je dois m'occuper tout de suite. Je serai de retour avant que tu aies fermé tes volets – j'ai du travail en bas."

Maggie secoua la tête et fit claquer sa langue.

"Je laisserai la porte de derrière ouverte. Sois prudent, veux-tu ?"

Le *Portcullis*, à Circular Quay, était la plus fréquentée des tavernes du front de mer parce que c'était la première à remplir ses fûts de rhum jamaïcain quand un navire arrivait d'Amérique du Sud. En général, Michael ne venait pas dans les pubs qui bordaient le Quay et qui jadis lui rappelaient trop la liberté.

La salle était sombre, et trop peu de lanternes étaient accrochées aux chevrons. Malgré les vapeurs de rhum et le tabac, l'air empestait autant que dans n'importe quel endroit plein de marins. Michael commanda un pichet, puis il bourra sa pipe et s'installa pour écouter les conversations. Il y avait plusieurs jeunes garçons pieds nus et en culottes de toile derrière lui, fiers de leurs aventures à bord de divers navires marchands et bateaux de prisonniers, et l'un d'eux se vantait d'avoir croisé des pirates chinois. A la connaissance de Michael, le *Rajah* était le seul vaisseau à avoir croisé la route d'une jonque. Il se retourna.

"Bonsoir les gars.

— Bonsoir à vous", dit le seul garçon assez courageux pour parler. Les autres semblaient s'attendre à ce qu'il y ait du grabuge.

"Lequel d'entre vous est arrivé à bord du *Rajah* ?

— James était le cambusier", répondit le garçon.

Michael tourna son attention vers un garçon bronzé plus âgé qui paraissait soucieux.

"J'ai entendu dire qu'il y avait eu des problèmes sur ton bateau ?

— C'est vrai, mais on s'en est occupés, dit-il avec une fausse bravade.

— Je ne parle pas des pirates, je parle d'un meurtre."

Le garçon eut l'air effrayé.

"Je ne suis pas au courant.

— Sais-tu où je peux trouver l'aspirant, Albert ?

— Il est docker. Il doit être à la dernière jetée. Il y a un clipper qui est arrivé de Ceylan."

Michael quitta la taverne et marcha le long du quai. La lumière jaune des lampes à gaz donnait aux activités portuaires un rythme jaunâtre et inquiétant. Il n'y avait qu'un autre bateau à quai, à part celui qui se trouvait au bout du port, mais il restait des matelots en train de déplacer des sacs et des caisses, et un troupeau de mérinos qui gênait tout le monde.

A la dernière jetée était amarré un joli clipper avec des caractères orientaux peints sur sa proue. Il semblait avoir été déchargé car un groupe de jeunes dockers fumaient, assis au bord de la jetée, laissant pendre leurs jambes au-dessus de la mer d'encre qui clapotait. Michael s'approcha d'eux.

"Est-ce qu'il y a un Albert parmi vous, les garçons ?"

Le plus petit plissa les yeux et examina Michael de la tête aux pieds.

"Qu'est-ce que ça peut vous faire ?

— Je m'appelle Michael Kelly. Tu viens te promener avec moi ?" Albert fut instantanément debout et, sans un regard en arrière vers ses collègues débraillés, il emboîta le pas à Michael jusqu'au bout de la jetée avant de descendre sur le sable.

Lorsqu'ils furent hors de portée de voix, Albert examina Michael avec la même attention soupçonneuse que précédemment.

"Z'êtes un ami de Mahoney ?
— Si tu veux parler de Rhia, alors oui, je travaillais pour sa famille, chez nous."

Albert hocha la tête.

"C'est ce qu'elle m'a dit. Elle a remonté le fleuve jusqu'à Parramatta.
— Ouais, je le sais. J'ai entendu dire que tu demandais des renseignements sur moi."

Albert hésita.

"J'ai une lettre pour vous.
— Une lettre ? Eh ben ça alors. Je suppose qu'elle est là où tu loges ?"

Albert secoua la tête.

"Ça ne serait pas prudent, n'est-ce pas ?" Il plongea la main au fond de la poche intérieure de sa veste de marin trop grande et en tira un morceau de papier cartouche, plié en petit carré et attaché par un bout de ficelle. Il le remit à Michael d'un air solennel. Michael dénoua la ficelle et déplia le papier. Elle avait une jolie écriture, se dit-il. Une encre inhabituelle, cependant. On ne voyait pas souvent de la sépia. Michael utilisait du noir pour la presse.

Cher monsieur Kelly,

J'ai demandé à Albert d'essayer de vous trouver, et de détruire cette lettre s'il n'y parvenait pas. Je pense que vous êtes au courant de la mort de mon oncle et de ma situation – Thomas m'a dit qu'il vous écrivait régulièrement. Je ne gaspillerai pas de précieux papier pour tenter de vous convaincre de mon innocence.

Un homme a été assassiné à bord du Rajah. *Peut-être en avez-vous entendu parler ? Il s'appelait Laurence Blake et c'était le cousin par alliance d'Antonia Blake, l'aimable quaker chez qui j'ai logé à Londres. Laurence était portraitiste photogénique et, avant de mourir, il avait fait un portrait de cinq messieurs. Ces hommes n'avaient pas posé pour Laurence en personne, et je n'entrerai pas dans les détails compliqués expliquant comment il est entré en possession du négatif de ce portrait, mais celui-ci devait être remis à une femme du nom d'Eliza Green, la mère de la bonne de Mme Blake, Juliette. D'après Juliette, qui je dois l'admettre est un peu dérangée, l'un des hommes figurant sur ce portrait est un meurtrier, et seule sa mère serait en mesure de l'identifier. Je ne sais absolument pas pourquoi et, en écrivant ceci, je m'aperçois à quel point tout cela semble invraisemblable. Pour autant que je le sache, Eliza Green est actuellement employée comme gouvernante dans un élevage de moutons dans un endroit appelé Rose Hill.*

A la mort de Laurence, le portrait a disparu de sa cabine. Le négatif, qui se trouvait sous la bonne garde de Margaret, l'une des détenues du Rajah, *a également disparu. Margaret est morte avant notre arrivée à Sydney et avant que je puisse découvrir où elle avait caché le négatif. J'ai peur qu'elle ne l'ait caché sur elle, et qu'il ne se trouve encore dans sa tombe sous-marine. La disparition de ce portrait est un mystère qui peut ou pas avoir un lien avec la mort de Laurence. Comme le* Rajah *était à ce moment-là proche du port de Rio, il est possible qu'il ait été tué pour son argent, car sa bourse a également été volée. Peut-être l'assassin pensait-il que le portrait avait quelque valeur, étant donné que les dessins photogéniques sont encore d'une extrême rareté. Sans lui, nous ne saurons jamais si l'un des cinq hommes est vraiment un meurtrier, ou si les nerfs de Juliette ont créé un fantôme. Deux des messieurs du portrait étaient mon oncle Ryan et le mari de Mme Blake, Josiah. Il n'en reste que trois en vie.*

Pendant le voyage, j'ai travaillé comme assistante d'un botaniste. Il s'appelle M. Reeve, et celui-ci m'a semblé très sensé, quoique terne et irritant. Comme vous le voyez, je suis toujours aussi intolérante. En fait, je suis pire. J'ai confié certains de ces éléments à M. Reeve dans l'espoir qu'il puisse m'aider. Peut-être a-t-il découvert autre chose ?

Dans l'espoir de vous revoir un jour,

RHIANNON MAHONEY

Michael relut la lettre pendant qu'Albert attendait, une cigarette aux lèvres, donnant des coups de pied impatients dans le sable. Il la plia et la rangea dans sa poche, secouant la tête.

“Alors, que dit-elle ? l’encouragea Albert d’un ton pressant.

— Tu ne l’as pas lue ?

— Bien sûr que non.”

Bien sûr qu’il ne l’avait pas lue. Il ne savait pas lire.

“Elle parle d’un meurtre, d’un certain portrait et d’un certain botaniste.

— Reeve.” Albert fronça le nez comme s’il avait senti une odeur de pourri.

“Tu ne l’aimes pas ?

— Il fait semblant d’être un monsieur mais on voit bien qu’il n’en est pas un.

— Tu sais beaucoup de choses, maître Albert.

— C’est comme ça que je m’en sors.

— Ouais, moi aussi.” Michael sourit. Il ne s’en faisait pas pour le garçon. “Y a-t-il une autre raison pour laquelle tu n’aimes pas ce M. Reeve ?”

Albert parut hésitant un moment, puis il haussa les épaules.

“Je crois l’avoir vu fouiner la nuit où M. Blake a reçu un coup de couteau dans le cou, et s’il n’était pas aussi lâche, je dirais qu’il aurait très bien pu commettre ce meurtre lui-même.”

Michael lui lança un regard pénétrant.

“As-tu dit cela à l’un des officiers de navire ?

— Bien sûr. Je l’ai dit à Wardell, le singe de Whitehall.” Albert regarda ses pieds nus et donna un coup de pied dans le sable. “Wardell a dit que c’était forcément quelqu’un de fort et d’intelligent, ce qui écartait Reeve. Il m’a dit aussi d’arrêter de fourrer mon nez partout et de provoquer des problèmes.

— Et tu l’as dit à Rhia ?”

Albert secoua la tête.

“Elle avait assez d’ennuis comme ça, après avoir perdu son ami.

— Alors, Laurence Blake était son petit ami ?”

Albert eut un nouveau haussement d’épaules.

“Pas d’après elle.

— Et sais-tu où se trouve maintenant ce M. Reeve ?

— J’ai entendu dire qu’il avait trouvé une chambre pour célibataire dans Elizabeth Street.” Albert regarda à nouveau ses pieds. “Si vous la voyez, vous pourrez lui dire que j’ai demandé de ses nouvelles ?

— Bien sûr que oui.” Michael tendit la main et Albert la serra fermement. Le garçon tourna les talons et repartit sur la plage. Il lui rappelait quelqu’un. Il lui fallut une minute avant de comprendre que c’était lui ; quand il était jeune.

55

PEIGNÉ

Antonia monta les quelques dernières marches du *London Globe*, se sentant de plus en plus nerveuse. Elle était convaincue que l'invitation de M. Dillon ne relevait pas de la simple courtoisie. Il n'était pas un homme courtois.

Pourtant, c'était un soulagement de laisser Fleet Street derrière elle. Il y avait eu du remue-ménage devant le bureau de livraison des colis parce qu'un chariot s'était renversé en passant sous l'arche de Temple Bar. Un policier solitaire était aux prises avec une bande de gamins entreprenants qui se servaient dans le tas.

A l'intérieur, la réception n'était pas le sanctuaire paisible qu'Antonia avait imaginé. Des couloirs semblaient partir dans toutes les directions et des messagers ainsi que des employés de bureau filaient devant elle les bras chargés de plateaux de caractères ou de papier, ou encore de volumineux livres de comptes. Des hommes à l'air studieux arborant favoris laineux et petits cigares aux lèvres étaient réunis à l'entrée des couloirs. Tout le monde avait un air important et paraissait pressé.

Antonia se percha sur le bord d'un banc et lissa ses jupes. Elle n'avait pas porté de laine bouillie depuis son mariage. Elle trouvait finalement que céder à de petites coquetteries lui faisait du bien.

"Bonjour madame Blake." Antonia sursauta. M. Dillon souriait. Sa jaquette évoquait un peu un costume de théâtre et ses longs cheveux étaient retenus en arrière. Il ressemblait plus à un poète qu'à un journaliste.

Il baissa la voix.

"Dans ce bâtiment, les murs ont des oreilles, mais il y a un endroit tranquille non loin d'ici."

Antonia se leva, soulagée de partir aussi vite.

"Alors montrez-moi le chemin."

La cohue de Fleet Street les emporta aussitôt, les entraînant devant les vitrines alléchantes de relieurs, papetiers et vendeurs de toutes sortes de fournitures, depuis des écritoires et des répertoires à des encriers fantaisie et des plumes à l'ancienne mode. Antonia détourna les yeux d'un séduisant livre de comptes en cuir verni.

M. Dillon marchait à grands pas sans couler de regards dans sa direction mais il semblait sentir son humeur.

"Fleet Street peut être une contrariété pour l'esprit, dit-il. Voyez-vous un inconvénient à entrer dans une église, madame Blake ?

— Est-ce là que vous m'emmenez ?

— Cela semble approprié. L'ordre qui a bâti cette église a des intérêts communs avec votre propre religion." Ils franchissaient Temple Bar. Il ne pouvait parler que d'une seule église.

"Je ne sais pas grand-chose sur les Templiers", dit-elle d'un ton prudent. Il parut surpris.

"N'ont-ils pas eux aussi été persécutés à cause de leur indépendance et de leur richesse ? J'ai entendu dire que cette église avait été une banque de dépôt et une résidence pour les rois de passage, ainsi qu'un lieu de culte. Cela me paraît très quaker ! Il y a quelque chose d'agréablement pratique et profane dans cet endroit", acheva-t-il en lui jetant un regard en coin pour voir si elle était convaincue.

Antonia sourit.

"Alors je peux y entrer en toute conscience."

M. Dillon acquiesça.

"Je vois une certaine logique dans votre religion, madame Blake. Je suppose qu'elle ne se laisse pas facilement… impressionner par les rituels et les décorations. Mais n'y a-t-il pas un plaisir innocent à tirer de l'orgueil qui ne nous détourne pas de la piété ?"

Antonia soupira. Comment pouvait-il savoir que c'était précisément ce qui la préoccupait.

"Je m'aperçois qu'il est impossible d'ignorer le monde matériel, monsieur Dillon, surtout pour les personnes de mon sexe. L'œil féminin recherche les détails et l'harmonie. Mais le quakerisme est plus un voyage intérieur qu'une démonstration extérieure de dévotion.

— Mais vous montrez votre propre sorte de dévotion par l'extrême simplicité de votre tenue, et par votre code de conduite." Il n'abandonnait jamais. Il ne lâchait rien avant de l'avoir réduit en pièces.

"Nous ne pouvons éviter les apparences, répondit-elle prudemment. Même si l'on se détourne du miroir, on voit toujours son reflet dans les autres." Elle était bien placée pour le savoir.

Lorsqu'ils franchirent les grandes portes médiévales, il paraissait songeur. La nef circulaire située au bout du long chœur était presque déserte. Les fenêtres gothiques de sa tourelle étaient placées de façon que les dalles de pierre, les arches voûtées et les piliers de marbre soient mis en valeur par la lumière. Bien sûr, la symétrie élégante était habilement conçue pour inspirer le respect, mais Antonia se sentit tout de même apaisée.

M. Dillon la conduisit jusqu'à un banc de pierre sculpté dans une galerie privée qui donnait sur la nef, et ils restèrent assis en silence un moment avant qu'il prenne la parole.

"Je vous ai amenée ici, dans ce lieu paisible, parce que ce que j'ai à vous dire est... difficile."

Antonia rassembla son courage. Quoi encore ?

"D'autres mauvaises nouvelles ?

— Il m'a fallu un certain temps pour exhumer les documents au *Jerusalem*, mais j'ai la preuve qu'Isaac Fisher et Ryan Mahoney ont donné leur accord pour la location du trois-mâts le *Mathilda* en deux occasions au moins, entre Calcutta et l'île de Lingding. Le but de ces deux voyages était d'acheminer plusieurs centaines de fûts de résine d'opium."

Antonia eut l'impression que son cœur se transformait en plomb. Cela semblait impossible. M. Dillon baissa la voix.

"Ce que je vous soumets n'est que pure conjecture ; je n'ai aucune preuve. Vous vous souvenez peut-être que, à Noël dernier, Isaac avait nié avoir connaissance d'une lettre écrite par votre défunt mari ?

— Oui, murmura Antonia, redoutant de comprendre ce qu'il voulait suggérer.

— J'ai soupçonné, à l'époque, qu'il mentait. Dans le cas contraire, il cachait certainement quelque chose. Il est *possible*, madame Blake, qu'Isaac pense que la lettre de votre mari l'incrimine. Si tel est le cas, il a pu également croire que Ryan avait révélé à Rhia et Laurence ce qu'il y avait dans la lettre. Il a pu se dire qu'il était plus sûr d'écarter Rhia. Et vous m'avez dit vous-même qu'Isaac avait aidé Laurence à trouver une couchette à bord du *Rajah* à la dernière minute. Il ne lui aurait pas été impossible de s'arranger pour que Laurence se fasse assassiner à bord du navire. Le port de Rio est plein de mercenaires à louer, pour peu d'y mettre le bon prix."

Antonia sentait la tête lui tourner. Quelle trahison allait encore suggérer cet homme ? Il se trompait.

"Isaac n'aurait pu préméditer la mort de trois hommes innocents, vous ne le connaissez pas !

— Je souhaite bien me tromper, madame Blake ; je l'espère de tout mon cœur. Mais nous savons tous les deux qu'Isaac Fisher est en difficultés financières, ce qui le rend impopulaire auprès des quakers et, s'il était excommunié de votre religion, cela signifierait à coup sûr sa ruine en tant que marchand, non ?

— Oui, mais…" Antonia ne trouva aucune défense pour Isaac à part le fait qu'elle ne pouvait tout simplement pas croire à sa culpabilité. C'était un libéral, certes, mais assurément pas au point de se rabaisser à exercer un commerce immoral. Si Isaac et Ryan avaient profité de la vente d'opium, qu'en avaient-ils retiré ? Où était l'argent ? "Je ne peux tout simplement pas le croire, pas avant d'avoir vu moi-même la lettre de Josiah."

Dillon hocha la tête.

"Bien sûr. La lettre." Il sembla considérer quelque chose. Etait-il en train de décider quoi lui dire ? Il hésita ; puis il fronça les sourcils. "J'ai découvert où elle se trouvait. Je suis parvenu à harceler suffisamment l'avocat de Ryan. Comme je le lui ai expliqué, je voulais simplement son aide pour un article que j'écris sur les plus vieux bordels de St Giles, sachant qu'il est un habitué de ces établissements. Il a vite avoué qu'il y avait une lettre portant le tampon de la poste de Bombay dans son coffre avec le testament de Ryan."

Antonia retint son souffle.

"Nous autorisera-t-il à la lire… ?

— Il ne peut enfreindre la loi, et nous non plus. Les papiers de Ryan ne pourront être consultés avant que la signature d'un magistrat atteste que sa mort n'était pas un cas de suicide. J'ai fait appel de ce décret, pour insuffisance de preuves. Je pense que la grâce de Rhia a dû arriver à Sydney maintenant, ajouta-t-il, peut-être dans une tentative pour lui remonter le moral. Les clippers de la poste voyagent beaucoup plus vite que les navires de passagers." Il marqua un temps d'arrêt. "Quant à l'autre affaire qui nous occupe..." Sa voix mourut comme s'il avait reconsidéré ce qu'il s'apprêtait à dire.

"L'autre affaire ?

— Comment va votre bonne ?

— Elle s'est calmée. Elle a toujours été... perturbée.

— Je suis intrigué par son affaire et j'ai envoyé un avis qui doit circuler dans toutes les rédactions régionales du journal. J'ai suggéré que, si un trafic de faux billets datant d'une vingtaine d'années dans la ville de Manchester venait à ressurgir, cela pourrait justifier une ligne ou deux dans l'édition nationale. Cela devrait suffire à pousser plusieurs journalistes payés à la ligne à fouiller dans les piles de journaux jaunis entassés dans les caves."

Antonia était assise, les mains croisées, souhaitant se sentir apaisée par l'air frais et la faible lumière de la nef. Elle n'était pas apaisée, elle était inquiète et troublée.

"Pourquoi cela vous intéresserait-il, monsieur Dillon ?"

Il parut surpris, puis songeur.

"Je suppose que j'ai une soif insatiable de justice. C'est pour cela que l'on m'invite rarement à dîner. Mon frère a été tué par des mensonges ; il est mort seul dans une fumerie d'opium à Canton. Et maintenant, Laurence... des personnes qui ne méritaient pas de mourir... Vous devez prendre garde à ne pas révéler ce que vous savez ou ce que vous soupçonnez, madame Blake. Je cherche seulement à vérifier un pressentiment. J'en ai d'autres, mais je préfère les garder pour moi pour le moment. Dites-moi, quand M. Fisher doit-il revenir des Indes ?

— Le *Mathilda* est attendu en janvier.

— Plus tard que prévu ?

— Oui. Ils sont retenus à Calcutta." Antonia porta la main à sa bouche. Peut-être étaient-ils retenus là-bas parce que le *Mathilda* ou le *Sea Witch* se trouvait quelque part entre Calcutta et l'île de Lingding ! Elle regarda M. Dillon. "Pensez-vous que nous devrions en parler à M. Montgomery ? Les clippers sont en copossession...

— Surtout pas. J'insiste, madame Blake, vous ne devez discuter de cela avec personne."

Antonia secoua la tête. Elle ne parvenait toujours pas à y croire.

“Je vais prier pour trouver du courage, dit-elle.

— Si cela peut vous aider, madame Blake, alors c’est ce que vous devez faire.”

56

TWEED

Avec sa vue panoramique sur Hyde Park, Elizabeth Street n'était pas une partie de la ville que Michael fréquentait. Le quartier s'était embourgeoisé, habité par des avocats, des médecins et des hommes d'Eglise, de sorte qu'il présentait peu d'intérêt pour lui. Elizabeth Street était l'adresse idéale pour quelqu'un qu'il détestait déjà.

La chambre de M. Reeve fut facile à trouver : elle était dans une maison en bois de deux étages avec une pancarte accrochée sur la grille qui disait Chambres disponibles pour messieurs respectables. Derrière la porte d'entrée vitrée s'étendait un long couloir étroit bordé de plusieurs portes closes. Sur une commode, il y avait une rangée de boîtes aux lettres soigneusement étiquetées avec le numéro de la chambre et le nom des locataires.

L'homme parut légèrement effrayé lorsqu'il ouvrit la porte à ce visiteur qui ne s'était pas annoncé. Il semblait également aussi mou qu'Albert le lui avait décrit. Il portait une chemise ainsi qu'un gilet et une culotte de tweed plutôt minables, mais il avait l'air de quelqu'un qui se croyait important. Au premier coup d'œil, il apparaissait comme un homme ambitieux.

“Bonsoir, dit-il à Michael avec un tremblement audible dans la voix. Je n'attendais pas de visite…

— Je m'appelle Kelly. Je suis une connaissance de Rhia Mahoney. Puis-je entrer ?”

M. Reeve semblait sur le point de lui claquer la porte au nez, de sorte que Michael prit la précaution de placer une botte dans le chambranle.

“Je ne serai pas long, j'ai seulement une ou deux questions à vous poser, et ensuite je vous laisserai.” Une ombre de peur passa sur le visage sans caractère du jeune homme avant qu'il ne la cache par un sourire figé et affecté.

"Bien sûr, monsieur Kelly. Entrez."

La pièce n'était pas grande. Elle contenait un lit en pin et une petite table. Sur la table trônaient un énorme livre et un demi-verre de bordeaux. Il y avait du feu dans la cheminée. Sur le sol et sur le haut d'une valise posée contre le mur s'empilaient un grand nombre de boîtes à cigares.

Michael n'avait aucun intérêt à mettre cet homme à l'aise. Il avait meilleur compte à en venir directement au fait et à voir ce qui se passerait.

"J'ai des raisons de croire que vous avez volé un portrait dans la cabine de Laurence Blake."

M. Reeve était maintenant visiblement effrayé. Il se mit à transpirer malgré le froid qui régnait dans le bâtiment. Ces structures en bois étaient plus adaptées aux longs étés chauds qu'aux courts hivers froids. Il cacha raisonnablement bien sa peur sous de l'arrogance.

"En quoi cela vous regarde-t-il ?"

Michael fit un pas en direction de l'homme qui se trouvait dos à la cheminée. Il ne prévoyait pas de perdre son sang-froid, mais il n'y avait aucun mal à montrer qu'il avait du tempérament.

"En fait, j'ai décidé que protéger les intérêts des Mahoney me regardait. Ce sont des amis. Mais ce concept ne vous est sans doute pas familier. Bien, pourquoi n'iriez-vous pas chercher ce portrait, afin que je puisse y jeter un coup d'œil ?"

Quelque chose dans le ton qu'il avait employé sembla faire mouche. Reeve lui lança un regard chargé de reproches avant d'aller jusqu'à la table et de retirer un morceau de parchemin rigide d'entre les dernières pages du livre. Il revint à pas lents, tenant l'image contre sa poitrine. Michael tendit la main, mais le botaniste le dévisageait, ses yeux affolés trahissant une profonde indécision. Michael s'approcha encore, à distance de frappe. Il sentit son poing se serrer ; ce réflexe. Il le desserra.

"Je ne le dirai qu'une seule fois. Donnez-le-moi ou je le prendrai moi-même."

Avec une dernière grimace, Reeve lui tendit le parchemin, mais au moment où Michael pensait le prendre, l'autre le jeta dans le feu. Les flammes devinrent bleues et vertes, et il ne resta plus qu'un tas de cendres. La dernière expression qui se lut sur le visage du botaniste avant que le poing de Michael ne s'écrase sur sa mâchoire fut une espèce de complicité satisfaite. Le coup l'envoya s'étaler à la renverse sur le sol. Michael ne lui lança pas un autre regard. Il quitta la pièce, refermant doucement la porte derrière lui.

Alors qu'il longeait Hyde Park, il poussa un juron, vexé d'avoir laissé une telle chose se produire puis, au prix d'un effort, il chassa résolument cet incident de son esprit. Inutile de gâcher une soirée par ailleurs agréable. Il remarqua la façon dont le croissant nacré de la lune était accroché derrière la rangée de jeunes pins de Norfolk. Il remarqua aussi avec quel soin les massifs de rosiers avaient été plantés, de façon incongrue, parmi les fougères et les arbustes épineux locaux. Comme si on pouvait apprivoiser cette terre. Il était rentré de la brousse le matin même avec Jarrah, et il avait hâte de boire une bière et de manger un repas qui n'avait pas encore ses poils dessus.

Devait-il parler en premier à Calvin du marin disparu, ou du botaniste inconscient qui gisait dans une chambre pour célibataire d'Elizabeth Street ? Quoi qu'il en soit, il était temps de mettre les autorités portuaires au courant de la situation. Calvin devait être au *White Horse* dans Pitt Street, ou bien avec une amie. L'établissement que Calvin préférait n'était pas qualifié de bordel ; c'était un club pour messieurs, et les prostituées étaient un cran au-dessus des filles de Maggie. Même Maggie le reconnaissait. Elles étaient plus propres, mieux habillées et plus discrètes. Elles étaient également plus chères.

Il était encore tôt. Cal devait encore être à la taverne.

Le *White Horse* était l'endroit où les perruques et les uniformes de Sydney venaient boire un coup, et il n'y avait pas une botte poussiéreuse ni un ongle sale en vue. Comme prévu, Cal était installé dans un petit coin avec une bière et un journal. Michal se commanda un pichet et s'assit en face de lui.

"Bonsoir Calvin.

— Michael.

— C'est honteux de te déranger quand tu es de repos…

— Je ne suis jamais de repos."

Michael hocha la tête. C'était vrai. Il parla au policier de la hutte de colons éloignée où ils avaient trouvé des traces d'un campement, et lui dit que Jarrah lui avait montré les herbes *kikuyu* aplaties et les traces dans la poussière, signes qu'un conducteur de bestiaux était passé par là avec un troupeau.

Jarrah aurait sans doute pu lui dire combien de bêtes exactement, s'il avait voulu le savoir. L'homme de Calvin avait campé dans la hutte quelques nuits et, quand l'occasion s'était présentée, il était parti avec un convoi qui traversait les terres. Il y avait des chances pour qu'il n'ait pas encore atteint les plaines du Nord avant de comprendre que conduire du bétail n'était pas une vie pour un marin. Il reviendrait, et Calvin l'attendait.

"Ce n'est pas tout, poursuivit Michael lorsqu'il eut terminé son rapport et bu une longue gorgée. Je me demandais si tu ferais quelques recherches sur un passager du *Rajah* pour moi ?

— Le bateau à bord duquel est arrivée cette Mahoney ? Est-ce que cela a quelque chose à voir avec la mort qui a eu lieu à bord de ce même bateau et dont je t'ai parlé ?

— Oui. Je deviens peut-être doucement timbré, mais j'ai le pressentiment qu'il y a un lien entre le quaker mort à Bombay, le meurtre du *Rajah* et Rhia Mahoney.

— J'espère que tu ne vas pas me dire qu'elle y est mêlée, Michael.

— Aucune chance.

— Ça vaut mieux, parce qu'elle a été graciée.

— Merde ! Quoi ? Tu en es sûr ?

— Bien sûr que j'en suis sûr. J'étais dans le bureau du gouverneur aujourd'hui pour lui remettre toute ma paperasse et j'ai vu son nom sur la liste.

— Eh ben ça alors, je n'en reviens pas ! C'est de plus en plus curieux. J'imagine qu'il n'y a aucune chance pour que tu puisses mettre la main sur ce document, accélérer un peu les choses.

— Bien sûr que je peux, Michael. Quel serait l'intérêt de porter un chapeau digne d'un soldat de plomb si je ne pouvais pas contourner un petit peu les lois de temps à autre ?" Il leva son verre. "Tchin, à la libération des salauds d'Irlandais."

Michael sourit et leva le sien.

"Ouais. Santé !"

57

JACARANDA

Rhia ne reconnut pas l'homme qui se trouvait dans le parloir. Elle supposait qu'il cherchait une femme à acheter. Les rides gravées sur son visage et sa chemise en bombasin disaient qu'il était un détenu, ou un ancien détenu.

Lorsqu'il sourit, elle le reconnut aussitôt.

"Tu as grandi, dit Michael Kelly, même si tu étais plus jolie avec tes cheveux." La vue de Michael Kelly, ici au bout du monde, était quelque chose. C'était une joie aussi insondable que tous les océans qu'elle avait traversés ; au-delà de tous ces mois de peur et de solitude. Elle tendit les mains au-dessus de la table pour prendre les siennes. Elles étaient rugueuses et brunies par le soleil, et Michael tint celles de Rhia comme si elle risquait de vouloir s'enfuir.

Comme si elle en avait envie !

Elle retint ses larmes, et vit que lui aussi.

"J'ai quelque chose pour toi." Il glissa la main dans une poche intérieure de son gilet et posa une épaisse enveloppe brune sur la table. Rhia la prit, d'un geste si tremblant qu'elle se demanda si elle pourrait seulement l'ouvrir. Elle la retourna. Le sceau de cire était écarlate. Elle l'examina, tentant de distinguer l'emblème.

"C'est le sceau du gouverneur de Nouvelle-Galles du Sud", dit doucement Michael. Ceci n'avait aucune signification pour Rhia. Elle regarda la surveillante, qui était debout les bras croisés et les sourcils levés.

"Eh bien, on n'en voit pas beaucoup", grogna-t-elle, mais sa voix était moins agressive. En général, la femme s'exprimait par grognements sourds, comme si elle était une sorte de chien de berger. Là, elle se contenta de hausser les épaules. "Vous feriez bien de l'ouvrir, Mahoney, non ?"

Rhia brisa le sceau. Le document était bref ; quelques lignes seulement. Il la fit s'effondrer. Michael ne tenta pas d'interrompre ses sanglots sporadiques sauf pour lui donner son mouchoir et lui dire qu'il était propre. La surveillante demeura silencieuse, malgré le bruit.

"J'espère que ce sont des larmes de joie", dit Michael quand elle se fut suffisamment calmée pour qu'il puisse dire un mot.

Rhia éclata de rire et ce bruit l'effraya. Quand avait-elle ri pour la dernière fois ? Elle regarda la feuille simple posée devant elle ; la seule phrase qui comptait : *Cette remise en liberté est accordée à Rhiannon Mahoney, prisonnière de Sa Majesté...* Il y avait une date, mais celle-ci n'avait pour elle aucune signification ; le 4 octobre 1841. Ceci aurait pu être le lendemain, ou des semaines plus tôt, elle avait perdu le fil. Elle cligna des yeux et se redressa, sentant la liberté lui remonter le long de l'échine pour se diffuser dans ses membres.

"Mais pourquoi est-ce vous qui m'apportez ma grâce, monsieur Kelly ?" Il y avait des tas de questions qu'elle aurait pu lui poser : pourquoi êtes-vous encore en Australie ? Comment avez-vous su que j'étais ici ? Que diable dois-je faire maintenant ? Elle avait des tas de questions mais elle était trop heureuse pour se soucier vraiment des réponses.

"Disons seulement que je connais quelqu'un."

Rhia tentait de comprendre ce que signifiait exactement le document qu'elle avait entre les mains.

"Alors, la personne qui a commis le crime dont on m'a accusée a avoué ?"

Michael eut un rire sans joie.

"Que c'est beau d'entendre qu'une personne est encore capable d'attendre le meilleur des gens, même après avoir passé une bonne partie de l'année avec des prisonnières.

— J'ai passé une bonne partie de l'année en excellente compagnie, et j'ai appris une chose ou deux." Aucune de ces réflexions n'était venue à l'esprit de Rhia avant cet instant, et elle eut tout à coup envie de pleurer à nouveau.

"Je vois ça, mais nous abusons du temps précieux de cette brave surveillante. J'imagine que tu n'as pas grand-chose en matière d'affaires ?

— Une malle dans la remise.

— Une malle ! Mais alors tu voyages en grand standing. Il y a une barge qui quitte Parramatta au coucher du soleil, et qui nous fera arriver à Sydney demain juste après le lever du soleil.”

Le premier voyage vers la liberté. Ce devait être un rêve.

Quitter l’usine des femmes leur prit peu de temps. Dans l’atelier de filature glacial, Jane fondit aussitôt en larmes et Georgina feignit d’être heureuse pour elle. Rhia ne s’attendait pas à éprouver de la tristesse en partant, mais ces femmes étaient devenues sa famille, et soudain, elles n’avaient plus rien en commun, et toutes le savaient. Elles pensaient sans doute qu’elle les oublierait. Comme si c’était possible !

Nora et Agnes étaient dans le potager avec une douzaine d’autres, vêtues de leurs épais tabliers bruns, où elles cassaient la terre dure en pénitence de leur force de caractère à toute épreuve. En voyant Rhia, Nora se redressa. Elle resta immobile, se reposant sur sa pelle, défiant la gardienne qui se trouvait à l’autre bout du jardin.

“Alors, Mahoney, je ne t’avais pas dit que ça ne serait pas pour toujours ? Tu as notre bénédiction, n’est-ce pas Agnes ?” Agnes hocha la tête mais elle n’eut pas le courage de cesser de creuser. “On a toujours su que tu n’étais pas une voleuse, dit-elle avec un sourire rusé.

— Eh bien, merci pour rien, alors”, répondit Rhia avec un petit rire. Elle refusait de pleurer. Elle n’avait jamais osé pleurer devant Nora ; et elle n’allait pas commencer maintenant.

“Donne le bonjour à notre sinistre et humide ville de Londres, et ne nous oublie pas !” fut tout ce que Nora eut le temps de dire avant que la gardienne ne leur fonde dessus, lançant un regard noir à Rhia et donnant à Nora un coup dans les côtes pour l’obliger à se remettre au travail. Nora lui adressa un clin d’œil et se remit à creuser en fredonnant joyeusement tout bas, ce qui fit d’autant plus frémir la gardienne.

Dans le dortoir, Rhia prit son livre rouge sous son matelas et sortit, sans un regard en arrière, du dernier endroit où elle rêverait de liberté.

Dans le bureau de la directrice, où elle dut signer quelque document, elle écouta d’une oreille distraite les recommandations et les conseils délivrés sans enthousiasme ; le monde était plein de tentations et de péchés, et Rhia avait droit à une seconde chance. Elle tourna les talons pendant que la directrice grognait encore, et franchit la porte.

Michael vint la chercher à la grille dans un chariot où sa malle était attachée à l'arrière par une corde. Ils traversèrent Parramatta sur une large route poussiéreuse bordée de part et d'autre de bungalows devant lesquels des chevaux étaient attachés aux galeries. La ville avait cet air vaguement désolé d'un endroit qui attend d'être remarqué, ou de devenir synonyme de foyer.

"Il y a une auberge de ce côté-ci de la ville, où tu pourras prendre un bain et te changer, dit Michael après avoir parcouru quelques kilomètres en silence. J'imagine que tu n'as pas envie de porter ce bel uniforme plus longtemps que nécessaire.

— Non, c'est sûr", reconnut Rhia. L'idée de quitter cet habit grossier et de ne jamais le remettre lui donna envie de rire. Il y avait tant à dire, et en même temps, les mots étaient inutiles. Elle avait tout le temps de parler.

L'auberge était en pierre blanchie à la chaux, basse et longue, avec une allée soignée et une canopée de hauts arbres en fleur derrière.

"Des jacarandas, l'informa Michael en souriant devant ses yeux écarquillés. C'est le nom que leur donnent les Originels. C'est le premier signe de l'arrivée du printemps. Ce qui est sûr, c'est que je ne regretterai pas les étés d'ici. Je vénérerai l'humidité, le froid et le brouillard à partir de maintenant et jusqu'à la fin de mes jours.

— Ça fait longtemps que vous êtes ici.

— Ouais, ça fait longtemps."

Si la femme de l'aubergiste trouvait inhabituel qu'une femme au crâne rasé et portant des vêtements de détenue veuille louer une chambre pour l'après-midi, elle ne le montra pas ; pas quand Michael l'eut payée. Elle s'affaira dans une chambre spartiate dotée d'une cheminée, d'un plancher nu et d'un lit en fer qui donna à Rhia l'impression de se trouver dans la chambre d'une reine. Elle poussa la baignoire sabot en cuivre près du feu et y versa des bouilloires jusqu'à ce qu'elle soit remplie d'eau chaude, puis jeta une poignée de feuilles d'eucalyptus et laissa Rhia prendre son bain.

La baignoire était assez grande pour s'asseoir avec les genoux remontés contre la poitrine. L'eau chaude glissait sur ses membres comme de la soie. Elle ne parvenait toujours pas à croire qu'elle s'était réveillée le matin même en prison et qu'elle se baignait à présent dans de l'eau parfumée. Elle ne sortit pas avant que l'eau soit froide et qu'elle claque des dents.

Elle s'allongea sur le lit, juste parce qu'elle en avait la possibilité. Il n'était pas moelleux mais il sentait le soleil et le lin. Sa malle était posée au milieu de la pièce. Oserait-elle l'ouvrir ; passer une tenue qui ne serait pas de la couleur de la poussière ; feindre d'être quelqu'un, elle le savait, qu'elle ne serait plus jamais ?

Elle s'approcha lentement de la malle et souleva le couvercle. Cela lui avait paru sans danger de regarder à l'intérieur plus tôt, quand elle n'avait aucune chance de porter ces vêtements. Elle sortit la robe qui se trouvait sur le dessus, celle en alpaga vert. Elle fouilla à l'intérieur à la recherche d'un châle, de bas et de bottes, sans se soucier de savoir s'ils étaient assortis, se souvenant à peine que, jadis, chaque détail était méticuleusement choisi et coordonné. Elle s'habilla lentement, ne se rappelant que vaguement le contact duveteux d'un jupon en cachemire, des bas de soie glissant entre ses doigts, la douceur du cuir d'agneau.

Elle entendait la voix de Michael Kelly ; il était dehors, sans doute sur la galerie en train de parler avec l'aubergiste. Le couloir était en bois du sol au plafond et parcourait toute la longueur du bâtiment. A mi-chemin, il y avait une coiffeuse avec un miroir. Quand avait-elle vu son visage pour la dernière fois ? Dans une autre vie. Mieux valait passer devant sans regarder.

Elle ne put résister.

Elle se tourna lentement vers le miroir. La créature qu'elle y vit semblait effrayée. Ce visage était-il le sien ? Sa peau était un ton plus mat, et ses cheveux hérissés lui donnaient l'air d'un garçon. Son visage était plus fin et ses yeux paraissaient plus grands. Sa robe semblait trop grande. Elle se pencha plus près. Sous ses yeux, sa peau était comme meurtrie. Elle détourna le regard. Elle en avait assez vu.

Quand Michael la vit, propre et dans ses vêtements à elle, il parut surpris. Elle devait maintenant plus ressembler à une femme. Elle n'en avait pas l'impression.

"J'ai commandé un repas, dit-il, à te voir, manger de la viande ne te fera pas de mal. Ils n'ont que de l'émeu et du kangourou, cependant. C'est ce qui se rapproche le plus du faisan ou du lapin.

— L'émeu est un oiseau ?
— Oui, un gros."
Rhia se moquait de savoir ce qu'elle mangeait, elle se moquait d'à peu près tout sauf de pouvoir s'asseoir sur les marches et regarder les gommiers sans avoir l'impression que leurs troncs d'albâtre étaient les barreaux d'une prison. Le ciel avait pris une teinte indigo. La terre était vivante. Elle n'était pas à sa place ici ; les esprits de cet endroit voulaient seulement qu'on les laisse tranquilles.

L'aubergiste leur servit une espèce de bière faite maison et ils portèrent un toast à la liberté et à l'Irlande. Michael voulut savoir certaines choses, et elle lui raconta tout ce à quoi elle put penser ; ce qui s'était passé à Londres, ce qui s'était passé sur le bateau.

"J'ai rendu visite à ton M. Reeve, à Sydney", dit-il quand elle marqua une pause pour boire une gorgée. La bière artisanale était forte et âcre, et on y sentait le goût du soleil, de l'eucalyptus et de la terre rouge. "C'est un menteur", ajouta Michael avant d'entreprendre de lui expliquer pourquoi. Rhia sentit la tête lui tourner. Etait-il possible que M. Reeve ait fait partie de tout cela ? Cela semblait bien improbable. Elle ne comprenait pas. Michael voulut savoir tout ce dont elle pouvait se souvenir à propos du botaniste ; les choses dont ils avaient discuté ; son attitude envers elle ; sa réaction à la mort de Laurence. Quand Michael lui expliqua ce qui était arrivé au portrait, son cœur se serra.

"Comment Eliza Green pourra-t-elle nous dire si l'un des hommes est un meurtrier si le portrait est détruit ?
— Je croyais qu'il y avait un gabarit quelque part, dit Michael. Ce nouveau genre de portrait, n'est-ce pas comme une stéréographie ?"
Rhia secoua la tête.
"Le négatif est en papier et il a été perdu."
Michael parut pensif.
"Je crois que nous devrions aller rendre visite à cette Eliza. L'élevage de moutons où elle travaille se trouve de ce côté-ci de Sydney." Il regarda l'assiette de Rhia, heureux de voir que sa viande n'avait pas fait long feu. "Il est presque l'heure de partir", dit-il.

La barge qui emmenait les passagers à Sydney était plus confortable et moins peuplée que celle utilisée pour transporter les prisonniers sur le fleuve. Rhia avait de la place pour s'étendre sur un banc recouvert de tapisserie, même si elle ne pensait pas pouvoir fermer l'œil par une nuit pareille. Elle n'avait jamais vu autant d'étoiles, et la lanterne de la Reine de la Nuit était pleine et lumineuse.

58

ACACIA

C'était un fleuve qui l'avait emportée à l'aube, et c'était à présent un fleuve qui, à l'aube, la ramenait en direction de chez elle. Le responsable de sa grâce ne pouvait être que Dillon. Lui pardonnerait-il un jour ? Si elle n'avait pas été à bord du *Rajah*, Laurence serait encore en vie.

Rhia se redressa et chercha Michael. Il était assis à la même place que la veille au soir, à l'arrière de la barge d'où il pouvait tout surveiller. Il y avait chez lui une nervosité qu'elle ne se souvenait pas d'avoir sentie chez l'ancien Michael Kelly ; une prudence. Il avait changé, comme elle. Il la vit remuer et vint la rejoindre.

"J'ai discuté avec le capitaine, dit-il, et il est d'accord pour nous laisser à la jetée de Rose Hill, à quelques kilomètres en amont de Sydney. Il déposera ta malle aux autorités portuaires. Elle y sera en sécurité."

Rhia acquiesça.

"Je me demande ce qu'Eliza va penser des idées de sa fille.

— Et toi, qu'en penses-tu ?"

Qu'en pensait-elle ? Juliette appartenait à une autre vie.

"Je pense qu'elle n'a pas toute sa tête et qu'elle est assez étrange. Mais je suppose qu'il y a quand même une chance pour qu'elle ait raison.

— Ah oui, les hommes du portrait." Michael plissait les yeux en regardant la cime des arbres comme s'il tentait de comprendre quelque chose. "Il y avait Ryan et le quaker Josiah Blake ; qu'en est-il des trois encore en vie ?

— M. Montgomery est le marchand de drap de Regent Street pour qui j'ai travaillé ; il y a ensuite son associé M. Beckwith, et un autre marchand quaker, Isaac Fisher. Isaac est un ami des Blake."

Michael hocha la tête en bourrant sa pipe et en contemplant l'eau verte. De fins poissons argentés sautaient au-dessus de l'eau à une courte distance du bateau.

"Sais-tu quelque chose sur la nature de leur partenariat ? demanda Michael en allumant sa pipe.

— Ils possèdent deux bateaux. Les Blake et Isaac achètent du coton américain qu'ils font filer et tisser en Angleterre, puis teindre et imprimer en Inde. M. Montgomery achète de la soie en Chine et en France, et Ryan, comme vous le savez, faisait de l'import-export, pas seulement de lin Mahoney mais également de nombreux autres tissus. Il approvisionnait plusieurs marchands de drap londoniens, y compris la Maison Montgomery."

Rhia regarda Michael enregistrer tous ces détails, mais elle ne parvenait pas à deviner ses pensées.

"J'ai entendu parler de la mort de Josiah Blake, dit-il, et j'ai entendu dire qu'il savait quelque chose qu'il n'aurait pas dû savoir, et que c'est pour ça qu'on l'a tué."

Rhia se souvint de la conversation qu'elle avait surprise entre Sid et Dillon au *Red Lion*.

"Aurait-il pu acheminer de l'opium ?"

Michael haussa les épaules.

"Peut-être."

Rhia se rappela autre chose.

"Mon oncle a reçu une lettre de Josiah Blake, envoyée de Bombay avant sa mort. Nous n'avons pas pu la trouver, mais M. Dillon semble penser qu'elle est importante.

— Qui est M. Dillon ?

— Un journaliste. Un ami de Laurence. Il pense que Ryan était mêlé au commerce chinois.

— Ryan ? De l'opium ?" Michael semblait dubitatif.

Rhia hocha la tête, soulagée de voir que lui non plus n'y croyait pas.

"Mais comment avez-vous su pour Josiah Blake ?

— Les nouvelles de la marine marchande ne sont pas toujours imprimées. Il y a plein de marins travaillant à Calcutta et à Bombay qui transitent par Sydney. Les mauvaises nouvelles sont toujours celles qui se répandent le plus loin et le plus vite."

La barge ralentissait et se dirigeait vers une jetée presque cachée par les palétuviers. Les racines emmêlées des arbres immergés abritaient une volée entière de perruches écarlate et bleu, couleur de pierres précieuses.

Michael se leva.

"Je crois que c'est notre arrêt."

Il tendit la main à Rhia pour l'aider à monter sur la jetée, mais elle bondit de la coque peu profonde sans avoir besoin de la prendre. Le balancement d'une embarcation sur l'eau ne la déstabilisait plus, pas plus que les profondeurs inconnues qui s'étendaient en dessous. Elle connaissait à présent des profondeurs plus effrayantes.

Ils marchèrent prudemment sur les planches affaissées de la jetée. Il y avait une clairière et derrière celle-ci se dressaient les arbres, couleur d'argent luisant. Michael s'assit sur un tronc couché comme s'il attendait quelqu'un. Rhia s'assit à côté de lui. La terre sauvage résonnait de sons : concerto de chants d'oiseaux, stridulations de cigales et bruissements de créatures qui détalaient. Elle entendit un coup sourd familier à proximité et, comme d'habitude, elle sursauta. Elle avait peut-être pris le pied marin mais elle ne s'habituait toujours pas aux kangourous. Parmi l'argent et le vert brumeux des eucalyptus, elle distinguait des grappes rouge brique et jaune d'or. Elle grava ces couleurs et ces motifs dans sa mémoire. Quelque chose s'était mis à remuer en elle. Cerridwen, peut-être, se sentait plus généreuse.

"Qu'attendons-nous ? demanda-t-elle à Michael.

— Un ami", répondit-il. Rhia crut qu'il plaisantait. C'était difficile à dire. Michael avait toujours été sec, mais il était à présent aussi sec que la poussière. Elle lui demanda le nom des arbres rouges et jaunes. "Des *waratah* et des acacias", dit-il.

La couleur revenait.

Quand un homme se matérialisa entre les arbres, Rhia le reconnut. Cette fois-ci, cependant, il portait une culotte, des bretelles et une chemise trop petite, mais pas de bottes ni de chaussettes. Ses longs mollets fins laissaient saillir ses muscles et ses pieds nus ressemblaient à des chaussures de cuir poussiéreuses.

"Bonjour patron." Le visage noir luisant se fendit d'un sourire jusqu'aux oreilles comme s'il savourait une plaisanterie qu'eux seuls pouvaient comprendre.

"Bonjour Jarrah. Tu as déjà rencontré Rhia Mahoney." Jarrah lui adressa un signe de tête, sans cesser de sourire.

"Alors, reprit Michael. Cet endroit est loin ?

— Pas loin, patron. Suivez-moi."

Jarrah marchait à travers les broussailles sèches comme s'il suivait un chemin invisible. Il semblait couler sans bruit sur la terre, sans la toucher ; les branches basses et les buissons épineux bougeaient à peine sur son passage.

Rhia remonta ses jupes et fit de son mieux pour garder le rythme. Ses vêtements encombrants semblaient un peu ridicules dans de telles conditions. Pourtant, les picotements de la chaleur et les insectes qui volaient autour de son visage ne l'incommodaient pas particulièrement ; elle aurait pu marcher toute la journée. Elle était libre de le faire.

Michael s'arrêta brusquement devant elle et elle faillit le heurter. Devant lui, Jarrah se tenait immobile, la main levée pour leur signaler qu'ils ne devaient pas bouger. Au début, Rhia se demanda pourquoi il n'enjambait pas la branche couchée sur le sol devant lui, mais ensuite, la branche ondula et s'écarta en rampant. C'était un serpent brun. Jarrah réagit si vite qu'elle ne put dire comment il se retrouva soudain avec la queue d'un serpent de plus d'un mètre de long dans la main, dont il fracassa la tête par terre comme s'il faisait claquer un fouet. Un instant plus tard, il l'avait enroulé autour de son cou.

"Cette bestiole a failli m'avoir, gloussa-t-il par-dessus son épaule en reprenant son chemin. Maintenant, il va servir de petit-déjeuner."

Ils arrivèrent à la lisière de la forêt et débouchèrent sur une vaste terre déboisée. Au bout d'un chemin sinueux se trouvait un long bungalow bas entouré d'une élégante galerie ornée de jolies barrières en fer. Des rideaux de dentelle s'agitaient par les portes ouvertes. La terre déboisée était ceinte à des kilomètres à la ronde et des centaines de moutons paissaient dans les prés qui s'étendaient au-delà. Pas étonnant que les éleveurs australiens aient pu produire une laine mérinos d'aussi bonne qualité : les conditions étaient idéales et la terre s'étendait à l'infini. Rhia avait entendu dire que ce continent faisait la taille de l'Europe et, à voir le ciel sans fin, elle pensait que cela pouvait être vrai.

Ils sortirent du couvert des arbres, mais Jarrah resta dans le bois, ramassant des écorces et des brindilles pour préparer un feu afin de pouvoir faire cuire son serpent. Il dit qu'il leur en garderait au chaud dans les cendres, mais Rhia répondit qu'elle n'avait pas très faim.

Ils s'étaient à peine engagés sur le chemin que deux chiens bâtards leur foncèrent dessus comme s'ils étaient des moutons échappés. Un moment plus tard, une femme mince à l'air inquiet apparut sur la galerie, s'essuyant les mains sur son tablier. Ce devait être la mère de Juliette ; la ressemblance était frappante.

"Bonjour madame, cria Michael. Nous cherchons Eliza Green.

— C'est moi-même, répondit la femme, l'air encore plus craintif.

— Vous n'avez pas à vous inquiéter, madame Green. Nous avons un message de la part de votre fille.

— Juliette !" Eliza s'agrippa à la barrière comme si ses jambes n'allaient pas la soutenir. "Vous feriez mieux d'entrer, parvint-elle enfin à dire. Ils sont en ville, alors je peux vous préparer une tasse de thé. Vous avez pris votre petit-déjeuner ? Cette jeune dame me paraît affamée."

Elle les fit entrer précipitamment dans une vaste pièce aérée puis s'éloigna en s'affairant à nouveau.

"Un éleveur est un homme riche en Nouvelle-Galles du Sud", remarqua Michael d'un ton particulièrement sec alors qu'ils se perchaient au bord de fauteuils en tapisserie. Il passa la main sur le bois lisse et poli. "C'est du cèdre. Le bois du gouverneur."

Rhia supposait qu'il s'agissait d'un salon. Les meubles étaient sculptés dans le bois rouge luisant, et des tapis orientaux couvraient le vaste plancher brillant. Un joli piano à queue trônait dans un coin et des peintures à l'huile représentant la campagne anglaise étaient accrochées aux murs.

Eliza revint avec une théière, un pain plat et du beurre frais. Cela semblait être un petit-déjeuner plus appétissant que le serpent. Eliza prit la théière mais sa main tremblait, et Rhia s'en empara pour servir une tasse à chacun d'eux, lançant un regard à Michael.

"Je crois que nous devrions dire à Mme Green la raison de notre présence ici."

Il hocha la tête.

Rhia expliqua de son mieux ce qu'était un dessin photogénique et ce qui les avait amenés à Rose Hill. Elle-même trouvait que ses explications ressemblaient à des boniments. Eliza ôta des poussières imaginaires de son tablier puis détruisit un morceau de pain entre ses doigts. Lorsque celui-ci fut réduit en un tas de miettes, elle croisa les mains.

Rhia attendit qu'Eliza paraisse prête avant de reprendre la parole.

“Savez-vous pourquoi Juliette a pu penser que l’un de ces hommes était un meurtrier, madame Green ?”

Eliza semblait un peu abasourdie. Cela faisait beaucoup à assimiler.

“Je ne connais qu’un homme qui a été assassiné, et c’était mon mari”, répondit-elle enfin.

Rhia et Michael observèrent un silence respectueux le temps de digérer l’information.

“Et que lui est-il arrivé ?” demanda doucement Michael.

Elle était devenue veuve, de manière violente, et si pauvre que la faim l’avait poussée à voler de la nourriture. Et comme si cela ne suffisait pas, elle s’était fait prendre, juger et envoyer loin de son enfant.

Michael secouait la tête.

“Voyez-vous une raison pour laquelle Juliette pourrait croire que l’un des hommes présents sur ce portrait a tué son père ?

— Pas à moins qu’elle ne l’ait reconnu… mais elle était petite.

— Mais elle doit avoir de forts soupçons, pour vouloir vous le montrer, insista Michael.

— Oh, je reconnaîtrais John Hannam sans problème. Je l’ai moi-même recherché. Mais les hommes comme ça sont malins ; ils n’ont aucune limite. Il a piétiné mon cœur et y a laissé sa vilaine marque.”

Michael hochait la tête, mais il regardait par la porte ouverte les prés pleins de moutons.

“Madame Green, dit-il enfin, que diriez-vous si je vous annonçais qu’un clipper quitte Sydney pour Londres dans deux semaines et que vous pourriez avoir un billet pour rentrer chez vous ?

— Je dirais que vous n’avez aucune idée de ce que gagne une bonne, monsieur Kelly.

— Ce que je veux dire, madame Green, c’est que j’ai un travail comme charpentier à bord de ce clipper et que je n’ai donc pas à payer mon voyage. J’ai des raisons de croire qu’on aura besoin de vous comme témoin et je souhaite payer votre traversée jusqu’à Londres. Vous comprenez, je pensais devoir acheter le billet de cette jeune dame, mais elle m’a dit qu’elle avait de l’argent à elle.”

Eliza se précipita plus ou moins à travers la pièce pour se jeter au cou de Michael. Elle se mit à rire puis à pleurer, puis sembla faire les deux en même temps.

Michael lança un clin d'œil à Rhia.
"Je pense qu'elle est d'accord.
— Oui, répondit Rhia, je le pense aussi."

59

Sydney, le 20 octobre 1841

Nous avons marché toute la journée, de Rose Hill à George Street, et ce soir je vais dormir dans un vrai lit. Celui-ci est étroit et dur, et ma chambre est simple, mais elle sent le soleil et j'ai l'impression d'être dans un palais. Nous logeons chez un marchand de drap et sa femme. Ce sont des amis de Michael, et ce sont des gens charmants.

Michael est plus réservé que dans mes souvenirs, mais être prisonnier vous rend ainsi. Son ami aborigène, cependant, est le roi du silence. Il ne fait même pas de bruit lorsqu'il marche dans le sous-bois sec de la forêt d'eucalyptus. Je pense qu'il ne savait pas plus comment me prendre que moi. Il m'a entendue demander à Michael le nom de fleurs et de plantes, me montrait parfois quelque chose et me disait comment cela s'appelait, même si je ne sais pas vraiment si c'était dans sa propre langue ou pas. L'oiseau qui rit est un kookaburra, l'énorme perruche blanche avec une crête jaune est un cacatoès et le lézard de la taille d'un crocodile est un goanna. Michal dit qu'il y a aussi des crocodiles, mais plus au nord. J'espère qu'il a raison.

J'ai le sentiment d'être une intruse parmi les gens libres, tout comme j'avais jadis cette impression parmi les détenues. Je pense que je n'arrive toujours pas à y croire, et je semble ne plus être la personne que j'étais autrefois. Je ne me rappelle même pas qui j'étais ou ce que j'étais. Peut-être est-ce exactement ce que tu voulais. Je pense qu'il n'était pas vraiment nécessaire que je traverse la moitié de la terre sur un bateau puant pour changer, mais je vois où tu voulais en venir. Je ne suis pas franchement héroïque : le simple bruit d'un chariot qui passe me rend nerveuse. J'ai perdu mon armure qui me protégeait du monde. Je la retrouverai, même si je pense qu'il me faudra un peu de temps.

Ce soir, nous avons mangé du mouton et des pommes de terre, et nous avons discuté de laine. Je peux me permettre d'investir une petite somme dans le mérinos, exactement comme me l'avait conseillé Ryan. J'ai aussitôt soumis l'idée à Michael, et je m'aperçois que je suis toujours impulsive. Il a paru surpris, puis dubitatif, puis, heureusement, songeur. Il a dit qu'il avait envisagé d'envoyer lui-même de la laine à Dublin mais il ne s'attendait pas à trouver un partenaire commercial. Je devinais qu'il ne pensait pas en trouver un qui soit une femme. Je ne m'y attendais pas non plus, mais tout à coup, cela me paraît parfaitement sensé. C'est pour cette raison que je suis venue ici. Ce doit être Antonia qui a mis cet argent dans mon porte-monnaie. Je la rembourserai quand notre bateau arrivera. Et maintenant, je vais aller me coucher. Dans un lit.

60

PAILLE

Qui aurait cru qu'il éprouverait une telle fierté en faisant visiter Sydney à une compatriote ? Michael était heureux comme un roi quand Rhia s'exclama devant les édifices de pierre élégamment sculptés de la maison du gouverneur, ainsi que devant la belle tourelle de l'église Saint-Phillip. L'amertume des premières années, lorsqu'il avait vu comment on pouvait sacrifier les ouvriers, s'était envolée. Le chagrin et la fureur que cela lui avait causé l'avaient conduit à éditer son bulletin, et à écrire d'innombrables essais virulents sur les faux dieux du commerce que les colons avaient taillés dans les falaises de calcaire. Il avait payé son dû au véritable coût de la nation ; à la boucherie et aux larmes des oubliés.

Il lui montra des compagnies de prêt et d'investissement ; la bibliothèque et les bureaux de la Compagnie australienne des lampes à gaz ainsi que la Compagnie sucrière australienne ; les sociétés littéraires et scientifiques, l'école des beaux-arts et le nouveau musée. Lorsqu'ils revinrent dans George Street, Rhia secouait la tête.

"Je ne me doutais pas qu'un architecte puisse gagner sa vie en Australie", dit-elle.

Michael rit.

"L'architecte principal a été déporté ici pour contrefaçon. Finalement, son changement de vie a été une chance pour lui. Il n'aurait jamais dessiné des bâtiments publics aussi importants s'il était resté à Bristol."

Rhia regardait les vitrines alors qu'ils passaient devant des selliers, des marchands de thé et des droguistes et, plus près du quai, des fournisseurs de navires et des fabricants de voiles. Elle s'arrêta devant chez un modiste pour regarder les bonnets exposés derrière la vitrine en vitrail. Elle se retourna avec un sourcil levé et une expression que Michael reconnut. Finalement, c'était bien une femme.

Rhia Mahoney avait toujours eu quelque chose de spécial, se dit Michael tandis qu'elle disparaissait dans la boutique du chapelier. Elle avait les yeux de la vieille, sa grand-mère, noirs comme de la poix et vaguement étranges. Comme s'ils pouvaient voir autre chose que le monde visible. Michael sortit sa blague à tabac et regarda la rue. Un haquet passait devant lui, chargé de balles de mérinos. Ils avaient beaucoup parlé de laine, et Rhia avait raison, il était temps de commencer à en acheminer. Perdre sa liberté avait un effet étrange. Cela vous donnait envie de croquer la vie à pleines dents.

Elle ressortit de chez le modiste, sa tête hirsute cachée sous un nouveau chapeau de paille – pas un bonnet, un canotier, avec un fond plat et un large bord.

"Ça te va bien", dit-il, et c'était vrai. Le chapeau lui faisait de l'ombre sur le visage et lui donnait l'air d'une pionnière. Ils étaient presque arrivés devant chez Dan. "Je ne m'arrête pas, dit-il. J'ai à faire ce soir." Elle ne demanda pas de quoi il s'agissait, même s'il voyait qu'elle était curieuse. Elle plongea la main dans son réticule et en sortit une carte de visite froissée qu'elle lui tendit.

"Le caractère chinois qui se trouve au dos signifie argent, dit-elle, mais je ne sais pas où se trouvent ces coordonnées. Et vous ?"

Michael regarda la carte.

"C'est en mer, dit-il, un peu au nord mais pas loin du tout. D'où cela vient-il ?

— Je l'ai trouvée par terre à China Wharf le jour de la mort de Ryan. Cette belle écriture n'est pas la sienne, cependant." Elle leva à nouveau le sourcil pour appuyer sa remarque. "Bonne soirée, alors", dit-elle. Mais elle voulait ajouter quelque chose. Elle le regarda d'un air presque timide avant de baisser les yeux sur ses mains.

"Comment va Thomas ?

— En bonne santé, sensé et travailleur, d'après ce que j'ai compris. Mais vu que tu es une femme, tu as plutôt envie de savoir dans quel état est son cœur, et cela, je ne peux pas te le dire.

— Je demandais seulement en tant qu'amie.

— Oui, je le sais. Sans vouloir faire le malin, je l'ai même peut-être su avant vous deux. Vous n'êtes pas coulés dans des moules compatibles, n'est-ce pas ? Une amitié qui a survécu à une histoire d'amour est très précieuse. Je me demande parfois si…" Il ne parvint pas à le dire. Sept ans d'absence, c'était long. Les gens changeaient. Rhia le regardait bien en face avec ses yeux de biche noirs, comme si elle pouvait percevoir son chagrin.

"Vous avez dû vous sentir bien seul pendant toutes ces années, dit-elle.

— Je me suis construit une vie, et c'est exactement ce que tu feras à ton retour. C'est peut-être cet endroit. On ne peut pas abandonner après s'être retrouvé à l'autre bout de la planète. Les gens d'ici, les colons, les pionniers, les prisonniers, veulent tous la même chose : la liberté." Rhia le regardait attentivement, et Michael éclata de rire. "Je ferai mieux de terminer mon petit laïus et aller m'occuper de mes affaires.

— Très bien, dit-elle, quand nous nous reverrons, j'espère avoir le prix pour un clipper plein de laine à destination de Dublin. Bonne chance, monsieur Kelly.

— Oui, bonne chance." Il la regarda entrer chez le marchand de drap avant de se mettre en route. Elle se déplaçait à pas lents et prudents, comme une vieille dame. Il pensait qu'elle n'était pas encore prête à affréter de la laine. Il jeta un nouveau coup d'œil sur la carte de visite et la glissa dans sa poche d'un air songeur.

*

Les filles de Maggie n'avaient vu aucun des frères Smith depuis maintenant des mois, et l'une des patrouilles de nuit de Calvin avait signalé des allées et venues inhabituelles jusqu'à l'un des petits îlots situés au large de la crique. Pour couronner le tout, Jarrah avait finalement retrouvé le gréeur qui détenait des informations sur la mort de Josiah Blake. Il était allé vers le nord jusqu'au fleuve Hunter, à une bonne centaine de kilomètres, ce qui était impressionnant pour un marin à cheval.

Calvin était assis sur la galerie, ses bottes posées sur la barrière, en train de fumer. C'était la position qu'il aimait adopter au moment où les lampes à gaz étaient allumées sur Circular

Quay. Le concept de la lampe à gaz le fascinait encore énormément. C'était aussi le meilleur moment de la journée pour regarder les vendeuses qui allaient au quai et, après tout, les femmes étaient un mystère tout aussi flamboyant que le gaz. Bien sûr, celui-ci était un phénomène naturel et les femmes complètement autre chose, avec cette douceur capable de vous faire fondre le cœur et durcir la bite. Calvin ne s'était jamais marié ; aucune femme ne pourrait ou ne devrait accepter de passer après le métier de policier. La carte du cœur de Calvin était son secteur ; il était amoureux de cette bande de sable, de ces quais et de l'industrie maritime, et il se dévouait pour que ses mécanismes restent bien huilés.

Calvin se pencha en avant instinctivement en entendant craquer le bois, sa main se tendant vers la botte dans laquelle il gardait son pistolet. Il ressentait le malaise naturel de celui qui fait observer la loi dans un pays de hors-la-loi, mais il n'était en général pas si nerveux.

"Ce n'est que moi, Cal.

— Michael. Prêt pour le spectacle ?

— Tu crois qu'ils vont bientôt expédier leur camelote ?

— D'un moment à l'autre, maintenant. J'ai des gars qui surveillent la plage. Il y a un clipper amarré au large du port ; juste hors de portée de vue de mon télescope. Mais je connais un pêcheur qui aime bien jeter ses filets en eaux profondes, et il m'a dit que le bateau s'appelait le *Sea Witch*. Comme j'ai des hommes sur place, on peut aller discuter avec le marin qui a accompagné le troupeau.

— Eh bien, je peux te dire exactement où, à mon avis, tu trouveras ton clipper, dit Michael en tendant à Calvin la carte de visite.

— Au *Jerusalem Coffee House* ?

— Retourne la carte, mon gars.

— Ah ! dit le policier. Quel est ce gribouillage ?

— Un caractère chinois qui signifie argent.

— Ah."

Ils marchèrent jusqu'à la caserne, fumant et discutant de qui aurait dû ou n'aurait pas dû faire partie de l'équipe de cricket. Un match important entre la police et l'armée devait avoir lieu très bientôt.

Le garçon était plus jeune que Michael ne se l'était imaginé, ce qui expliquait son manque de jugement quant au fait de revenir à Sydney Cove malgré les avertissements de Calvin. Il était assis dans un coin de sa cellule, la tête baissée d'un air boudeur. Il leva à peine les yeux à l'entrée des deux hommes.

"Bonsoir mon garçon, lança Calvin d'un ton joyeux. J'ai amené un associé pour voir si nous ne pouvions pas, entre nous, te faire sortir d'ici." Le marin leva rapidement le regard, laissant paraître un espoir fugace avant de plisser les yeux d'un air soupçonneux.

"Pourquoi vous feriez ça ?

— Je n'ai pas spécialement envie de le faire, mais j'ai besoin d'informations. Si je te dis que je te laisserai partir quand j'aurai appris ce que je veux, tu peux me croire parce que je suis un homme de parole. Mais si tu tiens à sortir libre aujourd'hui, je ne veux jamais te revoir dans le coin. Jamais. Je suis sérieux cette fois-ci."

Le prisonnier regarda ses mains.

"Ben j'sais toujours rien.

— Ce n'est pas ce que j'ai entendu dire. J'ai entendu dire que tu avais raconté à quelqu'un que le quaker qui était tombé du *Mathilda* préparait un mauvais coup.

— Non, c'est pas ce que j'ai dit…" Il se mordit la lèvre et s'interrompit avant d'en dire plus.

"Alors tu as bel et bien dit quelque chose ?"

Silence. Calvin se tourna vers Michael.

"Tu sais, j'ai dit à ce garçon que s'il revenait dans mon secteur, il aurait une cravate en chanvre en repartant. Suis-je un homme de parole, Michael ?

— Ça, c'est sûr, Calvin." Michael regarda le jeune garçon. Il voyait qu'il était mort de peur, et pas seulement parce qu'il risquait la potence. "Si tu nous dis ce que tu sais, nous coincerons le chef de cette opération de fausse monnaie si vite qu'il n'aura pas le temps de te poursuivre pour l'avoir balancé." Il regarda les yeux du garçon s'écarquiller sous l'effet de la surprise.

"Comment vous savez pour la fausse monnaie ?

— A la fin de cette semaine, il n'y aura plus un seul faux-monnayeur aux Rocks, et le seul équipage à bord du *Sea Witch* sera composé de soldats. Maintenant, libre à toi de parler ou pas, c'est ta vie, fiston."

Cela sembla le décider. Il prit une profonde inspiration résignée.

"J'ai vu le quaker dans le bazar de Calcutta, mais j'ai cru que c'était l'autre ; celui qui embauchait des matelots pour aller jusqu'à l'île de Lingding. Vous comprenez, j'avais besoin de travailler. Alors je lui ai dit que je me débrouillais pas mal comme gréeur. Il m'a regardé bizarrement, comme s'il ne savait pas de quoi je parlais, alors je lui ai dit que, vu qu'il était quaker, je savais il n'aurait pas dû remplir des clippers d'or noir, mais j'espérais qu'il ne voyait pas d'inconvénient à ce que je vienne le trouver. Le problème, vous comprenez, c'est que personne ne semblait rien savoir à propos de cet affrètement, car l'équipage était surtout indien et le bateau, le *Mathilda*, était censé être en cale sèche."

Michael fronça les sourcils. Cela n'était pas parfaitement clair.

"Alors le *Mathilda* effectuait une course non répertoriée jusqu'à l'île de Lingding ?"

Le garçon acquiesça.

"Tu as dit que tu pensais qu'il s'agissait de *l'autre quaker* ?

— Eh bien vous comprenez, je me suis trompé. On m'a dit que c'était le quaker qui était venu à bord du *Mathilda* qui dirigeait la course jusqu'à l'île de Lingding, mais il y avait deux chapeaux plats à bord du *Mathilda*, et c'était pas le bon quaker, c'est pour ça qu'il m'a regardé de cet air aussi bizarre.

— Alors, pourquoi est-ce que Josiah Blake, le quaker à qui tu as parlé, a été tué ?

— Il a commencé à poser des questions. Il est allé jusqu'à la cale sèche et a demandé à voir le registre, et il s'est aperçu que le *Mathilda* n'y était pas alors qu'il était censé y être.

— Et pour la fausse monnaie, Josiah était aussi au courant ?

— J'ai peut-être laissé échapper quelque chose à ce propos..."

Michael commençait à se demander comment ce soi-disant criminel assis devant lui allait jamais faire carrière dans le métier.

"*Peut-être ?*

— Eh ben... vous comprenez, c'était troublant. J'ai compris ce qui se passait seulement en arrivant à Sydney. Le *Mathilda* part de Calcutta pour l'île de Lingding avec de l'opium à bord, l'échange contre de l'argent et ensuite, au lieu de retourner directement à Calcutta, à la Bourse, il met cap au sud vers le large où il retrouve le *Sea Witch*, qui a quitté Sydney avec de l'argent contrefait...

— Alors l'argent contrefait est embarqué en pleine mer à la place du vrai, et la fausse monnaie est ensuite absorbée par la Bourse de Calcutta, pendant que le *Sea Witch*, avec sa cargaison de véritable argent part pour Londres ?

— C'est ça.

— Et le chef de ce trafic est un quaker ?

— Ça, j'en sais trop rien. En mer, c'est le capitaine du navire le responsable. J'ai jamais entendu dire qu'un quaker s'était rendu sur l'île de Lingding."

Michael regarda Calvin.

"Je crois que le nom de ce monsieur est Isaac Fisher", dit-il.

Le policier fronçait les sourcils.

"Bien sûr, il est toujours possible qu'il ne sache même pas que son bateau d'opium rapporte de l'argent contrefait à son retour.

— Je n'avais pas pensé à ça, reconnut Michael. Mais ce que je sais, c'est que le *Mathilda* et le *Sea Witch* appartiennent en copropriété à un collectif de marchands de tissu londoniens...

— Alors comment fait-on pour savoir qui s'occupe de l'étape à Sydney ?"

Michael le regarda.

"Deux d'entre eux sont morts, dont Josiah Blake.

— Comme c'est intéressant..." Calvin regarda à nouveau le garçon. "Alors, nous avons établi que le commerce du tissu n'était pas assez profitable pour un certain marchand et que Mick le Receleur était le chef d'un trafic de fausse monnaie à Sydney ?

— C'est pas moi qui vous ai dit, pour Mick le Receleur !

— Alors, c'est lui ?

— Merde. Ouais."

Calvin sortit sa montre de la poche de sa veste.

"Il se fait tard. Tu peux rester ici ce soir, et demain, je te mets sur le premier vaisseau qui lève l'ancre. Tu n'auras qu'à travailler à bord pour payer ta traversée jusqu'à sa destination."

Dès qu'ils furent à l'extérieur, Calvin coula un regard en coin vers Michael.

"Tu ne m'as pas dit que c'était l'opération de Mick le Receleur.

— Je n'en étais pas vraiment certain jusqu'à il y a peu."

Calvin eut un sourire rusé.

"Je le savais, de toute façon. Sinon, ça voudrait dire que je ne fais pas mon travail, non ? J'ai des gars en planque au *Hare and Hound*, au carrefour. On peut voir chez Mick depuis une des chambres du haut."

Michael secoua la tête.

"Je pensais que Mick était trop malin pour traiter ses affaires chez lui. Mais si c'est le cas, ça doit se passer au sous-sol, et il est l'un des rares à en avoir un aux Rocks. S'ils font fondre de la vieille monnaie et fabriquent des moules en plâtre, ils forgent sans doute des guinées ; cuivre à l'intérieur, plaqué argent. Inutile de perdre du temps avec des shillings – ils n'enrichiraient pas suffisamment les magnats du commerce, et ne donneraient même pas un coup de pouce au petit peuple."

Calvin écoutait attentivement en hochant la tête.

"En parlant du petit peuple, j'ai eu une petite discussion avec un certain Wardell, l'agent du gouvernement à bord du *Rajah*. Il m'a dit qu'il vérifiait l'histoire que le mousse t'a racontée, à savoir qu'il avait vu le botaniste sur le pont la nuit du meurtre. Il m'a également dit qu'il trouverait quand le voyage de Reeve avait été réservé et par qui. Il est peu probable qu'il soit arrivé si loin de chez lui sans un mécène.

— Voilà qui est intéressant, répondit Michael, parce que j'allais justement te demander si ça t'ennuierait d'aller rendre visite à M. Reeve. Il faut que je discute avec lui d'un sujet qui devrait t'intéresser.

— Vraiment ?

— Oui", répondit Michael.

61

Le 21 octobre 1841

La lumière est éblouissante, le ciel sans nuage et la température constante. Cet endroit est l'opposé de l'Irlande, dans tous les sens du terme. Les saisons sont inversées, et le vent du sud plus froid que celui du nord. Au lieu du brouillard et de l'humidité, l'air est sec et translucide. Le souffle empoisonné de l'industrie ne l'a pas encore souillé. C'est le printemps mais il fait déjà aussi chaud que pendant nos étés irlandais. Je pense que la lumière et la douceur sont responsables, en partie, de la bonne humeur des habitants de Sydney. J'ai passé la matinée avec Joan, la femme du drapier, qui a ri de façon approbatrice quand j'ai juré en renversant du thé et m'a offert un cigarillo après le petit-déjeuner. J'en ai pris un, mais je dois encore m'entraîner avant de maîtriser cet art.

J'ai harcelé Joan de questions toute la matinée, tant cet endroit semble plein de contradictions : c'est une nation moderne en train de se former, et en même temps une ancienne que l'on détruit. Les Originels, comme les appelle Michael Kelly, ne sont visibles nulle part. Si je n'avais pas rencontré Jarrah, je n'aurais peut-être pas su qu'ils étaient là, à l'exception de leurs esprits qui habitent parmi les arbres et regardent ces ridicules bâtisseurs d'empire depuis les ombres. Maintenant je sais pourquoi les arbres ont un air aussi spectral. Il y a des histoires de massacres à vous glacer la moelle des os, et quand j'entends parler de l'attitude meurtrière des Anglais et des Irlandais, j'ai honte d'être ici.

Joan dit qu'on peut faire pousser des oranges en Nouvelle-Galles du Sud, qu'elle en a épluchée une elle-même, de bonne heure ce matin, qui avait encore de la rosée dessus. Elle dit qu'elle a d'énormes petits pois sur sa table dix mois par an et que son linge sèche en une heure. Mais il y a aussi une araignée de la taille d'une montre de gousset dans son garde-manger, et des opossums voleurs grimpent par la fenêtre pour venir prendre toute la nourriture qui peut traîner.

Dans trois jours seulement, nous lèverons l'ancre, et j'ai plein de choses à faire pour m'occuper. Dan et Joan ont trouvé le mérinos le meilleur marché de Nouvelle-Galles du Sud, et j'emmagasine de l'énergie pour organiser l'expédition. Joan dit qu'elle m'aidera et que je ne dois pas essayer de faire trop de choses trop vite. Quand je me sens intimidée, je pense à Antonia. C'est la foi qui fait la différence, que ce soit en quelque divinité ou en une lumière intérieure, ou encore en soi-même.

Je ne peux pas dire que j'aie hâte de reprendre la mer aussi vite, mais ce voyage ne ressemblera guère à l'aller. Après ma longue marche entre Rose Hill et Sydney, j'ai dans la tête des motifs pour une saison entière et j'ai l'intention d'en peindre un plein livre avant d'arriver à Londres. Si M. Montgomery refuse de les acheter un bon prix, alors ils deviendront les premières impressions de la Laine Mahoney.

Au diable les conventions.

62

PIED-DE-POULE

Reeve eut au moins le bon sens de ne pas claquer la porte au nez de Calvin et Michael. Il avait encore une ecchymose violette sur la pommette gauche à l'endroit où il avait reçu le poing de Michael.

"Bonsoir, monsieur Reeve", lança Cal d'un ton joyeux.

Le botaniste se contenta de se renfrogner et de leur tourner le dos, retournant à ses occupations. Lorsqu'ils entrèrent dans la pièce il était à sa table, en train de griffonner dans un livre à grands gestes nerveux, la tête baissée comme un enfant boudeur.

"Simple visite de courtoisie, poursuivit Cal, afin de vous tenir au courant de mon enquête concernant les activités criminelles dont vous êtes soupçonné. J'ai eu une conversation avec un certain M. Wardell. Vous vous souvenez peut-être qu'il était l'agent du gouvernement à bord du *Rajah*. Il semblait penser que vous étiez à proximité de la cabine de Laurence Blake la nuit où il a été assassiné."

Ceci retint l'attention de Reeve. Il leva les yeux, inquiet.

"De plus, reprit le policier en s'asseyant sur la chaise en face du botaniste, il m'a dit que votre traversée avait été payée par un chèque de banque."

Michael n'était pas au courant. Il lança un regard sévère à Calvin qui lui répondit par un hochement de tête affirmatif. Le policier avait de toute évidence fouiné à droite à gauche. Enfin, c'était son boulot.

"Tu veux ajouter quelque chose, Michael ?" demanda Calvin.

Michael réfléchissait vite.

"Oui. Je me demandais si la personne qui a payé votre voyage vous avait également payé pour garder un œil sur Rhia Mahoney. Je me demande si vous étiez censé découvrir, entre autres choses, ce qu'elle savait sur la mort de Josiah Blake. Vous pensiez peut-être que Rhia avait quelque chose, une lettre peut-être, que votre patron voulait récupérer. Vous pensiez qu'elle l'avait donnée à Laurence Blake pour qu'il la mette en lieu sûr. Vous êtes entré dans sa cabine pendant qu'il dormait, espérant la trouver et, involontairement, ou bêtement, vous l'avez réveillé. Il vous a peut-être empoigné, vous avez peut-être attrapé le coupe-papier dans la seule intention de le menacer, pas de le tuer. Quoi qu'il en soit, vous avez paniqué et l'avez tué." Michael réfléchissait à haute voix, rassemblant tous les petits détails que Rhia lui avait confiés. "Ce n'était peut-être pas un accident, parce que si l'on apprenait que vous aviez été fouiner dans la cabine d'un passager respectable, vos espoirs de carrière et de richesse auraient été instantanément ruinés. Vous avez fouillé sa cabine et trouvé le portrait sur lequel vous avez reconnu l'un des hommes." Michael n'avait pas détaché son regard de Reeve, dont les yeux semblaient plus grands et plus apeurés à chaque instant. Le cahier de dessin montrait des esquisses maladroites de la flore indigène.

"Bien sûr que j'ai un mécène, finit par admettre Reeve, c'est essentiel et normal dans ma profession. Mais son identité est une affaire privée et ce dont vous m'accusez ne sont que des... fadaises." Il ne semblait ni convaincant ni convaincu.

Calvin hocha lentement la tête.

"Des fadaises ? Vous préféreriez donc emménager au poste plutôt que nous donner un nom ? Ce doit être un sacré paquet d'oseille que vous risquez de perdre. Vous vous apercevrez peut-être, finalement, que la liberté vaut plus.

— Je l'ai trouvée moi-même inestimable au fil des ans", renchérit Michael.

Reeve semblait sur le point de vomir.

"Vous n'avez pas l'ombre d'une preuve et je n'ai rien à ajouter.

— Je n'ai pas besoin de preuves pour arrêter un homme à Sydney, monsieur Reeve. Et je vous garantis que vous aurez des choses à ajouter, une fois que vous aurez vu votre nouvelle demeure. L'idée d'un jugement clément vous semblera peut-être plus séduisante dans quelques jours. C'est ce que nous proposons ici en échange d'une confession ; de noms. Ici, nous fixons nos propres règles. Réfléchissez-y."

Cal alla à la porte et appela les deux jeunes policiers qui attendaient dans le couloir. Michael regarda Reeve. Il était clair qu'il y réfléchissait déjà, car il avait pris son crayon et griffonnait si fort sur son papier à dessin qu'il y fit un trou. Quand les hommes de Calvin entrèrent, même si ce n'étaient encore que des gamins impatients d'avoir une occupation pour passer le temps, Reeve jeta son crayon, l'air pitoyable et déprimé.

"Dans ce cas, nous allons vous laisser avec votre escorte, dit Calvin. Ne vous embêtez pas à lui attacher les mains, les gars, je vous ai vus charger vos pistolets dans le couloir."

Alors qu'ils retournaient dans Macquarie Street et passaient devant la caserne, Calvin secoua la tête.

"C'est le laquais de quelqu'un, et il s'attend à être sauvé, j'en suis sûr. Je vais le garder pour présomption de meurtre pendant un moment, jusqu'à ce que je parvienne à lui extirper des aveux. Il ne faudra peut-être pas si longtemps que ça avant qu'il commence à se départir de sa fausse bonne éducation."

Michael hocha la tête. Il avait besoin d'un verre.

"Tu as pas mal de boulot en ce moment, non ? Tu fais toujours surveiller chez Mick ?

— Oui. Mais je ne prévois pas de trop m'impliquer, c'est censé être mon soir de repos. Il y a une demi-douzaine d'hommes armés dans une chambre à l'étage du *Hare and Hound* et mon sergent a d'autres hommes au port. Ça fait une semaine qu'ils poireautent et ils commencent à s'impatienter. Ça ne devrait pas tarder, sauf s'ils ont réussi à nous passer sous le nez en douce. On a même réussi à emprunter quelques soldats du gouverneur.

— Ça serait peut-être pas mal d'aller boire un coup au *Hare and Hound*, non ?" demanda Michael.

Calvin poussa un long soupir indulgent, mais Michael voyait que cela ne l'ennuyait pas.

Le *Hare and Hound*, aux Rocks, n'était qu'à une rue du bungalow en pin de Mick le Receleur. Ils entrèrent par la porte de service de la taverne et montèrent directement à l'étage dans l'une des chambres de devant. Il y avait quatre hommes attablés qui mangeaient et fumaient, et deux devant les fenêtres, d'où ils avaient une vue correcte des abords de chez Mick. Calvin s'entretint discrètement avec les deux qui surveillaient la rue avant que Michael et lui ne les laissent à leur tâche.

En bas, la taverne était aussi mal éclairée et miteuse que les autres établissements des Rocks, et la bière qui sortait du fût paraissait trop claire. Le rhum était un bien meilleur pari. Ils trouvèrent un coin où l'uniforme de Calvin ne susciterait pas trop d'intérêt et s'installèrent pour attendre.

Michael avait évité de dire au policier à quel point son départ était imminent, mais il ne pouvait pas simplement partir sans lui dire au revoir. Il y avait songé, bien sûr. Il détestait les adieux et, Maggie mise à part, Calvin était pour lui à Sydney ce qui ressemblait le plus à un ami. Quand ils en furent à leur deuxième mesure de rhum, il décida que c'était le moment.

"J'ai une place comme charpentier de bord sur le prochain bateau.

— C'est vrai ?" Calvin garda le silence un moment. "Eh ben si je m'attendais !

— Ouais."

Calvin ouvrit la bouche pour ajouter autre chose, mais l'un des hommes postés en haut s'approcha discrètement d'eux et fit un signe de tête en direction de la route.

C'était parti.

Ils jetèrent leurs mégots dans la boîte de conserve posée sur la table et se levèrent en silence. Calvin sortit son pistolet de sa botte et le glissa dans sa ceinture.

"Il n'y a rien de tel qu'une bonne descente de police, dit-il. Tu es le bienvenu, Michael. Prends ça comme un cadeau d'adieu."

Michael haussa les épaules.

"Pourquoi pas ? J'aurais dû me souvenir que tu n'avais jamais de soirs de repos."

Trois ou quatre policiers des autorités portuaires étaient déjà sous l'avancée de la galerie avant du bungalow de Mick. Il fallut quelques minutes pour que les autres se rassemblent, sans bruit, autour de la bicoque branlante. L'agencement du bâtiment était presque identique à celui de Maggie, remarqua Michael, ce qui était pratique car il savait où se trouverait l'entrée de la cave.

Il fut convenu qu'un détachement avancé de quatre hommes, Calvin, Michael et les deux policiers les plus musclés, tenterait d'entrer dans le bâtiment aussi discrètement que des serpents, et de surprendre ce qui pouvait bien se passer dans le sous-sol. L'autre demi-douzaine d'hommes devait les rejoindre au signal de Calvin, et ils avaient pour instruction de garder leur arme à leur ceinture en attendant d'autres ordres. Il y avait eu des problèmes, récemment, avec des jeunes as de la gâchette qui pensaient qu'un pistolet fumant était un accessoire de leur autorité.

L'opération se déroula en douceur. La cave de Mick était équipée comme une cuisine souterraine : un feu grondait dans le profond renfoncement de pierre qui avait à l'évidence été creusé pour cela, et un creuset était suspendu à un crochet en fer au-dessus des flammes. La pièce était pleine de fumée et de vapeurs. Autour du foyer se tenaient plusieurs personnes que Michael reconnut, dont ces trois idiots de frères Smith. Leurs visages affichaient des expressions allant de l'incompréhension à la frayeur.

Sur un long établi poussé contre le mur était disposée une collection de limes et autres outils servant à retirer l'argent des pièces, dont les copeaux étaient ensuite fondus dans le creuset. Une grosse balance en cuivre était posée sur une table aux pieds fuselés à côté de moules et de poinçons. C'était là aussi qu'était assis Mick le Receleur. Il portait des vêtements de ville, ses cheveux et ses favoris roux étaient huilés et sa redingote pied-de-poule impeccable. Il ne broncha pas. Il savait que la partie était terminée. Plusieurs grosses caisses à thé, fermées par des clous, se trouvaient au pied de l'escalier, attendant sans doute d'être transportées jusqu'au port.

"Bonsoir messieurs", lança Calvin d'une voix gaie et retentissante tandis que ses hommes gâchaient ce qui semblait être une opération rondement menée. Il y eut une vague d'activité tandis que les frères Smith et un autre faux-monnayeur tentaient de passer derrière Michael, posté au pied de l'escalier. Il parvint à en retenir deux, l'un par le col et l'autre par un coup de poing bien ciblé. Les deux autres arrivèrent presque en haut des marches avant de croiser des policiers qui descendaient. Après une bagarre énergique, pas mal de jurons, un bras cassé et deux nez en sang (un faux-monnayeur, un policier), tout fut terminé. Mick était encore assis, son pied-de-poule toujours immaculé.

L'une des caisses à thé fut ouverte. Elle débordait de guinées brillantes flambant neuves d'une telle qualité que Michael poussa un sifflement grave impressionné.

"Ton patron londonien va être très mécontent ; c'est vraiment du beau travail.

— Merci, mon bon monsieur", répondit Mick avec une courbette. Il se leva, retira son manteau et le plia avec soin. Il était déjà allé à la caserne et il aimait trop ses fringues pour les voir abîmer. Il avait la confiance tranquille de celui qui connaît la loi comme s'il l'avait lui-même écrite. Lui, comme le botaniste, pensait que son patron le tirerait de là.

*

En pleine nuit, Michael et Calvin fumaient, les bottes posées sur la barrière de la galerie des autorités portuaires. Ils venaient d'être informés qu'une petite armée d'hommes du poste de George Street avait abordé le *Sea Witch*. Calvin versa une autre mesure du rhum qu'il gardait pour les cas d'urgence dans un quart en fer-blanc qu'il tendit à Michael.

"Autant finir la bouteille, maintenant, dit-il. Comme je te le disais, je suis foutrement triste de te voir partir.

— Je voudrais pouvoir dire que je suis désolé de m'en aller, mais tu sais que je ne le dirai pas." Michael leva sa tasse et la fit tinter contre celle de Calvin. "Mais buvons à toi, le meilleur commissaire des autorités portuaires que Sydney ait jamais eu.

— Je suis le seul commissaire des autorités portuaires que Sydney a jamais eu.

— Ouais. Dans ce cas, tu gagnes haut la main. Alors, espérons que tu te marreras autant pour ton soir de repos de l'an prochain.

— Je vais boire à ça."

Les deux hommes étaient assis ensemble sous l'arche sombre et insondable du ciel, écoutant les vagues qui se fracassaient sur cette plage des antipodes, perdus dans leurs pensées respectives.

Michael pensait à Annie. Voudrait-elle toujours de lui après tout ce temps ?

63

CROCHET

Le 15 février 1842

Il faut un siècle pour remonter la Tamise. Michael dit que le capitaine pensait arriver à quai il y a une heure. Malgré le froid, Eliza et lui sont sur le pont à contempler le paysage, mais je trouve plus facile de regarder par la fenêtre du salon. C'est un endroit différent de celui que je pensais, il y a dix mois, quitter pour toujours, car je suis moi-même une personne différente. Le ciel est toujours gris colombe. Le fleuve toujours aussi brun que du cacao. La tour et le pont sont des monuments impressionnants de civilisation, mais ils ne m'inspirent plus la même crainte respectueuse.

Le voyage s'est déroulé sans incident. Je m'attendais à avoir le mal de mer, et je m'attendais vaguement à ce que Manannan me montre des juments blanches dans l'océan, que la lune apporte des fantômes, mais la mer et la lune n'étaient que la mer et la lune. Mon livre rouge est rempli de motifs, ce qui explique pourquoi je n'ai pas pris mon stylo plus tôt pour écrire. Il n'y avait pas grand-chose à raconter. Pas de mort, pas de pirates et pas de bagarres dans l'entrepont.

Il y avait peu de femmes à bord à part Mme Green et deux sœurs vieilles filles. Les sœurs étaient parties en Terre de Van Diemen quelques années plus tôt dans l'espoir d'y trouver un mari, mais n'en trouvant aucun à leur convenance, disaient-elles, elles étaient allées à Sydney. Je ne les trouve ni jeunes ni avenantes, même si elles affirment ne pas avoir manqué d'admirateurs, que ce soit à Hobart ou à Sydney. Mme Green s'est liée d'amitié avec elles avant même que nous ayons quitté Circular Quay, quand elles se sont découvert une passion commune pour le crochet. A elles trois, elles ont rempli un panier en osier de napperons et de cols en coton.

Quant à moi, j'avais à peine le temps de terminer un dessin qu'un autre s'échappait déjà de mon crayon. J'ai toujours le petit crayon que M. Dillon m'avait donné ce jour-là, mais je l'utilise avec parcimonie. Je ne sais pas pourquoi je l'ai gardé. Mes nouveaux dessins possèdent une essence différente. Même moi je le vois. Les motifs sont plus précis et, quand j'ouvre ma boîte de peintures, les couleurs que je mélange sont vives et pleines de lumière. J'ai dessiné des motifs répétés de jacarandas, d'acacias et de waratah. *Je pense qu'ils rendront très bien sur de la laine.*

Je n'ai guère vu Michael pendant nos treize semaines passées en mer. Il avait beaucoup de réparations à effectuer. Il m'a expliqué que la coque du navire n'avait pas été séchée correctement depuis plusieurs années. La route maritime entre Londres et Sydney est devenue si fréquentée que la cale avait un besoin urgent de bois neuf pour remplacer les planches pourries. Nous avons discuté, cependant. Michael m'a raconté ce qui s'était passé à Sydney avant notre départ, ce qu'il sait et ce qu'il soupçonne. Quant à la fausse monnaie, je suis sidérée par l'audace de cette entreprise. Opium et fausse monnaie ! *Je n'arrive toujours pas à croire que Ryan ait pu être impliqué dans une telle escroquerie, même si c'est peut-être parce que je refuse d'y croire. De croire que j'aie pu connaître aussi peu mon oncle. Et en dépit de ses humeurs, Isaac ne m'avait pas semblé être homme à tirer avantage des faiblesses d'autrui. Mais maintenant que le doute a été semé, certains souvenirs me reviennent. Par exemple, Isaac avait entendu ma conversation avec M. Montgomery au goûter d'anniversaire d'Isabella ; il était également venu au magasin le matin de mon arrestation, et il était resté seul dans la réserve un moment. Il avait très bien pu mettre l'étoffe à cet endroit-là, puis avertir la police. Bien sûr, presque tous les gens que je connais ont, à un moment ou à un autre, été l'objet de mes soupçons ; Grace, Isabella et M. Montgomery. Et M. Dillon, bien sûr. Il est difficile de se fier à quiconque lorsqu'on vous a trahi.*

Nous avons un peu avancé maintenant, dépassé des vapeurs à aube et des bachots, et nous nous trouvons dans l'un des canaux encombrés qui conduisent aux quais de London Pool. Celui-ci est, m'a-t-on dit, le plus vieux port du fleuve. Il semble impossible que les embarcations qui font la queue sur le fleuve parviennent à trouver une place pour débarquer leurs marchandises et leurs passagers. Des trois-mâts, des cargos et des barges attendent en file indienne devant nous.

Il y a une telle confusion de cris et d'activités sur les docks que Circular Quay, à Sydney, ressemble par comparaison à une retenue de moulin. Je ferais mieux de poser mon stylo maintenant, car nous allons bientôt accoster. Mon cœur cogne comme un tambour en fer-blanc.

*

Lorsqu'elle remonta sur le pont, Rhia avait compris qu'elle n'attendait plus rien de Londres. Elle irait saluer Mme Blake et rendre visite à M. Montgomery pour résoudre l'affaire de l'étoffe volée, puis organiserait son voyage jusqu'à Dublin.

Appuyé à la rambarde, Michael regardait en amont du fleuve. Ses rares affaires étaient réunies dans un petit sac en tapisserie, et le large bord de son chapeau en peau de lapin baissé sur ses yeux. Il voyageait aussi léger qu'un marin. Apparemment, il n'avait pas voulu récupérer grand-chose de son ancienne vie. Eliza Green était assise sur sa malle et regardait les acrobaties qui se déroulaient au-dessus d'elle. Les gréeurs grimpaient sur les mâts, tiraient sur des cordes et des treuils ici et là, affalant chaque partie des voiles pour former des plis festonnés avant de les accrocher à un bout de vergue ou un mât.

Ils avaient décidé de se rendre tous les trois à Cloak Lane sans annoncer leur arrivée. Eliza, qui n'avait pas fait grand-chose à part enrouler du fil autour d'une aiguille recourbée et parler de Juliette pendant des semaines, était à présent silencieuse et nerveuse. Rhia ne pouvait imaginer ce qu'elle devait ressentir, sachant qu'elle allait au-devant de retrouvailles auxquelles elle n'avait jamais cru.

Il leur fallut deux heures de plus avant de se retrouver dans une voiture parmi la foule de Cheapside et Cornhill en plein midi. Cela ne semblait pas réel. Michael ignorait consciencieusement le remue-ménage et lisait un journal qu'il avait acheté au port à un petit vendeur. Eliza crochetait frénétiquement. Rhia était toujours intriguée de voir qu'elle était capable de produire une dentelle aussi délicate avec son petit crochet de bois sans même regarder ses mains. Le long de Cornhill, la congestion était pire que d'habitude. Ils étaient arrêtés entre un chariot de charbon et un poissonnier. Ce dernier était le plus près d'eux et les relents de poisson noyaient l'odeur grasse du charbon et les effluves de crottin.

Quand ils repartirent, Michael contemplait la rue. Son expression pouvait trahir de la réserve ou de l'indifférence. Il y avait de nombreuses façons de cacher son émotion, et c'était la sienne. Rhia se demanda si lui aussi pensait à Greystones. Ils étaient désormais si près de chez eux. Elle coula un regard vers Eliza qui avait posé son crochet et tripotait à présent les bouts de son nouveau châle écossais. Eliza l'avait admiré dans la vitrine d'un vendeur de confection de George Street. Elle avait paradé comme une jeune fille quand Rhia le lui avait offert.

Quand la voiture s'arrêta à nouveau, ce fut devant la maison jumelle des Blake dans Cloak Lane.

"Nous y sommes", annonça Rhia. Personne ne bougea. Son regard alla de Michael à Eliza. "Je me demande si je ne devrais pas m'entretenir avec Mme Blake avant ?" Michael donna son assentiment d'un signe de tête et Eliza parvint à pousser un couinement, les mains sur les joues.

Rhia resta un moment immobile, regardant l'animal en fer forgé avec un anneau dans le nez avant de le soulever pour frapper. Elle se rappelait à quel point elle s'était sentie nerveuse, lorsqu'elle avait attendu là avec Ryan, un peu plus d'un an auparavant. Rencontrerait-elle le fantôme de la personne qu'elle était alors ? Elle frappa.

Antonia ouvrit la porte. Elle ne reconnut pas Rhia tout de suite, puis elle eut l'air stupéfaite et la serra fermement dans ses bras.

"Doux Jésus ! C'est vous ?" Elle recula et regarda Rhia pendant que Rhia la regardait. Antonia portait de la laine peignée et celle-ci était bleue. D'un bleu subtil et sombre, mais bleue tout de même.

"Bienvenue chez vous, dit Antonia, mais Rhia ne lui dit pas qu'elle n'était pas encore chez elle.

— Je ne suis pas seule", répondit-elle à la place. Elle expliqua, aussi rapidement et précisément que possible, comment la mère de Juliette en était venue à attendre dans la voiture garée au pied des marches pour voir sa fille, et qui était Michael Kelly.

Rhia, pas plus que Michael ou Mme Blake, n'assista pas aux retrouvailles entre mère et fille. Il fut convenu qu'Eliza devait se mettre à l'aise dans le salon pendant qu'Antonia faisait de son mieux pour préparer Juliette à cet événement.

Lorsque Antonia rejoignit Rhia et Michael dans la cuisine, où Beth faisait grand cas de se demander comment elle allait s'y prendre pour nourrir tout le monde, ils la regardèrent d'un air chargé d'attentes. Antonia sourit.

"Je n'ai pas pu m'empêcher de m'arrêter un instant devant la porte pour m'assurer que tout allait bien..." commença-t-elle.

Rhia eut un hochement de tête impatient.

"Avez-vous entendu quelque chose ?

— J'ai entendu rire Juliette. Je ne crois pas l'avoir déjà entendue rire." Antonia essuya une larme, même si elle souriait. "Elles se sont mises à parler toutes les deux en même temps et ont continué comme ça." Elle regarda Rhia, puis Michael. "Bien", dit-elle, ne sachant visiblement pas quoi dire. La bouilloire posée sur le fourneau sifflait avec insistance, de sorte qu'elle s'affaira à préparer le thé. "J'espère que vous accepterez d'être mon invité, monsieur Kelly, dit-elle. La maison est vide depuis si longtemps." Elle posa la théière et les tasses sur la table. "Je vais envoyer un mot à M. Dillon et M. Montgomery. Ils doivent être immédiatement informés que vous êtes de retour saine et sauve, Rhia. M. Dillon n'a cessé de demander votre grâce."

Rhia sentit son cœur se serrer à l'évocation de Dillon. Elle devrait le regarder dans les yeux, même s'il devait la détester. Elle se demanda si Antonia, elle aussi, lui reprochait la mort de Laurence. Rien dans son expression ou son attitude ne le laissait supposer. Mais elle était d'une nature indulgente. Dillon, non. Il ne trouverait aucun intérêt à la voir sans Laurence pour servir de médiateur. Il la trouverait affreuse, avec ses cheveux juste assez longs pour être retenus par des épingles et ses bras maigres bronzés. Mais pourquoi se souciait-elle de ce qu'il pensait d'elle ?

Antonia et Michael avaient accordé peu de temps aux formalités ; Michael voulait savoir où était Isaac, et Antonia n'eut même pas l'air surprise.

"Votre retour à Londres a coïncidé avec celui du *Mathilda*, dit-elle. Ils ont accosté il y a seulement quelques jours. Isaac était aux Indes depuis l'été.

— C'est long, remarqua Michael d'un ton désinvolte, même si Rhia devinait ses pensées.

— Oui, admit Antonia. C'est long." Elle se lissa le front du bout des doigts. "M. Dillon semble penser..." Elle hésita.

“Que votre ami Isaac Fisher trempe dans le commerce chinois ?” De façon caractéristique, la voix de Michael était dénuée d’émotion. Quand on ne le connaissait pas, on pouvait penser qu’il s’en moquait.

“Alors vous êtes au courant.” Antonia semblait soulagée.

Rhia se demanda quelle étoffe cette journée était en train de tisser.

“Rhia et moi avons réfléchi, et nous savons deux ou trois choses, reprit Michael, et je parierais que vous aussi, maintenant. On dirait que votre M. Dillon est également au courant de certains faits. Alors pourquoi ne pas attendre de tous nous réunir pour mettre en commun ce que nous savons et voir où cela nous mène. Cette histoire ressemble à un puzzle, maintenant.

— C’est plutôt une couverture en patchwork”, intervint Rhia qui pensait à haute voix. Aujourd’hui n’était pas une seule étoffe. Les différentes pièces devaient être assemblées.

“La couverture ! s’exclama Antonia. J’avais presque oublié. J’ai reçu la couverture du *Rajah* le mois dernier, et quand j’ai vu l’appliqué, j’ai su que c’était votre carré de chintz, Rhia. Cela m’a presque fait fondre en larmes. J’étais navrée de voir que votre magnifique pièce de chintz avait été découpée, mais le plus étrange, c’est qu’en la voyant, j’ai su que vous alliez bien… que tout irait bien… J’ai reçu une lettre de la femme du gouverneur, au nom de toutes les couturières, disant que c’était un cadeau pour les quakers de la Société des dames britanniques.

— Alors la couverture est ici, dans la maison ?” Il semblait presque impossible qu’elle ait traversé les mers par deux fois et soit revenue à Londres avant Rhia.

“Elle est là. Et je vous la montrerai dans un instant.”

La conversation se tourna vers d’autres sujets. Antonia interrogea Michael à propos de sa famille. Elle n’avait pas posé de questions sur Sydney, remarqua Rhia, ni à l’un ni à l’autre. Elle finirait par tout apprendre un jour.

“Voudriez-vous du pain d’épice pour votre thé, mademoiselle Mahoney ? demanda Beth dès qu’elle put dire un mot.

— Et comment ! Penser à votre pain d’épice est ce qui m’a empêchée de sombrer dans le désespoir, Beth !”

64

POPELINE

Rhia se réveilla dans l'après-midi dans le lit aux rideaux ivoire et décoré d'arabesques. Elle s'habilla lentement, passant une robe qui pendait dans le placard depuis la dernière fois qu'elle s'était trouvée dans cette chambre. Elle était rose japonais, un rose riche et profond qui n'avait pas l'éclat dur des teintures minérales. L'étoffe la caressait, mais elle ne se sentait pas digne de la porter. Elle épingla ses cheveux de son mieux devant un miroir à main, puis glissa ses pieds dans des pantoufles, comme si elle mettait les atours de quelqu'un d'autre. Elle descendit lentement le large escalier ciré. Elle n'était arrivée à Londres pour la seconde fois que depuis quelques heures. Une autre vie avait commencé.

Des voix lui parvinrent du petit salon.

Appuyé contre la cheminée, vêtu d'une chemise et d'une culotte propres, Michael était presque méconnaissable. Il s'était rasé et avait huilé ses cheveux. Il fumait tout en discutant avec M. Dillon. Dillon se trouvait dos à la porte. Il se réchauffait les mains au-dessus du feu, ses cheveux noirs tombant aux épaules. Il se retourna à l'entrée de Rhia et s'inclina poliment, et à ce moment-là, elle s'aperçut que ses jambes tremblaient. Cela n'avait rien à voir avec lui ; c'était seulement le mouvement de la terre ferme quand ses jambes étaient encore habituées à la mer.

"C'est un plaisir de vous revoir à Londres, mademoiselle Mahoney.

— C'est un plaisir d'être ici." Elle examina son visage. Elle ne voyait aucune trace de colère ou d'accusation. Elle ne trouva rien d'autre à dire. Elle semblait ne plus savoir comment se montrer polie. D'autres auraient pu dire qu'elle n'avait jamais su.

Antonia toussa discrètement. Elle était assise sur le Chesterfield avec son ouvrage. Pendant un instant, Rhia avait eu l'impression d'être seule dans la pièce avec Dillon. Antonia lui sourit.

“Cette couleur vous va bien. Maintenant que nous sommes tous ici, je vais aider Beth à servir le thé. J'ai installé Juliette et sa mère dans une pension de famille à Cornhill où elles pourront poursuivre leurs retrouvailles en privé.”

Antonia partit à la cuisine, et M. Dillon reprit sa conversation avec Michael. Celui-ci disait qu'il était arrivé à la conclusion qu'il n'y avait pas de libre-échange, que tout avait un coût. Ils avaient beaucoup en commun, se dit Rhia, ils étaient tous deux personnellement scandalisés par la corruption, et chacun d'eux maniait la plume plutôt qu'un pistolet. Bien que Michael ait possédé une autre sorte d'arme : elle avait vu la garde dépasser de sa botte.

Elle n'avait pas encore osé regarder le dessin photogénique : les arbres. Elle coula un regard prudent en direction du tableau. Celui-ci semblait différent. Ou peut-être n'avait-il plus le pouvoir de l'effrayer. Elle et sa peur avaient fait la paix.

Antonia revint avec le thé et ils s'assirent autour de la table. M. Dillon était en face de Rhia. Elle n'avait peut-être plus peur des ombres et des esprits, mais elle avait encore du mal à le regarder. C'était seulement une nouvelle épreuve à surmonter. Elle le regarda droit dans les yeux et crut y déceler quelque chose qu'elle n'avait pas vu avant, quelque chose de plus doux, une requête silencieuse. Cela ne lui fit pas éprouver de la faiblesse, comme quelque parangon de féminité dans un roman à l'eau de rose, mais lui donna au contraire l'impression d'habiter son propre corps. Dillon détourna les yeux, laissant Rhia se demander si, finalement, elle ne lui était pas indifférente.

Il jeta un regard autour de la table, mais quand ses yeux croisèrent à nouveau ceux de Rhia, ils étaient prudents.

“Nous savons maintenant qu'Isaac Fisher et Ryan Mahoney utilisaient le *Mathilda* pour acheminer de l'opium, et que ce bateau et l'autre clipper, le *Sea Witch*, étaient impliqués dans une opération de fausse monnaie. Pensez-vous possible, monsieur Kelly, qu'ils aient été affrétés par des personnes différentes ?

— Oui, reconnut Michael, la plupart des navires commerciaux sont à louer quand ils ne sont pas utilisés.

— Donc, insista Dillon, le *Mathilda* a quitté l'île de Lingding avec un chargement d'argent, puis il a navigué dans les eaux du Pacifique à l'est de Sydney Cove où l'argent devait être transféré à bord du *Sea Witch*, en échange d'une cale pleine de fausse monnaie ?"

Michael hocha la tête et la théorie de Dillon fut digérée en silence. Il regarda Rhia.

"Veux-tu parler du négatif à Mme Blake ?"

Antonia lança à Rhia un regard chargé d'attente et celle-ci expliqua, aussi délicatement que possible, comment le négatif avait atterri sur le *Rajah*, comment le portrait avait été transféré, et comment il avait ensuite été détruit.

Antonia secouait la tête.

"Pas étonnant..." Sa voix mourut, tandis qu'elle songeait sans doute à l'attitude singulière de Juliette. Elle but une gorgée de thé, regardant Dillon.

"Vous le saviez, n'est-ce pas, le jour où vous êtes venu – le jour où Juliette nous a parlé de son père ?"

Il acquiesça.

"Pardonnez-moi, mais je ne voyais pas l'intérêt de vous le dire. Cela n'aurait fait que rendre les choses plus délicates entre vous et votre bonne."

Antonia parut troublée.

"Mais le négatif n'a pas été détruit ?" Elle regardait Rhia d'un air presque suppliant.

"Il a été perdu. Sans doute détruit. Je suis vraiment désolée, Antonia..."

Antonia secoua la tête, hébétée.

"Je crois que j'aimerais bien voir comment fonctionne ce dessin photogénique, remarqua Michael. Je n'arrive pas à me le représenter." Il tentait d'amortir le choc, se dit Rhia, et elle ne l'en aima que davantage.

"Alors je vous montrerai, lui assura Antonia.

— Mais d'abord, dit-il, je devrais vous parler du soir où je suis allé rendre visite au botaniste, M. Reeve, et de Mick le Receleur, qui a été arrêté pour contrefaçon..." Quand ils avaient quitté Sydney, expliqua Michael, plus d'une douzaine d'arrestations avaient eu lieu, y compris celle du capitaine du *Sea Witch*. Le capitaine avait dit qu'il ne savait rien sauf que, à Calcutta, un agent avait affrété le clipper et que la personne qui avait payé l'affrètement ne serait pas facile à retrouver. "Il y a plein de marchands qui ne veulent pas qu'on associe leur nom au commerce de l'opium, poursuivit Michael. Vingt mille livres en fausses guinées d'argent ont été retournées au bureau du gouverneur, où l'argent avait été volé au départ. Ces pièces seront sans doute vendues comme alliage et la somme obtenue utilisée pour faire lambrisser de cèdre quelques autres bâtiments, observa-t-il d'un ton sec. Il est difficile de savoir qui est le plus grand escroc, le faux-monnayeur ou le gouvernement de Nouvelle-Galles du Sud.

— Le nom du chef de l'opération n'a pas été mentionné ?" demanda Dillon.

Michael secoua la tête.

"Non. Et je ne serais pas surpris d'apprendre que Mick lui-même ne connaît pas le nom de son patron. Il doit y avoir un intermédiaire pour protéger le chef. De plus, Mick le Receleur ne parlera jamais : c'est un professionnel, et ce serait mauvais pour ses affaires. Tout ce qu'il a dit sur le sujet était que, voyant qu'il y avait une pénurie d'argent, lui et ses hommes rendaient service à la Couronne en lui fournissant des pièces tout juste frappées."

Antonia tapotait sur la table un rythme nerveux.

"Il me paraît tout simplement inconcevable qu'Isaac vende de l'opium, à plus forte raison en fausse monnaie. Oui, je sais que des navires quakers ont transporté des esclaves, il est donc inutile de me le rappeler, mais ça… J'ai du mal à croire que j'aurais pu me tromper autant sur son compte, et depuis si longtemps. Dieu merci, Josiah n'est plus là pour voir ça.

— Je pense que nous devrions donner à Isaac une chance de se défendre, intervint Dillon.

— Oui, je suis d'accord, dit-elle, je vais l'inviter pour lui en donner la possibilité.

— Montgomery et Beckwith devraient également venir, reprit Dillon.

— Très bien, dit Antonia. Ainsi que vous et M. Kelly, bien sûr.

— Je ne voyais pas cela autrement, répondit-il.

— Moi non plus, ajouta Michael. Il y avait bien une lettre, n'est-ce pas madame Blake, écrite par votre mari ?

— En effet, reconnut-elle, M. Dillon a découvert où elle se trouvait."

Michael fronça les sourcils en apprenant que l'avocat de Ryan Mahoney refusait de la leur montrer avant qu'un magistrat ait déclaré que sa mort n'était pas un suicide. "Vraiment ? dit-il doucement. En bien, peut-être pourriez-vous vous en remettre à moi pour cette affaire."

Antonia se leva.

"Monsieur Kelly, voulez-vous toujours voir une démonstration de dessin photogénique ?

— Avec plaisir."

Ils quittèrent la pièce. Rhia était certaine qu'Antonia l'avait délibérément laissée seule avec M. Dillon. Le silence grandit, sans rien d'autre que le sifflement de la sève du bois dans le feu pour le rythmer. Rhia coula un regard dans sa direction, se demandant si le fait qu'ils soient assis l'un en face de l'autre sans rien à se dire l'indifférait autant qu'il le laissait paraître. Il semblait préoccupé.

"J'ai l'impression, dit-il enfin, que la bonne de Mme Blake détient peut-être la clé depuis le début.

— Alors vous croyez que l'un des hommes du portrait est un assassin ?

— Je n'en ai pas le moindre doute. J'attendais des archives de journaux traitant de trafics de fausse monnaie autour de Manchester à l'époque du meurtre de M. Green.

— Et… ?

— Et j'ai obtenu une réponse, mais pour l'instant, cela doit rester entre vous et moi.

— Alors vous pensez que John Hannam est lié à l'opération de Sydney ?

— Je crois qu'il y a de fortes chances pour que ce soit le cas, oui."

Le silence tomba à nouveau. Rhia laissa ses yeux se poser sur un endroit sans risque : son manteau.

"Est-ce de la popeline anglaise que vous portez ?" demanda-t-elle. Il rit, et elle sentit la raideur s'apaiser entre ses épaules.

"Je crois qu'elle vient du pays de Galles, comme votre prénom. Quand j'étais jeune, les gens de mon village croyaient que Rhiannon apparaissait à ses adeptes sur le dos d'un cheval blanc.

— Oui, confirma-t-elle. Et dans un manteau violet."

Dillon la regarda avec la même douceur qu'elle lui avait vue plus tôt, puis il se tourna vers le feu.

"Michael m'a dit que vous et lui aviez un intérêt commun pour la laine australienne ?

— Notre première cargaison devrait arriver à Dublin prochainement.

— Et vous avez l'intention d'être là-bas pour la réceptionner, mademoiselle Mahoney ?

— En effet.

— Alors, Londres n'est pas un endroit pour vous, en définitive ?"

C'était la question qu'elle s'était posée le matin même, alors qu'ils passaient devant des flèches d'églises et des clochers, puis sous le pont de Londres. Voir la ville lui avait donné envie de retourner à Greystones. Une dernière étendue d'eau, la mer d'Irlande, la séparait à présent de chez elle. Elle haussa les épaules. Elle rêvait des schistes et des collines, de voir sa mère, et même son père, mais elle n'était pas certaine de vouloir rester là-bas.

"Passé un temps, je désirais par-dessus tout voir Londres et voyager à l'étranger, et maintenant, c'est fait. Même si ce n'était pas de la façon dont je l'avais imaginé, ajouta-t-elle en riant. Je suis plus sereine, mais cela ne veut pas dire que j'ai envie de passer le reste de ma vie dans un village irlandais…

— Vous vous apercevrez peut-être que la solution réside dans votre travail, mademoiselle Mahoney. Pour ma part, ça a toujours été le cas. Vous êtes une artiste, mais vous semblez également apprécier le dynamisme du commerce."

Il avait remarqué quelque chose à son propos dont elle s'était à peine rendu compte. Avant de pouvoir faire marche arrière, elle lui parlait de son désir de retourner chez elle avec un métier.

"Le désir n'est qu'un véhicule de la vérité…" dit-il d'un ton rêveur avec un demi-sourire.

Elle le regarda avec une horreur feinte.

"Mais vous êtes en train d'encourager une femme à avoir un métier !"

Dillon ne souriait plus, il la regardait, regardait en elle avec un véritable sérieux.

"Vous avez déjà eu le courage de défier les conventions, dit-il, j'ai apprécié cela chez vous dès le début, et je savais que cette qualité impressionnait Laurence. Il vous aimait beaucoup, vous devez le savoir." Il hésita, se leva et marcha jusqu'au feu, lui tournant à demi le dos. Rhia profita de l'occasion pour examiner chaque trait de son profil, son nez droit et son front haut, la couleur de sa peau, ses cheveux noirs. Il lui sembla soudain très proche, alors qu'elle le connaissait à peine.

“Je ne peux prétendre que j'ignorais les sentiments de M. Blake, dit-elle prudemment, mais mes propres sentiments n'étaient pas… en accord avec les siens.

— Je m'étais posé la question.” Il hésita. “Laurence était mon ami, et je ne dirais pas cela s'il…

— S'il était en vie ?

— Oui.

— Quoi ? Qu'est-ce que vous ne diriez pas ?

— Que je vous ai aimée au premier regard.”

65

PARCHEMIN

Beth frappa discrètement à la porte de la chambre et entra avec un panier rempli de petit bois tandis qu'Antonia scellait les enveloppes destinées au commis du boucher. Il faisait plus vite que la poste du matin, et était toujours heureux de gagner une ou deux piécettes supplémentaires.

"Quelle belle et fraîche matinée, madame.

— C'est vrai, Beth. Nos hôtes sont-ils levés ?

— Oh, M. Kelly est debout depuis l'aube – il dit qu'il a toujours été comme ça. Il n'a pas pris de petit-déjeuner, cependant, juste une tasse de thé.

— Et Rhia ?

— Je l'ai entendue marcher en passant devant sa porte. Je vais faire du feu avant d'aller mettre le porridge à cuire.

— Ne prenez pas cette peine, Beth, vous avez assez à faire en l'absence de Juliette. Je peux m'habiller sans feu." Elle donna à Beth les enveloppes pour le garçon ; une pour Isaac et une pour Jonathan Montgomery.

Antonia se lava le visage à l'eau citronnée, enfila sa tenue en laine peignée et épingla ses cheveux. Lorsqu'elle arriva, ses deux invités étaient dans le petit salon, assis à la table près de la fenêtre dressée pour le petit-déjeuner. Michael se leva à son entrée.

"Bonjour, madame Blake.

— Et bonjour à tous les deux, répondit-elle. J'espère que vous avez bien dormi ?

— Oui, merci", dit Michael. Il n'avait pas l'air d'avoir bien dormi. Comme tout cela devait lui paraître étrange et peu familier : être à Londres après des années passées comme prisonnier ; savoir qu'il était si près de revoir sa femme et son fils. Il avait dû avoir envie de se rendre directement à Dublin depuis Sydney. Mais comme l'avait dit M. Dillon, ils avaient des affaires en commun à régler, et Michael Kelly ne lui semblait pas être le genre d'homme à laisser un travail inachevé.

"Je n'ai pas fermé l'œil, répondit Rhia. Sans doute parce que le plancher ne bougeait pas."

Ou peut-être à cause de M. Dillon, songea Antonia. Elle s'assit et Rhia lui servit du café. Ils parlèrent de laine. Elle pensait que c'était un excellent projet et le lui dit.

"En fait, ajouta-t-elle, si vous avez besoin d'un agent à Londres, je serais ravie de me joindre à vous."

Beth emporta leurs bols et Michael la félicita, lui disant que son porridge devait être le meilleur qu'il ait jamais mangé, même s'il n'en avait pas goûté depuis des années.

"Alors il n'y a pas de porridge à Sydney ?" Beth semblait scandalisée.

"A Sydney, l'avoine sert à nourrir les chevaux, et les gens mangent du pain parce que le blé est bon marché." Michael se leva et mit son chapeau à large bord.

"J'ai quelque chose à faire ce matin, madame Blake, après quoi je dois retrouver Dillon dans un endroit appelé le *Red Lion*. Merci encore pour votre hospitalité.

— Mais vous allez revenir ici, monsieur Kelly ?

— Oui, bien sûr."

Rhia expliqua à Michael où se trouvait le *Red Lion* et il prit congé.

Antonia regarda son ancienne locataire. Ce n'était pas seulement qu'elle était mince, et sans ses magnifiques cheveux longs : elle avait changé d'une façon difficile à définir.

"Nous n'avons pas vraiment eu le temps de discuter, n'est-ce pas ? dit-elle. Je ne peux même pas imaginer..." Elle hésita. "J'ai prié pour vous", dit-elle. C'était insuffisant. N'importe quoi l'aurait été.

Rhia regarda ses mains.

"Dans ce cas, ce sont vos prières ainsi que votre argent qui m'ont permis de rentrer.

— Que voulez-vous dire ?" C'était une remarque étrange.

"J'ai trouvé l'argent que vous aviez mis dans ma bourse. Sans lui, je n'aurais jamais pu payer mon voyage, ni acheter le mérinos.

— Mais je n'ai pas mis d'argent dans votre bourse, même si je l'ai vue dans votre valise quand j'ai fait vos bagages." Elles étaient toutes deux silencieuses, réfléchissant à ce mystère. Rhia semblait troublée.

"Alors qui ?

— Cela n'a pu être que M. Dillon, dit Antonia. C'est lui qui est venu chercher votre malle pour la porter à Millbank. Si j'y avais pensé, j'aurais certainement mis de l'argent pour vous, mais j'étais tellement sous le choc…

— Bien sûr. Et je ne m'attendais pas à ce que vous le fassiez. Mais j'ai du mal à croire que M. Dillon… C'était si généreux…

— Il a une très haute estime de vous, dit Antonia. Tout le monde a pu le voir. Je n'imagine pas comment vous avez réussi à tenir le coup", ajouta-t-elle.

Rhia sourit.

"Grâce aux histoires que ma grand-mère me racontait, sur les fées et les sorcières. C'est elle qui m'a donné mon prénom.

— Je vois, répondit Antonia, même si elle ne voyait rien du tout.

— Rhiannon a été maudite, accusée à tort et exilée. Elle a été libérée de sa malédiction uniquement grâce à sa propre souffrance et l'aide de Manannan, le dieu de la mer."

Cela semblait être un conte de fées parfaitement adapté, se dit Antonia. Guère différent, à certains égards, des histoires chrétiennes sur les potions magiques et les morts revenant à la vie. Comme elle ne savait pas quoi dire, elle changea de sujet.

"J'ai quelque chose à vous montrer."

La couverture était rangée dans un coffre en camphrier contre le mur. Antonia la rapporta à la table.

Rhia regarda le tas de patchwork d'un air circonspect, comme si des souvenirs risquaient d'en sortir. Elle l'effleura.

"C'est Margaret qui a demandé à ce que l'on vous l'offre, et c'est elle qui a composé et brodé la dédicace."

Antonia étala la couverture sur le dos du Chesterfield, qu'elle aurait aisément pu couvrir deux fois, et examina le point de croix de Margaret.

> Aux dames du Comité pour les navires de détenues. Cette couverture confectionnée par les détenues du navire le *Rajah* pendant leur voyage leur est offerte en témoignage de la gratitude avec laquelle elles se souviendront de leurs efforts pour améliorer leur confort en Angleterre et pendant leur voyage, et comme preuve qu'elles n'ont pas oublié les aimables exhortations de ces dames à se montrer travailleuses. Juin 1841.

Antonia se pencha plus près. Le carré central, où était brodée la dédicace, était rigide ; quelque chose renforçait la poche entre la partie brodée et la doublure. Elle l'avait déjà remarqué, et s'était dit qu'on avait dû oublier la carte à broder à l'intérieur. Rhia l'avait également vu. Derrière la dédicace, au lieu du lin uni, se trouvait un carré de veloutine de soie bleue.

"C'était le morceau de tissu préféré de Margaret, dit Rhia. Je le reconnais. Elle disait qu'elle le garderait pour en confectionner une bourse." Elles se regardèrent et Antonia se demanda si elles pensaient à la même chose. Sur un côté de la soie, la couture était en points de bâti, et non en jolis points soignés, comme c'était le cas des trois autres côtés.

Antonia alla chercher ses ciseaux de broderie et, les mains tremblantes, coupa les points lâches. Dans la poche, il y avait un morceau de parchemin rigide. Une autre déception aurait été de trop.

"J'ai les mains qui tremblent, Rhia, faites-le, demanda-t-elle.

— C'est le négatif, dit Rhia, je le reconnais.

— Il n'y a aucune garantie qu'il puisse encore donner une représentation", remarqua Antonia. Son cœur cognait dans sa poitrine. "Le soleil brille ce matin... la cuisine serait le meilleur endroit, à cette heure-ci..."

Elle se précipita hors de la pièce pour aller chercher son matériel. Elle ne savait pas si elle redoutait plus de voir le visage de Josiah ou la possibilité qu'Isaac puisse être identifié comme un tueur. Rhia la suivit au premier jusqu'au studio, puis elles redescendirent à la cuisine. Elles ne parlaient pas. Chacune était préoccupée par l'urgence de la tâche.

Beth astiquait l'argenterie sur la table de la cuisine. Elle parut perplexe en voyant Antonia poser son cadre sur le haut du banc disposé sous la fenêtre. Elle mit une feuille vierge de parchemin traité sur le négatif, puis les serra l'un contre l'autre avant de les placer dans le cadre de façon que la lumière du soleil les éclaire.

Il n'y avait plus rien d'autre à faire. Elle ne supportait pas de regarder. Rhia la prit gentiment par le bras.

"Beth serait peut-être contente d'avoir de l'aide pour astiquer l'argenterie.

— Oui, tout à fait", admit Antonia, l'entendant à peine.

Beth parut horrifiée.

"Oh, ce n'est pas la peine... !"

Rhia pouffa.

"Je me suis attelée à des tâches bien plus salissantes qu'astiquer de l'argent, Beth."

Elles trempaient leurs chiffons de flanelle l'une après l'autre dans la potion malodorante. C'était la recette de sa mère, expliqua Beth quand Rhia fronça le nez, faite à partir de poudre de soufre et d'oignons bouillis. Elles polirent des chandeliers, des salières et des fourchettes à dessert, et Antonia sortait la montre de sa poche toutes les deux ou trois minutes.

Lorsque ce fut l'heure, elle posa son chiffon et lissa ses cheveux, puis ses jupes, avant de s'approcher du petit cadre en bois posé sur le banc.

Un portrait s'était matérialisé ; une image presque parfaite, comme si elle avait été tracée à l'encre sépia. Cinq hommes se tenaient dans le jardin d'Antonia, tout comme ils l'avaient fait presque deux ans plus tôt. Josiah était là, et il la regardait dans les yeux. Son cœur se serra, mais elle n'éprouva que du soulagement. Son image n'avait pas disparu ; elle était restée là tout le temps, attendant seulement que le soleil la révèle. Elle sentait à nouveau le regard de son mari.

A côté de Josiah, on voyait Isaac, l'air un peu raide et mal à l'aise, et de l'autre côté, M. Montgomery, arborant une expression perplexe mais aussi séduisant et élégant que d'habitude. A un bout de la rangée d'hommes se trouvait M. Beckwith, la tête penchée timidement, de sorte que ses yeux étaient dans l'ombre. A l'autre, Ryan Mahoney, qui tentait de conserver son sourire canaille pendant le temps interminable de l'exposition.

Antonia dévissa les boulons qui maintenaient le cadre et posa soigneusement le dessin photogénique sur le banc. La corde située au-dessus des lambris se tendit et la cloche de la cuisine retentit, les faisant toutes deux sursauter puis rire nerveusement.

"Qui cela peut-il être ?" Antonia regarda l'horloge. Il n'était que dix heures. "J'y vais, Beth."

Isaac Fisher se tenait sur le seuil, chapeau à la main, la lumière vive du matin derrière lui. Même le visage plongé dans l'ombre, il était clair qu'il était mal à l'aise.

"Je suis venu immédiatement, Antonia. Il semblait y avoir une certaine urgence dans votre lettre…

— Isaac !" Elle ne savait pas quoi lui dire. Elle aurait dû y réfléchir. Elle s'attendait à ce qu'il passe plus tard dans l'après-midi, si jamais il venait. "Entrez. Nous sommes dans la cuisine…

Rhia est ici… son navire est arrivé hier…" Elle scruta son visage en prenant son chapeau. Il ne voudrait certainement pas que Rhia soit de retour à Londres. Il sembla surpris, bien sûr, puis eut un faible sourire. Il paraissait fatigué.

"Voilà une bonne nouvelle.

— Oui."

Isaac suivit Antonia dans le couloir. Elle avait le vertige ; elle n'était qu'à moitié sur terre ; l'autre partie d'elle était détachée ; observait. Cette histoire ne reposait plus entre ses mains désormais. Maintenant, elle devait simplement dire la vérité.

Si Rhia se sentit inquiète en voyant Isaac, elle n'en laissa rien paraître. Elle sourit et dit qu'elle était heureuse de le voir, puis elle aida Beth à débarrasser l'argenterie de la table. Beth s'éclipsa dès que possible, sentant qu'il y aurait bientôt d'autres "événements" dans sa cuisine.

Isaac regarda autour de lui avec sa lenteur caractéristique. Il n'était sans doute jamais entré dans la cuisine de Cloak Lane. Ses yeux s'arrêtèrent sur le banc où le portrait était posé au soleil. Il s'en approcha d'un pas lent et décidé. Antonia l'observa, respirant à peine. Rhia était debout, agrippée au dossier d'une chaise. Leurs regards se croisèrent et Rhia leva un sourcil. Antonia se redressa.

"Isaac, il y a une chose dont nous devons parler. J'ai… j'ai entendu dire…" Elle hésita. La vérité n'était finalement pas si facile à exposer.

Isaac regardait le portrait. Il semblait ébahi.

"Extraordinaire, marmonna-t-il.

— Est-il vrai, lança Rhia avec audace, que vous et mon oncle vendiez de l'opium ?"

Il se retourna lentement. Il n'avait pas l'air surpris. Il secoua la tête, mais pas pour nier. De honte ?

"C'est vrai, avoua-t-il. Mais à présent, j'ai atteint mon but. Inutile de me dire, Antonia, que je ne suis pas digne de la Société des Amis. Continuer d'être quaker a plus été pratique qu'autre chose. La foi n'est plus dans mon cœur depuis la mort de Louisa."

Antonia était abattue. Elle avait désespérément souhaité se tromper.

"Quaker ou pas, c'est un commerce immoral. J'avais une meilleure opinion de vous.

— Eh bien, tant pis. Votre vision des choses est étriquée, mais je la comprends assez bien."

Son ton la mit en colère.

“Alors, le jeu en valait-il la chandelle, financièrement ?

— Qui peut le dire ? Mais l’argent a été bien dépensé et j’ai fait ce que je devais.

— Comment pouvez-vous dire une chose pareille ! Rien que de penser au mal que votre commerce a causé en Chine et aux Indes…”

Isaac soupira.

“Antonia. Ne vous énervez pas. Ces dernières années, je me suis rendu dans beaucoup de villages indiens où les tisserands n’ont pas de terres à cultiver parce qu’il y a des champs de pavots à la place des rizières. Il n’existe pas de solution simple dans une économie moderne qui dépend du produit d’autres économies. C’est le monde nouveau. Le gouvernement britannique ne supporterait jamais d’être à la merci d’une nation aussi sophistiquée et impénétrable que la Chine. Il est trop étroit d’esprit pour cela. Notre consommation sans précédent de marchandises, de thé en particulier, a épuisé nos réserves d’argent. La seule façon de remplir les caisses des banques britanniques est d’encourager la consommation d’opium en Chine.

— Je comprends l’économie, Isaac. Ce que je ne comprends pas, c’est que vous sembliez trouver cela parfaitement raisonnable.

— Mon adorable Antonia. Laissez-moi terminer. Avec les bénéfices engrangés, j’ai racheté des terres qui nourriront des familles indiennes. C’était ce que Ryan et moi avions prévu de faire, et il était nécessaire d’en parler à Jonathan parce qu’il est copropriétaire du *Mathilda* et du *Sea Witch*. Je ne l’ai pas dit à Josiah, bien sûr, parce que savoir cela aurait compromis son serment quaker. Il était, comme vous le savez, un moraliste inflexible. Je suis le premier à admettre que c’est un commerce odieux, mais je l’ai maintenant retourné contre lui-même et je suis satisfait. Je peux seulement espérer que Ryan repose lui aussi en paix.”

Antonia était bouche bée.

La voix de Rhia était hésitante.

“Alors l’argent a été dépensé… de façon charitable.

— Bien sûr.

— Et la fausse monnaie ?”

Isaac lui lança un regard pénétrant.

“La fausse monnaie ?

— Vous devez savoir que le *Mathilda* a fait un voyage depuis l'île de Lingding jusqu'aux eaux du Pacifique pour retrouver le *Sea Witch* ? L'argent de l'île de Lingding devait être échangé contre des guinées frappées illégalement à Sydney."

Si Isaac était coupable, alors il tenait son rôle à la perfection. Il parut déconcerté, puis sembla tenter de comprendre quelque chose, dardant des regards nerveux dans la pièce. Il n'avait pas hâte de leur révéler ses pensées. Antonia retint sa respiration. Elle regarda Rhia, qui semblait impatiente. Isaac finit par hocher lentement la tête.

"Je ne suis pas allé à l'île de Lingding. J'avais à faire à Calcutta, pour arranger la vente des terres, *et cetera*. Tout prend énormément de temps aux Indes. C'est M. Beckwith qui a accompagné la cargaison à ma place. Il s'agissait uniquement d'un arrangement commercial : je l'ai payé pour son temps et sa bonne gestion des choses. Je comprends maintenant pourquoi il y a eu du retard sur le retour à Calcutta, et pourquoi le capitaine était un vieux loup de mer méfiant." Il secoua la tête. "Je comprends à présent."

La corde de la cloche se tendit à nouveau. Beth cria depuis l'avant de la maison qu'elle allait répondre, et arriva un instant plus tard avec un message pour Antonia de la part de M. Montgomery. Il regrettait de ne pouvoir venir dans l'après-midi comme elle le lui avait demandé. M. Beckwith et lui avaient un engagement important.

Antonia plia le mot. Elle fronça les sourcils comme si une idée lui avait traversé l'esprit.

"Mais Isaac, si vous n'étiez pas au courant de l'opération de fausse monnaie, M. Beckwith l'était forcément, lui !

— Il doit être au courant de quelque chose, reconnut Isaac. Je vais en parler d'urgence avec lui et M. Montgomery. Nos clippers ne sont pas à la disposition de qui veut bien payer. C'est déjà suffisamment terrible qu'ils aient transporté de l'opium."

Isaac regarda à nouveau le portrait.

"Je vois que vous avez retrouvé le négatif égaré. Vous devez être contente, Antonia.

— C'est une tout autre affaire", répondit Antonia. Elle regarda Rhia, qui semblait savoir exactement ce qu'elle pensait.

"Donnez-moi l'adresse de la pension de famille de Cornhill, dit Rhia, je vais aller chercher Eliza."

66

INDIGO

Rhia alla jusqu'à Cornhill en courant, relevant ses jupes au-dessus des flaques de neige fondue. Lorsqu'elle arriva à l'endroit où les Green étaient logées, ses cheveux avaient perdu leurs barrettes et elle s'était attiré nombre de regards curieux.

Eliza et Juliette étaient dans le salon ordonné de la propriétaire, tellement absorbées par leur conversation au coin du feu qu'elles ne la remarquèrent pas tout de suite. Elles semblaient à l'aise l'une avec l'autre. Juliette parut sur ses gardes sitôt qu'elle aperçut Rhia.

“Qu'y a-t-il ?” demanda-t-elle en évitant son regard. Juliette ne l'avait pas regardée dans les yeux depuis qu'elle l'avait surprise en train de parler aux arbres du dessin photogénique au beau milieu de la nuit.

“Voudriez-vous venir à Cloak Lare ? Il y a quelque chose que vous devez absolument voir, madame Green.” Les deux femmes furent aussitôt sur les nerfs ; cela se voyait à leurs mains. Elles avaient les mêmes gestes nerveux et désordonnés.

Rhia tenta de maintenir la conversation tandis qu'elles retournaient à Cloak Lane d'un pas vif. Elle s'efforçait de modérer son allure afin de ne pas alimenter l'inquiétude qu'elles éprouvaient toutes. Elle demanda à Eliza ce qu'elle comptait faire à présent qu'elle était à Londres.

“Mme Blake a dit que je devrais vendre mes cols et mes napperons dans Petticoat Lane, et elle a également besoin d'une gouvernante. Elle dit qu'elle veut consacrer plus de temps au commerce.”

Rhia éclata de rire.

“Je suis heureuse de l'apprendre. Elle est très douée pour trouver un emploi aux femmes.” Eliza secoua la tête comme si elle ne parvenait toujours pas à croire à la façon dont sa vie avait tourné.

Antonia ouvrit la porte dès qu'elles frappèrent. De toute évidence, elle les attendait dans l'entrée. Elle les fit pénétrer dans le petit salon et refusa d'entendre les protestations d'Eliza quand elle lui proposa de s'installer sur le Chesterfield. Isaac était assis à table, penché sur l'édition du matin du *Globe*. Il était peut-être en train de lire, mais Rhia en doutait. Le portrait était posé à côté du journal. Antonia le prit comme s'il était en verre et s'assit à côté d'Eliza, le tenant contre sa poitrine de façon à cacher l'image.

"Eliza… Il y a quelque chose…" Antonia s'interrompit. "Je voudrais que vous regardiez ceci." Elle hésita puis posa le portrait sur ses genoux.

Eliza le regarda, les sourcils froncés. Il lui fallut une minute pour comprendre ce qu'elle avait sous les yeux. Mais Juliette savait exactement ce que c'était. Elle porta la main à sa bouche et ses yeux lancèrent un regard soupçonneux en direction de Rhia, comme si cela ne pouvait être que son œuvre.

"Reconnaissez-vous l'un de ces hommes ?" l'encouragea gentiment Antonia.

Eliza ne semblait pas l'avoir entendue ; elle tentait encore de comprendre le portrait.

Juliette regarda Antonia, les yeux écarquillés.

"Je ne comprends pas…" Elle n'avait pas vu un fantôme, mais deux : Josiah Blake et Ryan Mahoney.

"Je sais ce que vous avez fait, Juliette, dit doucement Antonia, et pourquoi. Mais voyez-vous, le négatif m'est finalement revenu. Qui l'aurait cru ?" Elle haussa les épaules comme s'il s'agissait d'un événement sans grande importance.

Eliza poussa un petit cri et jeta le portrait sur le sol comme si celui-ci l'avait mordu.

"C'est lui, c'est John Hannam, j'en suis sûre", croassa-t-elle. Elle porta la main à sa gorge comme si quelqu'un l'étranglait.

Antonia ramassa le portrait.

"Lequel est John Hannam ?" Tout le monde regardait Eliza.

Eliza pointa le doigt vers M. Montgomery. Rhia frissonna. Personne ne dit un mot. Il devait s'agir d'une erreur. Elle regarda autour d'elle. Juliette ne paraissait pas surprise, bien sûr. Isaac hochait la tête comme s'il avait déjà eu des soupçons, et Antonia était visiblement anéantie.

“Mais c’est tout simplement impossible, Eliza. M. Montgomery est… un homme respectable ; un homme riche… de bonne famille.

— Savez-vous quelque chose sur la famille de Jonathan Montgomery, Antonia ? demanda Isaac.

— Non. Mais je présumais…” Sa voix mourut. “Et vous ?

— Non, répondit Isaac. Moi aussi, je présumais. La richesse suffit aujourd’hui à défendre la respectabilité.”

Rhia n’y tenait plus. Elle avait besoin d’air. Elle avait besoin de réfléchir. Etait-il possible que M. Montgomery ait été derrière la mort de Josiah et de Ryan ? Elle se leva.

“M. Dillon et Michael Kelly ont rendez-vous au *Red Lion*, dans Covent Garden, dit-elle. Je les trouverai.

— Prenez ma voiture, proposa Isaac.

— Je préférerais prendre l’un de vos chevaux, si vous le permettez. J’irais plus vite.

— Très bien. Je vais dételer la jument.”

Isaac partit s’occuper du cheval pendant que Rhia allait chercher son manteau. Lorsqu’elle arriva dans l’allée, il avait passé une bride et des rênes à l’un de ses jolis chevaux gris.

“Je n’ai pas de selle, dit-il en lui tendant les rênes.

— Je n’en ai pas besoin”, répondit-elle. Isaac tint la jument pendant qu’elle montait.

Elle prit Cornhill, contournant facilement les voitures qui avançaient lentement. Dans Threadneedle Street, une queue s’était formée derrière le chariot d’un brasseur qui déchargeait des fûts devant une taverne. Elle passa devant, remarquant à peine les expressions choquées des dames dans les cabs qui regardaient ses jupes remontées autour de ses genoux. On aurait dit qu’elles n’avaient jamais vu une jambe. Il faisait froid. Rhia regrettait de ne pas avoir mis ses bottes hautes et sa jupe d’équitation. Elle rabattit sa capuche sur son visage pour se protéger de l’air glacial.

Après Cheapside, la route paraissait plus dégagée, si bien qu’elle talonna les flancs de la jument. Elles enfilèrent Newgate Street presque au petit galop. Elle ne regarda pas la prison ; pas une seule fois. Elle se demanda si, à l’intérieur de ces murs gris, quelqu’un écoutait les sabots sur les pavés, comme elle l’avait fait jadis. Elle récita une prière. Celle-ci sortit si naturellement qu’elle s’en aperçut à peine.

A Holborn, l'artère était à nouveau encombrée, et Rhia se demanda si l'une des petites rues qui partaient vers le sud était un raccourci pour arriver dans Drury Lane. Elle vit trois colombes grises perchées sur la courbe d'une lampe à gaz en fer forgé au coin d'une allée. Elle tenta sa chance.

Si M. Montgomery était John Hannam, alors il fallait une preuve. Cela ne servirait à rien de l'accuser s'ils n'en avaient pas. Elle avait l'intuition, cependant, que c'était précisément ce qui occupait Dillon et Michael. M. Montgomery n'aurait eu aucun mal à prendre la broderie dans la collection de sa femme et à la cacher dans le magasin. Et il n'avait eu qu'à payer sa bonne, ou à la menacer, pour l'obliger à mentir. Il devait penser que Rhia savait quelque chose. Elle se souvint de l'après-midi du goûter d'Isabella. Elle avait dit quelque chose. De quoi s'agissait-il ? Elle ne s'en souvenait pas exactement ; elle était un peu saoule, mais c'était quelque chose concernant les soupçons qu'elle nourrissait à propos de la mort de Josiah et Ryan. M. Montgomery savait qu'elle était allée voir la collection avec Isabella. Convaincre sa femme n'avait pas dû être bien difficile.

Rhia engagea la jument dans le passage étroit qui conduisait à la place du marché de Covent Garden. Des rangées de fiacres faisaient la queue tout autour, tandis que leurs conducteurs fumaient ou parlaient en groupes autour d'un braséro, tapant des pieds pour se réchauffer.

"Jolie paire de gambettes, mademoiselle, remarqua l'un des conducteurs sur son passage.

— Merci !" lança-t-elle. Elle traversa la place et prit une ruelle encombrée de brouettes. Elle atteignit le *Red Lion* en même temps que Dillon, qui arrivait à grands pas de la direction opposée. Le col de son long manteau était relevé sur ses oreilles et son souffle formait un nuage de brume autour de lui. Rhia ôta sa capuche alors qu'ils se rapprochaient, et il rit en la reconnaissant.

"J'attendais de vous voir sur votre jument, dit-il, mais votre manteau n'est-il pas de la mauvaise couleur ?

— J'ai du nouveau.

— Ah !" Il prit les rênes. "Il y a une écurie derrière, je vais l'attacher. M. Kelly doit être à l'intérieur."

Michael Kelly était dans une arrière-salle où il lisait une revue commerciale, une cigarette aux lèvres. Il ne semblait pas à sa place, se dit Rhia, avec sa peau bronzée, son chapeau en cuir et ses bottes boueuses. Ils avaient parlé de Greystones au petit-déjeuner, avant l'arrivée d'Antonia, et pour la première fois, Rhia avait vu son terrible désir de rentrer chez lui. Elle avait vu des larmes dans ses yeux quand il avait parlé d'Annie. Il n'avait pas eu le temps d'envoyer une lettre de Sydney susceptible d'arriver avant eux. A Greystones, personne ne savait que Michael Kelly et elle étaient à Londres. Michael leva les yeux comme Dillon arrivait avec un pichet de brune.

"J'ai du nouveau, annonça Michael.

— Nous en avons tous, alors, dit Dillon. Vous d'abord", ajouta-t-il en regardant Rhia.

Elle leur expliqua ce qui s'était passé ce matin et, lorsqu'elle prononça le nom de M. Montgomery, Dillon abattit sa main sur la table et la fit sursauter.

"Je le savais ! dit-il, secouant la tête d'un air dégoûté. Je le savais. Je ne voulais pas tirer de conclusions trop hâtives, mais j'aurais dû. Eh bien, nous avons une preuve maintenant.

— En effet, dit Michael. J'ai rendu visite à l'avocat de Ryan ce matin." Il sortit une enveloppe scellée de la poche de son gilet. "Mais ce n'est pas à moi de l'ouvrir." Il la tendit à Rhia.

"Pas maintenant, dit-elle. Nous devrions y aller.

— Oui, dit Michael en vidant son verre. Je vais nous trouver un fiacre.

— Rhiannon est à cheval, dit Dillon en la regardant avec un demi-sourire lorsqu'il employa son prénom complet. Si nous devons aller rendre visite à Montgomery, j'aimerais bien aller chercher Sid, alors arrêtons-nous au *Jerusalem* en chemin." Il regarda Rhia et leva un sourcil. Si elle avait eu des doutes, jusqu'ici, sur ses sentiments pour lui, elle n'en avait plus. Elle n'avait aucune idée de la façon dont on redescendait sur terre après s'être sentie aussi légère.

Elle se dépêcha et arriva à Cloak Lane avant Dillon et Michael.

Juliette ouvrit la porte et Rhia fut choquée en la voyant esquisser un sourire. Dans le petit salon, Eliza faisait du crochet et Isaac marchait de long en large. Tous la regardaient d'un air chargé d'attentes.

"Ils arrivent. Ils seront bientôt là", annonça-t-elle.

Antonia déclara que tout le monde avait besoin de manger et disparut, cherchant manifestement une occupation.

Michael, Dillon et Sid arrivèrent.

Personne ne semblait vouloir des sandwiches au saumon fumé que Beth avait préparés, et Rhia ne parvint même pas à manger du pain d'épice, même si elle en prit une bouchée pour lui faire plaisir. Pendant un moment, il y eut plusieurs conversations simultanées. Sid serra la main de Rhia si fermement qu'il lui fit mal à l'épaule.

"Vous avez l'air en forme, mademoiselle Mahoney, dit-il avec un grand sourire.

— C'est un mensonge !" Elle rit.

"C'est vrai. Vous avez déjà eu l'air mieux, mais je suis tout de même heureux de vous revoir."

Michael haussa la voix jusqu'à ce que tout le monde écoute.

"J'ai rendu visite à l'avocat de Ryan Mahoney, et je l'ai persuadé de me remettre une lettre que Josiah Blake avait envoyée à Ryan.

— Comment avez-vous réussi à le convaincre ? demanda Antonia.

— Je préférerais ne pas le dire, madame Blake." Michael se tourna vers Rhia qui prit l'enveloppe dans la poche de son manteau. Elle brisa le sceau. A l'intérieur se trouvait une autre enveloppe, déjà ouverte. L'adresse sur celle-ci indiquait China Wharf, et elle portait le tampon de la poste de Bombay. Dedans, il y avait une unique feuille de parchemin.

Rhia la déplia et lut la lettre de Josiah à haute voix.

Mer d'Arabie, mars 1840

Mon cher Mahoney,

Mon stylo glisse entre mes doigts humides et l'allégresse de l'océan fait trembler mon encrier. La touffeur de l'air m'empêche de respirer, mais pas autant que ma peur. Celle-ci a grandi depuis que je suis tombé sur les remises pleines d'opium à Calcutta et que l'on m'a pris pour Isaac.

C'est peut-être uniquement la peur qui me donne l'impression que les ombres me suivent, au mépris de ma logique. J'ai prié comme un condamné tandis que nous longions la côte est des Indes et passions le détroit de Ceylan. Mais l'impression de danger n'a fait que croître et maintenant je suis incapable de distinguer l'ombre d'un mât de celle d'un homme.

L'équipage de Calcutta est composé de marins que je ne connais pas et en qui je n'ai aucune confiance, si bien que je reste dans ma cabine, n'aspirant qu'à la compagnie de mes valeureux compagnons.

Avant notre départ de Calcutta, j'ai cherché le marin qui m'avait abordé en me prenant pour Isaac. Je l'ai trouvé dans une taverne, ivre. Mais au lieu de m'en dire plus sur le Mathilda et son trajet jusqu'à l'île de Lingding, il a divagué à propos de deux bateaux qui devaient se retrouver en mer. Il m'a assuré qu'il ne pouvait pas m'en dire plus sans que je lance la police à ses trousses.

Notre ami Isaac a jugé bon de commercer en dehors de la loi de l'empereur Tao-kuang et au mépris de l'éthique des quakers. Peut-être le saviez-vous ? Ce commerce n'est peut-être pas illégal en Angleterre, mais il est immoral. La loi commerciale de l'empereur est une farce, bien sûr, elle n'est pas respectée par les marchands de Jardine Matheson et la Compagnie des Indes orientales, et de fait, la reine elle-même semble ne pas demander mieux que d'ignorer une requête raisonnable afin d'étendre son empire. Si ceci est le monde nouveau, je préférais l'ancien.

J'ai eu une conversation privée avec M. Beckwith hier soir, et il a semblé abattu. Il m'a promis d'examiner la question, et je lui ai dit que je vous écrirais afin que vous puissiez menez une enquête discrète depuis Londres. Le Jerusalem doit avoir un registre des affrètements avec les signataires. S'il y a un criminel dans notre compagnie, que ce n'est ni vous ni moi, et ni Isaac, alors cela ne peut être que Jonathan Montgomery. J'espère que je n'ai pas trop alarmé ce pauvre M. Beckwith qui, je le comprends maintenant, doit en être arrivé à la même conclusion.

Comme vous le savez, nous sommes souvent à Calcutta pour des périodes allant jusqu'à huit semaines d'affilée, afin de pouvoir nous rendre dans des villages reculés où l'on utilise de l'indigo et des tampons de bois pour imprimer le tissu. L'équipage est en général entièrement différent à chaque traversée, les marins étant des itinérants et n'aimant pas attendre au port sans rien faire quand ils pourraient gagner de l'argent en mer. Calcutta est un port très animé avec un chantier naval important. J'ai cru à tort que le Mathilda était en cale sèche pendant notre dernier séjour. C'était une erreur pratique et Isaac n'a pas été obligé de me raconter un mensonge.

Je vous supplie de mener votre propre enquête, Mahoney, et je vous demande d'être prudent. J'avoue que j'ai toujours été curieux d'en savoir plus sur le passé de Jonathan, dont il n'a jamais parlé. Personne n'aime fureter. Peut-être a-t-il d'autres crimes à cacher.

J'espère vous revenir sain et sauf, et que le pressentiment qui m'assaille n'est rien d'autre que de la lâcheté. Mais s'il devait m'arriver malheur, je vous prie de veiller sur mon Antonia bien-aimée. Je n'ai nul besoin de lui transmettre un message pour lui dire mon affection, elle ne peut douter de mon dévouement.

Je demeure votre ami fidèle et dévoué,

JOSIAH BLAKE

Rhia plia la feuille et la rangea dans son enveloppe. Antonia pleurait. Dillon tendit la main pour prendre la lettre.

“Nous en aurons besoin comme preuve”, dit-il doucement. Rhia la lui donna et leurs doigts se frôlèrent. Ce n'était qu'un contact léger, mais son courant se répandit en elle comme s'il avait soufflé dans ses veines.

Dillon attendit qu'Antonia se reprenne avant de dire :

“Je vous promets de prendre grand soin de cette lettre, madame Blake. Votre mari ne s'est trompé que sur un point. M. Beckwith n'a pas dû être choqué d'apprendre que Jonathan Montgomery, jadis John Hannam, était le criminel. Il est non seulement l'associé de Montgomery mais aussi son complice. Sinon, comment Montgomery aurait-il découvert que Ryan avait cette lettre ? Josiah avait dit à Beckwith qu'il écrirait à Ryan. Beckwith est le seul à avoir pu tuer à la fois Josiah et Ryan.”

Le silence tomba sur la pièce tandis que tout le monde réfléchissait à cette hypothèse. Le timide et réservé M. Beckwith, un meurtrier ?

“Quand j'ai rencontré Ryan, poursuivit Dillon, c'est parce que j'enquêtais sur les marchands londoniens qui traitaient avec la Chine. Je savais qu'il me cachait quelque chose. J'étais curieux à propos de ses armes à feu, et il m'a assuré qu'il n'y portait qu'un intérêt d'antiquaire ; qu'il ne savait même pas s'en servir. De plus, il a dit qu'il n'avait pas de balles. Je n'ai vu aucune raison de ne pas le croire, et je n'en vois toujours pas. S'il avait voulu se suicider, son geste aurait dû être prémédité, et non un acte commis dans un moment de désespoir.

— Alors, ce n'est pas son propre pistolet qui l'a tué ?" Rhia avait l'impression que sa voix lui parvenait de loin.

Dillon secoua la tête.

"Non. Le coup n'a pas été tiré à bout portant. Ce n'était pas compliqué pour M. Beckwith d'arriver avec sa propre arme à feu, puis de placer celle de Ryan dans sa main une fois qu'il était mort. Il est assez facile de saupoudrer des résidus de poudre autour du canon de l'arme pour qu'elle semble avoir été utilisée."

Antonia, à présent remise, regardait dans la pièce.

"Où est Juliette ?"

Juliette sortit de l'ombre de l'entrée.

"Quand avez-vous soupçonné M. Montgomery ? demanda Antonia.

— Et comment ? ajouta Rhia.

— C'est le jour où je suis allée au magasin avec vous, expliqua-t-elle, essoufflée. Il a retourné ses manches de chemise quand j'ai fait tomber les rouleaux d'organza. J'ai vu une cicatrice de la même forme que la brûlure que j'avais laissée sur le bras de John Hannam avant qu'il tue mon père. Et là, j'ai su que c'était lui – il avait quelque chose… je ne savais pas quoi, mais j'ai su."

Juliette ne chercha pas à cacher ses larmes, et maintenant, Eliza pleurait aussi et se tamponnait les yeux avec son ouvrage au crochet.

"Je pense que j'ai compris ce que John Hannam manigançait quand votre père a trouvé les billets de banque cachés dans la grange, Juliette, dit Dillon. J'ai acquis quelques journaux des environs de Manchester. Il avait un trafic qui a été l'objet d'articles de presse, impliquant des faux billets échangés contre de la monnaie. Chaque échange avait lieu dans un endroit différent de la ville et dans une banque différente. Plus de trois mille livres ont ainsi été extorquées en deux ans à Manchester et dans ses environs."

Ceci, pensait Dillon, était le moyen grâce auquel John Hannam s'était transformé en Jonathan Montgomery, un magnat du tissu peu connu issu d'une famille aristocratique du Nord. Il était facile de séduire la haute société londonienne : il ne fallait que de l'argent, ce qui permettait de faire un mariage rapportant encore plus d'argent. Nul doute que Prunella s'était fait berner comme les autres ; charmée par l'art des manières et les attentions d'un bel homme. Et puis il y avait la belle écriture de Francis Beckwith. Rhia l'avait trouvée mal adaptée à son personnage, mais elle convenait parfaitement à celle d'un faux-monnayeur. Elle aurait dû le soupçonner immédiatement lorsqu'elle avait vu l'écriture sur la carte de visite du *Jerusalem*.

Rhia regarda Dillon. Michael et lui s'apprêtaient à partir, comme si un accord implicite avait été passé entre eux. Et ce n'était pas seulement une pièce pleine de femmes en pleurs qui les poussait à partir.

Sid le remarqua aussi.

"Je viens, dit-il.

— Moi aussi", ajouta Isaac. Antonia s'agrippait toujours à son bras. Il la regarda gentiment. "Si vous pensez vous en sortir toute seule.

— Grand Dieu ! rétorqua-t-elle d'un ton indigné. J'ai un commerce et une maison à gérer. Je n'ai pas le temps de me pâmer."

Isaac sourit et son visage se transforma. Il regardait Antonia avec une telle tendresse que Rhia détourna les yeux. Pourquoi ne l'avait-elle pas remarqué plus tôt ?

"Du renfort ne serait pas de trop", reconnut Michael.

Dillon approuva.

"Je vais prendre la calèche d'Isaac et passer au poste de Westminster sur le chemin de Regent Street. J'imagine qu'ils me prêteront un ou deux policiers si je demande gentiment. Ils aiment bien avoir une raison d'agiter leur matraque.

— Montgomery est peut-être à Belgravia, dit Sid.

— Je viens avec vous", annonça Rhia, prête à défendre sa position. Elle croisa le regard de Dillon. Il ouvrit la bouche pour protester, hésita puis hocha la tête. Michael lui lança un regard perçant et elle le lui retourna. Il haussa les épaules.

"Je ne vais pas discuter avec toi, je vois que c'est inutile. Je suppose que c'est ton droit d'accuser l'homme qui a fait ça à tes cheveux.

— Dans ce cas, allons-y !" Sid se frotta les mains, puis il boutonna son gilet et redressa sa casquette comme s'il s'apprêtait à aller au music-hall.

67

CHAMBERTINE

En chemin, il fut décidé que Sid entrerait dans la Maison Montgomery seul et le premier, pour voir si M. Montgomery était là. Rhia refusait de mettre un pied dans cet endroit sans une bonne raison, et en ce qui la concernait, aucune raison n'était assez bonne. Elle n'avait pas tellement envie de voir Grace non plus.

L'arrêt des fiacres de Regent Street se trouvait juste devant le magasin et, apparemment, la chance leur souriait car une voiture partait juste au moment où ils arrivaient. Sid disparut dans le magasin, et Rhia surveillait depuis la voiture pendant que Michael et Isaac attendaient à l'extérieur. Avec son épaisse chemise de lin et sa culotte en grosse laine, Michael semblait sortir d'une autre époque. Appuyé contre un réverbère, il fumait en regardant l'agitation de la rue. Isaac lui parlait. Ils formaient un couple improbable, le quaker et le dissident. Ils ne s'attiraient pourtant guère de regards curieux, parmi les Londoniens.

Des dames entraient et sortaient. Rhia vit un autre fantôme d'elle-même, entrant par la même porte avec son manteau rouge dans une vie précédente. Elle avait du mal à reconnaître cette Rhia-là aujourd'hui. Elle se croyait jadis si raffinée et si expérimentée.

Sid ressortit au bout de quelques minutes et remonta dans la voiture.

“Grace dit que son patron est à Belgrave Square. Mais nous ferions mieux d'attendre M. Dillon avant de partir.” Ils attendirent, tous perdus dans leurs propres pensées.

“Alors, Grace a décidé de rester au magasin ? demanda Rhia à Sid.

— C'est exact. Elle a dit qu'elle ne voyait pas pourquoi elle ne pourrait pas garder son poste simplement parce que nous allions nous marier. Je me demande qui a bien pu lui mettre cette idée dans la tête, mademoiselle Mahoney ?"

Tout autour du sanctuaire de leur voiture, Londres se bousculait, criait et se pressait comme s'il s'agissait d'un jour ordinaire. Si les routes étaient aussi encombrées depuis Westminster, M. Dillon pouvait mettre du temps à arriver. Partout où Rhia regardait, à présent, elle voyait les fantômes d'une de ses facettes : des jeunes femmes en crinoline impressionnées par les magasins de nouveautés, comme si cet endroit avait le pouvoir magique de les transformer en quelqu'un d'autre. Elle n'était plus impressionnée par la capitale, elle y était peut-être, mais elle n'en faisait pas partie.

La calèche d'Isaac s'arrêta à côté d'eux, accompagnée par deux policiers à cheval. M. Dillon était assis sur le siège, les rênes à la main. Il avait les cheveux lâchés et portait un chapeau noir à bord étroit ainsi que son manteau de cuir. Il semblait prêt à tout. Après une brève discussion, ils convinrent d'un plan et se remirent en route.

Sur le trajet de Belgravia, Rhia sentit croître sa colère en songeant à M. Montgomery, l'homme qu'elle avait voulu impressionner ; qu'elle avait admiré. Et dire qu'elle avait même éprouvé de la gratitude envers lui ! Elle se demanda s'il lui avait proposé une place parce qu'il voulait découvrir ce qu'elle savait. Il n'avait sans doute même jamais eu l'intention d'utiliser ses dessins.

Ils s'arrêtèrent à côté d'un taillis à une courte distance de la résidence Montgomery. Les policiers attendraient à la grille jusqu'à ce qu'on les appelle. Comme convenu, Rhia et Isaac gravirent les froides marches de marbre menant à l'entrée comme s'ils venaient rendre une simple visite. Devant l'imposante porte noire qui pouvait cacher n'importe quoi, ils s'arrêtèrent un moment et se regardèrent. Isaac sourit. Même s'il paraissait tendu, il semblait également soulagé ; comme si, lui aussi, avait été libéré. Ils attendirent que Dillon, Michael et Sid aient disparu sur le côté du bâtiment en direction de l'entrée de service, puis Isaac hocha la tête.

Rhia souleva le lourd marteau de cuivre.

Le majordome, un homme râblé à l'expression sévère et à l'air déprimé, vint ouvrir la porte.

"Oui ? dit-il.

— Nous sommes venus voir Jonathan Montgomery, répondit Isaac.

— Malheureusement, les Montgomery sont en train de déjeuner, monsieur."

Isaac eut un hochement de tête peu compatissant.

"Dans ce cas, je vous suggère d'interrompre leur repas. Peut-être pourriez-vous nous conduire directement à la salle à manger.

— C'est hors de question, répliqua le majordome d'un ton mielleux.

— Je vois, dit Isaac. Il y a deux policiers qui attendent dans la rue, et je préférerais, à ce stade, ne pas les impliquer." Les sourcils gris du majordome se levèrent et il regarda la grille par-dessus l'épaule de Rhia. Il s'écarta aussitôt pour les laisser entrer.

Malgré la hâte du majordome, ils semblèrent mettre un siècle pour atteindre la salle à manger, enfouie au cœur de la maison. Des murs couleur sang et des boiseries sombres s'élevaient de part et d'autre, donnant à Rhia une sensation de claustrophobie. Son cœur battait. Et si les autres ne parvenaient pas à entrer, ou se perdaient dans la maison ?

"Inutile de nous annoncer, dit doucement Isaac lorsqu'ils arrivèrent enfin devant la bonne porte. Et si vous ne voyez pas d'inconvénient à ce que je vous donne un conseil, je vous suggère de vous trouver un autre employeur." Embarrassé, le pauvre homme se contenta de secouer la tête et de déguerpir.

La salle à manger était sombre, les rideaux presque entièrement tirés. M. et Mme Montgomery, M. Beckwith et Isabella étaient tous assis à un bout de la longue table. Deux chandeliers étaient allumés comme s'il s'agissait d'une grande occasion.

Quand la porte s'ouvrit, ils levèrent tous des yeux pleins d'espoir, comme si le silence, plutôt qu'une conversation, avait été interrompu. Prunella Montgomery était dans un piteux état. Une mèche de cheveux retombait sur son visage maquillé, et même les poudres et les fards les plus chers ne parvenaient pas à masquer sa peau exsangue. La main qui serrait le pied de son verre de bordeaux tremblait de façon perceptible.

"Mademoiselle Mahoney !" Isabella se leva si brusquement qu'elle renversa sa chaise. Elle traversa la pièce en courant dans un tourbillon de mousseline de soie couleur de beurre et se jeta au cou de Rhia comme si elle était la plus chère d'amies depuis longtemps disparues. "Je suis tellement contente de vous voir ! Je ne savais pas que vous étiez à Londres !" Elle se tourna vers son père. "Papa ! Vous me l'aviez caché ? Rhia va-t-elle retourner travailler au magasin ?

— Non", répondit Rhia. Mais elle voyait qu'Isabella jouait l'ingénue. Peut-être l'avait-elle toujours fait ? Ses yeux avaient un air désespéré qui en disait bien plus long que son bavardage sans queue ni tête. Isabella savait, comme tout le monde dans la pièce, que quelque chose n'allait pas.

M. Montgomery et Beckwith s'étaient levés, ostensiblement polis, mais l'impassibilité habituelle de Beckwith trahissait une vigilance nouvelle. La seule personne qui remua à peine était Prunella, laquelle but une grande gorgée de bordeaux puis prit un morceau de pain qu'elle grignota comme si tout était parfaitement normal.

M. Montgomery s'inclina, et afficha son sourire captivant, mais c'était un masque et il était visiblement sur ses gardes.

"Bonjour, Isaac ! Quelle surprise. Et mademoiselle Mahoney, comme c'est... agréable de voir que vous nous êtes revenue saine et sauve." Il n'aurait pu paraître moins agréablement surpris.

"Salutations, Jonathan", répondit Isaac. Il fronça les sourcils, choisissant ses mots avec soin et lenteur. "Nous avons décidé de venir vous voir car votre nom a été mentionné aujourd'hui. Deux fois. La première en rapport avec un trafic de fausse monnaie à Sydney et la deuxième en rapport avec un meurtre." Rhia ne s'attendait pas à ce qu'Isaac ait autant d'audace ; elle pensait qu'il se montrerait prudent jusqu'à l'arrivée du reste de la troupe.

M. Montgomery continua de sourire comme si Isaac lui jouait une sorte de tour. Mais il lança un regard affolé à Beckwith, qui mit la main sur la poche de son gilet. Beckwith était à cran, et Rhia s'aperçut pour la première fois qu'il n'était finalement pas un homme passif. Il semblait tout à coup aussi mauvais qu'une hermine acculée. Personne ne bougeait ni ne parlait.

Du coin de l'œil, Rhia remarqua un mouvement. La porte s'ouvrit et Michael, Dillon et Sid entrèrent. Ils attendaient peut-être derrière la porte depuis un moment. Beckwith glissa la main dans sa poche et en sortit un pistolet noir qu'il pointa sur Rhia. Il ne la regardait pas, cependant : il regardait Michael. Michael tenait son couteau.

"Vous feriez mieux de tous vous en aller, maintenant", dit lentement Beckwith. Sa voix glaça Rhia plus que l'arme braquée sur elle. Elle l'avait rarement entendu parler, et maintenant, elle comprenait pourquoi : contrairement à M. Montgomery, il avait un accent du Nord prononcé. Une balle tuait-elle instantanément ou se viderait-elle de son sang ? Dans sa mémoire, le corps de Ryan étendu face contre terre ressemblait à un dessin photogénique. Le couteau de Michael était une arme d'aspect primitif : elle avait la couleur de l'ivoire et avec des dents semblables à celle d'une scie sur quelques centimètres de chaque côté de sa lame mortellement aiguisée. Il était pointé sur Beckwith.

"J'ai appris à lancer le couteau avec un véritable Australien, dit Michael d'une voix égale. Ils visent leur proie en mouvement et ne manquent jamais, jamais leur cible."

Dillon observait Beckwith, lançant des regards à Rhia : une supplique muette pour qu'elle reste parfaitement immobile. Comme si elle avait envie de bouger ! Elle était de pierre.

Le seul bruit audible était les doux gémissements d'Isabella. Prunella avait posé son verre. La main de Beckwith ne bougeait pas, pointant le pistolet sur Rhia. Montgomery jetait des regards affolés autour de lui comme s'il cherchait un moyen de s'enfuir. Il n'y en avait pas. Sid, qui avait retroussé ses manches, bloquait la porte. Les mains sur les hanches, il était légèrement penché en avant comme un joueur de rugby espérant une bagarre.

Si elle ne disait rien maintenant, elle n'en aurait peut-être plus jamais l'occasion.

"Avez-vous tué Ryan Mahoney, monsieur Montgomery ?" Rhia entendit Isabella hoqueter.

Il la regarda, les yeux durs et froids. Elle avait aperçu cette facette de lui, se souvenait-elle, à l'anniversaire d'Isabella. Pourquoi avait-elle choisi de l'ignorer ? Parce qu'elle était alors complètement fascinée par son vernis de succès et de respectabilité.

"Non", répondit-il.

Elle hocha la tête.

"Pas personnellement. Mais c'était votre idée." Elle regarda Beckwith. "C'est vous qui l'avez abattu. Vous qui avez pointé cette arme sur lui, n'est-ce pas ?" Elle était émerveillée par l'assurance de sa propre voix, comme si celle-ci sortait de quelqu'un d'autre. Beckwith ne répondit rien. Il n'était pas assez stupide pour avouer un meurtre devant tant de personnes. Mais ses yeux se détournèrent l'espace d'une seconde vers Montgomery, et il n'en fallut pas plus. En un instant, le couteau de Michael fila à travers la pièce. Il se planta dans le bras de Beckwith. Le pistolet tomba sur le sol avec un bruit métallique et le bras qui l'avait tenu pendait à présent mollement. Le couteau se tordit et tomba, mais il avait rempli sa mission. Beckwith gémissait de douleur et se tenait le bras de l'autre main. La manche de sa chemise était déjà trempée de sang. Michael bondit et l'attrapa par son bras valide. Montgomery s'élança vers la porte mais Isaac lui barra le passage.

"Puisque nous sommes tous ici, dit Dillon, j'aimerais tenter d'expliquer ce qui a inspiré ce trafic de fausse monnaie. J'imagine que vous n'avez pas chômé, John Hannam, pour maintenir les apparences et gérer un magasin de tissus dans Regent Street, sans parler d'une maison dans Belgravia, même si je pense que l'argent de votre brave épouse a dû aider. Cependant, avec la crise de l'argent et le ralentissement des affaires, sans parler de la pénurie de soie de Chine, vous avez sans doute dû injecter des fonds pour maintenir les apparences. Heureusement que vous aviez l'expérience de votre passé criminel, n'est-ce pas ? Oh, et vous ai-je dit que nous savions qui était John Hannam ?

— Je ne sais absolument pas de quoi vous parlez et je n'ai certainement pas à vous dire quoi que ce soit à propos de mes affaires commerciales, cracha Montgomery, le visage tellement tordu par la haine qu'on avait peine à croire qu'il était le marchand de drap bien élevé dont on avait interrompu le déjeuner.

— C'est vrai, vous ne savez rien du tout, répondit Dillon. Nous avons suffisamment de preuves. Nous avons même la lettre de Josiah Blake, mais vous pensiez peut-être que Rhia ou Laurence l'avait, de toute façon ?"

On aurait dit que M. Montgomery aurait été ravi de le tuer aussi, mais les autres étaient plus nombreux. Il était livide de colère, ou de peur, et il transpirait à grosses gouttes.

Prunella Montgomery prit son verre de vin.

"Il semble que vous ayez été démasqué, mon cher. Je savais certaines choses, bien sûr, mais je n'imaginais pas… ceci." Elle fit un ample geste du bras qui faillit renverser l'un des chandeliers. "Un homme ne peut cacher sa véritable nature à son épouse, Jonathan. Vous êtes devenu négligent. J'ai beau caresser la bouteille, je conserve tout de même un peu de bon sens. Pour le moment." Elle détourna les yeux d'un air dégoûté. "Lorsqu'il est seul avec Francis, il prend moins garde à ses manières, dit-elle sans s'adresser à quelqu'un en particulier. Je suppose que je me suis demandé combien de temps il faudrait avant qu'il aille trop loin. Et ce gentil jeune homme..." Elle secoua la tête.

"Quel gentil jeune homme, madame Montgomery ? l'encouragea Michael.

— Le naturaliste. C'était bien de la botanique, non ?" Elle regarda Isaac.

"C'est cela, confirma-t-il.

— Vous voulez parler de M. Reeve ?" Rhia ne l'aurait pas décrit comme un "gentil jeune homme".

"Oui. Il nous demandait d'être ses mécènes depuis un certain temps, et Jonathan, assez subitement, a décidé de l'aider à aller en Australie. Maintenant, je comprends pourquoi." Prunella vida son verre et le posa sur la table. Elle jeta un dernier regard à son mari. "Quel dommage que vous n'ayez pas au moins honte de vous." Elle se leva lentement et en chancelant un peu. "Viens, Isabella, ces messieurs ont des affaires à régler avec ton père."

Prunella et Isabella quittèrent la pièce et Rhia croisa le regard de Dillon. Elle leva un sourcil et il hocha la tête. Il était temps d'appeler les policiers. Si elle voulait dire quelque chose, ce devait être maintenant.

"Votre intention était peut-être de causer ma perte, ou peut-être n'aviez-vous aucune intention à part celle de vous débarrasser de moi, mais en définitive, vous avez fait tout le contraire. Je pense que, indirectement, vous m'avez rendu service. Je vais bientôt vendre mon propre tissu à Londres.

— Ne soyez pas stupide, dit-il. Vous ne survivrez jamais. Le commerce est un domaine d'hommes.

— Bien sûr. Ce qui explique pourquoi la Tamise est pleine de déchets et le ciel assombri par le soufre et la chaux. J'ai rencontré plusieurs femmes, à bord du *Rajah*, qui avaient l'esprit du commerce (mieux valait ne pas donner de détails sur celui que proposait Agnes), mais vous découvrirez bientôt ce que c'est de connaître des gens en prison. La plupart d'entre eux ne seront pas de vrais criminels, contrairement à vous. Au fait, monsieur Beckwith, vous avez laissé tomber une carte de visite à China Wharf. Vous devriez être plus prudent."

Rhia leur tourna le dos sans un autre regard pour Beckwith. Elle ne supportait pas de le regarder.

Dans l'allée, elle fit signe aux policiers et alla attendre dans la voiture. Elle resserra son manteau et respira l'air froid. Le ciel était tapissé de nuages aussi délicats que de la nacre. L'air était immobile. Si cette journée avait été une étoffe, ç'aurait été de la chambertine, un mélange de lin et de laine ; les fibres robustes qui s'étaient mêlées aux fils de sa vie.

Bientôt, l'un des policiers passa devant elle au galop, remontant la route, soulevant sa casquette noire pour la saluer au passage. Il était sans doute parti chercher le fourgon de la police. Quand les portes de la voiture s'ouvrirent, Rhia s'attendait à voir l'un des hommes, mais c'était Isabella.

"Ça vous ennuie si je m'assois avec vous ?" Isabella semblait avoir mûri en l'espace d'une heure, malgré l'écume de mousseline de soie dépassant de sa fourrure.

"Bien sûr que non." Elles restèrent assises en silence un moment. Rhia se demandait si elle devait dire quelque chose d'apaisant à propos de ce qui se passait dans la maison. Elle ne trouva rien. "C'est une jolie robe."

Isabella eut un pâle sourire.

"Pour être franche, j'en ai assez des jolies choses. Papa aime bien ça, mais je préférerais quelque chose de plus sophistiqué." Elle se mordilla la lèvre. "On dirait qu'il a des problèmes.

— On dirait bien.

— Aurai-je la permission d'aller le voir en prison ?

— Je pense, oui. Alors, vous ne vous êtes pas mariée ?

— Non. Papa disait qu'il n'était pas assez bien pour moi, mais je sais que c'est en fait à cause de l'argent. Apparemment, papa n'en a pas tant que ça en fin de compte. Je vais prendre des cours de danse classique, ça me remontera le moral. Maman a dit que je pouvais." Isabella regarda ses mains. "Je suis vraiment désolée, mademoiselle Mahoney, de ce qui vous est arrivé. Vous ne le méritiez pas."

Le fourgon noir de la police passa devant elles tandis qu'elles parlaient des choses les plus frivoles auxquelles Rhia pouvait penser, puis Isabella déclara qu'elle devait aller dire au revoir à son père.

"J'espère que vous nous rendrez visite, mademoiselle Mahoney ?

— Je vais bientôt rentrer chez moi, mais je reviendrai à Londres, pour affaires." Elle aimait bien la façon dont ces mots sonnaient : *pour affaires.*

Isabella s'en alla et les hommes arrivèrent. Isaac monta dans sa calèche et proposa de reconduire Sid chez lui. Michael dit qu'il avait envie de s'asseoir sur le siège avec le conducteur. Dillon grimpa dans la voiture avec Rhia.

Assis côte à côte, ils se touchaient presque. La main de Dillon reposait légèrement sur celle de Rhia. Ses doigts remontèrent lentement le long de son poignet. Il se tourna vers elle et fit courir son pouce sur sa joue et ses lèvres, se penchant en avant jusqu'à ce qu'elle sente son souffle chaud sur son visage et ses lèvres sur les siennes. Elles étaient plus douces qu'elle ne l'avait imaginé. Ses mains glissèrent jusqu'à ses épaules et le long de ses bras, comme s'il la déshabillait. Elles se posèrent sur sa taille, pressèrent ses hanches. Partout où il la touchait, sa peau s'éveillait. La profondeur de la mer, l'éclat de la lune et la force du ciel l'avaient amenée ici, et elle n'oublierait jamais à quoi ressemblait cette clarté intérieure. Finalement, Antonia avait peut-être raison à propos de la lumière intérieure…

Lorsqu'ils arrivèrent à Cloak Lane, ils s'étaient rajustés. Michael descendit et toussa ostensiblement avant d'ouvrir la porte de la voiture. Il serra la main de Dillon et lui dit qu'il espérait le voir un jour en Irlande, après quoi il les laissa seuls sous la lampe du fiacre.

Dans ce cercle de lumière, Dillon regarda Rhia d'un air interrogateur.

"Pourrai-je vous rendre visite en Irlande ?

— Vous pourrez, répondit-elle.

— Alors, je le ferai peut-être.

— Vous avez plutôt intérêt !"

MERCHANTS QUAY, OCTOBRE 1842

Michael Kelly était assis sur un tas de pierres extraites de la carrière de Belgard, près de Dublin ; des pierres qui allaient bientôt constituer une partie du nouvel entrepôt Mahoney. Il sortit sa blague à tabac et regarda l'intense activité qui régnait sur le quai ; la rotation sans fin du commerce. Derrière la rangée de magasins en brique rouge se dressait un enchevêtrement de mâts et de gréements ; la vue qui l'avait jadis poussé à chercher l'aventure et à prendre la mer. Il lâcha un soupir de satisfaction. Il était temps de rester chez lui maintenant.

Non loin de là se trouvaient Dillon et Rhia. Ils s'étaient mariés pendant l'été, dans la chapelle de Greystones. Ce fut un mariage villageois typique : tout le monde était le bienvenu et il y avait eu un bal traditionnel irlandais dans le parc après la cérémonie. Annie l'avait invité à danser et, quand il avait protesté, Thomas et Fiona l'avaient forcé à accepter. Il avait donc dansé avec sa femme et, dans sa robe jaune, elle était aussi jolie que le jour où il avait posé les yeux sur elle pour la première fois.

Elle n'avait jamais été si belle, cependant, que le jour de son retour. Quelle magnifique journée cela avait été ! Il avait laissé Rhia emmener la voiture jusqu'au bout du promontoire et avait marché sur la grève de schistes. Thomas était devant son métier à tisser et Annie filait, tout comme il les avait imaginés pendant des années. Il était entré sans frapper, et ils l'avaient tous deux regardé, ébahis, comme si un étranger avait pénétré dans leur salon. Annie avait lâché sa quenouille. Il ne l'avait jamais vue faire cela ; elle se montrait toujours si soigneuse avec son fil. Puis elle fut dans ses bras. Ils ne dormirent pas la première nuit ; comment auraient-ils pu ? Ils avaient trop de choses à se rappeler l'un à l'autre. Elle ne lui demanda pas s'il lui était resté fidèle ; mais si elle avait eu des doutes sur son amour, il le lui avait prouvé cette nuit-là et de nombreuses autres nuits depuis.

A côté de Rhia et Dillon se tenaient Brigit et Connor Mahoney. Connor s'appuyait encore sur sa canne mais il semblait se tenir plus droit ces jours-ci. Il ne s'intéressait plus tellement aux affaires, mais il n'en avait nul besoin ; pas avec Brigit et Rhia à la maison. Ils regardaient poser les fondations de pierre à l'endroit où s'élevait jadis l'entrepôt de lin dévasté. Rhia avait porté son vieux manteau rouge chez le teinturier et, à présent, il était violet ; ses cheveux avaient repoussé. Ils s'en étaient bien sortis. Ils avaient un clipper en mer et un autre qui devait partir de Sydney à ce moment même, plus un troisième sur le point de quitter Dublin pour Londres. Antonia leur avait trouvé de nombreux acheteurs en Angleterre et sur le Continent. Isaac et elle étaient désormais partenaires commerciaux, et Michael n'aurait pas été surpris s'ils devenaient rapidement plus que cela.

Il avait reçu une lettre de Dan, depuis Sydney, expliquant pourquoi il ne leur avait pas expédié son tissu, car les tissages de bonne qualité étaient encore rares dans la colonie. Rhia insistait à présent pour accompagner la première cargaison, même si Michael voyait que cette idée n'enthousiasmait guère son mari. Cela ne ferait pourtant aucune différence. Elle agissait à sa guise et Dillon semblait apprécier cela en elle. C'était peu courant chez un homme ; Michael était prêt à l'admettre.

Lui-même ne retournerait pas en Australie. Le seul fait de venir à Dublin pendant quelques jours lui semblait trop de temps passé loin de chez lui. Annie l'attendait aujourd'hui, tout comme elle l'avait attendu pendant toutes ces années.

Rhia regardait en direction de l'église Saint-Patrick, et Michael crut la voir incliner respectueusement la tête, même s'il ne pouvait en avoir la certitude.

REMERCIEMENTS

J'ai eu la chance de pouvoir admirer la *Couverture du Rajah* à la National Gallery of Australia, à Canberra, où elle est conservée depuis sa découverte dans un grenier écossais, en 1987. Ceci a été possible grâce à la conservatrice en chef de la galerie, Deborah Ward, qui a également pris le temps de répondre à mes questions sur cette pièce textile historique, fabriquée à bord du *Rajah* en 1841. La *Couverture du Rajah* est la seule couverture fabriquée par des détenues que nous ayons retrouvée à ce jour. A son motif complexe s'entremêlent les rêves et les chagrins d'une poignée de femmes seulement parmi les milliers qui furent déportées en Australie au cours du XVIIIe et du XIXe siècle. *Une fibre meurtrière* est très vaguement inspiré de ce que l'on sait du voyage du *Rajah* et de la confection de cette couverture, et j'ai pris des libertés par rapport à la réalité. Parmi celles-ci, et non des moindres, le fait que le *Rajah* avait, à l'origine, pour destination Hobart et non Sydney, et qu'à ma connaissance aucun meurtre n'a été commis lors de cette traversée !

J'ai consulté de nombreuses sources au cours de mes recherches sur l'aspect factuel de ce roman, dont la plus importante a été *The Fatal Shore* de Robert Hughes et *Leviathan* de John Birmingham. Mon travail a été facilité par les œuvres de ces auteurs. Toute erreur ou inexactitude est incontestablement de mon fait.

Comme toujours, il y a des personnes sans la perspicacité et le soutien desquelles je n'aurais tout simplement pas réussi. Merci, avant tout, à Nick et Saoirse de m'avoir autorisée à disparaître de temps en temps, ainsi qu'à Ali et Mike pour m'avoir accueillie à *Rose Cottage* et servi un ou deux verres de whisky bienvenus. Merci à vous, Bryon et Philippa, pour votre aide, ainsi qu'à Ngaire Macleod.

Tous mes remerciements à mes collègues, amis et camarades écrivains de Bath Spa University, particulièrement à Richard Kerridge, Tricia Wastvedt et Tracy Brain, ainsi qu'à Brett Hardman,

Suellen Dainty, Jenny McVeigh, Angela Lett et Jack Woolf pour leur solidarité. Merci aussi aux écrivains de Babcary : Guy de Beaujeu, Shannon Slater et Wendy Teasdill.

Je dois beaucoup à Monika Boese et Siv Bublitz d'Ullstein, pour leur patience et leur soutien indéfectibles, et à Kirsty Dunseath pour l'intérêt qu'elle m'a témoigné. Le point de vue de Richenda Todd et Susan Opie a été extrêmement précieux et apprécié.

Immenses remerciements à Anthony Cheetham, Nic Cheetham et Mathilda Imlah de chez Head of Zeus, et notamment à Laura Palmer pour sa perspicacité et son dur labeur.

Enfin, je me sens tout particulièrement redevable envers mon agent, Kate Hordern, que je ne pourrai jamais remercier assez pour son dynamisme infatigable, son bon sens et son grand cœur. Sa contribution et sa foi en ce roman m'ont apporté une force formidable tout au long de mon travail d'écriture.

OUVRAGE RÉALISÉ
PAR L'ATELIER GRAPHIQUE ACTES SUD
ACHEVÉ D'IMPRIMER
SUR ROTO-PAGE
EN MAI 2012
PAR L'IMPRIMERIE FLOCH
À MAYENNE
POUR LE COMPTE DES ÉDITIONS
ACTES SUD
LE MÉJAN
PLACE NINA-BERBEROVA
13200 ARLES

DÉPÔT LÉGAL
1re ÉDITION : JUIN 2012
N° impr. : 82413
(Imprimé en France)